中共连云港市委党史工作办公室　连云港市档案局　编著

山海新韵

New Scenery of Lianyungang

上　册

南京出版传媒集团
南京出版社

图书在版编目（CIP）数据

山海新韵 / 中共连云港市委党史工作办公室，连云港市档案局编著. -- 南京 ：南京出版社，2024. 11.
ISBN 978-7-5533-4977-0

Ⅰ. D619.533

中国国家版本馆 CIP 数据核字第 20240X3D87 号

书　　名　山海新韵
编　　著　中共连云港市委党史工作办公室
　　　　　　连云港市档案局
出版发行　南京出版传媒集团
　　　　　　南 京 出 版 社
　　　　　　社址：南京市太平门街53号　　邮编：210016
　　　　　　网址：http：//www.njcbs.cn　　电子信箱：njcbs1988@163.com
　　　　　　联系电话：025-83283893、83283864（营销）　025-83112257（编务）

出 版 人　项晓宁
出 品 人　卢海鸣
责任编辑　杨传兵　严行健
责任印制　杨福彬

排　　版　南京凯德印刷有限公司
印　　刷　南京凯德印刷有限公司
开　　本　787毫米×1092毫米　1/16
印　　张　41.25
字　　数　526千字
版　　次　2024年11月第1版
印　　次　2024年11月第1次印刷
书　　号　ISBN 978-7-5533-4977-0
定　　价　298.00元（全二册）

用微信或京东APP扫码购书

用淘宝APP扫码购书

《山海新韵》编辑部

《山海新韵》审稿人员

（按照姓氏笔画排序）

王　磊　王玉祥　王成章　王国超　王修杰　尤永江　毛善通
孔令泰　卢忠宝　田亚辉　朱其松　刘利峰　江行洲　许东方
苏　军　李　武　李　佺　李晓琴　杨　龙　张　孟　张　磊
张法德　陈　凤　陈　志　施为民　贺贵才　顾明事　高季锋
席世战　商晓东　梁龙峰　董桂军　蒋颂华　惠　茜　程晓红
童　巍　樊继强

《山海新韵》撰稿人员

（按照姓氏笔画排序）

丁淑强　于　欣　于欣欣　马清涛　王　清　王祉云　王晓霞
王祥瑞　田树伟　吕　琪　朱自清　刘　莉　刘　莹　刘　辉
刘乙萱　刘学源　闫晓璐　祁　锋　孙文龙　孙国利　孙浩翔
李　磊　李　鑫　李传江　杨　玥　杨鲁娜　时　敏　何文艳
张　良　张　勇　张　楠　张　雷　张大虎　张吉哲　张益益
张梦岩　陈梦然　庞　效　郑　剑　孟　田　孟凡哲　孟庆甲
赵　鹏　赵为仕　胡卫星　胡晨浩　柏一捷　施春生　贺东京
骆　冉　袁桂鸿　徐大庆　徐珉泽　徐婉珺　殷　然　郭　斌
黄　鑫　黄鹤翔　曹海霞　董　琦　褚明浩　戴　伟

上 册

目 录

综 述

双向开放

深化改革

特色产业

科技创新

壹

综　述

连云港市成为全国首批沿海开放城市 40 年经济社会发展综述

连云港市“六五”至“十四五”规划的制定与实施

连云港市高水平全面建成小康社会历程、成就与启示

连云港市成为全国首批沿海开放城市40年经济社会发展综述

自1984年连云港成为全国首批沿海开放城市以来，在中央和省委的坚强领导下，历届市委、市政府团结全市人民实干兴业、开拓创新，锐意进取、励精图治，初步构建起港城特色的现代化产业体系，“一带一路”重要支点建设迈上新的高度，产业科技创新焕发强大活力，全国性综合交通枢纽迈向更高能级，美丽文明的幸福家园更加令人向往，连云港高质量发展“后发先至”其势渐成、其时将至，取得了全面进步的喜人局面，展现出壮阔激扬的光明前景。

一、发展历程

将各主要历史阶段发展变迁表现的突出特征归纳，40年来，连云港经济社会发展大体可以划分为以下七个重要阶段：

（一）对外开放初期（1984—1991年）

1984年5月，在原有兴办经济特区基础上，国家又确定连云港为全国第一批14个对外开放沿海港口城市之一。连云港坚决贯彻“对外实行开放，对内搞活经济”总方针，以“简政放权、搞活企业、搞活流通”为目标，积极利用外资及港澳台资，引进先进技术，狠抓城市基础设施改造，加快港口、铁路、公路及通讯等建设，继续深入进行工业、计划、国有企业等一整套以城市为重点的经济体制改革，广泛开展内引外联，先后建成或新建了全国三大碱厂之一的连云港碱厂，当时江苏最大的食品合资企业——中日合资三得利食品有限公司，国家级经济技术开发区——连云港经济技术开发区，开通连云港民航，以及迁入第716所、新建国内最大的药用铝箔包装项目、扩建新海发电厂、建成玻璃钢总厂等，为加快全市经济振兴积蓄了扎实的发展后劲。尤其是1990年9月，伴随着新亚欧大陆桥全线贯通，进一步提升了连云港的知名度，也再次掀起了连云港对外开放建设高潮。

据统计，1984—1991年间，全市累计新批利用外资及港澳台资项目87项，实际利用外资及港澳台资为8417万美元，占同期全省比重达12.9%。自1988年起，连云港港口吞吐量首次跨上千万台阶，到1991年达到1213万吨，较1983年增长41.4%。1990年，全市国内生产总值首次突破50亿元，到1991年达到59.51亿元，增长1.9倍，年均增长14.4%。1984年，全市人均国内生产总值首次达到600元，到1991年则提高到1456元，相当于1983年的2.5倍，年均增长12.1%。同期，全市职工人均工资增长1.3倍，年均增长10.9%；城镇居民人均可支配收入增长1.9倍，年均增长14.1%；农村居民人均纯收入增长接近翻番达91.1%，年均增长实现8.4%，城乡居民生活质量总体呈现明显提高。

从产业结构看，继续呈现新变化。到1991年，全市经济结构虽仍以第一产业为主，其中坚持推进并完善家庭联产承包责任制，种植业占全市农业比重仍高达68.3%。但第三产业提高明显，并较第二产业高出2.5个百分点，其中较工业比重高出7.2个百分点。同期，全市国有工业占全部工业经济比重调整为53.2%，较1978年减小了13.2个百分点。从对外贸易看，仅1988—1991年，全市外贸进出口总额从597万美元增长到3534万美元，增长4.9倍，年均增长高达80.9%，较同期全省平均增幅高出65.5个百分点。

（二）全面奋起阶段（1992—1998年）

1992年初，在邓小平南方谈话发表后，中国改革进入了新的历史阶段，连云港与全国一样，进一步加快了经济建设发展步伐。12月1日，从连云港发出第一列过境国际集装箱专列，宣告连接太平洋与大西洋的国际陆海联运的新亚欧大陆桥正式开通运营。这一时期，直到1997年9月党的十五大召开之前，连云港经济建设已进入到整体推进、重点突破、加快实现经济体制和经济增长方式两个根本性转变，建立社会主义市场经济体制的攻坚阶段。全市坚持“能快先快、能活先活”的经济发展思路，大胆实践，顽强拼搏，继续推进改革开放，全力扩大经济总量，特别是不断加快现有工业企业改革发展力度，注重建立并完善现代企业制度，全市经济建设取得比较明显的发展成果。

据统计，1992年，连云港市国内生产总值仅为68.92亿元，到1994年，全市国内生产总值首次跨上百亿台阶实现110.61亿元，到1998年又突破200亿元达216.51亿元，其中第二产业比重提高达34.1%，较第一和第三产业比重分别高出0.9个和0.6个百分点，历史上首次占比第一，全市产业结构总体呈现为“二一三”的格局。同年，全市人均国内生产总值接近5000元，实现4916元。与1992年比较，全市国内生产总值增长2.1倍，人均则增长近2.0倍，年均增长分别达21.0%和19.8%。同期，全市职工人均工资增长1.6倍，年均增长16.9%；城镇居民人均可支配收入增长1.7倍，年均增长18.2%；农村居民人均纯收入增长2.7倍，年均增长高达24.1%，均是新中国成立以来增长最快的。

从主要产业看，全市工业在以提高经济运行质量为核心，加快产品结构调整，加大经营体制和产权制度改革，全力改造传统行业的基础上已初步形成以医药、化工、纺织、食品加工及建材等5大新兴支柱行业，全部工业增加值年均增长实现22.1%，较同期全市国内生产总值增幅高出1.1个百分点，较第一产业和第三产业增幅分别高出4.1个和0.3个百分点。需要说明的是，1992年，全市国有工业占全市整个工业的比重仍高达52.1%，但到1998年，国有工业占全市整个工业的比重则减小到不足10%仅为9.5%。同期，全市外贸进出口总额增长6.4倍，年均增长达39.5%，在一定程度上表明连云港经济发展确实已进入到新的历史发展阶段。

（三）攻坚提升阶段（1999—2005年）

在进入新的世纪之际，连云港继续全面贯彻落实党的十五大精神，从明确提出优化经济结构调整到全面以“富民强市、快速崛起、全面建设小康社会”总揽全局，再具体到“以工兴港、以港兴市、以市代农”，快速推动工业扩量增效，强力提升对外开放水平，在继续加快国企改革，完善股份制改造，深化融资体制改革，积极推进完善农村各项改革，以及进一步加大港口“一体两翼”建设等方面继续取得突破。特别是随着恒瑞医药、港口集团、益海粮油、罗盖特公司、东方国际集装箱以及江苏核电等深具发展潜力企业的崛起，加之2001年加入世界贸易组织（WTO），以及自2003年连云港铁路全部划归上海路局管辖，进一步助推了连云港社会经济的快速发展。

据统计，1999年，连云港市第三产业占比首次超过第一产业，到2000年，全部工业占比又首次超过一产，全市经济建设开始进入新的加速增长期，产业结构呈现出“二三一”的发展新格局。这期间，尽管遭遇“非典”疫情以及多年罕见的自然灾害，到2003年，全市国内生产总值仍跨上300亿台阶达到332.75亿元，较1999年净增达100.51亿元；人均国内生产总值达7141元，较1999年净增近2000元。到2005年，全市国内生产总值接近500亿达497.34亿元，人均国内生产总值首次跨上万元台阶达1.09万元，全市国内生产总值年均增长12.6%，其中加入世贸以来的2001—2005年间，年均增长为14.8%，而2003—2005期间，年均增长则达到18.8%，为改革开放以来主要历史阶段增长最高。与此同时，在国家统计局发布的2005年全国城市综合实力百强排名中，连云港城市综合排名历史性地提升到全国第55位，较上年度前移了17位，极大提高了连云港的社会知名度。

从交通运输看，2004年，连云港口第一个10万吨级深水泊位建成，全年吞吐量首次跨上4000万台阶达4352万吨。到2005年，港口吞吐量又跨上6000万台阶达6016万吨，港口集装箱吞吐量首次突破百万标箱，较1998年分别增长2.4倍和9.9倍，年均增长19.0%和40.7%，增幅继续在全国沿海港口位居前列。2005年，全市铁路客运发送量完成266万人次，铁路货运发送量达到1485万吨，较2003年分别增长49.2%和28.6%。

从内外贸易方面看，2005年，连云港外贸进出口总额突破20亿美元，达20.39亿美元，较1998年增长5.2倍，年均增长达29.8%，其中2001—2005年间年均增长达33.3%。同期，连云港海关监管的进出口货物总值年均增长19.6%，全市社会消费品零售总额增长92.5%，年均增长为9.8%，总体增长均处于新中国成立以来增长最快时期。

（四）跨越发展阶段（2006—2010年）

进入2006年，连云港紧紧围绕“全面奔小康、重振连云港”为总目标，抢抓机遇，拼搏实干，好中求快，全面突破，开始了轰轰烈烈的大开发和大建设。2009年后，《江苏沿海地区发展规划》及国家发改委《长江三角洲地区区域规划》中均对连云港作为带动苏北及沿陇海线的特大城市给予新的定位，在全省乃至全国均产生了相当广泛影响。全市发展乘势而上，经济总量连年跨上新台阶，持续保持强劲增长势头，2006年，全市国内生产总值一跃跨上500亿台阶达到近600亿元，据国家统计局发布的全国地级及以上城市综合实力比较研究，当年全市综合实力得分前移到全国第39位，较上年排名跃升16个位次，在全国产生较大社会影响，在一定程度上也充分表明连云港经济发展确实已步入一个全新的历史时期。

从主要综合指标看，这一阶段，连云港主要经济指标普遍实现翻番。2006—2010年间，全市国内生产总值每年净增超百亿元，到2010年，全市国内生产总值首次跨上千亿台阶达到1201.79亿元，在全国城市排名居71位，较上年净增达到253.29亿元，较2006年增长实现翻倍，年均增长达19.3%，较同期全省平均增幅高出1.3个百分点。从三次产业看，全市第一产业年均增长12.5%，第二产业及工业均增长达21.2%，第三产业年均增长20.3%，人均国内生产总值年均增长20%。这期间，无论是经济总量还是人均水平，全部表现较高速度增长，再次开启了连云港经济社会全面发展新阶段。

从其他重要指标看，2007年，在国家公布的《中国港口综合竞争力指数排名榜》中，连云港港排名前移，居全国第9位。2008年，港口吞吐量首次跨上亿吨台阶，港口集装箱吞吐量突破300万标箱。到2010年，分别完成13506万吨和387.10万标箱，年均增长分别达17.6%和31.1%。2008年，在国家批准并颁布的《中长期铁路网规划》中，连云港又被确定为国家中东部地区路网重要节点，到2010年，全市铁路客运发送量完成267万人次，铁路货运发送量达到3405万吨，较2005年增长1.3倍，年均增长18.1%；铁路货运占全国比重提高到0.9%，较2005年比重提高0.3个百分点。

从主要外经方面指标看，2010年，连云港外贸进出口总额首次突破50亿达50.76亿美元，较2005年增长1.5倍，年均增长达20%；连云港海关监管的进出口货物总值年均增长达到26.3%，较全市外贸进出口增幅高出6.3个百分点。需要说明的是，2006年，连云港市又荣获“中国旅游竞争力百强城市”称号，到2010年，全市接待国内外游客1405万人次，增长达72.2%；实现旅游总收入163.43亿元，增长91.1%，被评为全国最美十大魅力旅游城市和全国十大夏季避暑城市。

（五）高起点增长阶段（2011—2015年）

2011年，是“十二五”的开局之年。连云港注意紧紧抓住沿海大开发历史机遇，围绕“推动科学发展，建设幸福港城”主题，认真谋划思路，落实关键措施，以改革创新促发展，以扩大开放求突破，着力加快转型升级，促进经济提质增效。2013年，我国进入全面深化改革新时期，同时国家又提出建设“新丝绸之路经济带”和“21世纪海上丝绸之路”战略构想，连云港进一步抢抓“一带一路”建设重大机遇，全市经济社会继续保持较快发展的良好态势。

据统计，2011—2015年间，连云港国内生产总值平均每年净增达到200亿元，到2015年，全市国内生产总值首次跨上2000亿元台阶达2305.05亿元，继续排名全国城市百强，较2010年净增达1103.3亿元，增长91.8%，年均增长13.9%，较同期全省平均增幅高出达2.4个百分点；人均国内生产总值突破5万元达5.12万元，增长88.5%，年均增长13.5%。其中第二产业跨上千亿台阶达1038.97亿元，增长87.9%，年均增长13.4%。全市产业结构继续稳定在“二三一”格局，但其中第三产业占比已提高到42.6%，创历史新高。

这一期间，连云港经济发展变化最突出的特点是临港产业发展加速，产业集中度不断提高。2015年，全市石化产业和装备制造业产值均超过千亿，分别达到1201.53亿元和1053.72亿元；冶金产业产值接近千亿，为974.19亿元。以上三大产业产值占全市现有规模以上工业总产值的57.9%。另外，全市工业产值过亿元企业854家，较上年增加110家；亿元以上企业占规模以上工业企业的比重为52.2%，较上年高出3.6个百分点。

从其他主要指标看，全市交通产业支撑作用继续提升。2012年6月，连云港港区25万吨级航道建成，2013年7月，徐圩港区10万吨级航道完工，是年连云港港口吞吐量就跨上2亿吨台阶。到2015年，港口货物吞吐量达2.11亿吨，其中内贸吞吐量首次跨上亿吨台阶，达到1.11亿吨，较2010年增长分别达56.0%和94.4%，年均增长分别为9.3%和14.2%。港口集装箱运量连续四年突破500万达500.92万标箱，增长为29.4%。2015年，连云港外贸进出口总额实现80.45亿美元，增长58.5%，总体继续保持较好增长势头。

（六）高水平发展阶段（2016—2019年）

进入2016年，作为“十三五”开局之年，连云港经济、交通、教育等领域均发生并将发生重大变化。2017年6月，习近平总书记在中哈亚欧跨境运输视频连线仪式上作出“将连云港—霍尔果斯串联起的新亚欧陆海联运通道打造为‘一带一路’合作倡议的标杆和示范项目”的重要指示。到2018年底，伴随沿海高铁开通运营，连云港铁路客运迈入“高速时代”。连云港紧紧抓住国家“一带一路”建设以及沿海发展等重大战略机遇，牢固树立和贯彻落实创新、协调、绿色、开放、共享五大发展理念，以改革创新为引领，以扩大开放求突破，坚持稳中求进主基调，着力加快转型升级，各类各种产业基础设施建设不断取得突破性进展，部分行业优势进一步显现，尤其是伴随党的十九大胜利召开，连云港社会经济发展不断迈上新台阶。

从主要指标看，到2019年，全市国内生产总值首次跨上3000亿元台阶达3125.29亿元，较2015年增长35.6%，年均增长为7.9%。人均国内生产总值连续三年在6万元以上达6.81万元，净增1.69万元，增长33.1%，年均增长为7.4%。从产业结构看，继续呈现优化，自2018年起，全市第三产业比重首次高于第二产业，产业结构开始呈现出“三二一”的发展新格局，总体经济状况已进入高水平发展阶段。

这一阶段，连云港主动转换发展思路，注重强化政治担当，统筹更多资源、整合更大力量，全力保障新亚欧陆海联运通道畅通运行，不仅是中欧班列，连云港中哈物流合作基地、上合组织（连云港）国际物流园等标杆示范工程也取得丰硕成果。到2019年，港口货物吞吐量完成2.44亿吨，增长15.9%。全市铁路客运发送量326.08万人次，增长40.5%；铁路货运发送量达4547.48万吨，增长57.7%。全市铁路货运发送占同期全省铁路货运发送比重达36.4%，占整个上海路铁路局比重为14.3%，占全国铁路货运发送比重提高到1.3%。民航成功开通两条国际航线，机场航线达到40条，全年飞机起降1.81万架次，增长1.3倍；全年旅客吞吐量达192.28万人次，增长1.7倍。上合组织（连云港）国际物流园服务功能日趋完善，已成为江苏沿海大开发和国家东中西区域合作示范区的重要组成部分，全年物流业总收入完成2.48亿元，较上年增长17.9%。

从对外经济看，2016年8月，连云港花果山景区成功新晋国家AAAAA旅游景区，全市旅游业发展呈现进一步加快。到2019年，全市接待国内外旅游人数达4203万人次，较2015年净增1189万人，增长39.5%；全年旅游业总收入实现587.93亿元，增长达48.7%。2019年8月，伴随着中国（江苏）自由贸易试验区连云港片区获批建设，连云港再次迎来了新一轮历史性发展机遇，全市进出口总额完成93.22亿美元，增长15.9%；自2017年起，全市社会消费品零售总额连续跨上千亿台阶达1162.82亿元，增长达41.9%，消费对全市经济增长贡献率达51.0%。

（七）高质量突破阶段（2020年至今）

进入2020年，突如其来的新冠肺炎疫情对全国经济发展影响明显，面对严峻复杂的宏观环境，连云港扎实做好“六稳”工作，全面落实“六保”任务，疫情防控取得决定性成果。经济发展也进一步实现稳中突破，为全市加快实现高质量发展迈出关键步伐。

*经济总量再次实现历史突破。*2022年，连云港市国内生产总值首次突破4000亿元，到2023年达到4363.61亿元，四年净增超千亿达1239亿元，相当于再造了一个新主城区，较2019年增长39.6%，年均增长为8.7%，较上一个发展阶段平均增幅高出0.8个百分点。

*全面小康建设取得决定性突破。*到2020年，连云港如期完成新时代脱贫攻坚目标任务，伴随着经济发展进入全面逆势突破，全市城乡居民生活也从上个世纪末低水平的小康继续大踏步向高水平的全面小康迈进。到

2021年，连云港市全体居民人均可支配收入首次跨上3万元台阶，到2023年达到3.6万元，四年增长达28.1%；其中城镇居民收入再次跨上4万台阶达4.38万元，增长23.7%；农村居民收入连续突破2万元大关实现2.44万元，增长达35.2%。城乡居民储蓄存款余额连续跨上2000亿台阶达2874亿元，四年净增1252亿元。

交通运输主要指标全面突破。2022年，连云港港口货物吞吐量首次迈上3亿吨台阶，到2023年12月，伴随满载约40万吨铁矿石货轮顺利靠泊连云港，标志着连云港港正式具备40万吨超大型散货船靠泊接卸能力，全年港口吞吐量达到3.21亿吨，其中集装箱吞吐量首次突破600万完成613.68万标箱，四年增长分别为31.6%和28.4%，继续实现历史突破。铁路货运发送量再次跨上5000万台阶达5118.51万吨，占全国比重达1.3%，增长12.6%；邮政通讯业务总量首次跨上百亿台阶，其中邮政业务总量首次突破50亿元达52.36亿元，快递业务量首次跨上5亿件台阶，达到5.67亿件，四年增长达到2.2倍。

新兴动能稳步增强继续突破。2022年，连云港规模以上工业总产值首次跨上4000亿台阶，到2023年又首次跨上5000亿台阶达5169.14亿元，较上年增长达19.4%。其中石化工业占全部规上工业比重高达39.7%。其他如工业战略性新兴产业产值占比超过40%，高新技术产业产值占比接近40%。从数字经济看，全市数字经济核心产业增加值占国内生产总值比重较上年提高0.5个百分点；规模以上软件和信息技术服务业营业收入增长4.6%，科学研究和技术服务业营业收入增长19.4%，全年通过公共网络实现的零售额增长超25%。

外向型经济增长快速全力突破。特别是随着连云港自贸试验区建设加快推进，传统外贸业态不断积聚新动能，跨境电商新业态转型升级注入新活力，外贸竞争优势不断提升。2023年，全市外贸进出口提高到192.48亿美元，较上年增长20.1%，大幅度高于全省平均增幅，为连云港对外开放以来增长最快时期。

二、主要成就

40年来，特别是党的十八大以来，市委牢牢把握新时代新征程党的中心任务，完整准确全面贯彻新发展理念，统筹推进“五位一体”总体布局，协调推进“四个全面”战略布局，全市经济社会高速发展，各项事业全面进步。

（一）坚持和加强党的全面领导

1.政治建设抓紧抓实

市委时刻绷紧讲政治这根弦，始终做到旗帜鲜明讲政治。特别是党的十八大以来，市委把学习贯彻党的十八大、十九大和二十大精神与习近平总书记对江苏、对连云港工作的重要讲话重要指示结合起来，推动广大党员干部学深悟透习近平新时代中国特色社会主义思想。高标准高质量组织广大党员干部积极参加党的群众路线教育实践活动、“三严三实”专题教育、“两学一做”学习教育、“不忘初心、牢记使命”主题教育、党史学习教育、学习贯彻习近平新时代中国特色社会主义思想主题教育、党纪学习教育等集中性教育活动，坚持不懈用习近平新时代中国特色社会主义思想凝心铸魂，党的创新理论实践伟力在港城大地充分彰显、造福人民。全面加强政治忠诚教育和党性教育，引导广大党员干部秉持讲政治、知敬畏、守规矩的党性操守，坚定拥护“两个确立”、坚决做到“两个维护”。及时发现、稳妥处置意识形态领域的倾向性和苗头性问题，严防“低级红”“高级黑”。

2. 基层基础更加稳固

市委不断健全组织体系，党的组织建设在改革中不断深化。党的十八大以来，市委践行新时代党的组织路线，牢固树立大抓基层的鲜明导向，切实把基层党组织建设成有效实现党的领导的坚强战斗堡垒。坚持党管干部原则，贯彻新时代好干部标准，加强全方位管理和经常性监督，严格执行谈心谈话、提醒函询诫勉等制度，分层分类有针对性地培养锻炼干部，着力锻造忠诚干净担当的高素质干部队伍。坚持党管人才原则，深入推进人才强市建设，制定实施人才发展规划，创新打造人才平台，丰富完善居、业、学、医“四个无忧”服务包，推动近悦远来的良好人才生态逐步形成。

3.党风政风持续向好

市委把端正党风作为加强执政党建设的重要举措，持续推进作风建设常态化长效化。党的十八大以来，市委严格执行中央八项规定精神，集中开展“四风”问题专项整治。在市级机关深入开展党建引领“转作风、提效能、树形象”活动。通过“四不两直”明察暗访等形式，坚决纠治空泛表态、敷衍应付、阳奉阴违等突出问题。紧盯群众关切、问题突出、权力集中的单位和部门，查找党的领导弱化、党的建设缺失、全面从严治党不力“三大问题”。组建监察委员会，推进纪律监督、监察监督、派驻监督、巡察监督统筹衔接，形成四个全覆盖的权力监督格局。党风政风进一步好转、党群干群关系进一步密切。

4. 反腐败斗争纵深推进

市委坚定不移全面从严治党，以彻底的自我革命精神一体推进不敢腐、不能腐、不想腐，反腐败斗争取得压倒性胜利。坚持无禁区、全覆盖、零容忍，始终保持反腐高压态势，严肃查处国企、政法、开发园区、金融、粮食购销、工程建设等重点领域腐败案件。以专班办案为抓手，深挖彻查地域性、行业性、系统性腐败问题。分层分类开展专题警示教育，从根本上压缩腐败现象生存空间和滋生土壤。巩固深化扫黑除恶斗争，畅通群众信访举报渠道，紧盯教育医疗、养老社保、执法司法等领域开展专项整治，完善农村基层小微权力运行监管机制，坚定维护群众切身利益，深入整治基层“微腐败”。

（二）综合实力稳居全国百强

1. 经济总量连续跨上新台阶

经过沿海开放多年的发展积淀，连云港市经济建设成就非凡，经济总量不断实现历史突破。近十余年间，连云港经济总量连续跨上四个千亿台阶，2023年，全市国内生产总值实现4363.61亿元，在全国城市排名第69位，较上年前移5位。

2. 增长方式步入新阶段

近十余年来，连云港多措并举发展经济，各行各业有序前行，经济增长方式实现明显转变，全市经济增长开始呈现加速阶段，总体发展快于全国及全省平均速度。在徐圩新区石化基地胜利建成以及港口顺利迈入“40万吨”时代加持下，2023年，全市经济增长高达10.2%（不变价），较全省及全国平均增幅分别高出4.4个和5.0个百分点，跃居全省第一，增幅在全国城市排名约达到前五，标志着连云港经济增长已步入较快发展新阶段，经济发展质量和水平将进一步实现质的飞跃。

3. 人均水平连续新跃进

近十年来，连云港人均国内生产总值不断实现历史突破，连续跨上七个万元台阶。2011年，首次跨上3万台阶实现3.23万元，2013年跨上4万台阶达4.11万元，2015年又跨上5万台阶达5.12万元，2017年跨上6万元台阶达6.11万元，2020年再次跨上7万台阶达7.13万元，按当年平均汇率计算，首次突破1万美元达1.03万美元。2021年，全市人均国内生产总值又跨上8万元台阶达8.23万元，较全国平均水平高出1348元，在全国百强城市排名第96位。2023年，全市人均国内生产总值再次跨上9万元新台阶达9.49万元，较全国平均水平高出5559元，再创历史新高，标志着连云港经济社会整体发展已稳步进入中等发达国家平均水平。

4. 产业结构呈现新优化

2023年，连云港市产业结构比例为10.0% ：46.1% ：43.9%，其中工业占比提高到39.3%，继续保持“二三一”的发展格局。

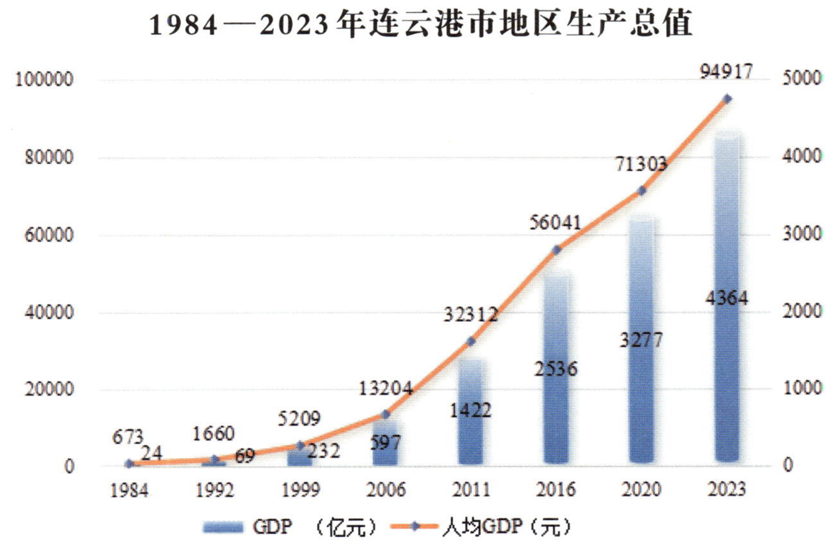

5. 综合实力继续新提升

据国际权威机构GYBrand城市研究院以国内生产总值为主要硬实力指标，并参考人口规模、质量建设、商业资源、文化体验、居住生活、发展潜力等指标进行综合评价，2023年，连云港在全国综合能力百强城市中排名前移到第63位，在一定程度上标志着连云港在全省及全国发展大局中战略地位和作用进一步凸显。

6. 城市营商环境展现新面貌

营商环境是经济发展的重要晴雨表，是加快城市发展的内生动力。近十年来，连云港市高度重视营商环境提升，相继出台了一系列优化营商环境举措，尤其自贸区获批以来，连云港以建设“全域自贸”为目标，全力营造更优创优发展环境，加速释放了全市经济加快发展新活力，连续在全国综合测评中排名百强。

（三）基础产业持续强势崛起

1.海洋产业资源家底丰厚

连云港汇聚“港、渔、景、岛、涂、能”等多种海洋资源，海洋经济家底雄厚，发展潜力巨大。近年来，连云港先后入选全国首批10个国家级海洋经济发展示范区，获批国家级海洋渔业出口示范区和全国休闲渔业示范基地，2023年，连云港海洋生产总值突破1100亿元。

2. 农业多项指标全省领先

连云港是江苏粮食主产区，也是全国重要商品粮及水产品基地。2023年，全市粮食产量达368.57万吨，粮食亩产478.96公斤，继续保持较高水平；全年肉类总产量达到36.78万吨，增长8.0%；禽蛋总产量实现6.10万吨，增长达16.0%，为近年最高。

3. 工业实力跻身苏北前列

过去十年来，连云港高扬加快发展的主旋律，强力推进工业立市、产业强市，坚定不移做大做强产业，工业竞争力不断走强。2023年，全市规上工业企业资产总计达到6706.83亿元，较上年增长4.4%；营业收入跨上5000亿元台阶完成5127.50亿元，较上年增长达25.2%，其中营业收入超过百亿的行业达到9个，主要为石化工业、化学制造、金属冶炼、医药制造、电力生产、非金属制品、食品加工、装备制造和资源综合利用等，上述九大百亿产业营业收入共计实现4387.15亿元，占全市规上工业比重高达85.6%，其中石化工业营业收入首次突破千亿达1185.12亿元，较上年增长2.6倍，占全市规上工业比重达23.1%，进一步奠定了连云港经济加快崛起的发展实力。从全省乃至全国影响看，连云港工业经济含金量相对较好，在全国先进制造业百强城市综合排名连续跻身全国百强，2023年综合排名跃居到全国48位，全市销售收入过百亿工业企业达到11家，排名苏北第一。

4. 流通产业总体稳中向强

由于地理区位及交通运输优势，多年来，连云港一直是苏鲁、淮海及陇海兰新地带大宗贸易集散地。2023年，全市限额以上批发零售和住宿餐饮企业营业规模实现突破，其中全年批发业销售总额达到2507.82亿元，较上年增长13.9%；零售业营业额完成1132.92亿元，增长7.9%；同期住宿和餐饮业营业额则分别增长达17.6%和16.1%。

5. 商务服务比较优势明显

商务服务业涉及行业众多，类型齐全，其作为现代新兴生产性服务业已成为拉动经济增长的重要力量。近十年来，连云港作为江苏布局的三大商务中心之一，注重把建设现代服务业集聚区作为服务业发展的重要抓手和着力点，进一步促进全市新型服务业态在空间上相对集中、集聚和集约发展，为全市经济社会发展注入了新的活力。2023年，全市规上商务服务业营业收入较上年继续增长6.1%，占全市规上服务业比重提高到22.4%，在全市规上服务业现有近30个行业中排名第二，仅略少于多式联运和运输代理业。

6. 绿色产业不断巩固提升

近年来，连云港因地制宜、重点推进，全面落实“六保”工作部署，特别是注重用绿色发展刷新全市经济底色，努力打造加快崛起的新样本，培育了一批具有龙头带动作用的新能源产业集群，全市“碳排放”双控取得突出成效。2023年，连云港市有新能源企业75家，新能源企业总产值442.83亿元。可再生能源发电装机容量449.11万千瓦，增长43.01%，占全省新能源装机容量的6.80%，全省排名第6位。胡润中国新能源产业集聚度城市榜上，连云港市位列第45位。

1984—2023年连云港港口吞吐量

（万吨/万标箱）

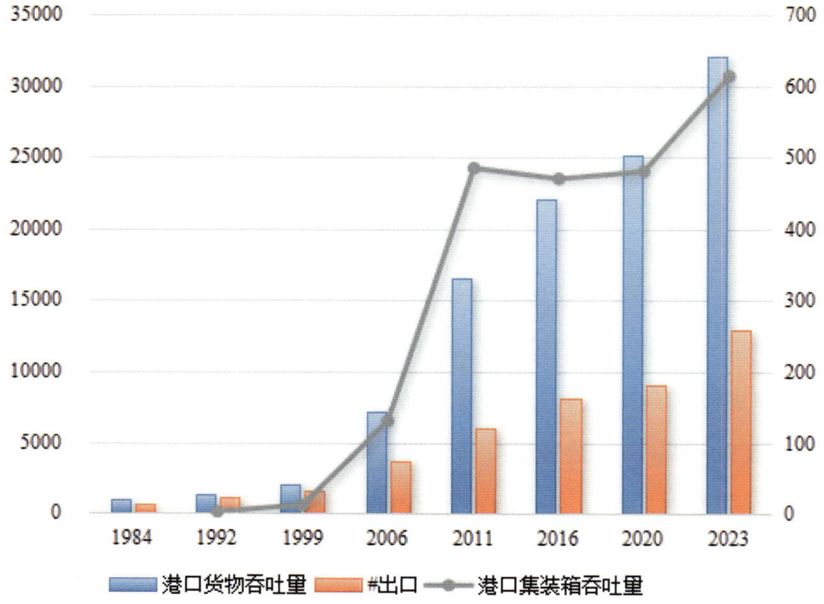

（四）交通运输全国举足轻重

1. 港口运输最具全球影响

港口是连云港最大最重要资源，也是连云港跻身全国进一步对外开放城市的重要前沿、重要平台和重要产业基础。连云港港是江苏班轮航线开行最多、唯一具有远洋干线的港口，在全球50大沿海港口排名居第19位，为全国沿海十大重要外贸港口。2023年，港口吞吐量达到3.21亿吨，其中集装箱吞吐量首次跨上600万台阶达613.68万标箱，在全国沿海港口排名前移至第8位。

2. 铁路运输新晋全国枢纽

连云港是新亚欧大陆桥东端最重要桥头堡，2020年，随着全市四条高铁线路全面建成，彻底改变了连云港交通地理版图，铁路运输晋升为在全省乃至全国新优势。全市共拥有铁路货运站12个，铁路客运站9个。2023年，连云港铁路客运总量达2232万人次，铁路货运总量突破7000万吨达7111万吨，均创历史新高。特别需要说明的是，连云港还是全国最早开行班列到欧洲的城市，从2011年起承担陆桥过境货物累计运量已排名全国第一。随着中哈物流基地建成，连云港港口班列已经布局阿拉山口、霍尔果斯、二连浩特、喀什、满洲里5个过境口岸，实现了对中亚地区主要站点的全覆盖。

3. 公路运输全省优势明显

2023年，全市公路总里程超过1.2万千米，其中，高速公路总里程354千米；国省干线公路总里程942.72千米，农村公路10975千米，密度高于全省平均水平。全市机动车拥有量首次突破百万达119.70万辆，其中各类汽车100.32万辆。

4. 民航运输全面实现历史突破

连云港民航自1985年开航以来不断走强，到2017年，旅客吞吐量首次突破100万人次，正式迈入全国中型机场行列。2021年底，作为江苏三大国际机场及苏北航运中心的连云港花果山国际机场投入运营。至2023年，连云港民航机场主要指标实现大幅度突破，其中飞机起降达1.61万架次，旅客吞吐量达到144.78万人次，较上年增长分别达到1.1倍和1.5倍，明显高于同期全国平均增幅。

5. 邮政速递跃居全国近50强

2023年，全市邮政主要指标取得突破，全年业务总量首次跨上50亿元台阶达到52.36亿元，较上年增长26.1%，较全国平均增幅高出9.3个百分点，较全省平均增幅高出12.3个百分点；全市邮政快递业务量达到5.67亿件，较上年增长32.5%，较全国增幅高出13.1个百分点，较全省高出18.3个百分点，在全省排名第4位。

（五）对外开放展现较强实力

1. 对外贸易比较优势明显

对外贸易是连云港经济发展最具比较优势的重要领域。2023年，全市外贸进出口总额提高到192.50亿美元，较上年增长20.1%，较全省平均增幅高出28.5个百分点。连云港海关监管货值较上年增长4.9%。占全省比重继续提高到10.8%，全省排名前移第二。

2. 利用外资及港澳台资水平继续提高

利用外资及港澳台资是对外进一步开放的重要标志性指标之一。对

1988—2023年连云港市外贸进出口总额(亿美元)

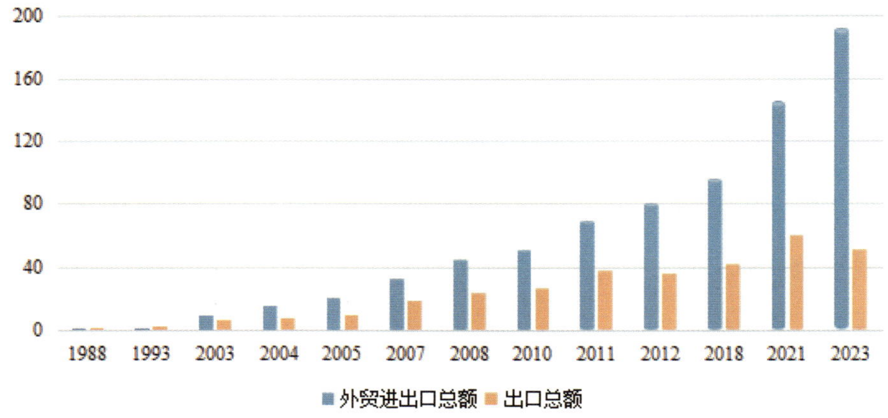

外开放40年来,全市累计新外商投资项目及港澳台资3936个,协议注册外资及港澳台资336.1亿美元,实际利用外资及港澳台资146.2亿美元。2023年,连云港市经济外向度突破30%提高到31.2%,为近年最高,在全省排名前移到第5位。

3. 园区建设实现历史跨越

改革开放以来,为实现经济更高质量发展,连云港注重加大重点园区建设,尤其连云港自贸区成功获批,再次拉开了全市加速对外开放历史新时代。2023年,省级以上开发园区以全市14%的土地面积创造了全市40%的国内生产总值、39%的一般公共预算收入、84%的规上工业总产值、50%的固定资产投资、97%的外贸进出口和68%的实际使用外资及港澳台资。

4. 旅游新晋全国热门城市前列

连云港山海相拥,历史文化深厚,是中国优秀旅游城市、是全国49个重点旅游城市和江苏三大旅游资源富集区之一。2023年,全市共有国家A级风景区44家,接待游客4960万人次,实现旅游总收入662.16亿元,同比增长45.39%和62.77%。

(六)现代经济发展态势抢眼

1.金融产业发展稳中向好

金融业是现代经济的核心,是国民经济发展的晴雨表,也是服务业乃至整个国民经济最重要支柱产业。2023年，全市银行存贷款余额实现1.29万亿元；保险业务总收入达124.44亿元；证券交易额达8521亿元，增长5.1%，在全省排名第7位。

2.通讯业务呈现高速发展

2023年，全市通信业务收入55.67亿元，增长9.5%；电话用户603万户，比上年增长3.8%；互联网用户687万户，比上年增长6.2%。在移动互联网的助推下，全市电商实现全面覆盖，“互联网+”已成为创新驱动全市发展的新引擎。

3.新兴行业增长态势抢眼

新兴产业是推进经济发展的先导，是优化社会运转的主要载体，是加快城市现代化程度高低的重要标志。近十年来，连云港新产业、新业态及新商业模式等新经济发展亮点鲜明。“康缘在线商城”“幸运叶子运动商城”等自有电子商务交易平台具有全国影响；大润发、苏宁、利群、万达、吾悦等大型现代化商贸综合体发展迅速；东海水晶、赣榆海鲜、海州运动服饰、灌云主题服饰、灌南菌菇等销量在全国排名前列；入选特色型（生活类）信息消费示范城市，为全省唯一。2023年，全市共建成电商产业园区28个，其中直播电商产业园5个；实现网络销售额1047亿元，同比增长16%，网络零售额居全省第8，苏北第3。社会消费品零售总额达到1277.2亿元，是1987年的345倍。建成电商产业园区28个，其中直播电商产业园5个。

4.数字经济发展势头正旺

数字经济事关国家发展大局，是继农业经济及工业经济之后的主要经济形态。近年来，连云港高度重视数字经济发展，总体增长势头正旺，已成为拉动全市经济快速发展的关键力量。至2023年，全市已经实现中心城区、县城、重点乡镇和工业园区5G基站全覆盖。先后获批省级软件园、大数据产业园、互联网众创园、科技服务集聚区等，天马集团获评苏北首家国家级数字商务企业，徐圩新区还获批省工业互联网标识示范区，连云港石化基地获批中国智慧化工园区示范单位等，“智慧港口”特色形成，生产经营业务处理实现100%信息化，全市数字产业集聚发展效能进一步凸显。

（七）社会事业继续蓬勃发展

1.科技产业发展势头强劲

扎实推进创新型城市建设，全市创新活跃度显著增强，产业竞争力明显提升。已公布的2022年全社会研发投入占国内生产总值比重达2.6%，首超全国占比，提前三年完成“十四五”目标，连续四年苏北第一。2023年评估值达2.67%；规上工业企业研发投入全省第一。全市共有国家级企业技术中心7家、国家科技型中小企业入库2030家、高新技术企业683家，省级创新型领军企业数量苏北第一。中复神鹰碳纤维项目获国家科技进步一等奖；康缘药业肖伟当选中国工程院院士，是全省首位非公企业家院士，领衔中药制药过程控制与智能制造技术全国重点实验室成功重组。高效低碳燃气轮机国家大科学装置填补国内空白；太湖实验室连云港中心成功落地，一体争创国家实验室，7000吨级试验船建造，加快建设海上大科学装置；全省首个海洋领域创新中心实体化运行。国家1类新药获批数量居全国地级市首位。

2.现代教育成就比较突出

现代教育是“国之大者”。近年来，连云港教育行业发生了格局性变化，为全市经济发展加快现代化做出突出贡献。2023年，全市各级各类学校（园）1154所，教职工总数8.26万人，在校生97.98万人。优质幼儿园覆盖率超过96.62%，位于全省前五；义务教育达省基本办学标准学校比例居全省第五、苏北第一；高考高分段人数、特殊类型（原一本）达线人数和总体本科达线人数实现“四提升”；淮海工学院正式更名为江苏海洋大学，满足了港城人民多年来的“大学梦”。

3.卫生保健实现全面覆盖

卫生是民生事业的重中之重。连云港坚持以推进全域卫生创建、创建健康城市为抓手，高质量推进健康连云港建设。作为全国首张电子健康卡的发布城市，连云港持续打造港城特色模式，打造连通全市统一的一站式医疗健康便民服务平台，逐步实现了“互联网+”医疗服务全方位、“互联网+”公共卫生服务全覆盖、“互联网+”医疗健康监管全流程，在2017年，就高水平创成国家卫生城市，2019年又被授予全国城市医疗联合体建设试点城市之一，全市国家卫生县城实现全覆盖，卫生城镇覆盖率位居全省第三、苏北第一。截至2023年底，全市各类卫生机构达2912个，床位总数达2.97万张，卫生技术人员达3.52万人，全市城乡居民健康素养水平达36.95%。

4.文化产业继续繁荣发展

文化产业是现代经济重要组成部分，也是当今世界经济增长的重要动力。2023年，全市文化产业认定单位1.8万余家，其中，纳入统计1.7万余家规下及个体单位，新增统计营业收入130亿元，规上文化企业317家，规上企业培育单位35家，重点文化产业项目27个，建成2个省级文化产业示范园区（基地），5个市级文化产业示范园区（基地）。

（八）城市跻身全国大型行列

1.城市规模排名全国大型行列

2023年，全市土地面积7626.06平方千米，海域7516平方千米。城市建成区面积313平方千米；全市户籍人口528.67万人，常住人口459.4万人，其中居住在城镇的人口达到294.02万人，比上年增加3.8万人，城镇人口占常住人口比重（即城镇化率）为64%。按照我国现有城市规模标准划分，连云港跻身全国大城市行列，在全国现有70个Ⅱ类大城市中排名第67位。

2.城市基础设施建设日益完善

围绕“建设人民期待的现代化新港城”的目标定位，连云港全力加大完善城市功能配套，城乡道路、新城扩建、旧城改造、环境治理等力度不断加大。2023年，全市城市道路总长度2300千米，人均拥有道路面积19平方米；建成停车泊位34.69万个，停车泊位与民用机动车拥有量比例达到1.14∶1；城市供水普及率达100%，供水管网总长4436.98千米，供水量约3.7亿立方米；燃气普及率达100%，集中供热面积达到250万平方米。全市改造老旧小区350个，改造棚户区12万余套，2个小区被评为“美好家园”全国100个创建典型案例。2017年10月，连云港获评“城市家具标准化示范城市”。

3.城市生态环境改善成效明显

连云港围绕“推动科学发展，建设幸福港城”发展主题，牢固树立和践行“绿水青山就是金山银山”的发展理念，全力打造海蓝山绿河畅景美的生态环境，高水平建设环云台山、环锦屏山城市绿脉和沿河生态绿廊，建成城市公园和游园70余个，成功举办第12届江苏省园艺博览会，先后获评国家园林城市、全国绿化模范城市、国家森林城市等称号。2023年，连云港市$PM_{2.5}$浓度为32微克每立方米，连续三年达国家空气质量二级标准，空气优良率达78.9%，优于全省平均水平，臭氧浓度为164微克每立方米；国省考断面优Ⅲ比例达93.3%，高于省定目标2.2个百分点；近岸海域优良海水水质（一、二类）面积比例达96.8%，为沿海三市最优，创有监测记录以来最优水平。全市土壤和地下水环境质量总体稳定，受污染耕地安全利用率和污染地块安全利用率均达100%。全市林木覆盖率达27.5%，居全省第五。全市生物多样性水平位于全省前列，珍稀濒危物种占全省81%。赣榆区创成国家级生态文明建设示范区，实现省级生态文明建设示范区全覆盖，成功创建63个省级生态示范乡镇（街道），52个省级生态示范村（社区），灌云县、灌南县、赣榆区实现省级生态示范乡镇（街道）全覆盖。

（九）人民生活阔步迈进小康

1.城乡就业质量不断改善

从就业人口看，2023年末，连云港全部从业人员达到248.70万人，占全市人口比重达54.1%，其中城镇非私营等单位从业人数为40.63万人，十年间净增超过5.0万人。从农村就业看，2023年，全市农村居民从事第二和第三产业的比重超过60%，十年间提高达10个百分点；其中农村第三产业就业占农村全部从业人员比重提高到近1/4。从个体就业情况看，2023年，全市个体经营户约达15.0万户，十年间净增3.5万户，年均增长2.5%。较全省平均增幅高出2.0个百分点。

2.职工薪酬水平相对较高

职工薪酬是综合反映一个地区经济发展水平的重要标志性指标之一。从薪酬情况看，连云港人均水平总体表现亮眼。2023年，全市城镇非私营单位在岗职工年人均薪酬达到10.65万元，十年间增长1.5倍，年均增长9.5%，较全省平均增幅高出0.5个百分点。

连云港服务业职工人均薪酬在全省表现一直比较“抢眼”。初步统计，2023年，全市现有规上服务业应付职工薪酬总额达到111.45亿元。职工人均月薪酬达到1.15万元，较全省人均月薪酬高出近800元。

3.居民收入全部实现翻番

从居民收支看，城乡居民全部实现翻番。2023年，连云港城乡居民人均可支配收入达到3.6万元；人均消费支出达2.38万元，近十年间增长均实现翻番，年均增长分别为8.4%和7.8%，较同期全省平均增幅分别高出0.6个和0.7个百分点。其中城镇居民人均可支配收入达4.38万元，人均消费支出实现2.8万元，年均增长分别为7.4%和6.5%，较全省平均增幅分别高出0.2个和0.4个百分点；农村居民人均可支配收入2.44万元，人均消费支出1.76万元，增长分别为1.3倍和1.4倍，年均增长分别为8.8%和8.9%，较全省平均增幅分别高出0.3个和0.2百分点。

从收入构成看，居民收入结构不断优化。2023年，全市居民收入继续呈现多元化，其中工资性收入占比达52.7%，经营性收入占比为20.6%，财产性收入占比6.9%，养老金或退离休收入占比超12.0%。从城乡看，全市农村居民年均收入增速较城镇居民快了近1.5个百分点，全市城乡居民人均可支配收入之比为1.79（农村居民收入为1），近十年间下降了0.2，较全省平均差距缩小0.28，全市城乡居民收入相对差距持续呈现逐步合理态势。

1984—2023年连云港市职工人均工资（元）

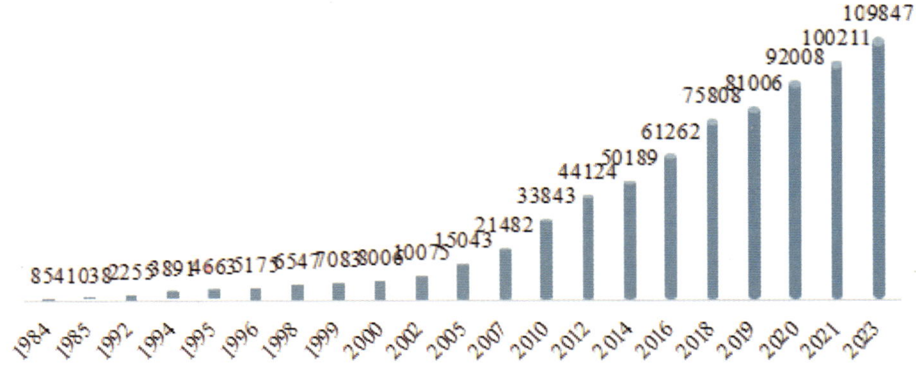

4.消费质量总体达到小康

从消费质量看，城乡居民整体实现小康。近十年来，伴随居民收入水平的不断提高，城乡居民消费升级提升更为明显，总体生活水平全部达到小康。以恩格尔系数为例，2023年，连云港城乡居民食品支出平均为7877元，占全部生活消费比重即恩格尔系数为33.1%，十年间总体下降3.1个百分点。与此同时，全市居民在文教娱乐、交通通信、医疗保健等方面支出提高至31.5%。从城乡看，城镇居民恩格尔系数为31.7%，农村居民恩格尔系数为36.5%。居民恩格尔系数的下降，在一定程度上标志着居民消费结构从传统“生存型”向“发展型”转变，按现行国际上测定贫困线方法综合评估，连云港居民生活总水平已全部超过小康水平。

从家庭耐用品情况看，升级换代实现革命性改变。到2023年，连云港城乡居民家庭主要耐用消费品已经完成普及或达到100%的有洗衣机、电冰箱、彩色电视机、空调以及手机等，另外热水器占比达到97%，家用电脑占比为53%。特别是家用汽车普及迅猛，2023年末，全市民用机动车拥有量达108.95万辆，十年间增长近5.0倍，年均增长17%，较全省平均增幅高出约4.0个百分点。全市私人汽车拥有量达91.70万辆，其中私人小型客车拥有量达81.85万辆，年均增长近20%，平均每百户拥有达58辆。

5.民生保障实现历史跨越

民生是最大的政治，改善民生是最大的政绩。党的十八大以来，连云港在经济社会发展及居民生活取得最伟大成就的同时，注重将着力解决群众所需所盼所想列为经济社会发展的“硬核”指标，全方位提升城乡人民群众获得感和幸福感，尤其在连续三年多的疫情防控期间，树牢正确的发展观，全市民生事业总体发展实现历史跨越。

从生活保障方面看，养老服务实现全覆盖。连云港人均期望寿命达78.32岁，十年间提高2.34岁。全市城乡居民健康素养水平达到33.1%，十年间提高超过20个百分点。2020年，连云港与全国一样，全部消除绝对贫困问题。2023年，全市城乡低保月平均标准一并统一提高到640元，初步实现城乡低保标准一体化，与扶贫标准“两线合一”，有力服务了全市脱贫攻坚大局。在县区三级医院实现全覆盖基础上，社区综合服务设施达标率基本达到100%，全市养老服务体系进一步健全，并获评全国居家和社区养老服务改革试点优秀城市。

从现有居住状况看，城乡居民生活环境改善明显。近十年来，连云港房地产开发投资年均增长约8.0%。2023年，全市城乡居民居住支出人均为4785元，占全市消费支出比重达20.1%；人均居住面积超过56平方米，较全省平均高出1.3平方米；其中城镇居民为52.3平方米，农村居民达59.5平方米，十年间分别净增加近20平方米和约19平方米。从炊用条件看，城乡居民使用电和煤气的家庭比例高达96.2%，其中使用各类煤气比例占84.0%，城乡居民从住有所居向住有宜居大幅转变。

从生活便利情况看，连云港已跃居全国前列。近年来，全市商业资源集聚度提升明显，越来越多主流品牌青睐港城，特色街区烟火气十足，陇海步行街获评全国夜间经济示范街。全市现有税收过千万元楼宇达到近30栋，城市生活的多样性和便利性越来越好。据对全国337座地级以上城市商业环境综合分析，2023年，连云港城市商业魅力全国排名前移至第73位，较2017年前移14位。其中，商业资源集聚度、城市枢纽性、城市居民活跃度、未来可塑性等全部排名较好。另外，城市夜间商业活跃度连续提升到百位以内。

连云港市『六五』至『十四五』规划的制定与实施

40年来，为促进经济社会快速发展，连云港市先后制定并实施了9个“五年规划”。从“六五计划”到“十四五规划”，体现了不同时期国民经济的发展要求、全市的发展重点和主要任务。在科学规划的指导下，连云港高质量发展更加强劲，综合实力明显提升，社会民生更加优化，生态环境更加向好，社会文明更加进步。

一、“六五”计划的制定和实施

（一）计划编制

《连云港市国民经济和社会发展第六个五年计划（1981—1985年）》是实现党的十二大提出的20年宏伟目标的第一个五年计划时期。“六五”计划自1981年开始编制，先后经过多次修改。1983年1月，连云港市实行市管县体制，作进一步修改，于1984年印发各县、区贯彻执行。

“六五”计划确定的主要奋斗目标是：1985年，工农业总产值达到30亿元，比1980年增长69.49%，年均递增11.13%。其中，工业总产值为16亿元，比1980年增长63.43%，年均递增10.3%；农业总产值为14亿元，比1980年增长77.21%，年均递增12.1%。财政收入达到2亿元，比1980年增长18.3%，年均递增3.4%。1985年，每万元工业总产值消耗的能源（折合标准煤）由1982年的5.6吨下降到1985年的5吨，每年的节能率为3.8%；全民工业企业的全员劳动生产率由1981年的8855元，增至1985年的1.05万元，年均增长4.35%。1985年，外贸商品收购额达到1亿元，比1980年增长56.25%，年均增长9.3%；社会商品零售额达到11亿元，比1980年增长92.98%，年均增长14.05%。“六五”期间，固定资产投资合计完成12.84亿元，比1980年增长13.8倍，年均增长68.96%（主要是港口、碱厂等国家重点项目投资增加），其中，基本建设投资8.57亿元，更新改造投资4.27亿元。1985年，粮食播种面积稳定在510万亩左右，总产量达到177.5万吨，比1980年增长46.1%，年均增长7.9%。

（二）实施情况

“六五”计划期间，连云港市坚持以经济建设为中心，实行对内搞活对外开放。经济体制改革逐步展开，农村经济开始进入到商品经济大发展和产业结构大变革的新时期，工业生产在不断提高经济效益的前提下稳定、持续发展，产品质量逐年提高，技术改造速度加快。城乡市场繁荣兴旺，内外贸易发展较快，对外开放初见成效，利用外资及港澳台资额大大增长。1984年4月，连云港经开区开始筹建。固定资产投资增加，重点建设得到加强，新建和扩建了一批重点项目，蛇纹石矿、东陇海铁路改造以及60万吨碱厂等项目加快推进。全市科学、教育、文化、卫生、环境保护和城市建设都有较大发展，人民生活不断提高。1985年，全市工农业总产值完成39.21亿元，年均增长16.7%，超过计划的30.2%，提前实现了翻番。其中，农业总产值（含村办工业）完成19.95亿元，比1980年增长1.4倍，年均增长19.2%，超过计划的22.4%；工业总产值（不含村办工业）完成19.95亿元，年均增长14.58%，超过计划的22.4%。国民收入26.4亿元，年均增长17.6%；国民生产总值29.64亿元，年均增长18.2%，三次产业结构比例调整为46.5∶29.5∶24；财政收入2.38亿元，年均增长7.1%。1985年，社会商品零售总额达到11.23亿元，年均增长14.38%；外贸商品收购总额完成1.41亿元，年均增长17.04%，超过计划的41%。粮食产量达到195.2万吨，年均增长9%，超过计划的12.7%。城市职工平均工资达到961元，年均增长9.7%，农民人均纯收入达到441元，年均增长21.9%。“六五”计划期间，全市累计完成全社会固定资产投资14.09亿元，年均增长32.2%，超过计划的14.2%。全市的国民经济走上了持续、稳定、协调发展的健康轨道，较好地完成了“六五”计划的主要任务。在经济发展中也出现了供求矛盾尖锐，第三产业落后，人才缺乏，工业技术装备和经营管理水平比较落后等一些问题和困难。

二、“七五”计划的制定和实施

（一）计划编制

1986年，《连云港市国民经济和社会发展第七个五年计划（1986—1990年）》经连云港市第七届人民代表大会第四次会议审议通过。

“七五”期间，连云港市经济和社会发展的主要奋斗目标是：1990年，工农业总产值达到65亿元，年均增长10.7%。其中，农业总产值达到27亿元（含村办工业），年均增长6.6%；工业总产值38亿元，年均增长14.2%。国民生产总值达到45亿元，年均增长14.2%，国民收入达到39亿元，年均增长9.3%，人均国民收入1220元。五年内引进外资及港澳台资2亿美元，外贸收购总额达到3亿元，年均增长16.3%，基本建成1.3平方千米的经济技术开发区。第三产业产值达12.5亿元，占国民生产总值的27.7%。1990年，完成多数行业和重点企业的技术改造任务。财政收入完成3.1亿元，年均增长5.8%，五年累计收入13.8亿元。固定资产投资五年累计完成35亿元，比“六五”期间增长1.5倍，其中全民所有制企业基本建设投资18.5亿元，技术改造投资11.4亿元。五年累计培养大中专人才2.09万人，1990年各类专门人才数量达到5.2万人。1990年，职工平均工资收入达1250元，农民人均纯收入年均增长8%。全市人口控制在318万人以内，自然增长率控制在9‰以下。

（二）实施情况

“七五”期间，全市紧紧围绕把连云港市建设成为新兴的工业、外贸、港口城市这一目标，经济和社会事业发生了深刻变化，提前实现了第一步战略目标。农村经济稳步发展，全市农村经济结构有了较大改善，农业基础设施建设得到恢复和发展，商品生产基地建设初具规模。1990年，粮食

▲ “七五”期间，连云港经济技术开发区初具规模。图为连云港经开区

贺成东摄

产量达到201.74万吨，棉花产量达到1.68万吨，油料产量达到12.74万吨，水产品总产达到9.1万吨。工业生产规模不断扩大，新海发电厂、连云港碱厂、东海玻璃厂等一批能源和基础原材料工业项目的建成投产，增强了全市工业实力。投资环境明显改善，完成了连云港建设10万吨级以上码头的预可行性研究论证，民航机场一期扩建工程竣工，东陇海铁路改造工程全面展开。科技、教育事业发展迅速，城乡人民生活水平进一步提高。

1990年，全市主要综合性指标同1985年相比：社会总产值由56.9亿元增加到110.3亿元，年均增长14.15%；国民生产总值由29.3亿元增加到49.3亿元，年均增长10.97%，三次产业结构比例调整为46.1∶26.6∶27.3；按1980年不变价，农业总产值由15.2亿元增加到17.08亿元，年均增长2.36%，工业总产值由24.01亿元增加到38.9亿元，年均增长10.13%；国民收入由26.4亿元增加到43亿元，年均增长10.25%；财政收入由2.38亿元增加到3.98亿元，年均增长11.21%；社会商品零售总额由11.2亿元增加到24.3亿元，年均增长16.72%。全市累计完成全社会固定资产投资58.67亿元，约为“六五”期间的4倍。

三、“八五”计划的制定和实施

（一）计划编制

从“七五”中期开始，连云港市着手研究编制“八五”计划（1991—1995年）。1990年下半年开始进行编制工作。按照国家统一要求，在“八五”计划的基础上，增加十年规划的内容。

“八五”计划确定的主要任务是：围绕实现城市工业化、经济外向型和建设枢纽港三个重点目标，突出以经济效益为中心，继续搞好治理整顿，稳步发展农业，加快发展工业，协调发展第三产业，把国民经济的整体素质和经济效益提高到一个新水平，为“九五”的振兴和发展打下坚实的基础。

“八五”计划确定的综合经济指标是：社会总产值年均递增10.3%，1995年达到180亿元；国民生产总值年均递增10%，1995年达到80亿元；国民收入年均递增9%，1995年达到66亿元；按1990年不变价计算，工农业总产值年递增7.6%，1995年达到131亿元，其中，工业总产值年均增长10%，1995年达到90亿元，农业总产值年均增长3%，1995年达到41亿元；能源、原材料消耗显著降低，综合经济效益进一步提高，全社会劳动生产率年均递增5%；财政收入年均递增5%，1995年达到5亿元；社会商品零售总额年均递增13.6%，1995年达到46亿元；全社会外贸出口商品供货总值年递增15%—20%，1995年达到15亿—20亿元；五年全社会利用外资及港澳台资3.5亿美元；人口自然增长率控制在12%以内；城镇待业率控制在3%以内；固定资产投资规模五年累计45亿元，建成十个重点工业项目，实施十大基础设施工程，兴建一批与人民群众生活密切相关的城市设施。

（二）实施情况

“八五”期间，全市进一步解放思想，抢抓机遇，各项改革不断深化，价格、金融、财税、投资、流通、外贸、教育体制改革进展顺利，国民经济总量迅速提高，农村经济快速发展，工业总量迅速扩大，对外开放成效显著，基础设施建设步伐加快，社会事业协调发展，人民生活水平有较大提高，全市经济和社会持续、快速、健康发展。从1990—1995年，全市国内生产总值由50.14亿元增加到155亿元，年均增长25.3%，人均国内生产总值由1507元提高到4330元。国内生产总值中三次产业比重由45.2∶26.9∶27.9调整为38.5∶34.5∶27。财政总收入由1990年的3.98亿元增加到1995年的9.86亿元，年均增长19.9%。到1995年底，全市共有“三资”企业1089家，“八五”期间累计实际利用外资及港澳台资3.02亿美元。全市累计完成全社会固定资产投资（城镇集体以上）100亿元，连云港拦海大堤、庙岭二期工程、宁连公路连云港段等一批重点基础设施项目建成使用。旧城改造，新区开发，道路绿化等城市建设步伐加快。人口自然增长率由1990年的16.5%降到8.49%，全市教育、科技、文化、卫生、体育、广播电视发展迅速。人民生活不断改善，1990—1995年，全市城镇居民年均生活费收入由1380元提高到4090元，农民人均纯收入由733元增加到2171元，按可比价格计算，年均增长8.3%和5.9%。

四、“九五”计划的制定和实施

（一）计划编制

1994年，连云港市开始编制《连云港市国民经济和社会发展第九个五年计划和2010年远景目标纲要》，1995年底，基本完成“九五”计划的编制工作。1996年2月12日，经连云港市第九届人民代表大会第四次会议通过。

“九五”计划的主要奋斗目标是：20世纪末，人均国内生产总值翻一番，人民生活实现小康，初步建立适应社会主义市场经济要求的经济体制，为实现现代化打下坚实基础。“九五”计划确定了经济发展目标、社会发展目标、人民生活目标及经济体制改革目标等4大类发展目标。

经济发展目标：国内生产总值到2000年达到205亿元，年均增长16%，人均国内生产总值达到5400元，年均增长15%，比“八五”末翻一番。加快产业结构的调整和优化，进一步提高经济效益，初步形成第三产业的六大体系。城镇集体以上固定资产投资五年累计完成310亿元，为“八五”期间投资的3倍以上。2000年，财政总收入达到20亿元，年均递增15.2%。自营出口额达到6.5亿美元，年均递增26.2%，“九五”期间累计实际利用外资及港澳台资8亿美元。

社会发展目标：“九五”期间，人口自然增长率控制在8%以内，到2000年底，全市人口控制在381万人左右。全市普及九年制义务教育高中阶段入学率达45%以上。到2000年，工业和农业新增产值中科技贡献份额分别达到35%和45%。生态环境明显改善，到2000年，市区绿化覆盖率达到35%。城市化水平进一步提高，到2000年达到40%。建立起健全的社会保障体系，参加农村养老保险的农民和企业养老、医疗、失业保险的职工达到80%以上。城镇失业率控制在4%以内。

人民生活目标：到2000年，城镇居民人均生活费收入达10000元，年均递增19.6%，农民人均纯收入达5000元，年均递增18.1%。经济体制改革目标：基本形成社会主义市场经济体制。加快现代企业制度改革，按照建立产权清晰、责任明确、政企分开、管理科学的现代企业制度要求，对企业进行全面改制，“九五”末，全市工业企业的改制面积达到50%左右。加强市场体系建设，努力使连云港市成为人流、物流、资金流和信息流的交汇点。强化政府宏观调控能力，提高管理效率，形成以间接调控为主的地方政府管理体系。

（二）实施情况

“九五”期间，全市经济和各项社会事业稳步发展，国民经济和各项社会事业取得了显著成绩，人民生活总体上达到小康水平。经济保持较快增长，2000年国内生产总值完成291.1亿元，年均增长11.9%；人均国内生产总值6443元，年均增长10.5%；财政总收入完成17.2亿元，年均增长10.3%。经济结构不断优化，“九五”期间，产业结构由“一、二、三”调整为“二、三、一”格局，三次产业比例为25.3∶43.2∶31.5。开放型经济取得进展，累计实际利用外资及港澳台资8.13亿美元，是“八五”时期的2.68倍，地方自营出口年均增长16.29%。基础设施建设成效明显，连徐、汾灌高速公路全面开工，港口吞吐量达到2708万吨，田湾核电站开工建设；全市累计完成全社会固定资产投资446亿元，为“八五”时期的2.67倍。经济体制改革逐步深化，国有经济实施战略性调整，初步形成医药、化工等五大支柱行业，组建了恒瑞、奥神企业集团。各项社会事业得到较大发展，科技进步贡献率不断提高，农业、工业科技进步贡献率分别为41.3%和34.7%。人民生活实现了低水平的小康，2000年城镇居民人均可支配收入和农民人均纯收入分别达到6456元、2597元，可持续发展能力得到提高，1999年，在全国46个重点城市环境综合整治定量考核中，连云港市总分列全国第16位（不包括8个优秀城市），其中环境质量列第1位。

“九五”期间全市经济社会的发展取得了较大成绩，但仍存在一些问题：经济总量不大，综合实力不强；经济结构不够合理；市场化程度不高；开放步伐不快；科技创新能力不强；城乡居民收入增长不快，就业压力较大等。

五、“十五”计划的制定和实施

（一）计划编制

“十五”计划（2001—2005年）是迈入新的千年、新的世纪的第一个五年发展计划。1999年，连云港市开始着手编制，至2000年底，“十五”计划编制工作基本完成，2001年3月1日，经连云港市第十届人民代表大会第四次会议审议通过。

“十五”计划确定了7个方面的主要任务和9个方面的发展重点。“十五”计划的总体目标是：国民经济保持较快发展速度，经济综合实力显著增强，经济结构战略性调整取得明显成效；建立比较完善的社会主义市场经济运行机制，国有大中型企业基本建立现代企业制度，工业经济的主体地位牢固确立；对外开放领域进一步扩大，经济国际化水平进一步提高；农业和高新技术产业化达到新的水平，国民经济和社会信息化程度明显提高；港城一体化建设取得新的突破，大城市框架基本形成；城乡居民收入水平稳步提高，财政状况明显好转，社会保障体系进一步完善，自然和社会环境不断优化；各项社会事业加快发展繁荣的步伐，精神文明和民主法治建设取得更加显著的成绩。

“十五”计划确定了7大类主要预期目标：

经济发展目标：2005年，国内生产总值500亿元左右（2000年价），年均增长10%—11%，人均国内生产总值超过1万元。财政收入年均增长10%以上，全社会固定资产投资累计完成950亿元，比“九五”翻一番。三次产业结构比例调整为20∶47∶33，其中工业增加值占国内生产总值的比重达到40%以上。

外向型经济目标：五年累计实际利用外资及港澳台资21亿美元，年均增长20%。2005年，自营出口总额7.8亿美元，年均增长15%。五年累计引进内联资金35亿元。

社会发展目标：2005年，全市总人口478万人，城市化水平36%左右。城镇登记失业率3.5%以下。基本建立比较完善的社会保障体系。初中毕业生升学率75%，高等教育毛入学率20%左右。万人拥有医生15人。

人民生活目标：2005年，城镇居民人均可支配收入9000元，年均增长7%，农民人均纯收入4000元，年均增长9%。

科技创新目标：科研开发经费占国内生产总值比重达到1%以上，2005年，农业和工业的科技进步贡献率分别达到58%和45%，高新技术产业增加值占工业增加值的比重达到25%左右。

环境保护目标：空气环境质量总体达到二级标准，局部达到一级标准。城区和各县城建成区声环境质量达到相应功能区标准，区域环境噪声平均值低于55分贝。市区污水处理率达70%。

市区发展目标：2005年，人口达73万人，建成区面积75平方千米，绿化覆盖率35%，人均公共绿地8.5平方米，初步形成大城市的基本框架。

（二）实施情况

“十五”期间，连云港市坚持“以工兴港、以港兴市、以市带农”的发展方针，锐意进取，攻坚克难，全市综合实力和人民生活迈上新的台阶。

经济实力快速提升，经济结构逐步优化。2005年，全市地区生产总值达到455.97亿元，“十五”期间年均递增11.9%，人均地区生产总值达到10003元。财政总收入56.28亿元，地方一般预算收入达到24.59亿元。三次产业结构比例调整为20.5∶44.2∶35.3，城市化水平达到38.1%，高新技术产业产值占规模以上工业总产值的比重达到18.1%。五年累计完成全社会固定资产投资1115亿元，外商及港澳台商直接投资达到8.93亿美元。港口建设实现了新跃升。港口货物吞吐量五年跨越4个千万吨级台阶，2005年吞吐量突破6000万吨，集装箱运量突破100万标箱。体制活力不断增强，开放水平显著提高。对外经济合作保持了良好的发展势头。2005年，完成进出口总额20.39亿美元，其中出口总额9.32亿美元。基础设施日趋完善。实施了水利、交通、电力、通信等一批重点基础设施项目，基础设施投资五年累计完成450亿元。港口完成固定资产投资35亿元，连徐、汾灌高速公路全线通车。社会发展日益进步，人民生活明显改善。全社会研发经费支出占地区生产总值比重提高到0.7%左右；义务教育进一步巩固，高中阶段教育毛入学率达到45.4%，高等教育毛入学率达到22%。2005年，城镇居民人均可支配收入和农民人均纯收入分别达到10006元、3869元；城镇职工基本养老、基本医疗和失业保险覆盖面分别达到98.1%、79.2%、98.3%，农村新型合作医疗覆盖面达到91.3%。

“十五”期间，经济社会发展中还存在一些矛盾和问题，突出表现在：经济综合实力不够强，工业主体地位不够明显，城市化水平不够高，县域经济比较薄弱，财政收支矛盾仍然突出，港口对区域发展的带动作用不够强，农民持续增收任务艰巨等。

六、“十一五”规划的制定和执行

（一）规划编制

从“十一五”规划（2006—2010年）开始，把“国民经济和社会发展计划”改为“国民经济和社会发展规划”。连云港市“十一五国家经济和社会发展规划”从2004年开始着手编制，于2006年1月13日连云港市第十一届人民代表大会第四次会议通过。

“十一五”规划提出的全市国民经济和社会发展的总体目标是：保持经济总量扩张和经济结构优化同步提升，城市外在面貌变化和市民内在素质提高同步提升，城市发展和农村发展同步提升，富民和强市同步提升，硬环境建设和软环境改善同步提升，经济社会发展水平与生态环境优化同步提升，进一步加快小康社会建设，全面融入“两个率先”大局。

根据总体目标确定5个方面发展目标：

经济发展目标：到2010年，全市地区生产总值在2005年的基础上翻一番以上，突破1000亿元，年均增长16%以上，人均地区生产总值达到2万元以上，比2005年翻一番以上，三次产业结构比例调整为11∶53∶36；到2010年，财政总收入达到140亿元，其中地方财政一般预算收入达到70亿元，年均增长25%左右；全社会固定资产投资五年累计达到2600亿元以上。

社会发展目标：城市化水平达到48%；中心城市人口突破100万人，建成区面积达到100平方千米以上；城镇登记失业率控制在4.5%以内；城镇劳动保障三大保险覆盖面、新型农村合作医疗覆盖面、高中段教育毛入学率全面达到小康标准；居民卫生服务体系健全率力争达到小康水平。

人民生活目标：城镇居民人均可支配收入超过1.6万元，年均增长10%以上；农民人均纯收入超过5600元，年均增长8%以上；恩格尔系数下降到40%以下。

人口资源环境目标：人口规模达到500万人，人口自然增长率控制在8‰以内；单位地区生产总值能源消耗比“十五”期末降低20%左右；耕地保有量38万公顷；森林覆盖率达到20%；环境质量综合指数保持在80以上。

港口发展目标：港口货物吞吐量达到1.2亿吨以上，其中集装箱吞吐量突破400万标箱。

（二）实施情况

“十一五”时期，全市人民紧紧围绕富民强市和全面建设小康社会的总体目标，紧紧抓住江苏沿海规划、长三角规划等国家战略赋予的重大历史性机遇，破解关键发展瓶颈，经济社会发展取得显著成就。

经济发展跃上新台阶。2010年全市地区生产总值达到1150亿元，人均地区生产总值2.6万元。年实际利用外资及港澳台资达到10亿美元规

模，财政总收入达到352.6亿元，地方财政一般预算收入达到141.4亿元。五年累计完成全社会固定资产投资达到4000亿元。以连云港港为核心的基础设施体系进一步完善，工业经济主体地位逐步确立，城市化、工业化和经济国际化进程加快推进。人民生活水平实现新提升。就业规模持续扩大，五年新增城镇就业33.9万人，农村劳动力转移28.5万人。城乡居民收入快速提升，城镇居民人均可支配收入、农民人均纯收入分别达到1.9万元、7039元，37万农村人口实现增收脱贫。社会保障体系进一步健全，城乡居民医疗保险、城镇职工医疗保险、新型农村养老保险和城乡低保基本实现全覆盖。人民生活水平持续提高，恩格尔系数下降到39%。新农村建设成效显著，农村生产生活条件进一步改善。创新能力建设实现新突破。创新资源加速集聚，科教创业园区形成规模，引进建设中科院能源动力研究中心等一批国家重大研发平台。企业自主创新能力显著增强，创新环境不断优化，全市科技进步贡献率达到40%。创新型城市建设步伐加快，跻身全国科技进步先进市行列。

*社会发展取得新成效。*全面落实义务教育免费政策和资助制度，基础教育水平不断提升。卫生事业加快发展，基层医疗卫生服务体系进一步健全，乡镇卫生院（城市社区卫生服务中心）建设改造率达97%，省级标准化村卫生室建成率达90%，城市社区卫生服务中心全部纳入医保定点。公共文化服务水平显著提高，文化产业发展取得新的突破，实现乡镇文化站、村级文化室、农家书屋全覆盖。全民基本健身设施实现城乡全覆盖。人口计生工作进一步强化。社会治安综合治理不断加强，社会法治进程步伐加快。安全生产工作得到强化，食品药品安全、住房保障水平明显提高，双拥创建活动不断深入，精神文明建设和社会管理取得新成效。生态环境得到新改善。集中式饮用水源地和重大污染隐患得到整治，绿化造林、园林建设、湿地保护、山体修复等重点工程加快实施，城乡环境综合整治取得明显成效。

*改革开放迈出新步伐。*启动新一轮政府机构改革，深化事业单位改革，实施义务教育学校教师绩效工资，稳步推进基本药物制度试点、社区卫生机构综合配套改革。推进投融资体制创新，加快投融资平台建设，连云

▲ “十一五”末的2010年，连云港港口吞吐量达到1.35亿吨，集装箱吞吐量387万标箱，港口功能大幅提升。图为集装箱货轮进港　港口控股集团供

港A股股票上市，连发集团等成功发行企业债。各类园区开发建设步伐加快。对外开放载体功能不断强化，新亚欧大陆桥过境集装箱直达运输首次由中亚延伸至欧洲。推进区域互动合作，与郑州、西安等重要城市建立战略合作机制。区域发展凸显新优势。国务院批准的江苏沿海规划、长三角规划和审议通过的全国主体功能区规划确立了连云港市作为国家重点开发区域、新亚欧大陆桥东方桥头堡和区域发展新增长极的战略定位。特大城市框架全面拉开，建成区面积达到120平方千米，中心城市功能不断提升。重大基础设施建设提速，连云港港建成15万吨级航道，30万吨级矿石码头试运营，30万吨级航道开工建设，港口吞吐量达到1.35亿吨，其中集装箱吞吐量387万标箱，港口功能大幅提升。县域经济发展提速，四县主要经济指标在全省县级排名中实现进位。

"十一五"期间发展还存在一些问题：港口、产业、城市发展融合程度不够高，港口作为区域发展龙头的作用尚未充分发挥。新兴产业实力不够强，缺乏对国民经济具有全局影响力的支柱产业、大企业集团，重化工业作为主导产业尚需加快突破。城市化水平有待快速提升，城市服务功能、城市竞争力和城乡统筹发展亟需增强。自主创新能力不足。公共服务均等化体系尚待完善。国土空间开发效率不高，生态建设尚需进一步加强。

七、"十二五"规划的制定和实施

（一）规划编制

"十二五"期间（2011—2015年），是连云港市贯彻实施《江苏沿海地区发展规划》《长江三角洲地区区域规划》的关键时期，是全面建成小康社会、向基本实现现代化迈进的攻坚时期。规划编制从2009年开始着手，于2011年1月21日连云港市第十二届人民代表大会第四次会议通过。

"十二五"规划确定的全市经济社会发展的总体目标是：加快建设辐射带动能力强的新亚欧大陆桥东方桥头堡、区域发展的新增长极，到2015年，全市经济综合实力和竞争力显著提升，社会建设不断加强，人民生活水平持续改善，全面建成小康社会，向基本实现现代化迈出坚实步伐。

围绕总体目标，确定了以下具体的奋斗目标：

经济综合实力实现新跨越。地区生产总值年均增长15%左右，人均地区生产总值实现五年翻一番，超过全国平均水平，实现在全国沿海地区进位、苏北地区争先。

港口服务功能显著增强。港口货物吞吐量达到25000万吨，集装箱运量达到800万标箱。建成30万吨级航道、30万吨级原油、LNG等专业化深水码头，港口功能实现新跨越。服务区域发展的基础设施体系进一步完善，集装箱干线港、区域性航运中心基本形成。

产业结构进一步优化。二、三产业增加值占地区生产总值比重达到92%。新兴产业加快培育，传统产业优化升级，以石化、钢铁为主导的基础性、基地型临港产业发展实现重大突破，服务业快速集聚，农业现代化进程逐步加快，产业支撑能力进一步提高，产业竞争力明显增强。

城市辐射能力不断提升。国际性海滨城市建设实现新跨越，加快建设区域性航运、商贸、金融、信息、物流、旅游中心，中心城区建成区面积达到150平方千米，人口达到150万人。

创新能力迅速提高。科技进步贡献率达到50%，研发支出占地区生产总值比重达到2%，创新体系日益完善，形成更多的拥有自主知识产权、自主品牌的创新型企业，建设创新型城市。

资源环境明显优化。生态市建设步伐加快，单位地区生产总值能耗下降和主要污染物排放量削减达到国家和省控制要求。城市绿化覆盖率达到43%，森林覆盖率达到24.5%。

城乡区域发展更加协调。坚持工业化、城市化与农村、农业发展互动并进，建立以工促农、以城带乡的长效机制，城乡一体化取得实质性进展。以中心城市建设引领城市化进程，加快完善城镇体系，增强城镇服务功能，城市化水平达到56%。

改革开放继续深化。市场机制更趋完善，重点领域和关键环节改革取得明显进展。政府职能加快转变，政府公信力和行政效率进一步提高。开放型经济发展水平不断提升，参与国际产业分工和国际市场竞争能力明显增强，区域合作不断加强。到2015年，实际利用外资及港澳台资达到20亿美元规模，外贸出口总额达到50亿美元。

人民生活持续改善。快速提高居民收入，努力实现居民收入和经济发展同步增长，劳动报酬和劳动生产率提高同步增长，中等收入群体持续扩大，低收入者收入明显增加，城镇居民人均可支配收入达到3.6万元，农村居民人均纯收入达到1.3万元。实现城乡基本社会保障全覆盖，保障水平不断提高。社会就业更加充分，城镇调查失业率控制在6%以内。高中阶段教育普及率保持在95%以上。人口自然增长率控制在6%以内。价格监控和管理不断加强，价格水平低于全省平均水平。人民群众安居乐业，幸福感普遍提升。社会建设和管理全面加强。法治连云港、平安连云港建设水平不断提升，民主法制更加健全，社会管理机制日益完善，居民文明素质普遍提高，和谐社会基础不断巩固。

（二）实施情况

“十二五”时期，全市上下认真贯彻落实党中央、国务院和省委、省政府决策部署，紧扣主题主线，落实“一带一路”倡议，推动沿海开发和国家东中西区域合作示范区建设，综合实力显著增强，产业转型升级步伐加快，改革开放和区域合作取得新进展，重大基础设施建设加快推进，城乡面貌不断改善，民生幸福和社会管理水平持续提升。

综合实力显著增强。经济总量突破2000亿，2015年实现地区生产总值2160亿元，在2010年基础上年均增长11.6%。完成固定资产投资2103亿元，年均增长20.8%。完成一般公共预算收入293亿元，年均增长15.7%；社会消费品零售总额740.5亿元，年均增长14.8%。沿海开发步入快车道，获批设立国家东中西区域合作示范区，入选国家七大石化产业基地。基础设施体系日趋完善。产业基础不断夯实，开发园区集约化开发水平不断提升，国家级石化产业基地获批，临港产业区成为经济发展新的增长板块。

创新驱动取得重大进展。高新技术产业产值年均增长26%，高新技术产业产值占规模以上工业总产值比重达39%。创新能力得到提升，全社会研发投入占地区生产总值的比重从1.2%提高到1.7%，科技进步贡献率由41%提高到53%，连续获评“全国科技进步先进市”，被认定为国家创新型试点城市和国家知识产权试点城市。连云港高新区升格为国家级高新区。在重点产业领域突破一批关键核心技术；医药创新累计承担“新药创制”国家科技重大专项59项，居全国地级城市首位。省级以上研发机构数达到179家。

对外开放和区域合作开创新局面。连云港被国家确定为新亚欧大陆桥经济走廊的东方起点、中哈物流中转基地和上海合作组织出海基地。省委、省政府将连云港市明确为全省“一带一路”建设的核心区和先导区。对外合作交流不断深化，中哈（连云港）物流中转基地一期工程建成启用。口岸通关更加便利化。“连新亚”班列正式开通运，“连新欧”班列实现试运营。“一带一路”农业国际合作示范区建设加快推进。成功举办两届中国（连云港）丝绸之路国际物流博览会。举办首届新亚欧大陆桥安全走廊国际执法合作论坛。对外经济合作稳步发展，“十二五”期间，累计实现国际服务贸易进出口40亿美元，占苏北五市总量的47%。开放型经济加快转型升级，结构持续优化，劳务合作总量稳步增长，境外投资成效明显。

人民生活水平不断提高。城乡居民可支配收入保持较快增长，城镇居民人均可支配收入达2.57万元，年均增长10.3%；农村居民人均可支配收入达12778元，年均增长12.8%，城乡居民收入差距缩小。农村低收入人口、经济薄弱村全面脱贫。城市规模不断扩大，市区建成区面积扩大至204平方千米。旧城区形象大幅提升。县城区建设步伐加快。在苏北率先基本实现教育现代化。文体设施建设有序推进，成为省级公共文化服务标准化试点地区。市区“10分钟体育健身圈”基本建成。社会保障体系进一步完善，基本公共服务均等化不断推进，市场价格总水平保持基本稳定。医药卫生体制改革不断深化，居民健康水平显著提升。人口服务管理机制不断完善，“单独二孩”政策平稳实施。加强平安港城建设，社会秩序和谐稳定，乡镇街道社会管理服务中心实现全覆盖。开展农村危旧房改造工程、村庄环境治理工程，村庄整体形象不断提升。

全面深化改革取得新突破。坚持以全面深化改革为引领，着力突破改革重点领域和关键环节。行政审批制度改革不断深化，市级审批项目减至97项，审批事项集中率100%。国有企业改革重组取得成效，国资国企改革迈出新步伐。财税改革不断深化，初步建立政府全口径预算制度，政府性债务管理基本规范。金融改革创新力度加大。农村综合改革扎实推进。价格改革深入推进，资源性产品阶梯价格及联动机制基本形成。

生态环境持续改善。生态建设力度加大，水污染防治、大气污染治理等生态环境整治成效显著，超额完成省定$PM_{2.5}$削减任务。单位地区生产总值能耗完成省下达目标。生态环境状况良好，生态环境状况指数达到59.9，城市建成区绿地率达到37.4%，绿化覆盖率达到40%，人均公园绿地面积达到14.2平方米，林木覆盖率达到28.9%。成功创建国家园林城市、国家节水型城市、全国无障碍环境示范市、全国绿化模范城市。区域供水、污水处理及镇村垃圾转运等基础配套逐步完善。强力推进化工园区专项整治，积极开展海洋生态整治修复，生态环境改善力度不断加大。

▲ “十二五”期间，连云港市生态环境持续改善。图为灌南县五龙口湿地公园

市生态环境局供

与此同时，经济社会发展中一些不平衡、不协调、不可持续的深层次矛盾和问题尚未得到根本解决。工业化进程滞后，发展的结构性矛盾依然突出，总量不大与结构不合理并存；投入产出效率不高，资源环境约束压力加大；城镇化发展质量和水平不够高，城乡之间、区域之间基本公共服务不够均衡，土地城市化水平明显快于人口城市化水平，人口集聚能力亟需增强，城乡空间布局需进一步优化；开放水平有待提高，广域综合交通体系需进一步提升；社会建设和治理面临许多新情况新问题，持续增加城乡居民收入的长效机制有待健全；制约发展的体制机制障碍亟需破解，改革攻坚任务艰巨。

八、"十三五"规划的制定和实施

（一）规划编制

"十三五"时期（2016—2020年），是连云港构建沿海大通道、完善综合交通枢纽体系，提升临港空间的关键时期。规划编制工作从2014年开始，于2016年1月2日连云港市第十三届人民代表大会第五次会议通过。

"十三五"时期全市经济社会发展的总体目标是：全面建成小康社会，让人民群众过上更加美好的生活，"经济强、百姓富、环境美、社会文明程度高"建设取得重大成果。围绕国际化海港中心城市的定位，建设全省"一带一路"建设的核心区和先导区、开放型经济新高地、我国沿海重要产业基地。

综合实力迈上新台阶。地区生产总值达到3500亿元，人均地区生产总值迈上10000美元新台阶。固定资产投资年均增长20%左右，公共财政预算收入年均增长10%左右。临港工业实现突破，基本建成国家石化产业基地、精品钢基地和开发区生命健康产业园、先进材料产业园、消费电子产业园、大型装备产业园、精密机械产业园，高新区建设取得阶段性成果。现代服务业快速发展，建设高铁、空港和海港商圈。农业现代化步伐加快。县域经济实力显著增强。城市功能不断完善，海滨城市特色彰显，户籍人口城镇化率达到58%。

现代产业体系初步形成。坚持走新型工业化道路，以重化工业、装备制造业和物流业为主导，着力培育支撑力强、带动力强的大项目、大企业。发展新技术、新业态、新产业，大规模改造提升传统产业，促进产业提质增效升级，提升产业附加值，增强产业竞争力。着眼于海洋资源和海洋空间，形成腹地产业、临港产业与海洋产业互促发展的良好态势，构建可持续发展的产业集群。二、三产业增加值占地区生产总值比重达到92%。

自主创新能力有效增强。创新体系更加健全，创新要素更加集聚，创新驱动经济社会发展的能力明显提升，创新型城市建设取得重大阶段性成果。在重要领域和关键环节改革上取得决定性成果，形成系统完备、科学规范、运行有效的体制机制，各方面制度更加成熟更加定型。高新技术产业产值占工业产值比重达到40%，研发经费支出占地区生产总值比重达到2.5%，科技进步贡献率达到60%，高层次人才占人才总量5.5%，万名劳动者中高技能人才数达到600人。

港产城全面融合发展。增强港口竞争力，持续壮大产业对港口、城市发展的支撑，不断增强中心城区的人口、产业集聚功能，形成以港口发展集聚临港产业、以临港产业振兴带动城镇发展、以城镇功能提升促进港口产业繁荣的互动格局。

国际化水平不断提升。广泛开展城市对外交流合作，增强城市国际影响力，建设开放型经济新高地。企业、城市、人才国际化水平显著提高，开放型经济引领作用全面显现，开放型经济发展总量迅速扩大、开放型经济发展水平明显提升、开放型经济社会贡献日益增强。到2020年，港口吞吐量达到3亿吨，集装箱运量达到600万标箱，进出口总额160亿美元。五年累计实际利用外资及港澳台资65亿美元。建成国家东中西区域合作示范区。

人民群众幸福获得感显著增强。城乡居民收入保持两位数增长，富民增收与经济同步发展、劳动报酬增长和劳动生产率同步提高，社会就业更加充分，创业致富蔚为风气。稳步推进基本公共服务均等化。形成更加公平可持续的社会保障制度。促进教育结构优化、教育资源均衡化。推进医药卫生制度改革，建设健康港城，居民健康主要指标达到省定标准。市民居住品质提升，人居环境舒适。建成更加完善的养老服务体系。公共安全水平明显提高，人民群众的安全感持续上升。城乡协调发展质量提高，实现以县域为单位多规融合全覆盖。居民消费价格水平保持基本稳定。到2020年，城镇居民人均可支配收入达到4.2万元左右，农村居民人均可支配收入突破2.3万元。

生态环境质量持续改善。生态文明建设取得重大进展，加强土地、滩涂、岸线、海域、海岛等资源保护，推进水、大气、土地及近岸海域污染防治，加强海洋生态整治修复。污染物排放和单位产品能耗持续下降，重点行业清洁生产水平明显提升，安全生产保障能力不断增强。城乡空间布局形态优化。主体功能区规划深入实施，城镇、农业和生态空间结构更加清晰，生态红线区域占国土面积比例达到21.96%。

社会文明程度大幅提升。公民思想道德素质、科学文化素质、健康素质明显提高，公共文化服务体系更加完善，文化体制改革取得重要突破，文化事业文化产业繁荣发展，社会文明程度指数达到90。社会大局保持和谐稳定，人民群众的安全感持续提升，法治建设满意度达到90%。

体制机制更加完善。全面深化改革持续推进，治理体系和治理能力现代化实现重大进展，形成系统完备、科学规范、运行高效的体制机制。法治连云港建设扎实推进，人民民主更加健全，法治政府基本建成，司法公信力明显提高。人权得到切实保障，产权得到有效保护。

（二）实施情况

“十三五”时期，面对错综复杂的国内外形势，面对艰巨繁重的改革发展稳定任务，面对突如其来的新型冠状病毒感染疫情，全市上下坚持以习近平新时代中国特色社会主义思想为指导，始终牢记总书记“后发先至”殷切嘱托，全面贯彻党的十八大、十九大精神和省委、省政府决策部署，牢固树立新发展理念，抓住用好“一带一路”建设、长三角一体化发展、江苏沿海地区发展、国家东中西区域合作示范区建设、自由贸易试验区建设等重大战略和发展机遇，突出“强富美高”建设，确立并紧紧围绕“高质发展、后发先至”主题主线，不断深化供给侧结构性改革，深入实施以港兴市、产业强市、城乡协调发展、创新驱动发展和绿色发展五大战略，建设大港口，

▲“十三五”期间，连徐、连盐、连青、连淮铁路开通运营。图为连青铁路

市交通局供

构建大交通，推进大开放，发展大产业，促进城市功能与品质大提升，实现大发展，奋力夺取疫情防控和经济社会发展“双胜利”。预计“十三五”规划确定的主要任务如期完成，与全省同步高水平全面建成小康社会，经济和社会发展跨上新的台阶。

经济发展迈上新台阶。2020年全市地区生产总值3277亿元，人均地区生产总值突破1万美元。五年累计固定资产投资突破1万亿元，实际利用外资及港澳台资32亿美元。聚力实施“高质发展、后发先至”三年行动计划、企业培育三大行动计划，一批重大项目加快推进，完成产业投资4300亿元。产业结构进一步优化，第三产业占地区生产总值比重于2018年超过第二产业，产业结构比例由2015年的13.1∶44.4∶42.5调整为

11.8∶41.9∶46.3。服务业现代化、战略性新兴产业规模化态势逐步呈现，一、二、三产业融合程度不断加深。

改革开放谱写新篇章。习近平总书记四次见证中哈物流基地建设，要求将连云港—霍尔果斯串联起的新亚欧陆海联运通道打造为“一带一路”合作倡议的标杆和示范项目。“一带一路”交汇点战略支点建设扎实推进，中欧国际班列覆盖中亚主要站点。成功举办连云港论坛、上合组织国际圆桌会议、中国（连云港）丝绸之路国际物流博览会、江苏农业国际合作洽谈会等重大活动，上合物流园获批国家级示范物流园，连续四年进入全国优秀物流园区。中国（江苏）自由贸易试验区连云港片区、跨境电商零售进口试点城市、跨境电子商务综合试验区、农业对外开放合作试验区获批建设，综合保税区封关运作，机场和两翼港区开放通过国家验收。商事制度等改革经验获国务院激励。新机场开工建设，连徐、连盐、连青、连淮铁路开通运营。连云港区30万吨级航道建成，徐圩港区30万吨级航道开工建设，30万吨级原油码头主体完工。2020年完成港口吞吐量2.52亿吨、集装箱运量480万标箱。重点领域、关键环节改革深入推进，党政机构、国资国企、农业农村、社会事业、民主法治等领域改革有序实施，形成一批在全国、全省有影响的改革品牌。

创新驱动展现新活力。全市高新技术产业产值占工业产值比重超过40%，研发支出占地区生产总值比重提高到2.13%，大中型企业和规模以上高新技术企业研发机构建有率超过90%。全市中国专利金奖数量苏北第一。国家级石化产业基地、钢铁基地推进建设，“中华药港”建设全面铺开，战略性新兴产业和新业态加速发展。重点领域和新兴产业核心技术取得突破，恒瑞、豪森、正大天晴、康缘等连续多年位居中国医药企业创新力排行前列，化工、冶金、轻纺等行业新产品设计、开发能力和品牌创建能力明显提高。荣获国家科学技术奖11项（一等奖1项），江苏省科学技术奖52项。高效低碳燃气轮机大科学装置开工建设。获批国家海洋经济发展示范区，获评国家产业技术创新型城市，国家知识产权质押融资试点城市、国家农业科技园区通过验收。东海县获批设立省级高新区、农业高新区。

港产城融合得到新提升。坚持港产城融合发展、新型城镇化与城乡发展一体化，加快城市更新，成为全国首个城市家具标准化示范城市，获批省海绵城市试点城市、省地下综合管廊试点城市。连云新城、赣榆新城区建设全面提速，老城改造步伐加快，“外畅内达、安全高效的一横两纵一环”的市域综合交通走廊规划建设。建成省公共体育服务示范区，形成城市10分钟体育健身圈，人均体育场地设施面积和国民体质监测合格率苏北领先，实现奥运金牌零的突破。围绕充分发挥港口和城市的产业服务功能，以连云港港为核心的新亚欧大陆桥经济走廊东方起点建设深入推进，以重化工业为主导的沿海新型工业基地，以物流业为主导联结“一带一路”的综合交通枢纽和物流中心建设全面加速，以港促产、以产兴城、以城支撑的发展格局初步形成。

生态文明取得新进展。牢固树立“绿水青山就是金山银山”的发展理念，把生态建设和环境保护放在更加突出的位置，生态环境质量持续改善，绿色发展能力稳步提升，获批绿化模范城市、花果山5A级景区、花果山国家地质公园、国家级海洋牧场示范区。生活垃圾、黑臭水体等人民群众身边的环境问题得到有效解决，单位地区生产总值能耗、单位地区生产总值用水量等完成“十三五”规划目标任务，城镇污水处理率达到92%以上，城镇生活垃圾无害化处理率100%。探索建立以流域为管辖范围的灌河流域环境资源审判法庭，建成全国首个海洋牧场环境司法执行基地，劳务代偿、异地补植、增殖放流等修复性司法经验全国推广。深入实施大气、水、土壤三大污染防治攻坚行动，严格落实“河长制”“湾长制”“断面长制”，创新建立“管长制”“点位长制”，石梁河等水域无序采砂乱象得到有效整治，获批国家生态环境与健康管理试点地区，开展蓝色海湾整治，为全省唯一入选国家“蓝色海湾整治行动”城市。加大饮用水源地整治，区域供水入户率达99%以上，实现城乡供水一体化。水、大气、噪声、土壤等环境质量达到功能区标准并持续改善，固体废物资源化和安全处置水平稳步提升，区域环境应急能力显著增强，环境风险得到有效控制，公众对环境质量的满意率明显提升。

人民生活实现新改善。持续排查解决突出民生问题，人民群众获得感、幸福感和安全感不断增强，成功创建国家卫生城市、全国文明城市。圆满完成脱贫攻坚任务，低收入人口义务教育、基本医疗和住房安全保障水平明显提高。居民人均可支配收入从2015年的1.9万元提高至2020年的2.9万元，城乡收入比由2.01下降至1.9。实施就业优先政策，推动创业带动就业，实现城镇新增就业32.4万人，登记失业率控制在3%以内。文化教育、医疗卫生、社会保险等协同发展力度不断增强。九年义务教育巩固率100%，高中阶段教育毛入学率99%以上。淮海工学院成功更名为江苏海洋大学。社会主义核心价值观深入人心，全社会法治意识普遍增强，省历史文化名城成功获批。王继才同志荣获"人民楷模"国家荣誉称号，"一群好人、满城春风"城市形象广泛传播。文化事业和文化产业齐头并进，村（社区）综合性文化服务中心实现全覆盖。公立医院综合改革效果评价处于全省前列，城乡居民养老保险、医疗保险扩面征缴，低保标准进一步提高，获批医保信用体系建设试点城市、养老服务改革试点城市。社会保险制度体系更加健全，覆盖范围持续扩大，待遇水平稳步提升。统筹推进农民居住条件改善、农村人居环境整治，城乡面貌不断刷新。网格化社会治理深入拓展，"12345"平台荣登"全国十佳热线"，全省首家非诉讼服务中心、诉讼与非诉讼对接中心挂牌成立，轻微刑事案件和解模式全省推广，信访矛盾攻坚化解和源头治理成效显著。"一委三会"基层社会治理模式被授予"江苏省十大社会治理创新成果奖"。政务数据整合共享加快推进，"我的连云港"APP上线运行，市县乡村四级便民服务体系全面形成。持续深入推进扫黑除恶专项斗争，固化形成"大数据+网格化+铁脚板"工作机制，群众安全感显著增强。开展安全生产专项整治，安全生产形势总体平稳。诚信连云港建设持续深化，守信联合激励和失信联合惩戒体系逐步形成。全国双拥模范城"八连冠"，军民融合深入发展。

"十三五"期间，全市经济社会发展还存在一些突出问题，仍面临诸多挑战，特别是经济发展还不充分，产业转型升级压力持续加大，港口资源优势未获充分发挥，科技创新能力亟待提升，资源环境约束压力不断增强，突出民生问题急需解决，城乡之间、区域之间基本公共服务不够均衡。

九、“十四五”规划的制定

“十四五”时期是我国全面建成小康社会、实现第一个百年奋斗目标之后，乘势而上开启全面建设社会主义现代化国家新征程、向第二个百年奋斗目标进军的第一个五年。规划编制工作从2019年开始，于2021年1月22日连云港市第十四届人民代表大会第五次会议通过。

“十四五”经济社会发展主要目标：高质量发展更加强劲，综合实力明显提升。坚持创新驱动，推动经济结构持续优化，发展内生动力不断增强，在发展速度和效率上走在前列。累计产业投资6000亿元，地区生产总值跨越2个千亿元台阶，工业应税销售收入、一般公共预算收入实现翻番。高端创新要素集聚能力显著增强，科技成果向生产力转化的通道更加顺畅，科技进步贡献率突破60%，产业基础高级化、产业链现代化深入推进，国家石化产业基地基本建成，“中华药港”建设取得明显成效，海洋经济做大做强，数字连云港建设实现重大突破，现代服务业加快发展，农业基础更加稳固，高质量现代产业体系更加健全，供给体系质量和效率进一步增强。县域经济赶超进位，市域内部基础设施体系进一步完善，区域和城乡发展更加协调。

社会民生更加优化，生活品质明显提升。实现更加充分更高质量就业，城乡居民收入和经济同步增长，城乡居民收入差距和生活水平差距持续缩小。教育、医疗、文化等公共服务投入稳步加大，普惠型、均等化的城乡基本公共服务体系基本建成。教育发展水平整体跃升，健康和经济社会良性协调发展，全民健身公共服务体系更加健全。社会保障网络体系更加完善，医疗、养老保险等覆盖范围和保障水平持续提高，低收入群体居住生活条件得到更大改善，房地产市场平稳健康发展，群众对高质量发展的获得感和满意度进一步提高。

自然生态更加向好，环境质量明显提升。“两山”理论深入践行，生态文明制度健全，绿色低碳生产生活方式深入人心，美丽连云港建设深入推进。生态优先、绿色发展，资源节约型、环境友好型社会建设取得扎实成效。生态环境质量明显改善，大气、水、土壤等污染得到有效治理，化工整治深入推进，生态修复全面提升，生态环境质量改善、节能减排等约束性指标完成省定任务。建设公园城市，构建美丽乡村，山海之美、生态之美、城乡之美、人文之美充分彰显。

社会文明更加进步，精神文化明显提升。“中国梦”和社会主义核心价值观更加深入人心，爱国主义、集体主义、社会主义精神广为弘扬，新时代“连云港精神”凝聚力和影响力明显提升，“一群好人、满城春风”城市形象进一步彰显。文明创建纵深发展，全国文明城市、国家卫生城市创建成果巩固提升，申建国家历史文化名城。文化和旅游深度融合，以文塑旅、以旅彰文的文旅产业繁荣发展。推进全民终身学习，市民思想道德、科学文化和健康素养明显提高。

深化改革更加拓展，开放能级明显提升。围绕构建新发展格局推出系列改革举措，不断深化供给侧结构性改革，“放管服”改革、要素市场化配置改革、国资国企改革等取得更显著成效，在改革创新、推动高质量发展上争当表率。打造全方位、多层次、多元化的平台载体，深度融入“一带一路”建设，全面推进国家东中西区域合作示范区建设，东西双向开放不断深化，支点城市全面构建，“东方大港”地位凸显，“两基地、一班列”提档升级，自贸试验区建设取得重大阶段性成效，服务国内国际双循环的能力进一步增强，高水平开放成为高质量发展的强大动能。港口吞吐量达到3亿吨，集装箱运量达到600万标箱，外贸进出口（货物贸易和服务贸易）总额达到140亿美元，累计实际利用外资及港澳台资50亿美元。

治理体系更加完善，治理能力明显提升。市域治理体制机制创新完善，治理的社会化、法治化、智能化、专业化水平得到提升。法治连云港建设有力推进，地方法规体系更趋健全，全面打造法治政府，社会诚信体系更加完善，司法公信力明显提高，全社会法治意识不断增强。统筹发展和安全，本质安全水平持续巩固提升，安全生产形势总体平稳，社会大局保持和谐稳定，实现从被动维稳向主动创稳、从静态平安向动态平安、从一时平安向长治久安转变，形成发展和安全协调共进、互促双赢的良好局面。

连云港市高水平全面建成小康社会历程、成就与启示

全面建成小康社会，是“两个一百年”奋斗目标的第一个百年奋斗目标，是中国共产党向人民、向历史作出的庄严承诺。党的十八大以来，市委、市政府团结带领全市人民，坚持以习近平新时代中国特色社会主义思想为指导，认真贯彻党中央、国务院以及省委、省政府决策部署，全面践行新发展理念，紧盯小康社会百年奋斗目标，众志成城，奋力拼搏，全力以赴补短板、强弱项，如期高水平全面建成小康社会。

一、发展历程

（一）基本解决人民温饱问题（1984—1992年）

1979年12月，邓小平提出建设“小康之家”的设想，创造性地借用“小康”这个富有中国传统文化特色的概念来表述“中国式的现代化”的重要内容与目标。1982年党的十二大报告明确，从1981年到20世纪末的二十年，力争使全国工农业的年总产值翻两番，解决人民的温饱问题。

1984年5月，党和国家确定进一步开放包括连云港市在内的14个沿海港口城市，连云港的发展进入了新的历史时期。市委全力支持连云港经济技术开发区各方面建设，使之逐步成为全市经济发展的重要增长极和支撑点；以“内联打基础、外引上水平”为指导方针，大力发展“三外”并举的外向型经济；加快庙岭煤码头、三突堤码头、庙岭二期集装

箱泊位等工程建设步伐，港口吞吐能力得到大幅度提高。

与此同时，连云港市的经济体制改革从农村到城市全面展开。市委进一步转变农村经济工作指导思想，稳定和完善家庭联产承包责任制，改革农产品统派购制度，大力发展多种经营和外向型农业，积极引导乡镇企业健康发展，推动农村生产经营服务体系基本形成。扶贫方式从救济式扶贫转变为开发式扶贫，对人均收入贫困线以下的重点乡、重点村、重点户，实行重点扶持。

市委以“简政放权、搞活企业、搞活流通”为目标，全面推进企业的生产经营体制、分配制度、人事制度和劳动就业制度等，推动企业的转轨变型。同时，对商贸流通、计划、投融资、财政、金融、税务、价格等管理体制也做了相应的改革。

1987年，党的十三大确定了社会主义现代化建设“三步走”战略。在党的十三大精神指引下，市委带领全市人民，进一步深化体制改革，优化经济结构，不断增强发展后劲。

1988年开始，连云港市按照党中央和省委的统一部署，着手对经济环境、经济秩序进行治理整顿。到1990年底，“七五”计划所确定的国民经济和社会发展各项指标绝大部分完成或超额完成，提前实现了第一步战略目标。

1992年，连云港市的经济发展水平进一步提高，地区生产总值68.92亿元，城镇居民人均可支配收入1997元，农村居民人均纯收入803元，分别是1984年的2.92倍、3.3倍和1.74倍。各项社会事业蓬勃发展，居民的精神生活不断得到充实和提升，医疗卫生、居住条件等也得到较好改善，人民生活完成了从生存型向温饱型转变，并逐步向小康迈进。

（二）人民生活实现总体小康（1992—2002年）

1992年，在人民温饱问题基本得到解决的基础上，党的十四大提出到20世纪末人民生活由温饱进入小康。1997年，党的十五大提出新的“三步走”发展战略，明确到2010年使人民的小康生活更加宽裕。

党中央的决策部署为连云港市确立了新的发展目标。市委以园区建设为重点，努力提升对外开放平台层次和水平；大力发展对外贸易，扩大外资和港澳台资利用规模；加强港口建设，墟沟港区一期工程、庙岭港区二期工程等一批重点工程项目先后建成投产。1992年12月，新亚欧大陆桥正式开通运营。1997年12月，中俄合作建设田湾核电站签字仪式在人民大会堂举行。

1992年，市委作出深入实施“科技兴市”发展战略，1994年，全市教育工作会议将“科技兴市”战略拓展为“科教兴市”战略，科技先导与教育先导更加紧密地结合起来。连云港市积极推进高新技术产业园区建设、利用高新技术改造传统产业、实施跨世纪人才培养计划等24条措施，全市科技实力显著提升，逐步形成新医药、新材料、新能源、高端装备制造“三新一高”为代表的战略性新兴产业。

围绕建立社会主义市场经济体制基本框架，连云港市加快推进建立现代企业制度步伐，开启了连云港市国有企业新一轮的改革。此后，股份制、股份合作制、先售后股、公有民营、兼并破产、一厂多制等多种形式的中小企业改制和各项配套改革全面启动。党的十五大之后，市委突出国有公有制企业规范化的产权制度改革，重点围绕国有经济战略性调整和国有企业战略性改组展开工作。国有资产管理体制改革也在同步推进，国有资本向基础产业、支柱产业、战略性产业以及关键领域集中。通过国有资产的优化整合，促进了优势产业的发展壮大，初步形成以医药、化工、纺织、食品加工及建材五大支柱行业。在加快经济结构调整和深化国企改革的过程中，市委还通过多种形式的转岗培训，拓宽就业渠道，建立劳动力市场、再就业服务中心，大力推进下岗职工再就业工程，多层次社会保障制度日趋完善。

按照“放心、放胆、放手、放开、放活、放宽”的总体原则，连云港市积极扶持个体私营经济蓬勃发展。至2002年，全市私营企业累计近0.8万户、个体工商户累计7.3万户，私营个体从业人员达13.08万人。这一时期，全市还掀起了一波市场建设高潮，市场体系建设呈跳跃式发展，逐步构建了以市区为中心，以城镇为网点，以水陆交通线为纽带，形成了一个遍布城乡、交叉融合的区域市场网络。

随着社会主义市场经济体制改革目标的确立，以发展市场经济为主题的农村经济体制改革进一步深化。在这一阶段，连云港市继续深化农村土地使用制度改革，推进农村税费改革，加快农村经济结构调整，实施乡镇企业改革，农村经济发展水平明显提升。扶贫开发工作转入着力解决重点区域的攻坚阶段，灌云县、灌南县相继实现了以乡为单位的基本脱贫目标。

在深化改革、扩大开放的过程中，连云港市较好地完成了国民经济和社会发展的第八个、第九个五年计划。城市的规模不断扩大，功能日趋完善，科教文卫体等领域均取得显著成绩。至2002年，连云港市地区生产总值296.84亿元，城镇居民人均可支配收入和农民人均纯收入分别达到6953元、2991元，人民生活达到总体小康，实现了由温饱向小康的历史性跨越。

（三）开启全面建设小康社会伟大进程（2002—2012年）

2002年，党的十六大针对当时小康低水平、不全面、发展很不平衡的实际，提出全面建设小康社会目标，小康社会建设由“总体小康”向“全面小康”迈进。2007年，党的十七大对实现全面建设小康社会的宏伟目标作出全面部署，在经济、政治、文化、社会、生态文明等方面提出新要求，全面建设小康社会的目标更全面、内涵更丰富、要求更具体。省委根据中央对江苏发展的明确定位，进一步提出了“率先全面建成小康社会、率先基本实现现代化”的奋斗目标。

这一时期，连云港市确定“以工兴港、以港兴市、以市带农”的发展策略，启动“亿吨大港”建设，举全市之力推进大规模临港开发，揭开了沿海开发的历史新篇章。2008年，连云港港口吞吐量成功突破亿吨。

对外开放平台建设取得新的突破。2003年3月，国务院批准设立连云港出口加工区。2011年5月，国务院批复同意在连云港市设立国家东中西区域合作示范区，徐圩新区为先导区。石化、冶金、装备制造等大型临港基地相继批准落户。与此同时，连云港市的医药、新能源等本土支柱产业纷纷“走出去”，在海外构建销售网络、研发平台和生产基地。

市委在具体实践中积极贯彻落实科学发展观和构建和谐社会的目标任务。通过推进战略性重组、政策性破产和股份制改革，组建了一批主业清晰的市属国有独资企业，国有资产实现优化配置，企业进一步做大做强，全市国有企业的支撑性、带动性、基础性作用不断显现。在不断深化国有企业改革的同时，市委继续把发展民营经济作为全市经济战略的重大举措。2004年，连云港市召开全市全民创业大会，出台了一系列相关文件，推动民营经济加快发展，全市民营经济总量进一步扩大，成为全市经济的重要组成部分。民营企业大部分属于劳动密集型企业，向社会提供了大量的就业岗位。

加快推进城市化和城市现代化是实现“两个率先”的重要动力和重要内容。连云港市多措并举，强化城市基础设施建设，全力打造依山傍海、生态宜居的国际性海港城市，城市面貌日新月异，城市化水平快速提升。连云港市坚持生态优先发展理念，自觉把科学发展观贯穿于开发开放的始终，在加快发展中推动经济发展方式转变，生态文明建设取得丰硕成果。市委适时提出建设国家创新型试点城市的目标，编制了创新型城市发展规划。2010年，连云港市被中央确定为全国学习实践科学发展观、转变发展方式的5个特色典型城市之一。

市委把“三农”工作摆上突出位置，积极推进新农村建设，通过调整农业结构、不断深化农村改革、落实“一免三补”等政策，增加农民收入、改变农村面貌、维护农村稳定。稳步提升农业产业化、标准化、外向化水平。将

▲ 2002—2012年，市委将“新镇区、新社区、新农居”建设作为推进城乡统筹的重要抓手，加快新型城镇化步伐。图为省特色田园乡村——连云区高公岛街道黄窝村　市住建局供

"新镇区、新社区、新农居"建设作为推进城乡统筹的重要抓手，加快新型城镇化步伐。农村产权、土地、户籍、金融改革初见成效。农村草危房基本消灭，全市经济薄弱村实现省市县三级联动帮扶全覆盖。至2011年底，连云港市与全省同步提前一年基本消除绝对贫困现象，经济薄弱村全部达到省定整体脱贫标准。

市委统筹兼顾、协调推进各方面工作，全市政治文明和精神文明建设取得了新的成就，文化科教事业有了较大发展，社会管理水平得到进一步加强和改进。通过建立工资随效益增长机制，不断完善就业服务体系和社会保障体系等措施，多渠道增加群众收入，切实提高人民生活水平。2012年，连云港市地区生产总值1603.42亿元，城市居民人均可支配收入2.43万元，人均消费1.56万元，分别增长12.2%、10.7%；农民人均收入达到9589元，人均消费6210元，分别增长13.7%、13%。民生支出占公共财政预算支出72%。人民生活水平显著提高。

（四）高水平全面建成小康社会（2012—2020年）

2012年，党的十八大提出，在中国共产党成立100年时全面建成小康社会，并确定了全面建成小康社会目标。2017年，党的十九大科学把握党和国家事业所处的历史方位和发展阶段，全面分析全面建成小康社会的基础条件、内外因素，作出决胜全面建成小康社会、开启全面建设社会主义现代化国家新征程战略部署。

党的十八大以来，习近平总书记5次见证连云港市"一带一路"国际合作项目。2017年6月，习近平总书记在中哈亚欧跨境运输视频连线仪式上作出"将连云港—霍尔果斯串联起的新亚欧陆海联运通道打造为'一带一路'合作倡议的标杆和示范项目"的重要指示。连云港市始终牢记习近平总书记殷殷嘱托，将连云港发展置于国家发展大局，认真贯彻落实东中西区域合作、江苏沿海开发、长三角一体化发展等国家战略，聚焦"全面性"和"高水平"，不断加快高水平全面建成小康社会步伐。

连云港市高标准建设标杆和示范项目。2014年5月，中哈（连云港）物流合作基地建成启用，这是"一带一路"倡议提出后首个落地的实体项目。2015年7月，上合组织（连云港）物流园启用，2018年获批国家级示范物流园区。依托"两基地"，连云港中欧班列保持高水平运营，成为中亚地区参与国际循环的重要支撑。

市委进一步推动港口高质量发展。2013年,"一体两翼"组合大港格局成功构建。此后,江苏省首条30万吨级深水航道一期工程、二期工程主港区航道相继建成投用。2018年底,国务院正式批复连云港港两翼港区口岸扩大开放,至此,"一体两翼"四大港区实现了开放全覆盖。

铁路运输取得重大突破,连盐、连青、连淮扬镇、连徐4条高铁开通运营,连云港步入"高铁时代"。连云港花果山国际机场主体基本建成。海滨大道跨海大桥、徐新公路、云宿路等一批重点工程相继建成通车。全市所有行政村四级公路实现全覆盖。港口、铁路、公路、航空相互衔接的现代立体交通网络初步形成。

持续打造高层次对外开放平台是连云港扩大高水平对外开放的重要依托。2014年4月,"一带一路"农业国际合作示范区落户连云港;2018年5月,连云港综保区获国务院正式批复;2019年8月,连云港获批设立中国(江苏)自由贸易试验区连云港片区。此外,连云港还积极举办上合组织国际圆桌会议、丝路物博会等,多方面深度参与"一带一路"建设。

连云港市坚持拓展经贸协作新空间,加快提升外资质量,切实增强外贸竞争力,支持跨境电商、数字贸易等新模式新业态发展。2020年,连云港市获批设立国家级跨境电子商务综合试验区、跨境电商零售进口试点城市。

立足区位优势,连云港市积极促进各领域对外交流与合作。西游文化、徐福文化、山海丝路文化、淮盐文化等成为连云港市打造"一带一路"文化合作品牌的特色资源。通过打造民乐文化品牌、丝路东方留学品牌、国际教育交流品牌、图书文化品牌等,主动讲好中国故事、连云港故事,持续推动连云港与全球资源在经贸、文化、教育、旅游等领域的深度合作。

市委全面贯彻落实党的十八届三中全会决策部署,深入推进改革创新、大力推动转型升级。构建以临港产业为主导、新兴产业为引领、传统产业为支撑、现代服务业蓬勃发展的产业结构。"中华药港"、盛虹石化、中化国际、卫星石化等纷纷开工建设,市工业投资集团有限公司、市金融控股集团、连云港港口控股集团有限公司、市城建控股集团、市交通控股集团有限公司、市农业发展集团有限公司先后成立,中复神鹰碳纤维有限责任公司牵头完成的"干喷湿纺千吨级高强/百吨级中模碳纤维产业化关键技术及应用”项目获国家科技进步一等奖。优质粮食、绿色蔬菜、食用菌菇、特色林果、规模畜禽、海淡水产等百亿级特色农业产业基本形成，全省首个地市级农产品公用背书品牌——“连天下”成功亮相，东海县入选全国农村电商十强典型县，灌云县、东海县获批国家级电商进农村综合示范县。“一带一路”（连云港）国际商务中心、连云港杰瑞科技创意服务业集聚区、连云港金港湾物流集聚区、东海水晶市场现代服务业集聚区、连云港汽车产业服务集聚区、连云港现代科技服务产业园等6个省级现代服务业集聚区先后建成。电子商务产业成为市域新经济发展重要增长极，在2020年3月公布的全国10大淘宝直播之城中，连云港市位居第三位。

连云港市认真学习贯彻习近平总书记关于精准扶贫精准脱贫系列重要讲话精神，主攻两大重点片区和重点县区，聚焦农村低收入人口和经济薄弱村，实施“点穴式”精准扶贫和托底社会保障。至2015年底，46.1万农村低收入人口整体实现脱贫，254个经济薄弱村基本实现新“八有”和集体经济年经营性收入达15万元增收目标，农村贫困地区基础设施条件明显改善，富民产业逐步形成，社会事业发展明显进步，农村贫困人口生活水平有了较大改善。2016年，连云港市实施脱贫致富奔小康工程，坚持扶贫开发和经济社会发展相互促进、到户到人精准帮扶和重点片区整体帮扶紧密结合、扶贫开发和社会保障有效衔接，实施产业扶贫、区域扶贫、知识扶贫、民生扶贫、社会扶贫五大脱贫工程。至2019年底，脱贫致富奔小康工程各项目标任务全面完成，扶贫开发工作取得历史性成效。

按照党中央和省委决策部署，市委牢固树立以人民为中心的发展思想，统筹推进“五位一体”总体布局，协调推进“四个全面”战略布局，实施就业优先战略，提高公共服务水平，坚持健康城市共建共享，防范化解重大风险。经过全市上下持续奋斗和不懈努力，高水平全面小康取得决定性成就，“强富美高”成为港城小康答卷的鲜明标识。

二、主要成就

（一）经济发展稳中有进

坚持发展第一要务，矢志不渝抓项目、强投资、增动能，发展态势稳中有进、稳中向好。2020年全市实现地区生产总值3277亿元，人均地区生产总值突破1万美元。

产业结构持续优化。第三产业占比于2018年超过第二产业，2020年三次产业结构为11.8∶41.9∶46.3。规模以上工业战略性新兴产业占规上工业总产值比重达到40.2%。

重点项目强势推进。聚力实施企业培育三大行动计划等政策措施，盛虹炼化、中化连云港循环经济产业园等一批重大项目开工建设。国家级石化产业基地推进加速，中华药港"一区两园"全面铺开，生物医药产业入围国家先进制造业集群。

创新能力持续增强。获批国家海洋经济发展示范区，获评国家产业技术创新型城市，科技进步贡献率56.2%。重点领域和新兴产业核心技术取得突破，四大药企位居中国医药创新力前五强。高效低碳燃气轮机试验装置开工建设。实现中心城区和县城5G网络全覆盖。

改革开放活力增强。习近平总书记4次见证中哈物流基地建设，要求将连云港—霍尔果斯串联起的新亚欧陆海联运通道打造为"一带一路"合作倡议的标杆和示范项目。中国（江苏）自贸试验区连云港片区正式获批，形成一批高质量创新实践案例，5项案例全国首创，国家、省改革试点任务实施率达95%。中哈基地物流量、国际班列实现大幅增长，中亚回程运量全国首位。2020年完成港口吞吐量2.52亿吨，同比增长3%。

（二）人民生活更加美好

持续排查解决突出民生问题，全面落实"两不愁三保障"要求，促进人民群众获得感、幸福感和安全感不断增强。

居民收入稳步提高。稳步推进就业创业，落实鼓励全民创业政策"28条"，支持发展创客空间、网红直播平台等新业态，拓宽就业渠道，增加居民收入。2020年居民年人均可支配收入2.95万元，增长5.0%，其中农村居民人均可支配收入1.92万元，增长6.5%，城镇居民人均可支配收入3.67万元，增长3.8%，农村、城镇居民可支配收入增速均高于国内生产总值增速。

社会保障不断提升。坚持教育优先发展，义务教育阶段入学率100%、巩固率99.5%，义务教育达省基本办学标准学校比例居全省第五、苏北第

一。深入实施全民参保计划，获批医保信用体系建设试点城市、养老服务改革试点城市，基本医疗保险参保基本实现全覆盖，推行“先诊疗后付费”“大病特惠保”，让低收入人口“看得起病”。多次提标低保标准，实现城乡统一，待遇水平稳步提升。大力推进农村危房改造，提前一年完成改造任务。加快改善农村住房条件，全面完成省定目标任务，一批新型农村社区建成使用。

生活条件大幅改善。获评国家卫生城市，开展农村人居环境“百村示范、千村整治”，在全省率先出台《乡村清洁条例》，国家级卫生县城、省级卫生镇都实现全覆盖，农村无害化户厕普及率99.6%。着力补齐农村基础设施短板，建制镇污水处理设施实现全覆盖，农村生活垃圾收运体系实现全覆盖，未通管道天然气的乡镇实现液化石油气全覆盖，行政村双车道四级公路实现全覆盖。

脱贫任务提前完成。脱贫攻坚是小康社会建设的重中之重，在全省率先出台精准扶贫30条意见，统筹推进产业扶贫、就业扶贫、社保兜底等综合措施，实施精准扶贫“一户一策”。149个省定经济薄弱村、51个市定经济薄弱村，灌云县、灌南县2个省级帮扶重点县整体脱贫“摘帽”，提前一年完成“十三五”扶贫开发工作目标任务。

（三）生态环境改善明显

牢固树立“绿水青山就是金山银山”的发展理念，把生态建设和环境保护放在更加突出的位置，生态环境质量持续改善，获批国家卫生城市、绿化模范城市、生态环境与健康管理试点地区。

扎实开展大气污染防治攻坚行动。在全省率先建立空气质量“点位长”制度，开展以“减煤、控源、管车、降尘、禁烧”为主的精细化管控，空气质量显著改善，2020年，全市$PM_{2.5}$浓度37微克/立方米，空气优良率81.1%，两项指标创有监测以来历史最优。

扎实开展水污染防治攻坚行动。全面落实“河长制”“断面长制”和“湾长制”，开展水环境综合治理，实现水环境质量稳中有升，22个地表水国省考断面及15条入海河流全部消除劣Ⅴ类。加大重点饮用水源地整治力度，县级以上集中式饮用水源水质达到或优于Ⅲ类水质的比例达到99.8%，区域供水入户率达99%以上，实现城乡供水一体化。

扎实开展土壤染防治攻坚行动。加快推进土壤污染防治，重点监管涉重企业，推进固危废规范化管理，全市危废处置实现“满足需求、略有富余”，土壤环境质量总体保持稳定，农用地和建设用地土壤环境安全得到基本保障。

强力推进化工园区整治。深化化工园区整治，推进园区智慧监管平台、综合管廊等建设，园区清洁化水平显著增强。灌云、灌南化工园区规划调整为连云港石化产业基地拓展区，加快促进企业转型、园区提升。

生态建设深入推进。积极推进国家级森林城市创建，绿化、宕口修复加快实施，公园城市、农业公园加快建设。开展蓝色海湾整治，全省唯一入选国家“蓝色海湾整治行动”城市，蓝色海湾项目主体工程基本完成，岸线湿地生态有效恢复，获批国家级海洋牧场示范区。

（四）文明程度不断提升

以文明城市创建为抓手，坚持创建为民、创建惠民、创建靠民，不断增强群众的获得感、满意度。2020年，连云港市成功创建全国文明城市，省

▲ 连云港市加快推进公园城市建设。图为东盐河生态浮岛景观

市生态环境局　供

历史文化名城获批。

精神生活更加丰富。大力实施文化惠民工程，加强文化设施建设和保护，持续开展“送戏、送书、送电影”下乡活动，宣传普及优秀传统文化，丰富群众文化生活，基本形成城市“10分钟文化圈”、乡村“十里文化圈”的优质、便捷、高效的公共文化服务体系。

文明风气持续向好。深入贯彻落实习近平总书记对王继才同志先进事迹作出的重要指示精神，精心策划开展学习“人民楷模”王继才同志先进事迹系列活动，推动爱国奉献精神成为新时代奋斗者的价值追求。持续擦亮“美德照亮港城”城市品牌，“一群好人、满城春风”成为港城最靓丽的美德风景。

法治精神深入人心。精心开展普法宣传，“猴娃说法”普法品牌影响力不断扩大，走进日常生活，走进千家万户。加快发展法律服务，基本建成农村“半小时法律服务圈”和城区“10分钟法律服务圈”。推进法治文化建设，民主法治示范村（社区）、法治文化示范点成为法治建设的成功示范。

社会治理持续加强。网格化社会治理深入拓展，“12345”平台荣登“全国十佳热线”，全省首家非诉讼服务中心、诉讼与非诉讼对接中心挂牌成立，信访矛盾攻坚化解和源头治理成效显著。“一委三会”基层社会治理模式被授予“江苏省十大社会治理创新成果奖”。开展安全生产专项整治，安全生产形势总体平稳。深入推进扫黑除恶专项斗争，固化形成“大数据+网格化+铁脚板”工作机制，群众安全感显著增强。

三、经验启示

经过全市上下不懈努力奋斗，与省同步高水平全面建成小康社会，充分展现了全市上下团结一心、奋力拼搏、创造美好生活的决心和信心，展现了敢于担当、勇挑重担、完成百年奋斗目标的拼劲和韧劲，探索出一条连云港特色的高水平全面小康之路。

（一）始终坚持高质量发展

市委、市政府和全市人民立足本地特点，注重规律性把握，明确连云港全面建成小康社会的时间表、任务书、路线图，努力方向更加明确，重点工作加快突破，全市发展迈出了新步伐、跨上了新台阶，交出了一份无愧于时代、无愧于人民、无愧于历史的合格答卷。

（二）始终厚植为民情怀

全面推进“生态、智慧、健康、文明”城市建设，努力将连云港建设成为体现江苏水平、群众真心认可的海滨城市、幸福家园，建设成为黄海岸边的一颗明珠。把提高人民群众生活水平作为高水平全面建设小康社会的出发点和落脚点，围绕“十个更”，持续排查解决突出民生问题，逐项梳理、逐条对标，逐年推进、逐项解决，切实解决群众最关心、最直接、最现实的利益问题，加快构建优质均衡的公共服务体系和高质量全覆盖的社会保障体系，不断增强民生福祉，让发展成果更多惠及全市人民，让港城人民拥有更多幸福感。

（三）始终聚焦“项目为王”

紧紧咬定“大抓项目、大抓投入”不放松，一年一个目标、一步一个脚印，打出了一场场硕果累累的攻坚战，推动重大项目“早竣工、早投产、早达效、早日形成贡献”，三年完成3500亿重大产业投资。聚力实施企业培育三大行动计划，以更加精准的政策支持、更加有效的要素保障、更加贴心的涉企服务、更加优质的营商环境，成功培育了一批行业龙头企业、“小巨人”企业，成为全市经济发展的引领者和带动者。坚定不移推进“工业立市、产业强市、以港兴市”，建设世界一流的石化产业基地，打造国内领先的“中华药港”，打造创新驱动、优势显著的产业新高地。

（四）始终突出改革创新

强化自主谋划，把握战略机遇，战胜困难挑战，突破了一系列发展难题、办成了一系列大事，发展态势更加强劲，产业竞争力进一步增强，多方位、立体式广域综合交通体系基本形成，中国（江苏）自由贸易试验区连云港片区加快建设，推动连云港站在了改革的最前沿，多个国家级试点成效突出、多项改革经验全国推广、多种创新要素加速集聚，成为全市高质量发展的重要动力，奋力跑出高水平全面建设小康社会“加速度”。

贰

双向开放

"一带一路"标杆示范项目建设

"一体两翼"组合大港建设

连云港经济技术开发区的建立和发展

国家东中西区域合作示范区先导区（连云港徐圩新区）的建立和发展

连云港高新技术产业开发区的建立和发展

中国（江苏）自贸试验区连云港片区的建立和发展

连云港综合保税区的建立和发展

开放型经济的发展

"一带一路"人文交流

“一带一路”标杆示范项目建设

共建“一带一路”倡议提出以来，连云港市认真贯彻落实习近平总书记关于共建“一带一路”重要指示、重要批示精神，牢记“将连云港—霍尔果斯串联起的新亚欧陆海联运通道打造为‘一带一路’合作倡议的标杆和示范项目”的殷殷嘱托，深入贯彻落实国家、省各项决策部署，充分发挥新亚欧大陆桥经济走廊陆海交汇枢纽作用，深度融入全省高质量推进“一带一路”交汇点建设，在打造东西双向开放枢纽、服务构建新发展格局中勇挑重担、积极作为，取得了显著成效。

一、发展历程

（一）陆桥运输时期

连云港依托良好的区位优势，与哈萨克斯坦最早合作源于陆桥运输，1992年12月1日，连云港至阿拉木图过境集装箱班列正式开通；1995年9月11日，中哈两国共同签署《关于利用连云港装卸和运输哈萨克斯坦过境货物的协定》，为促进中哈合作利用连云港进出、接卸、转

▲ 中哈物流合作基地　港口控股集团供

运货物奠定了坚实基础。此后，连云港坚持依托陆桥发展国际联运业务，凭借通道优势、业务基础和良好信誉，逐渐成为中国过境运输第一大港，赢得了哈萨克斯坦铁路公司的关注和信任，成为其选择投资建设出海口的首个考察目标，于2013年3月开启物流运输、投资货运基础设施等合作磋商工作。

（二）全面融入“一带一路”倡议时期

这一时期，总书记四次见证了连云港“一带一路”建设。2013年9月7日，习近平总书记在纳扎尔巴耶夫大学发表演讲，首次提出共同构建“丝绸之路经济带”的宏伟倡议。当日，在中哈两国元首共同见证下，连云港市与哈萨克斯坦铁路公司签署中哈连云港过境货物运输通道及货物中转分拨基地项目合作及协作协议。连云港“一带一路”建设从倡议提出的那一天起，就进入国家视野，为连云港市后来积极抢占先机，奠定了良好的基础。中哈物流合作基地随后被写入《中哈政府联合公报》、列入国家“十三五”规划纲要。第二次见证是在2014年5月，习近平总书记和哈萨克斯坦总统纳扎尔巴耶夫在上海通过视频连线并在上海共同启动了中哈（连云港）物流合作基地项目一期启用装置，标志着中哈战略对接的首个实体项目成功运营，畅通了哈萨克斯坦联结世界的海上通道。第三次见证，2015年8月，在习近平总书记和哈萨克斯坦总统纳扎尔巴耶夫见证下，省长李学勇同志与时任哈萨克斯坦国铁总裁马明签署了《哈萨克斯坦国有铁路股份公司与江苏省人民政府共同发展哈萨克斯坦“霍尔果斯—东门”经济特区和中国连云港上合组织国际物流园区项目战略合作框架协议》，就继续加强中哈（连云港）物流合作开发、共同支持发展连云港国际货运班列、连云港港口控股集团有限公司投资建设和发展“霍尔果斯—东门”经济特区物流区、拓展产业合作等问题，达成了共识。第四次见证，2017年6月8日，在中哈亚欧跨境运输视频连线仪式上两国元首再次共同推动操控杆，习近平总书记强调要“将连云港—霍尔果斯这条新亚欧陆海联运通道打造成为‘一带一路’合作倡议标杆和示范项目”。

二、主要成就

（一）中欧班列国际合作论坛成功举办

2023年9月15日，在共建“一带一路”倡议提出十周年之际，首届中欧班列国际合作论坛在连云港市成功举办。习近平总书记向论坛致贺信，哈萨克斯坦总统托卡耶夫向论坛书面致辞。29个国家和地区的500多名中外嘉宾参会，形成48项重要合作成果，论坛获得各方高度评价。10月18日，习近平总书记在第三届“一带一路”国际合作高峰论坛开幕式上发表主旨演讲，指出“中方将加快推进中欧班列高质量发展，参与跨里海国际运输走廊建设，办好中欧班列国际合作论坛，会同各方搭建以铁路、公路直达运输为支撑的亚欧大陆物流新通道”。

（二）标志性工程示范效应不断提升

中哈（连云港）物流合作基地拓展东、西行全程代理运输业务，逐渐成为中亚五国过境运输、仓储物流、往来贸易的国际经济平台。哈萨克斯坦霍尔果斯东门无水港建成2条标准轨道，加快推进9条宽轨铁路建设，换

▲ 2023年9月15日，首届中欧班列国际合作论坛在连云港举办　市发改委供

▲ 连云港港主体港区集装箱码头　港口控股集团供

装能力提升一倍。中哈基地自2014年建成后，集装箱进出场量由6.5万标箱增长到2022年的22.1万标箱，2023年累计完成进出场量24.34万标箱，同比增长10.07%。东门无水港自2017年合作后，过境换装量由9.3万标箱增长到2022年的26.6万标箱，2023年完成换装量30万标箱，同比增幅12.78%。上合组织（连云港）国际物流园加快构建“班列+海外仓”模式，丰树物流园、阿拉木图和比什凯克海外仓等一批重点项目建成运营。自2013年投用以来，累计完成物流量2.23亿吨，物流业主营收入145亿元，2023年完成物流量6935.71万吨，同比增长6.82%；完成物流业主营收入43.79亿元，同比增长37.47%。创新国际物流新模式，不断优化中欧班列布局，布局5大过境口岸，形成6条运营线路，覆盖中亚、西亚、欧洲等地区100多个国际货运站点。新增1条连云港—霍尔果斯—中亚X9046图定线路，深化与无锡市合作，稳定开行接续班列。汽车过境笼车运输模式实现专列运输。自1992年全国首开国际货运班列以来，累计开行超1.5万列，2023年开行806列，同比增长10.7%。

（三）国际枢纽海港功能不断完善

深化“直提、直装、直进、直出”系列改革试点，打响“海河江、铁公水”多式联运品牌。30万吨级原油码头、智能化集装箱码头等项目稳步推进。40万吨矿石码头、30万吨级航道二期工程建成投用，连云港港成为全国第7个实现40万吨级巨轮进出港的深水大港。万吨级泊位达到85个，集装箱、滚装等航线达到120条，联通160多个国家地区。积极融入长三角世界级港口群建设，连云港港与上海港签订战略合作协议、股份认购协议，成立集装箱一体化运营平台公司，搭建“两港多航”合作框架，“连申快航”业务量增长54%。举办建港90周年连云港港深化互联互通合作与共建国际枢纽海港恳谈会，近400名行业专家齐聚港城，共襄盛会、共谋发展。2023年，连云港港完成吞吐量3.2亿吨、增长6.68%，新开集装箱航线12条，集装箱运量610万标箱、增长10.1%。智能立体车库建成，整车外贸出口量突破30万辆、增长33%，全国第三。

（四）东中西区域合作稳步推进

连云港国家东中西区域合作示范区自获批实施以来，积极发挥新亚欧陆海联运通道双向开放优势，全力打造中西部地区公共出海口和东中西区域合作试验田，取得了积极成效。示范区已成为中西部地区矿石类货物进口重要发运基地、有色矿交易基地、车辆设备出口重要口岸、粮食进口口岸、集装箱铁水联运主要承运港。编制完成新一轮《国家东中西区域合作发展区建设方案》，上报国家发改委并征求沿线8个省份和26个部委意见。市委、市政府多次召开专题推进会，各部门持续向上争取，方案中“建立东中西区域合作发展区协调机制”“连云港港规划修编”等18项事项获得上级支持。

（五）“双向开放”产业基地逐步形成

推动创新链产业链资金链人才链融合，集聚各类国际化要素。世界一流石化产业基地加快崛起，石化产值突破2000亿元；“中华药港”加快建设，获批一类新药2个，医药创新力稳居全国前列，完成产值620亿元；海洋经济开创新局，制定实施海洋经济发展系列政策，设立海洋产业投资基金，59个涉海重点项目完成投资超180亿元，海洋产业生产总值突破1100亿元、增长8%。加快发展新材料、新能源等战略性新兴产业，碳纤维领域荣获国家科技进步一等奖，省海洋资源开发技术创新中心正式获批。深化对俄能源合作，田湾核电站核电科技研发国际科技合作基地建设稳步推进，5、6号机组相继建成投产，单台功率1118兆瓦，达到了国际国内最高安全标准；7、8号机组在中俄两国元首共同见证下顺利开工。2023年，全市净增高新技术企业114家，全社会研发投入占比达2.6%，连续4年苏北第一。

（六）对外合作水平不断提升

2019年8月，自贸试验区连云港片区成功获批，“大力发展多式联运打造便捷物流通道”等相关工作经验获国务院推广，牵头成立新亚欧陆海联运通道自贸试验区联盟，形成陆桥沿线“10个自贸片区+徐州淮海国际港务区+霍尔果斯、阿拉山口2个内陆国际口岸”的合作共建格局。2019年11月，连云港综合保税区正式封关运作，跨境电商产业园被评为省级跨境电子商务产业园。2020年4月，连云港市获批设立跨境电子商务综合试验区，东海水晶、赣榆海鲜直播快速发展。锡连三个共建园区承接产业转移项目7个，总投资超120亿元。

（七）对外交流持续深化

成功举办八届中国（连云港）丝绸之路国际物流博览会，已初步成为“一带一路”沿线国家和地区增进互信了解、拓展互赢合作的重要载体。成功举办六届“连云港论坛”，为提升“一带一路”建设安全保障能力和全球安全治理理念发挥重要作用。承办共建“一带一路”绿色典型项目研讨会，连云港新亚欧陆海联运标杆示范项目入选典型项目。成功举办国际医药大会、农洽会等国际性论坛展会，持续深化医药、农业领域国际合作交流。三次举办上合组织圆桌会议，获批成立中哈实业家委员会（江苏省）地方联络办公室。积极与哈萨克斯坦、卡塔尔等国家对接，推动取得更多务实成果。与阿斯塔纳国际大学共同建设新亚欧陆海联运通道研究院，正在加快研究形成新一批与哈萨克斯坦等中亚国家合作成果。落实中国—中亚五国峰会精神，召开与中亚国家合作推进会，印发实施《关于推进与中亚国家合作的任务清单》，提出30项合作任务。成功举办两届新亚欧大陆桥国际人才交流活动，邀请俄罗斯、哈萨克斯坦、乌兹别克斯坦等国家留学生、企业家来连实地调研。联合环球网、上合组织睦委会邀请20个上合组织国家媒体考察连云港市“一带一路”建设十周年成效。在2023花果山英才双创周期间，举办“一带一路”国际技术转移与创新合作高峰论坛、第二届“一带一路”沿线城市青年发展国际会议等活动，吸引共建“一带一路”国家专家、学者、企业家齐聚港城，共谋“一带一路”合作交流发展。

三、经验启示

（一）始终坚持正确方向，坚决有力贯彻国家、省各项决策部署

连云港“一带一路”建设从倡议提出的那一天起，就进入国家视野，习近平总书记又先后4次见证连云港市“一带一路”重点项目建设。支持新亚欧陆海联运通道建设等一系列重大事项被纳入国家、省“一带一路”相关文件和规划。省委、省政府主要领导先后多次调研连云港市“一带一路”

重点项目，要求全面融入长三角发展、做足陇海线文章，打造标杆和示范。连云港市始终按照国家、省部署要求，聚焦重点项目建设，放大向东开放优势，做好向西开放文章，拓展对内对外开放新空间，建设“一带一路”强支点。

（二）始终高位推动落实，持续加强组织领导、争取各方支持

成立市推进“一带一路”建设工作领导小组，市委、市政府主要领导分别任第一组长和组长，每年召开工作会议，印发年度工作要点，排定年度重点项目，按照“清单化管理，项目化推进”模式，高效落实“一带一路”重点工作任务。市委、市政府主要领导多次召开专题会议，推进“一带一路”工作，实地调研推动“一带一路”标杆示范项目建设，带队拜会国家发展改革委，成功争取中欧班列国际合作论坛等重大事项得到支持。制定推进“一带一路”标杆示范项目监督工作方案，采用“专责监督+经济监督+行业监管”方式推进26项重点工作、重大项目。

（三）始终坚持引领示范，密集开展国际国内交流合作、项目共建

落实省委、省政府重点工作部署，加强与徐州联合建设“一带一路”标杆示范项目，两市党政代表团实现互访，联合编制《连云港—徐州中欧班列（陆海）集结中心建设方案》，积极探索“公、铁、海、河”多式联运新模式，放大中欧班列品牌效应。拓展提升中哈（连云港）物流合作基地业务和盈利水平，坚定哈方对项目的信心。按照“一带一路”倡议的合作理念和价值取向，坚持“引进来”与“走出去”并举，出资收购哈萨克斯坦霍尔果斯东门无水港项目部分股权，持续增强合作共赢的认同感和成就感。

『一体两翼』组合大港建设

1933年，连云港港伴随着陇海铁路寻找最便捷的东端出海口诞生，从此港口从一片茫茫滩涂逐渐发展成为现代化的国际枢纽海港。特别是1984年5月连云港市获批成为全国首批沿海开放城市以来，市委、市政府将港口作为全市最核心的基础战略资源，实施“以工兴港、以港兴市”“港产城融合发展”战略，港口以开放的姿态站上了港通天下、链接世界的国际舞台。连云港港在改革大潮中开拓奋进，在开放最前沿探索创新，取得了一个个令人瞩目的发展成就。

一、发展历程

（一）提速建设阶段（1984—1993年）

1985年4月24日，国务院副总理李鹏在调研港口建设时指出：“连云港市的繁荣，完全依靠这个港口，没有连云港，也就没有连云港市；陇海路如果没有连云港，它的意义也就没有现在这么大。”这不仅鲜明道出了其助推地方产业发展、服务陇海沿线经济贸易的战略地位，更赋予连云港港新的重要职责使命。这一时期，连云港港响应落实国家“高效率建港、高效益管港”的战略要求，以开放发展的思维，开辟庙岭新港区，重启深水大港规划建设，掀开了联通东南亚和中亚的新篇章。

1986年12月，国家“六五”重点建设项目——庙岭煤码头工程通过国家验收，正式投产使用。该码头年设计输出能力900万吨，是全国首次实现全套设备国产化的大型煤炭专用码头。1987年11月，国内自行设计、组织施工的第一个全桩基梁板结构码头——连云港港三突堤码头工程投产使用，为连云港港新增4个通用杂货深水泊位、1个空船泊位和140万吨吞吐能力。1991年1月，设计吞吐能力20万标箱的第二代集装箱码头——连云港庙岭二期集装箱泊位工程建成投产，从此连云港港正式拥有了集装箱专用泊位，为集装箱业务的拓展奠定了基础。1993年12月，全长6.7千米的西大堤成功合龙，通过连接连岛与陆地，使港口形成30平方千米、可建设近百个泊位的港池区，为港口未来发展提供了良好条件。至1993年底，连云港港共拥有岸线5525米；全港泊位35个，其中万吨级以上泊位18个，最大等级5万吨级；设计通过能力2115万吨，其中集装箱24万标箱；开辟5万吨级航道，航道水深7.5米，可供2艘2.5万吨级船舶同时进出，3.5万吨级以上船舶乘潮进出；运营25条铁路线，总长10.9千米，年编解能力1300万吨以上。

与此同时，连云港港加快了对外开放的步伐。1986年1月，开通连云

▲ 1992年12月1日，“东风1808”首列国际集装箱专列从连云港港发车，标志着新亚欧大陆桥正式开通运营　港口控股集团供

港至日本大阪和横滨港的首条带箱杂货班轮航线，集装箱外贸业务起步发展。1992年12月1日，“东风1808”号国际集装箱专列从连云港港发车，连云港被国务院生产委员会等七部委明确为新亚欧大陆桥东方桥头堡，东西双向开放的触角向国际延伸。

港口吞吐量由1988年跨入1000万吨行列，至1993年达到1417万吨、位列全国第9位；集装箱业务从1986年的13标箱起步，至1993年达到23269标箱；活牲畜、散粮、木材、大件、集装箱铁水联运等业务名扬全国；外贸业务比重超过62%，成为国家外贸运输的重点港口。

（二）负重前行阶段（1994—1999年）

这一时期，由于国家对港口基础设施投资政策改变、港口建设原先所使用的日元贷款大幅升值，港口建设和经营进入“瓶颈期”。但是，伴随着国家对外开放的不断深入，连云港国际陆海联运业务逐步发展壮大，备受国家和国际关注。1994年5月，国务院总理李鹏在连云港宣布“新亚欧大陆桥起点就在这里”，留下了“巍巍天山皑皑雪，漫漫古道滚滚沙。一桥如虹贯欧亚，丝绸之路绽新花”的诗句；1995年9月，中哈两国元首共同签署了关于利用连云港装卸和运输哈萨克斯坦过境货物的协定，明确连云港为新亚欧大陆桥的出海口，哈萨克斯坦出口至东南亚的货物均通过连云港出口。同年，连云港新亚欧大陆桥国际过境专列实现整列发运，并于1996年突破1万标箱。1997年4月，铁道部首创开通连云港至阿拉山口定点、定线、定时、定价、定车次的“五定班列”，运能、运时等比较优势明显增加，过境箱量增至3.4万标箱，巩固了过境业务领先全国的基础。

（三）快速崛起阶段（2000—2012年）

进入新世纪，伴随着中国加入世界贸易组织、改革开放不断深入，连云港港的开放战略地位持续提升，成功跨入亿吨大港行列，陆海联运特色加速彰显，改革创新动能充分释放，迎来了开港以来生产规模扩张最迅速的时期。

战略能级方面。在2006年国家新一轮沿海港口布局规划中，连云港港再次被定为全国沿海主要港口，首次被列入长三角港口群并作为三大主体港之一，布局煤炭、矿石、粮食、集装箱、原油等货种的运输体系。2007

年1月1日，国务院总理温家宝视察连云港港时指出，“搞好连云港港口建设任务重大、前途光明，要做好规划、加快发展”。这段时期，《江苏沿海地区发展规划》《长江三角洲地区区域规划》《国家东中西区域合作示范区建设总体方案》等国家战略相继颁布，重点突出了连云港陆海转换、东西并进、开放引领的战略功能定位，连云港港寄望成为辐射带动能力强的新亚欧大陆桥东方桥头堡，发挥连接南北、沟通东西的桥梁作用，服务全国区域经济协调发展。省委、省政府强调要把连云港港口的规划和建设作为重中之重，市委、市政府强化“以港兴市”发展战略，持续激发了连云港港深化开放合作的动能。

体制改革方面。2001年开始，港口管理权限正式下放地方政府，2003年实施港口管理和生产经营职能政企分开，2007年实施引航体制管理改

▲ 新亚欧大陆桥起点处　港口控股集团供

革，同步推进人事、劳动、分配三项制度改革，港口集团全面实现企业化、市场化运作。在市委、市政府的重点支持下，港口依托装卸业务重要板块打造资本运作战略平台，连云港港口股份有限公司于2007年4月26日在上海证券交易所挂牌上市，先后8次在资本市场融资45.87亿元，港口股票的资源聚合力和价值创造力持续提升。

2008年，《连云港港总体规划》获得部省联合批复，明确规划港口岸线100.7千米及入海河口段岸线29.9千米，确立由连云、赣榆、徐圩、前三岛、灌河5个港区组成的“一体两翼”港区总体发展格局。至2012年，陆续开辟运营赣榆港区、徐圩港区和灌河港区，建成省内最大的30万吨级矿石码头、10万吨级集装箱专用码头、连云港B型保税物流中心等重点项目。码头泊位增至47个、设计能力超过1亿吨，25万吨级航道实现通航，“一体两翼、一港四区”的组合大港布局加快形成。同时，连云港港“绿色、低碳、智慧”发展模式备受全国瞩目，成为全国唯一低碳示范港、首个科技示范港、铁水联运示范港。

港口吞吐量由原先2708万吨增长至1.85亿吨，年均增量超过1300万吨，成为全国氧化铝、木薯干、有色矿进口第一港，胶合板、铝锭出口第一港，焦炭出口第二港，位列三大化肥进口港、四大机械设备出口港和五大粮食接卸港之一，在此期间6次入选中国船港星光榜“五星级”港口。搭建陆海循环物流平台，实现“陆上开放”和“海上开放”新格局。海向开辟48条近远洋航线（其中包括至美国西海岸的首条远洋干线）、至韩国仁川和平泽2条中韩客货班轮航线，与全球150多个国家和地区的近1000个港口开展贸易往来。陆向与港航、铁路、企业联合拓展货源市场，与苏北鲁南、河南、陕西、甘肃、青海、新疆等地口岸建立战略合作关系，布设8个无水港、开行13条铁路班列，成为全国首批6条集装箱铁水联运示范线路之一。形成连云港至阿拉山口、霍尔果斯、喀什“一港三线”陆桥过境运输通道格局，国际班列首次贯通延伸至欧洲的莫斯科，阿拉山口线路成为全国首个跨国“五定”直达班列和铁道部精品示范班列。创新“一关两检”工作思路，实施陆桥沿线转关和区域通关模式，开辟中西部地区进出口货物检验检疫绿色通道，实现“港站快速转场集港”。构筑航运金融、海事保险、海事仲裁、海运清算、航运交易、航运法律咨询等现代航运服务体系，连云港加速成为大陆桥运输和中西部地区进出口贸易的黄金通道。合资合作全面突破，与中国信达、原中海集团、新加坡益海等一批国内外企业结成合作伙伴，累计引进外资及港澳台资、内资分别为4.6亿美元和78.9亿元。

（四）转型提质阶段（2013年至今）

2013年以来，连云港港认真贯彻党的十八大、十九大、二十大精神，积极融入服务国家"一带一路"建设，围绕"高质发展，后发先至"主题主线，持续增强组合港功能等级，完善枢纽港联运体系，充分发挥丝绸之路经济带东西双向开放的海上门户功能，对内衔接长三角一体化和东中西区域合作，服务腹地经济发展和产业梯度转移；对外面向日韩和东南亚、联通中亚和欧洲，加速打造成为面向世界开放、整合全球资源要素的新高地。

从战略承载上看，随着"一带一路"合作倡议的提出和深入推进，习近平总书记先后4次见证连云港中哈物流合作项目，特别是2017年6月8日在中哈亚欧跨境运输视频连线活动上指出，要"将连云港—霍尔果斯串联起的新亚欧陆海联运通道打造成为'一带一路'合作倡议的标杆和示范项目"。2021年，连云港被国家确立为11个国际枢纽海港之一和大陆桥走廊起点，获批建设"十四五"首批国家物流枢纽；2022年9月13日在《哈萨克斯坦真理报》发表的署名文章中提到，"中哈连云港物流合作基地为哈萨克斯坦产品提供了从太平洋扬帆起航的出海口"，引领港口加快提升作为亚欧重要国际交通枢纽、集聚优质要素的开放门户、"一带一路"沿线国家交流合作的平台功能。

从转型发展上看，2015年8月，港口控股集团挂牌成立，负责全市沿海港口所有经营性资产的开发、建设和运营，稳步推进全市港口资源一体化进程，迈向港产城融合发展新格局。2019年自贸区连云港片区港口区块设立，累计形成32项创新案例（其中，省级创新成果18项，在《国务院自由贸易试验区工作部际联席会议简报》专刊印发举措2项，获批长三角年度自贸试验区十大案例2项，获批省自贸试验区首批十佳创新案例1项），构建港航物流、国际贸易、航运金融等现代服务业发展新效能。市委、市政府确立了"千万标箱、东方大港"的建设发展目标，成功举办中欧班列国际合作论坛并获得习近平总书记的肯定，加速推进阿克套港集装箱枢纽等项目合作，为港口高质量发展增创新优势。

“一体两翼”组合大港框架成型。2013年3月，灌河港区燕尾作业区开港运营；同年12月，徐圩港区实现开港试通航，以连云港区为主体、以赣榆港区为北翼、以徐圩港区和灌河港区为南翼的“一体两翼”组合大港蓝图变为现实。近年来，主体港区功能持续加强，旗台液体散货泊位、庙岭筒仓改扩建工程、40万吨矿石码头工程、15万吨级集装箱泊位等一批重点工程项目建成投用。国际散粮集散中心一期工程、国际汽车绿色智能物流中心等项目相继开工。两翼港区口岸扩大开放通过国家验收，赣榆港区一期工程液体化工罐区投入运营，形成危化品装船和卸货双向功能。徐圩港区防波堤全面建成，液体散货区管廊工程、30万吨级原油码头等项目完工，开工建设。灌河港区燕尾作业区一期后方配套设施及二期泊位建成投用，实现外贸船舶作业。全面建成30万吨级航道，通航水深22.9米。港口大型化、专业化、智能化水平和港产城融合发展水平得到提升，为拉动地方产业经济发展提供有力支撑。

打造“一带一路”标杆示范项目。2014年6月，“一带一路”首个经贸合作实体项目——中哈（连云港）物流基地落户连云港，拥有集装箱堆场22万平方米、铁路专用线3.8千米，日均装卸能力10.2列。2017年5月，连云港港口控股集团联合中远海运集团收购哈萨克斯坦霍尔果斯—东门无水港股权，与中哈物流基地共同发挥陆海联运优势，成为中亚欧跨境运输合作的战略示范区和国际海陆运输双向枢纽。加强与哈萨克斯坦、乌兹别克斯坦相关单位的联系，在新建物流场站、开发班列线路、拓宽跨境运输等方面达成共识。

主营业务量效并举。2013年全港吞吐量突破2亿吨，2022年跨上3亿吨台阶；集装箱量稳中有升，2023年达613.7万标箱。港口作业效率、车船装卸质量稳步提升，成功装卸全球最长风电叶片，年度出口车辆滚装作业突破30万台。现代化港航服务理念扎根拓展，首创“保税+出口”混拼新模式，实现保税转出口货物和国内一般贸易出口货物混拼发运，为企业节省73%的运输成本。中韩陆海联运启用甩挂运输通关“零待时”模式，有效解决甩挂车板“暂时进出口”等待审批时间不可控等难题。坚定“降费用、增效率、优服务、创品牌”目标导向，持续优化营商环境。促进合作实现共赢，与上港集团合资设立互连集装箱公司，联合召开沪连港航交流会，启动“数字走廊”建设，联合开通东南亚航线和北冰洋航线，加密“连申快航”品牌运营；陇海沿线腹地业务持续壮大，成立河南营销中心，共建郑东元水港；与兰州国际陆港签署战略合作框架协议，共同发展陇海大通道、兰州出海港。

持续做强多式联运品牌。2016年，与中国铁路上海局集团公司共同建设江苏省新亚欧大陆桥集装箱多式联运示范工程，依托稳定运行的“连新亚”班列，优化基础设施功能，创新联运组织模式，推广“单一窗口服务模式”，于2019年获批国家首批多式联运示范工程。在此阶段，连云港港

▲ 2021年8月16日，国内首艘纯电动拖轮“云港电拖一号”交付运营

港口控股集团供

新开通至中东、非洲、欧洲、北美洲、南美洲、东南亚、大洋洲和韩国等近远洋航线及上海、青岛、宁波、太仓等集装箱外贸支线、内贸线。构建连淮扬镇、徐宿连、连申、连淮“一港四线”的内河联运格局，成为对接“淮海经济区”“长江经济带”的重要纽带。海铁联运品牌效应拓展，开通至甘肃、陕西、山西、河南等陇海沿线主要省区铁水联运班列。

深化绿色智慧发展理念。以“低能耗、低污染、低排放和高效能、高效率、高效益”为发展模式，优化港口功能布局。2013年6月，港口牵头研发的“一种码头船用岸电系统”获批国家首个码头船用岸电系统技术发明专利。至2023年，连云港港建成码头高压变频岸电系统12套，在“一体两翼”三个港区共有22个泊位具备提供岸电条件。2021年国内首艘纯电动拖轮“云港电拖一号”交付运行，2023年全球最大的纯电动拖轮启用，建设纯电动拖轮产业示范基地，推动港口电拖品牌“走出去”。上线“生管平台”，实现物流线上服务、码头生产计划安排等功能；建设多式联运综合服务信息平台，开启海铁联运线上通道，为客户提供“运输+信息”的管家式服务等。口岸“E港通”一期项目、数智化系统、大数据中心、生产管理平台2.0版等一批新质生产力项目相继开工，连云港港加速迈向现代化国际枢纽海港建设新征程。

二、主要成就

（一）国际枢纽型港口建设提级赋能

经过40年的建设发展，港口逐步向大型化、专业化、智能化国际枢纽型海港转型升级，全港泊位总数由8个增加至96个，其中万吨级以上泊位从5个增加至88个，码头最高等级由1万吨提升至40万吨，综合通过能力由475万吨提升至2.44亿吨，进港航道等级由1万吨级提升至30万吨级。“一体两翼、一港四区”组合大港布局成型，主体港区40万吨矿石码头、15万吨级集装箱泊位相继建成，自贸区港航发展中心、大型智能化集装箱中心、国际粮食中转中心、绿色专业化大宗商品集散中心和液体散货运输中心“五大中心”建设提速，两翼港区港产联动持续深入，30万吨级原油码头加快建设。搭建生产经营、物流运输、口岸协同、内部应用等4类共50余项信息系统，入选交通运输部综合运输服务“一票制、一单制、一箱制”交通强国专项试点。持续推广应用低碳技术设施、交通运输装备、智能信息系统、清洁能源等项目，现代化港航服务能级持续增强。

（二）高质量发展的港口经营量效实现跨越

40年来，连云港港口持续做大核心资产规模，提升经营质效水平。全港吞吐量从1984年的900万吨增加至2023年的3.2亿吨，增长了35.6倍；集装箱业务从1986年的13标箱起步，2005年突破100万标箱，2023年达到613.7万标箱。铁矿石、红土镍矿、煤炭等支柱货种增量稳健，液体化工产品、粮食、铝矾土、出口杂货等逐步做强，海河联运、矿石混配、滚装汽车、建材交易等新型业务迅速壮大，跻身全国机械设备和车辆外贸出口前三。全港资产规模由不到2.3亿元增至748.1亿元，年均增加19.1亿元；港口营业收入由7752.9万元增至165.3亿元，利润总额增长13倍。

（三）“一带一路”标杆示范效应显著增强

连云港港成功打造“两基地、一班列”的国际运输服务品牌。国际班列业务从1992年起步，现已形成阿拉山口、霍尔果斯、二连浩特、喀什、满洲里5个出境口岸和中亚五国、中吉乌、中蒙、中土、中德、中俄6条班列线路，累计开行1.56万列，近10年年均开行770列，总量位居全省第一，过境运量全国领先，具有满载率100%、回程占比高等优势，成为共建“一带一路”的旗舰项目和标志性品牌。中哈物流合作基地和哈萨克斯坦霍尔果斯无水港分别累计完成197.3万标箱和148.3万标箱，分别成为中亚跨境运输的重要集结中心和换装基地。依托自贸区港口区块推出国际贸易“单一窗口”、过境集装箱“车船直取”零等待、中欧班列“保税+出口”混拼等相关创新案例，国际班列通关更加便利、运营更加高效。

（四）贯通欧亚的多式联运优势全面扩大

经过40年的开放发展，连云港港构建了完备的“海河江、铁公水”立体式集疏运体系，开通3条远洋干线在内的90条集装箱航线、29条件杂滚装班轮航线、2条客货班轮航线，以日韩、东南亚为核心优势，干支结合、远近相宜的集装箱航线网络不断加密。综合物流基础配套日益完备，港口辐射3条疏港高速公路，通江达海的内河疏港航道陆续建成启用，港内铁路线相继通

▲ 连云港港疏港通道一隅　港口控股集团供

车。依托上合物流园构建“前港后园”的联动运营模式，配套保税物流中心、公路港等公共平台项目，成为省级现代服务聚集区、重点物流基地、海洋经济创新示范园区和“全国优秀物流园区”。累计开通至徐州、郑州、西安、兰州等24条海铁联运通道、13条内河航线，海铁联运量由2008年的13.2万标箱增长至2023年的85.4万标箱，年均增长13.3%；海河联运量由2011年的20万吨增长至2023年的2010万吨，年均增长46.8%，综合运输成本分别较公路下降25%和20%，海铁联运、海河联运、公转铁和公转水多式联运品牌

▲ 2020年6月8日，“日本—中国（连云港）—蒙古”整列中铁箱铁海快线班列首发，实现了自贸试验区制度创新优势与国际班列便利化需求的有效衔接

港口控股集团供

做大做强，“陆海内外联动、东西双向互济”的开放高地加速崛起。

（五）链接全球的共建共用合作不断深入

与中远海运、中国信达、新加坡万邦集团、新加坡国际港务集团、哈萨克斯坦国铁等60余家国内外企业开展合作，与乌兹别克斯坦国铁及哈萨克斯坦国铁签署中吉乌陆路通道、哈萨克斯坦阿克套港集装箱枢纽共建等战略合作协议，加速开展码头泊位、物流枢纽、内陆场站、信息化平台等领域建设，拓展了现代化港口服务功能。2021年以来，贯彻落实省委、省政府提出的“进了连云港就是进了上海港”“融入长三角发展、做足陇海线文章”等工作指引，与上港集团快速形成“业务先行、平台跟进、资本融通、实体运营”合作布局，合资成立互连集装箱公司，联合开辟航线，搭建“数字走廊”，运营“东北亚连云港空箱服务中心”，擦亮“连申快航”品牌。开展内河港合作、无水港联动、物流平台共用、信息资源协同，推动海港功能不断向中西部内陆延伸。串接徐州、郑州、兰州、霍尔果斯等陇海沿线物流节点，设立郑州市场营销中心，成立苏陇供应链公司，加快徐州铜山无水港二期和多式联运数字化服务平台、安徽凤台内河码头、新疆霍尔果斯场站建设，提高陇海线“补链强链延链”水平。打造“连徐淮”组合枢纽成为新亚欧陆海联运通道出海口、上合组织国家出海基地、国家战略资源储运配置中心和长三角北翼物流枢纽，以国际枢纽海港为核心的协同联动格局加快形成。

三、经验启示

（一）始终坚持贯彻国家决策部署，是实现港口高质量发展的根本引领

40年来，国家、省市党委政府高度重视连云港港的建设发展，特别是习近平总书记赋予打造“标杆示范”项目的重要职责使命，国家东中西区域合作示范区、长三角一体化发展等国家战略叠加赋能；江苏省委、省政府将连云港摆在江苏沿海开发前沿，深入推进“一带一路”交汇点强支点建设，使连云港成为振兴苏北的龙头、全省发展的新增长极和连接南北沟通东西的重要经济枢纽；连云港市委、市政府将港口作为全市最核心的基础战略资源，实施“以工兴港、以港兴市”“港产城融合发展”战略。这些

决策部署赋予了连云港更高的发展定位，更为连云港港的建设发展提供了坚强引领和目标方向。40年来的开放发展实践证明，党中央和国务院的亲切关怀，省、市党委政府的坚强领导，是港口取得既有发展成绩的根本保证，也是迈向高质量发展目标的根本引领。落实好总书记对江苏、对连云港的重要讲话重要指示精神，是必须扛起的重大政治责任、必须完成的重大政治任务，我们要满怀忠诚感恩之心，坚定不移沿着总书记指引的方向勇毅前行。

（二）始终坚持解放思想和全面开拓创新，是实现港口高质量发展的核心遵循

40年来，连云港港始终高举改革开放大旗，持续推动思想解放，不断突破阻碍港口建设发展的羁绊束缚，重塑体制机制。正是遵循了解放思想、全面改革创新的精神内涵，才有了企业集团化管理和市场化资本运作的实现，才有了“一体两翼”组合大港规划和建设，才有了创新打造“一带一路”标杆示范项目的系列举措，才有了绿色智慧港口建设的瞩目成就。40年来的开放发展实践证明，面对高质量发展目标，只有持之以恒地解放思想、坚定不移地深化改革、毫不动摇地守正创新，才能够突破发展瓶颈、克服难题挑战、实现新的跨越。我们必须持之以恒地解放思想、坚定不移地深化改革，精准落实市委、市政府的决策部署，主动把港口作为服务带动经济发展的“龙头”，加快建成国际枢纽港、产业集聚港、综合物流港和高效贸易港。

（三）始终坚持双向开放和深化互联互通，是实现港口高质量发展的关键因素

40年来，连云港港积极顺应改革开放的历史趋势，聚力放大“陆海转换、枢纽集散”的综合通道优势，构建向东连接环太平洋、向西贯通亚欧内陆、沿海串联南北港口、内河通达苏鲁豫皖的物流大通道，国际班列与多式联运品牌效应持续放大，连云港港在服务全国构建新发展格局中的枢纽支撑作用快速彰显。40年的开放发展实践证明，双向开放和互联互通是港口实现物畅其流、活力涌动的关键因素，新亚欧大陆桥是连云港港在新时代开放发展上跑出加速度的“生命线”，必须找准定位、扬长补短，着眼于“通道带物流、物流带贸易、贸易带产业”的供应链集聚效应以及多式联运组合效率、集约效益和整体效能的充分释放，全力打造标杆和示范项目，放大向东开放优势，做好向西开放文章，务实谱写出“一桥如虹贯欧亚、丝绸之路绽新花”的精美篇章。

（四）始终坚持深化共建共用合作，是实现港口高质量发展的重要途径

40年来，连云港港持续引入国内外优质资源要素参与港口投资建设，加强区港联动、关港联动、路港协同及口岸协作，汇聚了优势互补、共建共享的强大合力，形成了合作共赢的生态圈。40年的开放发展实践证明，合作共赢是大势所趋，面对愈发激烈的港际竞争和越来越多的区域协同发展继续，必须以更加积极的姿态和宽广的胸怀，深化共赢合作、加大共建共用力度，多元引入优质资源要素，在业务融合、市场结合、资源聚合中增强辐射带动能力和价值创造力。

（五）始终坚持团结奋进、广泛凝心聚力，是实现港口高质量发展的强大动力

40年来，在市委、市政府的坚强领导下，一代代港口人奋勇向前，凝聚起直面困难挑战、锐意变革突破的精神品质，扛起了港口现代化的发展重任，为我们留下了在传承中创新、在砥砺中前行的宝贵财富。面对高质量发展目标，我们必须从40年来的艰苦奋斗中汲取精神力量，坚持团结奋进、广泛凝心聚力，共同汇聚起阔步向未来、重新再出发的强大力量。

连云港经济技术开发区的建立和发展

连云港经济技术开发区（以下简称连云港经开区）是国务院批准设立的首批国家级开发区。作为改革开放的窗口和试验田，经过40年的艰苦创业，连云港经开区已成为连云港市经济发展的主要增长极和支撑点，成为新亚欧大陆桥沿线省份对外开放的重要窗口和沿桥国家来中国投资的热点地区。近年来，市委、市政府进一步推进连云港经开区建设发展，进一步明确“产业创新夯实聚合优势、几何中心建设宜居家园”总体思路，坚持“产业+城市”双轮驱动，连云港经开区先后荣获国家生态工业示范园区、国家外贸转型升级基地、五星级国家新型工业化产业示范基地、首批国家级知识产权强国建设试点园区等国家级“金字招牌”，综合实力稳居国家级经开区前列。

一、发展历程

建区40年来，连云港经开区坚持“统一规划、分期实施、集中兴建、滚动发展”的道路，走过一段辉煌而艰辛的创业历程。

（一）起步开发阶段（1984—1994年）

1984年12月19日，连云港经开区获批设立。1985年4月3日，连云港经开区管委会成立。同年9月，连云港经开区破土动工，首批开工建设12项工程。至1987年，完成基本建设投资1.53亿元，建成道路7万平方米，建造各类房屋近4万平方米，开发土地面积0.43平方千米。同时，参与民航机场、供水管网、供电线路、通信设施等区外配套工程的建设，基本具备投资办厂的条件。1988年1月，中国医药工业公司与连云港市制药厂合资建设的药用铝箔生产项目建成投产，连云港经开区进入开发收益期。至1989年，全区共批准连云港钟山氨纶有限公司等项目6个、连云港药用包装材料厂等内资项目56个，累计完成固定资产投资2.13亿元，开发面积0.56平方千米。

1990年1月，中云乡范庄、山后和焦庄3个行政村划入，连云港经开区行政管理面积增至10.8平方千米。连云港经开区的规划定位由单一的工业区调整为基本功能齐全的综合性城区。1992年春，邓小平视察南方并发表重要谈话，极大地推动了连云港经开区建设。1992年，连云港经开区启动引水河以东1.7平方千米的开发建设，同年10月，为拓展发展空间，市政府将中云乡和猴嘴镇新光村划归连云港经开区管理。连云港经开区管委会把招商引资成为经济工作的战略重点，成立招商办公室，摸索出“以内引外，以外引外”新路子，对外招商逐步扩展到日本、韩国、美国、加拿大、德国、泰国等十几个国家和地区。

1993年起，连云港经开区财政开始从自身可支配收入中安排基建支出。为满足项目需要，同时解决开发资金不足的困难，采取包片开发、垫资开发和融资开发等办法，加速土地开发和基础设施建设，新开发土地4.1平方千米。至1994年，连云港经开区实现地区生产总值3.85亿元，工业总产值11.49亿元，财政收入5518万元，出口创汇3298万美元。10年间，累计批准外资及港澳台资项目189个、实际利用外资及港澳台资6095万美元，累计注册内资项目1049个、注册资本11.65亿元；固定资产累计投入10.7亿元；开发面积约5.18平方千米。

（二）拓展开发阶段（1995—2003年）

1995年，国家财政扶持政策调整，连云港经开区利用国家开发贷款进行建设的阶段结束，连云港经开区在国家级开发区中的排名处于下游。为扩大经济总量，进一步加快对外开放步伐，市政府将宋跳工业区、大浦化工区划归连云港经开区管理，形成了东西两个片区，管理面积拓展至55.38平方千米。1997年8月，经省政府批准，在宋跳工业区设立连云港高新技术产业开发区，致力于发展高新技术企业。连云港经开区管委会进一步加大招商引资力度，组建驻深圳、上海、韩国、美国、欧洲办事处，多次举办规模较大的招商活动，引进日本雅玛珂、味之素和韩国LG、甲乙等跨国公司及国内大型企业来区投资兴业。

2001年，朝阳镇划归连云港经开区管理。同年，国家火炬计划连云港新医药产业基地获科技部正式批准。为大力发展出口加工贸易，市政府决定在连云港经开区建设出口加工区。2003年3月，连云港出口加工区获得

▼ 连云港经开区夜景　胡卫星摄

国务院批准。连云港经开区形成了开发区、出口加工区、高新区三区合一、齐头并进的发展格局。

至2003年，连云港经开区实现地区生产总值45.13亿元，工业总产值125.16亿元，财政收入6亿元，出口创汇1.53亿美元，实际利用外资及港澳台资1.17亿美元。9年间，累计批准外资及港澳台资项目427个、实际利用外资及港澳台资5.39亿美元，累计注册内资项目1854个、注册资本49.22亿元；固定资产累计投入70.53亿元；新增开发面积7.35平方千米。

（三）临港开发阶段（2004—2011年）

2004年，为贯彻落实江苏省委提出的连云港“以工兴港、以港兴市、以市带农”发展要求，连云港经开区管委会编制了《连云港开发区总体发展概念规划》，将原沿中云台山两侧向东、向南发展，调整为向港城大道以北盐田滩涂发展。在市政府对东部城区一体化建设战略部署中，连云港经开区承担起临港产业区开发建设的使命。以临港产业区起步区和大浦工业区为起点，连云港经开区东西并进，拉开临港产业区76平方千米基础设施建设框架。2005年4月，猴嘴街道（含台北盐场）划归连云港经开区管理，临港建设全面展开。2009年12月22日，出口加工区二期工程通过验收。2010年，青口盐场划归连云港经开区管理，进一步拓展了发展空间。

这一时期，连云港经开区突出招商引资、基本建设和企业服务三大任务。推进招商引资，将1个招商局扩展为4个招商局，大力开展招商活动，加大对高新技术项目的扶持力度，支持企业研发高新技术项目，逐步确立了“发展新能源、新材料、新医药和高端装备制造业”的发展方针，大力发展新兴产业，改造提升传统产业，并相应地逐步发展与之配套服务的第三产业，推动产业转型升级。实施“一区多园”的发展战略，与江宁开发区和昆山开发区合作共建江宁工业城、昆山工业城，形成集约式招商新局面。推进基本建设，采取垫资建设、存量资产变现、向银行融资等办法，破解基础设施建设资金来源问题。完成国有资产投资经营公司重组，成立江苏新海连集团有限公司，积极探索资产资本运作新模式。做好企业服务，成立连云港经开区行政服务中心，提高服务企业效能。持续加大改革创新力度，管理体制创新不断深化，党政机关均纳入ISO9000质量管理体系，增创体制和机制新优势。

至2011年，连云港经开区实现地区生产总值255.51亿元，工业总产值823.05亿元，财政收入79.21亿元，出口创汇14.73亿美元，实际利用外资及港澳台资34770万美元。8年间，累计批准外资及港澳台资项目424个、实际利用外资及港澳台资18.33亿美元，累计注册内资项目5087个、注册资本242.48亿元；固定资产累计投入730.15亿元；建成新材料国家高技术产业基地、省级医药科技产业园、省级国际服务外包示范区等特色园区；新增开发面积80.84平方千米。

（四）产城融合发展阶段（2012年至今）

为加快实施江苏沿海开发和连云港向海发展战略，推动现代化新港城快速崛起，连云港经开区坚持“产业+城市”双轮驱动，加快推动港产城人融合发展。2012年，拉开现代化产业新城建设框架，高标准编制一系列城市规划和设计，重点建设花果山大道主轴功能带上的创智街区，相继建成工业邻里中心、工业展览中心、创智绿园、中德园、金融大厦等重点项目。2015年10月28日，为支持连云港高新技术产业开发区加快发展，宋跳工业园及猴嘴街道的宋跳社区、昌浦社区、大浦社区整建制划入高新区管理。连云港综合保税区、江苏自由贸易试验区连云港片区相继获批，连云港经开区迎来了“三区叠加”的重大战略机遇。

2021年，连云港市第十三次党代会召开，赋予连云港经开区“苏北最高、沿海一流，大手笔建设现代化新港城几何中心”的重大使命，连云港经开区全面开启港产城人融合发展新阶段，努力建设高层次商务开放区、高水平科技研发区、高品质生活居住区。在城市建设方面：制定连云港新港城几何中心规划，明确“双轴双廊、一核多片”的总体空间结构，“双轴双廊”包括以花果山大道、东方大道为轴的几何中心产城融合发展主、次轴线，以景观生态为主导功能的临洪河生态水脉廊道与入海水道山海印象廊道；“一核多片”则是以创智街区现代综合服务区为核心区，以各类产业发展区为支撑区的六大建设用地组团单元。城建项目加快落地，通园路、跃湖路等11条道路建成通车，苍梧小学、新海初中开发区校区、新海高中开发区校区建成投用，市一院开发区院区开业就诊，大浦工业社区综合服务中心、大浦公园相继投用，一座壮阔雄浑的产业新城展露雏形。在产业发展方面，围绕“双千亿”产业强区（规模以上工业总产值、工业应税销售收入双双破千亿）目标，构建“4+N”主导产业体系（“4”即新医药、新材料、新能源、高端装备制造，“N”即以跨境电商、大宗贸易为代表的新兴业态），成立“立即解决、问题清零”指挥部，推动以“项目推进群+问题清零群”为代表的不见面服务，不断优化营商环境。诺泰生物、德源药业、中复神鹰碳纤维、华海诚科相继登陆资本市场，全区上市企业数量上升至8家。至

2023年，连云港经开区主要经济指标与建区之初相比，地区生产总值增长约1300倍、规上工业总产值增长约620倍、固定资产投资增长约670倍、外贸进出口总额增长约145倍。

二、主要成就

（一）坚持发展第一要务，艰苦创业、图强争先，实现了经济发展大跨越

致力打造“双千亿产业强区”。坚持“4+N”主导产业不动摇，全力打造区域产业发展高地。新医药产业，入选国家先进制造业集群，是全国最大的抗肿瘤药物、精神类药物、抗肝炎药物、现代中药生产基地，一类新药获批数位居全国地级市首位，全区规模以上医药企业产值占全市医药企业产值的76.5%，正加快打造国内一流、世界知名的“中华药港”。新材料产业，获批新材料产业国家高技术产业基地、国家高性能纤维及复合材料高新技术产业化基地，是全国最大的碳纤维生产基地，国产碳纤维市场占有率超50%，正聚力打造国内一流、世界领先的高性能纤维产业园。新能源和高端装备制造产业，形成了风电装备、物流装备、海洋装备等临港特色产业，是亚洲最大的风电装备生产基地，正以建设连云港市海洋装备产业园为抓手，全力打造全国领先的高端装备制造研发生产基地。

致力打造“改革开放引领区”。充分发挥自贸试验区引领作用，着力打造开放创新发展“策源地”。持续深化改革探索，自贸试验区累计形成超190项制度创新成果，其中国家层面复制推广3项，全省层面复制推广45项。国企改革深入推进，合格境外有限合伙人试点全面开展，全国首批清洁生产审核创新试点获得生态环境部高度认可。持续加码开放能级，综合保税区高水平打造省级跨境电商产业园，“一带一路”供应链里海基地开工建设，国际汽车出口展销中心加快推进，与徐州淮海国际港务区、营口自贸片区等达成战略合作。持续优化创新服务，累计培育国家高新技术企业122家、国家科技型中小企业211家，获批国家级火炬科技创新基地2个、省级以上科技创新平台35个，国家重大人才工程专家、高新技术产业产值全市占比均超六成，中复神鹰获得第5届中国质量奖提名奖，实现连云港市

国家级质量奖零的突破，恒瑞医药连续11年蝉联“中国医药研发产品线最佳工业企业”榜首，康缘药业国家重点实验室重组成功，中科院高效低碳燃气轮机试验装置满负荷运行，自主培育院士、国家科技进步一等奖实现零的突破，累计获中国专利奖22项，其中专利金奖5项，全区研发投入占比、万人发明专利拥有量位居国家级开发区前列，累计兑现科技政策奖励超1.6亿元。

▼ 连云港经开区规模以上医药企业产值占全市医药企业产值的76.5%，正加快打造国内一流、世界知名的“中华药港”。图为江苏康缘药业股份有限公司

连云港经开区供

▲ 2017年9月29日，中复神鹰碳纤维有限公司T800碳纤维生产线正式投产
连云港经开区　供

致力打造“营商环境示范区”。牢固树立“项目为王、环境是金”的理念，全面提高营商环境建设水平。政务环境更加高效，在商事制度、投资建设、招投标监管三大领域全面发力，深化智慧商事登记改革试点，推动“证照分离”全覆盖，在连云港市率先推行“施工许可分部办理”“标准地+双信地+定制地”等创新举措，加大区域评估成果应用，锦尚新材料等项目实现“拿地即开工”。产业环境更加完善，制定82条创新优化营商环境举措，实行优惠政策免申即享，“立即解决、问题清零”难题会办机制在全省开发区推广。市场环境更加舒适，严格落实非禁即入的市场准入制度，深化包容

审慎监管模式，落实“轻微免罚”“柔性执法”，加快推行“综合查一次”联合执法检查，切实营造宽严相济的监管执法环境。营商环境指数位列全国经开区前30强。

（二）坚持统筹协调发展，优化环境、美化家园，实现了城乡面貌大变样

几何中心全面铺开。进一步分级分类完善空间规划体系，新港城几何中心总体空间概念规划编制完成，“双轴双廊、一核多片”的总体城市空间结构进一步优化，“五横八纵”路网框架全面形成，猴嘴片区60万平方米棚户区改造完成，智慧水务、海绵城市等建成投用。教育、医疗、商贸等服务配套资源加速集聚，连云港市第一人民医院开发区院区、苍梧小学、新海初级中学开发区校区等建成投用，新海高中开发区校区、质子中心加快建设，绿地城市综合体开工建设，创智绿园、昌圩湖公园等建成投用，工业展览中心、华东城等加快业态提升，花果山大道等完成亮化改造，加快打造成为一带一路合作共建引领区、港产城人融合发展新标杆、东部沿海产业创新新高地。

民生福祉全面改善。明确“重振朝阳、重塑中云、提升猴嘴几何中心首位度”发展思路，深入实施城乡“一示范两整治三提升”建设（即猴嘴示范区建设；街道公共空间整治、村居公共空间整治；自贸区重点区域整治提升、“大美大浦”提升改造、全区亮化工程提升）。全面落实乡村振兴战略，建档立卡贫困户2016年在全市率先实现全部脱贫，建成全国“一村一品”示范村1个、国家四星级休闲观光与乡村旅游示范园区2个，涉农村居集体收入平均达239万元，自来水入户率、农村户厕改造完成率、农村生活污水治理行政村覆盖率达100%。年均新增城镇就业人员增长8倍，企业从业人员增长7倍，全区城乡基本养老、医疗、失业保险覆盖率和参保率逐年攀升。高质量推进教育强基工程，义务优质均衡发展水平领先全市，连续七年中考总均分居连云港市各县区之首，四星级高中录取率达70%。点亮文明新风，朝阳街道韩李村创成全国文明村，全区累计获评“中国好人”11批15人、“江苏好人”20批25人，乡风文明建设工作保持积极发展态势、展现新时代风貌。

城市环境全面提升。全面打好蓝天、碧水、净土“三大保卫战”，设立

▲ 创智绿园　连云港经开区供

并颁发全省首个企业“环境保护质量奖”，大气$PM_{2.5}$平均浓度逐年下降，空气优良率稳步提升，国省考断面水质全部达到省定目标，建设用地和农用地土壤安全利用率达100%，城市绿化覆盖率达41%。全区生产安全形势持续稳定，“土地双清”“五化合一”（即风险管控精细化、安全监管分级化、隐患查治常态化、安全管理信息化、应急管理现代化）安全生产精准治理经验在全省推广，事故起数、死亡人数连续三年实现较大幅度“双下降”，2023年全市唯一实现“双零”。纵深推进扫黑除恶专项斗争、政法队伍教育整顿，加快推进区街村社会治理服务中心建设，持续深化网格化治理“333”实战工程（即“三张清单”明职责、“三项机制”管实战、“三项举措”强保障），强势推进“保交楼”工作，农民工工资信息化平台加快建设，获评江苏省信访工作先进单位、江苏省人民满意窗口，群众安全感、满意度持续提升。

（三）坚持以文惠民服务，完善体系、丰富活动，实现了文化强区建设高质量发展

公共服务体系日趋完善。加快基础设施建设，全区应急广播体系、智慧广电乡村工程、基层综合性文化服务中心实现全覆盖，中华药港文体中心、盐文化展示馆等重点项目加快推进，文化礼堂、村史馆、百姓舞台等基层文体设施不断增多，公共道路交通标识牌、旅游厕所等旅游服务设施基本完善，街道文体中心均达省级文化站标准，创成省级最美公共文化空间5家、省公共文化服务体系示范区1家，人均体育场地面积达7.66平方米、远超连云港市平均水平。紧紧围绕“推动文化产业高质量发展实现新突破”目标，进一步提升文化产业贡献力、文化企业竞争力和文化品牌影响力，努力推动文化产业攀高迈进、有序发展，截至2023年底，全区规上文化产业法人单位19家，实现规上文化企业营业收入34.29亿元。

文化体育活动繁荣兴盛。围绕孝德、盐韵等特色文化主题，组织实施“百千万”文化惠民工程，年均举办各类文旅活动60余场次，春季村晚入选江苏省示范展示点名单，承办江苏省移风易俗文艺巡演、中国梦港城情等省市活动，连续七年举办朝阳桃花游览季，数字文化服务地区和人群覆盖率均达到100%。围绕全民健身、强国复兴有我、紫金文化艺术节、我们的节日等主题活动，每年举办“中华药港”杯足球联赛等各类群众体育活动10余场，荣获全国、全省群众体育先进单位各1家，7支群众文化团队入选省级优秀群众文化团队培育计划。

文化遗产保护成效显著。藤花落遗址被公布为第六批全国重点文物保护单位、2000年全国十大考古新发现之一，列入首批江苏省大遗址名录。全面推进全区27处区级及以上文物保护单位“四有”档案完善工作，完成大雾崖石城、张学瀚故居、太白涧摩崖石刻等维修保护工程，开展文物资源

▲ 连云港经开区音乐喷泉广场　吉志强摄

区域评估6批次，完成考古调查地块2处、22平方千米。完善非物质文化遗产“项目—传承人—传承基地”体系，大力发扬15个区级及以上非遗项目，广泛开展非遗大集、淮海戏巡演、非遗技艺课堂等优秀传统文化进基层活动，重点培育市级代表性传承人10人。

三、经验启示

（一）必须始终把解放思想、求真务实作为基本导向

改革开放的历史，就是一部解放思想、求实奋进的历史。40年来，从

一片盐碱地、芦苇荡，到成立如今连云港市产业发展的主阵地、对外开放的主窗口，实践上的每一次重大进步，发展上的每一次重大跨越，无一不是以思想解放推动事业发展的生动体现。只要始终坚持以思想破冰引领发展突围，遵循园区发展的规律，准确把握阶段性发展特征，坚持一切从实际出发，就一定能够在新征程上乘风破浪、行稳致远！

（二）必须始终把改革创新、对外开放作为主要动力

40年来，连云港经开区秉承着“敢为天下先”的精神，始终坚持把深化改革与扩大开放有机结合起来，深化改革增活力，全面开放借外力，集成创新强动力，努力在关键领域、重点环节上求突破。实践证明，改革开放、创新发展是大踏步赶上时代的重要法宝，也只有坚持改革创新与对外开放相统一，各项工作才能更加体现时代性、把握规律性、富有创造性。

（三）必须始终把加快发展、全面突破作为首要任务

发展是硬道理。40年来，连云港经开区始终把高质量发展作为头等大事，把全区力量凝聚到发展上来，聚精会神搞建设，一心一意谋发展，全区经济社会发展取得了历史性突破。在新的历史起点上，只有完整准确全面贯彻新发展理念，坚定发展信心，保持战略定力，才能提升发展实力，用发展凝聚人心、造福人民。

国家东中西区域合作示范区先导区（连云港徐圩新区）的建立和发展

徐圩新区是国务院批准设立的国家东中西区域合作示范区的先导区，是国家七大石化产业基地之一，是江苏沿海开发、“一带一路”支点建设中产业合作的主要实施载体，是市委、市政府确定的发展新型临港产业的核心区。徐圩新区总规划面积约467平方千米，其中，徐圩港区74平方千米，临港产业区141.6平方千米，适宜布局和发展临港大工业。近年来，徐圩新区按照“生态、智能、融合、示范”的发展理念，大力培育和发展石化、高端装备制造、高性能新材料和临港物流贸易加工等主导产业，努力建设世界一流石化产业基地，加快打造万亿石化产业集群，建设全球有重要影响力化工区。

一、发展历程

20世纪90年代，江苏提出建设“海上苏东”，沿海进入“四沿”（沿江、沿沪宁线、沿东陇海线、沿海）生产力布局，开发的层次与力度不断升级。

2006年10月起，由钱正英院士牵头的中国工程院、国家开发银行和江苏省政府联合调研组，组织20多位院士和200多名专家，开展江苏沿海地区综合开发战略研究，得出科学论证：徐圩片区是规划建设深水港口、发展临港重化工产业的理想选址。

2007年元旦期间，时任国务院总理温家宝到连云港考察，将连云港的发展摆到国家战略层面上来定位，指出连云港是连接南北、沟通东西的战略枢纽，希望能够成为中西部地区最重要的出海通道，在全国东中西部区域协调发展中发挥重要作用。

2008年5月8日，省政府向国务院汇报《江苏省沿海地区综合开发战略研究报告》，建议从国家发展战略层面考虑，探索设立东中西区域互动合作示范区。

2009年3月5日，市委召开常委议港会议，作出“快速突破徐圩开发，强势推进东区崛起”的重大决策部署，3月31日，市委、市政府印发《关于加快连云港港口发展全力推进徐圩片区开发的意见》，4月1日，中共连云港市徐圩开发建设指挥部党组成立，徐圩新区开发建设拉开帷幕。

2009年6月10日，国务院常务会议通过《江苏沿海地区发展规划》。连云港市加快推进临港产业发展，10月26日，徐圩新区管理委员会（筹）成立。

从2009年至今，徐圩新区发展大致经历了四个阶段：

（一）起步创业阶段（2009—2013年）

2009年6月17日，徐圩现场指挥部举行揭牌仪式，现场升起第一面五星红旗。

2010年11月29日，徐圩新区与盛虹集团在神州宾馆正式签订了年产120万吨烯烃项目合作协议，标志着徐圩新区临港大型化工产业基地建设开始启动。

2011年5月31日，国务院批复同意在连云港市设立国家东中西区域合作示范区，徐圩新区为先导区。7月5日，国家东中西区域合作示范区举行揭牌仪式，拉开了示范区建设的序幕。

2013年11月30日，国家发改委印发“路条”，要求抓紧开展连云港石化产业基地规划编制和一期工程前期工作。12月28日，徐圩港区实现试通航。是年，徐圩新区开发建设大规模启动，五纵五横路网框架基本形成；广泛开展招商、推介活动，科技和人才等高端资源集聚平台建成投用；江苏方洋集团资产规模突破200亿元，成功发行募集资金15亿元，为新区的开发建设提供了有力保障。

（二）奠定基础阶段（2014—2017年）

2014年6月，经国务院常务会议审议通过，国家发改委印发实施《石化产业规划布局方案》，明确连云港石化产业基地为全国七大石化产业基地之一。7月16日，虹港石化PTA项目投产，标志着徐圩新区石化产业园发展取得了历史性的突破。

2015年，徐圩新区规模以上工业投资首次突破100亿元，全年完成102亿元，同比增长44%，全市排名第一。

2016年11月27日，徐圩新区增量配电业务改革试点获得国家发改委正式批准。12月14日，连云港石化产业基地规划环评获环保部正式批复，是连云港石化产业基地建设的一个重要里程碑。12月26日，斯尔邦石化醇基多联产项目全面建成投产，该项目是徐圩新区首个销售收入超百亿的

▲ 2011年5月，国务院批复同意在连云港市设立国家东中西区域合作示范区，徐圩新区为先导区。图为徐圩新区云湖　房以明摄

产业项目。

2017年9月26日，卫星化学项目签约入驻，打造国内外具有示范引领效应的烯烃化工新材料基地。10月28日，中化精细化工循环经济产业园开工建设。

（三）快速发展阶段（2018—2021年）

2018年12月14日，省委、省政府在徐圩新区举办江苏省重大项目现场推进会，盛虹炼化一体化、瑞恒新材料基础化工等10个项目同时开工，总投资达1017亿元。

2019年7月5日，徐圩新区被生态环境部、商务部、科学技术部正式批准为国家生态工业示范园区。

2021年6月3日，徐圩新区首次荣登化工园区30强榜单。11月19日，

《连云港石化产业基地总体发展规划(修编)》正式获得江苏省政府批复。是年,徐圩新区达标尾水排海工程、连云港石化基地工业废水综合治理中心等重大工程建成投运,全省首个30万吨级原油泊位顺利投产,禾兴石化码头正式开放,初步形成较为完善的基础设施框架体系,基本完成盛虹炼化、卫星化学、中化循环经济产业园为龙头的临港主导产业布局,并获批中国智慧化工园区和绿色化工园区。

(四)二次创业阶段(2022年至今)

2022年1月12日,市委常委会在徐圩新区召开专题会议,会议决定举全市之力推动国家级石化产业基地迈上新能级、实现新突破。1月28日,东中西示范区党工委、管委会印发《徐圩新区建设世界一流石化产业基地打造万亿级产业集群行动计划》。1月29日,市委、市政府印发《连云港石化产业基地世界一流标准体系》。1月21日,徐圩新区召开2021年度总结表彰暨决战千亿园区誓师大会,开启二次创业新征程。

2022年8月17日,连云港港30万吨级航道二期工程徐圩航道通过交工验收,江苏省首条30万吨级深水航道全面建成,连云港港成功跻身国际深水大港行列。12月28日,盛虹石化集团举行盛虹炼化一体化项目全面投产暨盛虹高端新材料项目、全球先进材料研究院签约仪式。

2023年2月1日,国内首部推动石化产业发展的地方性法规《连云港石化产业基地高质量发展条例》正式施行。10月26日,2023中国化工园区论坛发布2023化工园区高质量发展综合评价结果,国家东中西区域合作示范区(连云港徐圩新区)跻身全国高质量发展化工园区14强。是年,徐圩新区首次跨入2000亿元园区行列,新区“四上”企业应税销售收入达2120亿元,规模以上工业实现产值1811.7亿元,工业应税销售收入1739.6亿元;外贸进出口额达到86亿美元,占全市外贸额达45%,位居全市第一。

2024年,徐圩新区迈上高质量发展新征程,紧紧围绕打造万亿石化产业集群、建设全球有重要影响力化工区的目标定位,在加快发展、高质量发展、转型发展、协同发展上蓄势攻坚。1月,工信部批准徐圩新区为绿色工业园区。6月19日,中国首个工业用途核能供汽项目——“和气一号”正式供汽。8月5日,徐圩新区首个外资项目奥升德年产20万吨己二胺项目正式投料并一次开车成功。8月19日，江苏徐圩核能供热一期工程经国务院常务会议审议核准。

二、主要成就

2009年6月，徐圩新区从一片盐碱滩涂上白手起家启动建设，实现了从一片白茫茫的盐滩到世界级石化产业基地的精彩蝶变。工业经济生产能力突破2300亿元，是连云港市最大的工业经济板块，也是江苏沿海开发最大的经济增长极。先后获批国家东中西区域合作示范区、全国七大石化产业基地之一、国家生态工业示范园区、连云港综合保税区A区（徐圩片区）、中国绿色化工园区、中国智慧化工园区、国家级绿色工业园区七张名片。

（一）完成以石化为龙头的临港重大产业布局

徐圩新区锚定建设世界一流石化基地的目标定位，已形成盛虹石化、卫星化学、中化循环经济产业园三大石化产业集群，完成了以石化为龙头的临港重大产业布局，计划总投资超5000亿元。石化产业基地坚持产业链上下游一体化的原则，依托三大上游石化集群，集聚了包括美国奥升德尼龙树脂、韩国SK致新包装领域新材料等10余个下游产业链项目。各种基础原料在基地内部得到了充分延伸利用，产业关联度超80%，烯烃等基础原料就地转化率达70%以上。在2023年化工园区高质量发展综合评价中，徐圩新区位列全国643家重点化工园区第14位。在2024年赛迪顾问发布的《2024化工园区综合竞争力百强研究》报告中，连云港石化产业基地综合竞争力位居第9。

盛虹石化产业集群。以“油、煤、气”为主要原料，以大芳烃（苯、甲苯、二甲苯和三甲苯等）和大烯烃（乙烯、丙烯、C4、C5/C9综合利用为主）为主导产业发展方向，下游以高端化工品和高性能材料作为终端产品。盛虹集团已形成104万吨/年丙烯腈产能，并将建设形成100万吨/年EVA、100万吨/年绿色可降解材料。

卫星化学产业集群。以进口乙烷和丙烷为主要原料，以乙烯和丙烯为主导产业发展方向，已建成连云港石化250万吨/年轻烃综合利用及配套产业链、嘉宏新材料40万吨/年环氧丙烷生产装置。

中化循环经济产业集群。中化连云港循环经济产业园是中国中化重点布局的四大产业基地之一，主要建设发展基础化工、精细化工、高性能材料和专用化学品等四大产业板块，以及承接中国中化未来重大战略项目落地。已建成40/25万吨/年苯酚丙酮、60万吨/年丙烷脱氢（PDH）、40万吨/年环氧丙烷、55万吨/年50%双氧水等装置。

▲ 徐圩新区是全国七大石化产业基地之一　胡林庆摄

（二）推动港产联动一体化发展

港口是龙头，产业是核心，港产联动发展是徐圩新区集聚产业的重大优势和重要保障。新区持续推动徐圩港区与石化基地融合发展，不断完善港口基础设施，加快构建海河联运、陆海联运、海铁联运集疏运体系，港产联动发展水平国内领先。

港口方面。徐圩港区规划建成双堤环抱式港湾，面积约74平方千米，

其中形成陆域面积48平方千米，形成码头岸线35千米。规划建设30万吨深水航道和113个大中型泊位，规划吞吐能力4亿吨。目前，以服务临港重大产业发展为核心的港口建设初具规模。徐圩港区30万吨级深水航道、10万吨级航道全面建成通航，徐圩港区口岸正式开放已获得国家批准。已建成干散货、液体散货、件杂货等各类码头泊位25个，其中，30万吨级液体散货泊位1个，3–10万吨级散杂货码头8个、1–10万吨级液体化工码头16个，总吞吐能力达8500万吨／年。建成运营现代煤炭供应链服务示范基地、冷链物流中心、多式联运中心、综合保税区、连云港油气化工交易品平台等多个大型物流服务平台。

铁路方面。陇海铁路已通过连盐铁路徐圩支线接入徐圩新区，综合作业场站及徐圩站改扩建正在加快建设，计划2024年下半年建成投用；计划投资约10亿元建设徐圩港区铁路专用线一期工程，畅通铁路运输“最后一公里”，实现海铁联运，进一步降低物流成本。

内河航道方面。徐圩港区疏港航道为宿连航道的重要组成部分，根据“水运江苏”的意见，航道整治等级提升为二级，并纳入江苏省干线航道网规划（2023—2035年）二级航道建设重点项目。项目全长22.4千米，总造价约58亿元，建设期为2025—2029年。新区同步启动徐圩港区疏港航道码头规划研究，初步计划布局徐圩作业区（海河联运作业区）、石化基地作业区、战新产业作业区三处内河码头，规划岸线12.45km，布置通用、件杂货、液体散货等泊位145个，可形成年通过能力1.09亿吨。

公路方面。与连霍高速、宁连高速、京沪高速、沿海高速、连宿高速（在建）、204国道等主体交通框架实现互联互通；实现道路保通340千米，形成“六纵六横”路网框架。

（三）建成国内行业领先的产业配套体系

新区围绕主导产业的发展，不断加强产业服务体系建设，提升产业服务保障能力和水平，依托现有的产业定位和资源基础，围绕企业的核心需求，建立较为完整的产业服务体系，助推企业的快速发展。

生产性服务体系建设方面。徐圩新区逐步打造了国内同行业领先的公辅一体化的配套体系，实施了众多具有长远引领示范效应的重大产业支撑项目。国家增量配电网、应急备用水源等重大工程处于国内领先水平。增量配电网调控中心是江苏省内第一家采用调配一体化系统的项目，是徐圩新区增量配电网电力系统的重要中枢，能实现对徐圩新区增量配电网调度、运行监控及设备操作的24小时一体化运作。

生活性服务体系建设方面。重点打造云湖核心区和工业邻里中心，建设大陆桥酒店、智汇湾餐饮、中央大厨房、人才公寓、工业邻里中心、石化基地综合服务中心等设施，配套提供教育、医疗、公交等服务，基本实现了吃住行游购娱全覆盖，园区生活服务便利化、品牌化、专业化水平不断提高，成为助推新区产业发展的重要保障。

（四）构筑最严格标准织就的安全管控体系

安全生产是石化基地的“生命线”。徐圩新区坚持把安全生产工作放在首位，全力推进安全生产治理体系和治理能力现代化，在化工园（集中）区安全风险等级评估复核中，连云港石化产业基地得分连续两年（2022、2023年）位居江苏省第一。在全封闭管理、全过程管控、全员化共治、全方位防控方面形成领先经验。

应急救援体系方面。建成投用石化基地运管服务中心，接入各类数据信息，综合统筹应急指挥、灭火救援、医疗应急等后方资源，构建平战结合、立体化监测预警和应急救援体系。高标准建设灭火救援应急中心、应急救援指挥中心、医疗应急救援中心、海上应急救援中心等6大作训中心。累计投入超4亿元，配备消拖两用船、举高喷射消防主战车、应急搜救车等6大类安全应急装备。强化事前、事中、事后全过程安全应急管控，持续提升应急救援处置能力，组建一支一专多能综合型人才组成的应急救援抢险大队，并于2022年11月获批国家危险化学品应急救援连云港队。

安全风险监控方面。创新性成立石化基地安全业主委员会，并建立项目准入联审、试生产票决、互查互检互学、应急联动4项机制，持续提高园区企业一级标准化创建达标率，正式投产企业基本建成“五星工厂”，提高企业本质安全水平。全面实施重大危险源风险信息化检测，实现与园区248个重大危险源监测数据信息的交互联通，实时收集重大危险源工艺运行参数、气体报警等数据，依托重大危险源分级预警模块，不断完善风险事前分级预警管控机制。持续强化施工安全监管力量，聘请第三方安全服务机构，24小时不间断对重大在建项目开展施工现场安全巡查检查。

智慧化管理方面。高标准打造石化基地运管服务中心，建成投用智慧安监、危化品车辆指挥调度、石化基地全景监控、互联网二级解析等智能化平台，打造石化基地全生命周期安全管控体系，实现“园区体征可视化、安全监管一体化、管理服务实时化、基础设施集成化”。实行化工园区物理封闭围网管理，建成园区封闭管理人脸识别系统，通过采用人脸识别、大数据、云计算、GPS定位等智能化新兴技术手段，实现入园人员及车辆实名认证、入园申报、自动查验、定位追踪全过程闭环管理，保障园区安全稳定。

（五）打造化工园区生态环保标杆

绿色发展是高质量发展的底色。徐圩新区始终坚持产业发展和生态保护两手抓，着力系统打造本质安全、生态绿色示范标杆园区。2023年，徐圩新区$PM_{2.5}$浓度日均值为24微克/立方米，连续三年全市排名第一。在国家生态工业园区复查评估中获得“优秀”成绩，并获生态环境部点名表扬。

顶层设计方面。对标国际国内先进园区相关标准、规范和要求，形成绿色产业发展、环境质量改善、安全风险管控等7大类100项一流指标，推动实施国内首个石化基地世界一流标准体系《连云港石化产业基地世界一流标准体系》。推动出台国内首部推动石化产业发展的地方性法规《连云港石化产业基地高质量发展条例》，明确了产业促进、创新发展、安全保障等7个方面44条规定，开创了中国法治护航石化产业基地高质量发展的先河。

基础设施方面。高标准建成生态环境质量管控中心，开展氮氧化物近零排放等国内外最前沿技术研发应用，是全国七大石化基地内唯一具备环境诊断的“环境医院”。建设全国工业园区单体规模最大的污、废水集中再生中心，实现园区污、废水整体回用率70%。工业废水综合治理中心、生态安全缓冲区（人工生态湿地）、达标尾水排海工程、公用工程岛一期工程、应急事故池、工业应急备用水源等重大工程处于国内领先水平。

专业管控方面。创新性成立石化基地环境监督管理业主委员会，组建环境综合治理攻坚大队，高标准配备环保监测装备，主要包括覆盖全区的环境空气站、边界高精度色谱恶臭站、移动走航车、红外气体分析仪等，形成“天空地”一体化监测体系。

低碳循环方面。在全国率先开展核能供热示范项目，已建成蒸汽供应能力为600吨/小时的田湾核电绿色供能项目，蒸汽供应能力为8164吨/小时的江苏徐圩核能供热发电厂一期工程已获国家发改委核准，建成后预计每年可节约能耗1500万吨标煤、减排二氧化碳约4000万吨，并通过市场化交易等方式全面对接利用核电，有效提高园区清洁能源占比；加快布局集中式光伏项目，扩大可再生能源占比，优化能源结构。利用CCUS等技术，将工业生产中的二氧化碳进行捕集、利用，加大二氧化碳资源化利用项目布局力度。

生态治理方面。启动生态修复工程8项，形成六大生态湖互联互通发展格局，水域面积达6.85平方千米，通过鸟类栖息地生态环境修复、香河生态园生态修复、防护绿地等生态廊道建设，全力推进园区绿色、低碳、可持续发展。

（六）在发展中增进民生福祉

徐圩新区坚持把实现好、维护好、发展好最广大人民的根本利益作为发展的出发点和落脚点，规划布局了教育、医疗卫生、文化、体育、社会福利与保障、行政管理与社区服务等支撑新区产业发展各类服务设施，提高公共服务均等化水平，在发展中增进民生福祉。2023年徐圩街道两村集体经济经营性收入达1016.64万元，农民人均可支配收入达3.83万元，富民兴村实现“转型升级”。徐圩街道连续两年（2022、2023年）获评全市高质量考核先进街道，香河村入选2023年江苏省乡村振兴示范村创建名单。

共享产城融合发展成果。新区通过纳入社会保障体系、发放土地流转费用等措施安置失地农民，创新香河公司“龙头企业+特色村庄”模式开发建设香河生态园，实现园区建设与香河村发展的精准对接，更好配套服务石化基地，推动村民增收和集体增效，2023年，徐圩街道两村实现土地流转收入1368.45万元。全面推进乡村振兴，积极推动国企带动强村富民项目，稳步培育村级特色产业。建设香河新村、张圩小区，实施搬迁改造工程，出台徐圩新区征迁后农民和城镇居民若干优惠政策，妥善解决搬迁后

居民就业、医疗、养老等民生问题。持续提升基层治理水平，群众信访量逐年下降，连续三年获得全市信访工作示范乡镇（街道）。自2021年起，针对群众提出的“急难愁盼”民生问题，新区每年推出服务群众十件实事，不断满足广大人民群众新期待、新需求。

构建优质教育体系。徐圩新区成立之前，徐圩地区能够提供的社会服务项目较少，伴随着新区发展壮大，各项社会事业快速发展。新区现有中等职业学校1所、中学1所、小学2所、幼儿园5所。全面提升新区基础教育质量，引进优质教育集团，推进新区“学校优质成长计划”，拟定“一校一策”实施方案，加快推进徐圩新区教育现代化建设和义务教育优质均衡发展进程，探索基础教育均衡发展新模式，创建学校特色教育品牌，提高新区

▲ 徐圩新区不断提升公共服务质量。图为2023年10月22日举办的2023连云港·徐圩马拉松比赛现场　王鑫摄

教育知名度，增强企业职工对学校发展的认可度；与中高职及本科院校、企业、科研院所、行业协会等近40家成员单位合作成立绿色化工产教融合联合体，推进高职校徐圩石化产业学院建设，实现教育链、人才链、产业链、价值链有效衔接。

完善文化体育服务功能。新区共有103处公共体育场所，总面积超过14万平方米。以社区文化工作站、区史馆、东辛文化广场、东辛文苑、河滨公园等场所初步形成新区公共文化服务设施网络，建设邻里中心图书馆、农家书屋等基层服务场地，不断提升新区公共文化服务质量。举办4届国际马拉松赛、江苏省青少年拳击赛、龙舟赛、健步走、文艺汇演等丰富多彩的群众性文体活动。

打造分级医疗服务体系。新区形成二级综合医院（新区人民医院）、社区卫生服务中心、村卫生室三级医疗网络，全面满足群众的多样化医疗卫生服务需求。健全一体化医疗应急救援服务网络，形成基地内5—10分钟紧急救援圈。工作场所职业病危害因素监测率达90%以上，严重职业病危害案件查处率达100%，不断提高职业病防治水平。

加强社会福利事业发展。开展新型农村社会养老保险业务，社会救助保障体系不断完善，困难群众基本生活保障覆盖率达100%。完善基层服务体系，成立石化基地等3个社区工作站，建成并投用张圩片区等居家养老服务中心，推行老年人“爱心餐厅”、青少年“繁星计划”等公益项目，及时解决企业职工和百姓“急难愁盼”，切实推进民生福祉。

三、经验启示

徐圩新区在发展过程中，牢记习近平总书记“后发先至”的殷切嘱托，坚持以习近平新时代中国特色社会主义思想为科学指引，认真贯彻落实新发展理念，不断转化为推进中国式现代化徐圩新实践的思路办法和具体成效，探索出了一些具有徐圩特色的经验与启示。

（一）坚持干事创业的激情，凝心聚力

从江苏沿海开发主战场到国家东中西区域合作示范区先导区、全国七

大石化产业基地之一，徐圩新区广大党员干部职工勇担国家战略使命，始终保持着高昂的精神状态，在战略、理念、态度、标准、目标等价值观层面凝聚共识，各项工作呈现强劲的发展态势，并在开发建设新区过程中积累了徐圩精神、徐圩理念、“三大启示”等宝贵精神财富。实践证明，新区广大党员干部职工是一批能吃苦、敢担当、会干事的奋斗者，他们始终对徐圩新区充满信心、充满感情，能够在关键时刻冲得上去、危难关头豁得出来。新时代新征程上，要牢记嘱托，不负使命，以更加昂扬的姿态，积极投身二次创业的伟大实践，齐心协力，勇于担责，以“拼”的精神、“实”的干劲、“敢”的担当，一步一个脚印把各项工作落到实处。

（二）坚持做正确的事情，打牢发展基础

坚持做正确的事情，遵循发展客观规律，不急功近利，像竹子一样，耐得住寂寞，打牢基础，蓄势待发。新区建成国家增量配电网、应急备用水源、海堤达标工程等一批打基础、利长远的百年工程，建设环卫管理服务中心、香河新村、香河农业生态园、云湖商务核心区等一批惠民生、保产业的配套设施，为新区可持续发展奠定了坚实基础。实践证明，根扎的有多深，基础打的有多牢，发展的后劲就有多足。新时代新征程上，要对实践证明是正确的事情毫不动摇地坚持、坚守、坚定、坚决，特别要珍惜来之不易的产业发展氛围，把服务重大产业发展作为各项工作的重中之重，不断完善公共服务配套，高水平谋划服务产业实事，持续优化营商服务环境，为企业提供良好的发展条件。

（三）坚持世界一流标准，打造核心竞争优势

徐圩新区始终注重顶层设计，坚持以规划为引领，锚定建设世界一流石化产业基地的战略目标，对标国内国际先进化工园区，建立了独具特色的园区建设发展规范和世界一流石化产业基地标准体系，明确绿色产业发展、环境质量改善、安全风险管控等7大类100项一流指标。实践证明，只有坚持世界一流标准规范，保持战略定力，才能形成优势、赢得主动。新时代新征程上，从“瞄准一流”到“中国一流”再到“世界一流”，要全面落实《连云港石化产业基地高质量发展条例》，全力把石化基地建设成为全球有重要影响力化工区。

（四）坚持绿色发展理念，人与自然和谐共生

生态优先、绿色发展是徐圩新区的永恒追求和发展底色。实践证明，产业发展与生态环保不是非此即彼的“单选题”，人与自然是和谐共生的命运共同体。新时代新征程上，全力创建全国首批减污降碳协同创新试点园区，科学制定减污降碳协同治理实施方案，建立园区减污降碳协同增效指标评价体系，打造全国工业园区减污降碳协同增效示范标杆，积极申报碳达峰试点园区，以最新技术、最严要求、最高标准打造绿色低碳循环发展、高质量发展标杆，建设人与自然和谐共生的美丽新区。

（五）坚持底线思维，增强防患意识

“备豫不虞，为国常道”。开发建设以来，徐圩新区始终坚持“生命至上、安全第一”安全发展理念，坚持“居安思危、未雨绸缪”，坚守安全环保底线，建立起严密的安全环保管控体系，为经济社会发展奠定坚实安全保障基础。新时代新征程上，要牢牢坚持底线思维，切实增强防患意识，既要“时时放心不下”，又要做到“事事心中有底”，把困难估计得更足一些，把风险思考得更深一些，把解决问题的措施想得更全一些，针对短板弱项加快补齐，不断提升安全生产、生态环境及社会治理现代化水平。

连云港高新技术产业开发区的建立和发展

连云港高新技术产业开发区（以下简称连云港高新区）前身是1997年8月建设的省级高新技术产业园区，规划面积3平方千米，起步区1平方千米，享受国家级经济技术开发区和省级高新技术产业开发区有关优惠政策。2015年2月，连云港高新区经国务院批复升格为国家级高新区。在市委、市政府的领导下，连云港高新区经过20多年的拼搏奋斗，发展成为连云港市工业"主阵地"、创新"主引擎"、经济"主战场"，是推动实现高质量发展的新的增长极和重要支撑点，也成为推动产城融合、产创融合、全面融合的现代化园区发展新高地。

一、发展历程

（一）立足基础、多点发力，为建设国家级高新区辗转奔走阶段（1997年8月—2015年2月）

1997年8月，经江苏省人民政府批准，连云港市在新墟公路、陇海铁路、高渠道和310国道合围区域（即现在的宋跳工业园）建设省级连云港高新技术产业开发区，规划面积3平方千米，起步区1平方千米，享受国家级经济技术开发区和省级高新技术产业开发区的有关优惠政策。宋跳省级高新区没有独立运作，与国家级开发区连云港经开区合署，实行"两块牌子，一套人马"管理体制，无独立机构、人员、财政。

2008年，徐圩新区开发之初，暂挂省级高新区牌子，直至2011年5月，国家东中西区域合作示范区获得国务院批复，省级高新区的牌子重新回归连云港经开区。2014年5月，国务院批准连云港市行政区划调整，将海州、新浦两区合并为新的海州区，高新区牌子借用至海州，设立高新区（南部拓展区），由原海州区的板浦镇、新坝镇、锦屏镇、宁海街道、海州开发区以及锦屏林场组成，面积259.9平方千米，人口16.57万人，成立高新区党工委、管委会，截止到2014年10月，高新区（南部拓展区）体制运作终止。

为了推动高新区在省级以上高新区中争先进位，2015年，连云港市启动国家级高新区建设工作。经过积极对接和努力争取，2015年2月国务院批复连云港高新区升格为国家级高新区，同年9月，连云港国家级高

▼ 连云港高新区昊海大厦　高新区供

新区正式挂牌。

（二）坚定目标、勇毅前行，为提升高质量发展能级攻坚克难阶段（2015年2月—2020年7月）

2015年，市委、市政府先后印发《关于支持连云港高新技术产业开发区加快发展的意见》和《连云港高新区管理范围及相关工作方案的通知》，对连云港高新区的战略定位、规划范围、发展目标、管理体制及运行机制等进行明确，指导各项工作稳步有序推进，连云港高新区建设正式全面启动。连云港高新区管委会坐落在国家AAAAA级风景名胜区花果山脚下，区内历史底蕴深厚，风景秀丽、生态优美、人文荟萃，“九校一所”科教资源富集，以科创城为核心，沿花果山大道两侧，集中布局众创空间、新型孵化器、加速器等载体，全面推动“大众创新、万众创业”在连云港高新区蔚然成风。同时，苍梧东路与徐新公路双向车道全面贯通，加速了连云港经开区、连云港高新区、徐圩新区三大功能版块的交通互通、产业联通。

苏北首家欧美同学会留学人员报国基地的成功揭牌、伦敦合作推介会的成功举办，为连云港高新区引进海外资本、储备海外人才、做强重点企业打下了坚实基础。

衡所华威电子有限公司与中国科学院兰州化学物理研究所联合创办的“集成电路封装材料与技术联合实验室”，成了省内集成电路封装材料技术研究、开发和人才培养的重要基地，将为国内集成电路封装材料生产及产业升级提供高质量的技术解决方案。

（三）共建协同、融合发展，为建设新型工业化园区真抓实干阶段（2020年7月至今）

2020年7月，国务院印发《关于促进国家高新技术产业开发区高质量发展的若干意见》，同年12月，江苏省人民政府印发《关于促进全省高新技术产业开发区高质量发展的实施意见》，2021年4月，连云港市印发《关于加快推进高新技术产业开发区高质量发展的实施意见》。

为解决海州区产业发展层次不高、能级不强以及高新区发展空间不足、要素不全的问题，2020年7月，市委、市政府审时度势，推动海州区、高新区融合发展，印发《关于推进高新区海州区融合发展的实施方案》，对两区融合后高新区的管理体制机制、规划管理范围、人员机构安排、财税体制调整、债权债务划转、社会管理职能剥离、统计制度完善、考核工作开展以及支持政策意见等方面，分别提出了具体操作规范和要求，致力于形成资源整合、优势互补、功能叠加、运转高效的一体化发展格局，全力打造产业高地、创新高地、开放高地、人才高地。同年，海州区委、区政府印发文件对两区融合发展工作事项进行明确界定，至此，两区融合发展全面推进，呈现出齐心协力共推高质量发展的良好局面。

为深入贯彻国家促进高新区高质量发展的意见要求，推动高新区、海州区深度融合发展，2021年7月，市委、市政府决定高新区向南拓展开发，建设133平方千米的高新区南部拓展区，着力打造体现“高”“新”特色的医药健康产业集聚区、智能装备制造基地、多式联运物流基地和农业高新技术产业示范区。同年10月，连云港高新区管委会办公地点由科创城搬迁至海州工业园昊海大厦，将更好的政务资源向产业发展一线倾斜。2022年3月，省委、省政府深化南北结对帮扶合作，推动无锡连云港合作共建产业园区暨无锡连云港工业园区，规划面积6.8平方千米，通过南北产业链双向融合、创新要素跨区域开放共享、发展理念经验有效推广，全力打造南北结对帮扶产业合作创新试点园区，努力建成江苏沿海地区智能制造产业集聚高地。

两区融合以来，连云港高新区紧紧围绕市委、市政府决策部署、在区委、区政府的坚强指挥下，在前期摸爬打滚和经验积累的基础上，进一步对体制机制、功能布局等进行创新、优化、调整和完善，强力推进各项工作，取得积极成效：市政设施不断完善、公共配套加快推进、科技创新聚力攻坚、产业项目紧抓不放、安全底板全力稳固、党的建设走深走实，地区生产总值、规上固定资产投资等逐年增长，投资类指标年均增幅超过30%，华欧国际精密制造产业基地、均和云谷·连云港智能装备产业园等优质项目相继落户开工，全面完成第十二届江苏省园艺博览园建设并成功举办江苏省第十二届园艺博览会、高校院所服务苏北五市产学研合作对接等活动。

二、主要成就

连云港高新区成立以来，特别是两区融合以来，聚焦经济建设这一中心工作和高质量发展这一首要任务，重抓科技创新和产业发展主责主业，千方百计优服务、攻坚克难谋创新、真抓实干促发展，全力打造产业高地、创新高地、开放高地、人才高地，园区建设取得显著成效。连续三年获得全市“高质量园区”考核第一等次，连续两年获得省政府督查激励。先后

▲ 连云港高新区夜景　高新区供

获批国家火炬连云港新医药、装备制造特色产业基地、国家知识产权强县工程示范区、江苏省首批现代服务业高质量发展集聚示范区、第二批企业创新积分制试点单位、第二批江苏省创新型产业集群、自贸区省级联动创新发展区、省“互联网+先进制造业”特色产业基地，在赛迪顾问发布的《2022生物医药产业园区百强榜》中位列全国第14位。根据火炬中心和科技厅最新通报数据，连云港高新区在全国169个国家高新区综合评价排名列第74位；在全省57家省级（含）以上高新区创新驱动高质量发展综合评

价排名第13位、较上年提升3位、居苏北地区首位。

（一）项目支撑越来越坚实

连云港高新区始终坚持项目为王，立足海州区、高新区一体化“大招商”格局，坚持增数量、提质量两手抓、两手硬，两区融合以来高水平举办国内外各类大型招商推介活动20余次，签约过亿元项目293个，主导产业项目占比超85%，开工率达78.5%，项目履约率82.3%。承担推进市级重点项目130个，其中2023年54个市级重点项目年度投资超计划完成，新型高端空气源热泵、太瓦新能源等一批重大产业链项目建成投产，新建医疗器械产业园、数字经济产业园、意大利华欧产业园、联东U谷科技创新港等8个、共62.8万平方米的工业综合体，道路、管网、学校、邻里中心等基础配套不断完善，承载能力显著增强。生物医药、智能制造、新材料等重点产业发展壮大。2023年，连云港高新区与霍尔果斯经济开发区兵团分区成功签订光伏+储能产业一体化项目协议，高新区创生了产业资源配套“区内生产、区外消纳”新模式，高效异质结、日出东方pack电池、比太科技光伏全产业链上项目实现破题，成功获批清洁能源装备省级创新型产业集群。

（二）创新驱动越来越有力

两区融合以来，连云港高新区始终坚持科技是第一生产力、人才是第一资源、创新是第一动力，全力优化创新环境，建立人才发展专项资金稳定增长机制，加大推进人才公寓增量扩容建设，2023年开发落实科研助理岗600人、居苏北前列，引进省“科技副总”49人、占全市的1/3。加快科创平台建设，强化与大院大所合作，建成国家级孵化器3个、国家大学科技园1个，设立北京、南京、无锡等“科创飞地”、驻欧洲联合创新中心等。太湖实验室连云港中心一体创建国家实验室建设方案获省科技厅批复支持3000万元，联瑞新材料联创中心落地实施，北京大学分子工程研究院连云港中心、微软、网易连云港联合创新中心等15家新型研发机构建成运营。高企培育“五步工作法”获省政府领导批示肯定，高新技术产值贡献率达84.3%，规上工业企业中有研发活动企业占比67.5%。2023年新增国家专精特新小巨人企业3家（累计达8家，占全市比重近40%）、省专精特新中小企业17家、获批高新技术企业67家，省首台套重大技术装备认定企业达

▲ 连云港高新区（科创城） 高新区供

21家（占全市52.5%），市级工程技术研究中心82家（占全市总量的四分之一）。连云港高新区在全市率先实施"数智高新"行动，先后成功举办"智改数转"现场观摩、"数智高新 · 科创未来"专题交流会及徐圩新区石化产业配套对接会等活动，发明专利总量超1600件，2023年省"两化"融合贯标项目和星级上云企业数量均列全市第一，其中省级星级上云企业累计达55家，智能制造示范车间累计14家，其中省级车间3家。正大天晴公司荣获省长质量奖，连续9年进入全国医药工业百强榜前20，获评"2023年中国医药研发产品线最佳工业企业"，公司"国家1类新药安罗替尼研发技术创新和临床突破性应用"是第十七届中国药学会科学技术奖获奖项目，创国产创新药应用新纪录；中国船舶重工集团有限公司第七一六研究所的国家"863"攻关项目获得了中国造船工程学会一等奖，项目总体技术水平达到国际先进水平；力磁医疗获评连云港市首家也是唯一一家省级潜在独角兽企业；日出东方太阳雨集团成功入选工业和信息化部"绿色供应链管理企业"榜单，成为行业首家且唯一一家获得该认可的企业，生产的空气能采暖机于2023年成为全球首次在珠峰大本营完成供暖保障工作；江苏联瑞新材料股份有限公司成功入选第六批国家级制造业单项冠军示范企业，天明机械顺利通过工信部和工业经济联合会复核，蝉联全国“制造业单项冠军示范企业”称号。连云港高新区2022年荣获全省科技统计工作成效突出单位称号，为苏北唯一一家获此殊荣的国家高新区。

（三）营商环境越来越优越

坚持以企业需求为导向，以稳增长、调结构、促发展为目标，常态化推进“暖企行动”，制定出台助企纾困若干举措及支持企业发展政策，设立新能源产业基金、“园区保”，高效运作科创基金、医药人才投资基金，2023年新增苏科贷、知识产权质押贷款9.6亿元，不断引导企业加快转型升级、升规上市、做大做强。深化“三办一提升”行政审批服务改革，承接市级审批赋权事项243个，对重大项目实行全链审批流程再造、全周期服务下沉园区，常态化推进“拿地即开工”和低风险项目“承诺即开工”，34项历史遗留不动产问题有效解决，10个区域评估事项成果应用225个，更多政务资源实现“家门口”直达快享。加大力度、更高效率推进腾笼换鸟、开巢引凤，盘活低效用地（4.38平方千米）6570.81亩、清理闲置厂房35.4万平方米，电子信息产业园提档升级成效显著，实现专业化运营，“综合查一次”改革深入推进，坚持处罚与教育相结合，入企行政检查频次同比下降30%，减轻或免除企业处罚320万元，让企业把更多的精力和经费投向生产经营，发展壮大。

（四）安全形势越来越稳定

牢固树立安全发展理念，以“时时放心不下”的责任感，不断优化完善监管服务方式，常态化推行“1+7”柔性执法工作机制，高效运行可视化监管平台、“安全生产标准化电子档案柜”，抓好重点行业领域安全隐患排查治理，全区安全生产治理能力和治理水平稳步提升。系统开展、深入打好碧水蓝天净土保卫战、持久战，2023年完成大气污染防治工程完成率96.2%，省级以上工业园区监测监控能力建设完成率100%，治水工程成效显著，2023年国省考断面水质优Ⅲ比例达到100%，创历史最优，固危废监管、环卫保洁、垃圾清运全覆盖、无死角，全区生态环境质量逐年提升。时刻绷紧和谐维稳这根弦，落实领导信访包案和高位统筹推进工作机制，突出抓好重大风险防范，圆满完成中欧班列国际合作论坛等重大活动服务保障工作，优化完善风险防范工作办法，推动实现违法建筑动态“零增长”、存量“去库存”，高发集团、海州工投集团融资成本持续压降。

三、经验启示

（一）始终坚持产业强区，全力推进项目建设

抓好新兴产业培育。突出抓好主导产业建链延链补链，着力打造特色明显、竞争力强的产业集群。大力发展智能制造装备产业，聚焦工业机器人、人工智能、智能硬件等领域，着力引进一批高端项目，打造智能制造装备特色产业集群。大力发展软件与信息产业，借助“互联网+行业”，发挥国家级孵化器、众创空间、大数据中心等平台的资源集聚作用，培育发展一批新经济新业态企业，带动区域产业升级发展。大力发展生物医药产业，围绕中高端消费群体健康需求，发挥高新区生态区位优势，按照“以服务为切入，带动制造发展”的路径，优先发展精准医疗、基因检测、生物医药研发、健康管理等高端服务，打造大健康产业新高地。大力发展科技服务业，重点发展研发设计、检测认证、创业孵化等优势产业，培育提升技术转移、知识产权、科技金融等潜力产业。加强产业载体建设，与中国船舶七一六研究所、紫光云数、博奥木华等高新技术企业开展战略合作。充分运用“行政推动+市场激励”两只手，推动罗盖特、大陆汽车电子、衡所华威、鹰游机械、联瑞新材料等重点企业提质增效，推动骨干企业做大做强。

（二）始终坚持双招双引，全力推进资源集聚

大力招引高端创新平台。以“高校系、中科系、央企系、国际系”为主攻方向，加大国际国内高端创新资源的招引力度。加强与中科院等实力研究院所合作，建设高端研发机构。整合辖区“九校一所几中心”资源，培养紧缺的专业工程师与“工匠”技能人才，促进产教融合发展。大力招引高端创新人才。按照一般公共预算的1%的目标，逐年提升人才发展专项资金，建立政学研产协同配合、开放互联、整体推进的工作机制。大力创新招

引方式。建好用足“事业部+区域办”一体化招商大格局，深化横向联动与纵向联通工作机制，加强招商专业化力量配备，建强招商机构和招商队伍，继续高频率组织赴北上广深等科技和产业资源密集区开展专项招商，大力招引高端研发机构和龙头企业。对接英、法、德等欧洲国家，拓展国际化合作渠道不断创新招商引智方式方法，突出专业招商、产业链招商、以商招商、大使招商等，大力开展有目标、高精度、重实效的专题招商活动，扎实推进精准招商。

（三）始终坚持创新创业，全力推进孵化转化

构建完善的创新孵化体系。围绕科技企业成长不同阶段的需求，坚持政府主导和市场化相结合，着力构建服务于高新技术和科技成果产业化全链条的孵化体系。以科技创业城为核心，沿花果山大道两侧，集中布局众创空间、新型孵化器、加速器等载体，完善“互联网+”创新创业服务平台，构建完善的创新服务体系。坚持服务功能集成，全面提供创新创业各方面的不同需求。着力构建完善的中介服务体系，以科技服务业发展为基础，着力引进一批金融、财务、法律、投资等相关中介服务机构，为企业发展提供便捷服务。着力构建公共服务平台，围绕企业发展的共性需求，以促进各类创新资源开放、协作、共享为目标，为企业提供多功能技术服务。着力加强科技金融支持，发挥天使投资基金、科技小贷公司的作用，壮大产业投资基金、科技金融风险补偿资金规模，通过与创投机构、科技银行、科技担保、科技中介等机构合作，建立健全创新创业开放式服务平台。积极组织举办各类创新创业活动，努力营造浓厚的创新创业氛围。构建完善的创新政策体系，从人才引进、产业发展、平台建设、企业培育、成果转化、知识产权等各个方面，建立健全创新创业政策，加大财政科技投入，放大政策激励效应，营造良好生态，鼓励企业走创新发展之路。

（四）始终坚持建管并重，全力推进产城融合

秉承绿色发展理念，着力推进以人为中心的产城融合，树立生态高新、宜居宜业的新形象。推进城建重点项目。推进建筑风貌独特、宜游宜业的南城古城复兴工程。提升园区宜业水平。完善“河长制”，坚持源头防控、过程严控、后果严惩，突出抓好河道排污、烟气排放、垃圾清运、抑尘降噪等

工作。实施水环境系统治理工程，以国省考断面水质全面达标为目标，以分质分流、全收集、全覆盖为标准，快速启动园区污水管网建设、雨污分流改造和城市污水处理设施升级改造，着力补齐城市地下“暗流”处理基础设施短板。强化园区管理能力，以群众满意度为标准，向数字管理平台要效率，向网格责任体系要结果，重点做到管好每群人、看好每个摊、养好每片绿、治好每条道、亮好每盏灯。从环境卫生、私搭乱建、安全稳定、生态环保等园区建设发展突出问题入手，开展集中攻坚、专项行动，确保城市整体面貌明显刷新。继续保持打击“两违”的高压态势，实现违建项目“零增长”、新建项目“零违章”。

（五）始终坚持深化改革，全力推进环境优化

强化改革创新意识，努力构建“鼓励创新、宽容失败”的创新文化，通过加强重点领域和关键环节的改革，优化服务环境、释放发展潜力，不断激发加快发展的内生动力。深化行政审批改革。深化行政审批改革。积极承接243项市级权限下放，规范完善权责清单，切实推进“简政放权、放管结合、优化服务”落地生根。以满足群众和企业需求为出发点，坚持“端菜”型和“点菜”型服务相结合，推行“不见面”审批和“代办式”服务，打造“效率高新、服务高新”的品牌。利用“互联网+”思路，完善线上线下一体运行的创新创业服务平台，优化再造行政审批流程，为中小微企业提供从注册到成长发展的一揽子审批与商事服务。深化科技体制改革。切实转变职能，让企业通过市场机制，成为创新决策的确定主体、创新资源的配置主体、创新活动的实践主体。以政产学研用结合为重点，完善区域科技创新体系。以破除科技与人才结合的体制机制障碍为重点，进一步强化市场选聚人才的导向，优化企业引才、用才、育才工作机制。以知识产权管理为重点，积极构建知识产权服务体系，建立完善技术交易平台，破除技术创新成果转移和科技成果产业化的机制体制障碍。深化人事机构改革。积极探索“大部制改革、扁平化管理、企业化运作”的园区发展新模式，按照“产业集聚，权责统一，职能分开，各有侧重”的原则，聚合发展要素，组建产业平台。打破身份依赖，公开选聘优秀人才担重担、挑大梁。

中国（江苏）自贸试验区连云港片区的建立和发展

2019年8月2日，国务院批复设立中国（江苏）自由贸易试验区，总面积119.97平方千米，其中连云港片区20.27平方千米。获批以来，在市委、市政府的领导下，连云港片区围绕国家赋予的三大功能定位，以制度创新为核心，以企业需求为导向，立足连云港特色，大胆探索、先行先试，全面围绕“建成贸易投资便利、高端产业集聚、金融服务完善、监管安全高效、辐射带动作用突出的高标准高质量自由贸易园区”，有序推进各项试点任务，形成了一批独具连云港特色的制度创新成果、建成了一批促进对外开放的特色发展平台、集聚了一批支撑经济发展的重大产业项目，自贸试验区建设成效显著。

一、发展历程

2019年8月2日，国务院批复设立中国（江苏）自由贸易试验区，总面积119.97平方千米，其中南京片区39.55平方千米、苏州片区60.15平方千米、连云港片区20.27平方千米。《中国（江苏）自由贸易试验区总体方案》赋予连云港片区建设亚欧重要国际交通枢纽、集聚优质要素的开放门户、“一带一路”沿线国家（地区）交流合作平台三大功能定位和加快转变政府职能、深化投资领域改革、推动贸易转型升级、深化金融领域开放创新、推动创新驱动发展、积极服务国家战略6个方面试点任务。

2019年8月30日，连云港自贸片区正式挂牌运行，片区跨3个行政区和功能板块，叠加国家级开发区、综合保税区、国家东中西区域合作示范区。连云港片区由3个区块组成，分别是连云港经开区区块14.84平方千米，重点发展生物医药、新材料、新能源和高端装备等先进制造业以及现代物流、跨境电商、科技服务、金融服务等现代服务业；连云区区块1平方千米，重点发展现代物流、健康医养、金融服务、休闲旅游、商务配套、大数据及跨境电商等现代服务业；主体港区区块4.43平方千米，重点发展港航物流等现代服务业，构建集国际运输、分拨转运、仓储配送、临港加工、交易及配套服务功能于一体的物流中心。连云港片区物理范围仅20.27平方千米，但有港、有产、有城、有陆桥，创新发展空间巨大。

从区位布局上来看，连云港片区位于连云港市东部区域，以国家级经济技术开发区、连云港港为主体，由连云区1平方千米作为连接带，自东向西呈条状分布，加上市经开区、市高新技术产业开发区、上合组织国际物流园、徐圩新区等4个省级联动创新区，涵盖连云港市整个东部生产力布局版图，形成“1+4+4+N”的全域自贸体系。从开放资源来看，连云港片区拥有连云港港主港区、综合保税区、中哈物流合作基地、中科院能源动力研究中心、中华药港等开放创新平台载体。从组织架构来看，省编委会批复连云港片区管理委员会设在连云港经济技术开发区管理委员会，设立自贸区综合协调局、自贸区制度创新局作为经开区管委会职能机构。连云港片区港口区块、连云区区块、市开发区区块分别成立工作专班，接受连云港片区管委会与属地双重领导。完善组织保障、成效评估和考核奖惩“三大机制”，对重点工作实行月推进、季督查、半年评估、年终考核，有力保障各项任务落地。

2019年，“中欧班列‘保税+出口’货物集装箱混拼”获海关总署创新举措备案，江苏省新亚欧大陆桥集装箱多式联运示范工程被正式授予国家多式联运示范工程。

2020年，海关总署批复同意进口铜精矿锌精矿等有色金属保税混配业务试点，连云港市纳入自然资源部海域不动产登记试点，连云港市跨境电子商务综合试验区获批设立。

2021年，《大力发展多式联运打造便捷物流渠道》获国务院自贸试验区工作部际联席会议专刊推介,《连云港市建成审管联动平台积极打造审管联动市城特色样板》获国务院办公厅电子政务办公室专刊推介,创新多式联运协同监管服务体系入选2021年长三角自贸试验区十大制度创新案例,交通运输部对外发布《海铁联运列车运行与货物追踪接口》《海铁联运列车磅单报文》《海铁联运需求车提报报文》三项交通运输行业标准。

2022年,“优化进口粮食品质检验”获海关总署创新举措备案,《强化“三通”互联聚力加强与“一带一路”沿线国家合作》获国务院自贸试验区工作部际联席会议专刊推介,连云港获批国家智慧口岸试点建设城市,“中韩陆海联运甩挂运输通关‘零待时’”入选长三角自贸试验区第二批制度创新案例,基于“电-碳分析模型”的能源大数据(碳监测)中心入选生态环境部2022年绿色低碳典型案例。

2023年,海事政务闭环管理案例入选国务院自由贸易试验区第七批改革试点经验,“连云港中哈国际物流有限公司物流服务标准化试点”入选2023年度国家级服务业标准化试点,“电动化”引领绿色低碳港口建设入选长三角自贸试验区第三批制度创新案例。

经过四年多的努力,至2023年底,省定任务涉及连云港市170项,有效实施率达95%,国务院前六批改革试点经验复制推广率超过80%,形成独具连云港特色的制度创新成果175项,其中3项全国复制推广,2项获海关总署备案,3项入选长三角自贸试验区制度创新案例,3项入选全省“十佳制度创新成果”,41项全省复制推广,新增注册企业数超20000家。以全市2.7‰的面积,贡献了全市近1/3的实际利用外资及港澳台资、1/5的外贸进出口、1/8的新增市场主体,连云港自贸片区成为全市改革创新的策源地和对外开放的主阵地。

二、主要成就

(一)践行使命任务,开展先行先试

切实践行为国家试制度使命任务,国务院前六批改革试点经验复制推广率超过80%。省定任务涉及连云港市共128项,有效实施率达95%。自

贸试验区连云港片区工作领导小组出台《中国（江苏）自由贸易试验区连云港片区建设实施方案》，明确33条190项任务。制定“1+3+N”政策体系，推出自贸试验区“新政28条”“1+8”产业发展政策。印发《关于促进中国（江苏）自由贸易试验区连云港片区联动创新协同发展的实施意见》，召开推进联创区建设工作会议，打造“1+4+4+N”的全域自贸体系，探索“飞地”经济模式，出台共建共享自贸试验区连云港片区重大开放平台工作方案，推进各县区、功能板块打破地域界限，加强与自贸试验区跨区域合作，共建、共享、共用自贸试验区各类开放资源。徐圩新区化工园区“安全业主委员会”管理模式创新案例纳入省联创区制度创新案例库。连云港经开区“一业一证”改革试点启动，12个行业实现“一证准入”；探索实施项目“拿地即开工”、“先建后验”、施工图免审查取得积极成效。连云港高新区企业创新积分制改革被科技部火炬中心列入全国第二批试点。上合组织（连云港）国际物流园积极探索中吉乌“公铁联运”模式，打通了连云港至塔什干物流枢纽大动脉。2022年2月深化出台《自贸片区深化改革创新实施方案》，全面启动实施新一轮170项深化改革创新事项。争取省级部门13家单位出台《先行先试建设亚欧重要国际交通枢纽若干措施》专项支持政策。自贸试验区法庭、国际商事仲裁院、知识产权维权援助中心等一批服务机构相继落地。国家首批海域使用权不动产登记规范化试点、第二批铁路运输单证金融服务、国家综合运输服务“一单制、一箱制”交通强国专项等国家级试点全面展开，跨境电商综合试验区、五矿铜精矿混配、合格境外有限合伙人试点等标志性试点工程或项目落地实施。

（二）聚焦核心任务，深化制度集成创新

获批以来，累计形成独具连云港特色的制度创新成果170项，其中海事政务闭环管理入选国务院自由贸易试验区第七批改革试点经验，大力发展多式联运打造便捷物流渠道、强化“三通”互联打造“一带一路”标杆示范等2项工作经验被国务院自由贸易试验区工作部际联席会议刊发推广。3项海铁联运标准上升为国家标准，审管联动闭环管理试点获国办电子政务办高度评价；中欧班列“保税+出口”货物集装箱混拼新模式、优化进口粮食品质检验获海关总署备案；船载危险货物“1+4”联合查验工作机制、

“互联网+”公路运力交易、国际班列时效“画像”、二手集装箱规范化交易等14项具有全国首创性。3项入选长三角自贸试验区联盟制度创新案例，3项入选全省“十佳制度创新成果”，41项全省复制推广，以全省1/6的面积贡献了近1/3的创新成果。

积极服务国家战略方面。探索国际班列集装箱“船车直取”零等待，将理货、海关、铁路等各环节手续前置，集装箱从船到车始终“不落地”，中转作业时间、单箱中转成本相比之前分别压缩75%、60%。首创中欧班列“保税+出口”集装箱混拼模式，帮助企业节省73%的物流成本，节约发运等待时间15天以上。创新中亚过境货物监管新模式，实现哈萨克斯坦小麦不

▲ 中国（江苏）自由贸易试验区连云港片区大门　自贸试验区连云港片区管委会供

流失、不扩散、不撒漏，高效过境。探索铁水联运“一单到底”新模式，实现多式联运“一次委托、一口报价、一次结算、一单到底”，改善客户体验，提升物流运输效率。开发国际班列时效分析系统，对班列运行时效数据精准“画像”。全国首创海铁联运“铁路箱下水，国外直接返箱”新模式。

加快转变政府职能方面。率先开展商事主体登记确认制改革，推行“证照联办”，19种证照、25个审批事项“多证合一”。“海事政务闭环管理”推行由邮寄受理、网上审批、邮寄补正、邮寄发证四项服务举措共同构成“不见面办理”的海事政务闭环管理新模式，96%以上业务实现“不见面”办理，行政审批效率普遍提升45%以上。探索推行产业项目高效用地“双合同”源头管控、分阶段办理房屋建筑工程施工许可证，先导高端设备生产线制造项目从签约到开工仅用时2个月。开展“质慧港”质量基础设施一站式服务试点，为企业提供全产业链条、全生命周期综合服务。首创实施“互联网+劳务代偿”检察公益新模式，全国首次以劳务代偿方式修复受损海洋生态环境。打造劳资矛盾多元解纷工作新机制，成立全国首家市级非诉讼服务人社分中心。推行外贸出口企业出口退税“先退后核”。打造“海外引智”服务创新品牌，推动外国人才来华工作管理机制体制创新。

深化投资领域改革方面。在全国率先通过“政府增信、专业代办、远程认证”，实现新增注册企业银行开户异地办理、不见面审批。推行产业项目高效用地“双合同”源头管控、土地资源高效利用“双清”等多项举措，提升产业用地保障。创新投标保证金电子保函应用，在建设工程行业组织电子保函试点工作。先行先试一般建设工程施工“免许可”，对符合条件的建设项目可不办理建筑工程施工许可手续，加快建设进度。

推动贸易转型升级方面。围绕有色矿、粮食等优势货种，开展保税铜精矿“双备案+双准入”，试点进口粮食船到船、水转水边检边卸、即装即走等新业态，推行大宗散货“非接触式”称重。成立国内首个海事海关危险品联合查验中心，建立船载危险货物“1+4”联合查验工作机制，查验结果互认，减少查验环节。开创多式联运“一站式”监管服务新模式，实现运抵申报、报关放行等业务100%电子化、一站式办理。发挥综合保税区特殊海关监管功能，试行机电设备“散进整出”通关、特定进口预包装食品原料

"免标签"等举措。推行进出口大宗散货检验监管"无感化",将检验过程与卸货过程无缝衔接,实现对申请衡器计重的货物实行边卸边检。通过对甩挂车板通关流程再造,推动转关车货一体通关,实现中韩陆海联运甩挂运输通关"零待时"。

推动创新驱动发展方面。自主研发"蓝宝星球"货运交易平台,实现"互联网+"公路运力交易,为货主提供"门到门"一揽子解决方案及全程物流服务。开发"港航通",打造特色国际贸易"单一窗口",增加港口、船公司及相关企业级"单一窗口"服务应用,丰富"单一窗口"在全程物流链条中的功能。建立二手集装箱线上交易平台,独家发布二手集装箱价格指数,为各交易方提供交易依据,促进二手集装箱资源的优化配置。建立新医药产业党建联盟,以高质量党建引领新医药产业高质量发展,加速中华药港崛起。打造化工园区"安全业主委员会"管理模式,全面规范石化产业基地安全管理,增强安全应急保障能力。制定出台《关于进一步支持中国(江苏)自贸试验区连云港片区优化外国人才服务的若干政策》,其中"外国人工作许可证"与"花果山英才卡"证卡合一等3条措施全国首创。

深化金融领域开放创新方面。创新外汇NRA账户(境外机构境内外汇账户)人民币与外汇衍生品交易双业务融合模式,为境外企业提供外汇NRA账户人民币与外汇衍生品交易业务服务。推行"出口信用保险+"融资模式,切实解决贸易类企业融资难、抵押难问题。推行手续费减免与点差让利实践模式,对片区内企业的境内外币汇款、跨境外币汇款的手续费给予优惠。优化风险性较小、符合重点发展方向的类金融企业准入和变更环节,进一步放宽类金融企业准入限制。推出跨境人民币资本项目收入使用便利化措施,制定涵盖收支全流程需求的跨境人民币金融服务,打造跨境人民币投融资与综合服务新模式。

(三)突出发展定位,刷新现实模样

建设亚欧重要国际交通枢纽方面。推动省级13个部门联合出台支持亚欧重要国际交通枢纽建设22项举措。全省首条30万吨级深水航道全面建成,30万吨级原油码头建成投用,连云港港旗台作业区40万吨矿石码头改扩建工程通过交工验收,国家口岸办批复同意连云港市纳入国家智慧口

岸试点建设。多式联运运输体系不断完善，连云港港被确定为国际枢纽海港、“十四五”首批国家物流枢纽，与150多个国家和地区，近600个港口架起贸易通道，开辟集装箱航线86条。积极与上港集团、兰州陆港、安徽港航开展战略合作，战略引进上港集团进入实质化阶段，合资公司挂牌运营。依托连申快航，启动连申快航陆改水滚动蓄箱池，探索推进陆改水业务。智慧化、绿色化港口建设深入推进，获批开展智慧口岸建设试点，国内首套岸电储能一体化系统建成运营，全国装船容量、推进功率最大的纯电动拖轮交付使用，纯电拖轮产业示范基地开工建设。2023年，累计完成货物吞吐量3.2亿吨，同比增长6.7%；集装箱运量完成613.7万标箱，同比增长10.2%。累计出口机械车辆30万台，再创新高。

建设集聚优质要素的开放门户方面。中远海运LNG装备等一批新兴产业项目建成，中科院高效低碳燃气轮机试验平台点火调试。全国率先试点铜精矿保税混配项目落地投运，2023年完成混配量2.2万吨，货值近5000万美元。海域使用权与海上建（构）筑物一体登记率先试点。全省首家海洋食品质检中心正式落户。总投资约55亿元先导科技产业园、国际五星级诺富特酒店项目加快建设。综合保税区出口加工制造、保税维修及物流分拨、销售服务三大中心加快建设，招引尔康多功能辅料、进口谷物精深加工、“一带一路”粮食进口加工基地等项目。面向医药和智能制造产业开展国家级知识产权保护中心建设获得国家知识产权局建设完成，涉外商事海事多元解纷中心揭牌成立。联动创新区徐圩新区盛虹炼化获批原油非国营贸易进口资格，国际互联网数据专用通道获批建设，国际邮件互换局（交换站）、汽车整车进口口岸等开放功能平台申建取得积极进展。

建设“一带一路”沿线国家（地区）交流合作平台方面。搭建陆海联运数据交换通道，连云港港口成为中国铁路给予全面数据交换、哈萨克斯坦铁路允许实时查询的唯一港口。“两基地一班列”经营质效提档升级，哈萨克斯坦霍尔果斯无水港换装量占全国进出境中欧班列换装量五分之一。与哈萨克斯坦国铁签约共建阿克套港集装箱枢纽。与乌铁集合作打造乌兹别克斯坦进出口亚太地区国家货物唯一过境口岸。2023年，连云港中哈物流基地完成货物进出库量434万吨，同比增长3.61%；集装箱空重箱进出场量完成24.3万标箱，同比增长10%；中欧班列完成806列，同比增长10.7%。中哈物流合作基地实现智能化、可视化、无人化作业、船车直通，成为中亚五国过境运输、仓储物流、往来贸易的国际经济平台。哈萨克斯坦霍尔果斯无水港2条窄轨建成投用。上合组织国际物流园专用铁路开通运营，成功获批江苏省国际合作园区，对外开放功能进一步完善。"一带一路"供应链基地项目运营，连云港至里海7000千米的消费商品供应链通道正式启动。牵头成立新亚欧国际陆海联运通道自贸试验区联盟，推动河南、陕西、安徽等自贸片区及霍尔果斯、阿拉山口联动发展、协同开放；第二届联盟大会徐州淮海港务区、昆明片区签署加入联盟协议。积极推动连云港与徐州联动发展、联合打造陆海联运通道标杆示范项目。参与长三角自由贸易试验区联盟，与淮海经济区成员城市、新疆霍尔果斯签订共建共享自贸试验区协议，融入区域一体化步伐加快。强化与无锡对口帮扶合作，共同打造中欧（亚）接续班列，推出"无锡—连云港—俄罗斯"国际线路。"一带一路"跨境商品供应链基地、菜鸟出口集货仓等国内端项目加快建设，投资10亿元的中通进口商品分拨基地项目顺利开工。"一带一路"供应链基地阿克套项目等海外配套项目开工建设。中欧班列国际合作论坛、全球公共安全合作论坛、上合组织国际物园圆桌会议，中国（连云港）丝绸之路国际物流博览会、江苏农业国际合作洽谈会等一系列论坛、展会成功举办，"一带一路"沿线国家（地区）交流合作平台功能稳步提升。

（四）聚焦主导产业，夯实硬核支撑

主导产业规模持续提升。以产业发展为导向，加快实体经济发展，截至2023年底，累计新增注册企业超2万家，红线范围内23个市级重点产业项目完成产业投资近50亿元。高端装备制造业加快发展，海洋装备产业园启动建设，与中国科学院声学研究所签订"智慧海洋工程装备研发及产业化项目"战略框架合作协议，投资15亿元的中远海运LNG罐箱智能化生产线稳定运营，智能化流体装卸产品填补国内外多项空白。先导高端设备生产线、先导光伏太阳能组件、万卓自动一体化环保设备研发、科拉斯复合材料产业基地等项目加速推进。花果山总部经济研发中心项目主体封顶。区域新能源汽车内外贸一体交付中心正在开展企业架构及运营方案设计。重点做好300余家涉港贸易企业培育工作，2023年实现销售收入近80亿元。

*生物医药产业集群发展。*医药全价值链开放稳步推进，高标准建设中华药港，先期投资63亿元建设中华药港核心区，一期科创研发区、二期智能生产区（高端化学制剂产业园）于2023年建成投用，三期商务服务区2024年全面投用。园区累计入驻研发服务型、生产制造型、销售服务型、功能服务平台等各类项目30多个，花果山医学科创园、和晨高端制剂研发生产、诺泰制剂新工厂、省药监局审评核查连云港分中心等一批项目平台成功入驻。南京海关出台支持连云港"中华药港"建设发展12项措施。印发《促进中华药港生物医药产业发展若干措施》和《连云港经济技术开发区医疗器械产业发展扶持政策》等文件，在新药研发、公共服务体系建设等方面给予支持。省药监局审评分中心、省食药检院检验室挂牌运营，承接省药监局113项省级赋权事项，居全省第一方阵。持续加大科技创新力度，2023年，自贸片区开发区区块医药产业研发投入60.3亿元，占新医药营业收入比重达到15.8%。累计获得国家科技进步奖9个、中国专利金奖5项，承担国家"重大新药创制"专项超100项，累计获批上市一类新药20个。

*新兴产业蓬勃发展。*大宗贸易产业加速发展，突破危化证、税务模块开通等制约大宗贸易企业集聚发展的制度障碍，精准提供专业化、集成化、精准化定制服务。2023年，新增注册大宗贸易类企业750家，累计入驻专业招商平台公司15家，地方税务师事务所2家；全年新增贸易类规上企业90家，累计完成贸易额超850亿元。针对股权投资等五类低风险类金融企业，实行企业注册承诺、联合会商审核、银行定向监控及事中事后监管等举措，加速类金融企业准入。推动全市首支QFLP基金落地，开展QFLP试点业务，基金规模2亿元人民币的片区第二家QFLP试点企业完成注册登记。跨境电商产业快速发展，国家跨境电商零售进口试点城市、跨境电商综试区建设步入快车道。"点点通"跨境电商公共服务平台升级实现跨境商品数据信息智能管理。跨境电商体验中心、海外仓等相继投用，初步形成以1210、9610、9710、9810等监管方式和海运快件、国际邮件为支撑的跨境电商全业态功能。投资15亿元的中通进口商品分拨基地、投资1亿元的全渠道连云港跨境电商

▲ 中华药港　自贸试验区连云港片区管委会供

服务港项目加快推进，中亿保税跨境进口体验中心正在筹备开业，“首免全球购”分拨仓投入使用。跨境直播、线下体验等新模式引领跨境贸易主体加速集聚，点点通跨境电商公服平台累计贸易额突破10亿元。

三、经验启示

（一）以实体经济为着力点，壮大经济规模

深入推进连云港自贸片区产业发展规划落地实施，加快优质要素集聚，完善发展链条，推进主导产业集聚发展。全力打造大宗商品集散中心，建设区域混矿中心，推进铜精矿保税混矿业务提质扩量，拓展铜、锌、金等有色金属矿保税混矿业务。全力打造消费品分拨中心。推进跨境电商产业提质上量，优化提升“点点通”等基础信息平台承载能力，拓展商品备案、运单状态实时追踪、跨境进口商品溯源、大数据风险分析等功能，推进菜鸟等国际仓分拨中心项目加快建设。丰富工业展览中心功能，打

造具有区域影响力的平行汽车线下展销中心，延伸布局直播带货、供应链金融等业务。全力打造工业品生产中心。加快中华药港、中华材料港、装备制造产业园等建设，完善药品审评核查、检验检测、医药公用保税仓等功能配套，确保先导高端设备生产线制造等项目投产运营。完善自贸试验区连云港国际高端医疗器械产业园配套功能，制定出台医疗器械产业专项培育政策。

（二）以制度创新为核心，突破瓶颈短板

以"口岸+班列"为载体，打造创新策源地，联合徐州打造新亚欧陆海联运通道合作的先导区、示范区。加快提升中哈物流基地、上合组织国际物流园、"一带一路"供应链基地等国内端，欧亚供应链基地、哈萨克斯坦霍尔果斯—东门无水港、阿拉木图海外仓等国外端物流基地（场站）承载能力，加快培育端到端全程供应链服务企业。以"一体化"为目标，完善港口多式联运信息平台功能，争取沿线铁路、海关等信息数据的共享和交换，携手共建新亚欧陆海联运数据交换通道。立足需求开展政策设计，在金融、税收、通关便利化等领域推出更多惠企举措，将连云港片区打造成为服务"一带一路"支点城市的标杆示范区。完善生物医药、新材料、石化等主导产业发展链条，加大建链、强链、补链、延链力度，实现科技创新与制度创新的双轮驱动。

（三）以市场需求为导向，提升服务质效

按照"国内一流，国际公认"的要求，以市场主体需求为导向，全力破解体制性机制性障碍，切实提高市场主体获得感，加快打造稳定、公平、透明、可预期的营商环境。优化口岸营商环境，实施港口"软实力"提升工程，制定口岸营商环境特色指标体系，进一步提升港口竞争力。主动做好赋权事项承接，向上争取高频赋权事项下放，建立健全配套措施和管理制度。探索政务服务平台数据标准化，推进公共服务数据的共享共用。推进"一网通办""一照通办""一证通办"，实现"一窗受理、分类审批、统一出件"。完善"立即解决、问题清零"工作机制，组织开展物流、商贸、生物医药、装备制造等专题座谈会，全力破解企业运营体制性机制性障碍。

连云港综合保税区的建立和发展

2003年3月10日，连云港出口加工区经国务院批准设立。2018年5月31日，国务院批复连云港出口加工区整合优化为连云港综合保税区（以下简称“综保区”）。综保区是连云港唯一的海关特殊监管区域，也是连云港发展外向型经济的重要平台。市委、市政府高度重视综保区的建设发展，坚持以项目为抓手，狠抓招商引资，坚持扩大开放，完善工作机制，使综保区成为连云港市开放型经济新增长点。

一、发展历程

（一）出口加工区的设立和发展（2003年3月—2018年5月）

改革开放以后，中国的加工贸易发展迅猛，成为中国对外贸易持续快速发展的主要推动力。为促进加工贸易发展，规范加工贸易管理，将加工贸易从分散型向相对集中型管理转变，给企业提供更宽松的经营环境，鼓励扩大外贸出口，国务院决定设立出口加工区，为有利于运作，出口加工区设在已建成的开发区内。

2003年3月10日，连云港出口加工区经国务院正式批准设立，规划面积2.97平方千米，以东陇海铁路和连徐高速公路为界，分一期、二期两部分。与连云港经开区实行“两块牌子、一套班子”管理体制。

按照海关总署对出口加工区的监管要求，连云港出口加工区通过精心规划，高标准建设市政基础设施、隔离设施和海关监管设施，形成了一流的花园式生态园区。7月15日，连云港出口加工区在全国第三批13个出口加工区中第一个顺利通过国家八部委的联合验收，正式封关运作。经过一年多的建设，至2004年底，连云港出口加工区实现了管理规范、运行健康的良好开局。累计建成厂房14栋，5家企业在加工区海关登记备案，实现进出口总值432.17万美元，其中进口268.39万美元、出口163.78万美元。

2009年1月，《国务院办公厅关于保持对外贸易稳定增长的意见》下发，明确表示允许出口加工区拓展保税物流功能，标志着连云港出口加工区保税物流功能正式获得批准。为推动保税物流业务尽快开展，连云港出口加工区积极协调出口加工区海关、华东信息科技有限公司及区内企业，建设并启动了出口加工区辅助管理系统，实现进出区货物信息化管理和无纸化通关。连云港出口加工区初步实现从单一的加工贸易区向集保税加工、保税物流、对外贸易、服务贸易为一体的综合保税区转型。为扩大项目承载平台，呼应加工区保税物流功能拓展，出口加工区全面开展二期监管设施工程建设，10月，各项海关监管设施建设完成，12月通过南京海关验收。是年，出口加工区实现工业总产值5.7亿元，增长192.5%；实现增加值

▲ 综保区一期卡口　综保区管理局供

1.15亿元，增长327.7%；税收总额870万元，增长286.7%；实现企业利润总额1264万元。实现进出口总额1.6亿美元，其中进口4017万美元，出口1.2亿美元。

2012年10月，出口加工区二期正式封关运作。11月，在第四届“中国（无锡）国际新能源大会暨展览会”上，连云港出口加工区获评“2012年中国新能源最具投资价值园区”，是苏北唯一入选的园区。

2013—2017年，出口加工区推动跨境电子商务、冷链物流等新兴业态发展。探索“批次进出、集中申报”“委内加工”“仓储货物按状态分类监管”等海关监管创新制度，降低企业成本，优化通关环境。2017年，出口加工区完成工业总产值9.97亿元，比2016年增长6.06%；工业增加值2.25亿元，增长7.52%；进出口总额2.11亿美元，增长3.6%。连云港综合保税区方案经海关总署上报国务院。

（二）综合保税区的设立和发展（2018年5月至今）

1.基础建设阶段（2018年5月—2019年12月）

2018年5月31日，国务院正式批复连云港出口加工区整合优化为连云港综合保税区。根据批复意见，连云港综合保税区包括原有的连云港出口加工区片区以及徐圩新区片区。其中，原出口加工区片区将在原有业务基础上，推动加工贸易转型升级，扩大园区产业规模，向集综合产业、保税加工、商贸会展、服务创新和保税物流等功能于一体的方向发展，打造高科技制造中心、保税货物集散中心、保税展示交易中心和研发设计检测中心。徐圩新区片区将主要为炼化一体化项目和徐圩新区产业发展服务，将建设大宗商品集散中心、新亚欧大陆桥国际物流分拨配送中心等重点项目，提供保税仓储、保税加工、国际采购、国际贸易、国际配送、集装箱物流等服务。

在推进综保区建设工作中，连云港根据国务院批复文件及海关总署《关于连云港综合保税区规划建设有关事宜的函》要求，严格按照国家有关法律法规和《海关特殊监管区域基础和监管设施验收标准》等要求，坚持高起点定位，严标准设计，快节奏落实，紧节点督查，确保建设工作顺利推进。开发区片区共完成《连云港综合保税区（开发区片区）建设计划》中涵

▲ 徐圩综合保税区卡口　　综保区（徐圩新区）供

盖监管设施、基础设施及信息化系统建设的41个项目，总投资6200万元；徐圩片区是新建园区，分一期二期实施，主要包括监管设施、检验设施、保税仓库、卡口、道路、围网等。2019年8月20日，连云港综保区通过验收，10月21日，海关总署批复认定连云港综保区验收合格，12月16日正式封关运作。

2.高速发展阶段（2020年1月—2022年12月）

通过验收后，连云港综保区紧紧围绕综保区主责主业，不断优化特殊区域开放平台建设，加快制度创新和转型升级步伐，不断推动综保区高质量发展。2020年2月—3月上旬，受国内疫情影响，连云港综保区内企业复工复产进度缓慢。已复工企业受物流通道影响，原辅材料采购受限，产品销售受堵，人员到岗推迟，致使生产恢复满产进度推迟。2020年3月中旬—4月底，受国外特别是欧美疫情影响，出口订单大量延期交货或取消，企业出口产品积压，园区经济出现了较大幅度下滑。面对诸多不力因素特别是疫情对区内企业带来的巨大影响，连云港综保区主动出击，积极深入企业指导疫情防控，加大企业帮扶力度，及时帮助企业解决发展难题，兑现地方政府已出台的各项扶持、减免政策，落实国务院及海关总署制定的各项促进综保区发展的政策措施，稳步推进企业复工复产工作。自2020年5月初起，企业经营活动逐步恢复，主要经济指标降幅逐渐收窄，7月起恢复正增长。2020年，连云港综保区完成外贸进出口额4.76亿美元，同比增长7.2%。

2021年，连云港综保区主动会同市商务局、海关等部门，组织综保区适宜产业入区政策解读、组织粮食保税加工政策宣讲、跨境电商政策对接宣传，以及一般纳税人政策推广宣讲、安全生产和环保有关政策法规宣讲等活动9次；积极在监管方式上配合海关做好无感卡口改造、实行卡口电子分道及货物分类管理等通关监管改革。主动探索创新区外大件货物异地监管。积极协调复制推广自贸试验区“保税混矿监管创新制度”，开创有色金属保税混矿业务新模式。是年，连云港综保区实现跨越式发展，全年完成外贸进出口额11.43亿美元，同比增长140.1%，实现翻番。

2022年，在新冠疫情和经济下行双重压力下，连云港综保区积极服务区内企业，在统筹做好园区疫情防控工作的同时，紧盯全年目标任务，全力保障企业正常运行，在整体外贸经济不利形势下实现逆势增长，奋力实现争先进位，全年完成外贸进出口额12.42亿美元，同比增长8.7%，较2018年连云港综保区获批时的2.63亿美元，翻了两番。

3.创新发展阶段（2023年至今）

2023年，连云港综保区致力于业态创新和制度创新。业态创新方面，主要致力于发展跨境电商创新业态，2023年共计开展并完成14项跨境电商产业建设内容，2023年6月中旬，连云港综保区举行“两品牌、四中心”揭牌暨跨境电商体验中心启动仪式，标志着苏北首家综保区跨境电商体验中心启动运营。是年，连云港综保区跨境电商进出口额662.9万美元，完成进出口额536.05万美元，同比增长23.6%。其中，“1210”进口业务规模全市第一，占比达95%，居全省综保区前列，成功获批“市级跨境电商集聚区”和“省级跨境电子商务产业园”等金字招牌。截至2023年底，连云港综保区有3家企业开展新零售业务试点，顺利入驻综保区跨境电商企业43家，成功培育出以启域供应链、港隆贸易、金马科技、江苏跨境宝等为代表的一批骨干跨境电商示范企业。制度创新方面，连云港综保区坚持以问题为导向，以企业满意为追求，不断拉高工作标准、做实制度创新工作。非保税货物监管便利化、保税铜精矿“双备案+双准入”监管新模式等6项创新成果列入省级创新案例，复制与综合保税区相关改革试点经验39项。同时，连云港综保区积极推动与“一带一路”沿线和新亚欧陆海联运通道沿线综保区联动发展，2023年下半年，连云港综保区分别与霍尔果斯综保区、营口综保区签署合作共建框架协议，进一步深化合作领域，扩大园区开放能级。

二、主要成就

自连云港综保区获批设立以来，在各级部门的关心支持下，综保区在经济指标、省内排名、产业规模、业态创新、营商环境等方面取得了新进展新成绩，已经成为全市重要开放平台。

（一）经济指标实现翻番

获批以来，连云港综保区充分利用国际、国内两个市场、两种资源，开放型经济从小到大，在全市外向型经济高速发展中发挥的重要作用日趋明显，相关主要经济呈现逐年稳步增长态势，部分指标实现翻番。从2018年到2023年，连云港综保区工业总产值由10.72亿元增长到22.61亿元，经营总收入由7.46亿元增长到36.06亿元，进出口总额由2.64亿美元增长到10.73亿美元，相关经济指标均实现翻番。

（二）省内排名稳中有进

2020年，海关总署发布《综合保税区发展绩效评估办法（试行）》，对全国综合保税区进行综合排名，当年即对2019年全国综保区发展情况进行综合排名。自2019年以来，连云港综保区综合排名均位于全省21家综保区中游水平。2023年11月，海关总署发布2022年度全国海关特殊监管区域绩效考核结果，连云港综保区排名全省11位，较上年度提升1个名次，特别是在辅助指标方面，连云港综保区在全国138个综保区位列第23名，位于上游水平。

（三）产业规模不断壮大

2018年以来，连云港综保区积极开展外引内育工作，把招商引资和产业培育作为头等工作来抓，先后引进保税混矿、进口粮食精深加工、冷链物流等一批保税物流、保税加工项目入区，同时，不断培育区内重山风力、艾业无纺布、锦达保税、苏豪物流等企业做大做强。截至2023年底，连云港综保区内共有注册备案企业148家，其中：保税加工24家、保税仓储物流58家、贸易企业48家，创新业态保税维修1家、跨境电商17家。重点布局了以风力发电塔筒制造、医用无纺布制品加工、坚果及果干类食品加工、进口粮食精深加工、氧化铝陶瓷件生产等为主的保税加工产业，如重山风力设备（连云港）有限公司、连云港艾业无纺布制品有限公司、江苏东大食品有限公司、江苏素康生物科技有限公司、连云港中奥铝业有限公司等；以中西部地区农副产品保税出口、矿产品保税进口、冷链仓储物流以及多功能综合保税仓储服务等为主的保税物流产业，如江苏锦达保税仓储股份有限公司、五矿有色金属江苏有限公司、连云港苏豪保税物流有限公司、江苏丰诺供应链管理集团有限公司等；以省级跨境电商产业园为依托，面向日韩、辐射欧亚、服务“一带一路”沿线国家和地区的跨境电商创新业态，如连云港启域跨境供应链有限公司、连云港卡布云仓保税仓储有限公司、连云港佑玟跨境电商有限公司等；以及以美国笔记本电脑、手机维修等为主的保税维修创新业态，如杰亮电子科技（连云港）有限公司。

（四）业态创新加速发展

2019年11月28日，全市首单“1239”跨境网购保税备货商品在综保区完成验放出区，标志着跨境电商创新业态在连云港综保区正式开通。2020年5月，连云港综保区在全市范围内率先开通“1210”网购保税进口业务，连云港综保区跨境电商业务迈向新的发展阶段。2021年11月3日，连云港综保区跨境电商产业园被省商务厅评定为省级跨境电子商务产业园。2022年，连云港综保区跨境电商产业园加速发展，当年入驻跨境电商相关企业9家，订单量首次突破10万单，达到12.9万单，同比增长366.1%。2023年，苏北首家以“展示+直播”打造1210跨境电商新型销售运行模式的跨境电商体验中心在连云港综保区启动运营。同时，积极依托公共服务平台技术载体，拓展综合服务平台前置备案、物流追踪及商品溯源、风险分析功能，打破跨境商品监管溯源壁垒，建立具备及时有效的商品信息数据交互、管理、分析功能模式的综合平台，防范“假数据”“假交易”风险，推动跨境电商健康发展。2023年，连云港综保区跨境电商产业园完成跨境电商交易额4251万元，同比增长16.7%，进出口额903.8万美元，同比增长87.5%。未来，连云港综保区将持续锚定“推动建圈强链、助力主体引育、培植发展动能、打造特色业态”主攻方向，专班统筹推进，保障跨境电商创新业态多模式发展，更好服务全市外向型经济发展。

（五）“一般纳税人资格试点”成功获批

2020年，连云港经开区全面深化改革领导小组将“在综保区开展赋予区内企业一般纳税人资格试点”列入2020年度改革重点事项。2020年9月8日，经国家税务总局、财政部、海关总署审核备案，江苏省税务局、财政厅、南京海关联合下发通知，批准连云港综保区开展增值税一般纳税人资格试点，自2020年9月1日起执行。为加快试点政策落地见效，协助区内意向试点企业获取试点资格，开展试点工作，早日享受政策红利，2020年9月30日，连云港综保区牵头组织区内企业参加政策宣讲活动，邀请税务、海关和财政等部门相关人员进行试点政策解答。至2023年底，连云港综保区有重山风力设备（连云港）有限公司、江苏丰诺供应链管理集团有限公司、江苏东福重型汽车有限公司等3家企业开展试点。“一般纳税人资格试点”成功获批为区内企业充分利用国内、国外两个市场、两种资源，积极融入全球产业分工合作，延伸产业链，提升附加值，促进园区经济结构调整和产业转型升级打下政策基础。

（六）制度创新成果丰硕

连云港综保区坚持以问题为导向，以企业满意为追求，不断拉高工作标准、做实企业服务，区内营商环境不断优化。2019年，连云港综合保税区

“中欧班列‘保税+出口’货物集装箱混拼”获海关总署备案，依托该创新监管举措，连云港综保区保税货物可以转至中哈物流基地，与一般出口货物集装箱混拼后发运；2020年，连云港综保区非保税货物监管新模式创新案例经南京海关审核同意，并被列为首批试点经验在省内复制推广；2021年12月，连云港综保区优化进口粮食品质检验模式获海关总署备案，依托该创新监管举措，连云港综保区大宗粮食加工企业货物一线进口环节，通过采取该创新模式实施检验，进一步提升了通关效能。是年，连云港综保区进口大宗散货监管“无感化”被评为第二批省级试点经验在省内复制推广，大宗散货物流企业货物一线入区环节按照新监管模式高效通关。此外，连云港综保区进口预包装食品原料最小单元“免标签”被评为第二批省级创新实践案例；2022年9月，连云港综保区机电设备“散进整出”通关新模式被评为第三批省级创新实践案例，该创新模式下，海关对符合减免免税政策进口机电设备创新实施“散进整出”通关，切实降低了企业成本，有力保障了徐圩石化基地等重大项目建设进度。同时，综保区创新多式联运服务体系也被列为第三批省级创新实践案例，依托该创新模式，综保区进出区货物流转效率得到较大提升。2023年，连云港综保区保税铜精矿混矿“双备案+双准入”监管模式被列为第四批省级创新实践案例，按照“一线放开、二线管住”的总体思路，健全关地联动机制，进一步解决铜精矿进口瓶颈问题。

三、经验启示

（一）注重外引内育

项目是经济发展的主引擎和硬支撑，招商引资是经济发展的源头活水。连云港综保区坚持把招商引资作为高质量发展的重中之重，特别是适宜入驻综保区的“两头在外”保税类项目，重点关注，力争做到一事一议、特事特办。充分利用“保税+”“境内关外”“入区退税”“免配额”等一系列特殊区域政策，实现招商引资从粗放式向精细化、专业化、产业化转变，注重量质并举。同时，对原有综保区内企业加大服务力度，特别是在企业争抢国际订单、技术改造、增资扩股、招才引智等方面给予“店小二”式服务，不断提升企业核心竞争力。

（二）坚持扩大开放

综合保税区是发展外向型经济的前沿阵地，坚持扩大开放是综合保税区整体工作的重中之重，“免税、退税、保税、免配额”等优惠政策给予了综合保税区得天独厚的先天优势。近年来，连云港综保区充分利用特殊区域政策优势，招引了一批标志性外向型经济项目，如五矿保税进口铜精矿混矿项目、素康/睿林德进口谷物精深加工项目、东大进口坚果精深加工项目、中通进口商品分拨基地项目等。同时，积极拓展开放空间，不断打造综合保税区开放平台，以开放促发展，持续提升对外开放良好氛围。近年来，连云港综合保税区依托区内企业，加快推动进口肉类、冰鲜水产品指定监管场地的获批。

（三）完善工作机制

积极完善相关工作机制，进行高效化管理服务，为综保区高质量发展增添内生动力。涉及道路养护、应急保障、市政绿化、环境卫生、地下管网园区公共设施维修维护等事项做到各司其职、各负其责，同时进一步完善考核机制，向考核要绩效，为综保区开放发展奠定制度基础。此外，充分发挥工作主动性，积极联络对接海关、商务等有关部门，进一步完善联席会议制度和协调机制，持续提升开放经济业务综合协调能力，不断在工作实践中寻求突破。

（四）坚持创新驱动

坚持把创新作为综保区开放发展的第一驱动，以创新优势赢得综保区开放型经济的竞争优势，从制度创新到业态创新，从业态创新再到机制创新，连云港综保区充分发挥自身优势，依托“开发区+自贸区+综保区+跨境电商综试区”四区叠加优势，不断创新优化商品监管模式和通关程序，持续打造监管最便利、通关最高效、营商环境最优的外向型经济发展新高地。

开放型经济的发展

40年来，从获批沿海开放城市开始起步，连云港市聚焦高水平开放，对外开放事业经历了波澜壮阔的发展历程，开放型经济发展取得令人瞩目的成就，实现了历史性跨越。全市开放型经济体制机制不断健全，"引进来"和"走出去"齐头并进，区域经贸合作加快发展，全方位、多层次、宽领域的全面开放新格局逐步形成，连云港市开放型经济呈现出强劲的发展活力和综合竞争力。

一、发展历程

（一）以进入国家首批沿海开放城市序列、设立国家级经济技术开发区为标志，开启对外开放的历史进程（1984—1991年）

经过改革开放初期的积极探索，初步建立了与国际惯例接轨、符合自身发展需要的涉外经济体制。依靠沿海开放城市的特殊优惠政策、地方享有的投资审批权限以及初步改善的投资环境，利用外资及港澳台资、对外贸易及对外经济合作都进入良好的起步发展阶段。1984年，全市第一家中日合资企业——江苏三得利食品有限公司在海州成立，这也是中国食品轻工行业首家三资企业。是年，全市实际利用外资及港澳台资650万美元。1986年，经外经贸部批准，连云港市设立了第一家境外投资企业——振云有限公司。至1988年，全市共批准各种利用外资及港澳台资项目17个，合同利用外资及港澳台资2768万美元，在17个项目中，合资合作项目10个，补偿贸易项目3个，对外借款项目4个，另外还有来料加工项目11个。1989年，中国江苏国际经济技术合作公司连云港分公司正式成立，在开展对外劳务合作业务经营的同时，迅速走出国门开展对外承包工程业务，开启了全市企业拓展国外承包工程市场的新篇章。

随着国务院《关于鼓励外商投资的规定》的颁发，同时，随着连云港市对外开放的不断扩大，吸收外资及港澳台资的环境进一步改善，外商及港澳台商投资发展较快。这一阶段，连云港市吸收外商及港澳台商投资的结构有了较大改善，生产性项目及产品出口企业大幅增加，宾馆、旅游服务项目的比重大大降低，外商及港澳台商投资的区域和行业有所扩大，台湾地区厂商的投资开始进入并迅速增加。到1992年，全市已有39家外商及港澳台商投资企业，合同利用外资及港澳台资4316万美元。

联合内地共同开发成为当时连云港市对外开放的一大特色，特别是连云港与陇海兰新地带的发展息息相关。1985年6月22日，谷牧在连云港视察时曾指出，开放政策包括两个方面："一是对外开放，一是对内开放。处在陇海铁路东端的连云港市，要进一步搞好同内地省区在资金、技术、人才等方面的交流和合作，以加强和内地的经济联合，促进连云港市的开发建设，以搞好连云港市的对外开放，带动内地经济的发展"。李鹏在1995年视察连云港时也指出："连云港这个港与别的港不一样，它的作用没有别的港可以代替。因沿陇海线，一直到甘肃、新疆，连云港是这些省区的重要出海口，对这些省区的经济发展与繁荣有重要作用，是重要条件。"因此，专家们提出"港口城乡一体，外引内联互促"的开放模式。市委、市政府从战略的高度，将大力发展横向经济联合作为连云港市对外开放的一项重要工作，横向经济联合取得了丰硕成果。1985年，连云港市第一家内联企业——红光电子管厂（778厂）落户投产，总投资300万元。1985年—1991年，全市建成投产内联项目799个，总投资6.17亿元，实际到位资金2.77亿元。

对外贸易从为省级外贸公司收购产品开始起步，出口商品种类、规模不断扩大，1990年外贸收购总值达到3.93亿元，出口商品种类发展到17个大类、590个品种，产品畅销50多个国家和地区。1984—1992年，对外贸易每年以25%的幅度递增。对外承包工程和劳务输出领域累计实施对外经济合作项目28个，设立境外投资企业12家。

连云港口岸是江苏最早对外开放的口岸。1978年，连云港市成立口岸管理机构，1986年正式成立连云港口岸管理委员会。海港口岸方面，连云港港口因陇海铁路东延，是最便捷的出海口，从而于1933年开港，是孙中山先生在《建国方略》中规划建设的东方大港。其发展历程与陇海兰新铁路、新亚欧大陆桥密切相关，1956年对外国籍船舶开放，1973年开始大规模建设，1988年完成吞吐量1000万吨，位居全国八大海港之列。航空口岸方面，连云港白塔埠机场于1984年经中央军委、国务院批准，开展航空运输业务；1985年3月26日开通第一条民用航线；1989年12月航站区竣工。机场占地5平方千米，为4D级标准，拥有2500米长、50米宽的跑道和2500米长、23米宽的联络道各一条，停机坪2.04万平方米，是江苏省地级市中第一个、全国沿海地区第八个通航的机场。

（二）开放型经济总量实现跨越式发展，开放型经济体制日趋完善（1992—2000年）

这一时期，连云港市吸收外商及港澳台商投资大幅增加，全市有672家外商及港澳台商投资企业，协议注册外资及港澳台资5.1亿美元，实际利用外资及港澳台资2.83亿美元，其中2000年当年新批108个外资及港澳台资项目，协议注册外资及港澳台资1.02亿美元，实际利用外资及港澳台资3937万美元。1992—2000年，内联引资进入新的快速发展阶段，许多外来投资商纷纷与连云港市洽谈投资合作。全市共批准内联项目2193个，引进客方到位资金34.3亿元。

1992—1997年间，省市外贸联营脱钩，市级外贸逐步走上自主经营、自负盈亏的道路。为解决大部分市级外贸公司无自营进出口经营权，扩大地方自营出口规模，采用"借权经营"模式，"一顶帽子大家戴"，市县区各级外贸公司以序号方式全部借用"连云港市对外贸易公司"和"连云港经济技术开发区对外贸易公司"的经营权从事自营进出口业务，最多的时候有60家企业借权经营。借权经营扩大了地方自营出口规模，1997年，连云港市对外贸易公司在"中国进出口额最大的500家公司"中排名129位，市红旗化工厂、市罐头厂、锦屏磷矿等5家生产企业获得外贸自营进出口权；1999年3月，连云港远泰、中土物产、国元等7家外贸流通企业获得外贸自营进出口权；到2000年，全市有52家企业获得外贸自营进出口权。

1992年，邓小平南方谈话前后，连云港市境外投资历史上形成了第一个高潮，共有各类境外投资企业20多家，但由于种种原因，却无一家企业在国外长期生存并成长。1993—1999年间，市建筑工程公司、化工部连云港设计研究院、江苏三兴建工集团有限公司、第三航务工程局第五工程公司先后获得对外经济技术合作资格。1995年，连云港国际公司经外经贸部批准设立"连云港外派劳务培训中心"。这期间，连云港市对外承包工程和劳务合作在经营主体上以有经营资格公司开展对外承包工程和劳务合作为主，以中介公司开展对外劳务中介为辅；业务结构上，对外工程承包和对外劳务合作并行；在对外市场上，以非洲、中东地区和日本、新加坡为主。

1997年，连云港市成立连云港市口岸管理委员会。20世纪90年代初期，口岸监管基础设施较为简单，随着监管要求提高，查验机构改革深入，口岸查验监管基础设施建设得到应有的重视，查验单位办公条件得到改善。1993年9月，连云港白塔埠机场二期工程扩建结束。1998年海关、检验检疫建成新的办公实验大楼，成为东部城区当时的地标。

（三）全方位、多领域、深层次对外开放阶段（2001—2013年）

2001年，中国正式加入世界贸易组织，为开放型经济发展提供了三大的发展空间和增长动力。2009年6月10日，国务院通过《江苏沿海地区发展规划》，连云港市在江苏沿海开发规划中的龙头地位得以确立。随着30万吨级航道等重大基础设施建设的启动，连云港在全国沿海港口群的枢纽港、集装箱干线港地位更加巩固，支撑区域发展的海上通道能力显著增强。石化、冶金、装备制造等大型临港基地相继获得国家批准落户，为连云港崛起腾飞奠定了坚实的产业基础。

利用外资及港澳台资质量和水平跨上新台阶。期间，共有62个国家（地区）来连投资；新兴产业平台加快建设，高附加值、高技术和资金密集型产业集群渐成规模，全市共批准3000万美元以上项目77个，其中过亿美元项目10个，形成了罗盖特、益海粮油等一批新型工业支柱企业和知名品牌。至2013年，连云港市单个项目协议注册外资及港澳台资额770万美元，是2001年的7倍。

对外贸易规模迅速扩大。2004年外贸进出口经营权由审批制改为备案制。截至2013年底，连云港市出口的商品共六大类近3000个品种，与182个国家和地区有贸易往来，连云港市前三大出口市场分别是日本、美国和韩国，出口额分别为5.95亿美元、4.74亿美元和3.97亿美元。其中在市商务局备案的内外资企业超过1700家，有进出口实绩的企业达985家。

对外投资合作实现跨越发展。从2004年开始，市委、市政府响应中央号召，大力实施"走出去"战略，境外投资进入一个快速发展、质量效益显著的新时期。2004—2008年，全市共新办境外投资项目30个，中方协议投资额6022.1万美元，同时，连云港市境外投资具有鲜明产业特色，本地支柱产业医药、新能源等行业内企业纷纷"走出去"，设立国际化经营平台：中复连众成功收购德国第二大风力叶片生产研发企业—SINOI公司，在国内风电行业率先尝试通过跨国并购掌握核心技术；太阳雨太阳能集团先后在韩国、西班牙设立境外企业，逐步构建海外销售网络、研发平台和生产基地。恒瑞医药股份公司在美国和瑞典分别设立医药研发中心，企业的自主研发能力显著提高。2008—2013年，全市新核准境外投资项目达到45个，中方协议投资额6.45亿美元，是1984—2007年总和的24.5倍。全市具有对外承包工程经营资格的企业达到6家，年度营业额达到5000万美元；具有对外承包工程经营资格的企业达到14家，年度营业额达到5000万美元。

国际服务贸易发展提速，国际服务外包业务起步。连云港市国际服务贸易统计和分析开始于2006年，当年连云港市国际服务贸易总额达2.34亿美元，其中：国际运输1.8亿美元，国际旅游31万美元。2013年，全市国际服务贸易进出口总额实现11.3亿美元，是2006年的4.8倍，年平均增长率29.9%；其中：传统优势项目运输服务实现4.2亿美元，是2006年2.3倍；新型服贸项目国际旅游实现进出口总额1.3亿美元，是2006年的近400倍。连云港市服务外包业务记录始于2010年，经过几年发展，连云港市服务外包企业资质和接包能力不断提升。至2013年底，全市服务外包接包合同总额2230万美元，同比增长9%；纳入系统统计的服务外包接包企业30家。

口岸建设开始加快。2003年11月成立连云港市港口管理局，与口岸委合署办公，实行两块牌子、一套班子管理模式。2001年，国务院办公厅下发了《关于进一步提高口岸工作效率的通知》，明确“实行‘大通关’制度，提高通关效率”，要求各地、各部门积极推进大通关工作，提高口岸工作效率。连云港市组建连云港电子口岸信息发展有限公司，组织建设口岸公共信息平台，通过搭建公共信息平台实现口岸信息共享，通关模式变“串联式”为“并联式”，让数据多跑路，使重复录入、多次申报变为一次录入、一次申报，有效提升通关效率。2005年，海事局建成海上搜救中心综合楼。2008年，港口规划做了重大调整，布局由一区变为五区，形成“一体两翼”组合大港格局。2010年，连云港白塔埠机场实现开通连云港至韩国首尔临时包机。2011年，市政府建成国际航运服务中心，将口岸查验单位对外业务集中办公，为口岸企业提供一站式通关服务。2013年，边检站建成新的站机关大楼。

（四）以市委、市政府确定丝绸之路经济带建设年为标志，全市开启新一轮对外开放征程（2014年至今）

党的十八大以来，习近平总书记先后5次亲自见证连云港的中外合作项目，2017年6月作出“将连云港—霍尔果斯串联起的新亚欧大陆桥陆海联运通道打造为‘一带一路’合作倡议的标杆和示范项目”重要指示。连云港市深入贯彻落实习近平总书记的殷殷嘱托，积极抢抓“一带一路”建设等国家机遇，聚力扩大高水平开放，一系列开放名片扎根港城，中亚和中东部地区最便捷出海口和东西双向开放高地的地位持续巩固。

利用外资及港澳台资更加注重提质增效。2014年以前，中国对外商及港澳台商投资项目全部实行核准制。党的十八大以来，利用外资及港澳台资质量进一步提高，外资及港澳台资更多地流向高技术产业。2014年，《外商投资项目核准和备案管理办法》出台，外商及港澳台商投资项目管理由全面核准向普遍备案和有限核准转变。2018年，中国进一步修订外商及港澳台商投资负面清单，全面落实准入前国民待遇加负面清单管理制度。2020年,《中华人民共和国外商投资法》的实施为新形势下进一步扩大对外开放、积极有效利用外资及港澳台资提供更加有力的制度保障,标志着中国迈进了制度型开放。是年,连云港市印发《连云港市稳外资促发展若干措施》,持续落实重点外资及港澳台资企业(项目)联系服务制度,全市累计237家外资及港澳台资企业选择增资扩能,为港城发展投下"信任票"。2021年,江苏华电赣榆液化天然气有限公司、奥升德功能材料(连云港)有限公司、中韩科锐新材料(江苏)有限公司3家重点外资及港澳台资企业设立,为全市外资及港澳台资工作注入新活力。2022年,3个外资及港澳台资项目列为商务部、省重点项目,6家外资及港澳台资企业列为省重点企业。2023年加大为企服务力度,开展"服务外企·面对面"系列活动,丰益表面活性材料(连云港)有限公司认定为省级跨国公司功能性机构,时隔8年再次实现突破;江苏豪森药业集团有限公司、江苏暨明医药科技有限公司2家企业认定为外资研发中心,实现全市外资研发中心零的突破。截至2023年底,益海企业群、罗盖特(中国)营养食品有限公司、江苏裕灌现代农业科技有限公司、江苏德邦兴华化工科技有限公司、连云港新东方集装箱码头有限公司等一批产业层次高、投资体量大、发展前景好的项目相继投产运营或落地建设,形成了罗盖特、益海粮油、台玻、大陆汽车等一批新型工业支柱企业和知名品牌,为连云港市带来大量资金、技术、管理经验,促进全市经济社会高质量发展。

对外贸易发展进入加速期。连云港市外贸企业显著增多,外贸龙头企业开始引领全市外贸实现跨越式发展。2013年开展出口转型升级示范基地认定,形成并完善部、省、市三级出口基地培育、建设体系。市级层面政策扶持力度不断加大,2014年制定出台《连云港市支持外贸稳定增长实施意见》,增强外贸企业开拓国际市场的能力;2020年成立稳外贸工作专班,印发《关于进一步做好促进全市外贸稳增长工作的通知》;2022年制定出台《关于做好跨周期稳定全市外贸的若干措施的通知》;2023年制定出台《关于推动外贸稳规模优结构若干措施的通知》;在一系列政策加持下,2015年设立全省第一家保税商品展示交易中心,落户连云新城;2016年,连云港市获批为省级跨境电子商务试点城市,争取到省级跨境电子商务试点资金500万元；2017年，连云港市跨境电商公服平台上线，2020年基本完成六体系建设，2023年功能进一步完善，新增“运单追踪”“风险分析”“商品溯源”三大子系统；2018年，新海石化获批原油非国营贸易进口资质，每年为新海石化申请进口配额原油量为230万吨，到2020年累计申请原油进口配额690万吨，货值超过50亿美元；2020年获批跨境零售网购保税试点城市和国家级跨境电商综试区，建成跨境电商公服平台，实施跨境电商+产业带专项提升行动，培育东海水晶、灌云主题服饰跨境电商产业带，喜马拉雅海外仓企业被认定为省级公共海外仓，江苏恒瑞、树人科技等4家企业被认定为国际知名品牌认定企业。支持企业拓展国际市场力度开始加大，每年制定贸易促进计划，支持境外重点展会，对企业参加境外展会拓市场给予展位费补贴；每年组织百余家企业参加华交会、广交会拓展国际市场。连云港市与“一带一路”沿线国家经贸合作越来越广泛，对“一带一路”沿线国家进出口额达873.8亿元，占全市进出口总额的64%。

▲ 东海水晶跨境电商交易中心　市商务局供

*对外投资合作快速发展。*境外投资的发展进程走过了由国有企业主导到上市公司、民营企业为骨干的历程，对外投资的项目数、投资总额、海外布局、产业结构及技术水平等逐步提升，对外投资合作不断实现新的突破。全市一批龙头企业布局海外投资、开展国际化经营取得显著成效，其中港口控股集团、恒瑞医药等一批重点企业有效扩大对外投资，全年投资额分别占全市对外直接投资额的47%、28%、17.9%；恒瑞医药在全球多个国家和地区设立研发中心，打造完备的海外研发体系和人才体系；远大产业控股致力于整合油脂业务的上下游资源，打造集原材料、仓储、精炼加工、终端产品为一体的全球垂直产业链体系；连云港奇晴光电照明有限公司结合乌兹别克斯坦当地的经济发展、气候光照条件等实际情况，投资建设华晟科技公司，年产值可达到1000万美元；港口控股集团参建的哈萨克斯坦东门无水港获评"海外安全发展优秀项目"；江苏海通建设工程有限公司是连云港市一家建筑业骨干国有企业，在巴基斯坦开展多项交通建设、改造升级承包项目，公司承接巴基斯坦俾路支省N50公路库齐拉克至佐布复线工程5标项目和信德省卡拉奇芒霍皮尔北向行车道改造工程，按总工期要求计划将分别于2024年5月份完工。同时持续加大对境外投资企业的支持和引导力度，充分利用好"全程相伴"——江苏走出去综合服务平台，引导企业优化对外投资结构和布局、合理有效规避风险。2023年连云港市新批境外投资项目12个，中方协议投资额3165万美元，实际投资6461万美元。

*省级以上开发园区进一步优化完善。*2015年2月，连云港高新技术产业开发区经国务院批复升格为国家级高新区；2020年9月，市委、市政府印发《关于推进高新区海州区融合发展的实施方案》，明确按照"市属区管、融合发展"要求，高新区作为市委、市政府派出机构，委托海州区委、区政府管理；省级经济开发区海州经济开发区由高新区管理，保留海州经济开发区牌子；高新区实际管理范围包括海州工业园、新浦工业园、宋跳工业园、科教创业园、云台产业园等5个特色产业园，管理面积约80.85平方千米；主要发展高端硅材料、食品精深加工、智能制造等主导产业。2015年，市委、市政府启动上合组织（连云港）国际物流园建设；2019年8月，市

委、市政府对东部城区优质资源要素进行整合优化，将上合物流园管理体制调整为“市属区管”；2021年，上合物流园与连云经济开发区开始全面融合发展，园区现实际管辖面积约69.79平方千米；主要发展现代物流业、化工新材料、金属新材料产业。2018年，灌南经济开发区经省政府批复成立，规划建设面积约50平方千米，建成面积12.81平方千米，主要发展机械制造、电子信息和食品加工产业；东海高新技术产业开发区经省政府批复成立，批复面积0.99平方千米，规划建设面积约28.15平方千米，建成面积4.61平方千米，主要发展高端硅材料、食品精深加工、智能制造产业。2020年，省政府办公厅发函同意赣榆海洋经济开发区四至由原青口镇调整至柘汪镇，园区主要发展石化新材料、钢铁及装备制造。截至2023年年底，全市省级以上开发园区共12家，其中国家级园区2家，省级园区9家，参照管理1家。

中国（江苏）自由贸易试验区连云港片区顺利获批。2019年8月2日，国务院批复同意设立中国（江苏）自由贸易试验区，涵盖南京片区、苏州片区、连云港片区。连云港片区实施范围20.27平方千米，包括市开发区区块14.84平方千米、连云区区块1平方千米、连云港港区区块4.43平方千米。在功能定位上，《中国（江苏）自由贸易试验区总体方案》赋予连云港片区建设亚欧重要国际交通枢纽、集聚优质要素的开放门户、“一带一路”沿线国家（地区）交流合作平台三大功能定位，充分彰显了连云港港口、陆桥等交通优势。在区位布局上，整体位于市域东部，以国家级经济技术开发区、连云港港为主体，以连云区1平方千米为连接带，呈东西方向条状分布，与市经济技术开发区、高新技术产业开发区、上合组织国际物流园、徐圩新区等4个省级联动创新区涵盖市域整个东部生产力布局版图。在开放资源上，片区拥有连云港港主港区、综合保税区、中哈物流合作基地等开放资源，站在开放的最前沿，是全市制度创新的主阵地、开放型经济发展的强支撑。在产业发展上，片区三个区块各有侧重、差异化发展，市开发区区块重点发展生物医药、新材料、新能源和高端装备等先进制造业以及现代物流、跨境电商、科技服务、金融服务等现代服务业；连云区区块重点发展现代物流、健康医养、金融服务、休闲旅游、商务配套、大数据及跨境电商等现代服务业；港口区块重点发展港航物流等现代服务业，构建集国际运输、分拨转运、仓储配送、临港加工、交易及配套服务功能于一体的物流中心。

口岸开放步伐加快。2014年，在市委全面深化改革领导小组下增设"口岸开放改革小组"，由市委、市政府印发《关于连云港口岸综合管理改革的实施意见》，开展口岸运输工具监管"三互"试点、口岸货物监管"三互"试点、口岸企业监管"三互"试点、口岸进出人员监管"三互"试点。2019年1月市港口局（市口岸委）口岸管理职能划入市商务局，对外加挂口岸办公室牌子。港区开放方面，2018年实现连云港口岸扩大开放到赣榆港区、徐圩港区、灌河港区；码实现头建成投用即开放。空港口岸开放方面，2015年连云港白塔埠机场获批对外开放（限中国籍飞机起降），成为江苏省第9个开放机场。2021年获批扩大开放外国籍飞机起降。2021年底连云港花果山国际机场建成通航，新机场飞行区等级为4D，跑道长2800米，站坪机位16个，航站楼面积3万平方米，配套建设空管、供油、供水、供电、海关、边检办公查验等工程，年旅客吞吐能力达250万人次；2023年2月，获国务院批复同意扩大开放。口岸基础设施方面，港口投资主体多元化，盛虹石化、卫星石化等大型临港企业自建码头，与后方工厂生产相配套。截至2023年底，4个港区共建有泊位88个，设计吞吐能力2.5亿吨，其中最大靠泊等级为30万吨级。口岸监管基础设施方面，2018年海关与国检局合并后启用的新海关综合技术楼；各港区、码头实现监控探头全覆盖。口岸营商环境方面，制定《连云港口岸提升跨境贸易便利化水平工作方案》，连云港"E港通"平台一期上线试运行，口岸对外服务"一张网"初步搭建。口岸对外合作方面，连霍两市政府签订口岸信息化合作框架协议，开通连云港—柬埔寨首条国际直航航线。建设连云港口岸大通关效率评估系统，开发建成连云港口岸班列运输效率评估系统和海运通关效率评估系统，实时定量分析口岸全流程通关时效。口岸特定功能不断增加，连云港口岸先后成为全国首批进境粮食指定口岸、哈萨克斯坦粮食过境中国唯一离境口岸和全国首批进口肉类、进境食用水生动物、进口植物种苗、进境水果等特定动植物产品的指定口岸/监管场地。正在积极争取汽车整车进口口岸、进口药品和生物制品口岸等。

二、主要成就

（一）“2家”和“1511家”

1973年，连云港市成为新中国成立后江苏省最早开放的贸易口岸，建立了比较健全的对外贸易管理体制。1997年，全市享有进出口自营权的企业仅2家。经过发展壮大，2023年底全市有进出口实绩的企业达1500多家。全市外贸主体数量指数级别增长印证了改革开放以来连云港市外贸发展的坚实步伐。截至2023年底，全市备案的外贸进出口企业超过5000家，每年有进出口实绩的外贸企业有1566余家，年度进出口规模超过10亿美元的龙头有3家；超1亿美元的外贸企业有25家，超过1000万美元的外贸企业164家；斯尔邦石化、新海石化入选外贸民营企业500强。

对外贸易规模大幅增长。1998年，全市进出口总额3.28亿美元。2021年首次跨越百亿美元台阶，实现145亿美元。2023年进出口总额为192.5亿美元，40年间外贸年均增速达17%。外贸依存度也由1998年的12.5%提升到2023年的31%。

外贸结构更加合理。国际市场更加多元，连云港市与190余个国家和地区有进出口贸易往来。连云港市也发展成为全国重要的有色金属矿产品进口集散地和最大的胶合板出口口岸。贸易方式结构进一步优化，2023年一般贸易进出口总额占全市比重、民营企业进出口占全市比重分别为78.1%、75.7%；国际服务贸易增幅连续多年高于货物贸易增幅。外贸转型升级成效显著，全市已建成国家级外贸转型升级基地2家，培育省级、市级国际知名品牌企业各5家、13家。

外贸新业态加速发展。东海县依托水晶特色产业集群，首创水晶跨境电商卖场，跨境电商经营主体超过5000家，借助Facebook、Instagram、TikTok等国内外电商平台，将各类水晶工艺品跨境电商出口海外，推动跨境电商特色产业带初步形成，集聚效应进一步提升。全市纳入海关统计的跨境电商交易额由2020年1亿元增长到2023年6.3亿元，年均增长45%；全市跨境电商实际交易额超45亿元。全市跨境电商产业园区、孵化基地12家，其中省级跨境电商产业园3家；企业海外仓10家，其中省级公共海

外仓1家；在2022年全国跨境电商综试区综合评估中，由2021年第三档“成效初显”上升为第二档“成效显著”。

（二）“23年”和“7年”

自外资及港澳台资统计开始到2010年底，连云港市累计实际使用外资及港澳台资52亿美元，首次突破50亿美元。到2017年底，累计实际使用外资及港澳台资104亿美元。连云港市用23年实现累计使用外资及港澳台资第一个“50亿美元”，而7年即实现第二个“50亿美元”。“23年”和“7年”折射出连云港市全球资源配置能力加速提升。

全市使用外资及港澳台资量质双提升。截至2023年底，来自80多个国家和地区的投资者累计在连云港市设立外投项目3936个，协议注册外资及港澳台资336.1亿美元，实际利用外资及港澳台资146.2亿美元，其中，新设总投资超亿美元项目78个。外商及港澳台商投资的产业结构持续优化，由最初的房地产业、旅游服务等逐步转变为化学制造等生产性项目和科技推广服务等高技术产业领域。2023年全市高新技术产业实际使用外资及港澳台资占比超40%。外资及港澳台资的引入有效带动全市产业和人才、技术、管理等生产要素升级，为全市经济社会发展作出巨大贡献，世界500强企业在连云港市兴办19个项目，发展形成罗盖特、丰益企业群、大陆汽车电子等一批新型工业支柱企业和知名品牌。2023年全市外资及港澳台资企业提供3.9万个就业岗位，贡献税收52.5亿元。

全市投资环境持续改善。从1986年出台的连云港市第一个地方性外资及港澳台资专项政策——《连云港市鼓励外商投资的优惠办法》到2020年外商投资法及配套法规政策落地实施，连云港市始终坚持与时俱进，主动适应新形势、新要求，以更大力度、更科学举措吸引和利用外资及港澳台资，实现了由政策型招引向制度型开放升级。探索形成的重点外资及港澳台资企业联系制度、企业“一条龙”跟踪服务、外资及港澳台资企业家对话机制等系列服务企业的举措被传承并升级，为外商及港澳台商在连从事贸易投资提供最大程度便利，也见证了许多外国企业家在港城安家落户，实现了外资及港澳台资企业进得来、留得住、发展好。

“走出去”拓展新格局。自统计至2023年底，连云港市累计新批境外投资项目221个，总投资超33.8亿美元，中方总投资超过26.3亿美元。重点产业、优势产业“走出去”步伐加快，医药、石化等优势产业企业境外协议投资额累计超6.5亿美元。国际经贸合作特色品牌建设成果丰硕。连续成功举办8届中国（连云港）丝绸之路国际物流博览会，展会的行业号召力和“一带一路”沿线影响力不断提升，被省委、省政府明确为全省七大重点打造的品牌展会。培育江苏女子民乐团、东海水晶等多个国家文化出口项目，全市对外经贸合作实现全方位跨越发展。

（三）“18平方千米”“1066平方千米”和“20.27平方千米”

1984年12月，国务院批准设立连云港经济技术开发区，批复面积18平方千米，是首批国家级开发区。2023年底，全市共建成12家省级以上开发区，园区面积合计1066平方千米。2019年8月，国务院批准设立中国（江苏）自由贸易试验区，其中，连云港片区面积20.27平方千米，连云港再次站到了开放的最前沿。“18平方千米”“1066平方千米”和“20.27平方千米”这三个数字，正是改革开放以来连云港市开放载体从无到有、从小到大、从弱到强蝶变发展的真实写照。

*自贸区建设硕果累累。*获批以来，连云港自贸片区紧扣三大功能定位，立足地方特色优势，先行先试，高水平对外开放探索不断取得新成效。改革试点任务落地实施率超95%；累计形成具有连云港特色的制度创新成果177项；以贸易投资自由化便利化为重点的系列政策文件生效，全面深化改革开放的政策和制度体系初步形成。一批重大产业项目取得实质性进展，生物医药产业进入创新发展“快车道”，油气全产业链开放加快布局，片区内新增市场主体超2万家，较获批前增长18倍。

*开发园区建设更富成效。*开发园区是落实中央、省市推动经济高质量发展战略部署的重要阵地。改革开放以来，开发园区扩大对外开放水平、建设现代化经济体系的关键平台等作用不断彰显，高质量发展内涵不断拓展，助力全市经济社会发展的主力军地位持续增强，已经发展成为全市产业集聚度最高、科技创新能力最强的板块。2023年，全市省级以上开发园区以全市14%的土地面积创造了全市40%的GDP、39%的一般公共预算收入、84%的规上工业总产值、50%的固定资产投资、97%的外贸进出口和

68%的实际使用外资及港澳台资。

*口岸开放成效显著。*改革开放以来，经过建设与发展，连云港市口岸发展变化巨大，口岸基础设施不断提档升级，海陆空口岸布局体系初步建成，口岸管理水平不断提高，口岸营商环境持续改善，口岸综合功能显著增强，口岸文明建设广泛深入，口岸主要指标屡创新高，服务全市和中西部开放型经济发展的能力得到有效提升。连云港现已成为全国沿海25个主要港口、12个区域性主枢纽港，长三角地区7个国家级综合运输枢纽之一。拥有水运口岸1个，航空口岸1个，具有铁路口岸功能从事国际过境货物运输和国内中欧班列运输的铁路站点1个。

三、经验启示

（一）坚持深化改革与扩大开放相结合

连云港自获批全国首批沿海开放城市以来，全市开放型经济实现快速发展，实践充分证明，改革和开放是一个有机整体，是党和人民大踏步赶上时代的重要法宝，是决定当代中国命运的关键一招，也是决定实现“两个一百年”奋斗目标、实现中华民族伟大复兴的关键一招。要持之以恒用改革推动开放，以开放倒逼改革，用改革的思维谋划全面扩大开放，构建具有新比较优势和竞争优势的商务和开放型经济新体制；要以开放促改革，在全面扩大开放中拓展发展空间，最大程度激发全市商务和开放型经济发展的动力和活力。

（二）坚持双向循环与协调推进相结合

40年来的沿海开放实践证明，要积极适应国内国际形势，有效构建国内国际双循环，这既要坚持立足内需，以满足内需作为根本点和落脚点，又要坚持开放合作，高质量“走出去”与“引进来”，扩大高水平开放。要继续主动融入双循环新发展格局，秉持系统观念，深度融合并充分利用国内国际两个市场、两种资源、两种需求，优化“走出去”和“引进来”的双向互动，强化线上线下融合发展的无缝对接，打造商务和开放型经济发展新优势，在更大范围和更高层次上参与国内国际竞争合作。

（三）坚持数字赋能与融合创新相结合

40年来的沿海开放，跨境电商、高新技术使用外资及港澳台资、服务贸易、口岸信息化等方面实现从起步到快速发展，充分证明了全市开放型经济发展是在不断紧跟数字经济发展的潮流趋势，积极利用新技术推动数字技术、数据资源与实体经济深度融合，拓展数字经济发展新空间。要坚持遵循融合发展理念，推动数字技术广泛应用，促使云计算、大数据、物联网、人工智能等新兴技术在各行业、各领域广泛渗透，催生新产业新业态新模式，形成融合发展新格局，推动开放型经济向优化结构、拓展深度、提高效益转变，持续赋能全市开放型经济高质量发展。

（四）坚持制度引领与统筹安全相结合

40年来的沿海开放实践，全市开放型经济体制机制不断健全，为全市开放型经济发展提供了有效的制度保障，同时积极应对外部环境变化带来的风险和挑战，及时规避扩大开放带来的各种风险。要坚定不移全面对接国际高标准规则，建立和完善知识产权保护机制、外商及港澳台商投资合法权益保障机制等规则。要发挥自贸试验区“先行先试”优势，推进联动创新、协同发展的区域一体化开放，着力构建公平、公开、可预期的开放型经济发展环境。要强化底线思维、风险防范意识，健全风险评估、监测预警和应急处置“三位一体”的开放型经济安全保障体系，完善贸易救济、突发事件应对及风险化解机制。

“一带一路”人文交流

人文交流是连云港扩大对外开放、加强“一带一路”建设不可或缺的重要内容。40年来，连云港市坚持立足市情，放眼世界，务实开展城市对外交往和国际人文交流，特别是“一带一路”倡议提出以来，依托区位优势和文化资源，全方位推进“一带一路”友城和人文交流合作，逐步建立起系统化、立体化、多元化的对外交往体系，形成了多层次、宽领域、全方位的对外人文交流格局。连云港国际“朋友圈”遍布全球，缔结的友城和友好交流城市涵盖东亚、东中欧、美洲、大洋洲、中亚等地区17个国家的34个城市，对外交流领域涵盖经贸、物流、文化、体育、农业、教育、医疗卫生等诸多方面。

一、发展历程

（一）初步探索，开启新篇（1984—1999年）

对外交往成功拉开序幕。这一阶段，是连云港发展对外友好交流工作的起步与探索阶段。连云港的友城工作始于1983年。1983年12月，连云港与日本堺市缔结友好城市关系，实现了连云港国际友好城市零的突破，正式拉开城市国际友城交往序幕。1984年，连云港成为全国首批沿海开放城市，在改革开放政策的推动下，连云港市逐步与越来越多国家城市建立友好关系，先后与日本新宫市（1988年10月）、佐贺市（1998年11月）、韩国木浦市（1993年7月）、新

▲ 1983年12月3日，连云港市和堺市举行缔结友城签字仪式　市外办供

西兰纳皮尔市（1994年6月）、澳大利亚大吉朗市（1994年7月）、俄罗斯伏尔加斯基市（1997年12月）6个城市结为了友好城市关系。其中，连云港市与韩国木浦市是中韩建交后两国间建立的第一对地方友城。这些国际友城已成为连云港走向世界，世界走进连云港的重要窗口和平台。

经贸交往成效初步显现。改革开放以来，借助与日韩隔海相望的地缘优势，连云港市引进的第一家外资企业三得利就是来自日本的食品加工企业。之后连云港雅玛珂紫菜有限公司、连云港金五食品有限公司、连云港启创铝制品制造有限公司、重山风力设备（连云港）有限公司等日韩资企业纷纷落户港城。同时，连云港市与日韩友城政府经贸互访频繁，几乎每年都会组团赴日韩举办经贸洽谈会、投资说明会、旅游推介会、专题推介会等形式灵活、内容丰富、务实高效的项目招商对接活动，日韩也多次组织工商企业考察团、港口交流团、体育交流团、友城代表团等来连云港市开展经贸访问，先后举办旅游投资环境推介会、友城结好周年座谈会等活动，增进了友好合作基础。

（二）立体拓展，多元交流（2000—2012年）

对外交流渠道逐渐扩大。进入21世纪以后，连云港积极参与构建全球伙伴关系网络，对外交流工作迈进了新的高度，取得了新成效。从2000年到2012年，连云港先后与韩国平泽市（2000年5月）、德国威尔堡市（2006年10月）、美国塞班市（2007年9月）、西班牙萨瓦德尔市（2009年9月）、韩国群山市（2011年5月）、韩国光阳市（2011年6月）等国外城市缔结友好城市或友好交流城市，友城分布扩展至亚、欧、北美、大洋洲等四大洲，友城数量不断增加、全球布局更加合理，城市之间的互补性明显增强、交流合作更加密切、成果更加丰硕。

对外交流主体有了拓展。对外交流主体由单一向多元转变，重点由以传统的政府为交往主体逐步拓展到以政府、企事业单位、民间等多元化为主体转变，“政府主导、多元参与、官民并举、以官促民”的良性循环交流格

▲ 2005年4月，新西兰纳皮尔市师生来连云港市进行教育交流　市外办供

局初步构建。特别是连云港市充分发挥友协、徐福研究会、青年协会、企业协会等社会组织和民间团体在对外交流中的独特优势，积极联络调动海外华侨华人、国际友好交流人士的人脉资源，这些成为连云港市扩大对外开放的重要力量。

对外交往领域不断拓宽。随着对外开放步伐的加快，连云港市注重与国外友城政府交流由传统的迎来送往向实质交流合作转变，对外交往的广度和深度得到拓展，连云港市充分利用在市内外、境内外举办的外事活动，积极挖掘外事资源，推动对外交流合作。促进市内学校、医院与国外同行建立友好合作关系，逐步与日韩、澳新等国家城市形成了友好城市、友好港口、友好学校、友好医院、友好协会等多位一体的友好互动交流机制，连云港市还与日韩等友城多次共同举办儿童书画展、摄影艺术展、互派研修生以及演出团体赴对方城市参加大型庆典活动，交流领域逐步扩展到文化、体育、青少年、音乐、绘画等多个领域。

（三）量质并举，实现突破（2013年至今）

依托"一带一路"高端平台，优化国际友城布局。随着2013年"一带一路"倡议的提出，作为"一带一路"交汇点建设的核心区和先导区，连云港市积极抢抓发展机遇，全力承办以"一带一路"为主题的中国——中亚合作论坛、上合组织国际圆桌会议、"一带一路"绿色典型项目研讨会、中欧班列国际合作论坛等重要涉外活动，以高端平台为媒广泛寻求友城。借助"一带一路"重点涉外项目的国际影响力，依托连云港市区位和港口物流优势，顺势而为，2015年10月，在江苏省率先与吉尔吉斯斯坦首都比什凯克市缔结国际友城，填补了连云港乃至江苏省在中亚地区友城的空白。之后相继与白俄罗斯日洛宾大区、哈萨克斯坦阿拉木图市、格鲁吉亚巴统市、巴西瓜鲁柳斯市、西班牙阿尔梅里亚市、马来西亚怡保市、乌兹别克斯坦古扎尔区建立友好交流城市关系，与东南亚、西亚、东中欧等"一带一路"沿线国家10多个城市建立了良好的工作联系。2023年9月，连云港市与哈萨克斯坦阿克套市正式缔结为友好城市，成为江苏省在哈萨克斯坦的第一对友好城市。

创新对外交往新模式，开启后疫情时代云交流。针对疫情下开展对外交往的新特点、新要求，连云港市积极研究探索对外交往的新模式，推动“云外事、云交往”常态化，促进各领域对外交流与合作。2019—2022年，连云港市各县区、学校、医院等单位与国外20多个城市开展产业、教育、文化等领域云交流、云洽谈、云签约、云推介等活动累计30余次，在人文交流、产业合作、项目开发、课程设计等领域达成多项合作意向。2022—2023年，以中日邦交正常化50周年、中韩建交30周年、中国与中亚五国建交30周年等为契机，连云港成功举办连云港市与白俄罗斯日洛宾大区中小企业贸易对口洽谈会、连云港—木浦结好30周年纪念活动、连云港—堺市结好40周年纪念活动、连云港—木浦文旅资源推介会、连云港—群山新万金文化学堂等，搭建高端平台，推动双方在经贸、文化、教育、旅游等领域交流合作，推动人文交流走深走实、促进相知相亲相融。

深入挖掘城市特色文化，活跃地方对外交流。近年来，连云港市深入挖掘西游文化、山海丝路文化、淮盐文化等资源，积极探索“人文班列”“旅游班列”等新模式发展，探索打造“一带一路”文化合作品牌，聚力建设文化强市和旅游名城。在推进与“一带一路”沿线友好交流的过程中，连云港市与“一带一路”沿线国家和地区间的人文交流合作呈现出愈来愈活跃态势。连云港市通过推动江苏女子民族乐团多次走出国门在全世界进行文化交流演出，打造“丝路东方留学连云港”品牌、“一带一路”沿线城市图书馆界文化资源共建共享项目，组织高校交流代表团赴丝绸之路沿线国家和地区开展学术交流等系列对外人文交流活动，不断增强“人文相通、民心相近”的认同感，搭建好大交流、大合作、大发展平台，不断做大、做强对外文化交流品牌，主动讲好中国故事、连云港故事，持续唱响对外文化交流的动人旋律。

二、主要成就

（一）国际友城品牌影响不断扩大

截至2024年4月，连云港市共有友好城市11对，友好交流城市23对。其中，参与“一带一路”建设国家的友好城市与友好交流城市分别为7对、

14对。吉尔吉斯斯坦首都比什凯克市（2015年）、哈萨克斯坦港口城市阿克套市（2023年）分别成为江苏省内设区市与相关国家的第一对友好城市。2016年，白俄罗斯日洛宾大区代表团来连访问，两市建立友好交流关系。2019年，连云港市分别与哈萨克斯坦阿拉木图市、格鲁吉亚巴统市、巴西瓜鲁柳斯市结好。2021年9月，通过线上云交流，连云港市与西班牙阿尔梅里亚市建立友好交流关系。2023年8月，连云港市与马来西亚怡保市签署《建立友好城市关系意向书》，填补连云港市在东南亚友好交往空白。2024年1月，连云港市与乌兹别克斯坦古扎尔区建立友好城市关系，成为连云港市与乌兹别克斯坦第一对友好交流城市。2024年3月，韩国原州市代表团访连，两市签署《建立友好城市关系意向书》。

（二）西游文化品牌彰显城市特色

大力拓展西游文化对外交流领域，加大对"一带一路"沿线国家和重点城市的宣传推介，建设"一带一路"西游文化联盟。2019年，连云港市举办"Go Jiangsu连云港一带一路之旅"启动仪式暨外籍粉丝采风活动，来自俄罗斯、美国、英国、叙利亚、巴基斯坦、巴西等国家的11位外籍粉丝讲述"西游记"故事。2021年10月，连云港打造了"Monkey King's Hometown—Lianyungang"（"大圣故里"连云港）海媒账号，多角度、全方位对外展示连云港的自然人文风光和城市发展变迁。先后在马来西亚、日本、韩国等国家举办文旅推介会，宣传西游文化。

（三）徐福文化品牌架起对外交流桥梁

自20世纪80年代初，国内外从事徐福文化研究的专家学者逐步确认连云港市赣榆区金山镇是徐福故里后，连云港市积极利用各种方式纪念这位伟大的先人，中国第一道徐福村碑、第一座徐福祠、第一尊徐福塑像、第一个徐福生态园先后在连云港落成，中日韩三国先后涌现了许多投身研究徐福文化研究的学术团体，连云港市专门成立了连云港徐福文化研究所，成为国际上首家研究徐福东渡的专业学术机构，建立的赣榆泊船山徐福文化生态园，成为中日韩三国人民永久纪念、展示及研究徐福文化的交流基地，日本佐贺市、新宫市、八女市、神奈川县等地纷纷成立了徐福会，韩国济州岛、南海岛、巨济岛先后成立徐福文化学会。连云港与日韩定期互相举办徐福文化节。随着徐福品牌持续打造，连云港市知名度越来越高、影响力越来越大，来连云港市观光旅游、投资兴业的日韩各界人士也越来越多。

（四）民乐文化品牌让连云港走向世界

自2003年组建以来，江苏女子民族乐团多次受文化和旅游部、中国侨联和江苏省委派，参与对外文化交流演出，足迹遍布欧洲、亚洲、非洲、北美30余个国家与地区。2013年9月，受美国华人联合总会邀请，乐团在美国洛杉矶圣盖博大剧院、尔湾大学巴克林大剧院举办了3场民族音乐会。疫情防控期间，积极利用互联网平台，打造了“乐见云端”线上文化交流品牌。2022年春节期间，由中外文化交流中心与江苏女子民族乐团共同策划打造的《春满人间》《丝路和鸣》线上音乐会，在64个国家地区、114个驻外机构的网络平台上展播，助力中国驻新建交复交国家使馆开展文化外交工作。

（五）丝路东方留学品牌促进人才交流国际化

2014年，连云港市开始推进丝路沿线教育合作交流。2015年，连云港市出台《丝路东方留学连云港政府奖学金管理暂行办法》，推出以地方政府名义设立“一带一路”沿线国家留学生奖学金制度，用于吸引和奖励“一带一路”沿线国家留学生，“一带一路”沿线国家已累计派遣500多名留学生来连云港市研学交流。江苏海洋大学、连云港师范高等专科学校、连云港职业技术学院等高校已经和“一带一路”沿线吉尔吉斯斯坦、土库曼斯坦、泰国、哈萨克斯坦、俄罗斯等国家多所大学签订战略合作协议，包括学生互换、教师互访、合作培养、学术交流等长短期项目。连云港市教育机构与哈萨克斯坦、吉尔吉斯斯坦、白俄罗斯、土库曼斯坦等国家签订或达成教师互派、学生交流、学历教育等合作意向和协议。为帮助留学生更加深度融入当地生活，不断丰富“一带一路”沿线国家在连云港留学生服务功能，积极开展“丝路东方·留学连云港留学生才艺大赛”、“一带一路青年学生学保尔研讨会”、“致福·侨海情缘——迎端午留学生体验中医药文化”等系列活动，让在连留学生充分感受中国传统文化魅力。

（六）国际教育交流品牌效应不断显现

江苏海洋大学与俄罗斯圣彼得堡国立海洋技术大学、哈萨克斯坦KIMEP大学、吉尔吉斯斯坦国立民族大学，连云港师专与俄罗斯奔萨国立师范大学，连云港职技院与俄罗斯伏尔加斯基市综合技术学校等高校建立长期友好合作关系，在海洋领域科研合作、科研平台共建共享、师资引进、教师互派、学生互换、留学生招生等方面开展交流合作。借助连云港市友城平台，以新海高级中学、海州高级中学、连云港外国语学校、苍梧小学为代表的中小学校也在积极推进对外交流，探索中外合作办学新路径，推动与美洲、欧洲、大洋洲、中亚等地区学校缔结友好交流关系，交流形式从学生交流拓展到人才培养、产学研合作等，合作的深度和广度日益深化。为积极参与和推动“一带一路”教育行动，顺应江苏产业转型需求，2021年10月12日，江苏海洋大学与乌克兰马卡洛夫国立造船大学合作，共建中外合作办学机构——江苏海洋大学马卡洛夫海洋工程学院，成为着力培养适应“海洋强国”及高质量发展需要的海洋工程领域高层次人才的重要举措。连云港市政府与哈萨克斯坦阿斯塔纳国际大学签约建设新亚欧陆海联运通道研究院。

（七）图书文化品牌讲好连云港故事

“讲好中国故事，传播好中国声音，展示真实、立体、全面的中国”是开展国际交流的重要内容。连云港市以文为媒，以书会友，不断向世界讲述连云港故事，传递连云港声音。2021年11月，连云港市首个海外图书专架在友好交流城市格鲁吉亚阿卡基耶·蔡瑞泰里巴统公共图书馆成功上架，310本包括连云港地方文献和传统文化在内的精美图书在巴统市展出。2023年3月30日，哈萨克斯坦阿拉木图市江布尔图书馆“连云港图书专架”揭牌仪式举办，连云港市地方文旅书籍在国外再次拥有独立专架。连云港“图书专架”成为对外交流最具代表性的文化名片之一。

（八）高层活动品牌搭建双向交流平台

2013年9月以来，连云港市与哈萨克斯坦国有铁路股份公司共建共用中哈（连云港）物流合作基地、哈萨克斯坦霍尔果斯东门无水港的建设和运营得到了习近平主席和哈萨克斯坦总统纳扎尔巴耶夫的4次见证，形成了从连云港到霍尔果斯新亚欧大陆桥“两基地一班列”发展格局。2016年4月，中国—土库曼斯坦“一带一路”倡议框架下“互联互通”对话会在连云港市举办，土库曼斯坦驻华使节、政府官员及两国相关企业近200人参加。2017年8月，第五届中国—中亚合作论坛在连云港举行，来自中国及中亚五国200余名政府及工商界代表出席论坛。2019年12月，2021年6月，2023年8月，连云港市先后3次举办中国—上合组织国际物流圆桌会议，持续深化与上合组织和有关各国的合作交流。为认真落实中哈元首达成的重要共识，巩固和拓展首届中国—中亚峰会相关成果，2023年9月，连云港市作为江苏省主要承办单位，在阿拉木图举行中国（江苏）—哈萨克斯坦经贸合作交流会，200余家哈萨克斯坦企业和50余家江苏企业代表参加，16个重点合作项目现场签约。2023年9月，首届中欧班列国际合作论坛在连云港市成功举办，是连云港市近年来举办的一次层次最高、规模最大的国际多边会议。第三届"一带一路"高峰论坛互联互通分论坛上，连云港港与哈萨克斯坦国铁签署合作共建阿克套港集装箱枢纽项目战略合作协议，列入论坛的务实合作项目清单并对外发布。同时，中国群山友城大会、韩国（连云港）农产品进出口洽谈会、荷兰—连云港设施农业合作研讨会、连云港市与白俄罗斯日洛宾大区举办中小企业贸易对口线上洽谈会、连云港—韩国京畿道产业双向推介会、连云港对韩经贸恳谈会等活动的成功举办，有力促进了连云港与"一带一路"沿线国家和地区商贸物流合作。

（九）特色活动品牌凝聚友好工作力量

连云港市聚焦拉紧人民纽带，增进人心沟通，举办各类中外人文交流活动累计200多次，重点举办"洋笔书江苏"在连外国人征文大赛、"外籍友人走进江苏连云港"、在连外国人摄影大赛、在连外籍人士接受主流媒体采访、在连外籍人士看港城、在连外籍人士迎新春交流会、在连重点外企对话交流会等系列活动，推动在连外国友人以他们的角度和视野，讲述连云港最新经济社会发展成就，让外籍友人更好地感知连云港、感知江苏、感知中国，不断增强在他们的获得感、幸福感和满足感。从2016年开始，连云港市积极组织友城参加"友城绘"江苏省国际青少年绘画展作品征集活动，涉及日本堺市、佐贺市，韩国木浦市、群山市，吉尔吉斯斯坦比什凯克市在内的10余个友城，500余幅作品参赛。在连外籍人士先后评为"江苏荣誉居民""江苏青年友好使者""连云港荣誉市民"等称号，获得"江苏友谊奖"等奖项的共有60多人次。

三、经验启示

（一）细水长流、久久为功是夯实人文交流基础的思想指南

人文交流作为“一带一路”建设的重要内容，是夯实民心相通的基础性和先导性工程，更是推动“一带一路”行稳致远的根基。需要在“长、常、细”字上下功夫，只有细水长流、持久耕耘、深入民间、久久为功，才会收获希望的果实。在推进过程中，要鼓励包括友协在内的社会组织提升交流项目的创新性、延续性和实效性，不断融入造血机制，形成总体效应和工作合力。结合新时代民间外交的新变化、新特点、新要求，围绕打造一支政治素质高、对外交流视野宽、精通民间外交业务的队伍，通过以会代训、集中培训、岗位轮训等方式，定期不定期开展民间外交政策和相关业务培训。认真研究国别情况和海外侨情，围绕“一带一路”沿线国家和地区出现的新情况、新变化，有针对性开展专题调研，为市委、市政府科学决策提供参谋服务，不断推进实践创新，在理念、机制、载体、方式、手段等方面有所突破，既立足国情，培育中国特色，又与国际接轨，体现民间面孔，构建起全方位、多渠道、宽领域的人文交流新格局。

（二）开拓思路、创新方式是拓展人文交流成果的应有之义

进一步解放思想、转变观念，加强对人文交流工作的认识和规律特点的把握。以连云港市举办全球公共安全合作论坛、丝路物博会、连云港之夏、西游记文化节等活动为契机，多层次、多形式开展“一带一路”市民体育文化交流、青少年互访、公务员研修、音乐节、图片展等活动，动员和鼓励市民、青少年、社会组织等赴“一带一路”沿线国家和地区开展形式多样的人文交流活动。积极擦亮港城文化名片，讲好港城故事，精选地方精品图书在“一带一路”国家设立“连云港图书专架”，举办人文风光摄影展、“一带一路”文化节等活动，加强文化领域的互动与交流，展示山海港城文化魅力。用足用好连云港文化资源，挖掘发挥古典和时尚交融的城市魅力，推动淮海戏、东海版画、面塑等港城优秀传统文化“走出去”。鼓励并支持拓展“山海书谭·名家沙龙”、西游记、徐福、江苏女子民族乐团、丝路东方留学等特色对外交流项目内容，不断融入造血机制，赋予时代内涵，提升国际

表达力和传播力，不断增强其创新性、延续性和实效性。

（三）突出重点、精准施策是丰富人文交流内容的必要举措

连云港在“一带一路”对外人文交流过程中有独特的文化和资源优势，只有不断挖掘淬炼文化内核，找准对外交流特色，才能提升对外交往质量和实效。要充分打好徐福、张保皋、西游记等连云港市城市对外文化名片，以徐福文化、西游文化交流为基础，强化与日本堺市、佐贺市和韩国木浦市、光阳市、群山市等友好城市及友好交流城市的交往。围绕连云港市“一带一路”强支点建设大局，以陆桥文化为依托，加强与中亚、西亚、东中欧等“一带一路”沿线国家城市的友好交往，以文化交流为先导，夯实感情基础。以传递江苏声音、连云港声音为重点，以乐为媒助推“一带一路”倡议支点建设项目，深入挖掘江苏省内的音乐元素。全方位助推江苏女子民族乐团“走出去”，在“一带一路”沿线国家和地区，在海外华侨华人聚集的地方开展巡回演出。用好丝路东方留学品牌，吸引“一带一路”沿线国家更多的留学生来连云港市学习、研讨、培训等，重点把连云港市打造成为“一带一路”沿线国家留学生求学的重要聚集地和目的地，推进与“一带一路”高校在教师互派、学生交流、学历教育、合作办学等领域开展多层次交流与合作，促进提升连云港市教育国际化水平，为建设强富美高“新港城”培养储备一大批国际性人才。

叁

深化改革

政务服务改革
营商环境建设
农村综合改革
国资国企改革
财政体制改革
税务制度改革
金融体制改革
法治政府建设

政务服务改革

连云港市将政务服务改革作为推进市域治理体系和治理能力现代化的“先手棋”，坚持以人民为中心，不断转变服务理念，改进服务方式，大力发展“互联网+政务服务”“互联网+监管”“互联网+大数据”，打造一网通办平台，构建一网四级政务服务体系，不断增加企业和群众服务获得感，为连云港市经济社会发展作出显著贡献。

一、发展历程

（一）开启改革和取消审批事项为主阶段（2000年3月—2012年10月）

2000年3月，市委、市政府出台《连云港市行政审批制度改革实施意见》，在江苏省率先开启行政审批制度改革。2000年10月16日，连云港市行政审批服务中心成立。2001年，连云港市行政审批制度改革办公室成立，下设市招标投标监督管理中心。全市先后开展六轮行政审批项目清理，大规模取消、下放或调整行政审批项目，由2000年初75个单位1118项审批、核准、备案事项缩减至2012年底59个单位的审批、审核上报事项555项。大力推进相对集中行政审批权改革，鼓励部门整合内设科室，归并行政审批职能，推动承担审批职能处室进驻行政审批服务中心。截至2012

人民日报
RENMIN RIBAO
经济部主办　每周一刊出　第225期
周刊
进一个门办好，交规定费办成，在承诺日办结——
连云港行政审批满意率高了
本报记者　雷寺梅
审批如何快起来
把关如何严起来
服务如何优起来
北京
切实转变政府职能

▲ 2000年3月，连云港市在江苏省率先开启行政审批制度改革。图为2001年《人民日报》第225期报道连云港市行政审批制度改革经验　市数据局供

年底，全市36个市政府工作部门设置行政服务处，10个垂管等部门参照设置。开通12345政府服务热线，受理群众的咨询、投诉和建议。对招投标工作实行进场交易、信息发布、报名登记、评委抽取、收费标准、接受监督"六统一"管理。

（二）推进"简政放权、放管结合"两轮驱动改革阶段（2012年11月—2015年4月）

连云港市开展行政审批制度改革"三四五工程"（"三减""四联""五推进"），"三减"即削减审批事项、削减审批环节、削减审批收费，"四联"即前置审批联用、相关事项并联审批园区前置审批联办、项目竣工联合验收，"五推进"即推进集约化建设、推进标准化建设、推进规范化建设、推进信息化建设、推进系统化建设；通过审批流程再造，将一般项目基本建设审批时限控制在50天以内，市本级98项审批事项共压缩审批时限608天，减少环节41个，削减前置要件90项，18项承诺件转为即办

▲ 2014年，市行政审批服务中心更名为连云港市政务服务管理办公室，挂连云港市政务服务中心牌子。图为2015年4月新启用的连云港市政务服务中心
张磊摄

件；启动包括放开企业注册资本限制、放宽企业名称核定限制等10大项内容的工商企业登记制度改革和工商营业执照、组织机构代码证、国税税务登记证、地税税务登记证“四证联办”工作，建成投入使用“四证联办”数据平台。市行政审批服务中心全面推行服务承诺制、首问负责制和限时办结制，开辟高层次人才服务“绿色通道”；全面推行网上申请登记，为投资项目提供全过程审批代办服务。2014年，市行政审批服务中心更名为连云港市政务服务管理办公室，挂连云港市政务服务中心牌子。整合市招标投标中心和市招标投标监督管理中心，完成新公共资源交易中心组建。

（三）“放管服”三管齐下一体推进改革阶段（2015年5月至今）

2015年5月起，全市实施简政放权、放管结合、优化服务为一体的“放管服”改革，先后开展启动“三证合一、一照一码”“多证合一、一照一码”

和“证照联办”登记制度改革商事制度改革，实现营业执照、劳务派遣经营许可证等11项证照联办，超额完成“3550”改革目标；建成涵盖各县区、各功能板块的一体化政务服务网，梳理部门政务服务业务项1757项，全市政务服务事项在线率达100%；大力推进不见面审批服务，公布不见面事项清单1553项，不见面比例达92%，实施办件结果“快递送、不见面”服务。开设中介网上超市平台，实现注册、登记、报价、备案等全过程一条龙服务；推进多图联审、多评合一，建设工程项目涉及规划设计图、建设工程施工图、人防工程施工图、消防设计图、防雷装置设计图等实施电子化并联审查，涉企固定资产投资项目相关评估（节能评估、环境影响评价、碳排放影响评估、安全评价等）实施统一并联审批；推动全部审批事项纳入审批网络监管平台运行，全面加强监管；积极推进公共资源交易平台市县一体化管理，开发建设公共资源交易平台，整合工程建设项目招标投标、土地使用权和矿业权出让、国有产权交易、政府采购等四大板块。在全国率先以地级市整建制建设政务服务标准化，全市13个政务服务单位全面导入6S管理以及精细化、标准化现场管理新理念，总结提炼以人、事、物、环境、形象和品牌为内核的贝普特标准化管理新模式，提升全市政务服务系统服务质效。

2019年，连云港市开启新一轮机构改革。1月，连云港市政务服务管理办公室加挂连云港市行政审批局、连云港市大数据管理局牌子，调整为市政府组成部门，市政府电子政务办整建制转隶并入，同时并入深化行政审批制度改革、政务服务热线管理等职能。2019年起，大力推进“一网通办”，在政务服务网实行“外网受理、内网办理、全程公开、快递送达、网端推送、无偿代办”办理模式，建成市县乡村“一网四级”政务服务体系。加快推进不见面审批服务，实现企业登记、刻制公章、涉税事项办理、银行预约开户等企业开办事项的全链条网上通办。扎实推进“一窗受理”“一件事”改革，建立部门综窗、“一件事”综窗、主题综窗和多部门联合综窗，上线市县两级涉及企业经营、个人生活、建设项目、人社服务四大类“一件事一次办”服务套餐150余个。建设移动便民服务终端“我的连云港”APP，提供各类政务便民服务事项2500余项。推进“互联网+监管”加强审管联动，在全省率先启动和建成建设“互联网+监管”平台，初步构建审批、监管、执法、信用一体化综合监管体系，建设审管联动系统。在省内率先开展“综合查一次”监管执法改革，对涉及跨部门、跨领域、跨层级多个执法主体相关行政检查事项场景集成，探索在同一时间对同一监管对象开展部门联合执法检查的新机制，累计整合36个部门近4600项检查内容，编制346项场景清单。全面实行市县行政许可事项清单管理，公布实施432项市级清单，清单之外一律不得违法实施行政许可，实现同一事项跨地区跨层级同要素管理、同标准办理。积极开展行政备案规范管理改革，编制行政备案事项清单296项（含子项）。加快建设数字政府，整合组建市大数据管理中心，建成全市统一政务云平台、六大基础数据库、政务数据共享交换平台。加强公共资源交易创新管理，完成土地和矿业权出让、国有产权和农村产权交易等系统整合，推进海域使用权进场交易，政府采购、产权交易、医药采购、水利、交通等行业实现全流程电子化，推行电子保函代替投标保证金，率先推进信用承诺替代投标保证金省级试点，建立工程建设领域招标计划提前发布制度。建设企业网上服务中心，实现重点企业用户基本全覆盖，可评价市、县两级行政审批和执法部门，建立企业诉求快速响应工作机制和企业重点诉求直报市政府机制，推进评价问题有效解决反馈。

二、主要成就

（一）“放管服”改革持续助力全市营商环境不断优化

持续简政放权，有效激发市场主体活力。从2000年起，全市共取消清理行政许可事项780余项，推动同一事项同要素管理、无差别受理、同标准办理；累计有效承接自贸区省级赋权事项186项，对省级以上园区赋权事项1186项，完成向徐圩新区赋权市级权限46项。开展海州区、高新区“两区融合”赋权23项，规范县区向乡镇赋权1177项。大力推广应用电子营业执照，规范政务服务容缺受理，强化事中事后监管、信用联合奖惩等措施，持续简化审批流程。2023年在试点中受理容缺材料3033件。

创新措施完善监管，进一步减轻市场主体负担。推行审管联动闭环管理，实现审管联动各环节具体到人、全程留痕、责任可追溯。截至2023年底，全市有39个市级部门、214个县区部门应用审管联动系统，关联形成审管事项目录清单1.65万项，覆盖行政许可事项3089项（均含子项），在292类审批领域实现全流程应用，审管闭环反馈信息2万余条，先行试点公共场所卫生许可告知承诺制，全省首试实现零材料办理，审批时限由原来20个工作日缩减至当场发证，累计办理6100余件，减免费用340余万元。深入推进跨部门综合监管，全市各级部门开展“综合查一次”检查任务2200余次，减少入企检查4000余次，实现“进一次门、查多项事、一次到位”。相关做法被国务院办公厅选入政务服务效能提升“双十百千”工程典型经验案例，被省协调办选入《深化政务服务改革与加强法治建设实践探索案例汇编》。

不断优化审批服务，增强企业获得感。全面深化“证照分离”改革，535项事项实现市域全覆盖。在省内率先试点证明事项和涉企经营许可

▲ 连云港市创新措施完善监管，进一步减轻市场主体负担。图为灌南县6个部门对当地一大型超市开展“综合查一次”联合执法行动，执法人员通过“综合查一次”平台查询检查事项　柳九阳摄

告知承诺制，推进市域全覆盖，减少证明类事项120项，优化审批服务94项。大力推进简易注销登记制度改革，在全国率先开展商事登记确认制改革，实现2件材料、立等出照“秒批”办理。全市推行企业开办零费用，开展“一业一证”改革，围绕药店、医疗器械、餐饮、娱乐场所等行业推动“一站办理、一证准营”，在全省率先开展店招店牌服务改革。创新“不对应”审批，在能评、环评、安评等9个领域开展试点，降低廉政风险，提高审批效率。优化政务服务流程，持续推进减时限、减材料、减环节，梳理压缩30个单位356个承诺事项的办理时限，办理时限压缩度提升到93.5%，即办件比例66.8%，不见面比例99.8%，工作成效获江苏省政务办点名表扬。

积极推进制度创新服务自贸片区建设。2019年，全市复制落地自贸试验区成功经验近百项。根据向上争取的19个国家级数据接口、5个省级数据接口推出10项制度创新，形成四大类15项市级制度创新典型案例。2020年，加大自贸试验区先进经验推广力度，国家、省改革试点任务实施率达95%，市级部门和自贸片区各区块探索形成57项创新案例，12项列入首批全省推广案例，5项全国首创。2021年，国务院常务会议明确把国际班列过境集装箱“车（站）船直取”零等待模式向全国口岸推广。在自贸片区试行“拿地即开工”审批模式，实现施工许可等4证极速齐发。2022年，自贸试验片区在全国率先试点商事主体登记确认制改革，实现“一表一章程”开办企业，经验做法在全省自贸试验区推广。2023年，在自贸试验片区深化“证照分离”改革，涉企经营许可事项直接取消审批8项，审批改为备案7项，实行告知承诺18项，进一步降低市场准入门槛。

（二）政务服务标准化规范化便利化水平不断提高

强化政警、政银合作推进便民服务圈建设。建设“政务+警务”服务专区，建立公安政务事项清单动态管理机制，打造线上政务警务服务平台，实现户政、出入境、车驾管等59项高频警务业务进驻市县镇便民服务中心办理。开发无犯罪记录证明网办程序，共享电子身份证照，手写数字签名，极大方便办事群众。强化政银合作，推进就近办、自助办。与交行合作建设“苏服办・交政通”服务网点43个；与建行合作推进“苏服办・裕农通”进驻村级便民服务点，在灌南县、海州区、连云港经开区部署50余台自助终端；与东方农商银行合作，建成“农商苏服办”镇街便民网点数160个、村社便民网点数1140个；在全市部署“连易办”自助服务一体机76台，实现78项高频事项“自助办”。依托各级便民服务中心推进“15分钟医保服务圈”建设，初步实现全市镇街、村社全覆盖。

同权通办便利化水平不断提高。协调推进市区同权，推动公安、交警、税务、医保等政务服务事项入驻海州区政务服务中心，全面实现海州与市政务服务中心税务大厅各类业务区域通办，22项医保业务、39项公安业务等进驻海州区中心办理，大大增强城区政务中心服务功能。积极探索县镇同权，率先在灌南县梳理第一批67项县镇同权事项清单，下放至各镇实施。规范村级公共服务事项清单，全部纳入政务服务网事项库并编制办事

▲ 连云港市健全基层全科政务服务模式，基层政务服务能力持续得到提升。图为宁海街道为民服务中心　市数据局供

指南。推进跨地域通办，全市通办打破层级限制，全方位提升通办质效，已有200余家企业在异地完成设立登记。省内通办打通跨市通道，与无锡高新区、扬州仪征市等地打造"标准统一、相互授权、异地受理、协同联办"模式。跨省通办构建协同服务模式，与甘肃省兰州市、山东省淄博市、日照市岚山区等地签署协议，实现苏鲁企业登记跨区域、跨层级办理。

审批监管和帮办代办服务不断优化。围绕政务服务事项清单全面压缩审批时限，对超时办理亮红灯，倒逼部门优化审批流程，提升即办件比例。市级部门行政许可审批时限压缩率93.9%，即办件占比提高到74.5%，工改审批全面推行"拿地即开工"模式。落实告知承诺、容缺预审机制和"拿地即开工"模式，率先实施"租赁即开工"。全市推行重大项目审批帮办代办服务，市县联动组建首席审批咨询师队伍，完善帮代办机制和服务体系。

各级政务服务大厅建设不断完善。通过加强县区和分中心一体化管理，健全基层全科政务服务模式，基层政务服务能力持续得到提升。全市1662个村社均公布"公共服务"和"帮办代办"两张事项清单，更多政务服务事项不断向镇街、村社延伸下沉，基层"一站式"政务服务能力进一步提升。持续开展窗口督查暗访，定期通报全市镇街便民服务中心建设情况，按照《江苏省便民服务中心标准化评价指标》要求加强镇街便民服务中心建设和管理，推动整改提升服务能力。

（三）"互联网+政务服务"效能持续深化提升

便民应用实现"网上办、掌上办"。加强"苏服办"连云港站点建设，上线政务服务应用近440项，完善市县乡村四级政务服务体系，连云港市56个市级部门、9个县区板块、97个乡镇（街道）、1647个村（社区）统一使用连云港一体化政务服务平台受理办件，实现四级全覆盖，政务服务平台将全市范围内政务服务事项全部纳入平台办理，实现四级政务服务网上办、就近办。建成"政务便利店"示范店，实现24小时不打烊服务。推进高频事项"一网通办"，推进政务服务跨区域通办，实现市县权限"省内通办"事项88项、"跨省通办"事项140个、"长三角一网通办"事项103个。完成"一网通办"专区交通运输、农业农村、广播电视共120个事项系统对接，实现省市县三级统一办理入口，一个办事标准和流程。市一体化政务服务平台纳入社保“一卡通”应用，实现社保卡线上申领、扫码登录等功能，拓展“一张网”社保事项办理范围和便利度。

电子证照应用“免材料、扫码办”越来越丰富。推进证照电子化、标准化改造，拓展电子证照应用。电子证照平台归集63类行业568种证照目录、542万条证照数据，实现与省证照库对接，向省证照库注册上报证照数据111种468万条。政务服务网实现身份证、营业执照、不动产权证、驾驶证等电子证照在线实时调用，招投标及政府采购交易主体信息库与市电子证照库实时对接，“苏证通”为自然人提供权威、可信、安全的网上身份认证，连云港海关国际贸易“单一窗口”实现在线身份认证，电子营业执照实现在行政审批、公共服务领域的互通互认和共享应用。建成全市统一的

▼ 连云港市在原有海鲜电商“一件事”基础上，创新探索海洋渔业产业链“一件事”改革工作。图为赣榆区海洋渔业产业链“一件事”服务专窗　于晓宇摄

"连易办"政务通用自助服务平台，集成整合人社13项、医保10项及其他部门78项高频服务事项，实现高频事项一机自助查询和办理，累计办件10万余件，服务用户3万余人。"连易办"平台反向赋能人社、建行裕农通等自助终端，实现功能融合通用、运行实时监控、跨部门统一管理。

"一件事一次办"实现常态化运转。国家、省定26个"一件事"已全部推广应用实现场景全覆盖，累计办件量28万余件，多次受到省协调办通报表扬。全省范围率先实现全市域二手房转移登记联动水电气过户办件状态实时推送。新生儿出生"一件事"实现省内首例跨市线上办理，被省协调办在全省宣传推广。打造40项地方特色市定"一件事"，全市办件量约16万件。重点创新地方产业链"一件事"，海洋渔业产业链"一件事"围绕海洋渔业产业全生命周期集成水产苗种生产许可证核发、渔业捕捞许可、食品经营许可等13个政务服务事项，压减96项申报材料至49项，压减39个办理环节至4个，跑动次数由最少8次变成1次，已办理联办业务584件。跨境电商（水晶珠宝类）"一件事"围绕水晶珠宝原料收购、加工和销售全产业链，聚焦水晶珠宝企业、商户从开办、变更、注销、"个转企"全生命周期，简化办事流程、集聚要素资源，实现工商注册、平台注册、跨境专线、跨境报关、跨境物流、收汇结汇、出口退税等一站式服务。办理环节平均压缩60%，申报材料减少70%，办理时间缩减75%，市场主体满意度达到100%。截至2023年底，依托跨境电商"一件事"平台，帮助50多家跨境电商企业注册，200余户搭建跨境网络，与TikTok、阿里速卖通、国际站、希音等主流跨境平台官方合作，举办培训20余场，培训人员2000余人，带动3万多人就业。

（四）公共资源交易管理创新持续提升

公共资源交易规范化水平不断提高。开评标区实现咨询受理、信息发布、专家抽取、开标评标、档案查询及线上线下一体化平台应用等服务标准化。规范评标专家管理，组织新入库专家岗前集中培训177人次，完成省综合评标（评审）专家库新申报专家入库考试及专家续聘考试338人次。规范交易担保管理，在全市范围推行投标保证金限时自动退还制度，建立"退还是常态，不退须申请"长效工作机制。推动实现水利、医药采购、政府采购、综合交易电子交易系统和投标工具免费提供给市场主体使用，取消建设工程电子交易费用，建设工程投标工具费用降低，收费标准、依据上网公示。

创新举措使交易制度性成本大为较低。2019年试点电子保函代替投标保证金，被省办确立为省市“众筹共享”创新项目，累计为市场主体解决190余亿元资金占用，疫情防控期间缓解万余家企业困难。2023年，全市率先试行信用承诺替代投标保证。截至2023年底，全市有460个标段使用信用承诺替代投标保证金，其中已开标390个标段共计3.23万家投标单位，使用信用承诺替代保证金3.03万家，占比93.73%，累计节约资金占用69.86亿元；全市使用保函等非现金方式（不含信用承诺）提交投标保证金的投标人5.11万家次，为投标人节约资金占用超过133.88亿元。

公共资源交易全流程电子化水平不断提升。建设大数据分析系统（智慧监管），实时抓取、分析全市范围内交易数据，为预警防范、科学决策提供信息支持，上线以来发现疑似围串标项目39个，处罚违规投标企业57个。实施远程异地评标，开评标系统安装专用客户端，实现长三角区域场地资源和专家资源共享，对远程异地评标全程事中事后监管，与无锡市合作完成苏北地区首例政府采购远程评审。通过软硬件升级改造，构建“评审全程智能辅助、异常情形智能预警、评标行为智能管理”新模式，减少人为干预。在公共资源交易领域开展数字人民币试点，对各类交易服务费、产权交易结算费、专家评审费、投标保证金等试行数字人民币结算，丰富收付渠道，逐步实现数字人民币应用全覆盖。截至2023年底，全市已有多场景应用1896笔、5338.6万元使用数字人民币结算。

（五）政企沟通服务精准高效

优化惠企政策服务供给。完善“一企来办·连云港市企业网上服务中心”建设，平台用户超2.1万个，汇聚创业扶持、财政金融、市场监督、产业发展等各类惠企政策1400余条，累计为企业提供创业扶持、财政金融、市场监督、产业发展等方面政策查询和精准推送53.2万次，企业有效诉求按时办结率和满意率100%。积极开展惠企政策“免申即享”工作，向全市获得服务业和工业不停产免申奖励资格的企业（涉及奖励资金4715万元）定向推送消息，金融服务模块已帮助企业完成线上融资4.4亿元，对社保稳岗返还免申事项公示提醒。

推进惠企政策直达快享。完成"苏企通"平台与"一企来"平台融合,集成政策发布、咨询、申报、网办等一体化"一站式"服务,集中展示各类惠企政策1259条,发布政策解读1162条,政策图解1127条,事项关联866条,平台总访问量3.5万次。"苏企通"助企业纾困解难经验做法获江苏省政务办发文表彰。

提升企业服务热线效能。加强"热线百科""晓苏"政务问答台建设,建立涵盖486家市级和县区部门的工作体系,明确信息专员427名,制定4880条政务热线信息和2万余对高频问答。12345平台联动全市689名政策专员成立企业服务专家团队,健全企业服务分级机制,为企业提供权威政策咨询和办事指引服务。2024年以来,连云港12345平台共受理"一企来办"企业诉求4.94万件,直接答复3.65万件,满意率96.87%。

三、经验启示

(一)必须坚持以人民为中心的发展思想

始终坚持从满足企业和市民全生命周期的服务需求出发,全方位做好城市软硬环境建设,积极回应企业和群众需求,努力打造法治环境,减少手续,提高效率,节约时间,降低成本,提升服务获得感和幸福感。着眼企业和市民的美好向往,既注重从顶层设计层面统筹推进,又注重着眼企业和群众身边事揪心事眼前事入手创新办法、解决问题。让企业和群众获得一个又一个感受得到的便利,通过一系列小切口问题解决成果推动面上实现新突破。

(二)必须坚持人人都是营商环境

举全市之力优化营商环境,所有部门都有服务职责、内容、要求、措施及成果,每个公职人员都是服务员。持之以恒推进服务至上的理念深度融入所有公共管理部门和国有企事业单位主责主业,构建人人都是服务员、服务至上和服务光荣的价值取向和现实追求,同心同德、齐心协力打造市场化法治化国际化一流营商环境,让各类市场主体在港城运营成本最低、办事效能最高、贸易投资最便利、发展预期最稳定，让越来越多的企业、人才、资本向本地集聚，实现共赢。

（三）必须坚持系统思维推进各项改革

善于从全局出发统筹考虑改革传统服务方式和工具手段，立足本地企业需求打造服务总入口，链接集聚政务服务、政策服务、公共服务、融资对接、产研合作、资源赋能、诉求流转等企业有着丰富现实需求的功能载体，增进相互逻辑关联、功能互促、活性保鲜，丰富服务方式方法，优化提升工具手段，构建企业服务总入口、一网通办平台及相关支撑关联、辅助配套的平台生态体系，切切实实增加服务供给侧的科学性、精准性、实效性和利企鲜活度，让企业和市民愿意用、方便用、乐于用。

（四）必须坚持机制持续创新

政务服务改革要做到遇到什么问题就开动脑筋突破什么问题，需要哪一级支持就想方设法争取支持；只要企业和市民有需求，就义无反顾克服困难推出贴心的服务内容，推动营商环境创新保持常态鲜活，始终处于动态更新、迭代升级状态，矢志不渝推动营商环境改革创新始终在路上，集中聚焦营商环境的痛点堵点，聚精会神跨越突破点，全力以赴推进营商环境迈向新的拐点，八仙过海各显神通，八面开花各展风采，你追我赶改革创新，群策群力通过改革创新创造营商环境亮点特点，让改革创新成为营商环境优化提升的最强动力、最亮色彩。

营商环境建设

1984年以来，连云港市历届市委、市政府坚持以经济建设为中心，始终着眼于企业发展所需和人民群众所盼，不断在实践中探索解放生产力、提升竞争力、增强市场活力、稳定社会预期、应对经济下行压力、促进发展和就业的有效举措，逐步融入了中国市场化、法治化、国际化一流营商环境建设大局，树立了打造综合更优的政策环境、公平有序的市场环境、高效便利的政务环境、公正透明的法治环境、亲商安商的人文环境建设目标，创建了“连心城、贴心港”营商环境品牌。尤其是2020年以来，连云港市落实中央和省优化营商环境的路线图、时间表，将优化营商环境作为全面深化改革、实现高质量发展的必然选择和推进国家治理体系和治理能力现代化的重要任务，在更大范围推行简政放权、放管结合、优化服务，在更多领域鼓励大胆探索、先行先试、发挥作用，用更大力度为各类市场主体投资兴业破堵点、解难题、增便利，为推动经济总体回升向好提供了有力支撑。

一、发展历程

（一）探索起步时期（1984—2012年）

1984年，连云港被列为国家首批沿海开放城市。当年12月，连云港经开区成为首批国家级开发区。1992年，连云港率先开通到哈萨克斯坦阿拉木图的国际集装箱班列，开启新亚欧大陆桥国际运输的先河。2011年，国家东中西区域合作示范区的先导区徐圩新区获批设立。这一时期，连云港市吃改革饭、走开放路、打创新牌，大力推动经济建设，合资、独资、国有、私营、全民所有制、集体所有制、股份制、有限责任等类别的企业蓬勃发展，市场环境的优化一方面体现在有利于市场主体发展的各类基础设施不断完善，另一方面体现在以机关事业单位为主体轰轰烈烈开展的“软环境”建设，2012年1月，连云港市召开全市软环境建设大会，提出了“理念最先进，态度最热情，程序最简化，时间最快捷，成本最低廉，成效最显著”的目标，尽管这是从作风建设角度开展的运动，但这也为优化营商环境奠定了一定基础。

（二）全面实践时期（2012—2020年）

在这一时期，优化营商环境的理念不仅逐渐替代了早前的软环境建设的提法，更在本质上得到升华，逐步脱离单纯的作风建设内容，渐次成为一个政府优化政务服务的系统性工程。2013年，党的十八届三中全会在《中共中央关于深化改革若干重大问题》中首次提出“建立法治化营商环境”目标，连云港市在此后的实践中更为重视营商环境的优化，“营商环境就是生产力”的观念更加深入人心，尤其是2015—2017年连云港市聚焦“放管服”改革，加快了市县两级政务服务中心建设，通过下放行政权，减少没有法律依据和法律授权的行政权，理清了多个部门重复管理的行政权，推动政府部门创新和加强监管职能，利用新技术新体制加强监管体制创新，不断转变政府职能，减少政府对市场进行干预，探索将市场的事推向市场来决定，减少对市场主体过多的行政审批等行为，降低市场主体的市场运行的行政成本，促进市场主体的活力和创新能力。比如2017年，连云港经开区出台《重点工业项目“容缺预审”实施方案》，对重点工业项目在基本审批条件具备、申报主件材料齐全的情况下，全部实行先预审再后补相关材料，并实现办理施工许可审批环节从14个减少到9个，承诺办结时限从86个工作日缩减到39个工作日，申报材料从113项减少到73项，这正是这一时期优化营商环境建设不断分领域探索的一个缩影，尽管这些“放管服”改革探索多是一个部门、一个行业、一个地方实施且相对独立的创新行动，但已有了统一组织规划，实践探索领域是广泛的，各级政府部门为各类市场主体投资兴业破堵点、解难题，优化营商环境典型做法和案例逐渐增多。

（三）优化提升时期（2020年至今）

这一时期的鲜明特点就是营商环境建设的制度化，连云港市在营商环境“1+5+9”政策体系建设上渐趋成熟，“连心城、贴心港”品牌建设稳步推进。2020年国务院《优化营商环境条例》和2021年《江苏省优化营商环境条例》实施后，连云港市也加快了法治化营商环境建设步伐。2023年10月27日，连云港市第十五届人民代表大会常务委员会第十四次会议通过《连云港市优化营商环境条例》，自2024年3月1日起施行。2021—2022年，连云港市先后印发《连云港市优化营商环境政策100条》《连云港市优化营商环境办法》《连云港市优化营商环境行动计划》，确定了政策、市场、政务、法治、人文等“五个环境”建设目标任务，提出了优化营商环境的三年行动计划，在2022—2024年陆续开展优化营商环境“攻坚年”“突破年”“提升年”专项行动，期间陆续出台《连云港市关于深化法治化营商环境的若干举措》《连云港市公平竞争审查监督检查与过错责任追究办法》《连云港市市级涉企合同补偿救济工作机制（试行）》《连云港市市场主体住所（经营场所）登记负面清单（2023年版）》等具体举措。2020年起，连云港市将营商环境纳入了县区综合考核，2021年起将这些考核延伸到所有市级部门，且考核权重不断加大。2021年，连云港市在江苏省地级市中第一个成立优化营商环境工作领导小组，2022年起组建全市优化营商环境工作专班，加强了领导和组织力量。这一时期，连云港市优化营商环境工作已不再局限于各级政府部门，而是一场涉及所有党政机关、行业协会商会、企业和群众性的有计划有组织活动，2022—2024年均召开以优化营商环境为主题的推进大会，便民惠企政策更如雨后春笋，人人、事事、处处都是营商环境氛围“铺天盖地”，政务服务不再局限于简单的减材料、减环境、减时限，更体现在理念的更新，新技术的运用，共享性的提高，很多领域出现了颠覆性的政务服务新模式，跨区域跨部门跨行业性的优化营商环境举措比比皆是，比如以“不见面、网上办，不对应、综合查”为主要特征的行政审批监管模式改革，在执法领域推行“综合查一次”改革，有效提高了政务服务效率，减少对企业正常生产经营的干扰，巩固了党风廉政建设水平，进一步激发了市场主体活力。

二、主要成就

（一）完备的政策环境让发展预期更稳定

连云港市完善制度体系搭建，推动营商环境集成改革创新，全方位支持中小企业，推出系列产业扶持政策。一是加大政策创新力度。坚持问题导向，对标国家和省最新要求，连云港市制定年度工作要点及创新改革事项“两张清单”，逐年确定重点工作和创新试点事项。出台《关于优化法治化营商环境十条政策措施》《关于全面加强电子商务领域诚信建设的实施办法》等系列配套政策，从制度上系统优化提升全市营商环境。对照江苏省营商环境评价体系中的12项一级评价指标、3个满意度评价，突出重点难点和关键领域，查找短板弱项，提出应对措施。二是强化政策兑现落地。在落实已有的促进民营经济相关措施基础上，加快《连云港市促进民营经济发展壮大若干措施》的制定工作，进一步强化服务保障，推动各项惠企政策“免申即享、直达快享”。推行“开办运输企业和开网约车一件事一次办”，实现高频事项“跨省通办”，实施货车自动化年审，建立大件运输桥梁验算模型标准化，实现船舶检验班车化，推出“信用+大件审批”新模式，推进“连易通”政务服务品牌建设。三是营造惠企政策环境。召开“新春第一会”，即“全市优化营商环境暨作风建设推进会”，推动营商环境再优化，作风建设再提升。通过营商环境工作推进会、指标推进会、案例分析会，梳理优化营商环境领域突出问题清单，高位推动分类分级化解营商难题。打造“企业诉求+多服务主体”的产业服务体系，常态化开展企业走访，精准推送各类涉企政策，其中2023年度覆盖企业超1.6万家，连云港市企业网上服务中心实现涉企政策主动推广和精准送达。

（二）有序的市场环境让投资兴业更活跃

加强市场环境建设，优化市场准入，推动公平竞争，为企业提供更加公平、公正、透明的市场环境。一是市场准入更加便捷。深化商事制度改革，被国务院办公厅通报督查激励。推行企业登记全市通办，在全省发出首张跨县区“一照多址”营业执照，入选全省市场监管系统典型案例。发出全省首张确认制智能审批营业执照，改革经验在全省自贸片区推广。

大力推进“一件事一次办”改革，试点“个转企”改革，加强横向衔接，针对多部门、多事项建立“一窗受理、业务协同、集成服务、全程代办”模式，实现企业开办全程免费，一次办结。出台服务经济运行率先整体好转十九条措施和促进个体工商户高质量发展二十条举措，形成全周期服务链条。提升税费服务便利度，推进跨境贸易便利化，优化出口退（免）税工作机制，推进全流程无纸化。二是服务企业更加贴心。营造亲商社会环境，出台规范政商交往“正面清单”，建立“无事不扰、有求必应”服务机制，让本地企业安心留、外地企业踊跃来，常态化开展“企业家服务日”活动，建立企业诉求“接诉即办”“未诉先办”等服务机制。完善政务服务反馈机制，实现“好差评”事项常态化。开展外资及港澳台资企业“家家到”“服务外企面对面”政企沟通圆桌会议。三是市场监管更加规范。优化监管模式，从根本上破除信息孤岛，消除数据壁垒，逐步形成共治共享的监管格局。2023年以来，探索建立跨部门、跨领域“综合查一次”监管模式，形成“综合查一次”场景清单133个。围绕降低制度性交易成本，加强行政审批中介服务监管，严禁借助行政权力和行业影响力违规收费。开展涉企收费专项整治行动，推行柔性执法，探索实施市场监管执法

▲ 2022年起，连云港市创新打造“综合查一次”监管模式。图为“综合查一次”平台界面　市数据局供

"观察期"制度，其中2023年办理免罚轻罚案件2584件，减罚免罚金额1.89亿元，真正做到行政执法既有力度，又有温度。四是产权保护更加有力。坚定不移实施质量强市、知识产权强市战略。指导中复神鹰获得中国质量奖提名奖，实现质量领域最高奖项"零突破"；实现省长质量奖"八连上"，稳居全省前列，苏中苏北第一。获批建设国家级知识产权保护中心、国家知识产权强市建设试点城市。2021年、2022年、2023年知识产权质押融资金额大幅提升，分别达13亿元、29亿元、53.8亿元，激励创新保持大力度、取得大进展。

（三）高效的政务环境让办事服务更便利

一是"放管服"改革成效明显。大力推进简政放权，全面落实行政许可事项清单化管理，建设重大项目全生命周期管理服务平台，行政审批办理时限全面压缩。全国率先试点商事主体登记确认制改革，常态化实现工业项目"拿地即开工"，实施同权通办、限时办结等便利化改革措施。打造推广审管联动、容缺受理等省级改革试点经验。全省率先开展"综合查一次"执法改革，打造整体政府监管模式，提高监管效能，相关做法被国务院办公厅、省肯定推广。在前期改革试点成果基础上，不断巩固扩大"综合查一次"应用场景，2023年底连云港市已集成整合36个市级部门846项检查事项，形成138个场景，累计梳理形成621个场景清单，涵盖6300余项检查内容。实现对所有领域执法监管"综合查一次"全覆盖，形成全闭环执法体系。2024年以来，全市各级部门共提交1.4万个常规检查计划，通过"综合查一次"机制整合精简为2244个检查任务，减少重复检查1.17万次，降幅达83.9%。二是政务服务更加便利。持续深化"一件事一次办"改革，国家、省定"一件事"实现场景全覆盖，新生儿出生、扶残助困等"一件事"获省有关部门宣传推广。建设连云港市企业网上服务中心，进一步畅通政企沟通渠道，平台用户超5.38万个，累计为企业提供政策查询、推送服务67.2万余次，帮助企业完成线上融资16.5亿元。推进"市区同权""县镇同权"，全省率先探索"政务+警务"融合发展，打造"15分钟政务服务圈"。围绕"不对应"要求，持续推进"不见面、网上办、不对应、综合查"为特点"不对应审批"改革，充分调研省内外地区优化审批服务、提高审批效率、推进改革创新等方面的先进经验。2022年起，连云港市充分运用大数据、物联网和人工智能等新技术，在“同市同标、全市联办”业务基础上，一批“单一业务”受理窗口升级为“全业务、无差别受理”窗口，审批办理更均衡、更高效。个别应用场景获得上级部门肯定，如连云港市自然资源局的不动产登记“不对应审核”模式被自然资源部在全国推广。同时，进一步梳理并规范行政审批服务，取消了一批不合理的审批事项，简化了审批流程。在“不对应审批”创新探索中制定个性化方案，探索便民利企举措，在提高审批效率的同时有效降低了行政审批领域的廉政风险。三是政务数据高效共享。强化对电子政务外网、政务云等基础设施的高效利用和集约部署，建设市政务数据治理赋能平台，实现政务信息资源整合、交换和共享。平台建设被省信用办在全省推广。四是公共资源交易服务能力不断提升。修订新版交易目录，省内率先上线多形式投标保证金缴纳服务通道，信用承诺代替投标保证金创新经验被省政务办在全省推广。推进交易全流程电子化，实现一把CA锁全省通用，常态化实施远程异地评标，开展智能辅助评标，市县两级全面建立应用大数据分析系统，有效提升了监管效能，净化了公共资源交易市场环境。

▼ 2023年，连云港市加快推进“一件事一次办”改革，取得积极成效。图为“一件事一次办”受理窗口　市数据局供

（四）公正的法治环境让权益保护更有力

一是法治保障更加有力。施行《连云港市优化营商环境条例》，出台《全市政法系统助力优化法治化营商环境二十条措施》，细化4个方面20条工作内容，护航经济发展提供法治供给。制定《关于推进法治化营商环境建设的协作意见》，建立联动共建、惠企共行、难题共解、风险共治、法治共学五项机制。深入开展“连律链企·助企发展”专项法律服务活动，构建法律服务团队，建立涉侨纠纷仲裁调解工作机制。加大对法规、规章和规范性文件中有违公平条款的清理力度，对全市3301件行政规范性文件开展清理。二是司法质效持续提升。制定全市政法系统“法润连企一卡通”，公布企业涉法诉求反映和法律服务预约责任单位、联系方式以及通讯地址等。围绕知识产权保护、维护金融安全等主题，开展法律职业共同体同堂培训。加强首席法律咨询专家建设，在全市重点园区、企业建立首席法律咨询专家工作站9个，并回应企业需求。在中华药港召开“生物医药与医疗器械企业知识产权和投融资法律研讨会”，成功助力江苏瑞辅达医疗器械有限公司完成首轮融资5000万元。在全市各级行政复议机关通过设立绿色通道、容缺受理等机制，办理涉企行政复议案件400余件，为市场主体挽回经济损失1800余万元。制定一系列仲裁费用减免缓政策，2023年以来审批同意企业当事人缓交、减免申请71起，为企业当事人缓交、减免仲裁费用达28.3万元。

（五）亲商安商的人文环境让发展更安心

一是城市品质不断提升。构建陆域、流域、海域相统筹的海洋空间治理体系，统筹海岸带、海岛、近岸海域、深海海域利用，加强湿地保护修复。加快通灌路邻里中心等一批城市综合服务项目的建设，完善公共交通体系建设，推动城市公共交通拥堵治理。全力推动老旧小区改造和城市更新，城市功能和品质不断提升。二是人居环境不断改善。深入推进城市绿化、美化、亮化工程，持续推动新改建大中型公园、口袋公园、城市绿道建设和骨干河道治理工作，城市形象和品质持续提升。三是人才服务不断优化。深入实施“连云港市‘百企千才’支持计划”，升级人才服务平台，完善人才公寓、公共电动自行车等基础设施，为人才提供优质的服务保障。聚焦营商环境创新试点，全省率先建立国际职业资格证书认可清单制度。结合地区产业特色，举办全国新医药技术博士后学术论坛，打造市石化产业基地为“首批省级专家服务基地”，进一步加强吸引集聚全球英才。四是营商氛围不断升温。在连云港日报社、市广播电视台、市政府办公室公众号开设的“优化营商环境在行动”专栏内容，常态化开展优化营商环境宣传活动，营商环境公益广告、宣传标语布满大街小巷、车站楼宇等公共场所，连云港市营商环境有关经验做法在新华日报、新华网、人民网、光明网以及省市客户端等各级媒体持续报道。

三、经验启示

（一）顶层设计有序推进

向谋划要方向，目标定位要在加强顶层设计的前提下进行系统安排、分阶段推进。注重创新突破的系统性、整体性、协同性，用系统思维统筹谋划，设计出简政放权、放管结合、优化服务的完整链条。将工作计划转化为可实现、可测度、可考核的各阶段目标任务，提出具有针对性、可执行、可检查的政策措施，明确任务分工、路线图和时间表。明确工作突破的思路举措、方法步骤、政策安排和标志性进展，以工作有序保障突破有效。

（二）深化改革主动作为

向改革要动力，把深化改革作为工作突破的自觉行动，深刻认识改革的紧迫性、艰巨性和复杂性，不断增强优化营商环境的主动性和创造性。对标先进创优，借鉴优秀成果，突出首创跨越，有效突破体制机制壁垒，清除各种有形无形“栅栏”，打破各种制约市场主体发展的“围墙”，争当改革“先行者”，以政府主动改革为“国企敢干、民企敢闯、外企敢投”开辟道路、创造条件、拓展空间。

（三）先行先试重点突破

向创新要活力，针对营商环境深层次问题，突出重点，抓住关键，突破难点，以认领创新试点改革事项为突破口，带动优化营商环境各项举措全面推进。遵循创新试点规律，发挥自贸试验区作用，坚持好“试点先行、标杆引领、早见成果”的原则。坚持问题导向，从解决市场主体关切入手推进优化营商环境大变化、大突破。鼓励大胆试，大胆闯，自主改，在政策、市场、政务、法治、人文等方面先行先试上做探索，开展营商环境地方立法工作，让“干部敢为、地方敢闯、企业敢干、群众敢首创”吃下“定心丸”。

（四）统筹兼顾协同推进

向统筹要方法，将优化营商环境与促进政府职能转变、理顺部门职责统筹结合起来，突出优化协同高效；倒逼政府内部机构、职责和业务的有机融合，使机构设置更加科学、职能配置更加优化、权责更加协同；对多部门管理的事项确定牵头部门，分清主次责任，明确责任链条分界点、衔接点，及时解决工作中的矛盾和问题，确保责任链条无缝衔接；在系统抓好“五个环境”建设基础上，统筹评价指标、创新事项和满意度提升，实行规划、执行和评价全链条管理；统筹各级各类优化营商环境政策，使各项政策举措相互衔接、相互协调。在加强内部协同突破的同时，增强跨地区、跨部门、跨层级业务协同能力，形成突破“一盘棋”。

（五）注重法治保障效果

向法治要保障，坚持和完善党领导优化营商环境工作的体制机制，发挥党总揽全局、协调各方的领导核心作用，充分发挥各级优化营商环境工作领导小组职能，构建起党组织统一领导、各级组织积极协同、市场主体和广大群众广泛参与的工作格局，确保有关优化营商环境的决策部署得到全面落实。坚持“法治是最好的营商环境”，执行好优化营商环境有关法律法规，形成政府依法行政、企业合法经营“双向奔赴”的局面。

农村综合改革

40年来，连云港市立足市情农情，尊重基层实践创造，谱写了农村改革发展的壮丽篇章。特别是党的十八大以来，在以习近平同志为核心的党中央坚强领导下，连云港市全面深化农村改革，如期打赢脱贫攻坚战，如期全面建成小康社会，“三农”压舱石作用明显，为国民经济和社会长期高质量发展提供了坚实基础。

一、发展历程

（一）农村改革破冰阶段（1984—1992年）

以农产品流通体制改革的突破和乡镇企业的“异军突起”为明显标志。改革开放以后，家庭联产承包责任制在全国广大农村全面推行。此阶段，农村土地制度改革、农产品购销体制改革、农村金融体制改革等破冰发力，拉开了农村综合改革的大幕。1982年，连云港市“大包干”在东海县破题，到1984年初，全市普遍实行家庭联产承包责任制，占比达98.3%。农村土地包产到户，极大地解放了农村劳动生产力，解决了农民耕地有其权问题，农业生产终于摆脱长期停滞的困境，农产品生产供给能力显著提升。1984年农业大丰收，农村第一次面临了粮棉等主要农产品供过于求现象，引发了农产品统购与派购制度的改革。1985年，连云港市取消粮食、棉花统购，实行合同定购和市场收购双轨制，定购以外的粮食按市场价格自由购销。粮食、棉花购销体制的改革，带动了农村流通体制改革，全市水产、水果、蔬菜、茶叶、畜牧、蛋奶等农产品流通陆续放开。1987年，市委、市政府印发《关于深化农村改革促进农村经济稳定发展的意见》，要求进一步完善双层经营制，推进农村流通体制改革，加大农村金融改革，深化乡镇企业改革。1985年后，实行乡办企业、村办企业、组办企业、联户办企业、户办企业共同发展方针，促进乡镇工业发展。这一改革是对农产品流通体制走向市场的重大突破，是计划经济向市场经济转变的重大进展。

（二）农村经济结构战略性调整阶段（1992—2002年）

1992年，邓小平同志发表南方谈话，大力推进了市场化改革，促进了经济的高速发展。1993年，连云港市粮食、油料购销价格全面放开，使用40多年的粮票、油票从此退出历史舞台。2001年，全市粮食价格和经营全面放开，粮油议价经营具有的国家计划指导下市场调节功能消失。1994年，乡镇企业开启向外开拓模式并积极推行产权制度改革，股份合作制得到发展，新办的乡镇企业按照股份合作制运作，老企业通过建立股份合作制以及承包、租赁、拍卖、委托、民营等多种形式进行改制和转换经营机制。2000年，全市全面推行涉农收费公示制度。2001年3月8日，全市农村税费改革工作会议在灌南县召开，农村税费改革在全市展开。

（三）城乡统筹发展阶段（2002—2012年）

此阶段以取消农业税和农业户口为重要标志。党的十六大提出20世纪头20年全面建设小康社会的奋斗目标，并强调“统筹城乡经济社会发展，建设现代农业，发展农村经济，增加农民收入，是全面建设小康社会的重大任务”，实行工业反哺农业、城市支持农村的方针，促进城乡公共资源均衡配置、城乡要素平等交换，扎实推进社会主义新农村建设，正式开启了破除城乡二元结构的历史进程。从2004年起，连云港市委一号文件连续聚焦“三农”工作，成为农业农村发展的风向标和指挥棒。惠农政策力度持续加大，对粮食实行直补，农机、良种、生产资料综合补贴以及最低收购价政策，农民收入有恢复性增长。在“费改税”的基础上，取消农业两税和“三提五统”费，从根本上减轻农民负担。农村九年义务教育免收学杂费。推行农村合作医疗制度，新农合参合率达到98%。实行农村最低生活保障费试点。改革户籍制度试点，实行城乡居民统一户口。这一阶段把“三农”工作纳入统筹城乡发展的大战略之中，对改变城乡二元经济社会结构以及农民的弱势地位，有了良好的开端。

（四）全面深化农村改革阶段（2012年至今）

此阶段以脱贫攻坚取得决定性胜利、全面建成小康社会为重要标志。党的十八大以来，以习近平同志为核心的党中央，坚持把解决好“三农”问题作为全党工作重中之重，持续加大强农惠农富农政策力度，建立健全城乡融合发展体制机制和政策体系，全面深化农村改革，稳步实施乡村振兴战略，农业农村现代化迈出坚实步伐，为全面建设社会主义现代化国家新征程提供了重要支撑。连云港市以农村土地制度、集体产权制度等改革为重点，全面深化农村改革，构建现代农业产业体系、生产体系、经营体系，完善农业支持保护制度，发展多种形式适度规模经营，培育新型农业经营主

▼ 党的十八大以来，连云港市全面深化农村改革，稳步实施乡村振兴战略，农业农村现代化迈出坚实步伐。图为2023年9月22日在连云港举办的第二十四届江苏农业国际合作洽谈会　市农业农村局供

体，健全农业社会化服务体系，有力推动小农户和现代农业发展有机衔接。

二、主要成就

（一）农村土地制度改革纵深推进

1984年，全面实行家庭联产承包责任制，到1995年，第一轮承包土地承包期满，全市农村进行土地承包延签，延长承包期30年。党的十八大召开以后，新一轮农村土地制度改革试点春潮涌动。连云港土地确权登记颁证工作于2010年在灌云县伊山镇披甲墩村先行试点后，于2013年在海州区浦南镇进行正式试点，到2014年，连云港市全面启动土地确权登记颁证工作，当年全市共有43个乡镇705个村开展了土地确权登记颁证工作，数量、质量和进度在苏北、苏中"三领先"。2015年，在东海县双店镇孔白村举行《农村土地承包经营权证》颁发仪式，村民孔庆华现场领取全市第一本《农村土地承包经营权证》，标志着全市农村土地确权登记颁证工作取得实质性成果。2016年10月，中共中央办公厅、国务院办公厅印发《关于完善农村土地所有权承包权经营权分置办法的意见》，提出重点落实"三权分置"改革。连云港市按照"推动靠政府、业务靠农经、技术靠图解、服务靠外包"的总体思路，严格标准、规范过程，在保持现有农村土地承包关系稳定基础上，稳步推进农村承包土地"三权分置"改革。2018年，历经8年探索和努力，全市基本完成土地确权登记颁证工作，累计开展确权行政村1383个，占比达98.93%，颁证率96.22%，实现承包面积、承包合同、经营权登记簿、经营权证书"四相符"和承包地分配、承包地四至边界测绘登记、承包合同签订、承包经营权证书发放"四到户"。随着土地制度改革的层层推进，"两田制"问题得到根本性化解，农民与土地的关系得到有效巩固，农民的权益得到充分保障。

（二）农村集体产权管理体系更加完善

2005年，江苏、浙江、上海开始试点农村集体产权制度改革，连云港市开展相应探索，大力推进农村集体财务规范化管理合格乡（镇）、村创建，2009年，全市首家社区股份合作社在东海县葛宅社区挂牌成立，新增农村财务规范化管理合格村300个。2012年5月，东海县成立了全国首家县级农村产权交易所，加强农村产权流转服务和监督管理，创新成果迅速在江苏全省范围复制和推广，入选“江苏农业创新十大举措”。随后，赣榆县、灌云县、灌南县先后建成农村产权交易所并挂牌营业，初步形成县乡联动的农村产权交易市场体系。党的十八大召开以后，在农村改革的版图中，产权的内涵更加清晰，产权制度改革的步伐显著加快。2013年，全市推进农村集体“三资三化”建设，以信息化带动管理制度化、运营规范化、决策民主化，实现村级集体“三资”信息化管理实时监管和过程控制。2014年，全省农村产权制度改革现场会在东海县召开，连云港市农村产权制度改革经验在中央农工办相关会议上交流。2015年，市政府出台《关于加强农村产权流转交易市场建设的指导意见》，全面深化农村集体产权制度改革，至“十三五”末，基本完成农村集体产权制度改革，全市83个涉农乡镇（街道）全部挂牌成立“三资”代理服务中心，实现乡镇农村产权交易市场建设全覆盖，1495个村居清产核资、成员界定、成立挂牌全部完成，赋码登记完成99.2%，创新建立农村集体“三资”管理五项监管机制，赣榆区“三联四通”模式成为全省农村产权交易市场建设示范标杆。进入“十四五”时期，全市以严格农村小微权力监管、集体资产清产核资为重点，搭建全市农村集体“三资”可视化监管系统，盘活村级资产资源，有效增强村集体经济发展活力。截至2023年底，全市累计线上监管集体资金进出金额430.5亿元，经农村产权交易市场成交项目9.49万个，成交金额136.42亿元，溢价8.03亿元，溢价率6.3%。

（三）农业生产经营发生重大变化

2001年，全市第一家农民专业合作经济组织——黄川镇草莓专业协会成立以来，新型农业经营主体蓬勃发展，呈现出由以农民为主，转向企业、合作社、家庭农场等共同参与的经营趋势，有效提升了农民进入市场的组织化程度。截至2023年，全市共有1.26万个家庭农场录入全国家庭农场名录系统，其中省级示范172个、市级示范232个，涌现了马亮果蔬种植家庭农场、谢意家庭农场、盐西家庭农场等一批典型案例，有效带动农民增收致富。持续开展农民合作社“双建双创”行动，培育国家级示范社34个、省级示范社111个、市级示范社190个，东海县、灌云县、赣榆区于2021年获全国农民合作社质量提升整县推进试点。随着农业生产规模化、标准化程度的提升，农业社会化服务体系逐步建立，形成了宽领域、多角度、全流程的服务模式，有力推动了小农户与现代农业的有机衔接。打造了以1个市级农业社会化服务中心和7家“田管家”公司为框架的“1+7”新型农业社会化综合服务平台，开展农田托管、配方施肥、统防统治等农业社会化服务，农田全托管面积达30万亩，社会化服务面积达120万亩次，形成了市、县、乡、村四级全覆盖的为农服务网络。东海县获批全国首批农业社会化

▼ 随着农业生产规模化、标准化程度的提升，连云港市农业社会化服务体系逐步建立。图为东海县平明镇正在实施大型机械化作业　胡正光摄

服务创新试点县，探索建立“1+M+N”社会化服务模式，创新构建“县乡村三级联动、多元主体参与的一体化推进”的工作格局。

（四）宜居宜业和美乡村加快建设

2006年，市委出台一号文件《关于加快社会主义新农村建设的实施意见》，坚持“以工兴港、以港兴市、以市带农”和“分三步走”的发展战略，以工业化致富农民、城市化带动农村、产业化提升农业，努力创建富裕、民主、文明、和谐的社会主义新农村。同年，围绕“抓两头、带中间”，以100个示范村、100个帮扶贫困村为突破口，组织实施“新农村建设双百工程”，拉开了社会主义新农村建设的帷幕。2012年，市委、市政府出台《关于加快推进城乡统筹发展全面建设小康社会的意见（试行）》，将推进城乡统筹发展作为促进“三农”工作的重要举措，并在全市范围内选择了11个乡镇、19个村进行城乡统筹试点，新农村建设迈出新的步伐。2018年，按照全国统一部署，连云港市启动实施农村人居环境整治三年行动，以建设美丽宜居村庄为导向，以农村垃圾、污水治理和村容村貌、厕所革命、污染治理提升为主攻方向，努力形成环境优美、生态宜居、特色鲜明的乡村面貌。经过3年努力，先后组织开展“百村示范、千村整治”、生态宜居美丽乡村建设“1221”工程等专项行动，出台《连云港市乡村清洁条例》，是地方立法权改革后连云港市出台的第一部涉农法规，也是全省乡村清洁方面率先出台的一部市级法规，到2020年底，圆满完成农村人居环境整治三年行动，建成市级整治示范镇34个、示范村303个，实现省级卫生镇全覆盖，国家级卫生镇覆盖率达85%，行政村双车道四级路覆盖率达100%。党的二十大首次提出“建设宜居宜业和美乡村”新目标，全市以实施乡村建设行动为统领，迅速掀起学习运用“千万工程”经验、加快建设新时代“鱼米之乡”的高潮，以“三美一高”为主攻方向，推动农村生产、生活、生态“三生”共治，累计改造提升农村户厕21万余户，培育省级乡村振兴示范镇2个、示范村26个，省级宜居宜业和美乡村79个。

（五）农民生活同步迈入小康社会

改革开放以来，连云港农民生活条件逐年改善，实现生活由贫困到温饱再到小康的跨越，并逐步向共同富裕加速迈进。脱贫攻坚取得决定性胜利。探索建立“12345”解决相对贫困长效机制，在全省率先以整市域推广精准防贫工作，累计脱贫13.5万户、34.4万人、脱贫率100%，200个省市定经济薄弱村全部增收达标，灌云县和灌南县提前一年整体退出省级重点帮扶县行列，灌云西部岗岭地区、石梁河水库片区、赣榆黑林丘陵山区等三个乡村振兴示范区建设迈出坚实步伐。农民收入持续较快增长。2023年农村居民人均可支配收入达2.44万元，比1984年增长了近53倍，年均增长10.7%，城乡居民收入相对差距持续缩小。随着农村居民人均可支配收入持续增长，农民家庭消费水平显著提高，从1984年306.91元增长至2023年1.75万元，年均增长10.9%。社会保障体系不断完善。2005年和2009年分别全面建立了农村最低生活保障制度、新型农村合作医疗制度和农村居民养老保险制度，2015年全市基本形成覆盖城乡居民的社保体系，在苏北率先实现城乡居民养老保险制度一体化，参保覆盖率达99.9%。2020年，全市城乡低保标准统一提高到每人每月630元，实现全市城乡低保标准一体化，2023年，全市城乡居民最低生活保障标准提高至每人每月672元。深化乡村医疗互助试点，在2022年10个乡镇基础上，涉农县区再各新增1个乡镇开展医疗互助试点，参加试点的乡镇达到15个，参加医疗互助试点群众达24.66万人，筹措互助资金1233.16万元，累计补助群众1.52万人次、补助金额1364.61万元，有效减轻群众大病住院医疗负担。

（六）农村非农产业快速发展

在统筹城乡发展的时代洪流中，以乡镇企业为主体、小城镇建设为依托的农村非农产业快速发展，工业化、城镇化、信息化水平得到新提高，优化了农村就业结构，农民获得了自主进行择业和进城务工的权利，非农产业就业人员和外出从业人员比重迅速增长。乡镇企业规模迅速扩张，镇域经济迅速发展，赣榆区柘汪镇、青口镇和灌云县燕尾港镇入围2023中国镇域高质量发展500强，特别是柘汪镇进入前100名，位列88位。城镇化进程加速演进，20世纪80年代初，全市城镇化水平只有11.83%，2005年发展到37.18%，2023年提高至64%。农村劳动力大规模流向城市，2023年全市农村劳动力累计转移就业137.89万人，较2005年约增长68%，全市第一产业从业人口占总从业人口的占比由1984年73.4%降低至2022年26.5%，降低了近47个百分点。随着进城务工农民稳步增加，农村劳动力供求关系和就业呈现新格局，广泛参与到加工制造业、建筑业以及环卫、家政、餐饮等服务业中，成为推动经济社会发展的重要力量。

三、经验启示

（一）必须坚持农民主体地位

农村要发展，根本要依靠广大农民。历史已经证明，农民问题是关系中国革命、建设和发展的根本性问题，农民问题的核心是土地问题。在40年改革历程中，土地制度改革、产品流通体制改革、税费改革，发展家庭联产承包制、乡镇企业、新型农业经营主体，其根本是解放和发展农村社会生产力，赋予农民更多权益和财产收益。要把坚持农民主体地位、增进农民福祉作为农村一切工作的出发点和落脚点，把不损害农民利益作为农村改革的底线红线，充分尊重和保障农民群众的各种意愿，建立健全农村集体经济与农民的利益联结机制，实现强村与富民的有机统一、相互促进。要与时俱进处理好农民与土地的关系，确保土地制度保持生机活力，切实保障农民合法利益。要激发农民群众首创精神，增强农民群众对乡村振兴的归属感、责任感和认同感，提升农民群众主体意识和主体能力，真正成为乡村建设的“主人翁”。

（二）必须坚持城乡融合发展

党的二十大报告指出，全面建设社会主义现代化国家，最艰巨最繁重的任务仍然在农村。城乡统筹发展以来，通过实行工业反哺农业、城市支持农村的方针，扭转了“重工轻农、重城轻乡”的思维定式，探索形成“工农互促、城乡互补、全面融合、共同繁荣”的新型工农城乡关系。但从当前情况看，我国发展最大的不平衡是城乡发展不平衡，最大的不充分是农村发展不充分、农民发展不充分。在未来农村改革中，仍要以破解城乡二元结构为目标，建立城乡融合发展新格局，促进城乡要素双向流动。在乡村产业发展方面，构建完备的现代农业产业体系、生产体系、经营体系，引导人才、资本、技术等要素加速向农业农村聚集。在城乡基本公共服务均等化方面，加强城乡教育、公共卫生、基本医疗、文化体育等领域基本公共服务能力建设，织密服务保障网络。在农村基础设施建设方面，持续改善农村道路、住房和环境，加快建设宜居宜业和美乡村。

（三）必须坚持政府调控与市场机制有机统一

坚持市场化取向是我国农村改革发展的一个突出特征，农业农村是最早引入市场机制的领域，农村经济体制改革的过程也是不断推进市场化进程、让市场在资源配置中不断发挥作用的过程。农村改革通过家庭承包制赋予农户经营主体地位，奠定了农业市场化的微观组织基础，再通过逐步取消农产品统购统销政策、改革农产品购销体制，让市场成为农产品流通的主渠道和农业生产的方向标，由此使农业走上市场化道路。在整个过程中，连云港立足更好发挥政府作用，加大政策宏观调控力度，推动农业农村逐步完善市场机制，保证了农村改革发展沿着正确的方向前进。新时代农村改革仍然要坚持市场化导向，更好发挥政府作用，使市场在资源配置中起决定性作用，加快农村各类要素市场建设，提高农村资源配置效率，完善农产品价格形成和市场调控机制，赋予农民更多权力和利益，以全面深化改革促进农业农村现代化建设迈上新台阶。

国资国企改革

40年来，连云港市以提升国有企业发展质量为中心，突出顶层设计，精心谋划改革举措；突出运营效益，有效提升经营质量；突出混合所有制改革，充分发挥国有资本作用；突出盘活存量，切实做强主营业务；突出党建引领，着力彰显“护航”作用，国资国企改革不断向纵深推进。

一、发展历程

连云港国资国企改革发展的主要历程，大致可以分为两权分离与经营机制改革、现代企业制度构建与自负盈亏、国资改革深化与结构调整、全面深化改革与混合所有制改革四个阶段。

（一）两权分离与经营机制改革阶段（1984—1993年）

改革开放初期，国企普遍存在着权力集中、经营僵化的问题，需要打破计划经济体制束缚，引入市场元素。1984年党的十二届三中全会通过的《中共中央关于经济体制改革的决定》在经济理论上有了新突破，推行“两权”分离和经济承包责任制，扩大企业自主权。同年党中央、国务院决定进一步开放天津、上海、大连、秦皇岛、烟台、青岛、连云港、南通、宁波、温州、福州、广州、湛江和北海14个沿海港口城市，到1993年党的十四届三中全会，连云港市大约用了10年时间，围绕计划经济体制内部放权让利的改革，重点调整政府与国有企业之间的生产管理权限和利益分配关系，通过扩权让利、实行承包经营责任制等措施，调动企业和职工的生产经营积极性，企业所有权与经营权开始分离。

（二）现代企业制度构建与自负盈亏阶段（1994—2002年）

党的十四大后，建立现代企业制度成为改革的核心。1993年召开的党的十四届三中全会上，印发了《中共中央关于建立社会主义市场经济体制若干问题的决定》，明确了国有企业改革的方向是建立“产权清晰、权责明确、政企分开、管理科学”的现代企业制度，通过股份制改造和现代企业制度的建立，企业逐步成为自主经营、自负盈亏、自我发展、自我约束的法人实体和市场竞争主体。连云港市国有企业开始进行改制探索。1999年，市委、市政府印发了《关于推进国有企业改革和发展的若干政策规定》，重点围绕企业改制涉及的相关内容进行了规定。通过对国有经济结构实施战略性调整、对国有企业进行重组，国有企业社会负担重、历史包袱多、企业冗员严重等问题也得到初步解决，一般竞争性国有企业改制为民营企业。

（三）国资改革深化与结构调整阶段（2003—2015年）

国企改革进一步向纵深发展，强调深化改革、完善体制，国有经济布局优化和结构调整成为重点，以发挥国有经济的战略支撑作用。针对长期制约国有企业改革发展的体制性矛盾和问题，党的十六大明确提出：国家要制定法律法规，建立中央政府和地方政府分别代表国家履行出资人职责，享有所有者权益，权利、义务和责任相统一，管资产和管人、管事相结合的国有资产管理体制。为深入贯彻落实党的十六大精神，2005年，连云港市人民政府国有资产监督管理委员会成立，代表市政府履行对市属国有企业的出资人职能，基本实现了出资人的机构到位和职能到位，确立了国资监管机构、国资授权投资主体和国有独资、控股、参股企业三层次的国资监管运营体系。通过推进战略性重组、政策性破产和股份制改革，组建了一批主业清晰的市属国有独资企业，国有资产实现优化配置，企业得到做大做强，国有经济的活力、控制力、影响力有所增强。“十一五”规划期间，全市共完成百余家企事业单位改制工作，安置职工1.5万人，市国资委重点监管的企业从16家整合为12家。

（四）全面深化改革与混合所有制改革阶段（2015年至今）

进入新时代，国企改革进入全面深化阶段。加快完善中国特色现代企业制度，深化国有企业混合所有制改革成为重要任务。2015年，连云港市按照“有利于国有资本保值增值，有利于提高国有经济竞争力，有利于放大国有资本功能”的总体要求，紧紧围绕港、产、城联动发展及金融服务，组建了港口控股集团、城建控股集团、工业投资集团、交通控股集团、金融控

股集团、农业发展集团等6家企业集团，国有资本的集聚度得以充分提升，基础支撑、公共服务和战略引领作用得以充分发挥。

2020年6月，中央全面深化改革委员会第十四次会议审议通过了《国企改革三年行动方案（2020—2022年）》，明确今后三年是国企改革关键阶段。2020年底省委、省政府部署国企改革三年行动并印发《江苏省国企改革三年行动实施方案（2020—2022年）》，2021年5月，连云港市在全省

◀ 2015年，连云港市组建了港口控股集团、城建控股集团、工业投资集团、交通控股集团、金融控段集团、农业发展集团等6家企业集团。图为城建大厦

市城控集团供

第一方阵率先出台《连云港市国企改革三年行动工作方案》，2022年底，连云港市列入《国企改革三年行动工作台账》中的129项任务全部落实到位，全市国企改革三年行动全面实现高质量收官。

继国有企业改革三年行动之后，以习近平同志为核心的党中央站在党和国家工作大局的战略高度，部署实施国有企业改革深化提升行动，2023年6月，中办、国办联合印发《国有企业改革深化提升行动方案（2023—2025年）》，标志着继国企改革三年行动之后的新一轮改革正式启动。2023年12月，江苏省下发《关于印发江苏省国有企业改革深化提升行动实施方案（2023—2025年）》，以省方案为指导，立足市情、企情实际，2024年2月，连云港市印发《连云港市国企改革深化提升行动实施方案（2023—2025年）》，随着加快部署落实207项改革任务，连云港市新一轮国企改革正式拉开帷幕。

二、主要成就

全市国资系统坚持以习近平新时代中国特色社会主义思想为指导，以国有资产保值增值为主线，狠抓国有经济布局结构的调整和国有企业的改革，不断探索创新新形势下国有资产的监管方式，全市国有资产的监管和国有企业的改革发展都取得了明显成效，为全市经济的高质量发展作出了积极贡献。

（一）支持改革、投身改革的氛围更加浓厚

党的十八大以来，国资系统深入学习宣传贯彻习近平总书记关于国有企业改革发展和党的建设的重要论述，印发《关于推动各级党组织深入贯彻落实习近平总书记重要指示批示的工作办法》，确保担当国企改革“主力军”的国资系统8000余名党员在思想上、行动上始终坚定“听党话、跟党走”的政治立场。深入开展“争当表率、争做示范、走在前列”活动，全力打造“线上+线下”意识形态工作阵地，用正面典型的榜样作用激发国企干部职工投身改革、融入发展的积极性和主动性。

（二）服务发展、支撑发展的作用充分显现

推进国有企业在“工业立市、产业强市、以港兴市”核心战略中主动担

当作为，2022年成功引入上港集团作为连云港港的战略合作伙伴，“千万标箱、东方大港”重大战略稳步实施。聚焦城市功能定位和国有企业转型发展，实施碱业公司搬迁升级改造，既还地于城、落实环保要求，也增强化工园区的集聚和承载功能。发挥国有资本的引领和带动作用，牵头组建石化产业、核电项目引导基金，核电7、8号机组建设顺利推进，参股培育的联瑞新材、中复神鹰、诺泰生物在主板、科创板上市，德源药业、润普食品成为苏北地区首批北交所上市企业。在抗击突发疫情的关键阶段，组织国有企业抽调6万余人次参加抗疫、直接投入抗疫资金2亿余元、为承租国有企业房屋和商铺的中小微企业及个体工商户减免租金7000余万元、调配公交车和出租车460余辆、紧急生产消毒剂1.1万余桶、国营农贸市场储备可供2个月消耗的粮油肉菜，推动国有企业高标准履行政治和社会责任。

（三）现代企业制度运行能力愈发增强

全面建立国有企业“双向进入、交叉任职”的领导体制，7家市属监管企业党委书记、董事长全面实现“一肩挑”，党委副书记全部进入董事会。全面落实党委前置研究重大经营管理事项要求，在全国首次探索建立国有企业董事会临时党支部和市国资委外部董事临时党支部，奠定国企党委“把方向、管大局、促落实”的组织根基，经验做法被中组部内刊《组工参阅》、省委组织部《组工信息》刊发。从国有资本经营预算中，安排专项资金聘请27名来自高等院校、专业机构的专家学者担任国有企业外部董事，在全省率先实现国企集团层面“外大于内”的全覆盖，外部董事“懂专业、能实战、助发展”的职能作用得到充分发挥，董事会科学决策的能力和水平切实增强。统筹发展和安全，深入开展“安全生产大检查”，常态化组织应急演练；“一企一策”制定国有企业债务“四项管控指标”，开发建设债务风险防控预警系统，对国有企业债务实行“红、橙、黄、绿”分级管控，重点监控3个月内到期债券兑付资金到位情况，坚决守住不发生区域性、系统性债务风险的原则底线。

（四）混合所有制改革更加稳妥

按照“宜混则混、宜独则独”和“成熟一个推进一个”的总体原则，印发《市属国有企业混合所有制改革操作指引》，明确适用范围、细化6项操作流程、明确10个操作要点，规范国有企业混改行为。全面梳理评估，推进7家市属监管企业深入分析各级子企业实施混改的可行性和必要性并稳妥实施。2021年7月，农业发展集团控股睿林德公司取得自贸区农产品进口加工资质。12月，城建控股集团与国信江苏新能成立合资公司运营农光互补项目，切实提升国有控股上市公司运作水平，2022年3月，港口股份有限公司定增15亿元引入上港集团，优化上市公司股权结构，实现长三角区域港口资源的战略重组，全面提升港口高质量发展水平。加强混改行为的全过程监督，指导国资监管机构聘请专业事务所对工投集团股权投资情况、交控集团明茂新能源公司主要负责人履行经济责任情况、农发集团宾利公司三年来经营管理情况开展专项审计，加强股权投资监管、深化混改企业监督，严格落实股东权利和义务。

（五）市场化经营机制加快构建

紧紧抓住“三项制度”改革的“牛鼻子”，在7户市属监管企业全面实施经理层成员任期制和契约化管理，206户各级子企业627名经营层成员全部签订《任期经营业绩责任书》《年度经营业绩责任书》和《岗位聘任协议》。全面推行市场化用工要求，遵循“退二进一、提升质量、压降存量”的原则，对管理人员岗位严格落实“非本不入、非考不入”的招聘要求，国企改革三年行动期间市属监管企业公开招聘671名国内外高等院校应届毕业生和具有实操经验的社会人才，有效增加了国有企业的人才储备。树立“能者上、庸者下”的用人导向，大力推行管理人员竞争上岗、末等调整和不胜任退出，先后有984名职工通过竞争上岗走上管理岗位，90名中层干部在业绩考核、适岗评价中刚性退出。持续深化三项制度改革，发挥薪酬激励作用，134户各级子企业建立了核心关键人才薪酬制度，港口控股集团轮驳公司等7户子企业主要负责人薪酬超过集团领导人员薪酬。市委组织部、市国资委联合下发《关于学习市工投集团氨纶公司党建工作经验深化和推动企业发展的通知》，发挥党建引领产业发展、激发技术工人积极性的功能作用。江苏筑港建设集团、新东方集装箱码头公司、江苏金海置业等3户企业率先实施超额利润分享，有效激发了管理人员的积极性和主动性。以全面预算管理为抓手，推行全员绩效考核，职工收入与绩效紧密挂钩，职工群众在国企改革中的获得感、满足感不断增强，员工与企业的“利益共同体”意识明显增强。

（六）“管资本”为主的监管模式逐步构建

规范落实国资监管机构职能，国企改革三年行动期间，灌云县、东海县、赣榆区成立国资办党（工）委，东海县、赣榆区在国资办成立事业单位并落实7—9名事业编制，做强国资监管队伍。优化国资监管方式，结合主业和非主业投资分类管控，出台《国有企业投资管理办法》和《投资负面清单》，深化授权放权。结合国有企业所处领域、资产规模、经营业态等实际情况，选定“全港货物吞吐量增长率”“盐化工板块总资产周转率”等指标实施“一企一策”精准分类考核，确保考出实效、考出动力。紧盯发展质量和经济效益，在国有企业年度高质量考核中将经济效益考核指标权重提升至全省最高的75%，并在全省率先聘请第三方开展经营绩效评价工作，推动国有企业干部职工树立鲜明的效益导向。国资监管信息化程度进一步提升，市国资在线监管系统与省国资委实现对接并投入运行。增强“全市国资一盘棋”意识，编制国资监管规范性文件汇编、事项清单，推进全市国资监管制度协同一致、行权履职规范统一。

（七）国有企业党的建设不断加强

加大党建工作考核力度，在全省率先将考核结果作为系数代入高质量发展考核成绩，以高质量党建引领高质量发展。提升国有企业品牌建设成效，深入挖掘凝练新时代“雷锋车”精神内涵，以“雷锋车·港城红”主题活动拉开全市党史学习教育帷幕。2022年6月，市国资委、市城建控股集团联手打造、选送的《梦想金字塔》品牌故事获评“2021年度国有企业百大优秀品牌故事”，是全国唯一获此殊荣的地级市国有企业品牌故事，被《学习强国》《新华日报》等主流媒体予以推广。重点抓好经营管理人才、专业技术人才、高技能人才及特殊领域紧缺人才队伍建设，55名专业人才入选市“521高层次人才工程”培养计划。纵深推进全面从严治党，印发《关于共同推动市属监管企业内部审计工作高质量发展合作意见》等文件，全面建立纪检监察监督、巡察监督、社会监督成果共享共用机制。按照“一张网、双平台”模式，建成运行市属监管企业公务用车在线监督系统，市属监管企业385辆7座以下公务用车统一标识、安装定位，既提升车辆运行效率，也有效防范“车轮上的微腐败”。出台《关于建立市属监管企业经营投资尽职合规免责事项清单机制的意见（试行）》，坚持服务国企改革的定位，激发企业经营管理人员担当作为、干事创业的活力动力。

三、经验启示

（一）必须始终坚持深化总体方向改革

国有企业改革永远在路上。40年来，连云港市国资国企改革发展取得巨大成效，国有经济布局结构亟待优化、国资监管存在薄弱环节、国企改革和科技创新力度不够大等一些深层次矛盾和问题尚未得到根本解决。这要求我们必须提高政治站位，深刻认识国企深化改革重要意义，把握好改革重点、目标任务和实现路径，切实抓好重点改革任务落地落实。坚持“两个毫不动摇”（坚持国有企业在国家发展中的重要地位不动摇，坚持把国有企业搞好、把国有企业做强做优做大不动摇），紧紧围绕实现经济属性、政治属性、社会属性的“三个属性”有机统一目标，通过不断深化改革，更好推动国有企业实现战略安全、产业引领、国计民生、公共服务等功能，充分发挥国有经济主导作用和战略支撑作用。

（二）必须始终坚持以市场化为导向

市场化改革是激发国有企业活力、提高效率的关键所在。通过引入市场竞争机制，推动国有企业与民营企业、外资及港澳台资企业等多元市场主体公平竞争，有助于打破垄断，优化资源配置，提升国有企业的创新能力和市场竞争力。要遵循企业发展规律，保证企业依法享有各项权利，通过体制创新和管理创新，促进国有企业加快发展。要充分尊重国有企业市场主体地位，以市场化方式推进发展混合所有制经济和国有企业产权多元化改革，按照市场需求、运用市场化手段，实现国有企业有进有退、有所为有所不为。要以市场化为导向，突出抓好全市国有经济布局优化和结构调整，在战略性新兴产业、未来产业上加大布局力度，

（三）必须始终坚持防控重大风险，确保国有资产保值增值

要建立健全出资人监督与纪检监察、巡视巡察、审计监督、财会监督、社会监督等监督力量的信息沟通、线索移送、措施配合、成果共享的协同联动和会商机制，形成事前制度规范、事中跟踪监控、事后监督问责的监督闭环。要持续加强国资监管部门监管能力建设，要加快推进智慧监管平台建设，严控投资融资风险。要持续关注国有资产的保值增值，国有资产是国家的重要财富，改革过程中必须确保国有资产的安全、完整和有效使用。通过加强国有资产监管、优化国有经济布局有效措施，确保国有资产的保值增值，为国家经济发展提供有力支撑。

（四）必须始终坚持创新驱动发展

创新是引领发展的第一动力，国有企业作为国民经济的重要支柱，必须加大创新投入，加强技术创新和产业升级。通过引入新技术、新工艺、新业态等创新要素，推动国有企业实现高质量发展，提升在产业链中的竞争力和影响力。同时国有企业深化改革必须进一步注重人才培养和引进，人才是企业发展的核心要素，国有企业必须重视人才的培养和引进工作，通过建立健全的人才培养机制、完善激励机制和引进机制，吸引和留住优秀人才，为国有企业的改革发展提供有力的人才保障。

财政体制改革

财政是国家治理的基础和重要支柱。40年来，连云港市高度重视财政工作，紧紧围绕不同时期的重大战略决策部署，完整、准确、全面贯彻新发展理念，坚持全市一盘棋，实行财政协同、市县区联动，切实发挥财政在社会治理中的基础和重要支柱作用，财政体制改革各项工作取得了积极成效，收入质量不断提高，支出保障力度不断加大，为全面推进中国式现代化连云港新实践作出积极贡献。

一、发展历程

财政在国家治理中处于基础地位，深刻影响着经济、政治、文化、社会等领域。正因为如此，财政体制改革经常被称为改革的突破口和先行军。党的十八大以来，财政体制改革全面发力、向纵深推进，预算管理、税收制度、财政体制等方面的改革取得明显成效，基本确立了现代财政制度框架，为促进经济社会持续健康发展、推进国家治理体系和治理能力现代化提供了有力支撑。

（一）财政体制改革

1993年11月，党的十四届三中全会通过的《中共中央关于建立社会主义市场经济体制若干问题的决定》正式提出了分税制改革的内容。国务院出台《关于实行分税制财政管理体制的决定》，决定从1994年1月1日起实行分税制财政体制。1994年7月，省政府颁发了《关于分税制财政管理体制和实施办法》，与中央同步、对各市实行分税制财政管理体制。1994年12月，市政府根据国务院和省政府关于实施分税制财政管理体制的有关文件精神，结合实际情况，制发了《连云港市人民政府关于分税制财政管理体制的实施办法》，市对各县、区相应实施分税制财政体制，收入的划分和基数的确定以及税收的返还原则上按省对市的办法执行。为调动县、区发展经济和增收节支的积极性，适当增强市政府的调控能力，对区个别税种市适度集中一部分(主要是对营业税超基数部分市集中50%)，用于城市的公益事业及由市统一支付的财政补贴。

2014年，市对区财政管理体制到期，连云港市按照中央和省委、省政府相关要求，调整完善了财政管理体制，进一步理顺收入分配关系，加快形成有利于转变经济发展方式、有利于促进区域平衡发展、有利于推进基本公共服务均等化的现代财政制度。为加快推进财政事权与支出责任划分，2020年，连云港市印发《基本公共服务领域市与区共同财政事权和支出责任划分改革方案》。

（二）预算管理制度改革

改革开放特别是2012年以来，预算管理体系持续完善，政府预算的透明度、规范性和绩效水平明显提升。预算管理制度改革取得重大成果，标准科学、规范透明、约束有力的预算制度基本建立。

全口径预算改革。2017年，连云港市积极推进全口径预算管理，将政府全部收入和支出纳入预算，建立包括一般公共预算、政府性基金预算、国有资本经营预算、社会保险基金预算在内的全口径预算体系，确保“四本预算”之间相互衔接和资金统筹。连云港市财政部门通过强化全口径预算管理，将所有收入纳入预算，加强各类收入统筹，深入推进专项资金整合，财政拨款与非财政拨款统筹，提高财政资金使用效益，集中财力保障全市重大战略实施。

预算绩效管理。2018年9月，中共中央、国务院印发《关于全面实施预算绩效管理的意见》，提出力争用3年至5年时间基本建成全方位、全过程、全覆盖的预算绩效管理体系。连云港市用四年时间，基本建成全方位、全过程、全覆盖的预算绩效管理体系。管理格局全方位。构建涉及各级政府、部门单位、政策和项目三个层次的全方位预算绩效管理格局，全面提升和拓展预算绩效管理层级。管理过程全闭合。健全包含绩效评估、绩效目标、绩效运行监控、绩效评价和绩效管理成果应用五个环节的全过程预算绩效管理链条，实现预算绩效管理逻辑与流程前后呼应、完整闭合。管理范围全覆盖。拓展囊括一般公共预算、政府性基金预算、国有资本经营预算、社会保险基金预算以及其他各类财政性资金的全覆盖预算绩效管理范围，不断扩大预算绩效管理的覆盖面和影响力。

全面推行预决算公开。2014年，连云港市根据“谁主管、谁公开、谁负责”的原则，扩大预决算公开试点范围，推进52家试点单位部门预算公开和10家试点单位部门的决算公开，同步推进各部门“三公”经费预算公开工作。2015年，连云港市继续推进做好预决算信息公开，有序推进所有预算单位部门预算公开和试点单位部门决算公开，同步推进各部门“三公”经费公开工作，努力打造阳光透明财政。此后，按照法定要求及时公开年度政府和部门预算以及政府和部门决算公开工作。市财政局牵头组织预算公开检查工作，委托第三方对市区预算公开工作进行全方位监督检查，做到公开一家检查一家，做到全面监督无死角。

国库集中收付制度改革。从2000年起，中央、省先后开展国库集中收付制度改革试点。连云港市于2003年开展市级预算单位工资统发试点工作，2004年将市级预算安排的行政单位、全额拨款事业单位全面纳入工资统发，2005年市级93个部门318个单位全部纳入国库集中支付范围。2006年，全面推行国库集中支付，推动县级国库集中支付有序开展，进一步简化支付流程，扩大支付范围，确保财政资金安全高效。2016年11月，市财政进行国库集中支付电子电子化改革试运行，2017起，将国库集中支付电子化改革逐步扩展到市级预算单位和连云港市各县区。

预算管理一体化建设。2021年底，连云港市成功上线预算管理一体化系统，在一体化系统中完成了2022年部门预算编制。2022年，在一体化系统中执行了年度部门预算。同年实现了乡镇财政全面纳入预算管理一体化系统，各行政事业单位在一体化系统中进行财务会计核算。2023年底，推进了惠民惠农财政补贴资金“一卡通”工作。对财政资金支付、预算单位账户管理和"三公"两费使用等情况进行实时监控，增强了各级财政监督能力。

税收改革。党的十八大以来，党中央、国务院将减税降费作为深化供给侧结构性改革的重要举措，持续部署实施系列减税降费政策。2014年，连云港市"营改增"纳税人总户数较2013年增长49%，全市共入库营改增税款6.04亿元，较改征前减少22.96%，94%以上的纳税人税收负担有所降低。2015年，连云港市出台《关于全面深化财税体制改革加快建立现代财政制度的实施意见》，发挥财税体制改革在全面深化改革中的基础性和支撑性作用。2016年，连云港市财政局牵头做好"营改增"全面推开工作，确保涉及全市3.3万户纳税人的税制实现平稳转换。不折不扣落实国家和省减税降费政策，实行普惠性减税和结构性减税政策，2019年全市新增减税降费64亿元，让实体经济轻装上阵。

地方政府性债务管理。2014年，为进一步加强政府性债务管理，市政府办公室印发了《关于加强政府性债务管理的实施意见》和《连云港市政府性债务管理暂行办法》，并成立了地方政府性债务管理领导小组，办公室设在市财政局，扎口管理政府性债务。连云港市政府性债务管理体系搭建完成。为完善地方债务监测监管体系，健全地方政府法定债务管理，2022年，连云港市上线运行地方政府专项债券项目穿透式监测系统，建立健全专项债券项目库，及时掌握项目建设、资金使用、运营管理等情况，实现对政府专项债券项目全周期、常态化风险监控。与此同时，连云港市进一步完善政府性债务风险综合防控体系，建立由市委、市政府主要负责同志挂帅的全市《地方债务风险防控专班工作机制》和《地方债务风险防控约谈机制》，对各县区、功能板块和市属国企债务风险防控工作逐家过堂"约谈"，逐一查摆风险；成立全市融资平台公司经营性债务管理工作专班，并实现实体化运作。

二、主要成就

党的十八届三中全会以来，财政体制改革多点突破、纵深推进，为促进经济社会持续健康发展、推进国家治理体系和治理能力现代化提供了有力支撑。连云港市坚持把改革创新作为破难题、攻难关的突破点，坚持问题导向、目标导向，针对如何"筹钱""花钱""排钱""管钱""借钱""晒钱"，从加强财政资源统筹管理、规范预算支出管理、严格预算编制管理等方面，深入贯彻改革各项举措，推动预算编制完整科学、预算执行规范高效、预算监督严格有力，为中央和省、市的重大部署落实提供坚实财政支撑。

（一）深入贯彻预算管理制度改革

"筹钱"办大事，增强财政保障能力。坚持"多条腿走路"，规范收入管理，统筹好资金、资产、资源等财政资源，想方设法依托现有"存量"资源，充分挖掘释放各种闲置资源潜力，集中财力办大事，强化预算对落实党和国家重大政策的保障能力，实现有限公共资源与政策目标有效匹配。将依托行政权力、国有资源（资产）获取的收入以及特许经营权拍卖收入等按规定全面纳入预算。加强行政事业性国有资产收入管理，将资产出租、处置等收入按规定纳入预算管理。加大政府性基金预算调入一般公共预算力度，进一步扩大国有资本经营预算统筹力度。完善结余结转资金收回使用机制，对结余资金以及连续结转两年以上资金，按规定收回财政统筹使用。

"花钱"刀刃上，落实过紧日子要求。将落实党中央、国务院重大决策部署作为预算安排的首要任务，完善预算决策机制和程序，确保有限的财政资金更精准、更有效。深化零基预算改革，坚持量入为出原则，打破支出固化僵化格局，合理确定支出预算规模。建立常态化资金直达机制，稳步扩大直达资金范围，完善直达资金分配审核流程，规范直达资金使用，加快支出进度。坚持"三保"支出在财政支出中的优先顺序，坚决兜牢"三保"底线，不留硬缺口。严控一般性支出，加大"三公"经费监管力度，严格控制政府性楼堂馆所建设。清理规范津补贴。

"排钱"先谋事，提升财政预算完整性。坚持"统筹兼顾、勤俭节约、量力而行、讲求绩效和收支平衡"的原则，把好关口重点发力，树立"先谋事后排钱"的预算理念，实施项目全生命周期管理，从严从紧、科学合理审核单位预算编制，切实提高预算编制的科学性、准确性和完整性。预算支出全部以项目形式纳入预算项目库，未入库项目不予安排预算。统筹事业发展需求、项目质量及成熟度等因素，按照轻重缓急等因素对入库项目进行排序，突出保障重点，合理安排年度项目。

“管钱”求绩效，严格预算约束力。将绩效理念和方法融入预算编制、执行和监督全过程，推进预算和绩效管理一体化。强化绩效结果应用，将绩效评价结果与完善政策、调整预算安排有机衔接。坚持预算法定，增强法治观念，强化纪律意识，严肃财经纪律，更加注重强化约束，着力提升制度执行力，维护法律的权威性和制度的刚性约束力，加强对权力运行的制约和监督。严格执行人大批准的预算，预算一经批准非经法定程序不得调整。坚持先有预算后有支出，严禁超预算、无预算安排支出或开展政府采购。

“晒钱”阳光下，增强财政监督透明度。以“公开为原则，不公开为例外”，扎实做好财政预决算信息公开工作，积极打造阳光财政。同时，依托预算管理一体化系统，提升监督实效，实施数据全市大集中，所有业务流程可追踪、可追溯、可约束，对资金实现“穿透式”监管。加大各级政府预决算公开力度，大力推进财政政策公开。扩大部门预决算公开范围，各部门所属预算单位预算、决算及相关报表依法依规向社会公开。深化“大监督”机制，做好财税法规和政策执行情况、预算管理有关监督工作，构建日常监管与专项监督协调配合的监督机制。

（二）全面实施预算绩效管理

自2018年起，连云港市在全面实施预算绩效管理改革中采取“握指成拳 抱团发展”市县区整体推进的工作模式，在推动全面实施预算绩效管理工作中找到了适合自身的发展道路。

谋篇布局，总体设计提供“向心力”。《中共中央 国务院关于全面实施预算绩效管理的意见》《中共江苏省委 江苏省人民政府关于全面实施预算绩效管理的实施意见》印发后，市委、市政府高度重视，多次召开会议听取专题汇报，研究贯彻落实的具体措施和方法。2019年9月，印发《连云港市全面实施预算绩效管理实施方案》及行动计划表，全面启动连云港市的贯彻落实工作。2019、2020年，市财政局连续两年召开新闻发布会，解读实施方案及全市工作推动进展情况，加强政策宣传，促进全市各级政府、部门单位共识形成。

抱团发展，统领全市增强“聚合力”。在省管县体制下，连云港市始终坚持全市发展“一盘棋”，市级财政主动作为，打造连云港市共建共治共享的绩效管理新格局，加强对县区预算绩效管理工作联系和指导，市县区形成聚合力，营造了全市全面实施预算绩效管理的良好氛围。一是全市共建。市县区统一预算绩效管理实施和宣传口径，在短时间内实现市与县区层面预算绩效管理工作推进水平“齐头并进”，确保形成推动合力，精准贯彻落实上级工作部署。二是统筹共治。畅通信息交流，加强人员统筹，聚力解决初期区域内工作量激增与绩效人员不足的问题，做到人不足事要成。三是成果共享。共享工作实践成果，减少重复工作，节约整体时间、人员和资金等资源成本，提高全市预算绩效管理推进效率和效果。

关注难点，做好减法提升“执行力”。预算绩效管理深入单位业务层面难、绩效信息与工作管理不同步、重评价分数轻指标完成度等是推动工作面临的三大难点。为破解难题，提升预算单位贯彻预算绩效管理的执行力，2018年，连云港市率先开展“表格式”自评价尝试，推行绩效自评价双向选择模式，在保留“报告式”自评价的同时，大力推广“表格化”“不打分”自评价方式，充分赋予预算单位选择自主权，最大限度减少单位自评价工作量，畅通财务人员与业务人员沟通渠道，引导单位更加注重日常管理质量提升，极大调动了预算单位参与预算绩效管理的积极性。

考核创新，激励约束增强“内动力”。做好市对县区的工作统领，促成预算绩效管理纳入市县区政府考核。率先垂范，用绩效理念创新考核方式，引领和推动预算绩效管理工作。将考核分为基本考核和激励考核两部分。基本考核占比90%，主要体现完成政府当年工作任务的情况。激励考核占比10%，主要激励有勇气、有担当、敢于创新的单位参与到全市预算绩效管理工作的前沿性工作中。激励考核中采取让单位做“多选题”，给予单位选择权，确保单位不分大小、不分工作性质，都有机会、都有可能完成目标任务。

（三）积极谋划确保改革措施落地见效

财政资金直达机制改革。根据中央、省统一部署，连云港市于2021年印发《连云港市财政局直达资金管理试行办法》，利用财政部建立的“直达资金监控系统”，对各县区财政部门直达资金的分配、拨付和使用情况进行实时监控，规范直达资金使用，确保直达资金直达市县基层直接惠企利民，有效地弥补了县区“三保”缺口，有力地促进了市县经济恢复增长和复工复产。

财政电子票据改革。电子票据改革是运用互联网、移动智能等信息技术手段，推广应用财政电子票据。2019年以来，连云港市根据省相关要求全面推进财政电子票据改革，完成医疗收费电子票据改革及非税收入统一票据管理改革，实现了电子开票，自动核销、全程跟踪、源头控制、信息共享，做到了以票管费，电子控收。已完成全市10家三级医疗机构、6个区域健康信息平台、29家民办非营利性医疗机构全部上线，实现上线率100%、开票率100%。推进不动产登记税费“一次收缴，后台自动清分入账（库）”工作，创新建立不动产“市域通办”模式，完成非税系统与不动产业务系统数据共享、对接，实现开票互联。

创新财政支持方式。遵循市场经济规律，通过完善基金投资政策，推动由“补”改“投”，以市场化方式推动要素集聚、促进产业转型升级，让企业“募得好”。通过设立政府投资基金和产业发展基金，坚持聚焦转型、引领发展，充分发挥基金引领、撬动作用，加快形成“基金+产业”协同发展格局，带动更多社会资本投向实体经济，更好地促进全市经济转型升级和高质量发展。一是探索公共财政支持经济转型升级的路径方法，通过“拨改投”“专改基”形式，聚合社会资本来扶持产业发展，发挥现代产业基金作用。二是省、市财政合作，发挥区域产业基金作用。由省市财政、国企共同出资设立规模20亿元的连云港市第一支区域发展基金——上合组织（连云港）国际物流园发展基金，主要支持连云港市港产城融合发展。三是市财政引领，设立地方主导的政府投资基金，发挥市级母基金作用。2021年，由市级财政出资设立了规模为30亿元的市级政府投资母基金——连云港市投资基金（有限合伙）。成立以来，先后设立规模8亿元连云港市乡村产业投资基金、规模3亿元的连云港市人才创业投资基金、规模3亿元的连云港市海洋产业投资基金。

三、经验启示

（一）始终坚持围绕中心、服务大局

紧紧围绕党委、政府中心工作，立足财政，着眼全局，把局部和整体、当前和长远统一起来，发挥参谋助手作用，促进经济社会持续健康发展。近年来，连云港市积极应对经济性减收、疫情性减收、政策性减收"三减叠加"因素影响，坚持全市一盘棋，实行财税协同、市县区联动，强化对重点行业、重点税源企业的动态监控，推动形成新的税收增长点，同步强化非税收入项目和执收单位预算管理，全力以赴稳增长、促增收。在将各项减税降费政策不折不扣落实到位的基础上，从收入端、支出端双向协同发力，有效确保了财政平稳运行。2022年，全市落实组合式税费支持政策形成的退税减税降费及缓税缓费达209.5亿元，其中办理增值税留抵退税162.1亿元，退税总量居全省第6位、苏北第1位。

（二）始终坚持强化担当、主动作为

在正确处理政府与市场、财政部门与其他部门关系基础上，深度参与到经济社会发展的各项事业中，对契合大势、看清看准的事项主动介入，不回避矛盾，不推诿责任。2017年，市财政部门加大专项资金管理，深度推进资金整合，大力推进"专项资金改基金"，重点解决"大专项套小专项"、资金条块分割等问题，市级重点民生、产业专项资金整合为三大类40项，专项资金数量较上年压缩28.6%。"瘦身"之后，专项资金迈向"专而精"，聚焦重点目标，确保集中财力办大事。

（三）始终坚持深化改革、开拓创新

大胆解放思想，敢于突破利益固化的藩篱，破除路径依赖，以改革创新的办法解决发展中的各种难题。近2年来，连云港市综合运用财政专项资金、政府债券资金、政府投资基金等政策工具，积极引导社会资本投入，推动资源配置向实体经济聚焦用力。以2022年为例，全年下达省、市科技资

金2.5亿元，支持创新型城市建设、实施“揭榜挂帅”科技计划等。统筹省、市财政奖补资金4200万元，支持“专精特新”产品和“科技小巨人”培育。市级安排人才发展专项1.4亿元，兑现各类人才引进补助与项目支持资金。先后2轮投入1.8亿元助力促进住房、汽车、餐饮等消费，连云港市加大财政投入促进消费恢复的相关做法在全省财政工作会议上被点名表扬。

（四）始终坚持依法行政、为民理财

贯彻依法治国理念，打造法治财政、阳光财政，把财政活动置于人民监督之下，聚财有道、用财有方，取之于民、用之于民。深入推进财政依法、规范、高效管理，截至2023年，市财政局连续11年荣获全省财政系统法治财政标准化管理工作优秀单位。严把政府投资项目概（预）算、竣工财务决算评审关，合理控制政府投资项目工程造价。2023年，全市累计完成初步设计概算、竣工财务决算评审项目66个，核减4.4亿元，核减率达16.2%。在收支矛盾突出的情况下，压减一般性、非刚性支出，全力保障基础性、普惠性、兜底性民生保障建设。数据显示，2023年，全市民生支出452.2亿元，增长5.2%，占一般公共预算支出比重为78.7%。

（五）始终坚持科学管理、注重绩效

充分运用先进的信息技术和科学的管理方法，提升财政管理水平，提高财政运行效率和资金使用效益。2016年，连云港市积极推进国库集中支付电子化管理改革，市级完成国库集中支付电子化系统上线运行，进一步提升财政资金安全、支付效率和管理水平。2022年，连云港市依托直达资金动态监控系统，全程监控资金支出进度和流向，确保直达资金投得准、发得快、用得早、管得好。全年全市共收到直达资金指标90.7亿元，指标下达率为99.6%；支出85.3亿元，支出进度达94.1%。完善财政资金直达机制，全年直达资金支出进度达98.9%。

税务制度改革

40年来，全市税收事业得到飞快发展。在组织税收收入、推进税收征管改革、促进和服务经济发展、治理和改善纳税环境等方面，取得了显著的成绩，为推动和促进全市改革开放进程和经济社会发展作出了重要贡献，谱写了一篇篇厚重的“税务”篇章。

一、持续提升税收收入

税务部门的中心工作，也是最主要、最重要、最核心的工作就是依法组织税收收入，为国家和地方提供源源不断的财力保证。40年来，连云港市税务部门始终围绕这个中心工作，积极而主动、大力地依法组织各项税收收入。每年均圆满完成或超额完成税收计划任务或预计的序时进度任务。全市税务系统统计组织各项税收近5000亿元，同时为各级地方政府（部门）代征代收了一定数额的基金、资金、工会经费、教育经费、社保费等。为保证全市财政收入稳定增长、促进经济社会进步发展作出了重要贡献。市税务系统先后被上级部门评为“全国文明单位”“全国青年文明号”“全国三八红旗集体”“全国巾帼文明岗”“全国税务系统先进单位”“省文明行业”“建设连云港有功单位”等百余项殊荣。

（一）认真做好税源排查工作

为了做好组织税收收入工作，全市各级税务部门每年都能认真做好税源排查工作，深入辖区企业了解生产经营情况，掌握税源基本状态，摸清税源“家底”，并坚持每月召开一次收入分析会，研判收入形势，明确了税收收入的工作路数，从而掌握了组织税收收入的主动权，为组织税收收入奠定了基础。据不完全统计：40年来，全市各级税务机关深入各自辖区纳税企业及其主管部门开展税源调查4000余次，征求企业涉及税收收入工作意见和建议500多条。帮助纳税企业解决相关涉及税源问题200多个。深受各类纳税企业的充分肯定和欢迎，使纳税企业有力地配合了全市税务部门组织税收收入工作。同时，全市各级税务机关还根据税源变化的情况，不失时机调整税收计划，努力将税收计划建立在可靠而客观的税源基础之上。

（二）加强重点税源管理

40年来，全市税务机关将加强重点税源管理，作为组织税收收入工作中的一项重点工作来抓。市局、各县局、市区各税务分局都通过认真调查分析、研判，将辖区重点纳税户落实专门部门、专门人员加以管理。因为，抓好重点税收税源管理，等于抓住了组织税收收入的“重中之重”。这些重点税源户在一定地区、一定时期占其整个地区的主要税收收入绝大部分。通过建立层级管理责任区，做到了“税源明、税户清”，使税源控管能力得到进一步提升和增强。如：从1994年起，连云港市税务部门开始将40户年纳税在100万元以上的税源大户作为重点税源户，适时实行跟踪管理，定期分析其税源变化，并落实专人定期或不定期走访这些重点税源户，现场帮助这些重点税源户解决实际困难，从而保证了重点税源户的税收稳步增长，同时也确保了整体税收收入及时足额入库。

（三）坚持依法征收

40年来，在组织税收收入工作中，全市各级税务机关始终坚持依法征收，做到应收尽收，足额入库。教育和引导各级税务人员在征收税款过程中，要坚持依法征收，依规征收，不能违规征收和变相征收税款，更不能征收“过头税”，始终坚持“税法”的法定征收原则。同时，在征收过程中，教育税务干部务必做到有税要收，切实做到应收尽收，并保证足额入库，不能漏征、少征，更不能以税谋私，擅自不征，以避免国家和地方税款损失。

（四）大力清理欠税

40年来，在组织税收收入过程中，全市税务系统大力清理欠税，最大限度地避免税收流失。在清理欠税工作中，全市各级税务机关基本采取：“划入责任田”，明确清欠范围；签订“责任书”，明确责任，压实责任，将清理欠税工作落实到具体单位和个人；注重考核“实绩数”，以确保清欠工作取得成效，有力地促进了整体税收工作的正常开展和计划任务的完成。仅1994年，全市国税系统就清理欠税4000多万元；1998年清理欠税6000多万元。

（五）做好税源培植工作

改革开放以来，特别1986—1995年期间，各级税务机关在组织税收收入工作中，还注重培植税源，促产增收工作，以充分利用税收杠杆作用，尽可能为企业排忧解难，帮助企业上准项目、上好项目，上产品质量，上管理水平，支持企业增加出口，支持企业向专业化、联合群体发展。积极促进企业经济效益不断提高。1986年，全市税务系统开展促产促销项目695个，增加产值1600万元，增加利税270万元；1990年，全市税务机关实现促产项目384个，增加产值1亿多元，增创利税1367万元；1991年实现促产项目779件，新增产值1800万元，新增利税4700万元。市税务局还在1993年先后下发了《税收促进全市经济发展再上新台阶25条政策措施》《税收扶持第三产业发展的若干政策措施》《税收扶持个体、私营经济发展若干意见》等，从政策上机制上保证扶持和培植税源工作取得成效。

二、不断推进税收征管改革

40年来，全市税务系统认真落实国务院关于推进和深化税收改革各项部署和决策，使税收征管改革在连云港市税务系统稳妥推进，快速实施，取得一次又一次成功，为税收征管注入了活力和生机，推动税收征管水平不断跃上新的台阶。

（一）落实国家对主要税种的改革部署

一方面，在1994年，为了满足建立社会主义市场体制的要求，国家进一步推进实施增值税制，将缴纳增值税和产品税的工业产品，缴纳营业税的商业批发、零售和公用类中的水、电、热、气以及原来的盐税均纳入新的增值税范围。全市税务机关认真落实了这一政策，先后通过走访、调研辖区所涉及的纳税企业，并进行政策辅导，确保了“产品税”“盐税”改征增值税的顺利进行；另一方面，将原来征收的酒类产品税、增值税改征为增值税和消费税，通过当地税务局（原灌南县国税局）及有酒类产品生产的当地税务部门认真辅导、讲解相关政策，使这一政策在汤沟酒厂等地得到了有效、平稳实施；其三，在2013年，“营改增”（即原来征收营业税的行业改为征收增值税）工作开始在连云港市推广。连云港市各级税务部分积极做好“营改增”这一重要工作。先后通过建立组织领导机构、组建专家团队，采取业务分流、分片包干、责任到人，有力地保证“营改增”工作在连云港市顺利推行。仅2012年，原市国税部门就新增48个临时“营改增”办税窗口，建成36个合作共建窗口，还与金融部门合作，实行纳税人信息导入。实现了连云港市交通运输业、建安行业“营改增”的平稳过渡，高质量地完成了“开好票、报好税、分析好、改进好”四大战役，真正实现了“营改增”的平稳转换。

（二）“一分一合”税务机构改革

1994年6月，连云港市税务局制订《关于组建连云港市国家税务局机构和地方税务局机构的实施意见》。当年7月，江苏省税务局予以批复。9月15日，连云港市国家税务局、地方税务局成立大会（也称两套税务机构分设大会）召开。随后，市两套税务机构，即连云港市国家税务局和连云港市地方税务局正式组建，人数、财产、经费、办公用房正式分设，两套税务机构职能运作正式启动。

2018年3月，中共中央、国务院决定改革国税、地税征管体制。随后，从国家税务总局到县级税务机关开始贯彻落实。当年7月5日，原江苏省连云港市国家税务局与江苏省连云港地方税务局正式合并，成立了国家税务总局连云港市税务局。分设24年之久的“国税”“地税”又成了“一家人”，开启了新的征程。

（三）征管方式、征管模式变革

40年来，全市税务系统趁各项改革的春风，积极而不断地推进税收征管改革，从实行税务专管员到"征、管、查"三分离，再到纳税评估、风险应对；从实行"手工开票征税"到"计算机开票征税"，再到"无纸化征收"运行；从实行金税二期到金税四期，对增值税发票实行有效控管。税收征管的手段、模式、方式，不断地得到有效改革，为适应税收新形势、新情况、新特点的发展，提供了强大支撑。

加快网络信息化建设。1994年以前，全市税务系统基本靠人工手写开票征税。从1995年到2000年，全市税务系统超前进行网络建设，加快相关软件开发应用，使征管改革进一步推进。在21世纪初，全市税务系统就建起了市税务局、县税务局、市区税务分局计算机广域网络，提高了网络应用水平和进程，强化了税源的监控。随后几年，又陆续展开外部网络建设工作，仅2001年就更新计算机及网络设备300多（台）套。并从1995年底开始筹建办税服务厅，到1998年已建成和规范了38个征收服务大厅，为各类纳税人提供了更加高效、集中、公开、优质的服务。为了适应新形势、新局面、新挑战，自2018年以来，连云港市税务局及时而主动采取措施，积极大力推进智慧税务建设工作。2023年成立了"智慧税务运行中心""税费运营中心"，落实了"跨域通办"，组建了工作机构，成立了相关团队，并下了6个文件，就做好和推动这项工作，进行全面部署，使之认真落实，平稳推进，逐步加快，已见成效。仅2023年，市区办税种服务厅累计办理各类业务事项303.6万笔，其中，网上办税213.53万笔，占比达71%。自助办税29.54万笔，集约化办理13.5万笔，RPA自动审核2.54万笔，接听咨询电话27万余通，邮递配送0.96万份。市税务局下辖的4个县、区局和市局的三分局均根据业务数量等情况，以综合窗口为依托，在各办税服务大厅设置了1—2个"省域通办"服务窗口并实行动态调整。负责对"省域通办"业务的受理、办理及文书发放等工作。"智慧税务中心"成立以来，已实现8大类96个事项集约办理，平均每月办理业务1.15万笔。常规业务平均办结时长由原来的半个工作日缩短到30分钟以内，新办企业套餐办结时长由原来的0.5个工作日缩短到1小时以内。在全省率先实现一照一码户变更税务登记"无感办理"。以赣榆区局为试点打造智慧税务"蓝精灵"生态圈，先进做法相继在中央级媒体、省市局税务专栏报道推介。对超过70%

▲ 2018年以来，连云港市大力推进智慧税务建设工作。图为“E 选税达人”活动现场　市税务局供

的申局涉税申请自动核批。在全省首次实现退税审核“一键通”。2023年3月6日，一笔14.22万元的数字人民币税款在连云港市成功申报缴纳，这标志着数字人民币缴税在连云港市首次落地，也说明已经开始在连云港市实现使用数字人民币协议扣缴税费、银行端查缴税费、退税（库）等场景应用了。2023年6月上线RPA自动审核，实现了软件机器人自动执行人工任务。

积极而稳妥推进金税2—4期上线运行。自1994年税制改革后，为了加强对增值税专用发票的监控，国务院决定启动“金税”工作，以加强对增值税交叉稽查功能，防止出现涉及增值税专用发票违法犯罪。连云港市各级税务系统按照国家税务总局要求，先后适时地启动了金税二期、三期、四期工程，使之顺利上线并轨。从而实现了从“以票控税”“以票管税”到“以票治税”的税收征管模式的转变，大大提高了信息化“大数据”在税务系统的广泛推广应用。

从专管员管税到风险应对和督查内审相结合，管理手段发生了根本性变化。1993年以前，全市税务系统对纳税人的管理，基本实行“税务专管员”到户的税收管理制度，自1994年以后，逐步改革对纳税人管理制度，开始实行“征、管、查”三分离，减少税务人员主观性且权力过于集中的现象，也减少税务干部违纪违法犯罪风险。自2014年以后，又积极而全面地推行风险管理机制及分级分类管理模式，对税务干部执法行为进行日常督查、审计，随后又组建督查内审机构。2020年又实行稽查划地区划范围稽查，有效地发挥了稽查职能，更好地提高了稽查效能。至此，达到了全方面、全过程地规范监督税务干部各类执法行为。

三、有效落实税收优惠政策

40年来，连云港市税务系统一直以“促进地方经济发展”为己任，认认真真、切切实实落实各项税收优惠政策，取得了显著成效，有力地推动和促进了全市经济稳定、快速、高质量发展。

（一）认真落实减免税政策

在1994年税收管理体制改革前，国家对纳税企业税收优惠，主要是通过实施减免税方式来实现的。1984—1994年间，全市各级税务机关认真执行国家减免税收政策，为符合享受减免税收政策条件的纳税人、个体经营户及时办理了相关手续，让他们依法依规依政策享受了减免税待遇，坚持该直接免征就直接免征，该先征后返就按规定时期按时退还。这让一大批企业和个体经营户欢迎。比如：1987年，全市税务机关为1436户企业办理减免税4720万元，为50多户企业办理税前还贷手续，金额达509万元；1992年，全市税务部门为连云港碱厂等35户大中型重点企业减免税收3500万元。

（二）及时办理出口退税，促进外向型经济发展

40年来，全市税务机关积极而及时做好办理出口退税工作，以服务和促进连云港市外向型经济企业较快发展。据初步统计，自1995—2023年计28年期间，累计办理各项出口退税约350多亿元。有力维护了企业的合法权益，增强了企业发展后劲，有效地支持、促进了连云港市外贸企业较快发展。在办理出口退税过程中，全市税务机关坚持做到了五点：其一，严格审核审批，做到准确、及时依法依规为相关企业办理出口退（免）税，确保退税政策落实到位；其二，强化对重点企业的退税服务，落实好全市一些重点出口企业客户协调员联系制度，引导出口企业建立健全税收风险内控机制，促进外贸出口健康发展，加大对新兴产业的税收政策支持力度，实现退税的全程跟踪和高效服务，指导符合启运港退税条件的企业尽快办理启运港退税，如2023年，连云港市有30户出口企业办理启运港退税338万元；其三，加强与相关部门的联系协作，及时与地方政府做好信息沟通工作，健全与海关、人行、商务等部门多层次的协调沟通机制，召开"税贸企"协作会议，充分利用"税贸企"协作平台，发挥资源共享优势，举办政策解读会，对出口退税系统升级版推行作明确解读；其四，积极落实出口退（免）税管理工作规范并做好出口企业管理等级评定工作，截至2023年底，全市共评定各类企1687户；其五，完善机制，建立风险管理工作机制，制定了《出口退税风险防控体系》，从事前、事中、事后强化出口退税风险管理，加强日常出口退税各环节的风险分析识别，充分利用税收情报管理平台，完善出口退税预警评估指标及模型；与此同时，积极开展出口退税风险分析工作，做好风险预警分析及建模找点工作，按季出具风险分析报告，防止、打击偷逃骗税等异常情况数据交换，最大限度地避免和防止发生出口骗税发生。

（三）全面做好"减税降费"，让税费优惠高效落地

40年来，特别是进入21世纪，全市税务系统在重点做好减免税，办理出口退税的基础上，还注重全面落实其他所有涉税涉费优惠政策，特别在近8年中又致力做好"减税降费"工作，以更全面、全方位的方式，有力地服务纳税人，服务地方经济社会发展。如：2018年，累计减免税收146.3亿

▲ 连云港市全面做好“减税降费”工作，助力地方经济社会发展。图为市税务部门到企业开展纳税服务工作　市税务局供

元，惠及纳税人8.11万户，其中，鼓励高新技术企业发展减税18.2亿元，扶持小微企业发展减税5.8亿元，研发费用加计扣除减税22.5亿元；2019年出台15条措施，支持自贸区连云港片区发展，积极推动综合保税区一般纳税人试点争取工作，2019—2020年落实新增减税降费124.2亿元，占同期税务部门组织各项收入的12.3%；2021年落实减税降费171.7亿元，其中办理增值税留抵退税24.6亿元，此项退税进度列全省前列；2022年，办理增值税留抵退税162.1亿元，名列苏北第一名，退税减税情况获中央电视台报道和国税总局主要负责人表扬性批示；2023年新增减税降费及退税缓费80.1亿元，其中增值税留抵退税41.2亿元，总量居全省第八，苏北第三。这些减税降费政策的及时落实和有效落地，极大地促进新时期全市纳税企业高质量发展。

四、经验启示

（一）必须坚持全面深化改革

40年来，特别是党的十八大以来，连云港市坚持守正创新、深化改革，全面贯彻中央关于税务体制改革作出的战略安排，紧扣连云港市经济发展全局，认真抓好各项涉税改革任务的推进落实，充分发挥了税收基础性、支柱性、保障性作用。

（二）必须扎实推进队伍建设

队伍建设是税收工作的基础，是实现税收现代化建设的根本保障。连云港市不断加强税务干部队伍建设，造就了一支忠诚干净担当的税务铁军，使之适应、胜任不同时期的税收工作，促进税收工作不断跃上新的台阶。

（三）必须持续深化依法治税

依法治税是税务工作的生命线和基本要求。40年来，连云港市不断增强税务执法刚性和精准性，持续加强税法普及宣传，以高水平法治助力高效能治理，确保全市各项税收工作不断取得新进展新成效。

（四）必须践行人民至上理念

40年来，连云港市始终坚持以人民为中心，不断满足人民日益增长的美好生活需要，做到取之于民，用之于民，造福于民。特别是党的十八大以来，连云港市认真落实各项税收优惠政策，改进纳税服务，逐步构建起符合税收现代化管理要求的税费服务体系，显著优化了税收营商环境。同时，税收还有力支持了全面建成小康社会、脱贫攻坚、疫情防控等重大改革发展和民生保障任务，税收工作赢得了纳税人的广泛认可。

金融体制改革

40年来，市委、市政府落实党中央、国务院决策部署，深刻把握金融工作的政治性、人民性，深入推进全市金融体制综合改革，提升金融支持实体经济力度，全面加强监管、防范化解风险，着力推动金融高质量发展，为连云港“后发先至”提供有力金融支撑。

一、发展历程

（一）金融监督管理机构改革

人民银行连云港市分行发展沿革。1984年起，人民银行开始专门行使中央银行职能。同年12月，中国人民银行连云港分行、中国工商银行连云港分行两行分设。1985年7月，中国人民银行具体经理国库，从代理改为经理，1986年设立国家金库连云港市中心支库。

1985年2月，国家外汇管理局连云港分局从中国银行连云港分行分出，与中国人民银行连云港分行合署办公，同年3月，连云港市作为第一批沿海开放城市设立国家外汇管理局连云港分局，负责连云港地区外汇管理工作。

1999年1月1日，中国人民银行连云港分行更名为中国人民银行连云港市中心支行，2001年3月，国家外汇管理局连云港分局更名为国家外汇管理局连云港市中心支局。2003年，人民银行连云港市中心支行将辖区内银行业金融机构部分监督管理职能移交新成立的连云港银监分局。

2023年8月17日，中国人民银行连云港市中心支行更名为中国人民银行连云港市分行，国家外汇管理局连云港市中心支局更名为国家外汇管理局连云港市分局，国家外汇管理局连云港市分局与中国人民银行连云港市分行合署办公；主要承担执行货币政策、维护金融稳定、提供金融服务等职能。2024年4月3日，人民银行连云港市分行辖区4家支行撤销，划转至国家金融监督管理总局连云港监管分局。

国家金融监督管理局连云港分局发展沿革。2003年12月，中国银行业监督管理委员会连云港监管分局成立。2018年12月，原连云港银监分局正式挂牌为连云港银保监分局。根据银保监会和江苏银保监局的授权和统一领导，依法依规独立对辖内银行业和保险业实行统一监督管理。2023年7月，原连云港银保监分局根据国家金融监督管理总局改革统一部署，正式挂牌为国家金融监督管理总局连云港监管分局。

连云港市地方金融监督管理局的发展沿革。2008年，在市上市办的基础上，市政府金融工作办公室成立；2019年，连云港市地方金融监督管理局在机构改革大背景下正式挂牌成立。2024年，党和国家机构改革再次启动，连云港市地方金融监督管理局整体职能划转至市政府办。

（二）金融机构改革

银行业机构发展情况。继建行、中行、农行复建，人行、工行分家后，1987年，连云港市第一家城市信用合作社——解放中路城市信用合作社成立；1988年，交通银行连云港支行重新组建试营业，1989年正式营业；1996年国家政策性银行——中国农业发展银行连云港市分行成立；同年底连云港市城市信用合作社联合社成立；在此基础上，2001年组建了具有地方独立法人资格的股份制商业银行——连云港市商业银行，后合并法人为江苏银行；2000年辖区内126家农村信用合作机构以县（区）为单位整合为7家地方法人金融机构——县（区）农村信用合作社联合社。

自2011年，首家股份制银行浦发银行进驻以来，连云港市大力争取股份制商业银行、城市商业银行来连设立分支机构，先后引进设立招商银行、恒丰银行、华夏银行、兴业银行、光大银行、民生银行、中信银行、浙商银行等股份制银行二级分行，苏州银行、南京银行2家城市商业银行一级分行。2015年，全市所有农合法人机构全部完成农商行改制，积极推动农商行将党的领导融入公司治理，2023年顺利推动村镇银行完成改革重组。构建多层次组织体系，大力实施“引银入连”工程。2017年推动成立了港口控股集团财务公司，成功填补辖内没有非银行机构的金融体系空白。截至2023年末，全市共有银行业金融机构35家，银行网点575家，其中：政策性银行1家、国有大型商业银行6家、股份制商业银行9家、城市商业银行3家、其他中小银行机构16家（其中：法人机构9家），非银金融机构1家，已经初步构建形成了类别完备、层次合理、功能互补的金融机构组织体系。

保险业发展情况。1996年人保公司产、寿险分设，成立中保财险连云港分公司和中保寿险连云港分公司，太保、平安两家机构也对财产险与人寿险的经营管理体制进行改革，进一步理顺了内部经营机制，揭开了连云港保险业发展新篇章。随着城乡居民收入的提高和保险意识的增强，连云港市保险体系不断完善，结构调整日见成效，管理和服务水平逐步提高，截至2023年末，全市保险业金融机构91家，是2013年的2.5倍。

证券业发展情况。连云港市证券业快速发展，法律法规体系逐步完善，市场规范化程度不断提高，为金融市场改革发展和经济结构调整做出了重要贡献。截至2023年末，连云港市有证券业金融机构22家，其中证券分公司2家，证券营业部20家。2023年，证券交易额8520.89亿元，同比增长5.1%。

金融从业机构发展情况。2023年末，全市经批准备案的地方金融组织有融资性担保（再担保）公司18家（含3家分支机构），国有控股公司14家；典当企业9家，其中法人机构8家，分支机构1家；小额贷款公司17家，实现全市各县区全覆盖，其中农村小额贷款公司9家，科技小额贷款公司8家，截至2023年末，贷款余额17.72亿元，加权平均年利率8.78%，为全省最低；正常经营的融资租赁公司3家，其中内资1家，外资及港澳台资2家；商业保理公司1家，截至2023年末，发放保理融资款本金2.16亿元。

二、主要成就

党的十八大以来，全市金融工作始终以习近平新时代中国特色社会主义思想为指导，认真践行金融工作的政治性、人民性，扎实做好服务实体经济、防控金融风险、深化金融改革三项任务，推动全市金融机构稳健发展，为经济高质量发展贡献了坚强的金融力量。

（一）金融服务实体经济发展强劲有力

全市金融系统紧紧围绕金融政策导向，切实加大对实体经济的支持力度，全市融资总量保持快速增长，截至2023年末，连云港市金融机构各项贷款余额7073.3亿元，同比增长16.2%，增量创全市历史新高，贷款余额连续5年每年跨过一个千亿台阶。各项存款余额5849.8亿元，同比增长10.5%，同比多增50.5亿元。保险业经济补偿功能和社会“稳定器”作用更加有效，保费收入从25亿元增长到127.8亿元，累计赔付360.8亿元；保险密度由510元/人，提高至2777元/人。建成推广综合金融服务平台，上线企业近9万家、累计成功撮合融资1637亿元、融资需求满足率超过90%。

（二）深入做好普惠金融服务

积极落实省“42条”和“28条”政策要求，引导金融机构全力做好助推经济运行率先整体好转。到2023年末，全市支农再贷款余额26.6亿元；2022年和2023年累计发放普惠小微贷款激励资金1.9亿元；撬动农村法人机构普惠小微贷款增加107.9亿元。到2023年末，全市普惠小微贷款余额980.5亿元，同比增长33.5%，增速连续五年保持在30%以上。推动设立市级小微企业信保基金，合作银行累计实现放款13.8亿元、服务小微企业499家。

（三）坚持深化金融改革创新

一是扎实推动绿色金融创新发展。贯彻落实党中央、国务院关于碳达峰碳中和以及绿色低碳循环发展的决策部署，指导徐圩新区成功获批江苏省首批省级绿色金融创新改革试验区。帮助优质绿色企业发行绿色债券累计募集资金33亿元；全省首笔绿色发展领军企业“环保担”贷款落地连云港；发放全市首笔排污权抵押贷款1亿元和首笔生态碳汇预期收益权质押贷款1000万元。截至2023年末，全市绿色贷款余额达1320亿元，绿色金融支持实体经济高质量发展能力持续提升。二是提高科技金融服务水平。举办科技企业专题融资对接会，动态更新金融支持科技创新企业库、政策库和产品库，帮助解决融资难题。截至2023年末，全市科创企业贷款余额达644.5亿元，科创企业金融服务水平明显提升，切实为连云港市新质生产力发展提供金融保障。三是打造金融服务乡村振兴品牌。成立连云港市金融支农联盟，开展"党建引领，富民兴村"银农对接活动。做好农业农村重大项目银企对接，2023年累计帮助57个重大农业项目实现融资41亿元。持续推进东海县金融服务乡村振兴示范区建设取得实效，并于2023年获批江苏省金融服务乡村振兴示范区。

（四）持续加大重大项目支持力度

完善金融支持重大项目"融资对接、跟踪监测、难题会办、考核激励"四项机制，围绕连云港市石化产业基地建设和新能源建设项目优化融资服务，深入对接连云港市10个优势产业链，创新产业链金融服务模式，加大对产业链链主企业、骨干企业以及上下游小微企业的信贷支持，加大制造业支持力度，推动贷款支持制造业等实体经济。2023年末，制造业贷款余额1027亿元，是十年前的3.65倍。帮助盛虹炼化一体化项目银团贷款415亿元、创省内银团融资总额最高纪录。2023年全年，全市金融机构累计对132个重点投资项目发放贷款311亿元。到年末，全市工业贷款余额1284.4亿元，同比增长18%，连续五年保持两位数增长；全市基础设施相关行业贷款余额2302亿元，同比增长24.8%，比2022年提高14.2个百分点。

（五）深入推进利率市场化改革

持续深入推进利率市场化改革政策传导工作，稳妥落实存贷款利率市场化调整机制，LPR改革红利持续释放，货币传导效率增强，全市贷款利率在低位上继续稳中有降，企业融资成本有效降低。2015年9月18日，组织召开市场利率定价自律机制成立大会，至今全市36家金融机构均为市场利率定价自律机制成员。截至2023年末，全市各项贷款、企业贷款和普惠小微贷款加权平均利率分别为4.4%、4.17%、4.39%，同比分别下降0.49、0.34、0.56个百分点；全年新发放企业贷款和普惠小微企业贷款加权平均利率分别为4.15%和4.71%，同比分别下降0.38、0.41个百分点。各项贷款和普惠小微企业贷款利率均处于历史低位。

（六）持之以恒防范和化解金融风险

一是金融风险防控有力有效。建立不良贷款联合处置机制，将不良贷款处置纳入县区政府及相关部门目标考核。开展专项清收行动，建立金融司法与金融监管协作机制，压实机构“双控”主体责任，加快不良贷款处置。2013年末，不良贷款余额57.52亿元；不良贷款率4.05%；2023年末，不良贷款余额30.03亿元；不良贷款率0.42%。不良贷款保持“双降”，不良贷款余额降至全省最低，不良贷款率低于全省平均水平。二是金融风险攻坚战取得阶段性成果。防范和处置非法集资力度不断加大，新发非法集资刑事案件数、涉案金额、参与人数等主要指标连年下降，“群防群控、打早打小”的格局初步形成。金融风险防范和处置协同机制不断完善，相继建立民营企业融资会诊帮扶机制、防范重大金融风险金融监管协作机制、金融司法与金融监管协作机制等工作机制。互联网金融风险专项整治取得决定性成果，市内P2P网贷机构全部出清，虚拟货币发行交易、现金贷、校园贷等领域风险基本清零。全市金融生态环境持续向好，金融业运行的政策环境和法治环境不断改善。

（七）扎实推进数字人民币建设

数字人民币试点工作开展以来，全市积极推动出政策、搭场景、促应用、建生态，构建“1+1+30+N”的试点机制。加大全域宣传，营造浓厚氛围。在全省设区市率先印发试点工作方案，召开全市数字人民币试点工作推进会。牵头组织开展了数字人民币消费场景聚集示范区授牌等场景应用宣传活动。先后落地了港口引航费等2个全国、“我的连云港”党费缴纳等13个全省扩大试点以来首创场景。成功实现数字人民币在税收收入入库、社保费交纳和预算收入退库等场景中的应用。全市累计开立个人数字钱包94万个。

（八）积极推动金融支持自贸试验区建设

制定出台《金融支持中国（江苏）自由贸易试验区连云港片区建设实施方案》，以深化外汇管理改革等五个方面、40项措施统揽金融创新工作，积极释放政策红利，有效提升跨境贸易投融资便利化水平，助力开放发展。在全省率先推出“外汇服务费用减免优惠”倡议，精准降低涉外企业交易成本，截至2023年末，已累计为区内企业节约成本约2500万元。创新推出服务中小货代企业的“中欧班列贷”，有效解决企业融资难题，累计为7家中欧班列货代公司提供贷款4940万元。落地境外机构NRA境外贷款业务，2023年向辖内企业投资的境外机构发放人民币和美元贷款合计2.8亿元，有效助力企业“走出去”。引导银行推出风险参贷、信用风险缓释凭证等新型融资模式，累计助力企业融资超5亿元。引导银行开展“内保直贷+远期锁汇”跨境融资，助力企业规避汇率风险、降低融资成本，实现跨境融资2035万欧元。

（九）有力推动社会信用体系建设

深耕农村信用体系建设。自2012开始，推动各县（区）历时三年，完成65.1万有效农户信用信息的采集工作，实现了全市农户信息采集全覆盖。2019年，在全省率先部署“信用县”创建工作，各县（区）积极参与创建，在政务、商务、社会等各领域取得了诸多信用建设的优秀成果，灌南县荣获首家“信用县”。2020年，组织开展了新型农业经营主体征信赋能。全市共采集10234个新型农业经营主体信用信息，2023年，出台《关于深入推进江苏省农村信用体系建设的实施意见》，从市级层面形成推进农信体系建设、发挥信用助力的机制建设的坚实基础。推进企业信用体系建设。2021年，创新开发了企业征信服务平台，2022年11月成功加入长三角征信链。已经建成以征信数据库、“征信融”微信程序、政务云前置系统的“三位一体”征信架构体系。截至2023年底，平台归集了辖内83.62万户存续经营企业（含个体工商户）的11类信用数据，并与全市35家金融机构实现数据联通，80%以上银行已经将查询企业信用报告纳入信贷管理流程。2023年通过平台查询累计有1161家企业获得融资，放款金额达260.41亿元。

（十）金融惠企惠民质效不断提升

深化电信网络诈骗和跨境赌博“资金链”治理，落实《反电信网络诈骗法》和“122”机制办各项工作任务，切实维护人民群众合法权益。建立连云港市首个反洗钱宣传教育基地。持续深入推进打击整治假币违法犯罪工作。打通火烧币等特殊残损币兑换“绿色通道”，切实维护公众合法现金业务权益，2023年，市县两级人民银行共计办理特殊残损币兑换123笔、金

▲ 2023年7月16日，人民银行连云港市中心支行牵头举办2023“数字人民币 乐享新生活”主题宣传暨连云港市“欢乐嗨购 惠企利民”系列推广活动

人民银行连云港市分行供

额79.55万元，相关做法被央视中文国际频道报道。加快国库业务电子化进程，部分财政非税收入缴库电子化，国库服务质效进一步提升。2016年，为配合市委、市政府抢抓“一带一路”倡议机遇，设立了高新技术产业开发区支库。同年，配合税务部门全面开展“营改增”试点。2022年，在实施新的组合式税费支持政策下，积极配合各类税费政策的落实，办理增值税留抵退税、个人所得税等退税业务，切实让全市百姓享受到国家的退税政策的红利。助力跨境电商新业态发展，为支持东海水晶跨境电商发展，银行业金融机构为东海水晶跨境电商提供个性化定制跨境结算服务，有效提升了贸易外汇便利化水平，促进了地方跨境电商规范集约发展，从而推动贸易新业态快速发展。截至2023年底合计为跨境电商开户数1112户，办理

收汇金额8617.12万美元。

（十一）强化金融监管成效

认真贯彻落实中共中央、国务院关于打好防范化解金融风险攻坚战的决策部署，始终坚持强监管严处罚的执法导向，不断完善地方金融监管体系。一是扎实做好银行保险业的监管。开展市场乱象整治、涉企乱收费专项整治、保险业“五虚”问题专项整治等专项行动，引导机构回归经营本源，建立健全长效机制。保持监管高压态势，从严惩处银行保险机构违法违规行为。二是加强地方金融组织监管。始终坚持完善地方金融监管体系，对“7+4”类机构的监管全面加强，地方金融组织清理整顿成效明显，严重违法违规和不具备持续经营能力的地方金融组织有序退出市场。地方金融组织服务效能不断提升，全市地方金融组织今年为各类市场主体提供资金支持超130亿元，其中政府性融资担保机构保本微利运营，平均担保费率降至0.88%，进一步为中小企业节约融资成本。三是强化外汇领域监管。密切跟踪形势变化，及时对辖区跨境资金流动风险、异常资金趋势性、苗头性现象进行集中分析和风险研判，提高外汇非现场监测质效，及时发现和处置异常违规行为。紧抓重点主体和关键环节，不断加大检查和处罚力度，充分发挥打击外汇违法违规的“利剑”作用。2014年以来，共查处外汇违规案件71起，处罚没款5560.12万元，有力震慑各类违法违规主体，有效纠正外汇市场乱象，防范跨境资金流动风险，守住不发生系统性金融风险的底线，支持实体经济发展。

三、经验启示

（一）坚持改革开放的必由之路，着力推动金融体制机制创新

一是认真贯彻落实各项改革政策。立足全市“以港兴市”定位，创造条件，加快改革政策落地落实，推动更多政策红利惠及港城，结合连云港沿海开放实际需要推进各项改革措施，奠定金融业发展的基础。二是不断完善金融市场体系。用足沿海开放、一带一路、自贸试验区等金融方面给予的扶持政策，充分释放改革红利，引入多家股份制银行、保险、证券、金融组

织机构等金融业机构，增强了金融市场的活力。三是着力提高外向型经济服务水平。主动开展金融支持自贸区业务创新，尝试新的服务模式，切实满足自贸区各类融资需求，加快落实外汇管理改革，扩大跨境贸易高水平开放便利化政策覆盖面，推进跨境投融资高水平开放试点。

（二）坚持金融服务实体经济的根本宗旨，着力营造良好的货币金融环境

一是保持货币信贷和融资总量增长合理、节奏平稳、效率提升。提高政治站位，立足自身定位，不断增强信贷增长的稳定性和可持续性，优化资金供给结构，为经济高质量发展营造良好的货币金融环境。国有大型银行要做优做强，当好服务实体经济的主力军和维护金融稳定的压舱石；中小银行立足连云港市实际开展特色化经营。二是优化金融服务，推动利率稳中有降。严格执行利率政策，金融机构及时根据LPR走势调整FTP及贷款定价，加大对实体经济的支持，巩固实际贷款利率下降成果。

（三）坚持防控风险的永恒主题，着力构建良好的金融生态

一是逐步完善工作机制。市政府和金融监督管理等职能部门高度重视金融生态环境建设，定期开展生态县评定工作，逐步建立完善以政府为主导，各部门配合，各金融机构共同参与的良好的工作机制。二是加强金融风险监测。金融管理部门强化对跨市场、跨行业的交叉性金融工具的研究和监测，加强各类金融风险研判，提高工作的前瞻性、预见性。各职能部门密切联系与配合，形成市场监管和处置的合力。三是维护金融市场秩序。充分尊重市场机制，以地区经济社会发展实际为出发点和落脚点，引领行业规范发展，加强金融形势研判，加强和改进金融服务管理能力，有效维护了金融市场秩序。

法治政府建设

40年来，特别是党的十八大以来，连云港市全面贯彻落实党中央、国务院和省委、省政府的重大决策部署，全面深化社会主义市场经济本质上是法治经济的重要规律认识，坚持以法为纲、依法行政，推动经济社会发展和对外开放始终沿着法治轨道前行，法治已经成为连云港市高水平对外开放的鲜明底色和高质量发展的核心竞争力。

一、发展历程

沿海开放40年，连云港市充分发挥法治固根本、稳预期、利长远的保障作用，坚持法治同开放相伴而行、与改革同步推进，更好统筹高质量发展和高水平安全，历经三个发展阶段，基本构建起职责明确、依法行政的政府治理体系。

（一）开始起步阶段（1984—1999年）

1987年4月，第一次全国政府法制工作会议在北京召开。同年6月，全省政府法制工作会议在南京召开，提出建立和加强专门的政府法制机构，健全行政法规。为贯彻落实国务院和省政府决策部署，连云港市政府于1987年6月成立市政府办公室法制科，10月召开全市政府法制工作会议。1989年4月，开展对新中国成立以来的规范性文件清理工作。1990年3月，召开连云港市贯彻实施行政诉讼法动员大会。1991年1月，成立市政府行政复议委员会。1997年9月，党的十五大报告首次提出依法治国。1999年3月，依法治国正式写入宪法。

（二）稳步发展阶段（2000—2011年）

2000年2月，连云港市政府贯彻国务院和省政府决策部署，印发《关于全面推进依法行政的决定》。2004年3月，国务院发布《全面推进依法行政实施纲要》，首次明确提出法治政府建设目标。2006年2月，市政府印发《关于建设法治连云港推进依法行政的实施意见》。2009年12月，市政府印发《连云港市贯彻落实国务院关于加强市县政府依法行政的决定的实施意见》。2010年10月，国务院印发《关于加强法治政府建设的意见》，提出贯彻依法治国基本方略，推进依法行政。2011年1月，市政府印发《连云港市“十二五”依法行政规划（2011—2015年）》。

（三）全面推进阶段（2012年至今）

2012年11月，党的十八大把法治政府基本建成确立为到2020年全面建成小康社会的重要目标之一。2014年10月，党的十八届四中全会专题研究全面推进依法治国的重大问题，对加快建设法治政府作出部署安排。2015年12月，中共中央、国务院联合印发第一个法治政府建设五年计划《法治政府建设实施纲要（2015—2020年）》。2017年9月，为贯彻落实党中央、国务院和省委、省政府决策部署，连云港市委、市政府印发《连云港市法治政府建设实施方案（2016—2020年）》，法治政府建设进入发展新阶段。2020年11月，中央全面依法治国工作会议在北京召开。2021年8月，中共中央、国务院印发《法治政府建设实施纲要（2021—2025年）》，全面贯彻习近平法治思想，提出“十四五”时期全面推进法治政府建设的路线图和施工图。2022年4月，连云港印发“十四五”时期法治政府建设实施方案，同年6月创新出台《连云港市法治政府建设实施方案（2021—2025年）重点工作任务清单》，全面部署推进法治政府建设“十大行动·百项任务”，构建起责任明确、任务清晰、成果量化、督察督导、跟踪问效的闭环式工作机制。特别是党的二十大以来，连云港深入学习贯彻习近平总书记对江苏、对连云港工作的重要讲话重要指示精神，全面落实“四个走在前”“四个新”重大任务，全面加强党对法治政府建设的领导，扎实推进依法行政，深化法治交流合作，法治政府建设全面提质增效，取得一系列显著成就。

二、主要成就

（一）加快转变政府职能，顺应时代发展和人民群众期盼

贯彻落实国家和省决策部署，实施一系列刀刃向内改革，2000年启动行政审批制度改革，2015年启动相对集中行政许可权改革试点，2018年推进行政权力事项赋权工作，2021年深化商事制度改革，2023年创新实施县镇同权改革，全面落实“三集中四到位”，激发内生动力，释放发展活力，更好满足市场主体和人民群众需求。推行权力清单制度，制定《连云港市市级行政权力事项目录清单管理办法》，公布《连云港市行政许可事项清单》《连云港市市设权力清单》等，全市1710个村（社区）公布“公共服务”“帮办代办”两张清单。简化行政审批，2016年建立重大项目容缺预审机制，2017年启动“不见面”审批改革，2019年开展证明事项告知承诺制试点，2023年开展政务服务事项“容缺受理”改革试点。优化行政监管，出台《关于深化行政审批制度改革加强事中事后监管的意见》《连云港市“双随机、一公开”工作实施意见》《连云港市审管联动工作实施方案》等，建成网上中介服务超市，建立投标人信用承诺替代投标保证金制度，构建审批、监管、信用于一体的闭环管理机制，智慧监管、协同监管、精准监管成为主要手段。至2023年底，市级审批时限压缩93.90%，即办事项占比达74.50%，全市63类537种电子证照实现共享，140个事项实现跨省通办，企业登记、不动产登记事项实现“全市通办”，新生儿出生等26项“一件事”改革实现线上线下融合办理，重大项目建设审批时限全省最短，45个项目实现拿地即开工。掌上办、自助办、网上办成为企业和群众办事首选，海事政务“不见面”闭环管理作为政府管理创新领域改革试点经验获肯定推广，获评省自贸区十佳制度创新成果；多证合一、一照多址等商事制度改革经验入选中国（江苏）自由贸易试验区创新实践案例并在全省复制推广，证明事项告知承诺制获评江苏法治惠民实事优秀项目。全市办理各类“一件事”事项突破40万件，市场主体总量突破75万户，449家中介机构进驻网上中介服务超市，投标人选择信用承诺保证占比93.73%，节约资金占用69.86亿元。

（二）打造一流法治化营商环境，激发社会创新创造活力

坚持法治是最好的营商环境，充分运用法治力量支撑和服务高质量发展。2006年开展优化投资发展软环境建设集中整治，2010年对损害投资发展软环境行为实行责任追究制度，取得一定成效。从2022年开始，将优化营商环境作为政府推动发展的首要任务，部署开展优化营商环境攻坚年、突破年等专项行动，统筹推进市场、法治、人文等五大环境建设，发布《连云港市优化营商环境条例》《连云港市优化营商环境政策100条》等政策法规，出台深化法治化营商环境若干措施、法治护航民营经济发展二十条、涉企合同补偿救济工作机制等实施举措，创新构建法治化营商环境建设指标体系并获省政府肯定，常态化开展法治督察推动各项工作落地落实。严格落实市场准入负面清单，发布涉及政府采购、招标投标、企业登记、建筑行业、化工产业、医疗服务等领域的负面清单，对重点企业开展反不正当竞争工作指导。强化法治供给，统筹推进现代公共法律服务体系建设，出台《关于进一步深化公共法律服务体系建设的实施意见》《关于加快推进覆盖城乡的公共法律服务体系建设实施意见》等，建成市级“一站式”公共法律服务中心、海丝公共法律服务超市、港航物流法律服务中心、新丝路商事国际调解中心、连云港国际商事仲裁院，省级以上园区法律服务平台实现全覆盖。深化“万所联万会”“连律链企”工作机制，成立市总商会商事调解中心，设立海外法律服务中心，建设海外知识产权纠纷应对指导工作站。打造法治品牌，聚焦“连心城、贴心港”品牌建设，实施海洋科技创新三年行动计划，推进国家知识产权强市建设试点城市工作，建立企业网上服务中心，实施外国人来华工作“一件事”改革，推进连云港“智慧口岸”建设，推广“苏企通”平台和“免申即享”服务。2023年，31项国家试点改革事项、26个省自主改革事项、13个市自主创新试点改革事项全面落地，135家企业“免申即享”奖励资金4715万元，67家企业获2.5亿元政府信贷资金支持，减免352家中小微企业国有房屋租金，市场主体归属感和获得感显著增强。2023年，连云港市信用监测排名升至全国第34位。

（三）深化科学民主立法，增强经济社会发展内生动力

充分发挥立法的引领和推动作用，正确处理立法与改革的关系，实现

▲ 2023年11月28日，市公共法律服务中心建成使用　市司法局供

立法决策和改革决策相统一。2016年1月，连云港市开始行使立法地方权，按照全面贯彻新发展理念、构建新发展格局和打造新质生产力发展重要阵地要求，连云港市广泛征求社会各界意见，科学编制立法计划，制定一批服务中心大局、反映人民意志、体现地方特色的良法。出台全国首部海洋牧场地方性法规《连云港市海洋牧场管理条例》，全国首部推动石化产业发展的地方性法规《连云港石化产业基地高质量发展条例》，全国首部滨海湿地保护地方性法规《连云港市滨海湿地保护条例》，全省首部文化生态区建设管理规章《连云港市文化生态保护区建设管理办法》等。深化与长三角、新丝路沿线、江苏沿海、苏北鲁南等区域立法协作，统筹推动事关高质量发展的基础领域立法。完善政府立法机制，制定《连云港市人民政府规

章制定程序暂行规定》《关于建立政府立法民主协商工作机制的意见》《关于建立“谁立法谁普法”机制的实施意见》等，出台《连云港市政府立法基层联系点管理规则》《连云港市立法制规基层联系点工作办法》等，建立政党协商机制和政协委员挂钩立法项目制度，建成30个立法制规基层联系点，增强政府立法的烟火气，推动立法活动接地气、聚人气。实施行政规范性文件全生命周期管理，出台《连云港市行政规范性文件管理办法》《连云港市行政规范性文件认定办法》《连云港市规范性文件实施情况后评价办法》等，构建起完善的备案审查制度体系。定期开展行政规范性文件清理工作，2003—2023年废止各类行政规范性文件2407件，对268件市政府行政规范性文件开展后评估，实施合法性审查与公平竞争审查“双审”联动机制，持续降低制度性交易成本，以良法护航经济社会高质量发展。

（四）深化依法科学民主决策，维护人民群众根本利益

坚持人民至上，发展全过程人民民主，推进重大行政决策法治化。2009年探索建立重大行政决策制度，2017年启动省级重大行政决策规范化管理试点，2023年全面推进政府重大行政决策程序制度建设，出台《连云港市人民政府重大行政决策程序规定》《连云港市人民政府重大行政决策事项目录管理办法》《连云港市人民政府重大行政决策风险评估暂行办法》等，完善公众参与、专家论证、风险评估、合法性审查和集体讨论决定五大程序，全面建立决策闭环管理机制，提高决策的质量和效率。充分发挥专家智库作用，2016年推行政府法律顾问制度，2017年市、县、乡三级政府法律顾问全覆盖，2019年全市1685个村（社区）配备法律顾问。2023年，整合政府法律顾问资源，组建市级重大行政决策咨询论证专家库，有效发挥专家决策辅助和监督管理作用，推进科学民主决策。加强重大行政决策执行与监督，将重大行政决策实施情况纳入全市高质量发展考核指标，定期开展决策实施情况法治督察，对决策实施后明显未达预期效果，公民、法人或者其他组织提出较多意见的重大行政决策事项开展决策后评估。2022年起，对涉及沿海开发、一带一路、长三角区域发展等重大战略规划、重大政策的决策事项实施评估，对《深入推进标准化发展的实施意见》等支撑高质量发展的基础事项开展决策后评估，及时优化调整政策，推动重大决策部署落地见效。

（五）深化行政执法体制改革，提振市场主体发展信心

坚持刚性执法与柔性服务有机结合，积极回应市场主体对政府“有温度监管”的诉求，2016年启动综合行政执法体制改革试点，2017年推进行政执法规范化建设，2018年推行行政执法三项制度，2021年开展包容审慎监管试点，2022年创新实施“综合查一次”改革，2023年统筹推进行政裁量权基准制定和管理、规范涉企执法、监管行为，提升行政执法质量效能。加强行政执法监督机制和能力建设，2007年建立行政执法主体和行政执法人员资格制度，2008年推行行政执法权力清单，2013年推广行政执法“公开审案”机制，2016年建立行政执法双随机抽查机制，2019年推进综合行政执法信息化平台建设，2022年推行行政执法免罚轻罚清单制度，2023年启动行政执法质量三年提升行动，通过强化源头监督、专项监督和联动监督，基层行政执法人员能力素质和公正文明执法水平显著提升。加强行政执法与刑事司法衔接，2016年出台“两法衔接”实施细则，2017年建立联席会议制度，2018年推动省市平台数据共享，2022年开展“食药环”违法犯罪打击整治，2023年建设智慧执法办案管理中心，实现全流程在线办案和全过程实时监督，有效解决有案不移、有案难移、以罚代刑等现象。2021年底，全市90个乡镇（街道）全部设立综合行政执法局，承接行政处罚赋权事项110项。2023年底，建成市县“综合查一次”数字化平台，编制“综合查一次”场景496个，减少入企重复检查3500次以上。开展交通运输执法领域突出问题专项整治，建成“互联网+监督”平台，全市各级行政执法主体和行政执法人员全部纳入平台管理，归集各类行政执法数据75万余条，主城区实现入企扫码查一次。

（六）深化行政权力多元监督，推进治理体系和治理能力现代化

坚持有权必有责，用权受监督，自觉接受人大监督、民主监督、司法监督、群众监督、舆论监督，发挥审计监督、统计监督职能。2016—2023年，市政府办理人大代表建议1658件、政协委员提案2936件，办结率和满意率均达100%。保障和支持审计部门依法独立行使监督权，对全市1190个项目开展审计工作，移送违法违纪案件线索110余件。主动回应社会关切，召开各类新闻发布会790余场次，常态化举办《政风热线》《行风热线》直播活动，市政府主要领导带头问政于民并亲自督导整改，全面增进互动交流，形成社会各界参与监督的良好氛围。推进基层治理现代化，出台《关于加强基层治理体系和治理能力现代化建设的实施意见》《关于加强新型农村社区治理服务的实施意见》等，2015年启动法律明白人工程，2016年探索“一委三会”治理模式，2017年启动网格化社会治理，2020年发布“一委三会”治理工作规范，2021年推进基层“援法议事”，2023年推进村级协商议事和减负增能，增强人民群众获得感、幸福感和安全感。广泛凝聚法治共识，深入推进全民普法教育，压实主体责任，开展“谁执法谁普法”履职评议，全市党政机关普法责任实现有效覆盖。发挥连云港自然资源禀赋、历史人文和红色文化资源，出台《关于推动社会主义法治文化建设高质量发展实施方案》《连云港市法治文化建设“十百千”工程实施方案》等，建成市级法治文化公园、锦屏山生态法治公园等一批法景融合的特色法治

▲ 2021年12月4日，灌云县举办国家宪法日宣传活动　市司法局供

文化阵地，不断夯实市域治理现代化建设根基。至2023年底，全市“精网微格”设立全要素网格4932个，划分“微网格”63495个，采集上报事件80余万件。“一委三会”治理模式获民政部推广，获评江苏基层社会治理创新成果奖。建成国家级民主法治示范村（社区）16个，培养法律明白人1.1万名，村（社区）“援法议事”覆盖率100%，群众安全感持续创新高，公民法治素养和社会治理法治化水平显著提升，全社会尊法学法守法用法的自觉性和主动性显著增强。

（七）深化矛盾纠纷行政预防调处化解，维护社会公平正义

坚持和发展新时代“枫桥经验”，把非诉讼纠纷解决机制挺在前面，推动更多法治力量向引导和疏导端用力。2017年创新建立矛盾纠纷多元化解机制，2018年推进行政调解规范化建设，2019年开展非诉讼纠纷解决机制建设试点，2020年创新建立行政调解协议司法确认制度，2022年推进涉外商事调解工作，2023年推进重点行业领域调解工作，先后出台《关于建立完善非诉讼纠纷解决机制的实施意见》《关于全面推进行政调解法治化建设的实施意见》等，行政调解协议司法确认制度获中央政法委、最高人民法院推广，打造新时代非诉讼纠纷解决机制获评全省创建全国法治政府建设优胜项目。建成连云港市非诉讼服务中心、一带一路非诉讼服务分中心、涉外商事海事多元解纷中心等，在33家市级行政机关设立行政调解委员会，在金融、医疗等重点领域设立44个非诉讼服务分中心，在800余家企事业单位设立劳动人事争议调解点，诉前化解率、息诉率连续提升，劳资矛盾多元调解改革试点经验获省政府肯定。深化行政复议改革，2009年开展相对集中行政复议权试点，2012年规范行政复议案件办理程序，2013年建立行政复议案件前置调解制度，2015年开展行政复议规范化建设，2017年行政复议文书网上公开，2018年建立行政复议司法确认制度，2021年市县两级人民政府统一行使行政复议职责，2022年基本形成公正权威、统一高效的行政复议体制，2023年开展全市行政复议能力提升年活动，先后出台《连云港市行政案件败诉过错责任追究办法》《连云港市关于加强行政行为自我纠正的指导意见》等，“3+2”工作机制推动行政争议实质性化解获全省司法行政系统改革创新奖。建成市级行政争议调处中心，深化行政复议案件繁简分流，平均审理期限压缩30%以上，最快1天化解审结。组织市县乡三级政府及部门领导旁听庭审，发布涉企行政争议实质性化解典型案例，对行政诉讼发案量和败诉率较高的行政机关和执法领域挂牌督办。2023年全年化解矛盾纠纷10.1万件，诉前化解率50.14%，80%以上劳动争议实现调解结案，行政机关负责人出庭应诉率99.60%，新收行政复议案件1209件，超过人民法院一审行政诉讼收案数15.92%，直接纠错率13.33%，调解和解方式得到实质性化解案件率31.52%。推进信访工作法治化，市政府主要领导把接待来访、阅批来信作为联系群众重要纽带，把信访工作列入重要议事日程，亲自研究、亲自部署、亲自批阅、亲自查办。2015年推进通过法定途径分类处理信访诉求改革，2016年推进"互联网+信访"工作，2017年推行群众依法逐级走访权益保障卡制度改革，2018年推进访调对接融合调处机制改革，2019年开展信访矛盾化解攻坚年，2022年开展信访突出问题攻坚化解年行动，2023年开展信访突出问题攻坚化解巩固提升年行动，全市信访总量连续稳步下降。

（八）全面防范化解重大风险，守牢安全发展底线

正确认识和把握防范化解重大风险，增强大局意识，树牢底线思维，以一域之稳护全局之安。2016年推进安全生产监管执法，2019年开展安全生产大排查大整治，2020年启动突发公共卫生事件响应，2021年完善重大疫情防控体制机制，2022年实施发展安全"三百工程"，2023年推进应急管理体系和能力建设，出台《连云港市应急救援联动体系的实施方案》等防风险保民生制度，建立"1+13+X+Y"基层应急预案体系和"1+1+7+X"应急物资储备体系，实施安全生产"吹哨人"机制，开展自然灾害风险普查，统筹推进疫情防控和民生保障工作，健全突发公共卫生事件"平战转换"机制，发布助企纾困政策措施，推动经济运行率先整体好。建立智能化监测预警平台，统筹国家综合性消防救援队伍、行业领域专业救援队任、社会应急救援队伍等各方力量，针对事故多发领域和自然灾害突出风险开展重点演练，构建分级响应、指挥作战、联动救援等应急联动六大体系。2022年起，全市各类生产安全事故数量和死亡人数连续实现双下降，未发生较大及以上事故。强化重点人群教育管理，出台社区矫正对象涉海涉渔外出活动监督管理办法，推进县级智慧矫正中心、阳光帮扶基地全覆盖，针对重点敏感时段开展突出问题排查整治，重点人员全部落实教育帮扶和管控措施。构建分层分类社会救助体系，建立困难对象因病返贫致贫预警监测机制，持续提高孤儿基本生活费保障标准，为全市9000余名农村留守儿童、散居孤儿及事实无人抚养儿童购买意外伤害和重大疾病保险。推进市域风险防控中心建设，建立市域风险防控“3+5+N”运行机制，提升风险防控能力和社会治理智慧化水平。

（九）全面建设数字法治政府，构建社会治理新格局

主动顺应经济社会数字化转型趋势，坚持政府治理数字化与法治化深度融合，用数字化理念、技术和手段破解群众“急难愁盼”问题。2017年启动电子政务外网暨大数据中心建设，2018年发布《连云港市数字政府建设顶层设计方案》、连云港市公共数据开放网上线试运行、连云港市智慧城市运营中心（城市大脑）投入使用，2019年发布《连云港市公共数据开放与开发利用管理暂行办法》、“我的连云港”APP上线运行，2022年推进数字政府高质量建设，2023年深化数据共享交换体系。至2023年底，连云港市公共数据开放网已开放数据超610万条，共享交换平台汇聚数据总量超450亿条，开展全市公共数据普查，建立首席数据官制度，落实“一数一源”标准，全面打通数据链条。推进公共资源交易领域数字人民币试点，对各类交易服务费、产权交易结算费、专家评审费、投标保证金等使用数字人民币结算。强化数据安全管理，建立政企合作自主创新机制，开展关键核心技术集成攻关，强化技术支撑和数据安全，扎实构建标准统一、管理协同、安全可靠、权威高效的新一代政务数据共享交换体系。创新“审管联动+信用承诺”监管机制，智慧监管、协同监管、精准监管能力和水平显著提升。

（十）全面加强党的领导，筑牢法治政府建设根基

深入学习贯彻习近平法治思想，坚持党的领导、人民当家作主、依法治国有机统一，全面深化法治政府建设领域改革，坚定不移走中国特色社会主义法治道路。2021年开始，市委、市政府从推进中国式现代化连云港新实践的战略高度定位法治、布局法治，把法治政府建设摆在经济社会高质量发展全局中、作为示范引领“十四五”法治建设的标杆位置上，统筹谋划，系统推进，深入探索。主要领导、分管领导同志率先垂范，始终做到“四个亲自”：亲自宣传贯彻党的二十大精神和习近平法治思想，亲自指导制定依法治市、依法行政等年度计划，亲自主持召开市委全面依法治市委员会会议、市依法行政工作领导小组会议等，亲自督导督办事关民生福祉、行政执法改革、营商环境建设等重要工作落地落实。党政主要负责人专题述法实现全覆盖，出台《连云港市党政主要负责人常态化述法工作规则》等，9个县（区、功能板块）、68个市直部门党政主要负责人向市委报告法治建设第一责任人履职情况，205名市县乡党政主要负责人参加述法活动并接受现场评议。建立常态化法治督察工作机制，中央法治督察反馈意见整改实现问题“见底清零”，道路交通安全和运输执法领域突出问题专项整治实现“抓源治本和标本兼治”，专题开展“十四五”时期法治连云港建设“一规划、两方案”实施中期评估、法治政府建设“十大行动·百项任务”中期量化评估，各项重点任务全部实现“双过半”，法治连云港、法治政府、法治社会一体建设的蓝图更加清晰、更加具体、更加可感可及。

三、经验启示

（一）坚持统筹推进法治政府建设

法治政府建设是一项涉及面广、任务艰巨、责任重大的系统工程。回顾40年发展历程，连云港始终坚持系统观念，善用普遍联系的观点定位法治，用全面系统的观点厉行法治，用发展变化的观点建设法治，抓紧抓牢“关键少数”，压紧压实法治政府建设主体责任，各级党政主要负责人做到“四个亲自”，推动法治政府与法治连云港、法治社会一体建设，同向发力，贯通联动，政府工作全面纳入法治轨道。

（二）坚持深化法治政府建设领域改革

奋进新时代，连云港牢牢把握全面深化改革和全面依法治国的时代主题，正确认识和处理改革与法治的关系，始终坚持在法治下推进改革，在改革中完善法治。坚持把法治政府建设领域改革作为全面深化法治领域改革的重点任务，作为释放发展活力、转换发展动力、推动新质生产力发展的关键举措，牵一发而动全身，谋一域而促全局，科学立法、严格执法、公正司法、守法普法等各项事业实现全方位进步、历史性变革。

（三）坚持创新驱动法治政府建设

"十四五"以来，连云港全面对标2035年法治中国、法治江苏、法治连云港建设的远景目标，坚持创新驱动发展，充分发挥中长期规划的引领和导向作用，广泛征求社会各界意见建议，制定发布《连云港市法治政府建设实施方案（2021—2025年）》，创新实施法治政府建设"十大行动 · 百项任务"，建立健全法治政府建设闭环管理机制和工作责任体系，以工匠精神把法治政府建设的规划蓝图变成可观可感可及的实景图。2023年底，115项重点任务已完成62项，37项改革成果获省级以上肯定推广，其中"行政调解协议司法确认制度""海事政务闭环""审管联动"等3项制度全国首创，"公共法律服务体系建设联席会议""涉海涉渔社矫对象监管""司法所长列席镇街党政工作会议"等15项机制全省首创，"困境儿童司法救助机制"等19个典型案例获司法部、省司法厅肯定推介，一系列改革成果更好支撑和服务中国式现代化连云港新实践。

肆

特色产业

现代化产业体系的构建

工业和信息化的发展

石化和“三新一高”产业的发展

商贸流通业的发展

海洋经济的发展

旅游业的发展

现代化产业体系的构建

40年来，连云港市坚持“工业立市、产业强市”，现代化产业体系不断健全，全市工业总产值由1984年的18.52亿元增至2023年的5169.1亿元，工业增加值由5.58亿元增至1538.9亿元，以石化、“三新一高”为代表的主导产业蓬勃发展，成为推动连云港市经济高质量发展的强劲动力。

一、传统优势产业发展加速

（一）经济规模快速壮大

截至2023年，全市实现地区生产总值达4364亿元，同比增加10.2%。全年三次产业结构比例为10∶46.1∶43.9，规模以上工业总产值约为5169.1亿元，工业战略性新兴产业产值占规上工业比重达33%，高新技术产业产值占规上工业比重达34.8%。石化产业首次突破两千亿元，同比增长71%，在2022年破千亿的基础上再上一个台阶，石化基地的盛虹炼化一体化、中化国际、卫星石化等项目2023年完成投资415亿元，形成涵盖炼化一体化和多元化原料加工、化工新材料、高端化学品的石化产业体系；医药产业围绕打造全国一流的“中华药港”，大力发展壮大生物药、化学药、现代中药等优势产业，鼓励高端医疗器械、特殊医学用途配方食品、现代医药服务产业等大健康特色产业发展，构建完备的产业体系和全产业链配套服务体系，持续强化医药全国领先优势，形成特色鲜明的“4+X”产业体系，全面打造国内一

1984年、2023年连云港市三次产业占比图

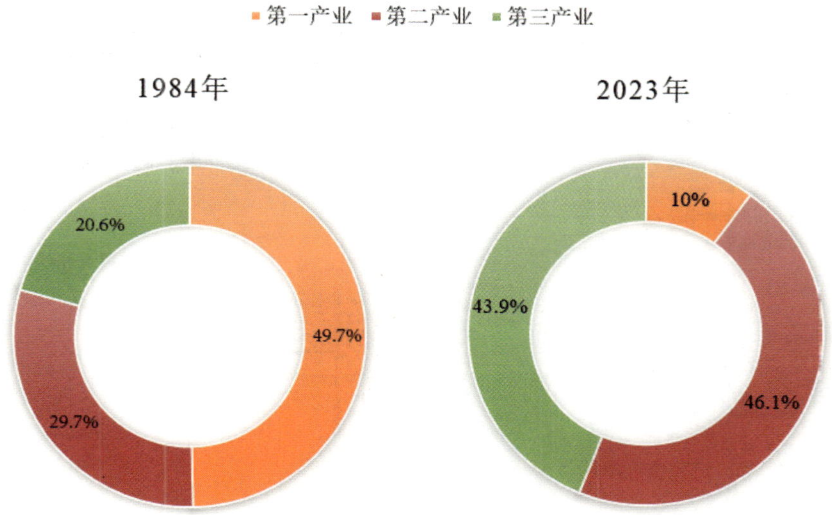

流、国际知名的医药产业新地标；钢铁合金产业2023年受产能限制等因素影响，全年产值约489.8亿元，其中销售过百亿企业3家。顺应钢铁产业发展总体趋势，支持钢铁企业加大技术改造投入力度，重点发展精品特钢、建材钢、钢制品深加工等高附加值产品，推动钢铁产品结构调整升级和产业提质增效，持续提升钢铁行业绿色环保和智能制造水平，稳步淘汰低效落后产能，加快企业绿色化改造，全面提高钢铁产业绿色化、低碳化水平，打造成为沿海一流的优质精品钢产业基地。

（二）产业集中集聚发展

从园区布局情况看，全市80%以上的工业集中在13家省级以上开发园区。东部沿海园区重点发展基地型、基础型临港产业，石化、冶金等产业快速发展壮大。连云港经开区重点发展新医药、新材料、高端装备等产业。海州区（高新区）重点培育科技研发、总部办公、网络信息等新经济新业态。县域园区因地制宜发展新能源、新材料、电子信息产业。从产业布局情况看，石化和化工产业主要集中在连云港石化产业基地、赣榆临港产业区等4个省级化工园区；新材料产业形成了以连云港经开区为主体的“新材料产业国家高技术产业基地”、以东海县为主体的“国家硅材料基地”；钢铁产业主要集中在北翼赣榆临港产业区和南翼灌南临港产业区，拥有合

▲ 2023年，全市农业电商网上营销销售额297.72亿元，其中农产品销售额282.31亿元。图为灌云电商馆　市农业农村局供

法产能超900万吨；装备制造业拥有连云港经开区风电装备、海州区工程机械、纺织机械和电力设备、东海县汽车零部件、赣榆区紧固件及标准件制造等四大特色板块。从区域合作情况看，在国家相关部委的关心支持下，连云港市对接国家战略的条件越来越完善，国家级石化基地的加速崛起，夯实了连云港市加快发展的基础；科技飞地的双促双引，实现了苏北产业空间和苏南科教资源合理配置。接下来，全市将强化与长三角发达地区在产业承接、园区共建等方面开展务实合作，更好推进区域合作。

（三）三次产业加快融合

制造业与服务业融合发展。加快数字经济发展，推动大数据、云计算、物联网应用，推进传统产业智能化改造和数字化转型。现代服务业集聚融合。先后获批国家粮食物流核心枢纽和现代流通战略支点城市，徐圩新区综合物流园和江苏万发国际物流园成功创建省级示范物流园，老新浦风情街区和灌云县主题服饰现代服务业集聚区成功申创省级服务业集聚区，扎实建设发展。现代农业与信息化深度融合。在全省率先启动农业综合信息服务平台建设，截至2023年全市接入物联网应用主体253家。2023年，全市农业电商网上营销销售额297.72亿元，其中农产品销售额282.31亿元。2023年获批国家农业农村信息化示范基地1家、省级数字农业农村基地3家、新建市级数字农业农村基地15家。

二、战略性新兴产业持续推进

（一）新医药产业

2023年，全市规模以上医药制造业实现产值633.2亿元。新医药产业形成新型肝病药物、新型抗肿瘤药、麻醉镇痛药物、新型中成药、医用消毒灭菌设备及新型药用包装材料等六大特色医药集群，建成全国最大的抗肿瘤药物、抗肝炎药物生产基地及重要的现代中药生产基地。连云港市通过GMP符合性检查的药品制剂和原料药生产线达250个，四大药企先后获评国家级绿色工厂，豪森创成国家级绿色供应链，德源药业获省级绿色工厂。

（二）新材料产业

2023年，全市新材料产业实现产值822.8亿元。已建成国内知名的碳纤维、聚酰亚胺纤维产业化基地，硅材料和环氧模塑料生产基地，并构建了以化工新材料和精细化工为特色化工新材料基地。其中石化新材料行业贡献度超八成，成为全市战新产业发展重要支撑。

（三）新能源产业

全市新能源企业总数75家，新能源企业总产值442.83亿元，形成海州、连云、赣榆在内的中心城区及柘汪、海头等沿海区域协同发展的新能源产业链。顶层设计不断完善，规模持续壮大，全力构建“长三角”种类最全能源供应基地。编制《连云港市氢能产业发展规划》《连云港市氢能产业发展三年实施方案》等指导文件；田湾核电站1–6号机组相继建成投产，7、8号机组加快建设，建成后将成为全球最大的核电基地；可再生能源发电装机容量449.11万千瓦，同比增长43.01%，占全省新能源装机容量的6.80%，全省排名第6。

▲ 康缘药业车间场景　连云港经开区供

（四）高端装备制造产业

全市规上装备制造业2023年实现产值408.8亿元。装备制造产业建成四大特色板块，建成连云港经开区新型电力装备制造业特色产业及新能源装备制造基地，海州开发区装备制造特色产业基地和灌云农用机械特色产业基地3个省级装备制造业特色基地，成功研制出碳纤维成套设备、智能纺织设备、多功能钻机、高端智能采煤机、石油物探装备、智能机器人等一批填补国内空白的成套装备。

三、未来产业开篇布局

未来产业代表新一轮科技革命和产业变革方向，是引领经济社会发展的变革力量，是加快高质量跨越式发展、推进现代化建设、赢取未来发展主动权的关键所在。连云港市作为“一带一路”交汇点城市和新亚欧大陆桥经济走廊节点城市，迫切需要培育发展未来产业，加快形成新质生产力。立足连云港市未来产业发展基础，坚持问题导向与目标导向相结合，按照前瞻布局、重点突破，创新驱动、应用牵引，政府引导、市场主导，开放合作、协同联运的原则，构建“5+N”未来产业体系，加快形成新质生产力。

瞄准构建现代化能源体系，立足全市工业副产氢资源丰富，依托田湾核电站技术优势，发展低碳能源产业；立足太湖实验室连云港中心和深远海装备海上科学试验基础设施建设，结合全省未来产业布局，重点支持连云港等地发展深海深地空天领域，发展深海远海开发产业；深入贯彻习近平总书记关于“以合成生物学、基因编辑、脑科学、再生医学等为代表的生命科学领域孕育新的变革”的重大战略研判和指引，立足国家级生物医药产业集群建设，以及细胞治疗产业巨大的市场前景，发展生命健康产业；立足中复神鹰、神特新材料等重点企业布局，以及东海县硅材料资源优势，发展前沿新材料产业；依托中国船舶第七一六研究所等龙头企业布局，结合连云港未来智造升级需要，发展通用智能产业；深度把握全球产业变革趋势，突出无中生有、有中生新，重点关注未来网络、元宇宙、人形机器人、生物育种等前沿领域。

工业和信息化的发展

40年来，连云港市工业以提高经济效益为中心，充分发挥区域和资源优势，加快推进工业化进程，其产业结构、行业结构、企业组织结构、所有制结构都发生了重大变化。化工、纺织、轻工、机械等八大国有工业公司先后撤并或改制，民营工业蓬勃发展。江苏太平洋石英股份有限公司、江苏润普食品科技股份有限公司等12家工业企业先后于上交所主板、科创板、深交所主板、北交所上市，新材料、新能源、新医药、高端装备、钢铁、石化化工六大主导产业蓬勃发展，徐圩新区石化产业基地成为国家七大石化产业基地之一，具有连云港特色、国内一流的中华药港正在建设，东海县已发展成为全国最大的石英玻璃管生产基地，拥有国内单机容量最大的田湾核电。全市第二产业增加值在国民经济三个产业中的比重由末位上升到首位，且呈逐年递增趋势。

一、工业发展历程

40年来，连云港市工业发展大体经历了五个主要阶段。

（一）加快开放阶段（1984—1991年）

1984年5月，连云港市获批全国首批沿海开放城市，开启了经济发展的新篇章。连云港市先后兴建了国家级经济技术开发区——连云港经开区、全国三大碱厂之一的连云港碱厂、当时江苏省最大的食品合资企业——中日合资三得利食品有限公司以及钟山氨纶、药用包装等项目。是年，全市共有独立核算工业企业1181家，完成工业总产值13.88亿元，实现利润8225万元，销售收入11.68亿元，年末固定资产净值6.42亿元。主要产品为原煤、火电、磷矿粉、纯碱、化肥、农药、电子元器件、变压器、毛巾、卫生纸等。1990年9月，新亚欧大陆桥全线贯通，连云港在国内外的知名度明显提升，全市对外开放程度再掀高潮。但随着外资引进和市场开放，连云港市工业企业客观存在的产品结构单一、技术含量较低、经营思想落后等问题开始暴露，在竞争中陷入困境。1990年，全市全民独立核算工业企业222家，当年亏损64家；完成工业总产值（1980年不变价）17.59亿元，较1989年下降0.8%；实现销售收入23.95亿元，增长0.1%；实现利税下降35.1%。1991年，全市完成工业总产值（1990年不变价）28.71亿元，增长2.7%；销售收入25.30亿元，增长5.6%；实现利税下降31.4%。为新中国成立后全市工业经济发展最缓慢的时期。横向比较，连云港市工业与其他发达城市的发展差距也在扩大。

（二）攻坚克难阶段（1992—1997年）

1992年初，邓小平南方谈话后，连云港市经济建设步伐加快。到1997年9月中共十五大召开，全市经济建设已进入到加快实现经济体制和经济增长方式两个根本性转变，建立社会主义市场经济体制的攻坚阶段。5年间，全市工业针对自身薄弱环节，以提高经济运行质量为核心，加快产品结构调整，加大经营体制改革，先后有1109家企业实施了拍卖、先售后股、租赁等多种形式的改制，完成优势企业对劣势企业兼并27对，19家县属以上企业基本完成破产终结工作，269家乡镇企业改制为股份合作制。并开始启动产权制度改革试点。1997年，全市乡及乡以上工业完成总产值228.63亿元，增长16.9%；销售收入182.75亿元，增长16.5%；利税10.93亿元，增长23.8%；实现利润增长78.1%。全市利税过1000万元的企业12家，其中过5000万元的企业6家。工业经济在改造传统行业的基础上已初步形成以医药、化工、纺织、食品加工及建材等5大新兴支柱行业，其总资产占全市工业资产的50.44%；完成工业总产值、销售收入和利税分别占全市工业的52.63%、55.62%和59.54%。增加值年均增长达14.7%，是新中国成立以来发展最快的阶段之一。

（三）崛起奋进阶段（1998—2004年）

中共十五大后，连云港市经济发展开始向更深层次和更深领域推进。全市在加快国有企业改革、完善股份制改造、扩大产权制度改革力度等方面进行突破，经济建设进入新的加速增长期。一批具有发展潜力的大型骨干企业和集团，如益海（连云港）粮油有限公司、江苏省恒瑞医药股份有限公司、罗盖特连云港工业有限公司以及江苏核电集团等开始崛起，拉动全市经济快速发展。1999年，全市二十户重点工业企业实现利税和利润的比重，就占国有及年产品销售收入500万元以上非国有工业企业利税、利润的44.7%和53.6%。产品销售收入超亿元工业企业24户，完成销售收入占全市的27.2%。2000年，全市工业增加值达到73.5亿元，历史上首次超过农业。2003年，尽管遭遇“非典”疫情及多年罕见的自然灾害，全市规模以上工业完成工业总产值、销售收入和利税，均保持20%以上的增长势头。尤其是医药制造业开始成为全市高新技术产业的龙头，其从业人员占全市高新技术企业人员的比重达48.5%，工业产值占69.1%，销售收入占70.3%，利税总额占87.8%。2004年，更是全市经济超常规发展的一年。全市规模以上工业企业完成工业总产值288.20亿元，增长40.0%；完成产品销售收入261.15亿元，增长37.6%；规模以上国有工业完成总产值34.28亿元，增长56.9%。2005年，全市工业增加值拉动全市经济增长6.1个百分点，其中规模以上工业企业实现增加值增长22.0%，创七年最高水平。全市规模以上高新技术企业完成工业总产值增长35.0%，占全市规模以上工业的18.1%。

（四）蓬勃发展阶段（2005—2012年）

2005年后，连云港市贯彻省委“以工兴港、以港兴市、以市带农”的发展方针，全方位拉开了“一心三极”海滨城市、“一体两翼”组合大港、“一纵一横”产业走廊建设框架，兴起了大开发、大建设、大发展热潮，综合经济实力快速提升，工业经济坚持走新型工业化、产业高端化道路，不断优化产业结构，优先发展新医药、新材料、新能源、高端装备制造等战略性新兴产业；积极抢抓沿海开发，大力发展石化、冶金、重型装备制造等临港产业。2006年，临港工业实现突破，益海粮油、东方集装箱等一批重大项目相继建成投产，连云港市由工业化初期向工业化中期迈进，城市支撑能力不断增强，为汇聚各类发展要素提供了良好的载体，同时投资软硬环境的不断改善，具备了承接大规模、高层次资本和产业转移的主客观条件，盐滩、海港、园区开发力度加大，临港产业和现代物流等战略措施逐步推进。2007年，《连云港市“十一五”工业发展规划纲要》出台以指导全市工业发展。2009年，全年工业产值首次突破千亿大关。在这一阶段，连云港开始由轻工业为中心向重化工业为中心转移。2012年，全市规模以上工业企业完成工业总产值3353.48亿元，增长26.77%；完成增加值672.47亿元，增长17.3%，增速居全省第3位。

（五）高质量发展阶段（2013年至今）

党的十八大以来，面对经济发展资源要素缺乏、生态环境压力和国内外市场约束等瓶颈制约，连云港加快先进制造业基础建设，走新型工业化道路，推进工业结构调整和发展方式转变，工业经济发展已从数量扩张转向质量效益提升。在发展纺织、服装、化工、食品、建材等传统优势产业的同时，积极发展装备制造业、高新技术产业、战略性新兴产业和临港重化工业，工业结构调整取得显著成效，向高质量发展阶段迈进。在此期间，连云港以结构调整为主线，以“抓大放小”、培育大企业、大集团和支柱产业为主攻方向，坚持以科技进步、结构调整推进发展方式转变，促进工业经济速度质量同步提升。通过结构调整，连云港市“小而全”“小而散”和层次低的状况有所改观，支柱产业主导地位突出，新兴产业迅速崛起，传统产业层次不断提升，工业经济结构逐步趋向合理，基本上形成了产业链条不断延伸，大企业、大集团支撑作用明显，各种经济类型共同发展的新格局。2018年连云港规模以上工业总产值突破2000亿，2023年全市三次产业结构比例为10∶46.1∶43.9，与沿海开放初期的49.7∶29.7∶20.6相比，工业占比提高了16.4个百分点，全市产业结构更加合理；2023年位列全国先进制造业百强市第48位，城市综合竞争力显著增强。工业总量也得到进一步壮大，全市工业总产值由1984年的18.52亿元增至2023年的5169.1亿元，增长了279倍；工业增加值由5.58亿元增至1538.9亿元，增长了276倍；产品销售收入由12.34亿元增至5540.5亿元，增长了449倍；工业利税总额由2.24亿元增至814.91亿元，增长了364倍，工业成为推动连云港市经济快速发展的主导力量。

二、工业主要成就

（一）供给侧结构性改革成效明显

新中国成立初期至改革开放前夕，连云港工业经济发展水平起伏不定，改革开放以来的40年，工业经济发展水平不断提升，尤其是十八大以来，全市出台了一系列从放宽市场准入、优先优惠工业用地，到实行新办工业企业税费优惠政策，增长质量持续改善。随着去产能深入推进，全市工业企业杠杆率下降，产成品存货周转继续加快，主营业务利润率提升，每百元营业收入中的成本减少，企业回款状况持续好转。打通供需去库存，产成品存货占用率持续降低。打好“减负降本”系列组合拳，降成本政策红利不断显现，企业效益持续改善，发展活力有效释放。全市钢铁、原油、电力行业产业集中度逐步提高，优质产能占比进一步提升并稳步释放，行业供给质量和效率大幅提升。

（二）新兴产业不断孕育成长

新中国成立初期至90年代，连云港市工业结构以化工、农副食品、电子、纺织等传统行业为主，进入21世纪特别是党的十八大以来，全市大力发展高技术产业和先进制造业，积极推动战略性新兴产业，新动能加快孕育发展，工业经济不断向中高端迈进。近年来，全市新医药、新材料、新能源等高新技术产业形成了明显优势，培育了国家级新医药、新材料产业基地，突破国外技术封锁的万吨级碳纤维基地投产，建成了亚洲最大的风电叶片生产基地。2023年，全市战略性新兴产业产值占比达39%。

（三）创新能力加速提升

以企业为主导的工业创新体系更加完善，工业企业自主创新能力不断提升。2023年底，连云港市国家级企业技术中心数量从2010年的5家增加到7家，主要集中在医药板块，从行业来看，分别为医药制造业4家，通用设备制造业1家，电气机械和器材制造业1家，化学纤维制造业1家。建成

▲ 中复连众生产的风电叶片在港口装船准备出口　连云港经开区供

省原创化学药创新中心、硅材料产业科技创新中心等平台。医药创新力全国领先，四大药企全部入选中国医药研发产品线最佳工业企业十强。恒瑞医药、豪森药业分列A股、H股市值龙头。恒瑞医药和正大天晴进入全球制药企业50强，成为首次上榜的中国企业。

（四）绿色发展成效显著

面对日益突出的资源紧缺、环境承载力压力加大的矛盾，连云港深入践行绿水青山就是金山银山重要发展理念，把绿色发展作为推动工业经济可持续发展的自主选择。连云港市积极淘汰落后产能，对安全环保不达标、风险隐患突出的企业坚决整改，为重大项目、优势产业腾出发展空间。持续开展化工企业环保安全整治和“散乱污”企业整治行动，主动淘汰一批污染大、效益差、技术含量低的企业。2023年末成功创建国家级绿色工厂17家、绿色供应链2条、绿色产品2个、省级绿色工厂22家。

三、信息化建设发展历程

连云港市信息化发展的主要历程可以划分为三个阶段，即准备阶段

（1993年以前）、启动和展开阶段（1993年3月至2000年10月）和发展阶段（2001年至今）。

（一）信息化建设的准备阶段（1984—1993年）

这一阶段是连云港市信息化建设的初期准备阶段。计算机技术开始在连云港市若干重要科研院所和大型企业中启用，如化工部连云港矿山设计院使用国产计算机上进行工程设计解算，连云港港口运输中的计算机控制等，但应用规模与水平仍停留在初期阶段。尽管如此，连云港市政府各部门和若干大型企业已认识到信息技术对于推动经济发展、提升城市综合服务功能的重大意义。

信息化建设管理机构与学术组织成立。市政府有关部门成立专门组织对信息化建设进行管理和规划。1984年，连云港市科委成立电子计算机办公室，并在其倡导下，先后成立了市微电脑应用协会、市计算机学会。1985年，地方无线电管理业务从军队移交到地方政府，市政府开始制定无线电管理实施办法。1986年，连云港市经济委员会筹建经济信息中心，承担经济管理信息系统和信息网络建设的组织工作。

邮电通信事业取得长足发展。1984年，国务院确定连云港市为全国首批14个沿海开放城市之一。连云港市邮电局大力开展通信基础设施建设，固定电话用户数飞速增长，电话业务服务质量极大改善，语音业务服务能力大幅提升，同时无线寻呼、数据通信和移动通信业务也开始出现。至1987年底，容量达4000门市话、220条长话线的S-1240程控交换机割接上线，实现了国际国内长途电话直拨并进入全国长途自动网。1993年，连云港市在全省率先建成了覆盖三县的本地电话网，大部分乡村地区用上了程控电话。

（二）信息化建设的启动与展开阶段（1993—2000年）

这个阶段是连云港市信息化建设的启动与展开阶段。这一阶段，连云港市大力推进信息化建设，通过制定信息化发展规划，促进经济与社会信息化走向深入。信息技术的应用有力地推进了企业的技术改造和升级，保障了经济持续快速稳定发展，效益明显提高。通信服务数据业务迅猛发展，移动通信独领风骚，邮电改革风起云涌，通信格局不断变换。

信息化管理与服务机构逐步健全。随着互联网的快速发展，政府部门大力推进全市信息化工作，制定了明确的信息化发展规划，全市信息化发展稳步推进。1996年在连云港市经济信息中心的基础上组建新亚欧大陆桥国际信息中心，增挂连云港市经济信息中心的牌子，挂靠在连云港市计划委员会。1997年，市政府成立了信息化工作领导小组及办公室，专门负责全市信息化的组织协调工作。1999年，市政府制定下发《连云港市信息化建设规划纲要（1999—2010年）》，明确全市信息化建设的目标、任务和重点，国家政府上网工程全面启动。2000年，成立连云港市政府上网工程工作领导小组，指导协调政府上网工作，推动政府上网工程的全面实施。

邮电改革风起云涌，通信格局不断变化。1997年7月4日，中国联合通信有限公司连云港分公司（筹）成立，标志着连云港市电信行业发展及市场格局巨变的开始。1998年，移动通信业务正式从原连云港市邮电局剥离，成为江苏移动通信有限责任公司在连云港的分支机构。是年10月，连云港市邮政局和连云港市电信局分别正式成立。1999年3月，江苏移动通信有限责任公司连云港分公司在连云港经济经开区完成工商登记注册。是年4月，连云港联通正式对外放号运营，并于8月成建制接纳连云港国信寻呼公司。9月8日，江苏省电信公司连云港分公司揭牌。至此，连云港市通信服务业形成了由电信、移动和联通三家通信服务公司协同发展的局面。

数据业务迅速拓展，互联网开始商用。1994年12月，建成连云港市分组交换公用数据网，随后数字数据通信网投入使用，国有四大银行率先采用公用数据网组建通信网络。1995年7月，国际互联网开始商用，工商银行连云港市分行成为连云港市首个INTERNET用户。

（三）信息化发展阶段（2001年至今）

这一阶段，随着信息技术发展日新月异，连云港市信息化建设也实现了质的飞跃。信息化发展战略初步形成，信息化建设与发展进入快车道，两化融合持续创新推进，经济发展方式有所转变。行业信息化应用不断涌现、百花齐放，物联网迅速发展，连云港市的信息化发展开始呈现新世纪信息技术的特征。

信息化已成为社会生活的重要组成部分。信息化的发展彻底改变市民的沟通和生活方式，信息化已成为日常生活不可缺少的组成部分。智慧连云港取得跨越式发展，“连云港市12345在线服务平台信息系统”“智慧连云港”“无线城市”门户相继发布。市公安局“雪亮工程”高清监控系统建成运行。应急管理综合应用平台和应急指挥通信系统完成建设，应急管理现代化体系加快构建。省智慧校园创建达标率90%，作为江苏唯一地市成功申报全国第二批人工智能助推教师队伍建设试点。建成城市综合管理服务平台一期项目。全省率先发行第三代社保卡，居民电子健康档案覆盖率95.7%，建成8家互联网医院，三级医院上线医保移动支付。

两化融合持续创新推进，经济发展方式有所转变。2003年，连云港市成立了信息化带动工业化领导小组和专家组，并把信息化带动工业化试点项目列入市发展项目大推进重点考核内容。2010年，成立连云港市“两化”融合工作领导小组，全面推进“两化”融合工作。2015年，开展“两化”融合示范试点工作。2016年，开展工业互联网“企企通”活动。2017年制定实施《连云港市企业互联网化提升实施计划》。2020年，开展企业上云工作，同时开展智能制造推进工作。2022年，制定《连云港市制造业智能化改造和数字化转型实施方案》，持续推进“智改数转网联工作”。2023年，开展5G工厂培育工作，3家企业入选省5G工厂。

物联网推动信息化建设进入新时代。2021年，连云港市建成标识解析二级节点1个，为江苏洋井石化集团有限公司建设的石化行业二级节点，是全省首个石化行业二级节点。洋井石化二级节点深耕石化安全生产应用，运营指标全省靠前，徐圩新区标识+智慧化工园区一体化平台在标识创新应用大赛中进入全国70强。2023年，江苏核电二级节点建成上线，打造核电领域装备运维管理应用场景。

四、信息化建设主要成就

（一）发展基础持续夯实

成功入选国家千兆城市，经验做法在全国论坛上交流分享。5G、千兆光网加快进村入户，累计建设5G基站9400个，实现所有行政村全覆盖，5G

用户占比超过55%。399个老旧小区通信设施全面改造升级，千兆宽带家庭普及率达到179%，500M以上宽带用户占比32%。2021年，国际互联网数据专用通道通过专家验收，性能达到国内先进水平。国际互联网专用通道应用不断拓展，服务外资及港澳台资外贸、跨境电商企业超过百家。

（二）数实融合加速推进

加快推动“智改数转网联”工程，分两批为1107家规上工业企业实施免费诊断。全市累计获评省级示范智能车间（工厂）53个，市级智能车间80个，重点工业互联网平台4个、工业互联网标杆工厂5个，省星级上云企业355家。6家企业入选工信部5G工厂名录，培育省级5G工厂3个，均列苏北首位。高新区入选省“互联网+先进制造业”特色产业基地。徐圩新区获工信部工业互联网绿色低碳园区试点示范。716所获工信部数字化转型公共服务平台试点。

（三）数字产业加快发展

制定出台数字经济核心产业培育方案，指导信息产业等高质量发展。江苏核电二级节点拓展供应链协同、核电工程安全等应用场景。洋井石化二级节点注册量、解析量指标居全省前列。中国移动长三角（连云港）云计算中心成为苏北最大算力中心，电信天翼云中心完成初验，加快赋能实体经济。

（四）安全水平逐步提升

完善工业领域网络和数据安全制度体系。建设市级工业互联网安全公共服务平台，提升安全监管和公共服务能力。加强企业网络风险监测预警，每年组织渗透测试和应急演练。以示范创建引导企业完善内部管理机制，累计培育20家省工业信息安全防护星级企业。

石化和『三新一高』产业的发展

40年来，连云港市紧扣发展第一要务，坚定不移实施"工业立市、产业强市"战略，全面提升产业基础高级化和产业链现代化水平，万亿级石化产业集群加速崛起，新医药、新材料、新能源、高端装备制造等特色产业形成支柱，成为拉动全市经济增长的强力引擎。

一、发展历程

（一）石化产业发展历程

2003年，江苏连云港化工产业园区启动建设，规划面积8.45平方千米。2005年，灌云县临港产业区化工产业园、柘汪临港产业区化工园区先后获批，规划面积分别为10.64平方千米和5.6平方千米。在发展初期，江苏连云港化工产业园区、灌云县临港产业区化工产业园主要发展医药、农药、染料中间体产业为主。2007年，江苏新海石化有限公司落地柘汪临港产业区。

2009年，连云港石化产业基地启动建设，规划面积61.34平方千米。9月，连云经开区获批在板桥工业园规划建设盐化产业园。连云经开区充分利用丰益产业集群提供的丰富油脂原料资源和盐化工产品，主要生产植物基、可循环再生的油脂化工产品，成为全球最大的酚类产品、烷基烯酮二聚体（AKD）产品生产基地，也是呋喃酚全球唯一生产来源。

在化工园区整治行动开展以后，连云港市坚决淘汰低端落后化工产业，坚持走化工产业绿色转型发展道路，与连云港石化产业基地逐步形成协同、联动发展格局。灌云县临港产业区化工产业园为连云港石化产业基地的产业链延伸区，以化工新材料高端化深加工为重点方向，适时向前端延伸可支撑园区产业发展的多元化原料加工项目。江苏连云港化工产业园区为石化基地的协同发展区，发展高端精细化学品，拓展发展“专精特新”专用化学品和特种化工新材料。

2017年，连云港市人民政府与中化国际签署《关于合作建设的框架协议》，项目总投资约800亿元。同年，徐圩新区与卫星化学签订投资合作协议，项目总投资约750亿元。2018年，徐圩新区与盛虹炼化（连云港）有限公司举行盛虹炼化一体化项目签约仪式，项目总投资约2000亿元。至此，盛虹石化、卫星化学、中化国际三大化工产业集群在连云港石化产业基地逐步形成。

2019年，江苏省在全省开展化工产业安全环保整治提升行动，进一步强化化工园区规范化管理，连云港石化产业基地被认定为化工园区，江苏连云港化工产业园区、灌云县临港产业区化工产业园、柘汪临港产业区化工园区被认定为化工集中区。2023年，连云港市4个化工园区（集中区）全部通过省复核和认定，为连云港市石化产业发展提供了优质载体。

（二）新材料、新医药、新能源产业发展历程

1.新材料产业发展历程

改革开放以来，连云港市重点围绕国家批准建设的国家火炬计划东海硅材料产业基地和连云港新材料产业国家高新技术产业基地，推动硅材料、高性能纤维及复合材料发展壮大。

2005年，连云港神鹰新材料有限责任公司正式成立。2007年，中国复合材料公司以增资扩股形式参与组建中复神鹰碳纤维有限公司。2010年，年产2500吨PAN原丝及1000吨T300级碳纤维与关键设备研发项目顺利通过了国家级鉴定，建成国内第一条千吨规模T300级碳纤维生产线，标志着我国已经实现国产碳纤维的规模化生产，彻底打破了发达国家对国内碳纤维市场的长期垄断地位，中复神鹰也一跃成为国内规模最大的碳纤维生

产企业。2012年，中复神鹰成为我国唯一能工业化生产干喷湿纺SYT45级(相当于T700)碳纤维企业，达到了国内领先、国际同类产品先进水平，成为我国惟一、也是世界上第3个攻克干喷湿纺工艺难题的企业。2016年，国内首条千吨级T800原丝线投产，技术与产品性能达到世界先进水平，产品在航空航天、航母电磁弹射设备等多种国防装备型号上成功应用。2017年"干喷湿纺千吨级高强一百吨级中模碳纤维产业化关键技术及应用"项目荣获国家科学技术进步一等奖。2019年，中复神鹰突破超高强度碳纤维生产工艺和制备的难点，攻克T1000级更高性能碳纤维规模化生产核心技术。2021年，中复神鹰西宁万吨碳纤维生产基地正式投产，同时入选国资委央企十大超级工程。2022年，中复神鹰在科创板成功挂牌上市，成为科创板第一家碳纤维上市公司。同年4月，中复神鹰3万吨高性能碳纤维项目在连云港正式开工建设。

2008年，以东海硅产业为重要核心的连云港市国家新材料高技术产业基地正式获批建设。2010年，基地获批江苏省新型工业化产业示范基地，规划面积58.36平方千米。基地主导产业为硅产业，形成由原料加工向高端延伸的石英玻璃制品产业链、高纯硅微粉产业链、高纯压电晶体产业链、新型电光源产业链和高纯晶体硅产业链等五大产业链条。东海县成为全国最大的石英玻璃管和硅微粉生产基地，国内市场占有率均达到80%以上，新型电光源产量占全国40%以上。

2.新医药产业发展历程

1979年，连云港市组建了连云港市医药管理局。1983年改名为连云港市医药工业公司。1984年，连云港市成为全国首批沿海开放城市，医药产业开始加快发展。20世纪90年代末开始，连云港市医药行业经历了国有企业改制、合资、兼并重组、引进战略资金、股份变更、上市等方式，逐步成立了恒瑞医药、康缘药业、豪森医药、正大天晴等药企。为配套医药产业的发展，连云港市还先后招引建成了苏云医疗器械、千樱、中金马泰等医药器械辅材企业。2018年3月，市委、市政府作出重大战略部署，提出建设全国一流生物医药产业园、建设"中华药港"的明确要求，开启了连云港新医药产业发展的新篇章。至2023年底，连云港市医药产业企业数达到了80

多家，成为全市支柱产业。

3.新能源产业发展历程

20世纪80年代，江苏省太阳能研究所在连云港落户，连云港太阳能利用产业集群快速发展。2012年5月，日出东方太阳能股份有限公司成功上市。

随着1999年江苏田湾核电站的开工建设，核能成为连云港新能源结构中重要的部分。2021年5月19日，国家主席习近平在北京通过视频连线，同俄罗斯总统普京共同见证两国核能合作项目——田湾核电站7号、8号机组开工仪式。

连云港在风力发电设备制造上也取得重大进展，拥有从风电叶片到整机完整的产业链体系。1989年，连云港市成立玻纤玻钢总厂，并在当年下线了第一根“连众”牌玻璃钢管道。1995年，从国外引进大型现场立式缠绕技术和设备，生产的大型玻璃钢容器填补国内空白，并成为国内最早为核电站建设提供大口径玻璃钢管道的供应商之一。2005年，加入中国建材集团的中复连众从国外引进了兆瓦级风机叶片技术和设备。2006年4月，国内首支 37.5米、1.5MW的风机叶片下线，填补了国内兆瓦级风机叶片的空白。至2023年底，中复连众已经完成1.25—6.0MW14个系列近100个型号产品的开发。国能联合动力和重山风力设备有限公司生产的风电设备已出口至欧美等国家和地区。

2008年后，随着新一轮科技革命的快速发展，光伏产业迎来发展契机，光伏企业覆盖了连云港大多数的县区以及省级开发区。2018年，光伏产业市场爆发，东海县硅材料产业进入快速发展期，东海指数成为全球光电产业重要的行业风向标。2021年9月，灌南县入选全国首批整县推进屋顶分布式光伏开发试点。2022年9月，总投资约216亿元的盛虹化工新材料项目正式开工建设，项目全面建成后，连云港石化产业基地将成为全球最大高端EVA供应基地

此外，生物柴油、生物质和垃圾发电等可再生能源利用技术也在连云港得到开发推广，连云港市已成为江苏重点布局的能源基地之一。

（三）装备制造业发展历程

连云港市装备制造业起步较早，新中国成立后第一个“五年计划”期

间，新建扩建了变压器厂等装备制造企业，为连云港市装备制造产业发展奠定了基础。连云港市被确定为全国首批沿海开放城市后，新建连云港纺织机械厂（今连云港鹰游纺机集团有限公司），带动全市纺织装备快速发展。随后中复连众、国能联合动力、天明机械等一批装备制造企业落地生根，经过多年发展，连云港市装备制造产业由小到大，已经形成门类相对齐全、技术水平较高、具备较强竞争力的产业体系。2023年，全市规上装备制造企业313家，占全市规上企业数的1/5，产值达到408亿元，比2018年实现翻番，占规上工业总产值的7.9%。其中产值10亿以上企业8家。

二、主要成就

（一）壮大了特色鲜明的主导产业

世界一流石化产业基地加快崛起，盛虹石化、卫星化学、中化国际三大化工产业集群进入产出期，2023年石化产业实现产值2054亿元，拉动全市产值增长19.7个百分点。“中华药港”加快建设，核心区集聚医药企

▲ 盛虹炼化（连云港）有限公司　房以明摄

业35家，生物医药产业入选国家先进制造业集群，恒瑞医药、正大天晴、豪森药业、康缘药业连年入围全国医药工业百强，2023年医药产业实现产值633.2亿元。新材料产业加快壮大，形成以高性能纤维及复合材料、硅材料、化工新材料等为代表的特色产业板块，华海诚科、中复神鹰、联瑞新材料等在科创板成功上市，年产3万吨高性能碳纤维项目开工建设，2023年新材料产业实现产值822.8亿元。新能源基地加快构建，持续加强核能、风能、太阳能等新能源体系建设，2023年新能源发电量565.42亿千瓦时，占全省比重达36.68%；田湾核电7、8号机组、核能供热、抽水蓄能、滩涂光伏、LNG储运等重点工程稳步推进。规上装备制造业实现产值408.8亿元。

（二）培育了行业知名的龙头企业

全力培优培强，形成上市公司引领、重点企业支撑、中小企业跃进的梯次发展格局。石化化工领域拥有盛虹炼化、新海石化、斯尔邦石化、连云港石化、虹港石化等5家百亿企业；新材料产业诞生了苏北第一家科创板企业联瑞新材，中复神鹰、奥神新材等企业成为细分市场“隐形冠军”；新医药产业培育了恒瑞医药、正大天晴、豪森药业、康缘药业等一批行业领跑者；田湾核电、盛虹石化、日出东方集团、中复连众、国电联合动力及双菱风电成为新能源产业重要龙头企业；装备制造业产生了鹰游纺机、天明机械、杰瑞自动化、远洋流体、中远海运等重点企业。

（三）打造了创新驱动的发展引擎

深入实施创新驱动发展战略，加快推动产业高端攀升。盛虹石化建成全球首条绿色负碳产业链。建成国家级平台“碳纤维复合材料试验公共服务平台”和国家级硅材料深加工产品质量监督检验中心；中复神鹰碳纤维项目获国家科技进步一等奖。康缘药业肖伟当选中国工程院院士，是全省首位非公企业家院士，领衔中药制药过程控制与智能制造技术全国重点实验室成功重组；先后建成江苏省原创化学药创新中心、生命健康产业公共服务平台等一批产业共性技术平台，建成中药制药过程控制与智能制造技术全国重点实验室和国家靶向药物工程技术研究中心。高效低碳燃气轮机国家大科学装置填补国内空白。成立江苏中科能源动力研究中心、太湖实验室连云港中心等科研平台；建有省风力发电技术重点实验室、省大型风

▲ 中化瑞恒新材料有限公司　胡林庆摄

机叶片工程研究中心、省金属加工智能制造工程研究中心、刮板输送机成套设备工程技术研究中心等省级研发平台。

三、经验启示

（一）坚持统筹规划，引领高质量发展

根据连云港市发展战略、产业基础、环境容量等实际情况，构建区域布局、园区建设、产业发展规划体系，为石化和“三新一高”产业高质量发展明确方向。在产业布局上坚持链式发展、互相配套、各有特色的思路，延伸发展产

业链下游和价值链高端产业，形成分工明确、链条衔接、联动发展的新格局。

（二）坚持政策支撑，营造发展氛围

针对国家、省出台的一系列产业培育和发展战略性新兴产业政策，加大向上争取力度，用足用好各项专项资金。结合连云港市发展实际，通过制定优惠政策、提供资金支持、加强产学研合作等方式，为产业发展提供良好的外部环境。加强行业监管，优化营商环境，规范市场秩序，保障产业的健康发展。

（三）坚持平台建设，发挥集聚效应

以建设国际一流园区为目标，借鉴世界级产业基地经验，全面提升园区发展和管理水平。对园区内的企业从项目建设到生产运行实行全生命周期监管，确保园区科学发展、企业规范运营。强化项目入园进区源头管控，在审批前对项目产业政策相符性、投入产出比、技术工艺先进性、安全环保可靠性等方面进行综合论证。加强信息化赋能园区发展，通过加快智慧管理平台建设、数字基础设施建设，运用5G手段提升封闭化管理和物流调度效率，努力打造运行智能化、全域可视化的化工园区，使智慧场景融入园区管理运营、企业发展中的各个环节。

（四）坚持创新驱动，增强发展动力

坚持高端切入，瞄准科技创新前沿，着力推进与发达地区同步起跑的产业项目，重点在石化绿色低碳、创新药物、高性能纤维、清洁能源、光电光热等领域突破一批关键核心技术，推进转化一批重大科研成果，打造一批拥有自主知识产权、自主品牌的高端产品集群。加大重大研发机构、产业技术研究院、产业共性技术公共服务平台建设。推动企业建设研发中心，加快高层次创新人才引进和本土科技人才培养，加强知识产权保护，推动人才、科技、资本等创新要素汇聚。

商贸流通业的发展

40年来，连云港市将发展商贸流通业作为推动实体经济发展、办好惠民实事的基础工程，加快重大商贸设施建设，大力促进电子商务发展，积极开展消费促进活动，商贸流通业始终保持了良性发展态势，广大群众获得感、幸福感得到同步提升。

一、发展历程

（一）探索起步阶段（1978年12月—2000年12月）

党的十一届三中全会后，连云港市开启商业领域体制改革，鼓励多种经济体制共同发展，流通领域集体经济、私营经济不断壮大，现代商业流通初现。“去南方进货、到本地销售”的原始自主经营销售模式成为当时个体户的主要经营方式，消费市场因此丰富并活跃起来，“万元户”成为当时创业成功的个体户身上最贴切的标签。个体商业以经营方式灵活、适应性强等特点，为解决就业、方便群众生活、丰富城乡市场作出了巨大贡献。1988年起，为进一步活跃全市商业市场，提高人民生活水平，扩大就业、增加收入，全市开始对国有、集体商业经济全方位改制，通过商场、柜台租赁制，商业企业所有制改革等举措，个体商业经济全面发展，全市商品市场供应更为丰富，各种计划供应的限制逐步取消。

（二）全面发展阶段（2001年1月—2012年10月）

1999年4月，连云港进驻了第一家全国连锁机构——

时代超市，当年实现商品零售额3200万元。2000年，全市实现社会消费品零售总额106.07亿元，是1978年的28.5倍。2001年中国加入世界贸易组织后，为了尽快融入世贸体系，2003年国家成立商务部，打破了中国内外贸分割管理的局面。2010年1月，连云港市商务局正式组建，由原外经贸局、投资促进局、商业资产管理公司和原市经贸委负责内贸管理的相关处室合并成立。全市商贸流通发展进入新的发展阶段，全市主动引进外资和连锁企业，全市消费市场进一步繁荣。

（三）创新发展阶段（2012年11月至今）

随着党的十八大胜利召开，中国经济建设取得重大成就，供给侧结构性改革深入推进，经济结构不断优化，居民收入快速增长，全市消费品市场进入创新发展阶段。商业网点建设快速提档升级，以家得福、保真、大润发、苏宁、利群、万达、吾悦为龙头的大型现代商贸企业发展迅速，大卖场、商业综合体等新型商业业态不断涌现。电子商务和新零售的发展给传统商业带来巨大变革，零售市场向多场景时代转变。对消费者来说，实体店不再是唯一选择，智能终端零售驱动零售业转型升级。全市电子商务发展的异军突起，推动全市网络销售额从2018年开始，连续6年以百亿幅度增长。内外贸一体化试点工作扎实有序推进，江苏恒瑞医药股份有限公司被省商务厅评为全省内外贸一体化企业典型案例。

二、主要成就

（一）现代商贸流通格局基本形成

与消费市场规模扩大相适应的是现代商贸流通体制的日趋完善，2023年，全市共有限额以上批发和零售业、住宿和餐饮业法人企业2241家。一是多层次、多形式、多功能的商品流通业态逐步建立。修编《连云港市市区商业网点规划（2022—2035年）》，县域商业体系建设逐渐完善，购物中心、百货店、超市、便利店、连锁店等各种零售业态不断丰富。全市建成四季农产品交易中心等农副产品交易群，全市城镇共建成31个标准化菜市场。市区主要有3个汽车市场群，分别是宁连高速宁海出入口汽车市场群（含宁海工贸园、海州工业园）、解放东路振兴汽车市场群、赣榆区青口汽车市场。引进万达、利群等大型商业综合体11家，家得福、保真、罗森等国内外品牌连锁店、便利店落户连云港，建设开发商业街区19条，“一刻钟”便民生活圈逐步推广，满足了居民不同层次的消费需求。二是商贸流通形成一批品牌。商贸物流骨干企业加快培育，江苏家得福投资集团股份有限公司、江苏康缘医药商业有限公司、江苏天马网络科技集团有限公司获批2023年全国商贸物流重点联系企业。海州区被评为“全省现代商贸流通体系示范创建区”。老字号创建成效明显，“连云港老字号数字展销馆”于2023年1月17日在海州主要商圈——民主路老街正式开馆。截至2023年底，全市有中华老字号企业2家，分别是江苏汤沟两相和有限公司、板浦汪恕有滴醋厂；江苏老字号企业4家，分别是东海县桃林酒厂、连云港市凯威酒业有限公司、连云港市天缘食品有限公司、灌南县汤沟曲酒厂。三是内外贸一体试点有力推进。深入落实国家、省关于内外贸一体化试点相关要求，市级层面制定实施方案，统筹各县区（板块）、各相关部门按照职责分工，积极打造内外贸融合发展平台，推动内贸企业发展外贸业务、外贸企业发展内贸业务，创新推进内外贸产品同线同标同质，促进标准认证衔接，2023年ISO获证企业76 家。四是商贸服务产业规模实现增长。随着居民生活消费观念和习惯的变化，特别是“黄金周”等假期的推动，全市住宿和餐饮业发展迅速，满足了现代生活快节奏和家务劳动社会化的市场需求。2023年，全市完成餐饮业营业额108.2亿元。

（二）城乡居民消费水平不断提高

改革开放以来，连云港市国民经济和社会发展取得了丰硕成果，全市城乡居民生活发生翻天覆地的变化，居民消费能力稳步提升，消费品市场规模不断扩大。一是消费理念逐渐改变。全市消费品市场发展提速，高档消费品从改革开放前的手表、自行车、缝纫机“老三大件”，逐步演变到20世纪八九十年代电视、冰箱、洗衣机“新三大件”，2012年以后旅游消费、餐饮、教育、娱乐等服务性消费需求扩展加速，品质消费、绿色消费、个性化消费等新趋势加快发展，消费对全市经济的贡献度有力增强。二是促消费活动更加多样化。举办连云港餐饮博览会、518网络购物季、婚庆博览会等产业促进活动，开展“双品网购节”“年货节”等电商促消费系列活动，全市商超、餐饮、酒店踊跃参与，营造了浓厚的氛围，通过一系列多主题的节庆、促销活动，全市消费潜力从多角度、多领域得到有效释放，形成了全覆盖、多层次、常态化的消费促进机制。2023年，全市社会消费品零售总额达到1277.2亿元，是1987年的345倍。

（三）电子商务实现蓬勃发展

随着互联网的全面普及，电子商务的兴起，全市积极抢抓机遇，大力推进电子商务高质量发展，加快创新产业模式，加力推进载体建设，不断延伸产业链条，全市电商产业呈现快速健康发展的良好态势，逐步成为港城最具辨识度的经济成果之一。2023年全市网络销售额突破千亿元、达1047亿元，同比增长16%。截至2023年底，全市国家十强电商典型县1个，国家级电商综合示范县3个，国家级电商示范基地1个、电商示范企业1个、数字商务企业 1个；省级农村电商示范县4个、县域特色产业集聚区3个、电商示范基地4个、数字商务企业4个、数字商务社区2个、电商示范企业8个。一是政策导向更加明确。市政府先后出台《连云港市电子商务高质量发展实施意见》《关于培养引进电子商务人才的若干政策意见》等政策文件，科学规划全市电商物流产业布局，促进全市电商人才的引进和培育。二是县区产业特色鲜明。各县区以特色优势为切入点，通过政策驱动、示范带动、活动推动、部门联动提升区域电商整体发展，全市形成东海水晶、赣榆海鲜、灌云主题服饰等电商产业差异化定位、协同高质量发展的生动局面。东海县水晶电商占全县电商产业的76%，新兴产业穿戴甲产量约占全国70%；灌云县主题服饰网络销售占全国70%；赣榆海苔、带鱼等产品销量全国第一。三是产业集聚提质增效。全市建成电商产业园区28个，其中直播电商产业园5个。东海水晶产业集聚区是全国面积最大、功能要素最全的水晶电商产业集聚区。海头镇电商产业集聚区获批“省级电商示范基地”，灌云主题服饰产业集聚区获批“省级县域电商特色产业集聚区”。与阿里、拼多多、快手等电商头部平台企业合作不断加强，2023年与抖音火山引擎合作推动建设连云港政产教人才产业基地、数据标注产业基地、

▲ 连云港市大力推进电子商务高质量发展，电商产业呈现快速健康发展的良好态势。图为电商正在直播带货　市商务局供

抖音直播基地以及成立连云港算力中心。成立市电子商务协会、市电商企业金融服务联盟等行业机构，推动产业健康发展。

（四）商贸流通发展环境持续优化

以行业管理为抓手，多措并举优化商贸流通发展生态，营造守信重信、尊法守法的良好氛围。一是完善商务信用体系。以单用途商业预付卡监管为突破口，积极探索单用途商业预付卡信用监管机制。建立单用途预付卡发卡企业信用承诺制度，纳入企业信用档案。制定《连云港市单用途商业预付卡信用分级分类服务管理办法》，搭建连云港市单用途预付卡公共基础信息系统平台，实现对预付卡企业的全流程信用监管。通过设立创新单用途商业预付卡信用监管举措，商务信用管理体制进一步完善，企业守法经营意识得到进一步提升。二是商贸流通市场秩序保持稳定。成品油市场方面，全市共有加油站（点）458座，加油站228座，密度全省最高，其中中石化123座、中石油52座、江苏高速10座、社会加油站43座，加油点230座（含9条加油船）。年销售汽柴油约95万吨，其中汽油50万吨，柴油

45万吨。针对加油站（点）面广量大的情况，连云港市始终高度重视成品油市场治理，每年部署开展专项整治，各县区（功能板块）、市各相关单位按照"属地管理、分工负责"的原则，加强组织领导、压实监管责任、推进联合执法，坚持做到"应查尽查、应打尽打、应处尽处"，确保成品油市场违法行为得到有效遏制，切实维护了全市成品油市场经营秩序。报废机动车回收拆解方面，按照国家、省关于报废机动车回收拆解相关工作要求，落实《报废机动车回收管理办法》《江苏省报废机动车回收管理实施办法》等文件精神，加强对报废机动车回收拆解行业的统筹监管，压实责任，突出联合监管，充分调动各方面力量，逐步构建"全链条""多维度"的综合监管体系，行业发展秩序得到进一步规范。截至2023年底，全市共有3家有资质的报废机动车回收拆解企业。三是"综合查一次"扎实推进。对涉及跨部门、跨领域、跨层级多个执法主体的相关行政检查事项进行"一件事"集成，围绕新车销售、报废机动车回收、商业特许经营、依法取得从事拍卖业务许可等制定检查场景清单，会同相关部门联合检查，行政监管执法领域重复执法、多头执法、随意执法和执法盲区等难题治理取得明显成效，全力打造商贸流通领域市场化法治化国际化一流营商环境。

三、经验启示

（一）坚持高度重视，深化认识凝聚共识

40年来，中国现代流通方式加快发展，流通产业成为国民经济的基础性和先导性产业。特别是党的十八大以来，全国流通体系建设取得明显进展，国家骨干流通网络逐步健全，流通领域新业态新模式不断涌现，全国统一大市场加快建设，商品和要素流通制度环境显著改善。连云港市在推进商贸流通体系建设方面，能够充分认识建设现代商贸流通体系对于推动连云港高质量发展的重要意义，统一思想认识，切实把思想和行动统一到中央和省委决策部署上来，持续深化供给侧结构性改革，齐心协力统筹推进商贸流通体系软硬件建设，完善流通领域制度规范和标准，推进现代流通体系加快建设发展，为全市积极融入和服务新发展格局提供有力支撑。

（二）坚持解放思想，紧跟时势大胆探索

40年来，连云港商贸流通的发展始终坚持实践是检验真理的唯一标准，从社会经济发展的实际情况出发，坚决贯彻中央改革开放精神和工作部署，在不断解放思想中破除僵硬划分姓“社”姓“资”的思维定式，坚持顶层设计和“摸着石头过河”相结合，既要坚定不移走中国特色社会主义道路，注重政府规划引导，做好顶层研究谋划，又从实际出发学习借鉴，积极引入了市场经济，大力吸引外资进入商贸流通建设，完成了商贸流通体制由计划调控向现代商贸流通的转变，社会生产力得到极大释放。

（三）坚持以人为本，紧贴民生增进福祉

现代商贸流通体制建设是关系人民群众生活的获得感、幸福感的“民心工程”“民生工程”。连云港市现代商贸流通体系建设始终坚持以人民为中心，顺应民心、关注民情、改善民生，积极解决人民群众急难愁盼问题，持续优化城乡商业布局，推进中心城市、县城、乡镇等商业网点同步发展，商贸流通发展布局逐步完善；大力推动智慧商圈建设，支持商圈企业突出特色、错位发展，核心商圈品质不断提升；加大对社区养老、中央厨房、托育等发展力度，在满足居民基本保障业态需求的基础上，推动发展品质提升；以“一刻钟”便民生活圈建设为引领，全力补齐商业流通服务业短板，引导企业创新服务能力、丰富商业业态，满足居民基本保障业态和品质提升业态的消费需求。一项项务实利民惠民的举措落地，彰显了市委、市政府把增进人民福祉作为工作的不懈追求，让全市人民有了更多、更直接、更实在的获得感、幸福感。

（四）坚持因地制宜，突出创新培育新动能

2024年3月5日，习近平总书记参加十四届全国人大二次会议江苏代表团审议时，强调要牢牢把握高质量发展这个首要任务，因地制宜发展新质生产力。连云港市现代商贸流通体系建设的实践，自始至终都牢牢结合连云港发展实际，立足本土加大改革创新力度、拓展改革创新领域，极大提升了改革的成果与实效。例如坚持把电子商务产业作为战略性新兴产业和先导产业加快发展，按照“因地制宜，突出特色，错位发展，促进合作”原则，形成全市各地各具特色、协同发展的电商产业发展格局；新业态新零售新模式加快创新发展，推动传统商贸流通企业数据赋能，企业实现线上线

下融合发展；加快创建绿色商场、品牌示范企业，先进的质量管理模式、数字化提升改造等标准化建设得到推广实施；内外贸一体化试点加快，提高统筹利用两个市场、两种资源的能力，推动内外贸高效运行、深度融合、顺滑切换、相互促进。

（五）坚持统筹兼顾，上下联动协同发展

现代商贸流通体系建设涉及经济发展多个领域，是一项艰巨且庞大的系统工程。连云港市现代商贸流通体制改革始终注重强化顶层设计、科学谋划、精准实施，紧紧把握重点领域和关键环节，根据社会经济发展实际，高标准编制各类发展规划和发展意见，确保各项改革工作取得实效。例如能够适应发展形势，及时修编商业网点规划，统筹全市各县区（板块）、各有关部门协调联动、各负其责，科学规划和配置资源，科学布局市级、区级、社区（乡镇）三级商业体系，建设一批商业中心、专业市场、配送中心等基础设施，智慧商圈、便民生活圈、特色商业街区等各种业态的商贸网点逐步建成，形成了布局合理、竞争有序、功能完善、满足消费者需要、与地方经济发展相适应的现代商贸流通体系，为构建以国内大循环为主体、国内国际双循环相互促进的新发展格局提供有力支撑。

（六）坚持完善制度，注重优化发展生态

良好的商贸流通发展生态对于推动商贸流通企业特别是中小商贸流通企业发展壮大、商贸流通经济加快发展意义重大。连云港市现代商贸流通业得以快速发展，一方面在于注重完善社会信用体系建设，强化商务诚信制度，结合商贸流通企业实际，因企施策、因行业施策，充分发挥行业协会作用，推动电子商务、批发零售、住宿餐饮和家政服务等行业加强诚信建设；对单用途商业预付卡、再生资源回收、报废车回收、成品油市场等领域，持续开展违法违规行为查处。另一方面在于优化市场流通环境，加大依法查处线上线下销售侵权假冒商品力度，保护知识产权；持续畅通投诉举报渠道，及时协调解决制约商贸流通发展的堵点痛点，构建“事前告知承诺、事中分级分类监管、事后联合奖惩”的监管机制。这都反映了推动商贸流通业健康高质量发展，需要政府、企业、社会等多方共同努力深化“放管服”改革，建立健全以信用为基础的监管机制，打造法治化、便利化的商贸流通发展生态。

海洋经济的发展

连云港海洋资源丰富，海洋产业基础扎实。40年来，特别是党的十八大以来，连云港抢抓“海洋强国”和“江苏沿海地区开发”等战略机遇，明确海洋经济发展“新赛道”，转型升级海洋传统产业，培育发展海洋战略性新兴产业，科学开发利用海洋资源，积极拓展海洋经济发展空间，加快由“海洋资源大市”向“海洋经济强市”转型，海洋经济已成为全市经济发展的重要增长极。

一、海洋产业结构优化升级

海洋渔业。积极向深远海探索，加快海洋牧场建设，先后获批海州湾海域国家级海洋牧场示范区、秦山岛东部海域国家级海洋牧场示范区，全市海洋牧场调控面积超过170平方千米；引进南极磷虾产业项目，项目总投资约30亿元，建造“深蓝”号南极磷虾专业捕捞加工船，首航次在南极作业海区捕捞南极磷虾4万余吨，配套的南极磷虾高值化开发产业园区项目正加快建设，南极磷虾产业园磷虾生物高值化加工利用一期年产600吨磷虾油生产线投产，蛋白肽生产线启动前期工作，获批市级工程技术研究中心。积极发展海产品电商产业，赣榆区获批“江苏省农村电商示范县”，海头镇电商产业集聚区获批省级电商示范基地。

海洋旅游业。围绕“大圣故里西游胜境——神奇浪漫之都”城市形象，加强文旅品牌创建，经过多年的改造提升工程，连岛景区于2024年2月成功创成国家AAAAA级景区，成为继花果山风景区后连云港市第2家国家AAAAA级旅游景区，连云港市也成为省内江北和滨海地区唯一拥有2家国家AAAAA级景区的地级市；秦山岛获评国家AAAA级景区。连年举办连云港之夏旅游节、国际西游记文化（旅游）节、丝路音乐节及赣榆徐福海洋文化节等独具特色的文旅活动。开展线上线下文旅推介，在中央人民广播电台、江苏人民广播电台等中央和省级以上重要媒体，以及北京、上海、南京等城市的机场、高铁站和公交车身等媒介开展城市宣传，“连云港号”飞机和“花果山号”高铁宣传飞驰南北、横贯东西，城市显示度和美誉度不断彰显。

海洋交通运输业。经过多年的发展，连云港港已经形成以连云港区为主体、赣榆为北翼、徐圩和灌河港区为南翼的“一体两翼”“一港四区”的组合大港格局，并跻身“十四五”首批港口型国家物流枢纽，是全国11个国际枢纽海港和长三角港口群三大主体港区之一，也是江苏最大的海港。以“两基地、一班列”为重要载体，加快建设“千万标箱东方大港”，持续扩大对外开放，面向全球开通了90条集装箱航线，串接起24条海铁联运通道及苏鲁豫皖内河港口，中欧班列已经联通阿拉山口、霍尔果斯、喀什、二连浩特、满洲里5个过境口岸，开通6条线路，实现对中亚地区主要站点的全覆盖，打造出“公铁水”“海河江”多式联运品牌。依托自贸试验区开展制度创新，“铁路快速通关”改革、“船车（站）直取零等待”监管模式、创新中欧班列“保税+出口”货物集装箱混拼模式等多项创新措施在全国口岸推广，集装箱“海铁空”联运模式，海铁联运电子磅单等三项标准在全国发布。

海洋新兴产业。随着全市海洋经济发展步伐加快，以海洋高新技术为支撑的海洋生物医药、海洋新能源、海洋高端装备等新兴产业作为重要的新型生产力，对海洋经济实现高质量发展提供强劲动力。海洋工程装备制造业形成了以中船重工716所、中复连众复合材料集团、连云港远洋流体等科研院所和企业为代表的涉海产业集群。连云港港口控股集团自主设计建造的纯电动拖轮交付启用。中复连众复合材料产业园建设完成，形成年产100套海上风电叶片生产能力。海洋装备产业园开工建设，综合性海洋经济产业园完成规划编制。与中科院声学所合作共建的智慧海洋工程装备研发及产业化项目、中远海运智能装备制造基地等项目加速推进。海洋生物医药与制品业依托良好的医药产业基础和“中华药港”平台，强化海洋生物提取与加工技术攻关，大力发展海洋生物医药新产品。与省内兄弟市联合组成的“生物医药和新型医疗器械先进制造业集群”，成功入围国家级先进制造业集群。江苏海洋大学加快建设药学院，“海洋药物生物技术”和“沿海药用生物资源开发利用”两个团队先后入选江苏省高校优秀科技创新团队。海洋电力业方面，国内首个旋转流潮汐海域风电、连云港市第一个海上风电项目——华能灌云海上风电项目实现300MW全容量并网发电，2023年发电量7亿多千瓦时。全球首个“核热光储”多能互补示范项目、全国最大单体光伏发电项目——中核田湾200万千瓦滩涂光伏示范项目开工建设，投运后，每年将有约22亿千瓦时的光伏电量上网。110万千瓦海上风电和430万千瓦海上光伏资源纳入省级规划和实施意见，到2025年全市新能源装机量预计超过1100万千瓦，为连云港市和全省经济社会发展输送海洋经济的清洁能源。海水淡化与综合利用业领域，田湾核电站1至6号机组平稳运行，2023年利用海水量82.27亿吨。7、8号机组建设项目稳步推进。国内核电行业和江苏省规模最大的海水淡化项目——田湾核电站海水淡化工程，正式通过节水评价报告，设计日产淡水能力为4.56万吨，建成后，将为全省常规水及海水淡化水利用再添新样板。

二、海洋经济发展机制逐步形成

市委、市政府召开全市海洋经济高质量发展大会，在全省率先吹响经略海洋、挺进“深蓝”的冲锋号。全省首家成立海洋经济高质量发展领导小组，市长任组长，下设办公室和海洋渔业、海洋新能源等7个重点领域工作组，建立海洋经济发展“3+N”政策体系。组建海洋经济工作专班，统筹全市海洋经济高质量发展工作。印发《连云港市海洋经济高质量发展三年行动方案（2023—2025年）》《连云港市支持海洋经济高质量发展政策》等系列文件，明确现阶段海洋经济的目标路径和发展举措。配套出台《连云港市支持海洋经济高质量发展政策实施细则》，通过18项具体举措，支持海洋经济高质量发展。

三、海洋科技创新能级提升

加快推进全市海洋科技创新平台建设，为海洋经济高质量发展提供强有力的科技支撑。深海技术科学太湖实验室连云港中心获许昆林省长充分肯定，一体创建国家实验室建设方案获省科技厅立项支持。绿色智能电动拖轮等成果落地转化，多金属硫化物采矿车等在连云港市陆续开展测试。聚焦深海前沿，百吨级无人艇建成下水，1500吨级中尺度试验船完成首航试验，7000吨级深远海绿色智能技术试验船开工建造。省海洋资源开发技术创新中心挂牌成立，深海技术科学太湖实验室连云港分中心建设正在加快推进，江苏省涉海产学研合作联盟组建基本完成，服务燃气轮机大科学装置加快建成，入选长三角十大协同创新案例，全市建成省级以上涉海重点实验室、科技公共服务平台、工程技术研究中心等科研机构30余家。加快建设重大创新平台。专班服务康缘药业全国重点实验室获批，共建省级院士工作站。推进省海创中心引进2个院士团队，建设海洋高端装备、蓝碳实验室等平台，孵化14家科技型企业。服务716研究所国家滨海试验技术创新中心获批。指导盛虹先进研究院、北京大学分子工程研究院连云港研究中心建设。新增14家省级工程技术研究中心，总数112家。与省产研院共建企业联创中心18家，苏北第1，绿色智慧化工技术与装备研究所成功揭牌。政产学研合作持续深化。市政府与吉林大学、上海海洋大学、沈阳药科大学、南京师范大学等涉海高校签订校地合作协议，引进吉林大学、江南大学建设成果转移转化（技术转移）中心。编制《重点产业链高校院所及专家团队信息汇编》，梳理236所重点高校、156家科研院所，266名院士在内的共865名专家，推进成果有效对接、需求有效统筹。成立江苏省涉海产学研合作联盟、连云港市新材料产学研合作联盟，中国海洋大学（赣榆）国家级科技小院揭牌。

四、海洋经济发展财政金融支持力度增强

充分发挥政府财政资金的引导和撬动作用，设立总规模3亿元的海洋产

业投资基金，重点投向海洋装备制造、海洋生物医药、海洋信息服务业等海洋新兴产业，同时支持海洋传统产业发展，推动连云港市海洋产业形成财政优先保障、金融重点倾斜、社会积极参与的多元化投入格局。市财政每年安排1亿元专项资金支持海洋经济发展。推动金融机构推出特色海洋金融产品，赣榆农商行开发“渔船抵押贷款”，授信12.26亿元，用信余额7.1亿元。中国人民银行连云港市支行、市发改委、市自然资源局等多部门联合出台《关于金融支持海洋经济高质量发展的指导意见》，从支持重点领域、完善金融组织体系、丰富金融服务方式、强化政策保障、完善工作机制等五方面综合采取16条措施为全市金融业支持海洋经济发展进行统筹布局。

五、海洋基础设施日益完善

沿海路网布局逐步完善。铁路发展取得重大突破，建成连盐铁路、连青铁路、连淮扬镇铁路、陇海铁路连云至连云港东新增二线，连徐高铁开通运营，时速350千米的连盐高铁规划建设提上议程，“π”型高铁网已形成，图定列车达到180趟/日以上，打通了南下、北上、西出高铁通道。铁路专支线加快建设，建成连盐铁路徐圩、赣榆支线及上合组织（连云港）国际物流园铁路专门线，赣榆港区铁路专用线一期工程开工建设。公路通达能力显著提高，已形成以G15沈海高速、G25长深高速、G30连霍高速为主骨架的“两纵一横”布局，实现市到县、县到县的高速公路联网畅通。连宿高速公路新建、连淮高速公路扩建项目加快推进，进一步提升交通运输效率。航道港口能级显著提升，“一体两翼”组合大港成为现实，“一港四线”海河联运通道成功构建。

六、海洋生态保护修复多点发力

建立全市海洋生态文明协调机制，成立市政府主要负责同志任组长的海洋生态文明建设领导小组，全面统筹协调海洋生态文明建设各项工作。在全省率先建立市级海洋生态红线制度，出台《连云港市海洋生态红线保护实施规划》，进一步强化岸线、海岛管控措施。加大生态修复资金投入，实施了秦山岛、竹岛、连岛、羊山岛、连云新城临洪河口等一批海岛和岸线修复示范工程。累计修复岸线10余千米、人工清危1万余平方米、回补海沙面积约18万平方米，种植各类植物7万余棵、完成绿化面积约15万平方米。经过整治，秦山岛、连岛、竹岛、羊山岛以及岸线、滨海湿地生态环境明显改善。秦山岛整治被国家海洋局评为“精彩、精致、精美”的“三精”工程，连岛获批“全国十大美丽海岛”“和美海岛”，连岛整治修复及保护项目成功入选自然资源部国土空间生态修复典型案例。初步修复临洪河口湿地生态系统，湿地内珍稀鸟类种类、数量明显增加，生态系统的多样性、稳定性和持续性不断提升。大力推进海洋法治改革创新，2017年出台了连云港市首部地方性法规《连云港市海洋牧场管理条例》，也是全国首部海洋牧场管理领域专门立法。2018年在全国率先制定出台《连云港市滨海湿地保护条例》，为全省乃至全国滨海湿地保护立法工作提供了宝贵经验。2019年7月26日，《连云港市海岛保护条例》经省人大批准实施，有力促进连云港市海岛资源的科学合理利用，强化海岛及其周边海域生态系统的保护。

七、海洋资源要素保障不断强化

推进养殖用海市场化配置，指导赣榆区先行先试，探索开展养殖用海市场化出让工作，2023年5月18日，全省首宗海域使用权网上挂牌出让在连云港市赣榆区成功摘牌，实现了由“审批用海”到“交易用海”零的突破。2023年全年市场化出让养殖海域使用权3.26万亩，出让金额3448万元，每亩金额较以往模式提高了2倍多。探索海域立体使用，印发《关于推动海域空间资源资产化管理 促进海洋经济高质量发展的通知》，明确提出推进海域立体分层设权使用，推进“一海多用”。编制《关于积极落实海域使用权立体分层设权工作的通知》，明确具体措施。2023年12月13日，灌云县颁发全省首本养殖用海使用权分层设权不动产权证书，完成连云港石化产业基地绿色供能工程立体用海审批，批复透水构筑物用海2.25公顷，与田湾核电温排水项目、渔业技术指导站围海养殖项目实现分层立体使用海域。

旅游业的发展

40年来，连云港市立足地方特色、突出品牌打造、加强宣传推介，旅游产业实现了从无到有、从小到大、从弱到强的转变。特别是党的十八大以来，连云港市加快建设文化强市、旅游名城，大力推进文旅融合、“旅游+”发展，悉心培育新业态、新场景、新产品，全市文旅产业呈现总量不断扩大、结构持续优化、层次逐步提升、市场日趋繁荣的良好态势。

一、发展历程

（一）萌芽起步阶段（1984—1996年）

1981年，国务院第一次组织召开全国旅游工作会议，明确指出：“旅游事业是一项综合性的经济事业，是国民经济的一个组成部分，是关系到国计民生的一项不可缺少的事业”，全国掀起了大办旅游企业的热潮。为此，1984年市委、市政府成立市旅游服务公司，负责对全市旅游业的规划、建设、经营、接待实行归口管理。

1985年，国务院批转国家旅游局《关于当前旅游体制改革几个问题的报告》，提出要从主要搞旅游接待转变为开发、建设旅游资源与接待并举。这启动了第一次旅游体制改革，标志着中国旅游业进入构建旅游产业体系的新阶段。同年，连云港市正式成立市旅行游览事业管理局，与市旅游公司合署办公。期间，市旅游公司通过资金自筹等方式分别成立了市旅游经济贸易公司、市旅游实业开发公司、市大圣旅游出租公司、云华宾馆等多家子公司。1985年，连云港民航站开始简易开航，开辟了至济南、南京、上海、北京四条航线。1988年，国务院批准云台山风景名胜区为国家级重点风景名胜区，同年连云港市成立云台山风景名胜区管理局，与市园林局合署办公，负责云台山风景名胜区的管理、建设和开发。1990年，全市共有连云饭店、云台宾馆、云华宾馆、连云港科技活动中心、连云港远洋宾馆、神州宾馆、天然居宾馆等7家旅游涉外饭店，其中神州宾馆和天然居宾馆为三星级宾馆。这一时期，连云港市旅游产业初步发展，1984—1990年，全市共接待境外游客3万人次，创汇1500万美元，接待国内游客200万人次，实现旅游收入近亿元。

1991年，东海县开始举办中国东海水晶节，开始了东海水晶的旅游化发展。1993年12月建成从连云区北崮山黄石嘴直达江苏第一大岛——连岛的江家嘴的拦海大堤，拦海大堤全长约6700米，为全国最长，被称为“神州第一堤”，从此连岛开始了快速发展。1996年，全市共接待游客万104.53人次，实现收入7.86亿元，其中接待国内游客104.04万人次，实现旅游收入7.57亿元，接待海外游客0.49万人次，实现外汇收入352.98万美元。

经过这段时间的发展，连云港市旅游产业已经具备一定基础，成立了一批涉外（星级）酒店、旅行社和旅游车船等企业，通过组织开展市场营销，积极进行招商引资，大力进行景区建设和提升，花果山、渔湾、海滨浴场等景区在周边区域已经具有一定的知名度，旅游产业取得了初步的发展。

（二）探索成长阶段（1997—2010年）

1997年，原市旅游公司变更为市旅游事业管理局。2003年机构改革，市旅游事业管理局与原市旅游公司及下属企业实行政企分开，更名为市旅游局，列入市政府直属机构。2010年第二次机构改革，市旅游局列入市政府工作部门。期间，连云港市还对云台山、连岛等景区的管理机构进行了设立和调整。

这一时期，连云港市组织开展了丰富多彩的特色旅游节庆活动，1997年举办首届连云港之夏旅游节，1998年举办首届西游记文化节，1999年举办首届徐福文化节，2001年举办首届“连云港之春”，2008年举办首届东海花卉博览会，旅游产业取得了较快的发展，产业规模跨上了新的台阶。2010年，在省内率先全面实施旅游年票制度，是年，全市接待国内游客1403万人次，同比增长15%，实现国内旅游收入154亿元，同比增长20%，接待入境旅游者11.5万人次，同比增长15.5%，实现旅游外汇收入1.08亿美元，同比增长18%，实现旅游总收入161亿元，同比增长20%，旅游增加值78亿元，同比增长20%。至2010年，全市共有国家等级景区20家，其中AAAA级景区6家，全国工农业旅游示范点14家，旅游星级饭店增加到64家，其中五星级1家，四星级6家，旅行社108家，持证导游员达1400余名。经过这一时期的发展，全市旅游形象和知名度进一步提升，2003年获得“中国优秀旅游城市”称号，2006年入围全国20家“中国最佳旅游目的地”和“中国旅游竞争力百强城市”，旅游发展对于城市经济的重要性日益明显。

（三）快速发展阶段（2011—2018年）

2011年起，在市委、市政府的高度重视下，连云港旅游产业进入了快速发展的新阶段。

这一时期，全市旅游产业基础设施明显改善，产业要素日益健全，区域合作快速推进，品牌景区大幅增加，旅游环境不断优化，连云港之夏旅游节、西游记文化节、东海水晶节等大型旅游节庆活动在规模、档次和影响上有了较大的突破，旅游的综合带动作用进一步凸显。2016年，花果山景区被国家旅游局评定为国家AAAAA级旅游景区，成为连云港和连云港旅游对外宣传的“金字招牌”。至2018年底，全市共有国家等级旅游景区42个，其中国家AAAAA级旅游景区1个、AAAA级旅游景区10个、AAA级旅游景区20个、AA级旅游景区11个。全国工农业旅游示范点11个、国家特色景观旅游名镇1个、江苏省特色景观旅游名镇3个、全国休闲农业与乡村旅游示范点1个。省级特色旅游品牌名录的旅游区27个、江苏省工业旅游区5个、江苏省研学旅游示范基地5个。旅行社117家，其中出境游旅行社12家、国内旅行社105家，持证导游员1628人。2018年共接待游客3805万人次，实现旅游综合收入532亿元，同比分别增长12.4%、15.9%。

（四）调整突破阶段（2019年至今）

2019年1月，根据省委、省政府批复同意的《连云港市机构改革方案》，将市文化广电新闻出版局（市文物局）和市旅游局的职责整合，组建连云港市文化广电和旅游局，作为市政府工作部门，对外保留市文物局牌子。2020年12月，《连云港市旅游促进条例》正式列入市人大立法计划，是连云港首部旅游地方性法规。2021年10月，连云港获批国家文化和旅游消费试点城市，随即成立以市政府主要领导为组长的市文化和旅游消费工作领导小组，出台《连云港市建设国家文化和旅游消费示范城市工作实施方案》，严格落实《促进旅游高质量发展若干激励措施》。

这一时期，连云港充分把握文化与旅游大融合的背景，实施文旅品牌品质提升、产品旅游线路品牌孵化、文旅营销矩阵构建、客源市场精准营销等，推动全域旅游发展格局逐步形成，实现以文化充实旅游内涵、提升旅游宣传、推动旅游发展。坚持把旅游业作为拉动地方经济的重要支柱、促进转型升级的重要抓手和展现特色优势的重要载体，实施全域旅游发展战略，构建现代旅游产业体系，塑造“大圣故里 · 西游胜境”神奇浪漫之都的城市旅游总体形象，旅游经济持续保持平稳增长态势。

二、主要成就

（一）旅游产业地位不断提升

一直以来，市委、市政府高度重视旅游业发展，围绕建设山海相拥的知名旅游城市定位制定出台了一系列措施和政策。2009年6月，国务院讨论通过的《江苏沿海地区发展规划》将连云港规划为“国际知名的海滨旅游城市和国内著名的旅游目的地”。9月，市委、市政府出台《关于加快旅游产业发展的意见》，对全市旅游发展作出了新的战略部署。2011年，市委、市政府出台《关于加快旅游业发展建设区域性旅游中心的意见》，提出建设国际知名、国内著名、特色鲜明的国际性海滨旅游城市，并从2012年起每年安排旅游专项引导资金1000万元。2011年9月，市委在第十一次党代会上提出，要把“连云港建设成为国际性的海滨城市、现代化的港口工业城

▲ 40年来，连云港市旅游业持续稳定发展，成为国民经济的重要产业。图为第三批省级夜间文旅消费集聚区——赣榆二道街　市文广旅局供

市、山海相拥的知名旅游城市，连接南北、沟通东西的重要枢纽城市”，将山海相拥的知名旅游城市正式作为全市的四大战略定位来发展，同年，市政府将旅游业发展目标任务、旅游业发展经济指标等纳入政府绩效管理和考核内容，并纳入县区经济发展综合评价考核指标体系。2012年，市委提出要“加快把旅游业培育成为连云港市战略性支柱产业”，全市掀起了大办旅游、办大旅游的浓厚氛围，完成了《连云港市旅游发展总体规划》。2019年，市政府印发《2019年连云港市国家级旅游业改革创新先行区工作方案》《连云港市鼓励邮轮旅游产业发展奖励暂行办法》等一系列文件，为加快转变旅游发展方式，探索建立更具活力的旅游管理体制、经营运行机制和转型升级新模式提供保障，打造区域旅游新高地。2020年，市政府办公室印发

关于《促进旅游高质量发展若干激励政策》，极大促进了文化和旅游高质量发展。同年12月，市委颁布实施了《连云港市旅游促进条例》，标志着加速建设文化强市和旅游名城有了法律支撑。

（二）旅游融合发展质效更加凸显

40年来，连云港市旅游业持续稳定发展，成为国民经济的重要产业，在促进农旅、林旅、文旅等方面的融合展示了巨大的潜力，为连云港经济社会发展作出了积极贡献。2023年，全市接待游客4960万人次，实现旅游总收入662.16亿元，同比增长45.39%和62.77%。连云港市获批首批国家级旅游业改革创新先行区，东海温泉度假区、连岛度假区和灌云大伊山度假区获批省级度假区。2016年8月，花果山景区创成国家AAAAA级旅游景区，实现连云港市AAAAA级旅游景区零的突破；2024年2月，连岛景区创成国家AAAAA级旅游景区，标志着连云港市成为江苏省第六个拥有2家以上AAAAA景区的设区市。新增一批国家和省级度假旅游、工业旅游、乡村旅游、研学旅游、生态旅游、康养旅游品牌，水晶、红香溢樱桃酒、“西游记”系列旅游纪念品等旅游商品被评为江苏“百佳”特色旅游商品，在全省旅游纪念品大赛和展销活动中多次获奖。

（三）旅游发展空间格局初步建立

40年来，连云港充分利用自身山海、河湖、港岛、森林、湿地、沙滩、温泉、丘陵、平原等生态多样、资源丰富、交融环抱的生态特色和空间特色，进一步优化城市布局，加强规划设计和功能配套，推进集中集聚集约和特色发展，大力实施规划引领、项目带动、文化提升工程，构建西游文化发展核、滨海度假发展带、陆桥东部丝路旅游带、乡村旅游发展带、西游文化体验区、滨海休闲度假区、山水人文体验区、温泉休闲康养区、特色田园乡村区的“一核三带五区”的文旅产业发展格局，“一心、两带、三板块、多点辐射”的空间发展体系，着力打造“全域之城”“文化之城”“不夜之城”“好客之城”“网红之城”。大力实施大花果山建设，全面建成大花果山“一环五线”游览线路全线，新建渔湾游客中心、西入口新游客中心和360球幕影院、滑索、漂流等互动项目，完成祥云景观、万年山花海、西游樱花大道、高老庄梅花园、玉女峰紫薇园等建设，“四季好花常开，八节鲜果不绝”在大花果山景区成为现实，

▲新沂河风光　陈卫东摄

先后荣获全国十佳生态文明景区、全国旅游服务质量标杆培育试点单位、国家地质公园。大力发展海洋海岛旅游，以连岛为中心，以交通为纽带，建成全长125.8千米的海滨大道，串联起连云新城、港口、连云老街、高公岛、海州湾等重点旅游区域，带动实施美食水岸、海上云台山、连云老街、秦山岛、黄窝、海州湾国家海洋公园等旅游项目，实现海滨、海岛及沿海区域的联动发展，成立连云港东方海上旅游客运公司，开通连云港到日本的邮轮旅游，形成海陆双线并进的沿海旅游发展格局。

（四）旅游服务保障质效不断提升

40年来，连云港始终突出旅游项目开发建设，环海上云台山、东海水晶城等一批项目入选国家优选旅游项目，花果山西游文旅、园博园、连岛综合提升、渔湾游客中心等一批项目入选全省重点旅游项目库，西连岛综合开发、花果山景区花海种植、连岛景区提升改造、孔望山提档升级、锦屏山游步道、宿城“八间房”民宿、青松岭森林温泉、民主路老街、连云老街、赣榆秦山岛等一批重大旅游项目建成并投入运营。持续完善旅游公共服务，建成市文化旅游总入口平台，对全市旅游年票实施智慧化入园系统提升，建立旅游旺季交通疏解机制，AAAA级以上景区实行网上售票和预约、最大承载量和瞬时承载量管理。完善公交景区站点的配套基础设施建设，开通重点乡村旅游景区的季节性旅游公交、高铁站至花果山、连岛等景区旅游直通车，以及海上定制旅游公交，实现大交通和小交通的衔接。建立健全权责清晰、执法有力、处置有效的旅游综合监管和“1+3+N”旅游综合执法模式，组织公安、交通、市场、城管等涉旅部门联动治理规范旅游市场，每年在旅游旺季持续开展旅游市场秩序专项整治行动，全市旅游市场秩序持续向好。严格执行旅游投诉“首问负责制”，在全省率先建立旅游志愿者服务队伍并深入开展文明旅游宣传活动，游客满意度始终位于全省“满意”城市行列，受到八方游客的高度好评，成为“一带一路”沿线国家和地区重要的休闲度假旅游目的地。

三、经验启示

（一）坚持规划引领，推动旅游科学发展

先后印发《连云港市旅游发展总体规划（2012—2030）》《连云港市旅游开发策划暨发展规划（2021—2035）》《连云港市旅游发展总体规划（2021—2035）》《连云港市旅游设施布局规划（2020—2035）》，分别制定了从“七五”至“十四五”旅游发展规划，完成《石梁河库区旅游发展规划（2013—2015）》《花果山创建国家AAAAA级旅游景区提升性规划》《徐圩新区云湖水利风景区总体规划》《连岛旅游发展总体规划》等一系列规划策划的编制和实施，以规划为引领的旅游发展理念得到进一步强化，形成了市、县、区旅游规划全面统筹，景区旅游规划全面覆盖，核心景区规划策划重点提升的发展格局，为全市旅游事业稳步发展奠定良好的基础。

（二）坚持项目带动，加快旅游产业发展

始终坚持项目为王理念，创新项目招引、项目推进、项目考核机制，出台《连云港市旅游促进条例》《推进文化强市和旅游名城建设加快文旅产业高质量发展的实施意见》《关于促进旅游高质量发展若干激励措施》等系列政策文件，扎实推进文旅重点项目建设和招引。充分发挥市旅游工作领导小组协调机制作用，统筹全市旅游项目保障工作，结合形势任务制定针对性措施及实施方案，持续跟踪重点旅游项目建设，定期召开专题会议，协调统筹项目招引、建设、运营过程中的难点堵点，调动社会各方面的力量积极参与旅游项目投资建设。

（三）坚持品牌创建，丰富旅游产品体系

深化以高等级景区创建为抓手，花果山、连岛荣获国家AAAAA级旅游景区金字招牌，老新浦风情街获批国家夜间文化和旅游消费聚集区，灌云县川星村、连云区西连岛村获批国家乡村旅游重点村，连云港市列入国家级旅游业改革创新先行区、国家文化和旅游消费试点城市。至2023年底，全市有国家A级景区44家、国家夜间文旅消费集聚区1家、国家乡村旅游重点村2家、省级旅游度假区3家、省级全域旅游示范区3家、省级乡村旅游重点村8家、省级文旅消费便捷支付示范区4家、省工业旅游示范区7家、

省级夜间文旅消费集聚区2家、省文明旅游示范单位2家，省级文化产业园区2家，省级文化产业基地1家、星级旅游饭店9家、绿色旅游饭店15家、旅行社145家。

（四）坚持宣传推广，提升城市旅游形象

始终围绕“大圣故里西游胜境——神奇浪漫之都连云港”城市形象，加大城市宣传推广力度，培育特色更加鲜明的城市品牌，连年举办连云港之夏旅游节、西游记文化节、丝路音乐节等独具特色的文旅活动，城市显示度和美誉度不断彰显。在长三角、陆桥沿线、环渤海、华中地区等重点目标市场实施线上线下城市形象宣传推广，连云港文旅宣传片进驻冬奥村、亮相冬奥会。组织“连云港·花果山号”高铁冠名宣传和“连云港号”航空西游文化城市宣传，特别在全球首架西游主题彩绘“连云港号”西游文化航空宣传客机的机身，喷绘家喻户晓的1964版《大闹天宫》中齐天大圣孙悟空形象，再现西游记这一经典IP，引起社会各界广泛关注和喜爱，“连云港号”飞机和“花果山号”高铁宣传飞驰南北、横贯东西，成为展示连云港靓丽城市形象的流动名片。

（五）坚持综合治理，规范旅游市场秩序

颁布《连云港市旅游促进条例》，严格执行旅游投诉“首问负责制”，在花果山、连岛等景区设立旅游“先行赔付基金”，在全省率先建立旅游志愿者服务队伍并深入开展文明旅游宣传活动。出台《连云港市旅游市场综合监管方案》，持续深化文旅市场秩序专项整治，固化旅游应急响应机制、假日旅游调度，组建全市旅游市场综合监管办公室，成立假日旅游投诉专班，在花果山、连岛、东海水晶文化旅游区等重点区域推广“1+3+N”旅游执法模式，设立旅游综合监管中心，建立旅游警察、市场监管分局、旅游巡回法庭等机构，设立并发布旅游诚信“红黑榜”。完善文化旅游突发事件预警信息发布制度和应急处置预案，提升突发事件应急处置能力，依法打击各类违法违规行为，确保全市旅游市场安全、有序、高质量运行。

伍

科技创新

科技创新平台建设

科技成果转化

对外科技合作

科技创新平台建设

40年来，特别是党的十八大以来，连云港市深入学习贯彻习近平总书记关于科技创新的重要论述精神，深入实施创新驱动发展战略，持续提升科技创新平台建设运营水平，以高能级平台集聚人才等优质创新资源，加快促进产业转型升级，为连云港实现高质量发展“后发先至”注入强劲动力。

一、主要做法

（一）围绕国家战略布局，超前谋划、重点突破，优化顶层设计

“十四五”以来，在全国深化科技体制改革、优化调整国家技术创新体系布局的背景下，全市科技系统主动作为，按照“一年起势、三年成型、五年跃升”的思路引建创新平台，推动创新平台建设实现全方位突破。2021年，提请市委、市政府出台《关于深化创新型城市建设若干政策》《连云港市重大产业创新平台建设实施方案》等科技“政策包”，真金白银支持各县区板块围绕优势产业、特色产业引建重大产业创新平台，政府给予最高1亿元的建设、运行经费支持。同时，以重大需求和重大任务为牵引，厚植科技创新基础、增强发展动能。

（二）围绕科技创新前沿，拥抱高端、久久为功，推进重大科技基础设施建设

2008年，中科院、江苏省和连云港市政府共建了中科院能源动力研究中心，开展国家重大科技基础设施“高效低碳

燃气轮机试验装置”预研，建成了我国迄今唯一重型燃气轮机多燃料全温高压全尺寸燃烧室试验装置，为全国多家企业开展了先导试验研究服务。2013年，《国家重大科技基础设施中长期规划》发布，明确了未来20年我国重大科技基础设施发展方向和“十二五”时期建设重点。2020年，连云港市依托高效低碳燃气轮机试验装置8年预研成果，成功争取落户国家大科学装置—高效低碳燃气轮机，成为江苏省仅有的两个国家重大基础设施之一。2021年，项目CTF#1燃烧室首套实验平台首次点火、一次成功，满负荷运行对外开展技术服务。2024年，大科学装置将全面建成并投入使用，正在加快推进重大技术和装备成果在连云港市集成转化，培育上下游配套的创新型产业集群。

（三）围绕产业集中发力，建设载体、汇聚资源，着力强化创新动能

坚持围绕新医药、新材料、临港石化三大优势产业链部署创新链，通过打造优势互补、错位发展的产业载体，进一步突破关键核心技术，壮大主导产业集群。依托抗肿瘤药物、抗肝炎药物、新型中成药等六大特色集群，先后建成江苏省原创化学药创新中心、生命健康产业公共服务平台等一批产业共性技术平台，建成中药制药过程控制与智能制造技术全国重点实验室和国家靶向药物工程技术研究中心，牵头组建国家抗肿瘤产业技术创新联盟。30平方千米“中华药港”启动建设，提供新药研发的一站式服务，助推全省乃至全国医药行业快速发展。依托碳纤维产业基础建成国家工业强基工程项目——碳纤维复合材料试验公共服务平台，具备面向全行业提供试验试制、检测评价等服务能力；建成国家级硅材料深加工产品质量监督检验中心，为新材料产业发展提供了有力支撑。中复神鹰国内率先攻克干喷湿纺碳纤维技术，2017年荣获国家科技进步一等奖。

（四）围绕向海图强新赛道，搭建平台、优化服务，全力做好科技兴海文章

海洋是高质量发展战略要地，党的二十大报告提出，加快建设海洋强国。用足用好海洋资源禀赋，发展壮大海洋产业，是连云港市实现“后发先至”重要赛道和有力抓手。为抢抓发展机遇，市科技局超前谋划、战略布局海洋科技创新重大平台，全力构建向海发展先发优势。2022年，深海技术科学太湖实验室连云港中心落地建设，作为太湖实验室核心组成部分一体

▲ 2023年7月20日，由中国船舶七〇二所和深海技术科学太湖实验室连云港中心联合研制的1500吨级中尺度试验船“创智号”顺利下水　市科技局供

创建国家实验室。全球首艘深远海智能技术试验船招标建造，积极争创国家实验室及国家海上试验大科学装置。在基础薄弱、创新资源相对贫瘠情况下，连云港在沿海三市率先创成省海洋领域技术创新中心。牵头成立江苏省涉海产学研合作联盟和连云港市新材料产学研合作联盟。

二、主要成就

全市科技工作在市委、市政府坚强领导下，积极融入国家开放大局，超前谋划、主动作为，推动创新平台建设实现全方位突破，在苏北五市率先完成国家和省实验室、重大科技基础设施、重点实验室、技术创新中心等国家创新体系关键节点的完整布局，全力构建以实验室为核心、技术创新中心为骨干、重大科技基础设施为支撑的创新平台体系。建成省实验室分中心1家、国家重大科技基础设施1家、全国重点实验室1家、国家工程技术研究中心1家、省技术创新中心1家、省重点实验室5家。

（一）战略科技力量率先突破

围绕连云港市低碳能源、生命健康、前沿新材料等未来产业发展定位，建设一批创新平台。经过长期不懈与中国科学院对接争取，连云港从上海、沈阳等众多城市中脱颖而出。2020年7月，国家发展改革委正式批复初步设计概算，国家重大科技基础设施——高效低碳燃气轮机成功在连布局建设。2016年以来省级以上创新平台新增78家，超过历年累计数，呈现爆发式增长，截至2023年底总数达到149家，苏北率先完成平台关键节点布局，培育集聚了一批承担国家使命、体现港城担当的战略科技力量。

（二）向海图强赛道超前布局

拓展深远海发展，全省率先创成海洋领域技术创新中心、唯一涉海产学研合作联盟，江苏南极磷虾产业研究院等一批涉海平台加快建设。主动对接、反复争取，太湖实验室连云港中心2023年挂牌运行，并写入省政府工作报告，实现当年揭牌、当年实体运行、当年招引落地企业、当年成果产出超亿元，创造省重大创新平台建设最快速度。全球首艘7000吨级深远海绿色智能技术试验船出坞下水，1500吨级中尺度试验船完成首航试验；海上大科学装置入选省预研培育，支撑国家深海战略实施和海洋高质量发展。

（三）重点实验室体系加快构建

成立专班、跟踪推进国家重点实验室重组，康缘药业成功获批全国重点实验室，引入田金洲院士共建省级院士工作站。超前谋划省级重点实验室重组，推进康缘药业与江苏海洋大学共建省海洋药物和现代中药创制重点实验室，指导恒瑞、天晴、中复连众等5家省级重点实验室建设单位做好筹备。2022、2023年新建市级重点实验室9家；逐步探索建立国家、省、市三级重点实验室培育梯队，巩固产业创新“高峰”优势，抢占行业话语权。

（四）企业研发机构量质齐升

全市累计建成省级以上工程技术研究中心总量达到112家，其中国家级1家、省级111家。省级新型研发机构13家，与省产业技术研究共建企业联创中心18家、苏北第一。全市市级以上新型研发机构达42家。2023年，江苏产业技术研究院绿色智慧化工技术与装备研究所（灌南）成功揭牌，为企业提升创新水平提供有力支撑。

科技成果转化

40年来，连云港市深化科技成果转化体制机制改革，一体推进“科技—产业—体制”创新，深化技术创新市场导向，支持企业与高校、科研院所开展产学研合作，全市创新活跃度显著增强，成果产出度持续提升，为全市高质量发展提供了有力支撑。

一、发展历程

科技自立自强是国家强盛之基、安全之要，科技事业在党和人民事业中始终具有十分重要的战略地位，从毛泽东同志提出“向科学进军”、邓小平同志提出“科学技术是第一生产力”，到江泽民同志提出“科教兴国战略”、胡锦涛同志提出“自主创新”，再到习近平总书记提出“创新是引领发展的第一动力”，这些重要论断使我们对科学技术发展规律的认识不断深化，为科技成果转化指明了方向。沿海开放40年来，中央发布了诸多关于科技创新有关决定或意见，其中科技成果转化都是重要目标，均对科技成果转化做出了战略部署，其中具有里程碑意义的为以下4个关键节点。

（一）1985年：实施科技体制改革

1985年3月，中共中央发布《关于科学技术体制改革的决定》，提出科技体制改革的根本目的是使科学技术成果迅速地、广泛地应用于生产，改革任务中涉及科技成果转化的内容一是要开拓技术市场；二是要改变过多的研究机构与企业相分离的状况，促进相互之间的协作与联合。自此，科技部相继制定了“星火计划”“863计划”“火炬计划”等一系列计划来组织实施重大科技成果转化应用，拉开了国家科技体制改革的序幕，也正式启动了科技成果转化的市场化进程。

（二）1993年：出台科技进步法

1993年7月，第八届全国人大常委会第二次会议审议通过了《中华人民共和国科学技术进步法》，从法律层面确立了“科技面向经济，经济依靠科技”的基本方针，随着《中华人民共和国农业技术推广法》《中华人民共和国中小企业促进法》以及1996年我国第一部《中华人民共和国促进科技成果转化法》相继出台，科技成果转化政策也逐渐步入法制化的发展轨道。

（三）2006年：建设创新型国家

2006年，《国家中长期科学和技术发展规划纲要(2006-2020)》及若干配套政策出台，从多方位对国家自主创新做出总体部署，为科技成果转化塑造了良好的外部环境。2007年实施的国家技术转移促进行动要求构建以企业需求为导向、大学和科研院所为源头、技术转移服务为纽带、产学研相结合的新型技术转移体系，标志着科技成果转化制度体系的正式确立。连云港市于2007年设立市科技成果转化专项资金，重点支持新医药、新能源、装备制造等领域的重大科技成果产业化，以期提升相关产业的技术水平和核心竞争力。

（四）2012年：实施创新驱动发展战略

党的十八大以来，以习近平同志为核心的党中央坚持把科技创新摆在国家发展全局的核心位置，加快实施创新驱动发展战略。在习近平新时代中国特色社会主义思想指引下，连云港市深入学习贯彻习近平总书记对江苏、对连云港工作的重要讲话重要指示精神，全面贯彻落实“在科技自立自强上走在前”“在科技创新上取得新突破”的重大任务，将“创新驱动”作为实现“后发先至”的鲜明标识、强大动力，推动科技体制机制不断健全，创新创业生态显著改善。

2012年9月，中共中央国务院发布《关于深化科技体制改革加快国家创新体系建设的意见》，提出建立企业主导产业技术研发创新的体制机制，完善和落实促进科技成果转化应用的政策措施。自2012年起，促进科技成果转化成为实施创新驱动发展战略的重要内容。2015 年8月，全国人大常委会通过关于修改促进科技成果转化法的决定，破解了一些制约当前科技成果转化的突出问题，为加快实施创新驱动发展战略奠定了基础。2016年2 月开始，国务院常务会议提出了支持科技成果转移转化的一系列措施，包括《实施〈中华人民共和国促进科技成果转化法〉若干规定》《关于印发〈促进科技成果转移转化行动方案〉的通知》等，象征着国家层面在科研领域的重要布局和改革陆续启动。2016年9月，市政府印发《连云港市促进科技成果转移转化行动方案》。2017年，市委、市政府印发《关于加快推进区域性产业科技创新中心和创新型城市建设的实施意见》。2018年，市政府印发《关于深化科技体制机制改革推动高质量发展若干政策》《连云港市推进科技与产业融合加快科技成果转化实施方案》。2021年8月，市政府印发《关于深化创新型城市建设若干政策的通知》。

二、主要成就

（一）以创新政策供给为保障，科技创新综合实力显著增强

创新发展融入国家大局。紧抓沿海开放契机，把握科技创新脉搏，连云港市先后获批全国科技进步先进市、国家创新型城市、国家知识产权试点城市、国家级高新区、国家农业科技园区，建设国家重大科技基础设施、全国重点实验室、国家海洋领域创新中心，科创内涵更加丰富、外延更加广阔。科技创新指标显著提升，高新技术产业产值由137亿元增至1800亿元；全社会研发投入由10.5亿元增至104.2亿元，占国内生产总值比重由1.12%上升至2.6%，超过全国平均，连续四年苏北第1；规上工业企业研发投入强度全省第1。

政策供给水平持续提升。为深化科技体制改革，培育企业创新主体，加速科技成果转移转化，陆续出台《关于鼓励和促进科技创新创业若干政策》、“科技创新24条”“科技体制改革29条”等政策文件，系统集成为创新

型城市建设“1+N”政策体系，进一步健全连云港市科技创新政策体系。不断探索“创新推动、资金带动、人才发动”协同发力机制，“十四五”以来全省率先出台科技信用管理办法、外国人才管理办法、成果转化“揭榜挂帅”，苏北率先试点“企业创新积分制”，建设花果山科创走廊，成立首支市级科创基金，多项科研机制创新全省领先。

科技创新环境不断优化。深化科研领域“放管服”改革，对财政科技投入方式、科技计划体系、科研项目和资金管理以及科研院所、高等学校科研自主权进行了改革优化，推进科研领域简政放权，充分扩大科研院所、高等学校、科技人才科研自主权。推进实施“苏科贷”、专利质押融资等科技金融产品，近年来，每年落实科技贷款超过2亿元；科技减免税年均增幅15%以上。2023年，兑现科技创新政策奖补7059万元，减免高企所得税和研发费用加计扣除税额36.61亿元，切实减轻企业负担。

（二）以科技企业培育为重点，自主创新能力不断提升

壮大科技企业集群。连云港市先后实施科技型企业培育“十百千”工程、企业研发机构建设推进专项行动、企业培育“三大行动”“小升高”行动计划等，制定科技型企业扶持政策，推动科技资源、科技政策、科技服务向企业集聚。对照新开工项目、新招引科技型企业、新增市场主体三张清单，以签约即跟踪、开工即培育的模式，建立“目标分解、领导带队、分片包干、市县（区）联动”四项机制，高新技术企业由省级7家突破至国家级683家，近3年增幅全省前列；科技型中小企业自国家认定以来增加6倍，达2030家。连续十年举办科技双创大赛，助力130余家企业成长为高新技术企业。

全力打造领军企业。连续四年开展“服务百企专家行”，围绕企业不同发展阶段的需求，聚力研发投入归集、技术合同挖掘、重点科技业务培训，分类指导、精准服务，充分激发创新投入积极性。12家高企入选省创新型领军企业，占苏北五市44.4%。2家企业入选省首批10家创新联合体试点，产生4家科创板上市公司，均苏北仅有。肖伟成功当选全省首位非公企业家中国工程院院士。2020年，全省首设“连云港市科技创新奖”，对连云港市经济社会发展做出突出贡献的科技创新单位和科技人员进行表彰，累计评选出科技创新领军单位20个、优秀单位30个、领军人物20名、优秀个人80名。

*推动企业技术攻关。*强化科技计划对产业链关键环节引导支撑，承担省重点科技专项270余项，获批上级资金超5亿元，其中2022年获批2.1亿元，同比增长139%，2023年获批近2亿元；实施市级科技计划，引导企业突破多项1类新药、高端碳纤维、光伏EVA材料、大功率叶片和风电机组等重大关键技术。累计承担省市科技成果转化项目201项，投入财政资金8.54亿元，引导社会资金投入169.5亿元，新增产出1131亿元；累计荣获国省级科学技术奖143项，加速一批科技成果向现实生产力转化。

（三）以创新平台载体为抓手，科技成果产出实现突破

*战略科技力量率先突破。*坚持把重大科技平台建设摆在突出位置，围绕未来产业引建一批创新平台。全省两个、苏北唯一国家重大科技基础设施—高效低碳燃气轮机布局建设，入选长三角十大协同创新典型案例，苏北唯一。康缘药业省内唯一中药领域全国重点实验室获批，牵头共建省海洋药物与现代中药创制重点实验室。2016年以来省级以上创新平台新增78家，呈现爆发式增长，总数达149家，集聚了一批承担国家使命、体现港城担当的战略科技力量。

*向海图强赛道超前布局。*瞄准深远海开发前沿，太湖实验室连云港中心2023年挂牌运行，实现当年揭牌、当年实体运行、当年2家企业落地、当年成果产出超亿元，创造全省重大创新平台建设最快速度。全球首艘7000吨级深远海绿色智能技术试验船实船建造，1500吨级试验船完成首航；海上大科学装置入选省预研培育。沿海三市率先获批建设全省唯一海洋领域技术创新中心并实体化运营，累计孵化7个企业、引进2个院士团队、推进建设海洋高端装备等5个平台。康缘药业省级院士工作站、江苏南极磷虾产业研究院等一批涉海平台加快建设，市级以上涉海平台达45个。

*区域协同创新有力推进。*连云港高新区、东海高新区分别获批国家级高新区、省级高新区。2021年，全省率先出台支持高新区高质量发展文件，激发园区创新发展活力。连云港高新区在省评中由18名进位至13名，连续三年苏北第1，清洁能源装备入选省创新型产业集群。东海县入

选国家创新型县、省创新型示范县建设名单。赣榆区入选全省县域科创增速30强第3位。深化花果山科创走廊区域科技资源开放共享，建设市域科研飞地，引入市场运行机制，实现“创新研发在市区，成果产业化在园区”的新型协作关系。“一带一路”技术转移中心实体运行，以“四库四平台”体系与30余个国家建立合作渠道，加速形成国际技术转移服务网络。

（四）以政产学研合作为纽带，科技创新资源加速集聚

深化校地企合作，构筑创新资源“蓄水池”。市政府累计与清华大学、中国农业科学院等21家高校院所签订合作协议27个，其中省内12家、省外9家。创新校地合作、校企共建方法，2023年以来，聚焦西北及东北等高校成果本地转化率偏低、亟待向外发展的迫切需要，抢占先机布局，精准对接吉林大学、沈阳药科大学等6家高校签订校地合作协议。坚持围绕产业链部署创新链，聚焦重点产业发展需求，联合高校院所、上下游企业等成立江苏省涉海产学研合作联盟、连云港市新材料产学研合作联盟，构建产业发展新生态。累计与16个省、市共159家高校院所建立校企联盟1480个。

加快多方协同，打造互惠发展“共同体”。聚焦前沿领域，强化目标、市场、需求“三个”导向，2021年省内率先实施双向“揭榜挂帅”，引导高校院所与企业协同研发，推动更多技术转化为现实生产力，累计发布高校成果137项，38家企业揭榜对接；发布企业创新需求32项，16位高校院所专家揭榜对接提供解决方案。推进成果转化，累计19项校企合作成果荣获国家科技进步奖、43项获省科学技术奖、48项获省科技成果转化资金支持，加速创新链产业链双链融合。创新编制《重点产业链高校院所及专业团队信息汇编》，梳理351所重点高校、78个科研院所等资讯，“清单化”助力企业寻高校、寻专家、找学者。

推进纵深合作，畅通资源对接“新渠道”。积极引建创新平台，与南京大学、南京理工大学、南京工业大学合作共建3家专业研究院，推进建设北京大学分子工程研究院，布局建设西安交通大学、上海海洋大学等一批成果转移转化中心。聚焦企业创新需求，常态化组织百余家企业参加江

苏产学研合作对接大会、苏北五市产学研对接等活动，每年组织开展政产学研对接200场次，推动需求有效对接、资源有效统筹，累计引导96家高校院所572名专家服务企业创新发展，省科技副总年均增幅54.4%，其中2023年净增146名，位列全省设区市第五位；省产学研合作项目年均增幅148.5%，总数达287项。

（五）以凝聚科技创新合力为先导，创新成果持续涌现

突破关键领域，建设高端基地。深化科技与经济融合，推动更多产业依靠创新驱动发展。中复神鹰以第一完成单位、张国良以第一完成人荣获国家科技进步一等奖，打破高端碳纤维国外长期垄断，全球最大碳纤维基地加快建设。硅材料产业已形成了达到国际先进水平的大规模集成电路制造用的石英材料、制品和封装材料的制造基地。累计承担“新药创制”国家科技重大专项150多项，获批1类新药21个、占全省42.0%、占全国11.8%，均位居全国地级市首位，已建成全国最大的抗肿瘤药物、抗肝炎药物研发生产基地及现代中药研发生产基地。徐圩石化产业基地已累计引进产业项目39个，总投资超5000亿元，2023年基地工业产值超1800亿元，全力打造世界一流石化产业基地。田湾核电站建设全球总装机容量最大的核电基地。经过多年创新发展，芯片级封装材料等一批重大原创成果实现产业化，科技实力由量变迈向质变。

建立创新体系，培育龙头企业。国内最大的聚酰亚胺纤维生产企业奥神新材料，荣获国家科技进步二等奖；联瑞新材成为苏北首家在科创板上市的企业；太平洋石英是国内首家石英上市公司，超纯石英砂、半导体石英材料填补了国内空白；斯尔邦石化是国内生产规模最大的丙烯腈生产基地；中复连众全球最大旋筒风帆顺利起航，国能联合动力全球叶轮扫风面积最大陆上风电机组成功下线；日出东方建成亚洲最大、世界海拔最高的太阳能供暖系统；恒瑞医药、豪森药业等连续多年位居中国医药企业创新力排行前列。省创新型领军企业、省创新联合体、科创板上市公司数量均为苏北第1。一批产品特色鲜明、企业知名度高、竞争力强、行业影响力大的龙头企业竞相涌现。

加速成果转化，促进转型升级。生物医药产业入围国家先进制造业

集群；仅2023年涉外技术输出超56亿美元，从"中国新"迈向"全球新"。新材料"黑白金"三色高性能纤维产业创新力全国领先，形成了以高性能纤维及复合材料、硅材料、化工新材料等为代表的产业体系。新能源领域形成了从叶片、塔架到发电机组的完整产业链，日出东方、晶海洋等光伏光热领域龙头企业领跑行业，"太阳雨"成为中国太阳能光热第一品牌。全省两个、苏北唯一国家重大科技基础设施—高效低碳燃气轮机试验装置建设顺利推进，清洁能源装备入选省创新型产业集群，纺织成套装备、流体装卸装置、大型矿机等产品填补国内空白，培育一批全国单打冠军企业。首台套智能船用装卸臂，全国装船容量、推进功率最大纯电动拖轮在连诞生。

三、经验启示

（一）坚持科技创新与制度创新"双轮驱动"

坚持科技政策要聚焦自立自强，深入探索有效市场和有为政府协同、创新驱动和应用拉动融合的新型科研组织方式，着力破解制约创新发展的深层次体制机制障碍。由支持单一企业向支持产业链、产业生态圈转变，支持龙头企业、重大创新平台牵头，联合科研院所、高校及上下游企业组建创新联合体。瞄准"创造"与"制造"的中间环节，打通转化渠道，布局概念验证中心，增强承接能力。

（二）强化企业科技成果转化主体地位

聚焦重点领域，培育打造科技型中小企业、高新技术企业、创新型领军企业梯队。在科技成果转化创新生态系统中，持续构建以企业为主体、市场为导向、产学研深度融合的创新体系，促进创新链、产业链、人才链和资金链深度融合。坚持发挥企业主体作用与政府引导作用相结合，加强市场对资源配置的决定性作用，推动企业联合高校院所加强科研成果转化应用，打通科研成果向生产转化的通道。

（三）加大关键核心技术攻关和成果转化

坚持原始创新、集成创新、开放创新一体设计，创新链、产业链、资金

▲ 2022年7月6日，连云港流体装卸设备有限公司独立研发制造的全球首台套智能船用装卸臂圆满完成首船接卸　市科技局供

链、人才链一体部署，加强基础研究、技术攻关、科技平台、企业创新、开放协同“五位一体”，不断开辟发展新领域新赛道，塑造发展新动能新优势。围绕低碳能源、深海远海开发、生命健康、前沿新材料、通用智能等“5+N”产业领域，支持政府联合相关企业共同编制技术攻关清单，建立“揭榜挂帅”“赛马”、定向委托等科技攻关机制，强化产业链关键环节、节点技术突破，争创一批创新平台，提升产业链供应链韧性和安全水平。

（四）促进产才融合协同发展

完善人才培养、引进、使用、合理流动的工作机制以及科技评价体系，进一步畅通教育、科技、人才之间的良性循环，推动科技成果加快转化为现实生产力。探索赋权改革新模式，在成果转化之前确定所有权，将职务发明人在转化后享有的股权奖励前置为产权奖励，完善科技成果转化尽职免责认定机制，保障职务发明人权益。支持高校院所采取专利等技术成果作价入股企业、企业“先使用后付费”方式转化科技成果等新机制、新模式，推动高校院所专利技术向企业转化实施。

（五）建立科技成果转化资金支持体系

探索科技成果转化各环节金融支持方式，发挥科创基金对科技成果价值发现的先导作用，发展科技成果市场化评价，建立多元化科技成果市场交易定价办法，探索技术交易与资本市场对接机制，并充分发挥金融投资在科技成果评价中的作用。支持和引导创新型企业通过发行科创票据、科技创新债等特殊品种债券进行融资，鼓励开展知识产权证券化试点。发挥政府性融资担保机构增信功能，加大未来产业融资支持力度。

对外科技合作

40年来，连云港市积极开展多层次、宽领域的国际科技合作，形成了一批标志性合作成果。党的十八大以来，连云港市广泛集聚创新资源，不断加强与“一带一路”共建国家的科技交流合作，建立优势互补、高效协作的国际化科技创新体系，进一步提高了连云港市自主创新能力和产业竞争力，更好赋能连云港市经济高质量发展。

一、发展历程

（一）探索起步阶段（1984—1999年）

1984年，连云港市获批全国首批沿海开放城市。这一时期，连云港市依托亚欧大陆桥和港口地理优势的特点，对外科技合作与交流更多侧重于设备进口和技术引进。1997年，中俄两国政府签署合同，决定在田湾建设核电站。1999年，田湾核电站一期工程正式开工建设，多项技术已接近或达到国际上第三代核电站水平，也是当时中俄两国最大的经济技术合作项目。

（二）稳步发展阶段（1999—2018年）

1999年，根据国家机构改革要求，引进国外智力工作由科技部门划入人事部门，连云港市相关工作也转入市人事局管理。这一时期，随着国家对国际科技合作工作重视的提高以及我国正式加入世贸组织，连云港市对外科技合作与交流迎来了良好的发展局面，官方和民间并举、“引进来”和“走出去”双向开放的对外合作格局初步形成。

引进国外智力归口管理体制不断完善。2007年，市外国专家局成立，为市人事局副处级参照公务员法管理事业单位，负责全市引进国外智力工作。2009年，公安、教育、外事等相关职能移交市外国专家局，实现外国专家来连工作、聘请外国文教专家资格单位归口管理。2015年，设立了市外国人才专项资金，从市人才专项资金列支。2017年，“外国专家证”和“外国人就业许可证”完成“两证合一”改革，实现外国人来连工作归口管理。

国际科技创新格局初具雏形。2007年，原振兴集团建设的郁金香种球繁育基地获批国家引进国外智力成果示范推广基地；2012年和2014年，江苏核电有限公司中俄核电国际科技合作基地、康缘药业中药国际科技合作基地分别获批国家国际科技合作示范基地。以恒瑞医药、衡所华威为代表的科技型企业，开始在海外成立研发中心，利用国外技术和人才开展技术联合研发，加快推进海外临床和海外认证。

对外科技和人才交流合作全面开展。依托国家外国专家局与全球主要创新国家签订的框架合作协议，连云港市外国专家局与德国SES专家组织、法国ECTI专家组织、以色列MATAT专家组织和日本花甲专家协会等十余个国家人才机构建立合作机制，先后引进了400余名高级专家来连无偿开展技术指导和项目合作，为连云港市农业、机械制造、医疗健康等领域作出了重要贡献。

（三）新时期发展阶段（2019年至今）

面对新时期的复杂局面，连云港市科学应变、主动求变，围绕全市“一带一路”交汇点强支点战略定位，取得了多项重大突破。

外国人才管理体制不断完善。2020年，市政府出台了全省首个外国人在华工作管理规范性文件《在连外国专家工作管理暂行办法》，设立了省首个外国人工作居留“一件事”联办窗口。

国际科技创新平台取得突破。连云港市首个国家级联合研究中心、首个省级外国专家优秀工作室等先后获批。

国际科技合作项目全面推进。首次设立了市级国际科技合作项目，鼓励高校、科研机构和企业面向全球创新型国家、“一带一路”共建国家、港澳台地区开展技术联合研发、成果转移转化和海外应用示范。

外国人才管理改革试点取得重要进展。依托自贸试验区“先行先试”政策，连云港市出台了自贸试验区“引才13条”“服务15条”、创新创业支持举措等，首创了一批外国“高精尖缺”人才认定标准、外国人计点积分鼓励性加分等创新政策，有效提升了外国人才来连工作便利性。

二、主要做法

（一）积极开展对外科技交流合作

40年来，连云港市的对外科技合作取得的成效离不开主动对外联络和争取。从20世纪90年代田湾核电站的签约落地，到21世纪初与外国专家

▲ 连云港市积极开展对外科技交流，加快融入全球创新体系。图为2024年7月18日，新亚欧大陆桥青年人才交流活动现场　市科技局供

组织的大规模交流合作，到疫情结束后主动开展的参与共建“一带一路”等，均是面对发展机遇和复杂局面下的主动破局和创新开拓。这些举措为连云港市带来了先进的国际创新理念、丰富的全球合作资源和优秀的科技合作模式，为连云港市融入全球创新体系、构建国际科技合作新格局作出了重要贡献。

（二）主动布局国际创新合作载体建设

“四库四平台”打造“一带一路”技术转移中心。2023年值“一带一路”倡议十周年和连云港市承办中欧班列论坛之际，为落实习近平总书记对连云港提出的打造“一带一路”标杆和示范项目指示要求，市科技局主动创新，启动“一带一路”技术转移中心建设工作。中心依托科创城，建设“一带一路”共建国家和国内“一带一路”节点城市高校院所、科研机构及技术转移服务机构入驻场地，并通过打造“一带一路”高校院所库、技术成果库、高端人才库和企业需求库，布局国际技术转移、高端人才引进、科技信息发布、经贸合作服务等功能平台，加强和深化与“一带一路”共建国家及国内“一带一路”节点城市在产业、科技、教育、人才和文化等各领域的密切交流与合作。

设立市级企业海外研发机构建设项目。该项目于2022年首次设立，重点支持市内有条件的企业在国外以收并购或直接投资等方式设立海外研发机构，直接利用国外高端人才、先进科研条件和创新环境等在当地开展研发活动，促进企业创新国际化。衡所华威电子有限公司于2022年获批市级企业海外研发机构建设项目，该公司收购韩国Emnetworks先进材料公司100%股权，并在韩国设立半导体封装材料研发中心，主要研究固体和液体环氧模塑料相关技术，并为海力士、LG、三星等国际知名公司提供产品需求。

设立市级国际技术转移服务机构建设项目。该项目于2022年设立，重点支持国外高校、科研机构和跨国公司等来连云港设立研发中心和技术转移服务机构，对获批建设的，给予经费支持，已与中国以色列交流中心、独联体国家国际合作联盟等国际技术转移服务机构签约合作。

（三）大力支持国际技术联合研发

市科技局于2022年首次设立市级产业技术联合研发合作项目、“一带一路”创新合作项目，支持本市企事业单位与全球创新型国家、“一带一路”共建国家、港澳台地区开展跨国联合研发、技术转移转化和海外应用示范，助力共性关键核心技术攻关，对获批立项的，给予经费支持。如江苏海洋大学与英国伦敦南岸大学开展的智慧水产品养殖监测系统关键技术合作研发与应用，连云港市农业科学院与韩国Gistar Bio株式会社开展的畜禽粪污安全高效微生物处理技术的联合研发，江苏康缘药业与美国新石制药（NovaRock Biotherapeutics）有限公司开展的靶向治疗哮喘单克隆抗体新药的合作研发等。

（四）全方位优化人才服务政策体系

近年来，连云港市多措并举，积极打造“一带一路”区域人才中心和创新高地，相关政策主要包括：一是人才引进类，《连云港市花果山英才“双创计划”实施办法》，对双创人才、生物医药高端人才、石化高端人才、新材料高端人才、留学回国人才、外国人才、教育人才、卫生人才、乡村振兴人才，经认定后，分别给予资金资助、补贴奖励等。二是平台载体类，如《市政府印发关于深化创新型城市建设若干政策的通知》，对引进人才的院士工作站、外国专家工作室、高水平研发机构等，分别给予奖励或补助；再如，市科技局联合江苏海洋大学共建市国际人才科技创新服务基地，支持海外人才利用江苏海洋大学科研平台开展创新创业活动。三是人才服务类，如《市政府关于印发外国人在连工作管理暂行办法的通知》，明确了外国人才的界定、分类、权利待遇和管理要求等，保障在连工作外国人才的合作权益；再如设立了外国人工作居留一件事综合窗口、制定了外籍高精尖缺人才认定标准等，为外国人来连工作提供便利。四是人才活动类，市科技局积极鼓励市内青年科研人员参加各类技术需求对接活动、科技创新展会和赴境外科研交流等。此外，《市政府印发关于深化创新型城市建设若干政策的通知》中，对开展产学研、技术转移、成果转化等活动的，给予奖励或补助。五是人才奖励类，对有杰出贡献且对华友好的海外人才，鼓励申报科学技术奖、友谊奖、荣誉市民等。

三、主要成就

（一）国际创新合作新格局基本形成

40年来，连云港市充分利用改革开放、高质量共建“一带一路”等发展机遇，前瞻布局国际科技合作平台，加速人才集聚，促进产业高质量发展。截至2024年6月底，全市累计建设国家级引智成果示范推广基地1家、国际科技合作基地2家、国际联合研究中心1家，省级引智成果示范推广基地15家、外国专家工作室29家、跨国公司研发中心3家，海外研发中心6家，国际智库研究院1家，国际人才科技创新服务基地1家。

具有代表性的重点合作平台情况如下：

1. 田湾核电站核电科技研发国际科技合作基地

近年来，连云港市科技局积极支持核电科技研发国际科技合作基地建设，取得了较好的成效。2012年9月，经连云港市科技局推荐和争取，科技部正式认定江苏核电有限公司为国家国际科技合作基地，依托江苏核电建设国家级“核电科技研发国际科技合作基地”。该平台获批使江苏核电成为我国首家获批成立国家级国际科技合作基地的核电企业，也是国内电站科技创新机制建设的首创之举。

核电科技研发国际科技合作基地依托江苏核电有限公司建设，并设立基地理事会，理事会由江苏核电有限公司牵头，俄罗斯核电康采恩股份公司、中国核动力研究设计院、中国原子能科学研究院、上海核工程研究设计院、清华大学核能与新能源技术研究院、中核武汉核电运行技术股份有限公司、中国电力工程顾问集团东北电力设计院有限公司等基地共建单位共同发起组建。旨在以江苏核电科技创新需求为导向，以产学研合作项目为纽带，组织技术人员积极开展关键技术攻关。基地编制了《核电科技研发国际科技合作基地理事会章程》，包含日常运行管理、经费管理等方面的规定措施。近年来，江苏核电持续提高科技创新能力，密切围绕安全提升、质量提升、大修优化、国产化、智慧核电、降本增效、节能减排等领域开展科研攻关，平台建设稳步推进，顺利完成每年度科技部年度考核。

2014年12月，经连云港市科技局争取，江苏核电有限公司正式加入科技部全国对俄科技合作基地联盟并受邀参加在莫斯科科技产业园举行的第三届“开放式创新”莫斯科国际创新论坛及展览。展览期间，与会嘉宾对江苏核电的科技创新工作给予充分肯定。2016年3月，《主泵止推轴承润滑冷却回路稳压系统》和《主泵止推轴承防氮气进入水封装置》2件发明专利正式获得俄罗斯国家专利局授权，实现中国核电对俄专利授权“零”的突破。江苏核电累计获得俄罗斯专利授权35件，正在受理的俄罗斯专利41件。2023年3月，组织江苏核电有限公司“白俄罗斯核电运维高级管理与技术培训班”申报科技部发展中国家技术培训班项目，服务“一带一路”建设高质量发展。

2. 江苏海洋大学中乌海洋智能装备工程研究中心

江苏海洋大学海洋智能装备工程研究中心为2021年纳入科技部国家国际科技合作基地信息管理系统，明确为国际联合研究中心。该中心依托江苏海洋大学海洋工程学院，拥有船舶与海洋工程和海洋资源开发两个专业。中心2019年与乌克兰马卡洛夫造船大学实现共建海洋智能装备研究院，2020年获批省科技厅外国专家工作室，2021年获教育部批准成立江苏海洋大学马卡洛夫海洋工程学院，2022年获批省教育厅海洋智能装备国际合作联合实验室。双方合作定位海洋智能装备设计与制造学科前沿，通过国际合作，推动我国船舶与海洋工程前沿学科的发展，推进水下无人航行器技术达到国内领先水平、无人水面船艇技术达到世界先进水平、海洋工程装备智能制造技术达到工程化水平，对国民经济重大领域、国防建设具有重要的意义。

3. 新亚欧陆海联运通道研究院

新亚欧陆海联运通道研究院是为贯彻落实中华人民共和国和哈萨克斯坦共和国建交30周年联合声明，由连云港市人民政府、阿斯塔纳国际大学于2023年联合发起的研究机构。研究院主要服务于共建“一带一路”倡议落实，强化与哈萨克斯坦等中亚国家全方位合作；打造标杆示范项目，助力新亚欧大陆桥经济走廊建设；加大与中亚国家经济贸易合作研究，提升连云港港服务哈萨克斯坦等中亚国家水平能力，推动连云港建设成为服务中亚国家的出海基地。研究院合作建设期为五年，连云港市人民政府、江苏海洋大学、上合组织（连云港）国际物流园提供支持，重点开展项目培育、战略协调与决策咨询、高端人才引进培养等工作。

（二）外国人才总量增长迅速

40年来，在市委、市政府的坚强领导下，连云港市深入调研，果断研判，积极推动“放、管、服”，制定推出了一系列改革创新举措。

全省首家出台外国人就业管理规范。连云港市出台了《外国人在连工作管理暂行办法》，以政策法规的形式规范了外国人才管理，保障了在连工作外国人的合法权益。

出台全省条款最多、办理最快、门槛最低的自贸区“引才13条”。连

▲ 连云港市在全省率先设立“一件事”联办窗口，实现外国人来连工作居留许可“一站办”　　市科技局供

云港市出台了《关于支持中国（江苏）自由贸易试验区连云港片区引进外国人才的若干政策》，进一步放宽外国人才引进条件、简化办事程序、完善外国人才服务体系，赋予自贸区更大的引进外国人才自主权和便利度。

在全省率先设立"一件事"联办窗口。市科技局、市政务办、市公安局三家联动，通过信息互通、窗口共享、流程再造，让信息多跑路、人才少跑腿，实现外国人来连工作居留许可"一站办"。

积极打造引智服务平台。充分利用"中俄科技创新年"的合作契机，在田湾核电站建成全省首家"外国专家书屋"，丰富了外国专家优质服务品牌，进一步营造引才引智良好氛围。上述做法得到了上级部门的认可及服务对象的好评，《新华日报》《江苏科技报》《国际人才交流》等国家、省级报刊媒体先后刊载连云港市的创新举措及"引才13条"外国人才政策。

自2017年国家外国专家局设立外国人来华工作管理服务系统以来，连云港市共办理在连工作外国人1994人次，新引进外国高端人才和专业人才665人。田湾核电站项目外国人才引进工作取得重大成效，自开工建设以来，已累计2万余人次外国专家来江苏核电提供技术指导和交流合作，田湾核电站被习近平总书记称赞为中俄核能合作领域的典范项目。

中共连云港市委党史工作办公室　连云港市档案局　编著

山海新韵

New Scenery of Lianyungang

下册

南京出版传媒集团
南京出版社

图书在版编目（CIP）数据

山海新韵 / 中共连云港市委党史工作办公室，连云港市档案局编著. -- 南京 : 南京出版社，2024. 11.
ISBN 978-7-5533-4977-0

Ⅰ. D619. 533

中国国家版本馆 CIP 数据核字第 20240X3D87 号

书　　名　山海新韵
编　　著　中共连云港市委党史工作办公室
　　　　　　连云港市档案局
出版发行　南京出版传媒集团
　　　　　　南 京 出 版 社
　　　　　　社址：南京市太平门街53号　　邮编：210016
　　　　　　网址：http：//www.njcbs.cn　　电子信箱：njcbs1988@163.com
　　　　　　联系电话：025-83283893、83283864（营销）　025-83112257（编务）

出 版 人　项晓宁
出 品 人　卢海鸣
责任编辑　杨传兵　严行健
责任印制　杨福彬

排　　版　南京凯德印刷有限公司
印　　刷　南京凯德印刷有限公司
开　　本　787毫米×1092毫米　1/16
印　　张　41.25
字　　数　526千字
版　　次　2024年11月第1版
印　　次　2024年11月第1次印刷
书　　号　ISBN 978-7-5533-4977-0
定　　价　298.00元（全二册）

用微信或京东APP扫码购书

用淘宝APP扫码购书

《山海新韵》编辑部

《山海新韵》审稿人员

（按照姓氏笔画排序）

王　磊　王玉祥　王成章　王国超　王修杰　尤永江　毛善通
孔令泰　卢忠宝　田亚辉　朱其松　刘利峰　江行洲　许东方
苏　军　李　武　李　佺　李晓琴　杨　龙　张　孟　张　磊
张法德　陈　凤　陈　志　施为民　贺贵才　顾明事　高季锋
席世战　商晓东　梁龙峰　董桂军　蒋颂华　惠　茜　程晓红
童　巍　樊继强

《山海新韵》撰稿人员

（按照姓氏笔画排序）

丁淑强　于　欣　于欣欣　马清涛　王　清　王祉云　王晓霞
王祥瑞　田树伟　吕　琪　朱自清　刘　莉　刘　莹　刘　辉
刘乙萱　刘学源　闫晓璐　祁　锋　孙文龙　孙国利　孙浩翔
李　磊　李　鑫　李传江　杨　玥　杨鲁娜　时　敏　何文艳
张　良　张　勇　张　楠　张　雷　张大虎　张吉哲　张益益
张梦岩　陈梦然　庞　效　郑　剑　孟　田　孟凡哲　孟庆甲
赵　鹏　赵为仕　胡卫星　胡晨浩　柏一捷　施春生　贺东京
骆　冉　袁桂鸿　徐大庆　徐珉泽　徐婉珺　殷　然　郭　斌
黄　鑫　黄鹤翔　曹海霞　董　琦　褚明浩　戴　伟

下　册

目　录

生态建设

城建交通

乡村振兴

社会民生

党的建设

陆

生态建设

生态环境质量的改善

污染防治工作的开展

资源保护与修复

生态环境质量的改善

40年来，连云港市始终从严从实抓好生态环境保护工作，全力推动生态环境质量持续改善。特别是党的十八大以来，连云港市深入学习贯彻习近平生态文明思想和习近平总书记对江苏、对连云港工作重要讲话重要指示精神，统筹推进经济社会高质量发展与生态环境高水平保护，坚定不移推进生态优先、绿色发展，全市生态环境质量显著改善，书写了美丽连云港建设的崭新画卷。

一、主要成就

（一）大气环境质量显著改善，群众幸福感不断提升

连云港市东部临海，北部、西部和南部分别与日照、临沂、徐州、宿迁、淮安和盐城相连，区域传输对连云港市空气质量影响较大。为深入打赢蓝天保卫战，连云港市建立市委、市政府主要领导挂帅的工作机制，成立连云港市打好污染防治攻坚战指挥部，先后出台了《连云港市打赢蓝天保卫战三年行动计划实施方案》《连云港市蓝天保卫战量化问责实施细则（试行）》《连云港市工地扬尘管控工作方案》等文件，把空气质量考核目标和高质量发展挂钩，对履职不到位镇街“点位达标负责人”的进行约谈。同时，通过优化产业布局、能源结构、运输结构等举措，强化源头治理，全面管控工业源、生活源、移动源污染，扎实抓好扬尘管控，全市大气环境质量持续改善，人民群众幸福感显著增强。

“十二五”期间，由于连云港市离北方雾霾高发区较近，尤其在秋冬季节，北方雾霾由于扩散和气团移动作用输送到连云港市，加上燃煤、机动车尾气、工业生产、扬尘污染等本地污染仍然较重，2015年市区PM_{10}、$PM_{2.5}$年均浓度超标，其他污染物浓度均达到相应国家二级标准，各项指标除臭氧年均浓度比2014年有所上升外，其他污染物浓度比2014年均有所下降。2013—2015年连云港市区空气质量优良率分别为66.3%、69.2%、71.2%；2013—2015年市区重污染以上天数分别为17天、22天、14天，空气质量总体好转。

“十三五”期间，连云港市共有4个大气国控监测考核点位，分别为海州区矿山设计院、市环境监测站、连云区胡沟管理处、开发区德源药业。2016—2020年，全市$PM_{2.5}$浓度分别为46、45、44、42、37微克/立方米，保持持续下降趋势，较“十二五”末下降28.8%；空气优良率分别为76.5%、79.2%、77.2%、72.8%、81.1%，逐年上升，两项指标均超额完成“十三五”终期目标，空气质量得到明显改善。可吸入颗粒物PM_{10}年均浓度55微克/

▲ 月牙岛景区内的黑翅长脚鹬　马素珍摄

立方米，稳定达到《环境空气质量标准》（GB3095—2012）二级标准。降尘量年均值较“十二五”末下降75%。

“十四五”起，连云港市新增赣榆区新城一中、海州区工贸学校、连云区连云街道3个国控大气监测考核点位。2021—2023年，全市$PM_{2.5}$平均浓度分别为32微克/立方米、30微克/立方米、32微克/立方米，空气优良率分别为83.8%、83.6%、78.9%（扣除沙尘异常超标天后，实际为81.0%）。其中，2023年面对气象条件整体不利和社会经济活动全面恢复带来的排放量增加等挑战，连云港市生态环境质量稳中有进，$PM_{2.5}$浓度较2019年改善23.8%，连续3年达到环境空气质量二级标准，已达国家空气质量持续改善行动计划目标要求。

（二）河流水环境质量明显提升，人水和谐不断展现

连云港市地处淮河流域、沂沭泗水系的最下游，是一个典型的水源型缺水城市，工农业及生活用水主要靠调引江淮水，是著名的“洪水走廊”。受上游来水超标及境内污染影响，连云港市地表水环境状况一直不容乐观。市委、市政府高度重视水环境治理工作，坚决贯彻落实国家和江苏省水污染防治攻坚战要求，系统推进水环境治理，持续加大水环境治理力度，国家地表水考核断面水质不断好转。

“十二五”末，全市86个水质监测断面中，达标率为69.8%，水质达到Ⅲ类及以上断面占52.3%，Ⅳ类水比例为24.4%，Ⅴ类水比例为1.2%，劣Ⅴ类占22.1%。其中42个省控断面中，水质达到Ⅲ类及以上断面占45.2%，劣Ⅴ类占28.6%。由于蔷薇河沿线支流水质下降、上游入境断面水质变差等原因，与2014年相比，全市水质达到Ⅲ类及以上断面比例下降4.5%，Ⅴ类水比例下降5.7%，劣Ⅴ类比例上升9.6%。

“十三五”期间，连云港市新沭河、新沂河、灌河、通榆河、蔷薇河、盐河等六条主要河流，水质均有不同幅度的改善，其中新沂河改善幅度最大，由劣Ⅴ类改善至Ⅲ类，通榆河、灌河由Ⅳ类改善为Ⅲ类。新沭河虽然保持在Ⅲ类，但主要污染物指标明显下降，盐河、蔷薇河断面优Ⅲ比例大幅提升，全面消除劣Ⅴ类。全市6个国考断面优Ⅲ类比例从50%提升至100%，较“十二五”末上升50个百分点，为历史最优，劣Ⅴ类断面从16.7%降至0%；22个省考断面（含

6个国考断面）优Ⅲ类比例从60.0%提升至81.8%，较“十二五”末上升27.3个百分点，劣Ⅴ类断面从15%降至0%；15条入海河流考核断面优Ⅲ类比例从26.7%提升至80%，劣Ⅴ类比例从26.7%降至0%，地表水断面全面消除劣Ⅴ类。县级以上集中式饮用水源水质优Ⅲ类水比例为98.8%。

“十四五”以来，连云港市围绕“3090”目标实施综合治理，市委、市政府主要领导分别担任最难达标的烧香河、排淡河河长，定期一线巡查、现场办公，全面排查河流断面主要污染物排放情况，狠抓入河排污口溯源整治，推进汛期水污染防治，大力实施农田退水循环利用、直播稻改机插秧、秸秆离田，推动跨界水污染联防联控。2021—2023年，国省考断面优Ⅲ类比例均达到或优于省定考核目标，22个国考断面优Ⅲ类比例分别为86.4%、86.4%、90.9%，45个省考断面（含22个国考断面）优Ⅲ类比例分别为86.7%、93.3%、93.3%，无劣Ⅴ类断面。县级以上集中式饮用水源水质优Ⅲ类水比例为100%。

（三）近岸海域环境呈趋好态势，“美丽海湾”建设不断推进

连云港地处中国沿海“脐部”，北起苏鲁交界的绣针河口，南至与盐城交界的灌河口，拥有大陆海岸线195.88千米，海域面积7516平方千米，是苏北、鲁南沂沭泗水系的入海口。此前由于陆源污染、过度捕捞等，海水生态环境质量一度下降。连云港市统筹陆海治理，梯次推进美丽海湾建设，近岸海域生态环境逐步改善。

“十二五”末，受陆域污染及近岸海域养殖共同影响，连云港市近岸海域10个海洋功能区14个水质监测点达标率为50%。

“十三五”期间，连云港市在保护近岸海域环境质量方面做了大量的工作，也取得了较好的成绩。近岸海域水质呈波动式趋好态势，2020年连云港管辖海域符合优良（一、二类）海水水质标准的面积4122平方千米，占管辖海域面积的63.14%；符合三类海水水质标准的面积为976平方千米，占管辖海域面积的14.95%；符合四类海水水质标准的面积为1059平方千米，占管辖海域面积的16.22%；劣于四类海水水质标准的面积为371平方千米，占管辖海域面积的5.69%，较“十二五”末下降4.04%。海洋沉积物环境逐年转好，2020年8个近岸海域沉积物检测点各项指标均达一类标准；海水浴场水质明显转好，2020年适宜游泳和较适宜游泳比例达85.7%，较“十二五”末上升了64.3%。

“十四五”以来，近岸海域水质大幅改善，2023年，连云港市近岸海域优良（一、二类）海水面积从2020年的63.14%上升至96.8%，提高33.66个百分点，春、夏、秋三期监测海水优良面积分别为90.5%、100%和100%，创有监测记录以来最好水平，更是首次实现全年消除劣四类。连岛港口区、秦山岛两个湾段获评省级美丽海湾示范区。

随着水质改善，连云港近岸海域生物多样性逐年提高，浮游生物、底栖动物多样性均评价为丰富，灰海豚、伪虎鲸、东亚江豚、卷羽鹈鹕等国家级保护动物纷纷现身近岸海域，其中国家二级保护动物伪虎鲸是时隔12年再次出现；众多珍稀海鸟也出现在连云港沿海湿地。

（四）生物多样性保护成效显著，生态底色不断凸显

生物多样性是人类赖以生存的物质基础，对当地经济社会发展和区域

生态功能稳定发挥着极其重要的作用。连云港市拥山滨海，拥有省内多个独有的生境类型，是江苏省生物多样性最丰富的地区之一，云台山更是享有“江苏植物宝库”的美誉。

2018—2021年，连云港市开展了全市生物多样性本底调查，共调查到全市物种3673种，其中维管植物1363种，陆生脊椎动物367种，陆生昆虫720种，淡水水生生物878种，海洋生物386种，其中珍稀濒危物种135种，包括国家重点保护野生动植物93种，《中国物种红色名录》及世界自然保护联盟（IUCN）濒危物种红色名录收录的濒危物种74种。

2023年，连云港市印发实施《连云港市生物多样性保护规划（2022—2030）》，着眼于连云港市生物多样性保护关键区域，着力打造“一湾两绿八廊多点”的生物多样性保护总体格局，积极制定“一体两翼三支撑”保护体系和“四个提升”发展战略，是连云港创建国家生态文明建设示范区的重要基础和关键抓手，对于推动连云港实现高质量发展具有重要意义。

▲ 连云港港口　张言华摄

（五）土壤环境保持稳定，土壤风险防控不断巩固

连云港市落实环境保护“党政同责”“一岗双责”要求，成立土壤和地下水污染防治行动联席小组，编制印发《连云港市土壤污染防治工作方案》《连云港市土壤污染治理和修复规划》等文件，开展土壤和地下水污染状况调查，实施分类管控和治理修复，全市土壤环境状况总体良好，土壤和地下水环境质量总体保持稳定，重点建设用地安全利用得到有效保障，受污染耕地安全利用率达99.2%以上，建设用地安全利用率稳定在100%，耕地土壤污染源头防控工作达到耕地保护和粮食安全考核、食品安全考核和“菜篮子”市长负责制考核要求。

“十二五”期间，连云港市分别选取4块基本农田、3个主要蔬菜种植基地、3个主要集中式饮用水源地和3个畜禽养殖场作为监测区域，超标率为0。

“十三五”期间，连云港市对94个土壤监测点开展环境质量监测，其中国家土壤环境监测网点位76个、省控网点位8个、重点企业和园区监测点位10个。对76个国家网土壤监测网点位共设置111个监测点，获取土壤监测数据4179个，监测结果表明，76个国家网土壤监测点位中，有74个达标，达标率为97.4%，超标项目主要为镉和砷，但均未超过风险管制值标准，尚未达到需管制的水平。省控点位设置监测点位24个，获取土壤监测数据840个，结果显示省控点位无污染，超标率为0%。重点企业和园区重点调查对象为6个工业园区、2家危险废物处置公司和2家化工污染类企业，结果显示，土壤环境质量均处于清洁（安全）等级。

“十四五”以来，连云港市土壤环境质量总体保持良好，6个土壤国家网监测点位各类污染物单项污染指数（Pi）均小于1，超标率均为0%，污染等级均为无污染；36个省控网土壤点位监测项目均未超建设用地土壤污染风险筛选值。

二、经验启示

（一）主要领导亲自抓是环境质量改善的政治保证

连云港市建立市委、市政府主要领导挂帅制度，每年召开全市生态环

境保护大会，全面部署生态环境工作，市委书记、市长担任市级总河长基础上，分别亲自担任烧香河、排淡河市级河长，多次现场检查推进水质达标、督办水环境治理工作。各县区党委、政府主要领导均担任地表水考核断面达标负责人，亲自部署、推进水环境治理工作。建立空气质量通报制度，每月通报全市各乡镇空气质量排名，约谈排名靠后的“点位达标负责人”，相关县区人民政府分管领导同时参会。

（二）部门联动是环境质量改善的有效途径

水污染、大气污染、土壤污染治理等工作涉及生态环境、水利、住建、农业农村、自然资源等众多部门，一直以来，始终存在各管一块、单打独斗的局面，不利于推进环境综合治理。近年来，市委、市政府树立大环保格局，生态环境、水利、住建、农业农村、自然资源等部门进一步建立健全部门协调机制，厘清工作职责，通过有效联动形成齐抓共管的工作格局，压紧压实各方污染防治职责，切实扭转了“各扫门前雪”的局面。

（三）源头治理是环境质量改善的根本措施

水的问题在岸上，从源头治理才是根本，源头不截污，治水将成为“镜中花”。连云港市针对影响河流水质的根源，实施了一系列治本措施，为水环境质量改善提升起到了决定性作用。持续深入打赢蓝天保卫战，关键在于抓好源头减排，坚持四源共治，深入开展工业源、扬尘源、移动源、面源污染治理，做好化工园区挂钩帮扶，深入实施汽修、加油站挥发性有机物治理，推进火电、垃圾焚烧等行业深度治理，推动铸造、砖瓦等行业转型升级，深挖移动源减排潜力，抓细抓实道路扬尘和露天焚烧管控，持续推动空气质量改善。

（四）执法监督是环境质量改善的基本保障

连云港市坚持把中央和省生态环保督察反馈问题、长江经济带披露问题整改作为重大政治任务、重大民生工程和重大发展问题来抓，及时发现问题、解决问题，巩固整改成果，持续有效地推进着生态保护和经济社会绿色发展，切实加强执法监督，深入推进生态保护和高质量发展。

污染防治工作的开展

40年来，连云港市始终牢牢守住生态环境质量底线，积极推进山水林田湖草沙一体化保护和修复，不断加大污染防治、生态建设和自然保护力度。党的十八大以来，连云港市站在讲政治的高度，深入打好污染防治攻坚战，聚焦重点行业、重点领域，抓好系统排查、精准治理，做到整改一个问题、解决一类问题、堵塞一批漏洞。进一步完善精准治污、科学治污、依法治污制度机制，协同推进降碳、减污、扩绿、增长，不断提高生态环境治理体系和治理能力现代化水平。

一、发展历程

（一）奠基起步阶段（1980—1992年）

全国首批沿海开放城市确立之初，由于环境保护意识不强、环境管理与审批制度不完善等原因，建设项目未办理环境影响评价审批手续就兴建的现象十分普遍。特别是从20世纪80年代中期开始，工业废气排放爆发式增加，氮氧化物、降尘、酸雨等污染加剧。在此阶段，连云港市不断加快环境保护机构建设，加强环境质量监测、生态保护等，探索城市环境保护道路。

加快机构建设。相继成立环保局、环保机构、社会性环保组织，逐渐形成多层次的环境管理网络。1980年2月，连云港市环境保护局成立，1984年11月，连云港市环境保护服务公司（1992年7月更名为市环境保护公司）成立，1986

年3月，连云港市环境保护科学研究所成立，1990年9月，连云港市排污监理站成立。

实施环境管理。1980年，江苏开始对建设项目实行环境影响评价，防止布局上的失误，新建、改建、扩建项目执行环保规定，避免造成污染事实再回过头来治理。

开展环境整治。1984年4月，全省环保会议召开，连云港市明确了今后一个时期环境整治工作的明确奋斗目标：到1990年，全市污染严重的老企业得到治理，农村环境污染得到控制；然后再用10年左右的时间，到20世纪末，力争全市环境状况有根本好转，基本做到环境洁净、优美，自然生态良好循环。

（二）全面推进阶段（1993—2000年）

随着经济快速发展及人口的急剧增加，连云港生态环境问题日益严重。连云港市认真贯彻环境保护这一基本国策，落实省委、省政府《关于切实加

▲ 临洪口湿地　市水利局供

强环境保护工作的若干意见》，将环境保护纳入小康和现代化建设的指标体系，逐级实行责任制，使环境保护的各项政策、法规与措施真正落到实处。

大气污染防治方面。相继开展了烟尘控制区和清洁能源示范区建设，推广使用清洁能源，扩大城市供热管网和管道燃气管网覆盖范围，大力推进机动车尾气污染治理、推广车用汽油无铅化等工作。

水污染治理方面。巩固淮河流域达标排放成果，完成蔷薇河送清水工程，实施城市污水截流工程，建成大浦污水处理厂一期项目，开展河道综合整治，控制水上交通污染，大力整治化工排污沟等。

城市固体废弃物治理方面。建成了钓鱼山生活垃圾卫生填埋场和墟沟垃圾填埋场，基本解决了城市垃圾无害化处理问题。

通过开展上述城市环境综合整治工作，环境污染状况得到有效控制，环境质量进一步改善，促进了经济、社会的持续快速发展。全面完成了“一控双达标”任务，连云港环保工作跨入全省先进行列，城市环境综合整治定量考核连续四年进入全省前三名，其中环境质量一直位居全省第一名。

（三）转型跨越阶段（2001—2011年）

经过20年的发展，自然资源快速消耗、环境承载力透支等难题凸显。基于此，连云港更加重视推动城市生态环境建设，更加强调产业循环低碳绿色发展，更加重视多部门联合作战，更加重视公众参与，以推进形成大环保格局。

强化制度管控。编制印发《连云港市环境管理责任追究若干规定（试行）》《连云港市防治城市扬尘污染的管理规定》，推进建立起了有关部门各负其责、齐抓共管的大环保格局。制定并实施《连云港市开展严肃查处环境违法行为专项行动工作方案》《连云港市饮食业油烟污染治理实施方案》《关于关闭淮河流域污染严重企业实施方案》《连云港市服务业环境管理办法》《连云港市石梁河水库管理暂行办法》《连云港市集中式饮用水源地专项整治行动方案》等文件，推进精细治污和深度治污。

推动污染减排。市政府与县（区）政府、相关部门和企业签订了减排目标责任状，在市政府经济建设和社会发展目标考核中实行“一票否决”，强力推进减排工程，完成减排目标。

加快设施建设。积极推行集中供热工程，开发区集中供热工程、东部城区集中供热工程建成并投入使用，新海污水处理厂、东部城区污水处理厂以及四县县城污水处理厂也陆续建设完成。连云港晨兴环保产业垃圾焚烧热电项目有限公司完成建设。

探索区域共治。2007年8月，日照市岚山区环保局与连云港市赣榆县环保局在赣榆召开联席会议，共商两地边界跨区污染难题，签署了《鲁苏边界环境保护联席会议制度》和《鲁苏边界环境污染联合处置机制》。

（四）优化发展阶段（2012年至今）

党的十八大以后，生态文明建设上升为国家战略。2019年1月20日，根据《连云港市机构改革方案》，连云港市生态环境局成立。连云港市以前所未有的力度系统全面深化改革，不断完善体系，推动生态文明建设全面融入经济发展。

加强生态文明建设顶层设计。先后制定出台了《连云港市水污染防治工作方案》《连云港市“无煤区”建设工作方案》《关于加快推进生态文明建设的实施意见》《连云港市生态文明建设规划（2015—2022）》《连云港市“十四五”生态环境保护规划》《连云港市国家生态文明建设示范市规划（2021—2025）》《连云港市生态文明建设规划（2022—2030）》等推动生态文明建设的纲领性文件。

推进生态保护地方立法。2016年初将《连云港市海洋牧场管理条例》确定为连云港市开始制定地方性法规的开篇之作，推动建立海洋渔业资源修复制度。2017年12月2日，全国滨海湿地保护领域的第一部地方性法规《连云港市滨海湿地保护条例》如期诞生，体现了保护绿色家园的责任与担当。随之，《连云港市集中式饮用水源保护条例》《连云港市生活垃圾分类管理条例》《连云港市河长制工作条例》等地方性法规陆续出台，通过立法拧紧生态环保刚性约束，推动各层各级知责明责、履责尽责。

扎实开展创新试点。国内率先开展生态环境与健康管理试点，出台《建设项目环境健康风险评估技术指南（试行）》，推进徐圩新区环境健康管理信息系统建设，大幅提升全市监测监控能力，实现“一张图”全监管、“人工智能”全监控、“大数据”精准治污。国内率先开展海洋生态环境保护规

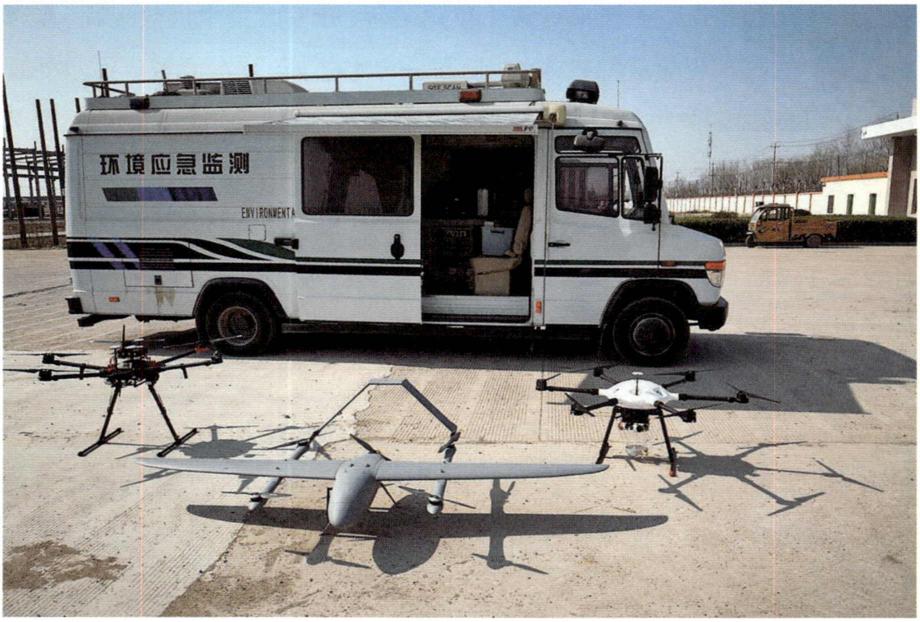

▲ 现代化的环境应急监测设备　市生态环境局供

划编制试点，试点工作经验在全国水流域、海洋生态环境等规划编制工作会议上推广。国内率先开展“三线一单”实施跟踪评估试点和构建以排污许可制为核心的环境管理制度体系试点工作，初步探索“三线一单”协同减污降碳的技术路径和管理模式，研究了排污许可与其他环境管理制度的数据差异与融合办法，削弱不同制度间数据壁垒，同时探索推进连云港市排污许可制度与区域环境质量、生态环境执法、温室气体管理等衔接融合，为生态环境部对排污许可制度建设提供支撑。

完善污染防治机制。建立并完善污染天气应急预警管控机制，印发《连云港市重污染天气应急预案》，及时发布重污染天气预警，各县区、各部门落实应急响应，重点企业实行临时管控措施，有效管控秋冬季节大气污染。制定《连云港市全面推行河长制的实施方案》，颁布《连云港市河长制工作条例》，落实河长3504人，形成“交办—督查—反馈—再交办—验收销号”闭环式、动态式督查工作模式，强化协同治理，统筹推进水生态保护。建立突发环境事件应急机制。

开展专项行动。组织开展燃煤锅炉整治工作、化工园区环境问题整治、覆盖拉网式农村环境综合整治、砖瓦生产企业专项整治、酸洗石英砂企业专项整治、“散乱污”专项整治等行动和“绿盾”专项行动等各类专项整治，严格查处生态环境领域各类违法违规行为。

沿海开放40年，连云港市的生态环境保护事业也与时俱进，正从过去单纯的“三废”治理走向生态文明建设。回顾历程，生态环境保护与社会经济发展是紧密相连的，不同阶段面临着不同的突出环境问题，相应的经济发展阶段与社会需求决定了生态环境管理体制和架构；与此同时，生态环境治理体系与治理模式又在改革与发展进程中不断完善。

二、主要成就

40年来，连云港市认真践行习近平生态文明思想，牢固树立“绿水青山就是金山银山”的理念，始终坚持生态优先绿色发展，坚决打好污染防治攻坚战，协同推进经济高质量发展和生态环境高水平保护，蓝天白云成为常态，绿水青山触手可及。先后建成全国文明城市、国家森林城市、全国绿化模范城市，连云港经开区、徐圩新区创成国家级生态工业园区，连岛入选全国首批“和美海岛”。生物多样性保护“月牙岛模式”成为省级示范。

（一）生态文明建设政治责任压紧压实

市第十三次党代会确立了奋力加快新时代的“后发先至”战略目标，将突出低碳循环，强化绿色发展，加快生态文明的现代化跨越作为“八个现代化跨越”之一。编制出台生态文明建设规划、美丽连云港建设总体规划等多部生态环境领域规划，颁布实施全国首部滨海湿地保护地方性法规，建立覆盖全市的“三线一单”生态环境分区管控体系，为绿色发展划框定规。建立健全生态文明建设和生态环境治理统筹协调机制，市委、市政府主要负责同志亲自谋划安排，市委常委会、市政府常务会定期部署推进，推动重点任务落地落实。

（二）绿色转型步伐持续加快

调优能源体系。持续推动落后产能淘汰，累计完成70万吨水泥、100万吨钢铁、50万载重吨船舶等低端低效产能化解。调绿产业结构。坚持产业高端化、规模化、绿色化发展方向，大力发展新医药、新材料、新能源、装备制造产业。调整产业布局。深入推进全市化工行业整治提升，推进企业进区入园，关闭化工企业264家，完成1300余家“散乱污”企业的关停、搬迁或升级改造。加快构建绿色制造体系，连云港经济技术开发区、徐圩新区跻身国家生态工业示范园区。康缘药业等13家企业入选全省“绿色发展领军企业”，累计数量苏北第一。

（三）污染防治攻坚深入推进

增蓝天：实施重点治气工程项目，淘汰整治燃煤锅炉2000余台，淘汰报废黄标车老旧车2.3万余辆。2023年，全市$PM_{2.5}$浓度32微克/立方米，连续三年达国家空气质量二级标准，空气优良率78.9%，优于全省平均水平。保碧水：实施近岸海域污染物削减重点工程，完成整治入海排污口378个，连岛港口区、秦山岛两个湾段获评省级美丽海湾示范区。2023年，全市22个国考断面优Ⅲ比为90.9%，同比提升4.5个百分点，国考断面水质优Ⅲ比例首次达到优级，连云港市占全省提升断面数量的三分之一，为全省作出贡献；45个省考断面优Ⅲ比为93.3%，优于考核目标2.2个百分点；12个县级及以上集中式饮用水水源地水质均达到或好于Ⅲ类，达标率100%；近岸海域优良海水面积比例96.8%，高于年度目标17.1个百分点，为沿海三市最优，创有监测记录以来最优水平。护净土：全面完成重点行业企业土壤污染状况调查和农用地详查，严格建设用地准入管理，污染地块、受污染耕地安全利用率实现“两个百分百”，确保人民群众“吃得安心，住得放心”。推进危废处置设施能力提升，全市已建成处置能力17.79万吨/年，基本满足现有企业危废处置需求。抓整改：首轮中央环保督察及“回头看”反馈问题全部完成整改销号，第二轮中央生态环境保护督察完成4项任务整改，国家和省长江经济带生态环境警示片披露问题均实现“当年问题，当年清零”。优生态：划定生态保护红线和生态空间管控区域，占全市陆域国土面积比例23.18%，高于全省平均水平。完成废弃矿山生态修复20处、湿地修复2.48万亩，林木覆盖率达27.4%。生物多样性水平位于全省前列，共调查到各类物种3673种，印发实施《连云港市生物多样性保护规划（2022—2030）》。

▲ 连云港经开区大浦工业区污水处理厂　市生态环境局供

（四）生态环境治理能力稳步提升

国家试点扎实开展。先后被生态环境部确定为全国首个开展“战略环评”试点城市、全国首批“三线一单”管理试点城市、第二批“国家生态环境与健康管理试点地区”。体制改革创新突破。在全国率先推行生态副县（镇）长制度，相关做法被央媒省媒报道。完成生态环境系统垂直管理改革，在省内率先推行驻县区局局长、执法局局长、监测站站长轮岗交流，相关经验被省委改革办《江苏改革简报》刊载推广。成立灌河流域环境资源法庭，系全省首家以流域为管辖范围的环境资源专门化法庭。政策制度集成创新。建立完善水环境“双向补偿”制度，在省级以上工业园区全面推行污染物排放限值限量管理，建立环保应急管控停限产豁免机制。创新推进“绿岛”项目建设，帮助中小微市场主体降低治污成本。营商环境持续优化。将建设项目环评审批权限下放至县区和相关园区，实现应放尽放；环评报告表、报告书审批时限分别压缩60%和72%。建立生态环境监管正面清单制度，对环保信用绿色等级的企业合理降低抽查频次、首次发生轻微环境违法行为免予处罚，以制度创新促进企业治污从“推着走”向“主动干”转变。现代化治理能力不断提升。建成以“精细化管理、数字化巡查、智能化决策”为主要特征的生态环境智慧监管平台，除集成所有的生态环境感知监测网数据外，还覆盖对各个环境要素的业务管理，对排污单位非现场监管，实现了“一张网”

全监管、“人工智能”全监控、“线上线下”全联动、“大数据”精准治污，项目入选中国信息协会《2022—2023数字城市创新成果与实践案例》。

（五）生态文明创建硕果累累

赣榆区创成国家级生态文明建设示范区，实现省级生态文明建设示范区全覆盖，成功创建63个省级生态示范乡镇（街道），52个省级生态示范村（社区），灌云县、灌南县、赣榆区实现省级生态示范乡镇（街道）全覆盖。以小流域和小区域为单元，以水生态保护修复为重点，完成7个生态安全缓冲区建设。同时，以“环城河滨生态带”“蔷薇河生态带”和“云台山脉延伸廊道”为生态廊道串联三处山水斑块，构建“一廊二带三区”的山水型“生态岛”试验区建设空间格局，总面积7491公顷，从生态系统格局、生物多样性、区域环境质量和运行管理四个方面提升生态环境质量。

三、经验启示

（一）污染防治工作要以压实责任为前提

连云港市出台《连云港市生态环境保护工作责任规定》《连云港市生态环境保护责任清单》等文件，建立健全覆盖党委、人大、政府、政协等43个部门和单位的生态环境保护责任体系。出台《连云港市集中式饮用水源保护条例》《连云港市生活垃圾分类管理条例》《连云港市海洋牧场管理条例》《连云港市河长制工作条例》《连云港市滨海湿地保护条例》等地方性法规，通过立法拧紧生态环保刚性约束，推动连云港市各层各级知责明责、履责尽责。

（二）污染防治工作要以环境质量为核心

“十三五”后，连云港市根据以环境质量为核心的目标要求，实施环境管理的转型，实质上是针对“十一五”“十二五”以总量控制为核心抓手的管理转型，以环境质量改善为核心，综合运用激励、约束并举的政策措施实现环境质量达标。大气质量、水环境质量等与民生密切相关的指标，被纳入到“十三五”规划纲要中，成为约束性指标。为了强化环境质量改善工作，连云港市从“十二五”开始每年确立年度环境质量目标，环境风险得到有效管控，生态文明建设水平同全面建成小康社会目标相适应。

（三）污染防治工作要以协同治理为基础

连云港积极构建现代生态环境治理体系，逐步形成政府、企业、社会、公众相互配合、相互监督的“协同治理”的格局，同时注重健全生态环境保护的市场体系，激发企业活力，基本建立政府为主导、企业为主体、社会组织和公众共同参与的环境治理体系。同时，积极参与淮海经济区生态环境联防联控，协同推动“散乱污”企业清理、跨境环境治理、突发事件联防联控等工作，共建、共保、共享区域环境资源，促进区域经济社会高质量发展。

（四）污染防治工作要以执法监管为抓手

探索连云港特色环境监管执法模式，划分1个一级网格、10个二级网格、89个三级网格和15个特殊网格，“横向到边、纵向到底”的网格化环境监管体系基本建成。实施环境执法随机抽查，全面采用移动执法系统，按照“八步法”流程开展现场检查，严格落实“三项制度”，实现全过程信息化闭环管理和实时监督。制定史上措施最严、创新举措最多的大气污染防治治理措施，从工业源、生活源、移动源治理到协同控制治理；推进实施超常规、大规模水环境治理，全面建立并落实河长制，建立以控制断面水质变化为主要评判手段的工作跟踪模式；构建土壤环境质量详查数据库，形成土壤环境监测网络。

（五）污染防治工作要以制度建设为保障

连云港市于2017年被生态环境部确定为首批开展“三线一单”（“三线一单”是指生态保护红线、环境质量底线、资源利用上线和生态环境准入清单）试点工作的4座城市之一。连云港市以此为契机，贯彻落实“三线一单”成果要求，根据成果中不同类别的管控单元和管控要求，从源头上避免环境影响和生态破坏。“三线一单”成果的实施同时还加强了生态环境管理能力，形成了一套先进生态环境管理制度体系，发布“一张底图”，出台“四项制度”，建立“一个平台”，即：一张生态环境管理底图，生态红线管控、环境质量底线管控度、资源利用上线管控和负面清单管控四项基本制度，“三线一单”环境大数据管理平台，成为连云港市完善生态环境源头预防的重要抓手。

资源保护与修复

40年来，连云港市统筹自然资源全要素保护和合理利用，严格保护土地资源、水资源、湿地资源、森林资源、矿产资源、海洋资源等各类自然资源。建立健全源头保护和全过程修复治理相结合的工作机制，实现整体保护、系统修复、综合治理。积极践行“绿水青山就是金山银山”的理念，对自然资源进行综合治理和生态修复，理顺经济发展与生态保护关系，实现人与经济、自然环境和谐、协调、可持续发展。

一、自然资源概况

地形地貌。连云港位于鲁南丘陵与淮北平原接合部，境内地形地貌可以分为西部岗岭区、中部平原区、云台山区和东部沿海区四大部分。西部低山丘陵岗岭区海拔100—200米，面积1730平方千米。中部平原海拔3—5米，主要是剥蚀准平原、河湖相冲洪积平原、冲积平原、海积平原4类，面积5409平方千米。云台山脉属于沂蒙山的余脉，有大小山峰214座，其中云台山主峰玉女峰海拔624.4米，为江苏省最高峰，全市山区面积近200平方千米。东部沿海区海岸类型齐全，深水基岩海岸为江苏省独有。江苏省境内大多数海岛屿分布在连云港境内，其中连岛为江苏第一大基岩岛。

土地资源。根据2020年度国土变更调查，连云港土地面积共7626.0554平方千米，其中农用地面积5534.6615平方千米，建设用地面积1519.4399平方千米，未利用地面积571.9540平方千米。连云港地形平坦、土壤肥沃，耕地面积达3706.3498平方千米，占农用地面积的66.97%，占全省耕地总面积的9.04%。

海洋资源。连云港海域面积7516平方千米，约占市域总面积一半。岸线呈南北狭长分布，北起绣针河口，南至灌河口，总长度约195.88千米，大约占全省岸线的20%。岸线类型有自然岸线、人工岸线、其他岸线3种。共有海岛20个，其中无居民海岛18个，包括平岛、平岛东礁、达山岛、达东礁、达山南岛、花石礁、车牛山岛、牛尾岛、牛背岛、牛角岛、牛犊岛、秦山岛、小孤山、竹岛、鸽岛、开山岛、大狮礁和船山；有居民海岛2个，为连岛和羊山岛。海岛总面积693.72万平方米，主要分布于领海基线附近、海州湾内、灌河口外3处，其中领海基线附近前三岛是候鸟重要的栖息地和繁殖地。

矿产资源。连云港市矿产资源较丰富，已发现矿种49种，其中非金属矿产30种，金属矿产14种，能源及水气矿产5种。水晶和地热资源闻名省内外，东海县享有“世界水晶之都”“中国温泉之乡”等美誉；磷、蛇纹岩、

▲ 花果山国家地质公园　市自然资源和规划局供

石墨、榴辉岩系列矿产（金红石、绿辉石、石榴子石）储量居全省第一；花岗岩和建筑用砂有一定优势。

森林资源。2020年底，连云港森林覆盖面积1900.07平方千米，森林覆盖率21.48%。森林资源主要分布于海州区、连云区云台山脉及西北部岗岭。建有1处国家级风景名胜区（江苏云台山国家级风景名胜区）、1处地方级地质公园（江苏连云港赣榆夹谷山地方级地质公园）、2处地方级森林公园（江苏连云港东海青松岭地方级森林公园、江苏连云港灌云大伊山地方级森林公园），总面积16942.95公顷。

草地资源。连云港草地资源面积为101.56平方千米，主要分布于海州区、连云区云台山脉山麓、赣榆区、连云区东部。江苏省有3类基本草丛植被类型，包括丘陵低山草丛、海滩沙生草丛、海滨盐渍土特有植被，云台山是全省唯一兼有该3类的区域。

水资源。连云港地处淮河流域、沂沭泗水系最下游，可分为沂河、沭河、滨海诸小河三大水系。全市共有82条河道列入江苏省骨干河道名录，其中流域性河道4条，区域性骨干河道18条，重要跨县河道16条，重要县域河道44条，有近20条河道直接入海，605条县乡河道。全市水库大型3座、中型8座、小型156座，总库容达12.5亿立方米。地下水类型包括浅层孔隙水、深层孔隙水、裂隙水，2020年地下水资源量（矿化度≤2克/升）为8.32亿立方米。

湿地资源。连云港湿地面积260平方千米，依托丰富的湿地资源，建有湿地公园2级4处，总面积2794.08公顷。分别为江苏东海西双湖国家级湿地公园、江苏连云港临洪河口地方级湿地公园、江苏连云港灌南硕项湖地方级湿地公园、江苏连云港灌云潮河湾地方级湿地公园。

生物资源。连云港特殊的地理位置、多样性的气候和地貌条件孕育了兼容南北特征的生物群落。全市拥有物种3673种（含变种、变型、栽培品种），约占全省记录物种的80.06%。其中维管植物1363种、陆生脊椎动物367种、陆生昆虫720种、淡水水生生物878种、海洋生物386种，其中珍稀濒危物种135种。

二、主要做法

基于“山水林田湖草生命共同体”的理念，加强重点生态区保护和修复，打造具有典型示范意义的生态修复示范工程。坚持陆海一体综合保护修复，推进蓝色海湾建设，全景展现“生态绿+海洋蓝”人与自然和谐壮美画卷。提升生态系统质量，加大生物多样性保护力度，维持物种生境不受干扰和破坏，提升生态系统碳汇能力。

（一）加快形成国土空间生态保护与修复新格局

构建生态安全新格局。有机整合山、川、海、岛生态空间资源，推进生态红线区保护、生态屏障建设、生态环境修复，提升生态空间治理能力，构建完善“一带一脉七廊”的生态安全格局（“一带”是指沿海生态屏障带。“一脉”是指云台山系生态绿脉。“七廊”是指以龙王河、青口河、蔷薇河—临洪河、古泊善后河、通榆河、新沂河、灌河为水系廊道）。坚持尊重自然、顺应自然、保护自然的理念，依托云台山国家级风景名胜区、云台山国家级森林公园、海州湾国家级海洋公园和省级自然保护地，推进自然保护地体系建设，确保重要生态系统、自然遗迹、自然景观和生物多样性得到有效保护，筑牢全市生态安全屏障。

打造生态修复新格局。打造“六类多层级”国土空间生态保护与修复新格局。根据连云港市国土空间生态系统的特点，遵循“整体保护、系统修复和综合治理”的基本原则，结合生态系统类型与资源环境问题的空间差异，科学划定国土空间整治修复重点区域，因地制宜推进形成“一带一脉七廊六类多层级”国土空间生态保护与修复总体格局。

（二）落实最严格的耕地保护制度

强化耕地“三位一体”保护。坚持“占优补优、占水田补水田”原则，严格落实占补平衡，确保补充耕地数量、质量与生态不下降。大力开展全域土地综合整治补充耕地。依托第三次全国国土调查成果，综合考虑自然地理格局、土壤条件和生物多样性等因素，推进耕地资源质量分类工作，开展耕地质量等别年度更新评价，构建耕地分类保护体系。

严格永久基本农田特殊保护。构建监管严格、保护有力、集约高效的永久基本农田特殊保护新格局。认真落实永久基本农田保护红线的管控要求，完善保护措施，提高监管水平。积极巩固永久基本农田划定成果，确保规划期末永久基本农田面积不少于省下达任务。严格控制建设项目占用永久基本农田，规范开展重大项目占用永久基本农田补划方案、土地综合整治涉及永久基本农田调整方案的市级论证。落实储备区制度，积极推进永久基本农田储备区建设，划定永久基本农田储备区。重大建设项目占用等需补划永久基本农田的，须在永久基本农田储备区中予以补划，确保做到永久基本农田管得住、建得好、守得牢。

创新耕地保护机制。强化“党委领导、政府负责、部门协同、公众参与、上下联动”的耕地保护共同责任机制。持续完善耕地保护“责任+激励、行政+市场”机制，出台具有港城特色的耕地保护补偿激励政策措施。按照“谁保护、谁受益”的原则，加大耕地保护补偿激励力度，调动各级主体保护耕地的主动性和积极性。严厉禁止农村乱占耕地建房行为。实现耕地和永久基本农田保护动态监测，提升耕地保护监测监管水平。

（三）推进自然保护地体系建设

积极构建自然保护地体系。科学划分自然保护地类型，稳妥推进自然保护地整合优化，构建以自然公园为基础的自然保护地体系，培育国家公园。健全全市自然保护地基本信息库，制定自然保护地内建设项目负面清单。

健全自然保护地管理体制机制。结合自然资源资产管理体制改革，推进自然保护地分级管理，明确各级自然保护地管理职责。按照自然保护地生态保护需求设立生态管护岗位并优先安排原住地居民，推进参与式社区管理。建立志愿者服务体系，健全自然保护地社会捐赠制度，激励企业、社会组织和个人参与自然保护地生态保护、建设与发展。加强自然保护地监测、评估、考核、执法、监督制度建设，强化落实和实施，保障自然保护地保护目标实现。

海洋资源保护与修复。着力加强海岸带管控。编制海岸带综合保护和利用规划，优化海岸带空间布局，强化海岸线用途管制。按照严格保护、限制开发和优化利用的要求，实施海岸线分类管控，禁止在严格保护岸线范围内开展任何损害海岸地形地貌和生态环境的活动，控制限制开发岸线范围内的开发强度，推动优化利用岸线范围内的资源利用向绿色化和生态化转变。加强滩涂资源与生态系统的基础调查与动态监测，严格控制滩涂湿地的开发强度与规模。加强入海河道河口治导线管控，确保河流入海通道行洪畅通。严格控制海域海岛开发规模。落实围填海管控制度，科学确定海洋资源开发规模和方式，严格控制各类建设用海规模。严格管控围填海和无居民海岛利用，除国家重大项目和公益事业外，禁止新增用岛。禁止在重要水生生物的自然产卵场、繁殖场、索饵场、洄游通道和鸟类栖息地进行围填海活动。对于涉及滨海湿地的开发活动，要坚持科学论证、规范使用。

矿产资源保护与修复。全面推进绿色矿山建设。以采选和环保技术、装备和工艺及管理理念等方面具备全国先进水平的矿山企业为依托，充分发挥典型示范作用，绿色矿山建设对象覆盖所有开采矿种，进一步提高全市绿色矿山建设水平。完善绿色矿山建设长效机制，持续推动全市矿业绿色发展。开展重要矿产保护与储备。根据江苏重要矿产资源勘查成果，划定并明确重要矿产资源保护矿区名录，明确保护矿种及其保护区域，建立完善的连云港矿产资源保护储备体系，强化优质资源保护与储备。加大矿山生态修复力度。落实生产矿山生态保护主体责任。坚持“谁开发、谁保护，谁破坏、谁治理”，逐步实行矿产资源开发利用方案、矿山地质环境保护与土地复垦方案同步编制、同步审查、同步实施的“三同时”制度和社会公示制度，实现边开采、边保护、边治理，切实履行矿山地质环境治理恢复和土地复垦义务。设立矿山地质环境治理恢复基金，强化和规范基金缴存、提取和使用监管，为矿区生态保护修复提供资金保障。引导社会资金、资源和资产要素投入矿山生态修复，建立健全政府、矿山企业、社会投资方、公众共同参与的矿山生态保护修复监督机制。完善矿山生态保护修复激励惩戒机制。形成矿山生态保护源头预防、过程控制、损害赔偿、责任追究的制度体系。建立系统完善的矿山地质环境监测体系，开展在采矿山地质环境保护与土地复垦情况监测评估。探索建立矿山企业诚信档案和信用积累制度。

森林资源保护与修复。充分应用国土调查成果，做好林地保护利用规划编制和生态公益林区划界定，严格执行森林经营方案，加强森林经营，提高林分质量，提升森林蓄积量。加强鲁南丘陵余脉等河湖源头地区的自然生态系统保护，有序推进国家和省级森林公园建设，加大生态公益林保护力度，大力实施自然保护地建设工程、低质低效林改造工程和裸露地表恢复工程，保护森林生态系统生物多样性，提升水源涵养与水土保持能力。全面推行林长制，完善森林长效管护机制，严惩森林资源破坏行为，深入开展森林防火隐患整治、病虫害防治行动，持续改善丘陵山地地区的森林质量，增强森林固碳增汇能力。加强森林防火基础设施建设。落实连云港市森林防火规划，加强森林防火道路、森林消防扑救系统、防火阻隔离带等基础设施建设，提高森林火灾综合防控能力。严格执行森林采伐限额和林地使用限额，严把使用林地准入关，控制加强森林资源消耗。强化对林木覆盖率、乔木林单位面积蓄积量、省级以上重点公益林面积等指标的考核。贯彻科学绿化理念，推动国土绿化高质量发展，加强对丘陵岗地及沿海生态脆弱地区的绿化治理，抓好沿海防护林屏障、重要交通沿线的绿色廊道和农田林网建设，确保林地、森林规模适度增长。加强野生动植物资源保护，推进极小种群野生动植物保护，加强野生动植物自然栖息地和珍稀濒危种群保护与恢复。科技引领数字林业发展结合现有的新兴技术对林业资源进行动态监测，科学掌握林业资源的动态变化。将更多的精力与人力投入控制生产、经营效益，实现林业资源的科学化发展。优化与改善林业经济结构。

湿地资源保护与修复。推进湖泊湿地保护与修复。加强塘库湿地保护，控制湿地萎缩。有序开展湿地公园和湿地保护小区建设，建立健全市湖泊湿地保护网络体系，丰富湿地生物多样性，提升河湖水源涵养和洪涝调蓄等水生态功能。加强重要河流湿地保护与生态修复。以沿海防护林建设为契机，持续完善重要河流沿线的绿色生态屏障，因地制宜实施沿线地质环境治理工程，全面消除地质灾害隐患，完善河流生态防护林带和滨河湿地，涵养水源、改善水质，提升水质保护与清水通道维护等重要生态功能。加快海岸带综合治理。扎实推进沿海防护林和滨海生态走廊建设，严格控制自然岸线占用，持续实施海岸线生态化改造与保护，提升海岸带生态质量，强化海岸带防灾减灾能力。加强滨海湿地保护。严格执行《连云港滨海湿地保护条例》。以海州湾国家海洋公园、临洪河口省级湿地公园等自然保护区为重点，大力实施各类海洋自然保护地建设，加快青口河口、灌河口、临洪口、埒子口等重要入海河道河口湿地的保护修复。科学引导滩涂资源利用，鼓励滩涂养殖结构与模式优化。严格控制滩涂围垦，科学实施退养还湿，维护滩涂湿地生境，促进空间破碎、功能退化的滩涂湿地生态系统自然恢复。增强湿地生态功能。坚持“保护优先、科学恢复、合理利用、持续发展”的基本原则，保护湿地生态系统结构和功能的完整性，防止湿地退化，维护湿地生态过程，实现湿地资源的可持续利用。借鉴国内外先进的湿地修复理论和实践经验，针对不同类型的湿地资源，引入先进的恢复技术和措施，使退化湿地得到科学修复。

三、主要成就

（一）生态文明建设稳步推进

先后获评“国家园林城市”“全国绿化模范城市”“国家森林城市”“国家卫生城市”，获批第二批国家生态环境与健康管理试点地区，赣榆区创成国家级生态文明建设示范区，东海县、连云区、海州区先后创成省级生态文明建设示范县（区），连云港经开区、徐圩新区建成国家级生态工业园区，创成31个省级生态文明示范乡镇（街道）和16个生态文明示范村，创建11个省级生态清洁小流域。将“生态、文明、智慧、健康”作为连云港建设的主旋律，海绵城市建设、低碳城市建设，绿色建筑绿色交通亮点纷呈，建成国际生态“绿旗”学校8所，国家级绿色学校9所、省级绿色学校35所、市级绿色学校56所、市级生态文明特色学校102所，省级绿色社区3家、市级绿色社区92家，“绿色细胞”创建水平居全省前列。

（二）矿山生态环境逐步改善

按照“因地制宜、分类实施”的原则，重点对位于交通干道沿线、城市规划区、自然保护区、风景名胜区等重要节点位置的废弃矿山开展地质环境治理。累计投入资金约1.13亿元，先后实施矿山修复治理项目20余处治理面积190万平方米。通过矿山生态修复工作，有效改善了宕口生态，保障了人民群众生命财产安全，取得了良好的社会效益和生态效益。针对高陡岩坡绿化难度大问题，在中云台山、东凤凰山等地探索应用植被混凝土、高次团粒、高分子稳定剂，以及模块化生态修复等新技术新方法，改变传统的“大削坡、大开挖”治理模式，有效避免削坡降坡对山体造成二次破坏，并且最大限度保证绿化效果与周边环境协调一致，取得了良好的实施效果。

（三）国土综合整治持续推进

“十三五”期间，通过各类土地整治项目补充耕地7.3万亩，相较于“十二五”期间，补充耕地数量同比增长23.85%，积极引导新增耕地参与土地流转，形成大面积连片土地用于农业规模经营，带动群众增收致富，实

现可持续发展。同时建成了东海县洪庄镇车站新村、赣榆区塔山镇等一批具有市域特色的民俗文化和田园生态村，有效改善了农民生活环境。2020年，为进一步优化国土空间格局，改善人居环境，连云港市成功申报灌云县小伊镇全域土地综合整治、赣榆区石桥镇全域土地综合整治国家级试点项目，整治面积约14万亩，省级补助资金约1.8亿元。试点项目将农用地整理、建设用地整理与乡村生态保护修复相结合，与重要项目建设相融合，体现山水林田湖草系统治理理念，积极助推乡村振兴。

（四）海洋生态修复成效显著

实施了秦山岛、竹岛、连岛、羊山岛、连云新城临洪河口等一批海岛和岸线修复示范工程。累计修复岸线10余千米、人工清危1万余平方米、回补海沙面积约18万平方米，种植各类植物7万余棵、完成绿化面积约15万平方米。经过整治，秦山岛、连岛、竹岛、羊山岛以及岸线、滨海湿地生

▲ 临洪湿地内的半蹼鹬　宋志刚摄

态环境明显改善。连云港市秦山岛整治被国家海洋局评为“精彩、精致、精美”的“三精”工程，连岛获批“全国十大美丽海岛”。连岛整治修复及保护项目成功入选自然资源部国土空间生态修复典型案例，连岛作为全省唯一，凭借“生态美、生活美、生产美”成功入选自然资源部“和美海岛”名单。

（五）森林质量不断提升

以“生态港城、绿色港城”为目标，培育森林资源为主线，坚持把林业工作融入生态文明建设工程和农业现代化工程，突出抓好成片造林、绿美示范村创建、打造精品城市公园和云台山“祥云”景观、高标准建设城市动车等生态廊道和沿海防护林工程、积极开展山体复绿、海岛绿化工作。2024年，全市完成造林面积2.21万亩，其中成片造林面积2880亩，均超额完成年度计划任务。退化林修复、低效林改造、更新造林1万亩，封山育林9000亩，新建、完善农田林网控制面积23.1万亩，四旁植树371万株。新建省级绿美村庄13个，改造提升13个，新建绿美古树村庄1个。全面提升了生态系统承载力和生态系统服务功能，有效推动了生态宜居港城的高质量发展。

（六）生物多样性得到有效保障

2017年，着手分批分区域开展生物多样性本底调查，在全省率先实现生物多样性调查区域全覆盖。2021年初步形成了全市生物多样性本底调查成果，全市拥有物种3673种（含变种、变型、栽培品种），约占全省记录物种的80.06%，位列江苏生物多样性第一梯队。通过生境保护修复，伪虎鲸、四腮鲈鱼重返海州湾和灌河口，临洪河口、青口河湿地等成为候鸟天堂，半蹼鹬、勺嘴鹬等珍稀水鸟走进港城生活。持续开展野生动植物救助，2019年市林业技术指导站被国家林业和草原局评为保护森林和野生动植物资源先进集体。针对互花米草、美国白蛾等外来物种入侵，全市采用化学生物相结合技术手段持续开展防治工作。

柒

城建交通

城市总体规划的制定
综合交通运输体系建设
住房和城乡建设事业的发展
城市管理事业的发展
文明城市创建

城市总体规划的制定

40年来，连云港市经济社会快速发展，城市规划水平不断提高，城市功能日趋完善。党的十八大以来，连云港市适应城市发展进入城市更新阶段的新要求，有计划、有步骤地组织城市规划编制，加强规划管理，强化规划监督，努力把高标准的规划蓝图转变为高质量的发展实践，为谱写"强富美高"新港城现代化建设新篇章作出了应有贡献。

一、《连云港市城市总体规划（1980—2000年）》的制定

1979年，按照国家建委要求组织编制《连云港市总体规划》，于1982年10月完成，10月27日提交市第六届市人大常委会第十五次会议原则通过，1984年4月3日省政府正式批复。规划编制主要内容如下：

城市性质。根据连云港市地理位置、港口前景、资源、工业基础、城市建设条件等，城市性质确定为我国沿海中部的重要海港城市。

城市布局型式。根据城市现状的特点和发展要求，城市总体布局为"一市双城式"，新海城区是连云港市的政治、经济、文化中心。连云城区是港区，风景旅游和外贸、工业区。猴嘴为原盐集散地和云台行政管理中心。

城市规模。中远期人口为45万人，其中新海地区22万人。连云地区15万人，其他地区8万人。两城用地控制在

50.5平方千米。

1986年，根据国务院《关于进一步对外开放实施方案的批复》、江苏省连云港建港指挥部报交通部的《连云港港总体规划》等文件，对《连云港市总体规划》（1980—2000年）进行调整，8月13日经市人大常委会第十八次会议讨论通过并上报省政府。

调整的内容：1984年4月省政府正式批复，城市性质为“我国沿海中部的重要海港城市”。建设上应注意积极发展轻化工业和积极开发风景旅游资源。规划修改后拟定为“我国沿海中部新兴的工业、外贸、港口城市”。原规划中远期的人口由45万人，调整为53万人，其中新海地区22万人。连云地区20万人，开发区3万人，其他地区8万人。

批复的内容：1987年8月5日江苏省人民政府正式批复，省政府原则同意总体规划调整方案所确定的城市规模及规划布局，所提城市性质与1984年4月省政府原批复无原则区别，不再更改。为适应港口建设的发展，要突出港口城市功能，开发区应以发展技术先进的工业和现代化科技事业为主。

二、《连云港市城市总体规划（1991—2010年）》的制定

《连云港市城市总体规划》（1991—2010年）是1987年省政府批准的《连云港市总体规划调整方案》（1980—2000年）和《连云港经济技术开发区规划》的修订规划。1991年11月完成了城市总体规划纲要（1991—2010年）修订稿，江苏省人民政府于1995年5月11日批复。规划编制主要内容如下：

城市性质。新亚欧大陆桥东桥头堡，我国沿海中部的重要的工业、商贸、科技、文化、风景旅游综合发展的海港城市，远景发展成为国际海港城市。

城市主要职能。新亚欧大陆桥东桥头堡、临海工业基地、带动地区经济发展的龙头、风景旅游胜地。

人口规模。规划确定市域总人口2000年为380—390万人，2010年

为455—460万人；市域城镇总人口2000年为120—125万人，2010年为170—390万人；市域城镇化水平2000年达32%，2010年达36%—40%。规划市区人口规模2000年为81万人，2010年为109万人；城市人口2000年为58万人，2010年为80.7万人；市区城市化水平2000年71.6%，2010年为80.7%。

城市规划区范围。北起蔷薇河、临洪河，南至八一河、盐河、妇联河、烧香河（含烧香河向南8千米），东起黄海西岸，西至蔷薇河，并包括前三岛、白塔埠机场控制范围，总面积888平方千米。

规划城市形态。“一市双城”式，即由新海地区，连云地区组成。

三、《连云港市总体规划（2003—2020年）》的制定

2002年，市规划局组织编制了市域城镇体系规划和城市总体规划纲要并经市四套班子领导审查，通过省建设厅组织专家论证。2005年4月12日，省政府对连云港市总体规划（2003—2020年）予以了批复。规划编制主要内容如下：

市域范围。指连云港市的行政区范围，包括连云港市区、赣榆县、东海县、灌云县、灌南县的全部，以及市域海岸线以外近海海域及所属岛屿。市域总面积32750平方千米，其中陆域面积7444.59平方千米，其余为海域面积。

规划区范围。包括现连云港市区行政区划范围，东海县的浦南镇，灌云县的宁海乡和沿海铁路编组站以东岗埠农场的部分用地、同三国道以东的张湾乡部分用地，以及白塔埠机场控制区，总面积约1022平方千米。

中心城区范围。为城市建成区范围，包括新海城区和连云城区两部分。其中西部新海城区包括新浦区和海州区建成区范围，东部连云城区包括连云区、港区、开发区及临港产业区建成区范围。

规划用地范围。西自同三高速、新沭河、临洪河一线，南至连霍高速公路、烧香河一线，东至海滨及连岛，总面积约639平方千米。

规划期限。近期：2003—2007年；远期：2008—2020年；远景：展

望至21世纪中叶。

连云港市的区域定位。（1）新亚欧大陆桥的东桥头堡。（2）上海和青岛之间迅速发展的港口城市。（3）江苏省城镇体系一级Ⅱ类中心城市，淮海经济区的中心城市之一，在“三圈五轴”中处于徐连城镇聚合轴和连通城镇聚合轴的交汇处，苏北主要的出海口岸。（4）江苏沿海区域性国际商务中心城市。

连云港在我国沿海港口体系中的地位。（1）我国沿海主枢纽港之一、我国水运主通道、公路主骨架的重要节点。（2）我国黄海南部的综合性贸易港，亚欧大陆间国际集装箱水陆联运的重要中转港口。（3）我国西北以及中原地区的最便捷的出海口，对外贸易的重要口岸。

市域城镇体系空间组织。城镇发展空间格局，在全省“三圈五轴”空间发展格局指导下，构筑由一个中心和“一纵一横”两条城镇发展聚合轴构成的城镇空间总体格局。一个中心：指连云港市区。“一纵一横”两条城镇发展轴：“一横轴”指陇海铁路和连云港—霍尔果斯高速公路的徐连城镇发展聚合轴连云港段；“一纵轴”是指连盐通（沿海）高速公路和规划中的沿海大铁路青岛—连云港—盐城段以及沿海港口群体构成的连通城镇发展聚合轴连云港段。

城市性质。新亚欧大陆桥东桥头堡和国际性海港城市，全国重点旅游城市，江苏省海洋开发基地。

中心城区人口规模。近期（2000年）：72万人；中期（2010年）：80万人；远期（2020年）：100万人。

中心城区用地规模。近期（2007年）：88.72平方千米，123.22平方米/人。中期（2010年）：101.83平方千米，127.29平方米/人。远期（2020年）：120.15平方千米，120.15平方米/人。

城市结构形态。由新海城区和连云城区组成的组团式城市形态。组团功能：新海城区——城市的行政、文化体育、商业商务中心，科研教育和创新研发基地。连云城区——城市对外交流的窗口，是区域性国际商务中心、国际海港、经济技术开发区、保税加工区、临海产业区和海滨旅游基地。

城市发展方向。新海城区：主要向东北方向发展，适度向东南方向发展。连云城区：主要向西南方向发展。

城市中心格局。规划城市中心结合连云港组团式城市形态，形成“一主一副双中心”格局。城市主中心：位于新海城区，包括市级行政、文化、体育中心和城市商业商务主中心功能；城市副中心：位于连云城区，包括城市商业副中心和区域性国际商务中心功能。

规划还对城市综合交通体系、绿地系统、旅游、文物古迹保护作出谋划。

四、《连云港市总体规划（2008—2030）》的制定

《连云港市城市总体规划（2008—2030）》于2008年启动编制，于2009年5月获省政府批复，是江苏省首个规划期至2030年获得批准的城市，并获得2011年省城乡建设系统优秀勘察设计奖二等奖。规划对城市五年多来发展与建设起到了很好的引领作用。规划编制主要内容如下：

城市性质与目标。该总体规划将连云港定位为国际性的海滨城市、现代化的港口工业城市、山海相拥的知名旅游城市以及连接南北、沟通东西的重要枢纽城市。

市域城镇空间结构。该总体规划确定连云港市域城镇空间结构为“两轴一心”。其中，“两轴”为沿海城镇发展轴和沿东陇海城镇发展轴，“一心”为连云港中心城区。

都市发展区空间结构。该总体规划调整了城市空间发展方向，提出“城市东进，拥抱大海”空间发展策略，前瞻性地提出了将赣榆纳入城区统筹发展，形成2000平方千米的都市发展区，城市由“一市双城”发展为“一体两翼、一心三极”。“一体两翼”是指：“一体”即连云港中心城区，是全市的行政、文化、商贸及流通中心，“两翼”即连云港中心城区南、北两侧的产业发展及综合配套区。“一心三极”是指：“一心”即连云新城，“三极”分别为新海城区、徐圩新区和赣榆城区。连云新城为本规划重点培育的区域性综合服务中心区，主要承担市级行政办公、商业贸易、商务流通、文化娱乐、旅游接待等综合服务职能；新海城区主要承担市级高等教育，以及区级行

政办公、商贸服务、文化体育、生活居住等职能；徐圩新区主要培育成为产业实力雄厚、配套设施完善的大型临港新城，成为我国中部沿海产业带的重要龙头；赣榆城区承担都市发展区北翼的服务中心职能，重点发展区级行政办公、商贸服务、文化体育、生活居住等功能。

城市发展规模。中心城区城市建设用地规模为：2020年连云港中心城区规划城市建设用地总规模控制在210平方千米以内；2030年连云港中心城区规划城市建设用地总规模控制在240平方千米以内；至2030年平均每年约增加城市建设用地5.87平方千米。

中心城区城市人口规模。2020年连云港中心城区规划人口总规模控

▲ 海清寺阿育王塔　市自然资源和规划局供

制在170万人以内，人均城市建设用地指标控制在123平方米/人以内；2030年连云港中心城区规划人口总规模控制在200万人以内，人均城市建设用地指标控制在120平方米/人以内。

《连云港市城市总体规划调整（2008—2030）》的调整：

2010年，交通运输部和江苏省人民政府联合批复了《连云港港徐圩港区总体规划》，规划给徐圩港区的定位为：是连云港港发展成为区域性中心港口的重要组成部分，是拓展港口功能、实现港口可持续发展的重要支撑；是江苏省调整产业结构、实现江苏沿海地区发展规划的重要基础；是苏北及周边地区发展外向型经济、加快工业化进程的重要依托。另外，徐圩新区成为国家级石化产业基地。市政府启动了《连云港市城市总体规划（2008—2030）》进行局部调整。2015年11月11日，省住建厅复函同意对《连云港市城市总体规划（2008—2030）》进行局部调整。调整主要涉及徐圩新区。

调整的内容：

连云港城市性质为：我国中部沿海地区的区域性中心城市、现代化港口工业城市和海滨旅游城市。规划将连云港市的城市职能概括为五大方面：新亚欧大陆桥东方桥头堡和中西部地区对外开放的窗口；沟通东西、连接南北的重要节点与区域中心城市；我国中部沿海的国际性干线大港；江苏省乃至国家级临港产业基地；环境优美、和谐发展的现代化海滨旅游城市与生态宜居城市。

规划确定2030年连云港中心城区规划人口总规模控制在200万人以内，城市建设用地总规模控制在240平方千米以内，人均城市建设用地指标控制在120平方米/人以内。

现状“一市双城”的既有发展格局，以及“向东发展、拥抱大海”的城市发展战略，决定连云港的多中心状态，以“井”字形的生态绿地系统为本底，以“T”字形快速道路和主干路网为骨架，形成组团式发展结构。

徐圩新区规划主要内容：

徐圩新区范围包括连云港城市总体规划中的南翼新城、东辛农场和徐圩港区，总面积为467平方千米。

发展定位。南翼新城的功能定位为依托南翼港区发展的临港产业基地与循环经济示范区；东辛农场的功能定位为大力发展现代生态农业，拓展特色休闲旅游等服务职能，建设为高效、生态、和谐的现代化农场；徐圩港区功能定位为依托临港工业起步，逐步发展成为：腹地经济发展和后方临港工业服务的综合性港区，以干散货、液体散货和散杂货运输为主，并预留远期发展集装箱运输的功能。

五、《连云港市总体规划（2015—2030）》的制定

为适应连云港的发展要求，指导连云港市的城市有序建设与发展，主动融入新时代，适应、把握和引领经济发展新常态，抓住国家“一带一路”等多重叠加机遇，促进港产城融合发展，提高城市发展质量，建设国际化海港中心城市，编制《连云港市城市总体规划（2015—2030）》。规划编制主要内容如下：

规划范围

（1）市域。连云港市市域行政范围，包括海州、连云、赣榆3区和东海、灌云、灌南3县，陆域面积7615平方千米，海域面积6677平方千米。（2）规划区。连云港市市区陆域行政范围及机场控制区，总面积3024平方千米。（3）中心城区。东至黄海，北至赣榆港区（不含柘汪、海头两镇），西至沈海高速—长深高速—蔷薇河沿线，南至善后河—烧香河一带，面积约1137平方千米。

城市性质与职能

城市性质。国际化海港中心城市。

城市职能。国际化物流枢纽城市；现代化港口工业城市；特色化滨海旅游城市；生态化休闲宜居城市。

城市规模

2020年，市域总人口500万；2030年，市域总人口620万。2020年，市域城镇化水平68%，城镇人口340万；2030年，市域城镇化水平77%，城镇人口477万。近期中心城区人口规模190万人；远期中心城区城市人口

规模260万人。近期中心城区城市建设用地面积245平方千米，人均城市建设用地面积129平方米；远期中心城区城市建设用地面积300平方千米，人均城市建设用地面积115平方米。

市域空间结构

城镇化与城乡发展。规划“一横两纵，一核多极”的市域城镇空间结构。一横两纵：一横即沿东陇海城镇轴，两纵即沿海城镇轴、连临—连淮城镇轴，衔接“一带一路”倡议，重点强化轴线对城镇、产业的聚合作用。一核多极：一核即中心城区，多极即东海县城、灌云县城、灌南县城和市域重点中心镇，打造市域城镇化核心载体，推动各县城和重点中心镇积极参与区域分工，不断完善和提升发展能级。

市域城乡公共服务。按照“市—县（区）—镇（街道）—村（社区）”四个层次，配置文化、体育、教育、医疗卫生、社会福利等城乡公共服务设施，形成覆盖全市域的公共服务设施网络体系。

市域综合交通。依托“一带一路”陆桥通道和沿海通道的区位优势，扩大东西双向开放水平，支撑连云港打造区域性国际枢纽港；建设综合交通枢纽城市，实现沟通南北、连接东西，支撑连云港区域中心城市的建设；以港口为重点，完善集疏运体系以及市域综合交通体系，促进港产城融合发展。

中心城区总体布局

发展方向：重点向东向海。

布局策略：（1）保护生态，集聚发展。构筑生态廊道体系，加强生态保护和管控；促进城市旧工业区、旧住宅区和城中村等存量空间更新，新建地区强化功能混合布局、集约发展。（2）港城一体，以港兴城。两翼港口及后方布局物流、仓储、大型临港工业等相关产业，主港区转型升级带动城区商务商贸旅游等功能的发展，形成港城一体的空间发展态势。（3）保障安全，弹性发展。保障城市发展中的核安全、工业生产安全、地质和生态安全等，结合城市发展重点方向，预控必要发展备用地，经法定程序可调整为建设用地，适应城市发展不确定性。

空间结构。规划形成“一湾两廊多组团”的空间结构。一湾：即由海州、连云、徐圩、赣榆等共同构成的海州湾，以海州、连云、赣榆为核心，带动南北两翼建设，形成拥湾发展的空间格局。两廊：即蔷薇河—临洪河生态廊道、云台山—连岛生态廊道。两条廊道充分彰显连云港山海河自然资源特色，是连云港生态保育、旅游发展、特色塑造的重要走廊。多组团：即环绕海州湾的多个城市组团，包含海州组团、高新区组团、开发区组团、连云组团、滨海新城组团（战略预控，预留远景城市商务、金融中心）、徐圩组团、上合组团、赣榆组团、赣榆港组团等多个城市组团。

城市中心体系。规划形成“一主两副四点”的中心体系。“一主”为海州主中心。由解放中路、海连中路的商业中心及朝阳东路的行政中心组合而成。重点发展行政、文化、商业、旅游等功能，是沿海经济带和陇海经济带交汇的公共服务中心、文化旅游中心、教育科研中心。“两副”为连云中心和赣榆中心。连云中心由连云新城及环绕北固山的商务商贸设施组成。是以国际贸易、商务服务、港口物流、总部经济等为主的高端服务中心，也是区域性商务贸易中心。赣榆中心由华中路和黄海中路的老城商业休闲区和新城文化行政中心组成。重点发展商业及海洋文化、旅游休闲等功能，是全市重要的海洋经济服务中心。“四点”包括开发区中心、高新区中心、上合物流园中心、徐圩片区中心。

六、《连云港市国土空间总体规划（2021—2035年）》的制定

2020年4月13日，连云港市启动《连云港市国土空间总体规划（2021—2035年）》（以下简称《规划》）的编制工作。2023年4月23日，《规划》通过市十五届人大常委会第十次会议审议。8月25日，省人民政府批复了《规划》。规划编制主要内容如下：

规划范围

规划范围包括市域、市辖区和中心城区3个层次。

市域：总面积为15142.06平方千米，其中陆域7626.06平方千米、海域7516.00平方千米。市辖区为海州、连云、赣榆3个区行政范围，陆域面积3032.4230平方千米。中心城区为东至黄海，北至兴庄河，西至沈海高速公

路—长深高速公路—蔷薇河沿线，南至古泊善后河—烧香河一带，陆域面积为966.8605平方千米。

城市性质与核心功能定位

面向2035年，连云港市城市性质与核心功能定位为"'一带一路'强支点、沿海高质量发展增长极、美丽宜居山海城市"。高标准推进"千万标箱、东方大港"建设，打造集枢纽港、产业港、物流港、贸易港于一体的国际知名枢纽港，夯实"链接南北、沟通东西"的东部沿海枢纽地位。加快建设世界级石化产业基地、"中华药港"等"三新一高"绿色产业集群，崛起沿海产业新高地。优化城市功能布局，营造现代港城海洋风貌，打造具有滨海城市特色，集"宜居、宜业、宜游"于一体的美丽宜居体系。

人口规模

综合考虑连云港市城市发展阶段，规划至2035年，全市常住人口规模

▲《连云港市国土空间总体规划（2021—2035年）》提出高标准推进"千万标箱、东方大港"建设。图为连云港港30万吨级航道二期工程施工现场

市交通局供

达到490—515万人。全市实际服务人口为535万人。

区域协调

（1）强化区域一体化发展。强化“一带一路”强支点腹地聚合，积极参与“一带一路”国际产能合作。强化与中西部内陆地区中心城市的联系，强化沿陇海线共同出海口地位。积极参与淮海经济区建设。（2）加速长三角区域一体化全面融合。推进长三角城市海港体系协同，建设长三角港口群北翼强港。深化海洋经济协作。深度嵌入长三角产业链条，打造区域内有影响力的产业发展中心。融入长三角特色旅游体系，构建长三角北翼最大旅游康养经济圈。

陆海统筹

陆海统筹目标。至2035年，海域、海岸带和海岛受损区域全面修复，环境污染和生态灾害得到有效控制，海湾、河口海域生态环境和景观全面提升。海岸带功能和空间进一步优化，临海产业区、现代渔业区等重点板块形成规模，向海洋和陆域纵深拓展。（1）建设宜居宜业的滨海风貌城镇带。充分发挥连云港山海相连、港城相依资源禀赋优势，深入挖掘海州湾地区特色人文资源，打造“1245”滨海特色载体，引领滨海风貌城镇带发展。（2）令人向往的美丽生态风光带。围绕“活力”“魅力”“实力”三大主题，打造“蓝湾百里”沿海风光带。（3）高质量发展的绿色产业集聚带，规划构建“一湾统三片”的陆海产业发展格局。

陆海统筹协调发展格局。（1）柘汪临港产业功能协调区。以交通运输岸线为主，近海海域主要为交通运输用海。（2）赣榆（青口—海头）三次产业融合与生态功能协调区。以生态岸线、渔业岸线为主。近海海域主要为生态保护红线区（海州湾国家海洋公园）、渔业用海区。（3）连云中央活力区与生态功能协调区。以游憩岸线、生态岸线和交通运输岸线为主，近海海域主要为交通运输用海区、生态保护红线区和游憩用海区。（4）徐圩新区—两灌临港产业功能协调区。以交通运输岸线、渔业岸线、特殊岸线为主，近海海域主要为交通运输用海区、特殊用海区、渔业用海区和游憩用海区。

国土空间总体格局

基于连云港市山海相连的国土空间本底特征，从支撑城市性质与核心功能定位、统筹优化陆海功能分区的需求出发，构筑“两绿、七廊、三轴、两片”的市域国土空间开发保护格局。“两绿”是中部云台山脉生态空间、西部山地丘陵生态空间。“七廊”即龙王河、青口河、蔷薇河—临洪河、古泊善后河、通榆河、新沂河、灌河共计7条区域重要河流及其防护保育绿带构建的市域生态廊道。“三轴”是沿海发展轴、东陇海发展轴、连临—连淮宁发展轴3条发展轴是引领全域生态建设、城镇发展、产业发展的重点脉络。“两片”包括东片海州湾，突出活力湾区、向海发展；西片大田园突出生态引领、城乡融合。

重要控制线划定

（1）永久基本农田保护红线划定。至2035年，上级规划下达连云港市耕地保有量任务数3645.60平方千米（546.84万亩），全市实际划定3645.60平方千米（546.84万亩）；上级规划下达永久基本农田保护任务3146.80平方千米（472.02万亩），全市实际划定面积3165.87平方千米（474.88万亩）。

（2）生态保护红线划定。全市生态保护红线评估调整后总面积为1893.2011平方千米，其中陆域生态保护红线面积为221.2607平方千米，占市域陆域总面积的2.90%；海域生态保护红线面积1671.9404平方千米。

（3）城镇开发边界划定。全市城镇开发边界面积总计813.6382平方千米，占市域陆地总面积的10.67%，城镇开发边界扩展倍数为1.3980。

城镇体系

规划形成“1个区域中心城市、3个地区中心城市、18个重点特色镇、42个一般镇”的市域城镇体系。（1）区域中心城市：100—300万人的大城市1个，即连云港市中心城区。（2）地区中心城市：分2级引导，50—100万人的中等城市1个，即东海县城；20—50万人的小城市2个，分别为灌云县城和灌南县城。（3）重点特色镇：人口集聚态势较好或资源禀赋较好的重点特色镇，城镇人口规模为3—10万人。（4）一般镇：一般建制镇、乡集镇和农场，城镇人口规模为0.5—3万人。

历史文化保护

保护连云港市历史文化资源，完善历史文化名城保护的实施机制，协调保护与发展的关系，彰显陆海丝汇地位，展现东海名郡、山海古城的历史文化形象，积极推进海上丝绸之路遗迹联合申报世界文化遗产。连云港市域历史文化保护体系包括：历史环境，历史城区、历史文化街区和历史地段，古镇古村，文物古迹，地下和水下文物埋藏区以及非物质文化遗产。

中心城区布局

中心城区空间结构。延续“向东向海”的空间发展脉络，构筑“一湾、两脉、三核、四组团”的中心城区空间结构。“一湾”即沿海范围海州湾海陆交汇带，是重点向海发展、陆海统筹的空间。“两脉”即临洪河生态水脉、云台山生态山脉。链接山海港城、蓝绿交融，是连云港生态保育、旅游发展、特色塑造的重要走廊。“三核”即临洪河口湿地、前云台山、后云台山三大绿核，集中体现连云港山海相依自然资源特色本底。“四组团”即镶嵌在山海自然本底中的中心城区海州组团、连云组团、赣榆组团、徐圩组团。推进全域陆海统筹，海洋、港口、产业和城市一体化发展。

公共服务设施布局。以15分钟社区生活圈作为社区公共资源配置和社会治理的基本单元，配备较为完善的基本公共服务设施。到2035年，卫生、养老、教育、文化、体育等社区公共服务设施步行15分钟覆盖率达100%。

绿地与开敞空间。至2035年，中心城区内公园绿地、广场步行5分钟覆盖率达到90%，实现居民步行300米见绿、500米入园。

城市设计。充分挖掘连云港自然和人文景观要素交相辉映的特色基因，凸显海洋元素，彰显海滨城市的气韵灵动、开放港城的大气恢宏，形成“山海连云、港城共生”的特色风貌定位。构建“三带、三轴、多点”的城市空间景观系统，即3条魅力景观带、3条城市感知轴线、多个特色风貌节点。构建山山互望视廊、山海眺望视廊和山城对望视廊，营造优美的海上观城天际线和临水观城天际线，塑造自然景观、历史景观与现代城市风貌交相辉映的城市空间形态。

城市更新。充分考虑更新区域的基本情况，如建设年代、建筑质量、周边环境、配套设施、消防问题、地质条件等，以及所处地区的发展要求，策略性地对不同改造对象采取综合整治、拆除新建、功能置换、增效改造4种不同的更新方式。

地下空间开发利用。构建以交通功能为主体、与地上城市功能紧密配合的综合型地下空间系统，缓解交通矛盾，保障城市安全，提高土地效率，优化城市形象，提高城市综合防灾能力和经济社会运行效率，实现城市的可持续发展。

城市控制线。中心城区范围内将流域性河道、区域性河道、重要跨区域河道、重要河道以及小 I 型水库划入城市蓝线。将重大交通枢纽、供水、排水、供电、燃气、环卫等重大设施划入城市黄线。将重要水系沿线滨河绿地、市政与安全隔离绿地、综合公园等重要绿地划入城市绿线。将历史文化街区和历史建筑保护范围划入城市紫线。

综合交通

综合交通发展目标。至2035年，国际枢纽海港基本建成，全国性综合交通枢纽功能全面提升。1小时覆盖中心城区高品质通勤圈；1.5小时通达省会南京市，2.5小时通达长三角及山东半岛主要城市，3小时通达全国主要城市，1日通达"一带一路"沿线主要贸易国家和地区。

港口。连云港港由连云港区、徐圩港区、赣榆港区、灌河港区和前三岛港区共同构成。建成完备的外围运输通道和内外衔接通道；全面形成结构合理、能力充分、衔接顺畅、运行高效的港口综合集疏运体系，实现港口、城市和区域的良性互动发展。

铁路。构建"五向放射"高速铁路布局，包括既有连淮扬镇铁路、连徐高速铁路东延（研究）、沿海高速铁路、预控连临城际铁路廊道。构建"一纵、三横"普速铁路网。包括既有陇海铁路、青盐铁路，规划建设连临铁路、连宿蚌铁路。公路。规划形成"五纵、两横、三联"高速公路网。规划形成"十一纵、九横、八联"干线公路网，总里程约1700千米，等级为一级公路。

航道。规划形成"两纵、两横"主骨架航道布局。"两纵"为沭北运河—蔷薇河—淮沭新河—黄泥河、复堆河—纳潮河—烧香支河—烧香河—云善河—善后河—盐河；"两横"为古泊河—善后河—大新河—车轴河—四圩河—界圩河—东门河、南六塘河—灌河。规划烧香河为二级航道，规划宿连航道为二级航道。

航空。按照国内区域性干线机场、国际机场定位，适度超前推进连云港花果山国际机场建设。到2035年，加快实施机场4E等级扩建，并按照4F等级做好用地空间的预控。规划建设6处通用机场。优化连云港花果山国际机场集疏运体系。

客运枢纽。规划连云港市客运枢纽体系为主要综合客运枢纽4个、一般综合客运枢纽5个，公共换乘枢纽4个。鼓励利用城市客运枢纽、交通场站用地进行立体复合开发（上盖物业等），提高土地集约化利用水平。

货运枢纽。加快布局货运集聚区核心货运枢纽项目，重点发展多式联运型和通用集散型两大类货运枢纽，形成十大多式联运型货运枢纽、七大通用集散型货运枢纽的发展格局。

中心城区综合交通

快速路。中心城区规划呈“七主、七联”布局的快速路系统。“七主”为4大组团间主要快速通道，分别为临洪大道、港城大道—科苑路—瀛洲路、长深路、秦东门大街—徐新路、怀仁路、S242—大港路、新光路—海滨大道；“七联”为快速路系统内部及与其他交通体系之间的连接线，分别为G228赣榆城区段—南环路、宋庄立交桥连接线、汇晶路、G310、盐河南路、凌州路、海青路—东风路。

主干路。规划形成“二十六纵、三十五”的主干路骨架网。

次干路、支路。至2035年，市级中心、副中心道路网密度不低于10千米/平方千米、城镇开发边界内道路网密度力争达8千米/平方千米。

综合交通运输体系建设

40年来，连云港市始终坚持改革创新、开放发展，以逢山开路、遇水架桥的精神，勇当对外开放的开路先锋，开创了交通建设发展的新局面。特别是党的十八大以来，连云港市紧紧抓住历史机遇，锚定交通强国、交通强省目标，持续掀起交通基础设施建设热潮，实现了从“瓶颈制约”到“初步缓解”再到“基本适应”经济社会发展的跨越式发展，全市综合交通网络总里程达到1.3万千米，公、铁、水、空等多种运输方式较为完备的综合交通运输体系已经形成。

一、发展历程

（一）起步阶段（1984—1998年）

1.交通基础设施建设

高速公路。1992年，苏北首条高速公路宁连高速公路开工建设，由此拉开了连云港市高速公路建设的序幕。1996年，连云港市成立高速公路建设领导小组和高速公路建设指挥部，全面领导和负责全市高速公路建设，是年，宁连高速公路建成通车。

国省干线。1988年，全长23千米的新墟一级公路建成通车，结束了连云港市没有一级公路的历史，也加速了东西城区的相融相连。1998年之前，国省干线公路主要是实施大中修工程。

港口建设。1978年，连云港港仅有7个通用泊位，无集装箱专用泊位，设计能力445万吨，等级最大为1万吨级。1982年到1985年，连云港港建设投资逐年增加。1986年，庙岭新港区煤码头投产使用。1987年，我国自行设计、组织施工的第一个全桩基梁板结构码头——连云港三突堤码头工程通过国家级验收。1988年，庙岭二期外航道改线工程正式动工，新开挖改线的外航道总长10.5千米，港口泊位达35个。1994年，墟沟港区一期工程开工。

2.交通运输业的发展

道路旅客运输。1984年前后，全市客运车辆数为64辆/2241座，只有新浦至沂水、日照客运班线；1998年，全市客运车辆数为1724辆/37855座，开通长短途客运班线259条，日发班次1774班。

城市公交客运。1984年，连云港市只有3条公交线，不到30辆车，新浦至海州磷矿的3路公交车，是当时主要公交线路之一。1996年前，有7条公交线路，车辆达到81台。1996年1月，成立了连云港市公共交通总公司，下辖三个公交分公司。

出租汽车客运。1984年，市货运公司汽车出租分公司购置6辆上海250K三轮客车投入营运。1994年初，连云港市出现了16辆计程车，即现代意义上的出租汽车。1998年，全市有出租汽车2808辆，从业人员4492人，出租汽车公司37家。

内河港口运输。1984年，全市内河港口货物吞吐量为1168.4万吨。1988年，内河港口货物吞吐量为1298.68万吨。1984年，国内沿海运输由3家国有远洋运输企业兼营，年运量约6万载重吨，内河航运主要由连云港市航运公司及个体船户承担，货物以煤炭、小麦、海盐、建材为主。1990年，全市内河总运力增加到20.31万载重吨，年货运量减少为1217.83万吨。

沿海港口运输。1978年，连云港港口吞吐量仅为954万吨。1988年，港口吞吐量达1114万吨，首次突破千万吨大关。1987年3月，连云港至香港班轮航线通航；1988年开通第一条近洋航线——日本航线；1994年，连云港至韩国釜山国际集装箱班轮航线开通。

铁路运输。1992年12月1日，横贯亚欧两大洲的铁路大通道——新亚欧大陆桥开通运营。新亚欧大陆桥是从中国连云港起到荷兰鹿特丹港的铁路联运线，全长10900多千米，途经中国、哈萨克斯坦、俄罗斯、白俄罗斯、波兰、德国、荷兰7个国家。1998年8月，陇海铁路海州至新浦段铁路改线工程完工，连云港市原新浦区段陇海铁路线改绕连云港市区外围，新浦站迁建至现址人民路盐河路广场。迁址后的新浦站站房面积8000平方米，设计为火车头的造型，车站设到发线7条（含正线2条），存车线2条；有基本站台、中间站台、人行天桥和旅客地道各1座。

民用航空。1984年7月3日，经国务院、中央军委批准，同意民航使用空军白塔埠机场，同年8月8日，民航连云港站开始筹建。1985年3月26日，连云港至北京、连云港至上海正式通航。1989年12月，白塔埠机场航站区竣工。1993年9月，机场二期工程扩建后，达到国家4D级标准，可满足高峰小时客流量300人、年旅客吞吐量50万人次的需要。

（二）快速拓展阶段（1999—2005年）

1.交通基础设施建设

高速公路。这一时期，连徐高速、汾灌高速相继开工并建成，连盐高速也在这一阶段开工。连徐高速公路1998年10月开工建设，2001年11月建成通车，荣获国家“第四届詹天佑土木工程大奖”、江苏省“扬子杯奖”。汾灌高速公路1999年5月开工建设，2002年10月建成通车，荣获江苏省“扬子杯奖”、交通部优秀工程质量奖。连盐高速公路2003年10月开工建设。

国省干线。从1998年起，连云港市全面启动国省干线公路网化工程，累计完成投资37亿元，新建、改建国省干线公路600千米。从1998年开始，相继开工建设并建成204国道大酒壶至蔷薇河桥段、310国道临洪闸至大酒壶段等，开工建设323省道东海西段、236省道伊山至六塘段、323省道新牛公路段。

农村公路。2003年9月全面启动农村公路建设，农村公路呈现出良好的发展态势。截至2007年底第一轮农村公路建设结束，共累计完成农村公路建设投资28.17亿元，累计新建、改建农村公路5945千米，完成县道危桥、农村公路大中桥梁改造211座。全市所有行政村实现灰黑化等级公路通达。

2.交通运输业的发展

连云港至韩国客货班轮航线开通。2004年8月，港口集团与韩国兴

▲ 2003年9月，连云港市全面启动农村公路建设。图为东海县羽双路
市交通局供

亚海运合资的中韩轮渡公司成立，当年12月30日，豪华客货两用船“紫玉兰”号班轮开始了“连云港—仁川”的首航，可为379名乘客提供贵宾服务，运载293个集装箱。

道路旅客运输。2003年，全市客运车辆数为1877辆/46470座，开通长短途客运班线337条，日发班次2311班。

城市公交客运。1999年，连云城区开辟了31路、32路、33路三条公交线路。1999年2月，引进民营企业——市佳连公共交通有限公司，该公司投放46台“友谊”中巴车，开辟了21—24路公交。2004年，连云港市公共交通总公司改制成立了连云港海通公共交通有限公司，共运营14条公交线路。在原连云港海通公共交通总公司四分公司的基础上成立了连云港东部公共交通有限公司，共运营5条公交线路。

出租汽车客运。2000年，市区出租汽车公司由更新前的37家迅速缩减为更新后的14家，出租汽车总量也由原先的2800余辆减少为2225辆。

农村客运班车通达工程。到2005年，共新增更新客运班车284辆，建设农村客运站亭131个、站牌1054个。全市符合通车条件的行政村客运班车通达率达99%。

内河港口运输。1999年，全市内河总运力76777载重吨，拥有各类船舶1038艘、各类水运企业16家，年货运量426万吨，货运周转量174319万吨千米。2005年，全市共有水运企业22家，总运力21万多载重吨，其中内河运输企业10家，沿海水运企业12家。

沿海港口运输。1999年，港口吞吐量达2017万吨，实现了第二次千万吨跨越。2004年，“连云港——仁川”客货班轮航线首航铁路运输。2005年，连云港市至南京城际列车开通。

（三）“十一五”突飞猛进阶段（2006—2010年）

1.交通基础设施建设

港口建设。2006年，国家发改委批准建设连云港港15万吨级航道扩建工程项目。2008年，江苏最大散杂货码头——30万吨级矿石码头开工建设。2009年，连云港港30万吨级航道工程项目建议书获国家发改委批复。

高速公路。“十一五”交通建设的一个突出成就，就是首轮规划的高速公路画上了圆满的句号，五个出市通道全部完成，高速公路网络掀开了新的篇章。连盐高速公路2006年11月建成通车。2007年11月开工建设，2010年10月建成通车。“十一五”末，连云港市高速公路通车总里程达到339.3千米，高速公路密度达每百平方千米4.53千米，居全国前列，形成了快速便捷的高速公路网络，实现市与县、县与县之间高速公路网络全覆盖。

疏港道路。紧紧围绕亿吨港口发展大局，大力加快与港口发展相配套的交通基础设施建设，规划建设连云港港主体港区三条疏港道路，包括南疏港道路、东疏港高速和北疏港高速，穿越和连接连云港港主体港区所有作业区，与周边高速公路和国省干线公路形成一个环港区并向周边地区辐射的高等级公路网。南疏港道路已经建成通车。东疏港高速公路2007年开工，北起连云港港老港区，以双向六车道隧道方式穿过后云台山，与242省道相交后，南接连徐高速公路，全长12.8千米，全线采用6车道（部分4车道），其中云台山隧道工程全长3.66千米，是江苏省最长的双向6车道高速公路隧道。

国省干线。“十一五”期间，全市干线公路交通基础设施建设突飞猛进，共完成公路工程建设总投资56.2亿元，新改建国省干线里程550.6千米，投资额和新改建里程分别比“十五”期间增长160.6%和26%。其中，323省道是江苏省“十一五”期间第一条建成通车的一级公路。全市路网技术状况得到了明显改善，境内3条国道和8条省道由原来坑洼不平、技术等级较低的干线公路逐步建成二级以上公路。路网通达深度进一步延伸，全市公路部门管养里程达559千米，使干支衔接、布局合理、联接城乡的公路交通网络更加完善。国省干线公路养护管理水平持续提升。投资4亿元，完成养护大中修工程320千米，干线公路优良路率保持在90.3%左右；累计建成文明样板路84千米、绿色通道129千米，公路绿化、美化、亮化程度明显提升。

农村公路。2007年开始，全面启动第二轮农村公路建设规划，以解决农村公路路网中的断头路、迂回路，使农村公路真正由“通”到“畅”，形成惠及400万农民的农村公路网。累计建成农村公路8173.7千米，新建改造桥梁774座，完成投资43.2亿元。

航道建设。“十一五”期间是连云港市内河航道大跨越、大发展的时期，一批重点工程项目相继开工上马，取得了连云港市航道史上无船闸、无高等级航道的零的突破，是连云港市航道史上投入最多、规模最大、成效最显著的时期。从2006年到2010年底，全市航道基础设施建设共完成投资36亿元。高标准建成盐灌船闸、疏港航道，统筹推进盐河整治工程建设。盐灌船闸2006年12月奠基，拉开了连云港市航道跨越发展的序幕，2009年12月26日建成通航。疏港航道总投资32亿元，2007年12月开工，2010年6月底全线贯通，为国内水运建设示范工程。北起烧香河闸，南至盐灌船闸，航道总里程71.36千米，是长三角“两纵六横”高等级航道网规划的南北水运大通道的连申线最北端航道。按三级内河航道通航标准设计，设计最大通航船舶等级为1000吨级。盐河整治工程2009年12月开工，连云港市境内为15.95千米，自灌南武障河盐灌船闸向南至平安桥，总投资为3.67亿元。到“十一五”末，全市境内有定级航道84条，总里程1138千米，其中三级以上航道102千米，已基本形成以盐河为主通道，通过灌河、淮河等河流至京杭大运河、长江等重要水系的航道体系，成为连云港综合运输网的重要组成部分。

机场建设。连云港机场国际候机厅2009年8月开工建设，总投资1.75亿元，2010年12月竣工，可满足年吞吐量50万人次的航空运输需要，满足国际航班的进出港需求，为连云港机场开通国际航线奠定了基础。根据省机场建设布局规划，启动连云港市建设区域性大型机场选址工作。

铁路建设。2006年，东陇海铁路实施电气化改造工程，2009年10月改造完成，电气化改造后客车时速由120千米提高至160千米。货车改用电力机车牵引，重量可达5000吨以上，东陇海铁路年通过能力将达到1.3亿吨，可有效保障连云港港亿吨大港的运力需求，促进东陇海铁路沿线经济快速发展。2009年11月，连云港东站建成投用，该站位于连云港经开区，站房面积15000平方米，3台17线，为陇海铁路到发。

2.交通运输业的发展

港口运输。2006年，连云港至阿拉山口直达快运集装箱班列开通。2007年11月11日，连云港至平泽的“中韩之星”号成功首航，加上之前开通的连云港至仁川航线，连云港至韩国每周达到四班船。2008年12月28日，连云港港吞吐量实现1亿吨，集装箱突破300万标箱，成功迈进中国亿吨大港、深水大港行列，江苏沿海首个亿吨大港诞生。

道路旅客运输。“十一五”末，全市共有道路客运企业13家，二级以上客运站8个，客运班车1292辆，旅游包车225辆，开通客运班线405条，客运集约度、线路通达度显著提高。通客运班车的行政村居民出行实现了一次换乘到县城，二次换乘到地市。

城市公交客运、出租汽车客运。公交车574辆，开行市区公交线路41条；建成公交站点546个、公交候车亭210个，分别比“十五”末增长67.5%

和813%。城市客运服务保障力和覆盖面有效提升。出租车企业优化为6家，营运出租车1600多辆。

民航运输。到“十一五末”，连云港机场已有16条航线直达北京、上海、广州等城市，2009年机场旅客吞吐总量达29.11万人次，货邮吞吐量2244吨。2010年12月15日，连云港至首尔国际航线首航，填补了连云港国际航班直飞的空白，翻开了连云港航空事业发展的崭新一页，标志着连云港在推进空港开放、建设大型国际机场、提高区域国际化程度上取得了重大进展。

（四）“十二五”提速跨越阶段（2011—2015年）

1.交通基础设施建设

港口建设。2011年3月，江苏沿海开放龙头工程——连云港港30万吨级航道一期工程开工建设；12月，徐圩港区一期工程开工建设。2012年6月，连云港港30万吨级航道一期工程首航；12月，连云港港25万吨级航道正式开通使用。2012年12月，连云港“一体两翼”组合大港中重要北翼——赣榆港区正式开港运营，2015年4月，赣榆港区10万吨级航道正式开通使用。2013年，连云港港国际客运站落成。

铁路建设。连盐铁路项目可研报告于2010年7月30日获国家发改委批复，2013年12月正式开工建设。青连铁路项目可研报告于2014年2月19日获国家发改委批复，2014年11月正式开工建设。连淮扬镇铁路项目可研报告于2014年9月30日获国家发改委批复，2015年7月开工建设。

公路建设。截至2015年底，全市公路总里程达1.19万千米，密度达156千米/百平方千米，高于全省平均水平（153.5千米/百平方千米）。其中，高速公路通车总里程达349千米，形成了以G15沈海高速、G25长深高速、G30连霍高速为主骨架的“两纵一横”高速公路网。国省干线公路通车总里程达764千米，初步形成“五横四纵”的干线公路网络。农村公路通车总里程达1.08千米，累计新改建农村公路2164千米，危桥改造366座。行政村公路通达率达100%。连云港海滨大道于2012年11月22日开工建设，全长123.89千米，概算总投资约40亿元，是连云港市干线公路建设史上投资规模最大、实施主体最多、施工条件最复杂的一项工程。截至2015

年底，连云港海滨大道赣榆段新建段、连云新城段、连云区段、徐圩段与226省道连接线、徐圩段与226省道连接线、灌云段与226省道连接线建成通车。

机场建设。2012年，为适应地方经济社会发展，经市委、市政府研究决定迁建连云港民用机场。2014年7月1日，国家民航局正式批复连云港新机场项目选址方案，正式确定灌云小伊场址为新机场首选场址。2015年4月，空军工程设计研究局编制完成连云港新机场建设项目的《预可研报告》（征求意见稿），预可研报告由江苏省政府上报国务院和中央军委，空域使用方案获得济南空军及下属部队的初步认可，军地空域使用协议初稿完成定稿。

内河航道和内河港口建设。全市内河航道总里程达1113.68千米，其中三级航道里程达118千米，初步形成了以疏港航道、盐河航道为骨干的内河干线航道网。内河港口生产性泊位达到121个，综合通过能力达到2850万吨。

2.交通运输业的发展

物流运输加快转型升级。2014年5月，连云港中哈物流合作基地项目一期正式启用；2015年8月，连云港港公路港（中心货运站）正式揭牌启用；赣榆柘汪临港物流货运中心、228国道上合组织国际物流园段提升工程加快建设。

沿海港口运输。2015年，连云港港口完成货物吞吐量突破2.11亿吨，其中内贸吞吐量首次突破亿吨，达到1.11亿吨，增长11.1%；集装箱运量501万标箱。2014年5月，国家主席习近平同哈萨克斯坦总统共同启用中哈（连云港）物流合作基地项目一期工程。2014年7月30日，江苏省首条中韩陆海联运汽车货物运输通道开通，通过发挥甩挂运输和滚装运输的组合效应，实现国际海运与国际道路运输的无缝衔接。2015年10月，连云港港集装箱多式联运项目明确为全国公路甩挂运输第四批30个主题性试点项目之一。

内河港口运输。截至2015年底，全市水路货物运输企业47家，5万吨以上国内水路运输企业7家。全市营运货船总数1900艘，100万载吨重；

内河水路液货危险品运输企业2家，船舶29艘，0.88万载重吨。2013年，首条内河集装箱航线连云港至阜宁航线正式开通。

机场运输。2012年10月29日，连云港至香港航班包机航线首航，连云港市成为继南京、无锡、徐州、盐城之后，省内第五个开通至香港航线的城市。截至2015年底，白塔埠机场已开通至北京、上海、广州等国内17个城市18条航线，临时开行1条至香港航线，旅客吞吐量突破56万人次。

城乡客运。加快构建以城市公交、城乡客运、镇村公交为基本框架的三级城乡客运体系，提升城乡客运现代化一体化发展水平，实现公共交通服务均等化。2015年3月，市政府出台《连云港市市区优先发展公共交通的实施意见》，逐步形成政府主导、政策扶持、分工负责、齐抓共管的城市公共交通科学、快速、可持续发展的新局面。到2015年底，城市建成区公交分担率达到23.01%，每万人拥有公交车辆12.17标台；行政村客运班车通达率达100%。2012年10月1日BRT一号线建成启用，截至2015年底，连云港市形成两主五支一环的BRT线网，运营线路总长210千米，投入运行车辆194台，日发班次1476余班，日运行里程4.2万千米，日均客流10万人次，节假日、大型活动期间日最高客流15万人次，极大方便了乘客出行。公交出行分担率从BRT开通前8%提高到40%。截至“十二五”末，市区出租车2386辆。

（五）“十三五”稳步推进阶段（2016—2020年）

1.交通基础设施建设

沿海港口建设。作为全国25个沿海主要港口、12个区域性中心港口和长三角港口群三大主体港之一，“一体两翼”沿海港区建设发展全面铺开。2016年4月，连云港30万吨级航道一期工程通过竣工验收，30万吨级航道一期工程包括25万吨级连云港区航道和10万吨级徐圩港区航道及配套工程等，总投资约47.71亿元；其中，连云港区25万吨级航道可满足25万吨级散货船乘潮单向通航、7万吨级以下船舶全潮双向通行要求；徐圩港区10万吨级航道为新开辟航道，可满足10万吨级散货船乘潮单向通航要求；工程荣获国家优质工程奖、中国土木工程詹天佑奖。2017年9月，连云港30万吨级航道二期工程开工建设，二期工程在一期工程航道轴线基础上增深、拓宽，建设30万吨级连云港区航道和30万吨级徐圩航道及配套围堤、锚地工程等；其中，连云港区航道于2017年9月开工建设，2020年2月完工，徐圩航道2020年6月开工，2022年9月建成通航。

铁路建设。2018年12月，青盐铁路开通运营，实现北向与首都北京直接通达，港城阔步迈进“高铁时代”。2019年12月，连淮扬镇铁路连淮段开通运营，2020年12月全线开通运营，实现南向与省会南京快速通达。连徐高铁项目可研报告于2016年9月18日获国家发改委批复，2017年7月进入全线开工阶段。到“十三五”末期，连云港市国铁干线运营里程达275千米（连徐高铁在建），其中高快速铁路185千米。铁路综合客运枢纽加快建设，连云港高铁站及综合客运枢纽一期工程投入使用，赣榆铁路综合客运枢纽建成运营，灌云、灌南、东海铁路综合客运枢纽加快建设。

公路建设。截至2020年12月，全市公路通车总里程1.21万千米，密度158.92千米/百平方千米，高于全省平均水平。高速公路形成以G15沈海高速、G25长深高速、G30连霍高速为主骨架的“两纵一横”布局，实现了市到县、县到县的高速公路联网畅通。国省干线公路形成以204、228、310等五条国道和242、267、324等十条省道构成的“六纵七横”布局，通车里程837千米，其中一级公路596千米。204国道市区至灌南段、310国道市区段、海滨大道跨海大桥、徐新公路、云宿路及345省道、236省道、311国道等一大批关注度高的重点工程相继建成通车，极大改善公路出行条件。农村公路通达1.09万千米，实现了全市所有行政村双车道四级公路全覆盖。连云区大桅尖路入选2019全国美丽乡村路之一。赣榆区、东海县创建成省级“四好农村路”示范县。

机场建设。2018年1月，连云港民用机场迁建工程获得国务院和中央军委批复立项，建设地点为灌云县小伊乡，距连云港市区约21千米。2019年1月，连云港花果山国际机场建设工程获批并全面开工建设，2020年底主体基本建成。启动推进东海通用机场前期工作。

内河航道和内河港口建设。“十三五”期间，投资1.69亿元完成灌河航道西段整治工程，“连申线”瓶颈得到有效疏通，航道货运功能进一步完善；徐宿连航道前期工作扎实推进，其中徐圩港区疏港航道段前期工作取

▼ 海滨大道跨海大桥　市交通局供

得有效进展。内河港口建设总投资4.14亿元，分别完成五灌河胥洋码头二期、板浦作业区码头及灌南港区城北作业区新安码头等工程建设，共计新增1000吨级泊位4个、500吨级泊位6个、300吨级泊位4个，年通过能力新增427万吨，全市内河港口布局趋向完善、吞吐量进一步跃升。

2.交通运输业的发展

港口运输。“十三五”期间，连云港港吞吐量、集装箱量累计完成9.29亿吨和2374万标箱，铁矿石、煤炭、焦炭、红土镍矿等大宗货源保持稳定，铝矾土、有色矿、胶合板等品牌货种继续领先，矿石混配、机械车辆、大件设备、建材交易等业务快速壮大。港口开通中东、美西南、非洲等3条远洋干线在内的集装箱航线72条。开通了至阿拉山口、霍尔果斯、喀什、二连浩特4条国际过境通道。推进集装箱多式联运业务和海河联运业务发展，“郑州—连云港—林查班”铁路箱下水业务成功启动,“连云港—郑州”西行海铁联运通道正式打通;“连云港—安徽定埠”红土镍矿海河联运航线实现首航。

内河运输。海河联运体系不断完善,联合24家企业成立内河港际合作联盟,开通内河航线11条,“连云港—阜宁”“连云港—济宁”内河集装箱航线实现首航,内河航线基本实现苏鲁豫皖内河港口全覆盖,海河联运量突破1500万吨。

机场运输。白塔埠机场实现一类口岸开放,新增长沙、重庆、宁波等国内航线22条,至日本大阪、静冈以及泰国曼谷国际航线3条,在运航线达38条,通达国内外城市37个。

城乡客运。形成了以城市动车和BRT为骨干、常规公交为主体、旅游公交为亮点、出租汽车为补充的城市客运体系。市区公交线路开通89条,运营里程2387千米,其中BRT线路11条、专用道52千米;公交车1160辆,城市万人公共交通车辆拥有量17.67标台;公交出行分担率25%;江苏交通“一卡通”实现县区全覆盖。全市镇村公交开通率100%。2018年4月,连云港至日本邮轮航线开通运营,成为全省首个开行国际邮轮的港口。2019年,首批12家网约车平台注册,21台网约车投入运营。“十三五”末,全市共有巡游车2376辆。

国际班列。2018年12月,连云港入选国家物流枢纽布局承载城市,新亚欧大陆桥集装箱多式联运示范工程入选部级示范。形成“连新亚”等中欧(亚)班列品牌线路,“十三五”期间国际班列开行最高达到827列,东行货运量增长60%以上,“连新亚”完成运量全国首位。中哈、上合两基地承载能力不断提升。2019年中哈物流集装箱进出量14万标箱,哈萨克斯坦东门无水港集装箱换装量12.7万标箱,上合物流园物流量突破1800万吨。运输结构调整有序推进,“公转铁”“公转水”不断上量,港口铁路集疏运量达4513万吨。

(六)“十四五”高质量发展阶段(2021年至今)

1.交通基础设施建设

港口建设。《国家综合立体交通网规划纲要》将连云港港列为全国沿海主要港口，并正式确定为11个“国际枢纽海港”之一。2021年11月被列为“十四五”首批港口型国家物流枢纽。开创4个“世界第一”的30万吨级航道和江苏省首个40万吨矿石码头建成投用，连云港港成功跻身国际深水大港行列。30万吨级原油码头基本建成，30万吨级航道改扩建前期工作有序推进，20万吨级智能化集装箱码头起步堆场、赣榆港区LNG接收站码头等港口设施加快建设，具有全球领先地位的港口发展格局正在逐步显现。

铁路建设。连徐高铁2021年2月8日建成通车。上合物流园区铁路专用线及配套铁路装卸场站建成投用。徐圩产业区专用铁道工程一期开工建设。连云港经济技术开发区装配工业园区铁路专用线建成并即将开通运营。徐圩港区、赣榆港区铁路专用线前期工作有序推进，促进了铁路与港口、物流园区的高效联通和无缝衔接。争取省级层面支持并致函国铁集团将沿海高铁连云港至盐城段、连云港至临沂高速铁路等项目纳入国家《中长期铁路网规划》修编，项目前期研究加快推进。

▲ 连云港花果山国际机场　市交通局供

公路建设。全市公路总里程超过1.2万千米，其中，高速公路总里程为354千米；国省干线公路总里程为942.719千米，农村公路总里程为10975千米。全市基本形成以“两纵一横”高速公路和“六纵七横”普通国省干线公路为骨架，农村公路为集散的公路网络体系。“四好农村路”建设成效显著，东海县创成国家级“四好农村路”示范县，赣榆区入选省级“四好农村路”示范县。连淮、连宿高速公路全速推进，402省道赣榆南环段、242省道至徐圩港区连接线建成通车。连宿高速公路灌云至沭阳段、311国道连云港东段、北疏港高速公路二期等前期工作加快推进。

机场建设。2021年12月2日，连云港花果山国际机场开通运营。连云港花果山国际机场为4D级民用运输机场，总投资37.29亿元，占地3206亩，建设跑道长2800米、宽45米，航站楼3万平方米，机位总数16个，设计年旅客吞吐量250万人次、货邮吞吐量2.4万吨。启动推进灌南通用机场前期工作。

内河航道和内河港口建设。“十四五”以来，先后实施5座船闸大修专项工程，为航船高效运行、内河水运经济可持续发展打下坚实基础。2023年5月，宿连航道（京杭运河至盐河段）整治工程二期工程连云港段开工。截至2023年底，连云港市境内有内河航道82条，总里程1102.55千米，市域范围内三级航道147.02千米，四级航道75.1千米，五级航道90.95千米，六级航道64.24千米，七级航道135.34千米，等外级航道589.9千米。全市有通航船闸5座，水上服务区1座。

2.交通运输业的发展

港口运输。2023年9月，赣榆港区成功开通夜航。2023年12月，江苏省唯一赴韩客运班轮航线“连云港—仁川”线正式复航。连云港港2023年货物吞吐量突破3.2亿吨，同比增长6.7%，集装箱吞吐量613.6万标箱，同比增长10.2%，在全省沿海港口排名第1位。截至2023年底，全市共有万吨级以上生产泊位85个，年综合通过能力达到2.2亿吨、集装箱通过能力达到309万标箱。

内河运输。完成内河集装箱量5.07万标箱，主动对接市水利部门协调盐灌船闸放水冲淤，实现停滞两年的重载船舶恢复通航。2023年海河联运量完成2010.5万吨，同比增长8%。

机场运输。连云港花果山国际机场建成通航后，积极拓展航线网络，提升与一、二线城市的联系密度，加速与西部城市的连接广度，适时调整航线布局结构，航线覆盖国内一线城市、航空枢纽城市和热点旅游城市，为港城市民的出行提供了便利，为连云港市招商引资、对外开放搭建桥梁。2023年，连云港花果山国际机场与18家航司合作，运行44条航线，通达北京、上海、广州、深圳、成都等31个国内城市，完成旅客吞吐量144.8万人次、货邮吞吐量2008.6吨。

铁路运输。加大高铁车次争取力度，2023年全市图定客运列车192趟/日，铁路年客流总量2218.6万人次，发送量、到达量双双突破1000万人次大关。

城乡客运。截至2023年底，市区公交有运营企业6家，在运营车辆1096辆，其中纯电动公交车767辆、燃气车321辆、燃油车8辆，清洁能源与新能源公交车比例达99.27%；线网长度2934千米，建成区公交站点500米覆盖率100%。全市在运营快速公交线路12条，线路总长350千米，在线运营车辆206辆，日发班次620余班，日运行里程4.4万千米，快速公交线路承担市区约50%的公交客运量，日均客流5万人次（含换乘），日最高客流达15万人次。实行部分高速公路通行费减免政策，实行前9个月减免通行费用933.8万元，惠及车辆150.25万车次，有效提高城市组团之间快速联系时效，降低居民出行成本。市区巡游出租车1200辆，注册网约车平台51家，注册网约车2385辆。

国际班列。2023年9月15日，在共建"一带一路"倡议提出十周年之际，中欧班列国际合作论坛在连云港市开幕。中央政治局常委、国务院副总理丁薛祥出席开幕式宣读习近平主席贺信并致辞。中哈物流合作基地数字化指挥中心建成投用，上合物流园获批国家级示范物流园区。班列线路从中亚五国逐步拓展到土耳其、德国、俄罗斯等国家，覆盖了104个国际货运站点，班列满载率、重箱率基本达到100%。创新实施"保税+出口"混拼、"船车直取"零等待等模式，哈萨克斯坦小麦、中亚铁合金专列数量全国领先。创新铁水联运"一单到底"模式，推广至巩义、蚌埠、西安、郑州、盘古寺、洛阳等流向。自2014年中哈连云港物流合作基地运营以来，累计开行中欧班列超过5000列，总量位居全省第一，占比超四成，完成运量170万标箱，过境运量全国领先。

二、主要成就

（一）多层次的公路网络外畅内联

连云港市境域内公路以前所未有的速度实现了规模化、网络化发展，公路通达程度和等级水平不断提高，全市境内公路总里程达1.2万千米，密度高于全省平均水平。一是高速公路从无到有。1992年起陆续新建宁连、连徐、汾灌、连盐、连临、东疏港和北疏港等一批高速公路，经过多年建设，形成了以G15沈海高速、G25长深高速、G30连霍高速为主骨架的“两纵一横”布局，通车里程354千米，实现了市到县、县到县的高速公路联网畅通。二是干线公路提档升级。1984年，全市公路等级均为二级以下，1990年，第一条高等级公路新墟一级公路建成通车，结束了连云港市没有高等级公路的历史。2004年起陆续推进204国道、228国道、323省道、242省道等一批国省干线公路建设，至2023年底，全市国省干线公路已形成以204、228、310等五条国道和242、267、324等十条省道构成的“六纵七横”布局，与高速公路共同组成了全市复合型公路运输通道。三是农村公路全面覆盖。2007年，全市农村公路实现所有行政村通等级公路，2020年实现所有行政村双车道四级公路全覆盖，2023年底，全市农村公路里程达到1.1万千米，路网“毛细血管”逐步打通，交通运输在乡村振兴战略实施中始终走在前列。

（二）高能级的铁路枢纽融会贯通

铁路全面融入国家“八纵八横”高铁网络，不断强化长三角、京津冀、渤海湾、中西部地区之间的沟通交流。一是高铁网络互联互通。铁路作为连云港市综合交通运输体系的短板，在“十三五”时期实现了重大突破，相继建成并开通青盐铁路、连淮扬镇铁路、连徐高铁，“一纵一横一放射”高快铁路主通道逐步形成，国铁干线运营里程由90千米增长到330千米，其中高快速铁路240千米，铁路网规模跃居全省第5位，全面融入北京4小时、上海3小时、南京2小时、徐州1小时交通圈，连云港成为名副其实的高铁枢纽城市。二是巩固双向开放载体。积极响应“一带一路”倡议，担负起习近平总书记赋予连云港打造标杆示范项目的职责使命，1992年新亚欧大陆桥开通运营后，连云港市率先开行国际班列，重点打造覆盖5个过境口岸、6条班列精品线路、100多个国际货运站点的中亚、中欧国际铁路运输通道，累计发出班列超15000列，为国际合作和经济发展做出积极贡献。中哈基地自2014年投产运营至今，累计完成货物进出库量3409万吨，集装箱空、重箱进出场量195.7万标箱，与哈萨克斯坦铁路共建阿克套港集装箱枢纽项目签约并列入第三届“一带一路”高峰论坛务实合作项目清单。上合物流园中吉乌“公铁联运”班列实现平稳运营。三是铁路末梢逐步打通。着力服务产业经济发展，推动入港入园铁路专支线建设，连云港区、中云物流园、上合物流园铁路装卸场站、“一带一路”里海供应链基地等重点港区、园区、货运枢纽实现与铁路无缝对接，加快推进徐圩新区、赣榆港区铁路专用线等项目，铁路集疏运“最后一千米”服务能力持续提升。

（三）双循环的水运通道优势凸显

发挥连云港得天独厚的国际枢纽海港、深水航道特色优势，进一步强化沿海港口纵深服务腹地拓展，培育国际合作竞争新优势。一是打造世界一流的东方大港。连云港港作为全国11个国际枢纽海港之一和“十四五”首批港口型国家物流枢纽，“一体两翼、一港四区”组合大港格局全面拉开。40年来，连云港港万吨级以上泊位从5个增至88个，综合通过能力从475万吨增至2.5亿吨，从货物吞吐量900万吨港口蝶变为3亿吨现代化综合性大港，开创4个“世界第一”的30万吨级航道和江苏省首个40万吨矿石码头建成投用，成功跻身国际深水大港行列。二是打造对外开放的特色品牌。港口初步构建了向东连接环太平洋、向西贯通亚欧内陆、沿海串联南北港口、内河通达苏鲁豫皖的物流大通道，开通有包括3条远洋干线在内的90条集装箱航线、29条件杂滚装航线、24条国内海铁联运通道和12条内河集装箱航线，新亚欧陆海联运通道国际开放门户地位不断凸显。“融入长三角发展、做足陇海线文章”持续组合发力，与上海港合作进一步走深走实，合资成立互连集装箱公司，“连申快航”突破10万标箱。连徐淮组合

▲ 盐河航道　王贺凡摄

枢纽入选国家综合货运枢纽补链强链支持城市，江苏省唯一赴韩客运班轮航线“连云港—仁川”线稳定运营。三是打造通江达海的航道网络。全市内河航道总里程1103千米，共有内河生产性泊位83个，泊位长度5213米，综合通过能力1954.8万吨，形成疏港航道、盐河航道、灌河航道为主的干线航道网，实现千吨级船舶直通京杭大运河、淮河。宿连航道二期工程连云港段开工建设，与国际枢纽海港相匹配的海河联运枢纽体系初具规模，为打造更具特色的“水运江苏”赋能增效。

（四）强支撑的航空格局日益完善

围绕构建通联广、效率高、品质优的航空格局，为共建“一带一路”、服务东西双向开放架起空中桥梁。一是连云港花果山国际机场建成投用。2012年，连云港市以打造区域性国际空港枢纽的高站位开启新机场建设，建设标准为4D级民用运输机场的连云港花果山国际机场于2021年12月全面建成运营，成为带动地方经济发展和扩大对外开放的新引擎，连云港民航业发展揭开崭新篇章。二是民航运力持续增强。机场持续强化顶层设计，完善航线网络，2018年旅客吞吐量首次突破150万人次，形成了服务“一带一路”、辐射苏北鲁南、通达全国重点城市的航线格局。2023年连云港花果山国际机场全年航班累计运输起降1.42万架次，完成旅客吞吐量144.8万人次，与18家航司合作运营44条国内航线，通达北京、广州、深圳、成都、重庆、沈阳、天津等31个国内城市，不断满足市民对出行的多重需求。三是航空产业服务升级。统筹推进通用机场规划布局，加快推进东海、灌南通用机场前期工作。紧跟新质生产力发展新爆点，强化低空经济培育发展新动能专题调研，为新兴产业经济提供交通支撑保障。

三、经验启示

（一）必须坚持问题导向，根据不同阶段的主要矛盾确定深化改革的主攻方向

连云港交通40年来的发展历程，实质上就是连云港交通人在党和政府的领导下，根据不同阶段的主要矛盾确定改革的主攻方向，不断解决影响经

济社会发展交通运输瓶颈问题的过程；而通过不断地解决问题，又促进了交通运输的不断发展，并从量的积累实现了质的飞跃。今后，需要勇担国家战略重任，争当经济发展开路先锋，我们必须坚持问题导向，以习近平新时代中国特色社会主义思想为指导，全面贯彻落实党的二十大精神和习近平总书记在考察江苏时提出的“走在前、做示范”的重大要求，善于抓住不同阶段的主要矛盾的主要方面，有针对性地深化改革举措，不断解决新时代、新形势下的新问题，以实现连云港交通的新发展、新跨越。

（二）必须坚持以人民为中心的发展思想，争取人民群众的最大支持

坚持以人民为中心的发展思想是习近平新时代中国特色社会主义思想的核心内容。连云港市交通运输发展的实践证明，只有将发展的成果惠及人民群众，解决发展中的问题才能得到人民群众的支持。可以说，连云港市交通建设的每一个重要工程项目，特别是在交通发展的初始阶段，每条公路、每个桥梁工程的征地拆迁、路基土方等，都得到了人民群众的积极支持，有效地保证了工程进度，最大限度地降低了工程造价。在新的时代，我们必须根据社会主要矛盾发生转化的新情况、新特点，以解决好人民日益增长的美好生活需要和不平衡不充分发展之间的矛盾作为我们的使命担当，将交通的成果惠及广大人民群众作为我们推进工作的出发点和落脚点，以“人民满意不满意”作为衡量交通成就的根本标准，争取人民群众对交通发展的最大支持，办让人民满意的交通。

（三）必须围绕中心，服务大局，在党和政府的坚强领导下办交通

交通基础设施建设是造福于民、惠及各方的大好事、大实事，同时又是涉及方方面面工作、触动千家万户利益的复杂的系统工程。连云港市交通发展的实践说明，什么时候，什么地方党委、政府重视交通、支持交通，那个时段、那个地方交通基础设施建设的推进力度就大，速度就快，质量就好。在推进交通强市建设的进程中，全市交通人仍然要在地方党委、政府的坚强领导下，以围绕中心，服务大局的实际行动，以我们扎实的工作、突出的业绩争取各级部门对连云港市交通的重视和支持，协调和处理好各方面的关系，顺势而为，勇立潮头；心怀梦想，主动作为，勇担国家战略重任，争当经济发展开路先锋，努力交出一份全速构建现代综合交通运输体系奋进答卷。

住房和城乡建设事业的发展

40年来，连云港市实施"一心三极""一体两翼""港城联动"和"城乡统筹"的城市发展战略，围绕城乡融合发展、住房保障完善、基础设施建设、生态环境改善、城市安全运行等事关城市发展、民生改善的重点领域，实施城市更新行动，推动城市高质量发展，建设更加美丽的宜居之城、更显风貌的魅力之城、更富活力的创新之城、更加安全的韧性之城、更高质量的融合之城，城乡建设和管理人性化、绿色化、精细化、智能化、法治化水平显著提高，城市综合竞争力进一步增强，人民生活更加美好。

一、城市面貌有效改善

沿海开放40年，连云港市不断完善城乡规划体系，规划引领管控作用日益增强，连云港城乡建设的宏伟蓝图更加清晰，城乡发展正朝着宜居、宜业、宜乐、宜游的目标大踏步前行。

城市改造和建设力度加大，城市面貌快速改变、城市功能日趋完善。2023年，城市建成区面积313平方千米，常住人口城镇化率达64%。旧城改造效果明显，人居环境持续改善。1984年，城区多以平房和瓦房为主；1990年，据统计，2—3层楼房490幢，4—5层楼房59幢，6—8层楼房26幢。而今，一座座高楼大厦拔地而起，一个个设施齐全的住宅小区相继建成，城市面貌发生了巨大变化，现代化大都市的气象越来越浓。全市城建投入力度相当大，仅2023年度，就投入城乡建设资金达到947亿元，其中城市中心城区完成投资达480亿元。城乡一体化加快推进，全市26个乡镇、119个村庄城乡统筹试点稳步推进，5个乡镇实施市级城市化示范镇创建。凤凰新城、东河新城、孔望山新城和海滨新城开发建设，将“一市双城”的城市格局变革成了“一心三极”，南侧的新海城区、东侧的连云区、北侧的赣榆区、中间的海滨新城，勾勒出了一座大气磅礴的城市组团。通过旧城改造和新城开发彰显品质，公共配套设施不断完善。建成一批公园绿地、大型场馆、城市综合体及文教体卫设施。连云港大剧院、市图书馆新馆建成使用，金融新天地等一批重要城市公共建筑进展迅速。江苏海洋大学药学楼工程、师专一附小扩建、花果山幼教中心等学校项目快速推进；市妇幼保健院新建妇幼保健中心项目、市中医院医养康复综合楼一期工程项目等医院扩续建工程建成运行。公共管理与公共服务、道路与交通设施、公用设施、绿地与广场用地不断增加，教育、医疗、交通及休闲健身等公共服务进一步完善。2024年，随着基础设施和重点板块工程稳步推进，城区建设重点推动海连赣一体，加强沿海统筹，打造市域城镇化核心载体，引领市域产业优化与转型，强化山海相拥的海滨城市特色，形成“一带一路”交汇的重要节点，大港口、大城市、大产业的功能进一步完善，连云港城市面貌日新月异，城市形象快速提升。

二、美丽连云港建设成效显著

2006—2010年期间，连云港市共创建省级园林小城镇1个，创建市级城市化示范镇和新型小城镇42个，创建省、市级康居示范村83个。2020年8月，江苏省住建厅公布江苏省美丽宜居城市建设试点名单，连云港市沙河镇美丽宜居小城镇建设、海头镇美丽宜居小城镇建设被列为试点项目。到2023年度，特色田园乡村创建进展迅速，创成省级特色田园乡村9个，全市累计创建省级传统村落15个，连云区宿城街道大竹园村被命名中国传统村落，海州区浦南镇成功申报国家级美丽宜居小镇，赣榆区班庄镇、墩尚镇和东海县温泉镇、曲阳乡成功申报省级重点及特色镇，成功申报连云区高公岛街道黄窝村等3个国家级美丽宜居村庄示范项目、8个省级康居村庄、12个省级特色田园乡村建设项目和3个传统村落保护项目，截至2022年底，全市累计建设美丽宜居乡村1455个，建成率达87.4%。

2023年底，连云港市已建成省级特色田园乡村42个、市级121个。精心组织"山海连乡"特色田园乡村示范区申报第一批江苏省特色田园乡村示范区培育试点，位列第七成功入选第一批江苏省特色田园乡村示范区培育储备名单。

三、基础设施建设全面推进

沿海开放初期，连云港市坚持实行对外开放、对内搞活经济的总方针，狠抓城市基础设施改造，加快港口、机场、铁路、公路及邮电等建设。1984年9月，完成改建连云港庙岭码头工程——中山路自程庄桥至港务局段改为水泥混凝土、沥青路面，这是连云港首次大面积使用水泥混凝土真空吸水新工艺铺装路面。1986年11月至1989年6月，改建连云港第一条一级公路——新墟公路为水泥混凝土沥青路面，路长23千米，宽27.5—33米，上下道分道行驶。1990年扩建海连东路。1988—1990年，分别建成平山广场、龙河广场、朐阳广场，其中龙河广场为当时最大的广场。进入新世纪，2000年以来，全市重点建设和完善了现代城市形象的样板道路，如海连东路、通灌中路、郁洲北路、陇海中路、中山东路、栖霞路、人民路、凌州路、中央景观大道、海昌北路、南极南路，形成了外部成环，内部成网的道路交通网络，东西城区连接更加畅通方便，道路通行能力全面提高。2000年10月8日，第一条纵贯市区的现代化景观大道盐河路竣工。2008年8月5日，连云港港30万吨级矿石码头开工建设，同年12月28日，江苏沿海首个亿吨大港诞生。2009年到2013年，海棠路立交桥、东路跨西盐河桥、郁洲南路跨玉带河桥等10座桥梁全部建成并通车；全长33.1千米BRT一号线工程建成运营；朝阳东路、海宁大道、郁

▲ 连云港市加强美丽宜居小城镇建设。图为东海县石梁河镇南辰新型农村社区
市住建局供

洲南路等支环线构建的城市快速公交网络逐步形成；全长120千米海滨大道快速实施；郁洲路、朝阳路、花果山大道等20条60千米主次干道实现出新，形成了快捷顺畅的道路网络系统，不仅改善了居民出行条件，还提升了城市功能，刷新了城市形象。2017年连盐、连青、连镇、连徐等铁路相继建成通车，连云港市加速迈向"高铁时代"；连云港新机场于2019年开始建设，2021年建成使用。近年来，连云港市连续投入200多亿元，完成了花果山大道、港城大道等一批城市主次干道建设，城市快速路网以及新海城区"十一纵九横"路网框架初步成形。与此同时，配合园区建设、住宅建设与城市土地开发，新建和改造了一批配套道路，逐步加密中心城区路网，打通老城区断头路，大大改善了城市道路路网级配结构。至2023年底，全市城市实有道路面积3200万平方米，道路总长度2300千米，是2005年的3倍，人均拥有道路面积19平方米，比2005年增加了6平方米，城市交通系统承载力大幅提升。

经过几年来的不断建设，城市路网密度明显提升，市区道路桥梁累计投资30.6亿元，道路长度增加395千米，累计达到1326千米，道路面积达到了2500万平方米；现状城市建成区平均路网密度达到8.034千米/平方千米，人均道路面积达到22.69平方米。城区内部路网加快完善，陆续打通中环路、玉带路、建设西路等城市“断头路”25条和振华路、江化路等铁路地涵，实施了大庆路桥、华联广场周边道路桥梁、海昌路等一系列城市微循环道路提升工程；改造郁洲路、科苑路、凌州广场等113个城市道路交叉口，整治便民道路和背街小巷2350条235千米，市区街巷道路基本全部实施了改造整治；实施苍梧路马路机器人等智慧交通工程，成功获批住建部科技示范项目；市区建成停车泊位34.69万个，停车泊位与民用机动车拥有

▲ 连云港园博园夜景　市住建局供

量比例达到1.14：1。先后建成全长125.8千米海滨大道、全长31.1千米徐新公路等多条组团快速通道，组织对花果山大道进行提速改造，初步实现连云港港口、产业、城区有机联系，有力推动海州城区、连云城区、徐圩新区、赣榆区及自贸区快速联通。

城市市政设施建设日臻完善，至2023年底，连云港市城市供水普及率达100%，全市县以上有水务（司）单位9家，共13个城镇水厂，集中式饮用水水源地11个，其中常用水源地5个、应急备用水源地6个，总供水能力123.5万吨/日，供水管网总长4436.98千米，水务工作人员1200多人。其中，市区（主城区、赣榆区、徐圩新区）城镇水厂7座，供水能力72.5万吨/日，供水管网长度2824.35千米；县城（东海县、灌云县、灌南县）水厂6座，供水能力共51万吨/日，供水管网长度1612.63千米。2023年供水量约3.7亿立方米，其中市区年供水量约2.35亿立方米，县城年供水量约为1.35亿立方米。城市用水普及率为100%，并全部实现通乡达镇。2023年，连云港市计划年度投资1.52亿元，新改建水厂3座，新改建供水管网49.4千米，年度居民加压调蓄（二次供水）能力提升5000立方米/天。截至12月底，已完成投资2.67亿元，新改建供水厂规模提升5万立方米/天，新改建供水管网135.48千米，居民加压调蓄（二次供水）能力提升8670立方米/天。

燃气普及率达100%，污水处理能力达到35万立方米/日，是2005年的4倍，污水处理率达90.7%，比2005年增加35个百分点，其中城市污水集中处理率达80%。集中供热面积达到250万平方米，是2005年的5倍，城市发展承载功能显著提升。

2000年后，中国经济发展驶入快车道，与此同时，城市粗放发展、雷同建设、千城一面的现象十分突出。2012年，连云港市几条主干道要进行改造。秉承着创新发展、绿色发展的理念，连云港打造全新的港城交通主干道，在原有基础上建设BRT，同步实施配套公共设施。连云港市编制了《连云港市城市家具工程建设实施细则》，将绿色、生态、宜居的理念融入城市家具建设中。完善道路的系统功能，做到行人和车辆合理分流；注重人文关怀，增设一些细节性、人性化设施；对道路环境按照统一标准、统一材质、统一色彩、统一尺寸“四个统一”进行打造，提升城市综合景观；融入山海风光和古城风韵元素，彰显鲜明的地域文化特色。2017年10月，中国标准化协会授予连云港“城市家具标准化示范城市”奖牌，并将连云港市城市家具标准列设为国家城市家具行业标准。

智慧城市包含了方方面面，道路作为城市血脉，对智慧城市有着独特的意义。连云港市运用物联网技术，做智慧城市护栏，有效提升出行安全，促进了城市精益管理。建设潮汐可变智慧护栏，对拥堵路段已有道路护栏进行更新改造，通过潮汐机器人在交通高峰时间自动变道，扩充拥堵路段的车载流量，解决交通拥堵问题。建立城市公共设施管理系统。通过安装智能采集器对已有城市家具设施数据导入管理平台，大数据平台通过整合信息资源，形成全方位、及时准确、安全高效的智慧交通新型服务，真正成为城市脉络的“大脑”。

四、城乡绿色环境显著提高

1984年，全市区公园5处，面积50.8万平方米，各类游园、绿地14处，面积24万平方米，绿化广场5处，面积2.2万平方米，绿化道路60条，总长33072米。沿海开放40年来，连云港市投入超千亿元，组织实施了道路绿化、公园广场、河滨绿地、生产绿地、出入口景观整治等十多类绿化工程，全市绿化建设跨越式发展，建成了一大批精品亮点工程，城市形象得到了全面提升，生态环境得到了明显改善。2012年连云港被评为“国家园林城市”。2023年成功举办第十二届江苏省园艺博览会，连云港市被评为园博会表现突出城市和优秀组织集体，获城市展园建设特等奖，花卉花艺一等奖。2023年底，城市建成区绿地面积8790公顷，建成区绿化覆盖面积9624公顷，建成区绿地率达到39%，绿化覆盖率达到42.7%，城区人均公园绿地面积16平方米/人，公园绿地服务半径覆盖率91%。其中，累计建成综合公园17处、社区公园30处、专类公园59处，各类游园（含口袋公园）183处。绿道长度353千米，万人拥有绿道长度3.34千米。公共绿地（包括各类公园和道路绿化）3375公顷。完成造林面积16334公顷，实现3000—5000平方米以上公园绿地以500米服务半径对居住用地的覆盖，老城区2000平方米以上公园绿地以300米服务半径对居住用地的覆盖，打造“春季赏樱花、夏季观石榴花、秋季阅木芙蓉、冬季览梅花”的景观花海亲水廊道，全市已建成以城市公园、公共绿地、道路水系绿化带以及单位和居住区绿地为主，点、线、面、带、网、环相结合的城市绿地系统，形成了乔灌结合、花草并举，三季有花、四季常青的城市园林环境，打造“绿树成荫、色彩绚丽、季相分明、自然生态”的城市道路林荫多彩长廊，实现了“城市园林化、郊区森林化、道路林荫化、庭院花园化”的发展目标。

五、建筑业规模持续扩大

建筑业一直是连云港市的重要产业，在国民经济中占有重要位置。1984年，全市建筑业从业人员3万余人。其中，全民、集体企业从业人员约占三分之一，农民建筑队伍约占三分之二。2005年底，全市建筑业从业人员发展至16.03万人，建筑市场遍及黑龙江、新疆、内蒙古、上海等10多个省、自治区、直辖市以及俄罗斯、阿联酋、肯尼亚等10余个国家；累计创国家优质工程、部优工程、省市优质工程1000余个，赣榆县被命名为江苏省“建筑之乡”。2005年，全市建筑业完成建筑安装总产值115.16亿元，实现增加值52.11亿元。2016—2020年全市完成建筑业总产值4067亿元，建筑业增加值1020亿元，外出产值1951亿元，分别是“十二五”期间建筑业总产值、增加值、外出产值累计完成额的1.48倍、1.47倍和1.5倍；建筑业税收占全市地税收入30%，为全市提供了30万个就业岗位，对全市农民纯收入贡献率超过30%。到2023年底，全市实现建筑业总产值突破1200亿元，为全市提供40万个就业岗位。预计到2025年底，全市实现建筑业总产值突破1500亿元，其中外埠建筑业总产值达到580亿元，建筑业增加值突破330亿元，建筑业税收110亿元。着力实施建筑产业工人队伍培育试点，促进建筑产业工人数量和质量有序增长，为全市提供40万个就业岗位，对全市农民纯收入贡献率超过30%。截至2023年底，全市共有“四上”建筑业企业595家，其中特级资质企业2家，一级资质企业37家，二级资质企业

161家，三级资质企业393家，不分等级资质企业2家。

自2015年以来，连云港市新建民用建筑全面按照绿色建筑标准设计建造，2021年以来，绿色建筑占新建建筑比例全面达到100%，每年建设领域碳减排量达到30万吨以上。徐圩新区、连云港经开区（创智街区）、海州区、连云区（连云新城）先后创建成省级绿色建筑示范区，连云港市区、赣榆区、东海县创建成国家级可再生能源示范城市。连云港市新建居住建筑全面执行建筑节能75%的设计标准，新建公共建筑执行建筑节能72%的设计标准，对使用国有资金的大型公共建筑按照二星级绿色建筑标准设计建造。

六、城市治水成绩斐然

连云港市城市黑臭水体整治分为两个层面、两个阶段进行，第一层面、第一阶段为设区市建成区黑臭水体整治，主要包括连云港市海州区、连云区、开发区、赣榆区以及云台山景区范围内的黑臭水体，2016年，连云港市通过对市区41个水体进行全面排查，梳理出黑臭水体13个，长度82.4千米，截至2020年底，连云港市集中整治的13条黑臭水体已全部完成，整治资料已全部上传国家监管平台，在全市建成区范围内已全面消除黑臭水体；第二层面、第二阶段为连云港市三县城区范围，主要为整治东海县、灌云县、灌南县三县县城建成区范围内的黑臭水体，整治自2018—2020年，消除90%黑臭水体，2021年全面消除。

2021年起，连云港市城市黑臭水体工作进入长治久效和动态清零阶段，根据《关于2022年全省城市建成区黑臭水体排查治理有关情况的通报》等要求，2023年4月底，连云港市再次排查新增疑似黑臭水体8条，其中市区7条、灌南县1条，排查结果已上报省厅并纳入国家城市黑臭水体整治工作监管平台，并督促各责任主体制定一河一策方案，纳入2024年整治任务。

城镇污水整治提质增效。全市城市污水处理条线以管长制为引领，按照“建好一座厂、完善一张网、建成达标区”的总体思路，每年下达重点工作任务和计划，推进污水收处设施建设，加快完善城市污水收处理能力，全面系统推进城镇污水处理提质增效。全市共建成62座城镇生活集中污水处理设施，总处理规模达到72.115万吨/日，建成配套污水管网约2035千米，城镇污水处理设施覆盖率100%，基本消除污水处理空白区。其中，2023年系统推进收处能力提升、泵站标准化和管网排查改造、污水处理提质增效达标区建设、老旧小区雨污分流等10类工作，全市累计新增7万吨/日污水处理规模，新改建城市污水管网110千米，实施城市污水处理提质增效达标区新改建项目17个，排查检测排水管网150千米，100个小区统筹实施雨污分流改造。同时，坚持“监管并重”，加强污水行业监管，专项推进行业突出环境问题排查整治和销号验收，完成全市城市污水处理厂年度考核，开展乡镇污水处理设施双随机执法检查，每半年巡检城镇污水处理厂污泥处置全过程处置，每季度全面评估乡镇政府驻地生活污水治理评估，并全省城镇污水处理提质增效精准攻坚“333”行动年度考核和城市污水处理厂运行管理考核，全市累计有4座城市污水处理厂获评优秀等次。

海绵城市试点创新实施。2016年2月，连云港市政府正式成立由市长任组长，副市长任副组长的连云港市海绵城市建设工作领导小组，领导小组下设办公室。2017年7月，连云港市获批第二批海绵城市省级试点，试点区域面积为12.97平方千米，分为两个试点片区，分别为玉带河片区（3.97平方千米）和徐圩新区核心区（9平方千米），同时获得省补资金9000万元。按照《连云港市海绵城市运维导则》和《连云港市海绵专项竣工验收管理办法》等文件要求，连云港市已完成16.73平方千米海绵城市建设，海绵城市试点的42个项目全部完工，建成区海绵城市达标率达到35%。

城市排水防涝能力持续提升。建立排涝应急指挥调度体系，制定《城市排水防涝应急响应指挥预案》，主城区分为11个片区，由市、区两级领导分别负责，实行排水防涝工作“片长制”。首创“红、黄、蓝”等级响应机制，划分89个易涝点位，制定“一点一策”处置措施。持续抓好易涝点排查整治，对防涝设施及易涝点进行再排查再整治，2023年完成易淹易涝片区整治35个，排查整改隐患93处。加快城市排水防涝项目建设，全市实施排水防涝项目23个，新建雨水管网48.89千米，累计投资1.65亿元，申报并获批排水设施中央补助资金3873万元，下达排水防涝项目增发国债资金3.5亿元。搭建城市排水防涝监控平台，整合现有市政、保险等监控系统，通过城市防汛APP，对37个重要危险易涝点位实时监测预警、智慧化管控，进一步提高风险研判能力。着力提升排涝应急处置能力，本着宁可“备而不用，不可用时无备”的原则，加强队伍建设和物资储备，全市应急排水抢险人员573人，应急抢险车辆88台，移动泵车等应急抽排设备143台，全市应急排水能力达36964立方米/小时，建成区每平方千米应急排涝能力约142.21立方米/小时。

七、住房事业取得巨大成就

沿海开放初期，连云港主要实行实物福利分房制度，城镇居民住房水平较低，随着改革开放的春风吹遍盐都大地，住房改革也迎来了快速发展的20年。

1998年7月，国务院颁发了《关于进一步深化城镇住房制度改革加快住房建设的通知》。以此精神为指导，2000年，连云港在出售公有住房、建立住房公积金制度、修建解困住宅、实施安居工程的基础上，深化房改，建立起高收入家庭购买商品房，中低收入家庭购买经济适用房，最低收入家庭租住廉（公）租房的新的住房供应体系。

自2014年起，积极开展老旧小区整治改造工作，重点对设计建设标准低、配套不全、基础设施落后、设备过时老化、环境脏乱差、无物管或管理不善的老旧小区进行综合整治。2020年以来，尤其是《国务院办公厅关于全面推进城镇老旧小区改造工作的指导意见》出台后，连云港市老旧小区改造工作扩面、提档、提速，走上了快车道，在省内率先实施老旧小区改造“五年任务三年完成”，制定《连云港市城镇老旧小区改造三年全覆盖行动计划（2021—2023年）》，将原计划“十四五”期间五年完成老旧小区改造任务压缩到三年完成，按照“保基础、促完善、后提升”的工作部署对全市老旧小区进行全覆盖改造，改造数量连续多年位居全省前列。2021—

2023年，共投入20.73亿元完成对454个老旧小区综合改造。同时，用足用好政策，多渠道筹集、多层面争取改造资金。2017年以来，市住建局牵头各县区申请获得中央保障性安居工程补助资金和省级财政补助资金共3.77亿元。积极与省国开行对接，在省内乃至全国，率先获取省国开行贷款，2021—2023年共获取省国开行贷款12.7亿元，该做法被列入住房和城乡建设部可复制政策机制清单在全国推广。截至2023年底，全市累计完成823个城镇老旧小区改造，涉及房屋建筑面积1615.54万平方米，惠及老旧小区居民16.46万户。

2006年起，连云港市通过政府主导、社会参与等方式共建设各类保障性住房6.61万套，其中市区共建设各类保障性住房4.08万套。连云港市通过实物保障和货币补贴等方式共解决了6万余户家庭的住房困难问题，其中市区约4万户。其中，自2015年以后，市区投资保障房建设方式由集中建设为主转为在新建商品房住宅项目中配建保障房为主，配建比例为计入容积率的项目总建筑面积的3%。连云港市对申请廉租住房的低保、特困和低收入家庭及申请公租房和经济房的中等偏下收入家庭已实现“应保尽保”。保障租赁租房有序推进。2022年，连云港市启动保障性租赁住房工作，共新开工并基本建成保租房3519套。截至2023年底，全市通过政府主导、社会参与等方式建设各类保障性住房6.09万套，分配入住5.98万套，保障性住房覆盖率达到20.2%，城镇低保家庭实现了应保尽保，保障对象不断从低保家庭向中等偏下收入家庭、新就业和进城务工人员家庭延伸。

城市管理事业的发展

40年来，特别是党的十八大以来，连云港市全面落实党中央、国务院和省委、省政府决策部署，把满足人民对美好生活的向往作为初心使命，始终坚持以人为本、民生优先，关注群众需求、聚焦短板问题、加大统筹力度，以"绣花功夫"推进城市精细化治理，着力提升群众的获得感、幸福感和安全感，城市面貌焕然一新。

一、发展历程

回顾40年来发展历程，连云港城市管理从无到有、从有到优，从优到强，从强到精，总体上可以分为四个阶段。

（一）从无到有，城市管理在探索中前进（1984—1996年）

连云港市被确定为首批沿海开放城市后，城市建设明显加快，与之相适应的城市管理各项体制机制逐步建立。

体制沿革。1984—1996年，连云港市区城市管理工作处于初始管理阶段。环卫工作由各区环卫所负责，各区归口区城建局（城建委）管理，市级层面归口市城建委（市政公用局）管理。各区市容及城建监察工作由各区城建监察大队、市城建监察大队负责。1986年11月，连云港市城市管理委员会办公室正式成立。1996年9月，市政府组建连云港市城市管理委员会，为正处级市政府工作机构。

环境卫生管理。1984年，市区的20条主要道路分别由新浦、海州、云台、连云四城区环卫所负责每日1次清扫，无保洁程序，清扫总面积约48万平方米。市区建设了位于幸福桥北的海州垃圾粪便处理场和位于猴嘴中学北的猴嘴垃圾粪便处理场，以及3座垃圾堆放场。1988年，海州和连云环卫所各新购1辆道路冲洗车，开启了全市环境卫生作业使用专业机械的先河。1990年，海州区在朐山新建一处垃圾粪便处理场。市内道路清扫面积达93万平方米。海州区环卫所新购1辆道路吸扫车，打破了连云港市道路清扫百分之百依靠人工作业的历史。1995年7月，市钓鱼山垃圾粪便处理场合格投入使用。是年，新浦、海州、云台三城区原来的垃圾粪便处理场停止使用，并完成搬迁，二次污染问题得到解决，城郊环境明显改善。

市容秩序管理。1984年，市容管理主要以"创优美环境、优质服务、优良秩序"创三优活动形式进行。几乎没有相对固定的户外广告，零星户外广告，主要形式以布幔横幅为主。市区有30条道路设置了路灯，路灯密度不大，沿街楼体建筑基本上无常备亮化设施。1990年，连云港市人民政府出台《连云港市城市市容管理规定》，全市开展创建全国卫生城市的系列活动。1992年，中华人民共和国国务院《城市市容和环境卫生管理条例》颁布实施，连云港市城市管理委员会办公室提出城市综合管理理论，获得江苏省第一届城市管理研讨会一等奖。经连云港市城市管理委员会办公室正式审批的大型户外广告开始在市区设立。1988—1993年，市区多处设置霓虹灯亮化店字招牌，连云港市商业局、连云港市新海电厂、连云港市陇海饭店、连云港市百货大楼等数家沿街机关和厂矿企业的门头和楼体上安装了七彩罩式固定亮化灯具，每当重大节日或庆典活动时插彩旗、亮彩灯进行环境渲染。1993年，连云港市省内率先出台《连云港市市容和环境卫生管理条例实施办法》。1994年，市政府制定出台《连云港市"门前三包"责任制管理办法》，在全省率先实行"门前三包"收费制度。1995年，《江苏省〈城市市容和环境卫生管理条例〉实施办法》开始施行。龙河广场周边首次成批设置了20块具有围挡功能的临时性大型户外广告牌。解放中路的48家沿街单位投入资金85万元用于建设楼体门面装饰轮廓灯、霓虹灯和外打灯铁制广告牌。是年，连云港市将创"三优"竞赛活动、创建文明单位活动和市容秩序管理工作紧密结合起来，围绕“创建卫生城市”目标开展工作，大力开展“马路市场”整治，取缔了盐河东路农民一条街、通灌南路小商品市场等10多处占道“马路市场”，顺利通过了“省级卫生城市”的考核验收。

行政执法。1984—1996年，连云港市共拆除违法建设4000多平方米，维护施工面积2万多平方米，使轻工商场二期工程、石油公司工程、市建筑三公司外包仓库等工程得以顺利进行。1996年，清理占道经营2100人次、店外开店234户，拆除各类违章广告标牌340处，查处乱停乱放车辆614辆次，拆除乱搭乱建400余户，计建筑面积2300平方米。

（二）从有到优，城市管理在改革中发展（1997—2003年）

1997年1月，连云港市城市管理委员会正式组建，为连云港市人民政府正处级工作机构，标志着连云港市城市管理体制逐步迈入正轨。2003年，连云港市城市管理行政执法局正式成立，行使市容环境卫生、城市规划、园林绿化、市政管理方面的法律法规、规章规定的全部行政处罚权以及与行使行政处罚权相应的行政检查权、行政强制措施权等相关行政管理权。城市管理工作区域由最初的主城区和主要路段逐步向县、乡镇辐射扩大，管理工作范围也由原来的简单管理转变为环境卫生、市容秩序、广告亮化、垃圾处理、行政执法等多措并举的综合管理。连云港的城市管理进入快速发展阶段，市容面貌实现跨世纪的显著改观。

机构沿革。1997年1月，连云港市城市管理委员会成立，为市人民政府工作机构，连云港市市政公用局环卫管理科整建制移交给市城市管理委员会。1997年7月，调整成立连云港市钓鱼山垃圾处理场管理处、连云港市西墅垃圾填埋场管理处，为相当副科级全民事业单位。1997年9月，连云港市城市管理监察支队成立。1999年4月，连云港市工程渣土管理处、连云港市新浦火车站广场综合管理办公室成立。2001年9月市城市管理委员会更名为连云港市城市管理局，挂“连云港市城市管理行政执法局”牌子，为市人民政府工作部门。2003年11月，连云港市实施城市管理领域相对集中行政处罚权，连云港市城市管理行政执法局正式成立，与连云港市城市管理局一套班子、两块牌子。成立连云港市城市管理行政执法支队。至此，现行的市级城市管理体制基本成型。

环境卫生管理。1997年，连云港市颁发《连云港市收取卫生保洁费和环卫设施有偿清运费暂行办法》，市区新建了4座垃圾中转站，使市区垃圾转运站达15座。1998年，连云港市出台《连云港市环卫有偿服务费征收使用管理办法》，市内清扫道路面积增加到259.37万平方米，机械化清扫率达15%以上。1999年，连云港市颁发《连云港市城市建筑垃圾管理实施细则》，市区建筑垃圾实行倾倒审批制度，对建筑垃圾运输实行定时、定线、定点倾倒管理，结束了建筑渣土无序管理状态。2000年，市建筑渣土管理处在海州区许庄村征用100亩场地用于消纳弃置工程渣土。市区共建成使用41座垃圾转运站，生活垃圾运输车辆55辆，年生活垃圾清运量18.55万吨。2002年，新建公厕5座，对39座公厕进行了改造和维修，花果山景区、连岛浴场、陇海步行街等一批旅游景点新建12座一类旅游公厕。市区新建垃圾中转站3座，购置垃圾运输车5辆、垃圾收集房10座、果皮箱50只。2003年，市区新建垃圾中转站2座、垃圾收集房6座、果皮箱60只。是年，江苏省人民政府办公厅发出通知，实行城市生活垃圾处理收费制度，促进了城市垃圾处理产业化发展。城区199条主次干道清扫面积达477.3万平方米。2004年，新建公厕11座，改建公厕9座，在窗口地段增设了20座临时性环保型流动公厕。市区共有公共厕所659座，其中水冲式公厕233座，吸粪车22辆，粪便管理机械化作业水平得到了进一步提高。

市容广告管理。1997年，为巩固创建卫生城取得的成果，在市区开展了创建“文明路、文明小区”工作，开展了整治违法建设活动，拆除了一批主次干道两侧的违法建设，整顿了市容秩序。1998年，连云港市再次下发了《关于进一步加强城市管理工作的通知》，抽调公安、工商、交通、卫生、城管100人、车辆20台组建了联合执法队，在城区开展了为期2年的分片包干式联合执法工作，对城区进行综合管理，城区的管理秩序有了较大转变。1999年，连云港市在省内率先出台《关于建立“两级政府、三级管理、四级网络”城市管理体系的实施意见》，城市管理网络逐步建立健全，市容秩序管理工作面覆盖到城市部分乡镇。是年，华联商厦、振兴大厦的大型霓虹灯广告设施建成使用，受到市民群众的一致好评。2000

年，连云港市决定采取专项执法与联合执法相结合的方法，进一步强化了市容秩序管理。是年，市区在重大活动期间开始发布路灯杆挂旗广告，进行环境渲染，在发布商业广告的同时，按比例发布公益广告。2002年，连云港市城市管理局员会等七部门出台了《连云港市户外广告设置规范》，对大型户外广告牌设置安全规范等方面提出了新的技术要求。市区批准设置的大型户外广告牌增加到400多块。全市共投资1200万元，完成亮化工程建设96项，亮化面积80万平方米，苍梧绿园、滨河广场等一批精品亮化项目建成。

行政执法。1997—2003年，这一时期的城市管理行政执法工作主要以巡查与综合整治相结合为主，每年组织多次专项环境整治，突出治理了一大批市容管理“顽疾”，使城市面貌有了较大提升。2001年，连云港市城市管理局制订《连云港市城市管理局开展法制宣传教育第四个五年规划》每年举办3—4期法律知识培训班，实行法律法规双月考制度。2002

▲ 2020年12月7日，连云港钓鱼山垃圾填埋场封场工程竣工，昔日垃圾山转身变青山　潘磊摄

年，在市电台设立行风热线栏目，定期接市民群众投诉和法律咨询，在市区通灌路等繁华地段设置城管公示栏，主动公示办事程序，接受社会监督。2003年，城管110受理群众投诉举报2342件，办结处理2334件，办结率达99.6%。城市管理执法逐步向规范化发展。是年，连云港市开始实行相对集中处罚，连云港城市管理行政执法工作进入新的历史时期。

（三）从优到强，城市管理在发展中壮大（2004—2011年）

2004—2011年，伴随城市建设的快速发展，城市管理体制机制逐步健全，发展步伐逐步加快，这一时期的城市管理在发展壮大的同时，开始逐步向现代化转变，机械化清扫率不断提高，大浦垃圾焚烧厂建成投产，数字化城市管理平台投入使用，一批现代化管理手段应用到城市管理中，标志着连云港城市管理逐步走向现代化。

环境卫生管理。2004年，新建2座垃圾中转站，市区内垃圾中转站共有39座，生活垃圾集运机动车59辆，辅助车辆22辆，年生活垃圾清运量28.3万吨。清扫面积535.3万平方米，机械化清扫率提高到20%以上。连云港市钓鱼山垃圾处理场污水管道并网工程竣工，生活垃圾无害化处理率达到100%。新建公厕11座，改建公厕9座，在窗口地段增设了20座临时性环保型流动公厕。2005年，市区新建公厕32座，改建配套公厕30座。市内公厕实行“每日两清掏一清扫”制度进行保洁，定时对公厕撒药消毒灭菌，粪便做到日产日清。是年，县区200多座公厕清刷权公开拍卖到位，启用新的工作机制上岗和管理。道路清扫面积为612万平方米，市区购置了1台压缩式生活垃圾收集车、1台道路清扫车和1台高压冲洗车，市区和各县区机械化清扫作业率得到了进一步提高。2007完成旱厕所改造61座，基本实现建成区内公厕水冲化，全市公厕全部免费对社会开放。2007年7月，连云港市钓鱼山垃圾处理场管理处和连云港市西墅垃圾填埋场管理处合并，成立“连云港市生活垃圾填埋场管理中心”，为正科级事业单位。2009年，全市新建25座压缩中转站，开展“镇容镇貌规范管理”示范点创建活动，累计完成垃圾填埋20.28万吨。2010年4月，投资2.6亿元的大浦垃圾焚烧发电厂投入运行，全年完成垃圾焚烧10.5万吨，标志着连云港市生活垃圾填埋方式由以填埋为主转变为以焚烧发电为主。至2011年，全市城区道路清扫面积1795万平方米，道路清扫车64辆，冲洗车11辆，道路机械化清扫率32%。生活垃圾无害化处理量18.48万吨，无害化处理率93.2%。

市容广告管理。2004年，市区开始确定海连路等20条主次干道实行定人、定岗、定时、定管理目标的“四定”责任管理，城市环境发生了显著变化。全市投入近3000万元建成134个城区亮化项目，新增亮化面积175万平方米，祥源大厦、库斯科等一批精品项目成为亮点工程。2005年开展了6条美化亮化达标示范路、3个城管示范片、10个城管示范物管小区和10个卫生管理示范社区创建活动，在市区主要街道人行道上设置了40处自行车停放架，实行责任管理的主次干道扩大到25条，保证了市区主框架内的市容环境的整洁有序。是年，全市投资1051万元，完成亮化建设277项，对近31万平方米的破旧楼体进行了粉刷亮化，对1.76万多米长破旧围墙进行了景观改造。市区户外广告管理和美化亮化建设走出了一条“以亮招商、以商促美、逐步发展、富有特色、传播信息、繁荣经济、以链串珠”的建设路子，促进了经济和社会发展。2009年完成124项12.96万平方米陈旧楼体等建筑物粉饰。完成52个亮化项目，新增亮化面积25万平方米，实现亮化设施启闭全方位网络信息遥控。海连中路西盐河至贾圩桥段被授予“江苏省市容管理示范路”称号。2011年，全市城区刷新美化面积10.2万平方米，投资1070万元，推进亮化项目143项，城市整体亮化水平达到新的阶段。2011年7月，市数字化城市管理信息系统建成，至年底受理问题8.92万件，问题的处置率、结案率达95%，形成了快速发现问题、快速处置问题的良好运行机制。

行政执法。2004—2011年，连云港市城管执法队伍开始行使相对集中处罚权，这一时期的行政执法工作逐步走向规范化、标准化。2005年，市规划局管理的连云港市规划监察所整建划归市城市管理行政执法局管理，为市城管行政执法支队直属规划监察大队。是年，连云港市城市管理行政执法支队对各大队进行业务考试，并在火车站广场举办了分列式队列会操比赛，提高了执法人员的综合素质和业务技能。2009年查处违章行为14750起，实施行政处罚3089起，未发生败诉案件，法定时间结案率100%。城管“110”实行24小时值班，受理群众投诉9241起。2011年，市城管部门牵头拆除各类违法建筑9万平方米，依法实施行政处罚案件3159件。

（四）从优到精，城市管理向科学化、精细化、智能化迈进（2012年至今）

2012年党的十八大胜利召开，中国特色社会主义进入新时代，城市管理也发生了历史性变革。2015年《中共中央国务院关于深入推进城市执法体制改革改进城市管理工作的指导意见》印发，成为指导城市管理执法体制改革的纲领性文件。2017年3月，住建部《城市管理执法办法》正式出台，填补了此前20余年城市管理执法规范的缺位。2017年3月5日，习近平总书记在上海代表团参加审议时强调“城市管理应该像绣花一样精细”，成为全国城市管理工作指导思想和根本遵循。是年，连云港市高水平创成国家卫生城市。2020年，连云港市仅通过一轮创建即入选全国文明城市。这一时期，连云港的城市品质持续提升，城市环境明显改善，城市形象大幅跃升，城市影响力和美誉度达到一个新的高度。

环境卫生管理。2012年，投入环卫资金2028万元，购置环卫机械设备7台，新建公厕28座，提升8座，新建乡镇垃圾转运站22座。2014年，乡镇（涉农街道）生活垃圾统筹处理覆盖率达80%以上。添置道路机械化清扫车11辆，城区实施16小时环卫保洁，机械化清扫率达85%。修订完善《连云港市城市建筑垃圾管理办法》，启动运输车辆密闭化改装工作，对经审核、备案企业的运输车辆进行密闭化改造和安装GPS卫星定位系统。推进建筑工地扬尘治理，全年依法查处各类工程车辆1300余台次。2015年，全市建成垃圾转运站88座，新建改建公厕150座，城市生活垃圾无害化处理率100%。2016年投资9200万元的刘湾垃圾填埋场建成投入使用，提档升级公厕793座，新建维修垃圾转运站16座，拆除敞口垃圾池589个，推动道路夜间全面积“扫冲洗”一体化作业，道路机械化清扫率100%。市区249台建筑垃圾运输车辆进行密闭智能化改装。渣土运输协会成立。2017年，投资400万元建设智慧环卫平台，市区乡镇所在地垃圾无害化处理率100%。推进垃圾分类治理，在市区道路、公共场所设置1万个垃圾分类箱。全年投入8900万元，新建公厕95座，翻新提档公厕492座，维修140座，对255座公厕增设无障碍设施。市区建成二类以上公厕151座，三类公厕543座，达到主城区每500米半径一个公厕的服务标准。编制《连云港市城市建筑垃圾处理规划（2016—2030）》。2019年全市新建垃圾分类小区273个，机关企事业单位242家，市区城市垃圾分类设施投放覆盖率60%。全市基本建立可回收垃圾、有害垃圾、其他垃圾全链条收运处理体系。2020年突发新冠疫情期间，每日对4023处垃圾收集点、459辆环卫作业车辆、49座垃圾中转站，785座公厕进行消杀，无害处理生活垃圾4.5万吨、粪便50余吨，重点处理5个隔离点垃圾口罩，确诊（疑似）病例人员居住小区，暂停生活垃圾分类，专人、专车、专线收集，直收、直运、直达焚烧，严禁填埋处置。至2023年2月新冠疫情平稳转段，全市环卫行业严格按照要求，坚守疫情防控一线，为连云港市多次打赢疫情防控攻坚战作出了重要贡献。2023年，全市建成省级垃圾分类达标小区208个，垃圾分类开始进入提质增效阶段。

市容广告管理。2012年重点对BRT一号线道路沿线进行提升，对332项载体、556项内容进行景观改造出新，有力保障了BRT一号线顺利开通。刷新美化12.7万平方米，推进亮化项目18项，新增亮化面积10万平方米。2013年市区15条道路沿线两侧建（构）筑物外立面的改造出新，海滨大道景观279个载体全部完成改造出新，完成刷新面积28.3万平方米，全年市区推进亮化项目51项、新增亮化面积17.5万平方米。数字化城市管理平台受理各类案件313629件，结案率99.16%。2015年重点实施苏宁广场、宋跳立交桥等亮化工程，对市区21条主干道沿街立面进行改造出新，刷新墙体97万立方米，提档改造店招店牌3564块。2016年成立由市长任主任的连云港市控制和查处违法建设委员会，全市拆除违法建设31.5万平方米。2017年成立以市长为主任的城市管理委员会。拆除楼顶广告677处3万余平方米，对城区20条主次干道店招标牌全面整治，全年拆除违法建设130万平方米。全市城管系统全力投入全国卫生城市创建工作，积极发挥主创部门作用，较好地完成了各项创建任务，市容环境与城市管理水平得到明显提升，市城管局被授予“连云港市国家卫生城市创建工作突出贡献单位”。2018年，完成连云区夜景亮化试点工程，打造西大堤、在海一方、国展中心等八大精品工程。规范楼顶天际线，拆除楼顶字牌1426个，6.6

▲ 2019年8月16日，连云港市城市管理局工作人员在建设工地检查工程渣土出场冲洗　晏小军摄

万平方米。2019年深入推进全国文明城市创建工作，根据市委、市政府印发《深入推进全国文明城市创建实施方案》，制定清靓城市行动等20个附属方案，开始11项专项整治，完成中山路、云和路、海棠路、黄海路等亮化项目。2020年市委、市政府决定实施决战决胜2020年全国文明城市六大专项行动，全市城管系统严格按照对照全国文明城市测评体系，全力以赴做好全国文明城市创建各项工作。是年，连云港市成功当选第六届全国文明城市。在2021年全国文明城市年度测评中，连云港市以全国第三，全省第一的成绩，受到中央文明办通报表扬。连云港的城市管理水平达到前所未有的新高度。2022年4月，数字化城市管理工作职能由连云港市12345政府公共服务中心回归连云港市城市管理局，12月连云港市城市运行管理服务平台一期工程通过专家验收，至2023年底共受理各类城市管理问题近40万件，结案率100%，一大批城市管理问题通过平台得到高效快捷解

决。随着连云港市城市运行管理服务平台的建设运行，连云港市城市管理数字化、智能化水平得到进一步提升。

行政执法。2012年为适应城市发展和管理需要，市城管局执法支队增设新海新区大队和云台山景区大队，依法实施行政处罚1108件，其中查处了89件具有较大影响力的损坏市政绿化案件。至2016年，这一时期的行政执法工作，在做好相对集中处罚权范围内的执法事项的同时，加强对重要地点、重点工程推进中的违建查处，对连盐铁路、海滨大道、环云台山大道、徐新公路、徐圩港区、云宿路等征地拆迁范围内出现的抢建、偷建现象，联合属地政府强化巡查防控、案件督办和拆违力度。2018年1月1日，《连云港市市容和环境卫生管理条例》正式实施，为连云港市城市市容和环境卫生管理工作提供法律支撑。是年，连云港市城管局投入500余万元配备新式执法记录仪323台，移动执法终端30套，实施行政执法全过程记录制度，编写《城管行政处罚文书模板》。探索建立了非诉案件办理模式，受到省住房和城乡建设厅推广。连云港城管的行政执法规范化水平迈上新台阶。根据中央和省市"放管服"改革相关要求，市政府决定将一批权力事项赋权各区，市城管局以直接赋权和签订执法委托书的形式，完成了对市经济开发区、徐圩新区、高新区、连云经济开发区、连云区城管局、海州区城管局、海州经济开发区及海州区4个镇的赋权工作，城市管理重心逐步下移。2018—2020年，这一时期城市管理执法队伍积极践行"721"工作法，为创建全国文明城市做出重要贡献。在抗击新冠疫情期间，连云港市城管执法队伍勇于奉献，冲锋在前，组成多支党员突击队深入封控小区，下沉街道社区坚守抗疫一线，涌现出一大批可歌可泣的感人事迹。2023年，因成效明显，深化"非诉案件办理"连云港模式获江苏省住建厅高度认可并在全省推广。

二、主要成就

（一）管理水平不断提升，城市面貌显著改观

1984年，连云港市城市规模较小，市区面积仅为26平方千米，至1992年《城市市容和环境卫生管理条例》颁布，这一时期的城市管理水平相对

停留在较浅层次、较低水平阶段，无专门法律法规支撑。经过40年的不懈奋斗，通过建立健全市容市貌常态化治理机制，开展集中整治行动，坚持疏堵结合，强化错时管理，有力管控乱扔吐、乱堆放、乱摆卖、乱拉挂、乱贴画、乱搭建等“六乱”现象，城市环境由“脏乱差”到“换新颜”。国家卫生城市、全国文明城市先后创建成功，连云港的城市环境基本实现水面清亮、路面整洁、空间通透、夜景有致，城市面貌日新月异，城市形象显著提升。

（二）环卫设施不断健全，城市功能持续完善

从1984年的“一把扫帚打天下”，到如今各类现代化清扫机械唱主角，城区主次干道机械化清扫率达100%，每天311台环卫机械多机种联合作业，对4627.14万平方米道路进行洗扫、洒水、喷雾和冲洗，实行“以克论净”深度保洁作业。全市生活垃圾焚烧处理能力达到4600吨/日，成为全省第6家实现生活垃圾“全量焚烧”的设区市。2023年，建成省级垃圾分类达标小区243个，“四分类”小区407个，居民小区生活垃圾“四分类”覆盖率达到100%。在住建部生活垃圾分类评估中，位列全国86个中等城市第17名。如今的连云港市，建设有垃圾中转站218座，各类环卫公共厕所1103座，各类垃圾处置终端38座，城区生活垃圾日处理量2115吨，城市道路基本实现无卫生死角，生活垃圾日产日清成为常态。

（三）体制机制不断优化，管理手段逐渐多元

城市管理是一个复杂的系统工程，牵扯到方方面面，历史上城市管理的权限分布在城管、建设、公安、工商、卫生、环保等多个部门，职能交叉，推诿扯皮现象时有发生。1997年，连云港市城市管理委员会成立后，全市城市管理体制逐步理顺，2001年，连云港市城市管理局成立，2003年，连云港市实施城市管理领域相对集中行政处罚权，多头管理的情况得到有效改善。《中共中央、国务院关于深入推进城市执法体制改革改进城市管理工作的指导意见》印发后，为连云港市建设责权清晰、运转协调、执法有力的城市管理执法体系提供了根本指引。至2023年，全市城市管理法规和标准体系基本完善，执法体制基本理顺，机构和队伍建设明显加强，保障机制初步完善，服务便民高效，现代城市治理体系初步形成，城市管理效能大幅提高，人民群众满意度显著提升。

文明城市创建

40年来，特别是党的十八大以来，连云港市坚持把高水平文明城市建设作为连云港市高质量发展的有效措施和具体实践，常态长效深化文明创建工作，推动精神文明建设在市民群体中深耕，在基层实践中深化，社会文明程度不断提升，崇德向善的社会风尚广泛弘扬，“一群好人、满城春风”的城市名片愈发闪亮。

一、发展历程

（一）创建江苏省文明城市阶段（1999—2017年）

连云港市创建省级文明城市工作始于1999年。连云港市委、市政府把创建省级文明城市作为全局工作的一项重要任务来抓，着眼实处、着手实事、着重实效，持续加大创建工作力度。以创建省级文明城市为龙头，以改善城市大环境为重点，以完善城市基础设施为基础，以提高市民素质为中心，以群众满意不满意为标准，先后开展了“建文明城市、做可爱的连云港人”“增强连云港意识、树立连云港人新形象”等主题活动，大力实施“文明交通工程”等，在2003年和2005年连续两届荣获江苏省创建文明城市工作先进市称号。2009年7月5日，省委、省政府决定命名连云港市为第四批江苏省文明城市。2012年1月13日，连云港市获2009—2011年度江苏省文明城市称号。2018年1月12日，连云港市（本级）、灌云县、灌南县、东海县荣获2015—2017年度江苏省文明城市称号，至此，连云港市全域创成省级文明城市。

（二）创建全国文明城市阶段（2017—2020年）

2017年3月23日，连云港召开全市创建全国文明城市动员大会，全面启动了全国文明城市创建工作。2017年，全市上下坚持“后发先至、高水平高质量创成全国文明城市”的总目标，建立双月督查、“一把手”督办通报制度，编发78期创文简报、下发126份督办单。构建全域创建、齐创共建的工作体系，组织290家市直单位、文明单位与282个社区（村）联动共建，198个文明单位与经济薄弱村结对共建，形成“以上率下、四级联创，横向到边、纵向到底”的工作格局。开展环境卫生、户外广告、车辆停放等集中整治行动，清理违章户外广告1000余处，非机动车乱停乱放3万余辆，整改室外公厕200多个，清理乱堆乱放杂物500多吨。结合海绵城市建设和黑臭水体整治，完成68个老旧小区改造工作，惠及3.15万户小区居民。推进“核心价值观铸造工程”“好人工程”活动，制定《连云港市民文明行为20条》，制作“美德港城”系列公益片、“画说港城·漫谈文明”系列漫画。新闻媒体集中推出《文明创建港城行》《为文明点赞》等20多个专题专栏。开展“文明风尚大家唱，核心价值观六进”“聚焦文明”网络摄影大赛等活动。开展“与雷锋车同行，共建文明港城”主题志愿服务活动2900余次。查处闯红灯、乱停车、不礼让行人等交通违法行为，营造安全、顺畅、文明的道路交通环境。全年新建或改建基层综合性文化服务中心200多个，开展惠民演出、展览、放映等文化活动2万余场。文明旅游、文明餐桌宣传基本实现全覆盖。

2018年2月，中央文明办确定连云港为2018—2020年创建周期全国文明城市提名城市。2018年，相继出台《连云港市创建全国文明城市三年行动计划（2018—2020年）》《连云港市深入推进2018年全国文明城市创建工作的实施意见》等，围绕群众关心的热点、重点，全力推进实施文明城市创建“八大工程”。推动《连云港市文明行为促进条例》在全省率先出台。推进33条道路“创文主题铸造工程”，用公益广告扮靓城市景观。先后开展“为文明站岗、为创城添彩”文明交通志愿劝导活动、“做文明人、建文明家、创文明城——百万家庭共创文明城”活动、“小手拉大手”、“万名小记者共创文明城”等主题活动，形成群众广泛参与创建、支持创建的浓厚氛围。2018年，在中央文明办测评中，连云港市作为首次参评城市，文明城市得分86.94分，位列全国113个地级提名城市第31位；未成年人思想道德建设工作得分95.99分，排名全国第10位。

2019年，连云港市不断深化、全力推动各项创建指标基本达标，形成全域创建全国文明城市的工作格局。市委、市政府将补齐民生设施短板作为全国文明城市创建的重要举措，至2019年底，共实施民生实事570件。以“与雷锋车同行”为引领，围绕“文明创建一起来，志愿有我更精彩”主题，开展以文化惠民、文明旅游、特殊群体关爱等为主题的志愿服务活动。开展“千家万户访文明”五大专项行动暨“物业管理文明创建百日大提升活动”。开展“文明示范小区”“最美物业人”“创文优秀物管小区负责人”“物业管理行业红黑榜”系列评选活动，树立一批物业服务标杆和服务明星。“一群好人、满城春风”的城市道德品质成为城市亮丽名片，11人（组）荣登“中国好人榜”，25（组）入选“江苏好人榜”，入选总数位居全省各设区市首位。各类先进典型数量列全省前列，王继才获“人民楷模”国家荣誉称号，王继才、王仕花获“最美奋斗者”称号。2019年，连云港市在中央文明办测评中，测评成绩和排名均大幅跃升，跻身第六届全国文明城市决赛圈。

2020年4月，制定《连云港市决战决胜2020年全国文明城市六大专项行动的实施意见》，严格对照全国文明城市测评体系，聚焦“小广告”专项整治、居民小区（楼）全面达标、城市道路破损修复、文明交通提升、卫生习惯养成、市民文明素养提升等工作重点，推动城市环境干净整洁、城市道路平整通畅、城市面貌井然有序、城市文明全面提升。在全面对标、推进整治中，同步取得利民惠民、群众认可的效果。2020年11月20日，全国精神文明建设表彰大会在北京召开。连云港市以全国113个参评地级市第12名的总成绩入选，仅通过一轮创建即获评第六届全国文明城市。

（三）常态长效深化文明城市创建工作阶段（2021—2023年12月）

2020年12月16日，连云港市召开创建全国文明城市总结表彰暨常态

▲ 全国道德模范方敬　市文明办供

长效管理工作会议，市委、市政府出台《连云港市深化文明城市创建工作实施方案（2021—2023年）》，决定进一步推动文明城市测评标准转化为各级各部门的常态化工作目标，健全常态长效创建工作机制。

2022年，中央文明办公布了2021年全国文明城市年度测评结果，在114个全国文明城市地级市中通报表扬9个，连云港市以全国排名第三、全省排名第一的成绩名列其中。这标志着连云港市继2020年首战首成摘得“全国文明城市”金字招牌之后，建设更高水平文明城市的创建工作迈入高标准常态化的新阶段。

2023年12月，中央文明办公布2022年度测评结果，连云港市为“优秀”等次，全国排名第18位。

这一时期，连云港市根据新版全国文明城市测评体系操作手册细化任务清单，修订《实地考察操作手册》，持续推动把创建测评指标转化为各地各部门的常态化工作目标。优化年度考评细则，以考核导向促进各项创建任务落实落地。推动县域文明城市创建，健全以乡镇（街道）、社区（村）为主的长效管理机制。针对各区（功能板块）、主创部门责任点位以及城区街道（社区、小区）、乡镇和涉农街道（村、涉农社区）等重点区域，采取日常测评、第三方测评、综合测评相结合的方式常态化开展创建督导，形成测评督查通报，总结梳理问题，专项整治提升。加大城管、公安、市场、环保等部门联合执法力度，确保执法监管在城市建设管理中发挥积极作用。注重运用信息化、网格化，助推城市管理精细化，加快实现城市管理向精细、动态、全面的转变。

（四）改进创新全国文明城市创建工作阶段（2023年12月至今）

2023年10月7—8日，全国宣传思想文化工作会议在北京召开。会议强调：改进创新精神文明建设工作，要坚持以人民为中心，以群众满意为根本标准，优化文明城市、文明村镇、文明单位、文明家庭、文明校园等评选表彰制度设计，抓好过程管理，提升工作实效。创建工作最终要让人民群众有获得感。摒弃路径依赖，克服形式主义，防止“运动式”“一阵风”。深化拓展新时代文明实践中心建设，广泛开展“光盘行动”、文明餐桌、文明旅游、文明交通等行动，推动城乡精神文明建设融合发展。2023年12月19日，中宣部印发《改进创新精神文明创建工作方案》，精简修订创建指标体系，改革调整测评考核方式，改进完善文明城市评选和复查办法，强化优化创建过程管理，连云港市文明城市创建工作正式进入改进创新阶段。

二、主要成就

（一）高位推进，坚定前行，文明创建水平达到新高度

组织领导坚强有力。市委、市政府始终将全国文明城市创建工作作为加快高质量发展“后发先至”的重要实践，常态化召开全市创文推进会、点评会、现场会、会办会，高规格整体推动、全力推进。主要领导经常过问、明责加压，并多次亲赴一线调研指导、暗访督查；其他市领导主动跟进，督导“包片管线”联系点创文工作，有力推动了全市面上工作深入开展。出台市领导挂钩联系镇街、道路制度，细化11个专项工作组，优化9个县区、功能板块工作专班，按照联系区域、分管条线、挂钩点位，专题推进文明城市

创建、农村精神文明建设工作落实，形成了“上下联动、齐抓共管”的生动局面。

工作机制落地见效。先后制定出台《连云港市创建全国文明城市实施方案》《连云港市深入推进2018年全国文明城市创建工作的实施意见》《连云港市创建全国文明城市三年行动计划（2018—2020年）》《关于进一步建立健全群众监督机制的实施意见》《连云港市决战决胜2020年全国文明城市六大专项行动的实施意见》等一系列指导性和制度性文件，系统部署各项工作，推动文明创建精确发力；把创建工作纳入全市目标考评体系，纳入《政府工作报告》重点任务专题督查的重要内容，推动各项任务落实落细。在总体设计上由市委、市政府出台《深化文明城市创建工作实施方案（2021—2023年）》，在操作层面上细化年度《操作手册》，2018年以来，市创文办分类分级开展创建业务轮训指导培训800余场次，开展主次干道、居民小区、乡镇、文明养犬、文明交通及“小广告”清理整治等督查活动千余次。接续推进“六大行动”“五项工程”，将精神文明建设、社会文明程度、乡风文明指数纳入全市高质量发展、乡村振兴战略实绩考核，推动创建工作走深走实。

（二）攻坚克难，汇聚合力，城市管理水平迈上新台阶

文明交通严管严治。以提升交通文明出行“六率”为重点，强力整治机动车违停、非机动车闯红灯、电动车驾驶人不戴头盔等交通乱象，推进智能交通系统建设，实现重点时段、部位全覆盖，督促快递、外卖、代驾等行业部门落实监管责任，切实把问题难点转化为创建的亮点。截至2023年底，共组织1.4万人次警力参加29个国测路口、38个国测路段的早晚高峰勤务，协同市级机关工委、文明办等部门发动志愿者3300余人次参与文明交通管理。针对停车难问题，在市区学校、商超、医院等停车供需矛盾突出部位新增停车泊位800个。全覆盖、多批次开展“进小区、扫街道”行动，累计清拖无牌电动车、摩托车826辆，实现电动车不上牌动态清零。在大流量路口设置人脸识别监控设备和AI劝导语音系统，提示并抓拍电动车闯红灯、不戴头盔等违法行为，市城区道路电动自行车骑乘人员安全头盔佩戴率达98%。专题策划“铁骑同行”“小手拉大手”“争当文明骑手”等宣传

▲ 交通文明巾帼先行,最美风景情暖港城　市文明办供

活动,通过新媒体公众号常态开展文明交通、文明养犬宣传,引导市民树立自觉维护公共安全和社会秩序的责任意识,文明出行、文明养犬已逐步成为自觉行为。

市容环境优化提升。全面加强住建行业文明创建综合管理,围绕主次干道、背街小巷等重点部位,加大保洁清扫频次力度,科学调配垃圾收运频次,动态清洗垃圾桶箱,消除卫生死角,狠抓保洁责任落实。对乱扔垃圾烟头,非机动车乱停放等不文明现象加大巡查劝导和处罚力度。围绕店招店牌、示范街区、精品公厕等项目打造示范工程,聚焦2条城市轴线,制定管理标准,通过“拆破拆旧、立面出新、秩序规范、亮化打造、环境整洁”五个方面专项整治,打造店招店牌设置管理规范片区和特色街区。新增10座精品公厕,提促全市公厕提档升级。同时,针对创建薄弱环节,加大城乡结合部、城中村、农贸市场等周边整治，统筹完善城乡一体化生活垃圾分类体系，通过创建提升市容环卫整体水平。聚焦农贸市场等重点领域，围绕内部环境卫生、食品安全、消防安全、文明行为、食品安全监管等工作，出台各类管理制度10个，坚决整治乱堆乱放、占道经营、水产区污水漫溢、卫生环境差等“易反弹、易回潮”问题，为农贸市场统一制作更新公益广告牌2500余块，营造良好的创建环境。创新反餐饮浪费宣传方式，打好“线上+线下”组合拳，组织开展“我为企业送桌贴画”“节约型菜单上餐桌”等活动，组织中小学“制止餐饮浪费”宣传作品征集活动，遴选出第一批制止餐饮浪费示范标杆企业125家。

居民小区规范管理。坚持“市级指导、区级主抓、街道办事处实施”的原则，落实“三个结合”，推动居民小区文明城市创建工作常态长效。2023年，全市完成老旧小区改造162个，改造数量位居全省前列，圆满完成省级任务，补齐了文明创建硬件短板。推进党建引领基层治理和文明创建，先后打造市红星物业党建示范项目30个、党建引领物业管理服务工作省级示范点26个（2023年新增11个）；省级示范物业管理项目82个（2023年新增16个）；省级宜居示范居住区32个（2023年新增4个），切实提升物业企业参与创建的积极性和成效。突出管理工作重点，积极督促各县区开展物业管理监督检查，着力抓好楼道清理、车辆管理、空中缆线凌乱、飞线充电治理等工作，推进小区公益宣传、基础设施、秩序维护、物业管理水平持续提升。

（三）城乡联动，共建共享，精神文明建设掀起新热潮

群众性精神文明创建全面开花。连云港市坚持以文明城市创建统领文明单位、文明村镇、文明校园、文明家庭创建，共有全国文明村镇16个，全国文明单位16家、全国文明校园3所、全国文明家庭2家。大力实施乡风文明培育工程，常态化开展“星级文明户”评选活动。2023年，依托全市1791个新时代文明实践中心（所、站）及公共文化阵地，精准对接群众需求，打造文明实践“夜模式”，持续推进208个省级以上文明单位与200个乡村振兴重点帮促村开展“城乡结对、文明共建”，推动城区优质资源反哺农村精神文明建设。深化“治理高额彩礼减轻人情负担推进移风易俗”行

动，培育文明乡风、良好家风、淳朴民风。

榜样带动厚植道德沃土。多年来，连云港市以“美德照亮港城”品牌为引领，深入开展“我推荐我评议身边好人”活动，先后涌现出全国时代楷模、全国道德模范、全国重大典型、全国文明家庭10人（组），省级道德模范及提名奖30人，中国好人120人（组）等，市县协同推动先进典型选树向基层深入、向镇村覆盖，“好人铸造工程”实现市县乡村全覆盖，“一群好人 满城春风”的“城市名片”效应持续放大，道德引领风尚的氛围越来越浓。

媒体宣传引导深入人心。全媒体开设“文明创建在行动”“文明大家谈”等24个专题专栏，“连云港发布”两微一端、连云港手机台等新媒体平台策划推出“微观好人”“文明在身边”等微专题，让创建精彩每日呈现的同时，充分发挥新闻媒体的引导作用，通过线上平台加大对文明交通、文明旅游、文明餐饮、文明养犬、移风易俗等各项整治工作的宣传力度，增强全体市民践行文明的自觉性。以鲜活形式、温情表达、柔性传播，生动讲述文明故事，广泛播撒文明理念。开设“文明校园”“文明家庭”“一群好人满城春风”等专栏，宣传报道典型人物和文明家庭的感人故事，平均每年刊发专题宣传报道300余条次，积极传播真善美、传递正能量，在全社会营造德行天下、见贤思齐的浓厚氛围。

三、经验启示

（一）加强思想引领，把握根本遵循

充分学习贯彻习近平新时代中国特色社会主义思想主题教育，强化《习近平关于社会主义精神文明建设论述摘编》《习近平关于城市工作论述摘编》等权威著作和习近平总书记关于树立和践行正确政绩观、反对形式主义、官僚主义问题等重要论述的学习研讨，始终不渝地把习近平新时代中国特色社会主义思想作为创建文明城市的根本遵循，把党中央和省委、省政府关于精神文明建设的重大部署体现到文明城市创建的全过程、各环节，确保文明城市创建始终沿着正确的方向持续健康发展。

（二）坚持高位推动，明确创建任务

市委、市政府坚持"党委统一领导，党政齐抓共管"的工作格局，围绕深化全国文明城市建设，突出群众关注的热点难点，聚焦"三个关键环节"，完善"三项工作机制"，实施"五项重点提升"，进一步夯实创建基础。坚持强化各地"一把手抓两手"意识，推动建立市县两级党委常委会、政府常务会议定期研究创建工作，党政主要领导同志定期督查创建工作，市县创建专班常态设置运转，职能部门协同推进等创建制度，压实市县党委领导责任、压紧文明办的组织协调责任、压准职能部门的执行落实任务。通过高位部署、高位推进、高位考核，充分调动属地和职能部门积极性、主动性，形成"任务有分工、责任有主体、考核有标准、优劣有结果"的创建工作常态推进机制。

（三）强化为民惠民，鲜明创建导向

以人为本、利民惠民，是创建工作的核心理念。"人民满意"既是文明创建的最高标准，也是凝聚民心、提升城市向心力的最好方法。文明城市创建工作必须把为民惠民作为出发点和落脚点，从心出发、用情创建，聚焦群众关心关注的"身边小事"，坚持"人民城市人民建、人民城市为人民"的工作导向，砥砺为民初心，实现"民心"与"初心"的同频共振。加大与群众生活密切相关的改善社区小区面貌、整治背街小巷环境、提升农贸市场水平，以及涉及安全生产、人身安全、交通安全、食品安全等方面的创建力度，多办群众关心、基层需要、社会关注的好事实事，解决好事关群众利益的热点难点问题，切实提升群众生活品质。

（四）注重共建共享，保持常态长效

坚持以党建带创建，充分发挥基层党组织和党员干部的带头作用，引导广大党员干部积极参与志愿服务、义务劳动、公益活动，带动群众支持创建、参与创建、党群共建。坚持充分发动群众，紧紧依靠群众，组织动员广大人民群众积极参与创建实践、创建监督、创建评价，更好发挥创建主体作用，形成共建美好家园、共享文明成果的生动局面。做好文明城市创建群众来电来访工作，及时回应群众关切，解决实际问题。推动各地更好地运用法治思维和法治方式推进文明城市创建工作，持续加强媒体宣传、公益宣传，不断拓展《文明行为促进条例》《市民文明行为20条》宣传教育的广度深度，持续深化“说文明话、办文明事、做文明人”等群众便于参与、乐于参与的主题实践活动，进一步让纸上的文明规范化为显性的文明行为，不断促进市民文明习惯养成。落实“以块为主、条块结合”原则，健全以乡镇（街道）、社区（村）为主的长效管理机制。紧盯交通秩序、环境卫生、基础设施等易反弹易回潮的问题，聚焦人行道板修复、非法小广告清理、养犬管理等群众关注的热点，着力通过“抓反复”抓出常态，通过“反复抓”抓出长效。

（五）发挥榜样力量，加强宣传引导

开展网络文明、文明行为、文明风尚宣传教育，联合各职能部门深化文明餐桌、文明旅游、文明交通等宣传活动，大力选树先进典型，为文明城市创建营造良好舆论氛围。把提高市民文明素养、实现人的全面发展作为长期追求的工作目标，积极弘扬连云港好人多、典型多的城市特质，让榜样的力量转化为广大群众的价值追求和自觉行动。同时深入开展文明单位、文明家庭、文明村镇、文明社区创建，坚持以城带乡、以城促乡，健全落实城乡联动、文明共建的工作机制，推进城乡一体文明，提升全域创建水平。结合全面推进乡村振兴，深入推进农村移风易俗，推动形成文明乡风、良好家风、淳朴民风。

捌

乡村振兴

农业的发展

精准脱贫精准防贫工作

乡风文明培育

农业的发展

40年来，连云港市立足优良的资源禀赋和独特的区位优势，艰苦奋斗、求实创新，用勤劳和汗水谱写了一曲农业成长的壮美赞歌，农业发展呈现出翻天覆地的变化。特别是党的十八大以来，在以习近平同志为核心的党中央坚强领导下，连云港市毫不松懈抓好粮食生产，深入推进农业供给侧结构性改革，加快推进农业现代化建设，走出了一条具有港城特色的现代农业发展之路。

一、发展历程

（一）农业结构调整起步阶段（1984—1992年）

改革开放以后，国家全面推行家庭联产承包责任制和统分结合的双层经营体制，并提出“决不放松粮食生产，积极发展多种经营”的方针，农村产业结构和农业内部结构深刻变化，逐步向农、林、牧、渔、服务业的多种经济结构转变，传统种植业占农业总产值比重不断下降。1985年，国家全面放开水产品价格，全市渔业生产打破封闭式格局，1988年，连云港市提出“以养为主，养、捕、加、贸并举”的方针，加快海水养殖业的发展步伐，是年培育虾苗95亿尾，占江苏全省的80%，成为全国最大的对虾育苗基地，1989年，市里派出第一对国营渔轮远赴伊朗捕鱼，填补连云港市远洋捕捞的空白。1990年，完成《连云港市农业资源与区划》的编制，在市境内划分西部岗岭旱作花生区、中部平原湖洼稻麦区、东部盐土粮棉区、市郊山港城蔬菜区等4个农业区。1992年较1984年，种植业产值占农业总产值的比例由76.81%降至64.11%，畜牧业产值占比由16.25%上升至20.49%，渔业产值占比由5.51%上升至13.63%。主要农产品产量较1978年基本实现翻番，全市粮食产量240.17万吨，较1978年增长99.74%，棉花产量3.22万吨，是1978年的5倍，肉类产量13.66万吨，是1978年的3倍，水产品产量12.68万吨，是1978年的2.2倍。

（二）农业迈向市场经济阶段（1993—2002年）

1992年邓小平南方谈话后，农业由计划经济向社会主义市场经济、粗放经营向集约经营经济增长方式加速转变。1993年，连云港市确立“三高一创”农业发展目标，加快农业结构调整，新增蔬菜、林果、茶桑等经济作物种植面积1.24万公顷，种植业产值占农业总产值的60.68%，比1984年下降16.14个百分点，林业、畜牧业、渔业占农业总产值的39.32%，比1984年上升21.14个百分点。1994年，市农业局兴办的以蔬菜加工出口为主的如意集团公司，通过实施产加销一条龙、贸工农一体化的生产，逐步发展壮大，成为江苏第一家上市的农业龙头企业。各地利用资源优势，培育一乡一品或几乡一业的特色主导产业，涌现出一大批专业乡（镇）、专业大户，有效推进特色农产品专业化生产。自1998年开始，全市开展新一轮农业结构调整，压缩粮食种植面积，发展蔬菜等经济作物和畜牧业生产，经济作物发展迅速，蔬菜播种面积首次超过棉花播种面积，跃升为第一大经济作物。2000年，受特大水灾和种植面积调减的影响，粮棉产量下降，粮食和棉花产量分别下降26.3%、31.0%。十年间，全市农业总产值由53.91亿元迈上155.48亿元，年均增长率达12.5%。其间，1994年全市农业总产值为94.2亿元，较上年增加40.29亿元，增幅74.74%，是该阶段增长速度最快的一年，1995年，渔业产值首次突破20亿元，是1984年的22倍，也是首次超过畜牧业产值。

（三）农业产业化加速发展阶段（2003—2012年）

党的十六大作出了我国总体上已到了以工促农、以城带乡发展阶段的基本判断，制定了工业反哺农业、城市支持农村和“多予少取放活”的基本方针。2004年开始，连云港市连续印发以“三农”为主题的一号文件，逐步建立健全强农惠农富农政策体系，全市农业发展进入快速发展阶段。2004年采取降低农业税、2005年全部免除农业税的政策，并出台了对种粮农民实行直接补贴，水稻每亩补贴20元，2005年对全市四县优势主产区水稻实行良种补贴，对小麦优质区实行良种补贴。2004年，连云港市出台《连云港市农业主导产业产业化发展总体规划（2004—2008）》，提出经过5年努力，全市形成特色明显的区域化、规模化、专业化程度高的主导产业带。该阶段，全市农林牧渔业总产值相继迈过200亿元、300亿元、400亿元大关，平均增幅达12.21%，保持高位增长，2003年，种植业产值在农业总产值中的比重第一次下降到50%以下，渔业和牧业产值所占比重大幅上升。除2005年自然灾害多发年外，农作物种植面积逐年增长，总面积由2003年798.87万亩增长至2012年932.33万 亩，增 长16.7%。种植结构深度调整，麦稻、麦棉、麦玉米两熟复种的单一耕作制度被打破，种养结合、农林结合、农牧结合的粮、经、饲、果、菜等多元、多熟高效种植模式逐步得到推广。其中，粮食面积稳步增长，种植占比由2003年70.78%增长至2012年80.06%；棉花面积大幅压缩，

▲ 黑林特色林果产业航拍图　市农业农村局供

由2003年56.79万亩降至4.37万亩，种植占比已不足0.5%；油料作物面积趋于稳定，经历了2003—2007年的下降过程后，2008年略有增长，后趋于稳定，种植占比达5%以上；蔬菜面积总体稳中有增，种植占比稳定在10%左右。畜牧业和渔业稳步发展，有效预防禽流感疫情，海水、淡水养殖面积突破100万亩，形成了品种多样化和养殖方式立体化的浅海养殖格局，

紫菜已形成育苗、养殖、加工到流通的全产业链。

（四）农业现代化飞速发展阶段（2013年至今）

党的十八大提出了“四化同步、五位一体”的新思想、新论断，为加快农业现代化步伐赋予了新的内涵，指明了新的方向，提出了更高的要求。2013年，中央提出实施“以我为主、立足国内、确保产能、适度进口、科技支撑”的国家粮食安全战略，这是中华人民共和国成立以来，在粮食安全这一事关国计民生的重大课题上，中央首次冠以“国家粮食安全战略”这一概念进行表述。同年，连云港市出台《全市实施农业现代化工程十项行动计划》，明确未来三年全市农业现代化目标任务，粮食生产方面提出大力开展“旱改水”“直播改机插秧”和粮食高产增效等“二改一创建”活动，不断加强优质稻米、专用小麦等优势产区建设。2017年，连云港市出台《关于推进全市农业产业结构调整的指导意见》，重点实施推进粮食产业提升、推进特色产业扩面、推进畜禽渔业标准化健康生态养殖、推进多元复合经营、推进产业融合发展等“五个推进”，加快构建更加协调、更加高效、更可持续的新型农业产业体系。党的十八大以来，连云港市深入贯彻落实党中央、国务院决策部署，始终坚持农业农村优先发展，大力实施乡村振兴战略，深入推进农村供给侧结构性改革，扛稳扛牢粮食安全政治责任，全市农业功能持续拓展，农村一、二、三产业加快融合，产业集群集聚发展，新产业新业态蓬勃发展，乡村产业呈现结构优化、功能拓展、质效提升的良好态势，农村同步全面建成小康社会，农民的幸福感、获得感得到显著提升。2023年，全市农业总产值达797亿元，较2012年增长86.99%，较2011年实现翻番，总量占全省的8.9%，居全省第四位，种植业、林业、畜牧业、渔业、服务业总体结构比例为42.9∶1.4∶14.9∶30.9∶9.8。

二、主要成就

（一）农业基础更加稳固，粮食和重要农产品供应保障更加有力

40年来，连云港市农产品供给日益丰富，实现质量效益双突破，市民“米袋子”更加充裕、“菜篮子”更加丰富，由吃得饱向吃得好、吃得营养健康

加快转变。粮食持续丰产丰收，先后迈上15亿公斤、20亿公斤、25亿公斤、30亿公斤、35亿公斤五个台阶，特别是2012年以后，粮食产量连续12年超35亿公斤，有力地保障了粮食充分供给。2023年，全市粮食播种面积769.53万亩，总产量368.57万吨，亩产量479公斤，实现面积、亩产、总产“三增”，人均粮食占有量达690公斤以上，高于全国、全省人均粮食占有量，远高于国际公认的400公斤的粮食安全线。“菜篮子”更加丰富殷实，建立了“轮、控、改、替”全程绿色高效生产技术体系，建有绿色蔬菜产业基地229个，绿色蔬菜占比达60%，打造了东海西北部设施园艺、灌云中西部设施蔬菜、灌南新安镇食用菌、赣榆西北部特色果蔬、市郊都市农业等面积达10万亩以上的5个高效设施农业集聚区，东海县已成为苏北鲁南最大的西葫芦、西红柿种植和批发集散地，灌云县建成全国最大的芦蒿生产基地。2023年，全市蔬菜面积123万亩，比20世纪70年代末增长58倍，产量385.38万吨，比2003年增长47.1%。畜牧业生产综合实力不断提升，畜牧产业集群不断壮大，规模猪场保有量达713个，生猪大中型规模养殖比重达86.6%，建成省级以上生猪产能调控基地38家，创新构建“1+N”兽医社会化服务模式，形成主体多元、供给充足、服务专业、机制灵活的畜牧兽医社会化服务发展新格局，入选第五批全国农村综合改革标准化试点项目，2020—2023年，生猪保供工作连续4年居全省前列。渔业生产取得长足发展，全市水产养殖面积达96.3万亩，比1990年增长2.6倍，产量83.1万吨，居全省第三位，比1990年增长9.1倍。农产品质量安全水平显著提升，打造了“网格化+精准监管”体系，农产品检测合格率常年保持在98%以上，2016年《市政府工作报告》首次提出“启动创建国家农产品质量安全市”，到2023年，成功创成第三批国家农产品质量安全市，成为江苏省第二个获得此殊荣的设区市。

（二）乡村产业体系持续完善，多元化发展势头稳健

连云港市坚持树立大农业、大食物观念，推动粮经饲统筹、农林牧渔结合、种养加一体、一二三产业融合发展，乡村产业呈现出多元化的发展趋势。产业链条有效拓展延伸，全市重点打造优质粮食、绿色蔬菜、食用菌菇、特色林果、规模畜禽、海淡水产等六大百亿主导产业，培育东海稻米、灌云豆丹、灌南生猪、赣榆紫菜等10亿元以上县域特色产业21个；建成全国农业产业强镇4个，国家级“一村一品”示范镇3个、示范村11个，创建国家现代农业产业园1个，建成省级现代农业产业示范园5个，实现市级现代农业产业示范园涉农乡镇全覆盖；发展市级以上农业龙头企业461家，其中国家级农业龙头企业5家、省级61家，建成全国农产品加工示范基地1个、省级农产品加工集聚区3个，市级农产品加工集聚区11个；食用菌产业链入选省十大市域特色产业链，工厂化食用菌企业集聚度全国领先，拥有全球单体规模最大的双孢菇和杏鲍菇生产基地；推出的全省首个地市级农产品公用品牌——“连天下”，是首个获准使用“中国农产品质量安全”专用公共标识的农产品公用品牌，在2019品牌农业影响力年度盛典中获十大“优农品牌设计典范”，授权企业112家，授权产品300余个。休闲旅游农业发展步伐稳健，打造“山海乡连，悦游阅美”特色品牌，推出“苏韵乡情”乡村休闲旅游农业系列推介活动，形成“贯通产加销、融合农文旅”的良好发展局面，累计发展各类乡村休闲旅游农业经营主体1209个，培育中国美丽休闲乡村4个，全国休闲观光农业与乡村旅游星级示范企业（园区）30个，入选中国美丽乡村休闲旅游行精品景点线路7条，2023年，全市乡村休闲旅游年接待游客2154万余人次，同比增长10.86%，休闲农业营业总收入达59.03亿元，同比增长10.85%，连云区入选全国休闲农业重点县。农村电子商务蓬勃发展，东海县、灌云县、灌南县相继获评国家电子商务进农村综合示范县，赣榆入选全国“互联网+”农产品出村进城工程试点县，基本形成了东海水晶、鲜切花，灌云主题服饰，赣榆海产品、紫菜，灌南食用菌、农机配件，海州蔬果采摘观光等地区特色的农产品电商产业分布格局，2020年，连云港位列全国十大淘宝直播之城榜单第三位，2022年，连云港位列快手全国农产品带货十强城市第四位，2023年，全市农业电商销售额达297.72亿元，同比增长6.58%，占全省比重超10%。

（三）开放型农业全省领先，全方位对外开放优势凸显

40年来，连云港市立足独特的区位优势和资源禀赋，畅通农业“引进来”和“走出去”双向通道，利用国际和国内“两个市场”“两种资源”，积极培育农业对外开放新优势，开放型农业发展走在全省前列，为全市开放型经济发展做出了重要贡献。农产品对外贸易规模日益扩大，传统优势农产品出

▲ 东海县李埝扶贫产业园的花卉示范农场　市农业农村局供

口形势向好，主要包括粮油制品、冷冻及保鲜蔬菜及食用菌、海水、淡水水产品等，先后获批国家级食品农产品出口质量安全示范区4个，国家首批农业国际贸易高质量发展基地1个，省级出口农产品示范区（基地）61个。据不完全统计，全市农产品进出口总额由1993年0.51亿美元增至2023年16.44亿美元，其中，出口额由0.46亿美元增至5.11亿美元，进口额由0.05亿美元增至11.33亿美元。占据农产品出口总额前三位的国家是韩国、日本、美国。随着"一带一路"建设的深入推进，对沿线国家和地区的农产品出口额不断扩大，党的十八大以来，出口额从0.62亿美元增至1.15亿美元，增长85%。农业利用外资及港澳台资成绩卓著，1984年，连云港引进第一家中日合资企业——江苏三得利食品有限公司，拉开了"引进来"的发展大幕，之后益海粮油、罗盖特、味之素、北欧农庄、大象食品等一批涉农外资及港澳台资企业相继落户，为现代农业发展注入了活力。40年来，连云港累计设立农业外资及港澳台资企业312家，协议注册外资及港澳台资24.8亿美元，实际使用外资及港澳台资14.4亿美元，分别占全市总数的7.9%、7.4%、9.8%。农业走出去破题突进，自2006年连云港首个农业对外投资项目落户韩国后，一批企业先后在柬埔寨、白俄罗斯、南非等国家投资兴业，截至2023年底，全市累计备案农业走出去项目10个，协议投资额突破1亿美元。农业对外合作平台不断提升，2014年，连云港市政府与原农业部国际合作司、原江苏省农委签署战略合作协议，三方共建"一带一路"连云港农业国际合作示范区，连云港在全国农业对外开放合作的地位得到充分认可。2017年，在"一带一路"连云港农业国际合作示范区建设的基础上，连云港市获批国家首批农业对外开放合作试验区，全国共10家，是江苏省唯一入选单位，以建设"一带一路"农业对外贸易物流集聚区、中西部农产品出口合作引领区、全国农业对外开放合作样板为目标定位，加快体制机制创新，标志着连云港农业对外开放迈入全新阶段。2003—2006年、2016—2023年，连云港共承办11届江苏农业国际合作洽谈会，为全省乃至"一带一路"农业企业贸易合作、商务洽谈、展示展销搭建了国际性的合作平台。

（四）向海空间加速拓展，蓝色动能有效释放

向海而生，向海而兴，连云港乘沿海开放和沿海开发的政策东风，不断提高海洋渔业资源开发能力，持续提高海洋渔业经济效益和增强竞争力，奋力勾勒出"耕海牧渔"建设"蓝色粮仓"的现实图景。2023年，全市渔业经济总产值首次突破400亿元，达412.97亿元，增幅15.4%，其中一产产值246.7亿元，可比增速8.2%。海洋牧场建设取得突出成效，自2002年起，连云港开始实施海洋牧场建设工程，2015年海州湾海洋牧场示范区入选首批国家级海洋牧场示范区；次年，《连云港市海洋牧场管理条例》经省十二届人大常委会第二十七次会议批准实施，标志着全国海洋牧场管理领域的第一部地方性法规正式诞生，也是连云港获得地方立法权后制定的首部法规，海洋牧场建设进入有法护航阶段；至"十三五"末，基本完成"两岛一区"（前三岛、秦山岛、国家级示范区）海洋牧场示范工程；2022年，秦山岛东部海域入选第七批国家级海洋牧场示范区，获连云港市第二个、全省第三个海洋牧场建设方面的国家级荣誉。立体养殖体系加快构建，贝、藻、参高效生态健康养殖模式得到大力推广，实现养殖海域多营养层级开发利用，全市紫菜养殖面积达21万亩，位居全国首位，中国渔业协会授予连云港市“中国紫菜之都”称号，牡蛎养殖面积达10万亩以上，随着绿鳍马面鲀全产业链、海上万亩牡蛎园等项目落户，海洋渔业加速由粗放养殖向海珍品养殖转变。向海发展动能迅速集聚，“深蓝”渔业加速发展，2020年，获批全国首个伏季休渔期毛虾专项（特许）捕捞试点，燕尾港渔港作为唯一指定上岸渔港，此后年份连续实施专项捕捞，毛虾产业成为富民增收的增长极；同年，总投资15亿元的南极磷虾产业园项目开工建设，国产首艘“深蓝”号南极磷虾捕捞加工船由连云港启航，2023年完成首次南极作业，捕捞鲜虾4万余吨、船载加工虾粉5000余吨，创国内单船单渔季捕捞纪录，标志着连云港远洋渔业驶入全新航道；产业配套日臻完善，2022年，苏鲁海产品综合批发市场获批全省唯一“省部共建”国家级农产品产地专业市场，2023年，赣榆区获批全省第二个国家级沿海渔港经济区，同步打造海头镇中国海鲜电商第一镇，基本形成集养殖、捕捞、交易、加工、流通于一体的海洋渔业全产业链条，“向海渔业经济”发展新格局初步构建。

（五）科技创新力量磅礴，农业质效显著增强

连云港坚持走科技兴农之路，依靠科技进步为现代农业发展插上腾飞的“翅膀”，有效推动全市农业综合生产能力和综合竞争能力增强。全市农业科技贡献率达到69%，较2012年提升21个百分点，水稻良种覆盖率达100%，蔬菜良种覆盖率达90%以上，东海县获批省级农业高新技术产业示范区。动植物遗传资源和育种技术得到充分提升，全面完成第三次全国农作物种质资源普查与收集行动，挖掘保存连云港穞稻、云台山野生百合、海州海菜和大白菜等特色种质资源，建成农作物种质资源圃（库）550亩，打造了以五大农场为主的优质农作物良种繁育基地，东辛农场入选国家区域性良种（常规稻、小麦）繁育基地，地方特色畜禽遗传资源老淮猪、徐海鸡列入国家畜禽遗传资源保护品种名录。党的十八大以来，连云港市农业科学院成功培育“连粳”系列水稻、“连麦”系列小麦、“连葱”系列洋葱、“港啤”系列大麦及鲜食玉米等一系列农作物优质新品种132个，育成耐盐碱水稻新品系7个。耕地潜力得到有效挖掘，强化农业基础设施特别是高标准农田建设，累计建成高标准农田443万亩，占耕地比重突破80%，有效灌溉面积达494.53万亩，是1990年的1.46倍，东海县、赣榆区高标准农田建设工作先后被省政府办公厅予以督查激励。农业机械化水平显著提升，市县同步在全国率先基本实现主要农作物生产全程机械化，实现省级农业生产全程全面机械化示范县全覆盖，2023年，创成全国“平安农机”示范市，全市农机总动力达584.96万千瓦，是1990年的4.97倍。农机跨区作业成为富民增收的新增长极，每年组织1万余台套联合收割机参与跨区作业，作业范围覆盖23个省、自治区、直辖市，形成了东濒黄海、南抵南海、西到成都平原、北临中俄边境的宽领域、大范围作业区域。

三、经验启示

（一）必须坚持巩固和加强农业基础地位

基础不牢，地动山摇。农业是国民经济的重要基础，是经济社会发展大局的“压舱石”。纵观农业发展历程，从土地经营制度改革到市场经济改革到农业结构调整，推动的是发展新旧动能的转换，解决的是供应、需求和流通矛盾，实现的是人民群众从温饱到小康再向共同富裕的转变。要坚持工业反哺农业、城市支持农村和多予少取放活的方针，坚持农业农村优先发展，不断加大强农惠农富农政策支持力度，夯实农业农村发展基础，为推动经济发展、促进社会和谐、维护安全稳定提供基础和保障。要以高水平建设农业强国为目标，立足市情农情民情，通盘考虑、精心谋划、统筹部署，加快探索农业强、农民富、农村美的新时代鱼米之乡实现路径。

（二）必须坚持扛牢粮食安全政治责任

习近平总书记强调，悠悠万事，吃饭为大。粮食安全是“国之大者”。解决好吃饭问题始终是治国理政的头等大事。要坚持树牢大农业、大食物观，既向陆地要食物，也向海洋要食物，全方位多途径开发食物资源，构建多元化食物供给体系，保障粮食和重要农产品稳定安全供给。要严守耕地保护红线，坚持保数量和提质量并举，采取更有力的措施，坚决遏制耕地

"非农化"、基本农田"非粮化",统筹退化土壤治理、盐碱耕地改良、耕地盐碱化防治及盐碱地综合利用,稳步提升耕地产出水平。要严格落实耕地保护和粮食安全党政同责,压实"菜篮子"市长负责制,加大政策支持力度,合理保障农民种粮收益,保护农民种粮积极性,着力提高农业生产效益。

(三)必须坚持科技进步是第一生产力

农业出路在现代化,农业现代化关键在科技进步。随着城镇化进程加速推进,农村劳动力大量外流,农村老龄化、空心化问题日益凸显,之所以农产品连年保持高位供给,关键在于科技突飞猛进,推动了农业社会化服务的提标扩面,使得规模化生产成为现实。要大力实施"藏粮于地、藏粮于技"战略、"耕海牧渔"工程,推行良田、良种、良法、良机、良制"五良"融合,加快形成农业新质生产力,推动农业全要素生产率大幅提升。要强化农业科技研发和推广应用,开展种源关键技术集中攻关和良种联合攻关,破解一批"卡脖子"问题,培育一批具有自主知识产权的突破性品种,推动农畜水核心种源自主可控。要加大农业科技人才培育力度,强化高素质农民培育和农村实用人才培养,不断提升乡村人才的知识水平和专业素养,激发创造力和创新精神,夯实高水平建设农业强市的人才支撑。

(四)必须坚持乡村产业融合发展

农业现代化过程其实就是农业工业化过程。需要有"跳出农业抓农业"的思维,用发展工业的理念、机制和办法发展农业,才能拓展广阔的发展空间和机遇。要因地制宜放大特色资源优势,用好平原、丘陵、河湖、海洋、高山等资源优势,鼓励发展规模适度经营,培育"小而精、特而美"的"一村一品"专业村镇,形成一村带数村、多村连成片的发展格局。要提升农产品竞争优势,坚持延链、补链、强链,贯通上下游产业链条,培强行业领军型龙头企业,促进产业结构调整、加快产业转型升级,构建"6+N"农业全产业链发展体系,延伸打造如东海草莓、灌云豆丹、赣榆蓝莓等一批超十亿级产业链,加快把资源优势转化为产业优势。要加快拓展农业增值空间,完善农产品特色品牌培育、发展和保护体系,培强休闲旅游、农村电子商务等新产业新业态,健全联农带农利益联结机制,推动农村在卖产品的同时向卖服务转变,让更多农民合理分享产业增值收益。

精准脱贫精准防贫工作

40年来，市委、市政府为促进低收入农户增收致富、经济薄弱村加快发展，实施了多轮扶贫开发行动。尤其是“十三五”期间，全市坚持以习近平总书记关于扶贫工作的重要论述为指导，坚持精准扶贫精准脱贫基本方略，始终将脱贫攻坚作为重大政治任务、重要民生工程来抓，强化政治担当，压实主体责任，加大财政投入，创新工作机制，脱贫致富奔小康各项目标任务高质量完成。2020年底，为已脱贫的34.35万农村低收入人口建档立卡，200个省市定经济薄弱村实现脱贫达标，灌云、灌南两个重点县成功“摘帽”，石梁河、沂河淌两个重点片区基础设施和公共服务条件显著改善。

一、发展历程

（一）扶贫转型和重点帮扶阶段（1984—2005年）

1984年以前，市委、市政府虽然开展过一些扶贫工作，但以救济型扶贫为主。1984年后，市委、市政府开始探索进行开发型扶贫，对人均收入贫困线以下的重点乡、重点村、重点户，实行重点扶持，同时开展贫困农民职业技能培训，实行省、市、县三级联动帮扶，进行农村草危房改造等，扶贫内容和举措逐步丰富。

1985年，市委、市政府加大扶贫力度，农村扶贫工作的重心逐渐由配给钱物的救济型扶贫为主转向开发型扶贫为主，改“输血型”扶贫为“造血型”扶贫，利用当地资源，发展种植、养殖、加工项目，帮助农民建立经济实体。当年，发展经济实体21个，吸收454户贫困户参加，建立经济联合体189个，728户贫困户参加；143户贫困户脱贫并成为专业户。1988年，全市扶贫工作形成"带包"新格局，实行县级机关和乡镇干部包村包户。

1983—1990年间，全市共投入扶贫资金3184.43万元，扶持93966户贫困户。1991—1993年，全市共投入扶贫资金2996.19万元。

1994年1月，省、市委决定对灌云县实施重点扶贫。将灌云县作为重点扶贫县。扶贫工作采取市派扶贫工作队进驻贫困县，县直机关包贫困村，乡直机关帮贫困户，民政部门扶持特困户，实行对口帮扶的办法，一包三年不变。

到1996年底，灌云县实现了"一年变化，二年翻番，三年脱贫（以乡为单位）"的目标。1994—1996年，省、市在灌云县共投入扶贫资金9977万元，其中有偿资金8167万元，无偿资金1810万元；帮助新上项目350个，其中农业项目32个，多种经营项目92个，工业项目114个，社会事业项目112个。

从1997年起，省、市委又把灌南县为省重点扶贫县，并将扶持灌南县实现一年基本脱贫作为市政府10件实事之一，省市均派驻扶贫工作队对灌南县进行帮扶。灌云县继续享受省重点扶贫县政策，确定东海县扶贫重点为西部丘陵山区和石梁河水库沿边地区。

市委、市政府加大对灌南县帮扶力度，1997年全市共筹集扶贫资金达2.07亿元，其中灌南为1.36亿元，灌云为5974万元、东海为1152万元。灌南县农民人均纯收入达2247.75元，较1996年增加390.66元，增长21%，其中42个省重点扶贫村人均纯收入达2073.99元，较1996年增加669.82元，增幅为47.7%，超过省脱贫指标1900元，其他各项指标也达到省定考核标准，实现了以乡为单位基本脱贫的目标。

2001年，连云港市灌云、灌南、东海、赣榆4个县被省委、省政府确定全省需扶贫的经济薄弱县。江苏省对困难较大、经济特别薄弱的7个县继续派遣工作队，灌南县是其中1个。市委、市政府在省派工作队的基础上，继续选派扶贫工作队帮扶灌南县。

2002年4月2日省委、省政府印发了《江苏省扶贫开发“十五”规划纲要》。《纲要》明确:“十五”期间,省委、省政府继续把全省贫困人口比较集中的16个经济薄弱县(区)的贫困乡村作为扶贫开发工作的重点。对苏北1025个重点村(连云港市200个,其中灌南60个、灌云55个、东海55个、赣榆30个)实行省、市、县三级包干帮扶。

2002年起,省、市、县扶贫工作队三级联动,采取单位帮村、干部帮户,每年投入扶贫资金1.5亿元以上,实施了通达工程、甘泉工程、希望工程、结对帮扶工程、安居工程、基础工程、劳务输出工程、送温暖工程、招商工程等9项扶贫工程。

至2005年底,全市农村基本消灭草危房,农村草危房改造工作结束。1998—2005年,省市县三级共投入资金1.39亿元,全市农村共改造草危房7.06万户。

1991—2005年,全市共投入扶贫资金11.09亿元,帮助223615贫困农户脱贫。期间,连云港市采取培训券制度培训农民的做法,得到了省扶贫办的充分肯定。

(二)“整村推进”式扶贫阶段(2006—2011年)

针对全省农村人均年纯收入低于1500元的310万人和苏北1011个经济薄弱村,并且80%以上的低收入人口集中在苏北的实际情况,2006年2月,省委、省政府印发《江苏省扶贫开发“十一五”规划纲要》,提出重心下移,扶贫到户,组织实施“千村万户帮扶”工程,继续派遣扶贫工作队,对19个经济薄弱县、1011个村实施重点帮扶。

省、市、县三级合力帮扶,对全市218个经济薄弱村实现了全覆盖,基本做到了每个经济薄弱村至少有1家单位挂钩帮扶,有1名领导干部联系帮扶,有1名干部驻村帮扶。按照“八有”目标,即有“双带双强”班子(“双带双强”指带头创业致富、带领群众致富、带富能力强、领导能力强)、有科学规划、有高效农田、有特色产业、有配套设施、有保障机制、有整洁村容、有文明村风,组织编报经济薄弱村“十一五”建设项目2626项。

根据省委、省政府统一部署,市委、市政府从2008年开始,组织实施脱贫攻坚工程。2008年初,组织开展了农村贫困人口建档立卡工作。当时,全市农村人均纯收入低于2500元的贫困人口有18.7万户、51.05万人，占全市乡村人口的14.32%。根据省定标准，还确定了连云港市省定经济薄弱村218个。

全市各级党委、政府坚持把实施脱贫攻坚工程作为全面建设小康社会的一项硬任务来抓。2008—2011年，全市共争取到位省财政奖补资金3.25亿元，实施产业化帮扶项目2.6万个；培训农村贫困劳动力6.5万人，转移就业率达94%；累计发放扶贫小额贷款10.22亿元，受益农户11.2万户；省市县三级扶贫工作队累计筹集到位帮扶资金1.74亿元，实施帮扶项目5100多个。

2011年6月，市委、市政府出台了《关于组织开展"脱贫攻坚决战年"活动基本消除绝对贫困现象的实施意见》，提出确保年内实现人均纯收入低于2500元的农村贫困人口全部脱贫，已经实现脱贫的建档立卡农户人均纯收入增幅高于全市平均水平；加快经济薄弱村"八有"建设，村级集体经营性收入达5万元以上，确保102个经济薄弱村全部达到省整体脱贫标准，已经达标的116个经济薄弱村实现新提升。

到2011年底，全市51万建档立卡贫困人口累计脱贫率99.8%，与全省同步提前一年基本消除绝对贫困现象；218个经济薄弱村集体经营性收入达5万元的目标，符合"八有"建设标准，全部达到省定整体脱贫标准。

（三）片区开发与精准扶贫阶段（2012—2015年）

根据省委、省政府《关于加快苏北全面小康建设的意见》精神，2012年5月，市委、市政府决定推进新一轮扶贫开发行动，组织实施脱贫奔小康工程，促进区域协调发展、加快城乡发展一体化。明确目标任务，到2015年，全市列入帮扶对象的农村低收入人口年人均纯收入达到4000元，低收入人口人均纯收入增长幅度高于全市平均水平2—3个百分点，经济薄弱村全部实现新"八有"目标，村级集体经营性年收入达到15万元，经济社会发展水平基本达到社会主义新农村建设要求。

2012年，市委、市政府首次将海州区纳入重点帮扶区域。从市级机关、企事业单位和驻连部省属单位抽调43名党员干部，组建市委驻东海县、赣榆区、海州区3支帮扶工作队实施定点帮扶。

2013年，围绕解决制约石梁河库区发展的交通、水利等突出问题，排出重点实施项目38个，计划总投资131亿元，全面加快石梁河库区和西部岗岭地区水资源开辟和道路联网工作。将帮扶联系卡发放到每一户低收入农户家中，确保每一个扶贫开发户都有一名帮扶责任人，落实帮扶措施的农户达3.6万户。组织开展低收入人口就业培训，全年累计培训低收入家庭劳动力超过1万人次，转移就业率96%。省市县三级累计到位各类帮扶资金1.78亿元，其中：后方单位直接出资6506万元，实施项目342个。在全省首家启动市级扶贫产业园创建工作，认定首批市级扶贫产业园5个；推广“五户联保”“一次授信、循环使用”等模式，全年发放扶贫小额贷款3.5亿元。

2014年，市两办出台了创新帮扶机制深入实施脱贫奔小康工程的实施意见、库区开发三年推进计划，将目标任务分解到年度、落实到部门、具体到乡镇。有序推进片区开发工作，把石梁河片区作为主战场，帮扶工作队集中派向库区。编制省、市、县三级重点项目137个；累计争取省村级发展资金2520万元，市财政专项资金300万元。全市扶贫小额贷款发放达4.98亿元，比2013年增长23.6%。省市帮扶工作队累计争取资金1.65亿元，其中后方单位直接出资6150万元，实施帮扶项目264个。2014年度，全市有12.18万农村低收入人口实现脱贫，97个经济薄弱村基本达到“新八有”标准、村集体经营性收入达15万元，分别完成省定任务的100.3%、105.4%。

2015年，市委、市政府围绕完成脱贫奔小康总体目标任务，主攻两大重点片区和重点县区，聚焦农村低收入人口和经济薄弱村，实施“点穴式”精准扶贫和托底社会保障，确保如期实现脱贫奔小康目标。到2015年底，46.1万农村低收入人口整体实现脱贫，254个经济薄弱村基本实现新“八有”和集体经济年经营性收入达15万元增收目标，农村贫困地区基础设施条件明显改善，富民产业逐步形成，社会事业发展明显进步，农村贫困人口生活水平有了较大改善。农村扶贫开发为促进美丽乡村建设、城乡发展一体化、构建和谐港城发挥了重要作用。

（四）全面打赢脱贫攻坚战阶段（2016—2020年）

2016年2月，市委、市人民政府印发《关于推进脱贫致富奔小康工程的实施意见》，对“十三五”全市扶贫工作的总体要求、目标任务和主要工作措施提出了全面完整的指导性意见。文件指出，围绕“减少相对贫困、缩小收入差距、促进共同富裕”的目标定位，坚持扶贫开发和经济社会发展相互促进、到户到人精准帮扶和重点片区整体帮扶紧密结合、扶贫开发和社会保障有效衔接，实施产业扶贫、区域扶贫、知识扶贫、民生扶贫、社会扶贫五大脱贫工程，确保脱贫致富奔小康工程取得如期成效。

为适应新一轮扶贫开发任务需要，夯实基层基础工作，落实组织保障措施，确保到2019年全面实现脱贫致富奔小康工程目标任务，2016年6月底，全市有扶贫开发任务的乡镇均设立了扶贫工作站（办）。扶贫工作站（办）隶属乡镇党委、政府直接领导，业务上接受县（区）扶贫办指导。

2016年，全市共确定新一轮建档立卡低收入农户13.66万户、计36.06万人；省定经济薄弱村149个。经乡镇申请、县区初审、市扶贫开发工作领导小组审定等程序，确定东海县石梁河镇树墩村等51个村为市级经济薄弱村，海州区浦南镇下滩村等100个村为县（区）级经济薄弱村，作为市、县重点帮扶对象。其中，市级经济薄弱村东海县10个、灌云县12个、灌南县12个、赣榆区10个、海州区7个；县（区）级经济薄弱村东海县18个、灌云县30个、灌南县28个、赣榆区18个、海州区6个。

2017年，全市扶贫开发工作按照“一人不少、一户不落”的工作要求，聚焦低收入人口和经济薄弱村脱贫“两个重点”，锁定省级石梁河库区片区和沂河淌两岸片区“两大区域”，抓住行业扶贫、产业扶贫、社会扶贫和阳光扶贫“四大关键”，深入实施脱贫致富奔小康工程，取得阶段性明显成效。这一年，完成10万低收入人口脱贫、50个省定经济薄弱村达标，总体脱贫进度超过序时进度。建成“阳光扶贫”监管系统，形成“一个平台、两个端口、三种模式、四个覆盖、五大数据库”框架，归集低收入户13.7万户，扶贫济困资金13.5亿元，扶贫项目332个。组织进村户促致富大走访活动，实现了经济薄弱村、扶贫项目和扶贫对象帮扶全覆盖。开展经济薄弱村环境集中整治，在全市300个经济薄弱村组织“五清、三改、三提升”行动。加大帮扶措施落实，实施各类帮扶项目156个，石梁河库区省级关键工程羽陈公路建成通车；实施“扶贫大病特惠保”，减轻困难群众大病医疗负担，发放各类扶贫贷款过5亿元。

为扎实推动乡村振兴战略，全力打好精准脱贫攻坚战，2018年，全市加大资金投入，市财政专项资金提高到3000万元，县级财政专项资金增加至5100万元，农村低保标准提高到480元/月，严格落实“三保障”等各项政策。全年完成脱贫5.4万人，省定经济薄弱村达标53个，超额完成年度脱贫任务。其中，扶贫信息公开公示、扶贫项目规范管理和贫困分户老人赡养机制成为全省典型；赣榆区黑林镇党委书记马秀云荣获全国脱贫攻坚贡献奖；在全省打赢打好脱贫攻坚战三年行动电视电话会上，连云港市作为唯一设区市作大会交流发言。

截至2019年底，全市累计脱贫34.35万人、149个省定经济薄弱村、51个市定经济薄弱村，灌云和灌南两个省级帮扶重点县整体脱贫“摘帽”，与全省一起提前一年完成“十三五”扶贫开发工作目标任务。市“阳光扶贫”

▲ 灌云县伊山镇扶贫产业园紫苏加工车间　市农业农村局供

监管系统扩围升级，新开发“两不愁三保障”模块，建立了线上比对、线下核查、定期抽查工作机制，提升监管效率，全市173个市级以上财政专项扶贫资金项目全部纳入“阳光扶贫”监管系统。农村低保两次提标，由480元/月提高到580元/月，兜底保障能力增强。深化消费帮扶，全省率先设立连云港消费扶贫创新创业中心，线上线下大力推介本地特色农产品助力脱贫增收的做法被“中国扶贫”宣传报道；全省率先整市域启动精准防贫工作，探索建立近贫预警、骤贫处置、脱贫保稳的精准防贫工作机制。

（五）巩固拓展脱贫致富奔小康成果阶段（2021年至今）

全面打赢脱贫攻坚战后，“三农”工作重心历史性转向乡村振兴。为贯彻落实中央、省有关会议精神及部署要求，巩固拓展脱贫致富奔小康成果，衔接推进乡村振兴，2021年5月，市委、市政府出台《关于开展富民强村帮促行动接续推进乡村全面振兴的实施意见》，“十四五”时期在全市开展富民强村帮促行动，着力构建农村低收入人口增收和重点村发展长效机制，加快乡村产业、人才、文化、生态、组织等全面振兴，为连云港市全面建设社会主义现代化开好局、起好步奠定坚实基础。文件明确，设立5年过渡期，落实“四个不摘”要求，帮扶政策保持总体稳定，适时分类优化调整。

2021年，按照“产业兴旺、生态宜居、乡风文明、治理有效、生活富裕”的总要求，落实保障措施，积极探索富民强村新路径，全市巩固拓展脱贫致富奔小康成果受到省政府办公厅督查激励。以打造乡村振兴示范区、引领区、先导区为目标，实施重点片区示范引领工程，组织编制《石梁河水库片区乡村振兴规划》，深入推进沂河淌片区灌云县侍庄街道豆丹养殖等乡村振兴产业园建设，持续巩固重点片区脱贫成果。完善防贫对象动态监测和帮扶机制，将收入骤减、支出骤增等边缘农户纳入范围，人均防贫保费提高至100元/年，防贫保险累计救助农户5581户，发放救助金1656.87万元。开展防贫对象摸排和动态监测专项行动，排查脱贫不稳定户、边缘易致贫户1036户、3128人，全部按照“12345”精准防贫工作机制落实帮扶措施。安排各类帮扶资金3.58亿元，实施帮促项目200余个，发放脱贫人口小额贷款4.08亿元。启动乡村振兴样板村建设行动。出台《连云港市乡村振兴样板村建设的实施意见》，明确“四个一”建设标准，培育市级乡村振兴产

▲ 2020年1月，连云港市消费扶贫创新创业中心举办年货大集
市农业农村局供

业园10个、乡村振兴样板村20个。

2022年，全市持续加大防返贫动态监测和帮扶力度，扎实推动巩固脱贫攻坚成果上台阶、乡村振兴见实效。进一步织密防贫“保障网”。健全“12345”精准防贫工作机制，完善“一二三四”帮扶资产管理模式，试点推进乡村公益医疗互助项目，科学化解返贫风险。全市参加乡村公益医疗互助项目23.6万人，超过全省平均水平；累计发放脱贫人口小额贷款4.66亿元，惠及1.12万户，“防贫保”发放救助金1107.01万元，救助4650户。石梁河水库片区和灌云县岗岭地区两个乡村振兴示范区建设水平持续提升。石梁河水库片区以打造幸福河湖建设新标杆、践行“两山”理念样板区、共同富裕的试验区为定位，累计投入财政衔接资金7260万元，石梁河水库生态养殖效益明显，赣榆区黑林和城头镇乡村振兴产业园联农带农成效突出；成功举办首届龙舟赛和起鱼节等活动，片区文旅设施逐步完善，逐渐成为苏北鲁南地区市民休闲旅游的打卡地。灌云县岗岭地区立足建设高效农业示范区、产业融合先行区、美丽乡村样板区定位，投入财政资金6496万

元，建成项目41个。

为进一步巩固拓展脱贫致富奔小康成果，补短板、强弱项，2023年，在全市范围内组织开展防返贫动态监测和帮促集中排查，对存在问题困难的农村困难群众及时落实相应帮促措施。积极稳妥推进乡村医疗互助项目，试点乡镇由2022年的10个增至15个，累计筹集互助资金2445.33万元，累计补助1.32万人次，发放补助资金1198.28万元，进一步增强农户返贫风险化解能力。继续落实脱贫人口小额信贷政策，全年累计发放4.7亿元，惠及农户1.1万户。落实联农带农责任，增强群众内生动力，通过带动发展、就近就业、收益共享等方式，建立健全“带得准”“带得稳”“带得久”的长效增收机制。2023年，共安排市级以上财政衔接资金2.22亿元，实施帮促项目163个。充分发挥帮扶资产联农带农效益，累计形成帮促资产15.32亿元，年收益8232.88万元，成为巩固脱贫成果的有力支撑。

“十四五”以来，全市统筹资源要素，创新工作举措，牢牢守住不发生规模性返贫底线，狠抓示范引导、园区互动、村级联建，初步形成“一区示范、两园互动、三村联建”的乡村振兴实践路径。“一区示范”即依托中央彩票公益金项目、省级重点帮促片区扶持、省级督查激励等政策，推动灌云西部岗岭地区、石梁河水库片区、赣榆黑林丘陵山区等乡村振兴示范区引领发展；“两园互动”即依托镇域资源禀赋，以乡村振兴产业园、现代农业产业示范园创建为抓手，不同园区在基础设施、公共服务、就业创业、信息技术等方面实现共建共享，上下游产业链互补配套，推动园区互动发展；“三村联建”即乡村振兴重点帮促村、生态宜居美丽示范村、乡村振兴样板村联动发展。相关经验做法被《中国乡村振兴》《江苏农村经济》等杂志宣传报道。

二、主要成就

市委、市政府始终认真贯彻落实中央和省委、省政府关于扶贫开发的决策部署，尤其是党的十八大以来，坚持以习近平总书记关于扶贫工作的重要论述为根本遵循，将脱贫攻坚作为重大政治任务、重要民生工程来抓，强化政治担当，压实主体责任，坚持精准扶贫精准脱贫基本方略，升级打造扶贫产业园区、率先创设“大病特惠保”、整市域推进“防贫保”，建成江苏省首家消费扶贫创新创业中心，积极探索扶贫资产收益扶贫，全面完成脱贫致富奔小康各项目标任务。“十三五”期间，全市累计脱贫34.35万人，149个省定经济薄弱村、51个市定经济薄弱村达标，灌云和灌南两个省级重点帮扶县整体脱贫“摘帽”。全市有4名同志和2个集体获全国脱贫攻坚表彰，21名同志和13个单位获省级脱贫攻坚表彰，其中连云港市政府扶贫工作办公室荣获全国乡村振兴（扶贫）系统先进集体。

（一）贫困群众收入水平大幅提高

通过大力实施产业扶贫、就业扶贫和行业扶贫，组织乡村专场招聘会、技能培训等，帮助20多万建档立卡农村低收入人口增收脱贫。低收入家庭年人均收入由2015年的4878元增加到2020年的9500元，收入翻了一番，大幅高于同期全市农民人均可支配收入增速和全市国内生产总值增速，农村低收入人口的收入水平显著提高。

（二）“三保障”质量水平不断提升

坚持把稳定实现义务教育、基本医疗、住房安全“三保障”作为基本要求，认真做好义务教育控辍保学、贫困家庭学生助学金发放工作，全市没有发生因贫失学、辍学现象；全面落实低收入人口基本医疗保险财政全额资助、“大病特惠保”“先诊疗后付费”等健康扶贫政策；统筹农民住房改善工作，全面完成所有建档立卡户的危房改造任务；加快农村自来水网管建设，自来水入户率达99%，农村居民饮水氟超标问题得到基本解决。

（三）经济薄弱地区内生活力显著增强

加大资金投入力度，发放扶贫小额贷款超50亿元，帮助低收入农户发展种植养殖产业。按照“撬动性、带动性、市场化”的原则，围绕“一镇一业”“一村一品”的工作思路，整合资产资源和帮扶资金，支持乡镇扶贫产业园发展，建成东海县双店鲜切花基地、灌云县东王集高效设施农业、灌南县百禄标准厂房、赣榆区城头农民创业园等乡镇特色扶贫产业园57个，创建扶贫车间202个，并通过入股量化等新型利益联结机制，帮助200多个经济薄弱村增收达标，不仅带动了贫困农户增收，也促进了当地经济社会发展。

▲ 赣榆区大吴山农村公路　市农业农村局供

（四）重点片区基础条件大幅改善

聚焦“两灌”省级重点帮扶县、石梁河库区省级重点片区和沂河淌市级重点片区，累计投入各类帮扶资金近10亿元，加快推动片区关键性工程项目落地见效。石梁河库区羽陈公路、268省道改造、赣榆丘陵山区高效节水灌溉等重点项目相继建成并投入使用，沂河淌片区改造危桥10余座，重点片区的交通、水利等基础设施和教育、卫生等公共服务条件得到显著改善，乡村旅游、林果种植等产业迅速发展。

三、经验启示

（一）坚持高位推动，强化组织领导

扶贫开发工作各项目标任务圆满完成，最重要的是各级党委、政府高度重视。“十三五”以来，按照“五级书记”抓扶贫的工作要求，始终将脱贫攻坚作为“一把手”工程。落实主体责任。建立月度通报、季度联席、半年观摩和年度述职“四项制度”，制定脱贫攻坚责任图谱，明确责任分工。全市各级各部门形成主要领导亲自抓、分管领导具体抓的工作格局，高效推动脱贫攻坚。强化建章立制。市里分别出台了《关于全面推进脱贫攻坚工程的意见》《关于推进脱贫致富奔小康工程的实施意见》《坚决打好精准脱贫攻坚战三年（2018—2020年）行动计划》《关于决胜高水平全面建成小康社会补短板强弱项的若干措施及5个专项行动方案》等政策文件，科学编制扶贫开发规划、石梁河水库片区和沂河淌片区发展规划，切实抓好脱贫攻坚顶层设计。开展结对帮扶。坚持省市县联动，重点县派驻扶贫工作队，经济薄弱村建立“1+3”帮扶模式，每个村安排一位市县领导挂联、一个后方单位帮扶、一名帮扶队员驻村，建档立卡户建立“1+1”结对帮扶机制，每个低收入农户至少与一名党员干部结对。

（二）狠抓行业扶贫，夯实增收基础

紧盯经济薄弱村和低收入农户脱贫标准核心指标，集聚行业部门资源，集中发力，精准施策，全力推动村户增收致富。狠抓产业扶贫促增收。按照“一镇一业”的工作思路，坚持宜工则工、宜商则商、宜农则农，全市累计投入各类产业扶贫发展资金13亿元，建成一批布局规划合理、主导产业鲜明、带贫机制完善的乡镇扶贫产业园、扶贫车间，带动建档立卡户和经济薄弱村增收脱贫。狠抓就业扶贫促增收。坚持把低收入劳动力就业作为扶贫重要举措，扎实开展技能培训，为招聘企业开展“订单式”培训，为低收入劳动力提供“点单式”培训。狠抓金融扶贫促增收。出台《关于推进扶贫小额贷款投放的十条意见》，市级财政专门安排600万元激励基金，近年来每年发放扶贫小额贷款3亿元以上，惠及建档立卡农户万余户。狠抓消费扶贫促增收。在全省率先创建消费扶贫创新创业中心，帮助县区搭建线

上线下消费扶贫专馆，积极推动政府采购扶贫产品政策落实，拓展经济薄弱地区特色农副产品销售渠道。

（三）突出兜底保障，筑牢脱贫底线

将“两不愁三保障”作为精准脱贫的底线红线，推动各项兜底保障措施落地见效。全面落实“三保障”。落实好控辍保学、困难学生资助等教育扶贫政策，“十三五”时期全市累计发放各类助学金5.18亿元，建档立卡家庭义务教育阶段学生资助实现全覆盖，无因贫失学辍学现象。严格落实低收入人口城乡居民医疗保险保费资助、“先诊疗后付费”等健康扶贫政策，建档立卡人口县域内公立医疗机构住院合规费用报销比例达90%以上。建立农村危房改造动态监测机制，实现农村危房动态清零。织牢兜底“保障网”。注重低保政策与扶贫政策的有效衔接，农村低保补助标准稳步提高，由2011年每人每月210元提高至672元，兜底保障能力不断提升。

（四）加强督查考核，提升脱贫质量

充分发挥考核指挥棒作用，建立健全年度考核奖惩机制，推动各级各部门履职尽责。严肃扶贫督查考核。印发《县（区）党委和政府扶贫开发工作成效考核办法》《市直机关扶贫开发工作成效考核办法》，规范考核内容和程序，不断完善扶贫工作考核机制，确保各项扶贫政策落实、落地、落细。实行线上线下监管。开发“阳光扶贫”监管系统，通过对扶贫资金流向、扶贫项目实施等流程再造，扶贫对象、帮扶力量、扶贫资金、扶贫项目系统数据相互关联，实现线上线下有效监管，确保扶贫资金扶到点上、浇到根上，对精准脱贫起到了“压舱石”的作用。加强先进典型宣传。在市广播电台开设《脱贫攻坚之路》《振兴吧，乡村！》等专栏，宣传各项精准扶贫政策、脱贫致富典型等，营造浓厚的扶贫工作氛围。以连云港市脱贫攻坚典型案例为原型，创作《扶情》《百姓来为你点赞》《誓把荒山变金山》等文艺作品20余个，特别是现代淮海戏《孟里人家》，作为唯一一部代表全省参加中宣部、文化和旅游部举办的2020年全国基层戏曲院团网络会演，广受好评。

乡风文明培育

乡风文明是乡村振兴的铸魂工程。党的十八大以来，连云港市紧紧围绕农村精神文明建设工作部署，全面实施乡风文明培育行动，有力提升农村群众的文明素养和乡村社会文明程度，农民精神风貌明显改善，农村群众文化生活更加丰富，乡村社会文明程度显著提升，为全面推进乡村振兴提供有力的精神支撑和丰润的道德滋养。

一、发展历程

（一）围绕社会主义新农村建设做好农村精神文明建设（2005—2011年）

2005年，中国共产党第十六届中央委员会第五次全体会议通过的《中共中央关于制定国民经济和社会发展第十一个五年规划的建议》提出了建设社会主义新农村的重大历史任务，首次将“乡风文明”纳入社会主义新农村建设的“二十字方针”，即“生产发展、生活宽裕、乡风文明、村容整洁、管理民主”，就此开启了乡风文明建设之路。2006年，在《江苏省国民经济和社会发展第十一个五年规划纲要》中，江苏省首次提及乡风文明建设的有关内容。

这一时期，连云港市以发展农村先进文化为重点，以“城乡联动、结对共建、优势互补、共同发展”为主要形式，持续推进城乡共建文化先进村活动，积极组织动员文明行业、文明单位深入农村开展共建，扎实开展科技、文化、卫生“三下乡”以及“送书送戏送电影下乡”“科普惠民兴村”等公益性活动，引导农民崇尚科学，抵制迷信，移风易俗，破除陋习，树立先进的思想观念和良好的道德风尚，在农村形成文明向上的社会风貌。2005年，赣榆区柘汪镇入选第一批全国文明村镇；2008年，赣榆区青口镇宋口村入选第二批全国文明村镇。

（二）围绕美丽乡村建设深化农村精神文明建设（2012—2017年）

党的十八大召开以来，习近平总书记就建设美丽乡村、加强农村精神文明建设，提出了一系列富有创见的新思想、新观点、新要求。强调美丽中国要靠美丽乡村打基础，要继续推进社会主义新农村建设，为农民建设幸福家园。乡村文明是中华民族文明史的主体，村庄是乡村文明的载体，耕读文明是我们的软实力，要保留乡村风貌，坚持传承文化。

▼ 东海县白塔埠镇新元村新时代文明实践站组织开展“红色经典润童心”主题阅读活动　市文明办供

这一时期，连云港市以美丽乡村建设为主题，以培育和践行社会主义核心价值观为根本任务，以群众性精神文明创建活动为载体，结合“我们的节日”组织开展民俗文化活动，深入持久开展核心价值观宣传教育，建设文明乡风。扎实开展农村环境综合整治，建立村庄保洁队伍，切实推进农村垃圾治理，整治脏乱差，建设洁齐美。健全农村公共文化服务体系，打造农村“十里文化圈”，推动公共文化资源向农村倾斜。深化文明村镇创建活动，赣榆区罗阳镇岭灶村、东海县青湖镇等9个村镇先后入选第三、四、五届全国文明村镇。赣榆区青口镇宋口村、海州区花果山街道前云村等4家获评“江苏最美乡村”，以精神文明建设的新成就扮靓美丽乡村。加强农村家庭文明建设，开展弘扬“好家风好家训”活动，开展好媳妇、好儿女、好公婆等评选表彰活动。进一步提升乡村学校少年宫建设标杆，打造更多乡村学校少年宫精品，广泛开展“七彩的夏日”“缤纷的冬日”“童声里的中国”等活动，加强关爱农村留守儿童、进城务工人员子女等特殊群体未成年人工作。发展新乡贤文化，充分发挥农村优秀干部、道德模范、身边好人等新乡贤群体的示范引领作用。2017年11月，方敬获评第六届全国道德模范（助人为乐类），为连云港市首位全国道德模范。

（三）全面实施乡风文明培育行动提高乡村社会文明程度（2018年至今）

2018年1月，《中共中央国务院关于实施乡村振兴战略的意见》指出：“乡村振兴，乡风文明是保障。必须坚持物质文明和精神文明一起抓，提升农民精神风貌，培育文明乡风、良好家风、淳朴民风，不断提高乡村社会文明程度。”历年来，中央一号文件均对乡风文明建设作了专题安排与决策部署。2018年7月，中央全面深化改革委员会第三次会议审议通过了《关于建设新时代文明实践中心试点工作的指导意见》，为推动乡村振兴战略、加强农村精神文明建设提供了重要载体。2019年6月，中共中央办公厅、国务院办公厅印发《关于加强和改进乡村治理的指导意见》，明确提出实施乡风文明培育行动。此外，2019年出台的《中国共产党农村工作条例》与2021年出台的《中华人民共和国乡村振兴促进法》，也对加强农村精神文明建设提出了具体要求。

2018年5月，市委、市政府制定印发《关于实施乡村振兴战略的三年行动计划》，深入开展农村精神文明创建，传承发展农村优秀传统文化，加强农村公共文化服务体系建设。12月，市委办公室印发《关于新时代文明实践中心建设试点工作的实施方案》，市委宣传部牵头建立新时代文明实践中心市级联席会议制度和部领导与新时代文明实践中心建设试点县区联系制度，新时代文明实践工作进入试点阶段。

2019年7月，市委宣传部、市文明办、市民政局等5部门联合印发《关于深入推进婚丧礼俗改革促进乡风文明建设工作的通知》，并在全市1420个行政村开展优秀村规民约征集活动，重点突出移风易俗和葬俗改茔，引导村民通过修订完善村规民约、成立红白理事会，培育文明乡风。9月，市文明办出台《关于农村人居环境整治及乡风文明建设水平提升的指导意见》，在全市全面实施“乡风文明培育行动”。

2019年10月11日，中宣部、中央文明办召开深化拓展新时代文明实践中心建设试点工作电视电话会议，对深化拓展新时代文明实践中心建设试点工作作出部署安排。赣榆区纳入新时代文明实践中心第二批全国试点名单。11月，东海县、灌云县、灌南县纳入新时代文明实践中心第二批省级试点名单。12月，连云港市精神文明建设指导委员会印发《关于深化拓展连云港市新时代文明实践中心建设试点工作的实施方案》，整体提升全市新时代文明实践工作水平。2021年底，全市共建立新时代文明实践中心6个、实践所90个、实践站1695个，实现了县区、乡镇、街道、村（社区）三级全覆盖。2022年11月，市委办公室印发《关于深化拓展新时代文明实践中心建设的实施方案》，将新时代文明实践中心建设工作由试点探索转为在全市范围内全面深化拓展，在阵地网络全覆盖的基础上进一步丰富活动要求，把新时代文明实践中心（所、站）打造成为深入宣传习近平新时代中国特色社会主义思想的重要载体和培养时代新人、弘扬时代新风的重要平台，以志愿服务为主要形式推动党的创新理论“飞入寻常百姓家”。

这一时期，连云港市以文明村镇创建、农村移风易俗、深化拓展新时代文明实践中心建设为重要抓手，把农村精神文明建设工作融入全市文明创建常态长效管理工作大局，推动农村精神文明建设工作制度化、常态化、长效化。自2019年连云港市新时代文明实践中心建设试点工作全面铺开以来，全市新时代文明实践中心（所、站）已成为学习践行科学理论、宣传宣讲党的政策、培育践行主流价值、丰富活跃文化生活、持续深入移风易俗的有效载体。推进移风易俗攻坚工程，广泛开展道德模范、最美家庭、星级文明户和好邻居、好婆媳、好妯娌等推荐评选活动，加大对先进典型的学习宣传礼遇和宣传力度，组织模范典型主题宣讲活动，以身边典型引领农村文明新风。完善文明村镇考核办法，让文明村镇创建成为助推农村人居环境整治、弘扬文明新风的强大动力。

二、主要成就

（一）社会主义核心价值观进村入户

党的十八大以来，连云港市高度重视新时代农村理论宣讲工作，周密组织、科学部署，弘扬和践行社会主义核心价值观，以农民群众喜闻乐见的方式，深入开展习近平新时代中国特色社会主义思想学习教育，让党的创新理论“飞入寻常百姓家”。

*面向基层宣讲理论政策。*连云港市各级宣传文化部门广泛开展习近平新时代中国特色社会主义思想基层宣讲活动，深化中国特色社会主义和中国梦宣传教育，持续推进“党的声音进万家”主题文明实践活动、“听党话、感党恩、跟党走”宣传教育活动，将党的创新理论在农村的传播纳入基层党员冬训重要内容，平均每年开展基层理论骨干培训、理论政策宣讲、理论图书配送等理论下基层相关活动1500余场。2021年，充分运用新媒体平台，创新开展“我是冬训主讲人”活动，组织张立祥、钟佰均等农村党组织负责人，颜成恩、印学金等农村理论骨干，精选“党的创新理论”“乡村振兴”“身边先进典型”“疫情防控”“四史”等主题，制作48个优秀主讲人视频线上展播，受到一致好评。

*加强思想文化阵地建设。*2023年，连云港市构建以市级“连理轩”品牌为引领，灌南县“与理分享”、赣榆区“‘理’花树”等9个县区子品牌，市妇联“小马扎”巾帼流动课堂、市革命纪念馆“小红砖”等30余个特色基层

理论学习宣讲品牌的“1+9+N”理论品牌立体式传播矩阵，组织专家学者、道德模范、“百姓名嘴”、“五老”代表、最美港城人和文艺工作者等，将党的创新理论与传统文化等有机结合，依托微宣讲、快板书、歌舞、剪纸等载体，发挥县级融媒体中心及“学习强国”等新媒体平台作用，把农村宣讲阵地建设成为线上线下团结教育引导群众的精神家园。

（二）新时代文明实践工作见行见效

2018年以来，连云港市不断深化拓展新时代文明实践工作，在健全工作机制、统筹整合资源、丰富活动内涵等方面持续发力，奋力提升新时代文明实践中心建设质效。

强化资源整合，文明实践走深走实。各新时代文明实践中心（所、站）依托党群服务中心、文化服务中心等综合服务设施，打通党员活动室、道德讲堂、农家书屋、科技示范基地等，建立新时代文明实践“五大平台”。各新时代文明实践中心（所、站）均配置一批专兼职工作人员，负责日常管理运行；均建立由党政主要负责同志任组长的新时代文明实践志愿服务队伍，发挥乡土文化人才、科技能人、“五老”人员、创业返乡人员等作用，设置理论政策宣讲、文化文艺服务、助学支教等“8+N”“5+N”志愿服务队。依托“江苏志愿服务网”等，完善志愿者招募、项目发布、供需对接等制度；通过上门走访、发放问卷、设置意见箱等，征集群众需求，逐步完善“点单—派单—接单—评单”工作模式。全市各新时代文明实践中心（所、站）基本达到有场所、有队伍、有活动、有项目、有机制的“五有”标准。

丰富活动内涵，文明实践深入人心。围绕新时代文明实践五项工作任务，各中心新时代文明实践（所、站）常态化开展理论宣讲、政策解读、文化文艺、扶贫帮困、科普宣传等文明实践活动。重点推动党的创新理论进基层，组织党员干部、理论专家、百姓名嘴等，开展形式多样的理论宣讲活动，涌现出“乡‘理’乡亲”宣讲团、“千树万树‘理’花开”“习语晨读”等一批理论宣讲品牌。聚焦“一老一幼”等重点人群，精准打造“情暖夕阳”“37°幸福小屋”等一批有温度的文明实践项目。紧扣乡村振兴、生态环保等重大发展战略，组织实施“产业富民奔小康”“E起晶彩”电商直播培训大讲堂、“关爱鸟类湿地，守护绿水青山”等项目。着力培育文明新风，组织开展“治理高额彩礼 减轻人情负担 推进移风易俗”专题行动，加强移风易俗类公益宣传，营造抵制高价彩礼、反对大操大办、崇尚勤俭节约的浓厚氛围。围绕省文明办年度重点工作，积极对接群众需求，拓展文明实践形式内容，分别在春季、夏季晚间和秋冬季节组织开展“春风行动”“点亮星夜”“温暖秋冬”等文明实践主题活动，活动效果良好，受到基层群众的欢迎和好评。

（三）群众性精神文明建设工作走深走实

党的十八大以来，连云港市不断深化群众性精神文明建设工作，坚持“为民惠民、共建共享”，逐步形成城乡一体、共创共建的全域文明新格局。

深化文明村镇创建。2005年以来，连云港市创成全国文明村镇16个、省级文明村镇77个、市级文明村镇233个，全市县级以上文明村镇占比达70%以上。依据《全国文明村镇指标体系及测评要求》，连云港市围绕农村人居环境整治、移风易俗等内容，加强对文明村镇调研指导和日常管理，将536个村镇列入市、县（区）两级常态化实地考察，优化预申报管理清单，推动村镇创建全覆盖。发挥城市对农村的辐射带动作用，持续深入开展208个省级以上文明单位与200个乡村振兴重点帮促村“城乡结对、文明共

▲ 乡村少年宫的学生展示剪纸长卷　市文明办供

建”，结合“我为群众办实事”实践活动，在结对帮扶村开展村居卫生环境整治、基础设施修缮、文体器材添置等惠民项目。

做好先进典型选树。深入持久打造具有港城特色和时代特征的“美·德照亮港城”典型宣传品牌，持续擦亮“一群好人、满城春风”城市品牌，鼓励评选新乡贤、好婆媳、叶欣仁（热心人）等草根典型，运用故事巡讲、公益广告、文艺节目等形式在基层广泛传播好人文化，以王继才夫妇、姜霜菊、柏纪荣为原型，创作巡演淮海戏《孤岛夫妻哨》、现代京剧《九月菊》《大树成荫》，深度传播好人故事。实现县区好人馆（园）、乡镇（街道）好人广场（长廊）、村（社区）好人榜（善行义举榜）全覆盖。2023年开展“最美港城人”——优秀“三农”人评选活动，展示连云港“三农”工作者扎根基层、拼搏奉献的事迹风采。

打造乡村特色少年宫。连云港高度重视农村青少年教育问题和精神文化生活，实施“乡村少年宫”建设提升行动，2022年起，先后升级打造“乡村少年宫”109所，其中依托文明实践中心（所、站）建设69所、依托乡村学校少年宫建设33所、依托其他阵地建设7所。在新时代文明实践智慧云平台基础上，开设艺术培训、劳动体验、科技科普、手工实践、文明礼仪等网上课程，把乡村“复兴少年宫”建成农村未成年人思想教育的阵地、文体活动开展的园地、社会实践能力培养的基地。东海县创新建立“送课到家”派单、接单服务模式；赣榆区打造“榆你寻梦”留守儿童成长守护、“益路童行 非遗助学 巧手圆梦”“红色少年”志愿宣讲等特色志愿服务项目，为乡村“复兴少年宫”赋能。

（四）农村移风易俗改革入脑入心

连云港市全面推行移风易俗，整治农村婚丧大操大办、高额彩礼、铺张浪费、厚葬薄养等不良习俗，以文明实践引领乡风文明，以村规民约培育乡村正气，以丰富活动营造浓厚氛围，促使乡风文明不断向善向好。

建立长效机制。2019年，在全市开展优秀村规民约征集评选活动，引导全市各村修订村规民约，充实婚事新办、丧事简办、文明健康、绿色环保等相关内容，将反对高额彩礼、愚昧迷信、厚葬薄养等陋习融入村规民约，使村规民约“小规章”成为群众办理婚丧嫁娶事宜自觉遵循的“硬杠杠”。在市电视台综合频道《文明在你身边》栏目开设优秀村规民约宣传专题，并在连云港日报、连云港人文、文明连云港等各类媒体加大移风易俗助力农村精神文明建设宣传力度。2022年，印发《连云港市“治理高额彩礼 减轻人情负担 推进移风易俗”行动实施方案》，重点开展新风倡树、示范引领、群众自治、文明规范、文明实践等五大专项行动。把移风易俗工作纳入群众性精神文明创建年度考核，作为评选文明单位、文明村镇、文明家庭的重要依据。

强化宣传教育。2022年9月和2023年9月，连云港市集中开展“农村移风易俗主题宣传月”活动，以新时代文明实践（中心）所站、好人广场、道德讲堂等阵地为依托，举办“倡导移风易俗弘扬时代新风”群众文艺精品巡演活动，开展“移风易俗演出进镇村”文艺展演、百姓名嘴说新风、民间艺人唱新风、村民群众议新风活动。开展家风家教主题宣传活动，讲好家庭故事、传播家教理念、弘扬优良家风。广泛使用宣传标语、横幅、宣传画等，深入基层开展宣讲、巡演、签名承诺等活动，宣讲移风易俗政策和举措，营造移风易俗良好社会氛围。

革除陈规陋习。充分发挥自治组织在移风易俗改革中的积极作用，实现村级红白理事会、村民议事会、道德评议会等村民自治组织全覆盖。开展婚丧礼俗改革，联合市民政局等相关单位印发《关于深入推进婚丧礼俗改革促进乡风文明建设工作的通知》，引导村民签订婚丧事简办承诺书，规范农村婚丧嫁娶、子女升学、老人做寿等民风民俗类事宜。发挥党员干部模范带头作用，建立党员干部操办婚丧事宜报备制度，依法依规遏制大操大办。积极推广运用“积分制”“清单制”“农村高额彩礼、大操大办等不良风气整治”三个“一张图”典型方式，指导各村（社区）制定或修订村规民约、居民公约。推进殡葬改革，连云港市民政系统持续推进镇街公益性公墓和节地生态葬设施重点项目，开展为期3年的散葬乱埋专项治理，落实殡葬“两个规划”，改造散葬坟18.6万座、老坟地3309处，节约土地3.4万亩，建立市公益性公墓价格形成机制，保障群众逝有所安。

（五）农村公共文化服务体系健全完善

党的十八大以来，连云港市持续提档升级基层公共文化服务建设，公共文化服务的数量和质量明显提升，便利性、均等性显著增强，使人民群众的文化获得感幸福感不断增强。

加强公共文化设施建设。积极推动基层综合性文化服务中心与新时代文明实践站（所）功能融合，乡镇（街道）综合文化站建设全部达标，截至2023年，连云港市已先后打造市级示范综合性文化服务中心85个、示范社区文化广场50个、农村文化礼堂50个、示范文化站50个等。推动乡村阅读阵地提档升级，打通覆盖县乡村三级的基层网络阅读阵地，建成小镇书房74家，市级示范农家书屋140家，实现农家书屋有声图书馆全覆盖。2023年，赣榆区柘汪镇响石村农家书屋入选全国最美农家书屋。大力推进乡镇影院建设，乡镇影院数量和农村观影人数加快增长，现已建有乡镇影院22家，乡镇覆盖率达到25.09%，乡村“十里文化圈”基本形成。

增强乡村文化供给。连云港市定期举办农民艺术节、乡村阅读季、“我的书屋·我的梦”农村少年儿童阅读实践等文化活动，年均组织开展送戏下乡1200余场次，年均组织农村电影公益放映服务17000场次，开展农家书屋主题阅读活动千余场。2016—2022年，连云港市海州区大学生村官“流动红”放映队、灌云幸福蓝海影城分别获全国“服务农民、服务基层文化建设先进集体”称号，连云港市乡镇影院建设工作作为典型被央视电影频道《中国电影报道》栏目特别报道。精心组织创作农村题材文艺精品，

▲ 赣榆区墩尚镇新时代文明实践所开展民间文艺巡演暨“四季村晚”系列活动

市文明办供

长篇报告文学《主角是农民》《致敬激情岁月》、话剧《海边的年轻人》、广播剧《董力生》、吕剧《花样的日子》等一批作品相继推出；持续推动音乐儿童剧《寻找花果山》、民族器乐剧《乐见西游》等优秀舞台剧目进乡村巡演，开展献礼影片公益展映等电影惠民活动，深化“深入生活、扎根人民”主题实践活动，统筹各级文艺生产单位、文艺人才组建文艺小分队持续开展“送戏、送书、送电影”下乡活动。采用政府购买和集中配送的形式，把演出、电影、展览、图书等优质公共文化资源配送到乡村，推进乡村文化建设。

传承优秀传统文化。连云港市不断深化“我们的节日”主题活动，紧扣春节、元宵节辞旧迎新、阖家团圆，清明节慎终追远、缅怀先烈，端午节奋力拼搏、奋勇前进，七夕节相亲相爱、传承家风，中秋节团圆幸福、家庭美满，重阳节尊老敬老、孝老爱亲等节日主题，依托新时代文明实践中心（所、站）、农家书屋、道德讲堂等阵地，积极组织文艺院团、文化志愿者等社会力量，开展“我在新时代文明实践中心过佳节”系列活动，结合传统节日民俗文化，举办庙会灯会、舞龙舞狮、民俗踩街、祭扫踏青、包粽子、乞巧对歌、赏月诵读、登高赏菊等内涵丰富、形式多样的文化活动，坚持农民唱主角，开展“我们的村晚”等群众性文体活动。

深入开展“三下乡”活动。1997年，连云港市正式开展文化科技卫生“三下乡”活动，28年来，内容日益丰富，方法手段不断创新，已成为连云港市农村精神文明建设的响亮品牌，成为深受农民群众欢迎的民心工程。全市37家“三下乡”活动成员单位先后深入全市1600多个村、社区，参与下乡人员达50万人次，捐款捐物、投入项目资金累计达7.5亿元。扎实开展“百名教授兴百村”活动，借助南京农业大学、省市农业科研机构的技术力量，先后组织800余名专家教授进村入户，帮助农民理清发展思路、制定发展规划、开展技术指导，给广大农民送去致富的金钥匙。有3000多项科技成果在农村转化，为镇村企业解决6000多项关键技术难题，为农民带来实实在在科技支持。持续打造“我们的中国梦”系列广场文化活动、“婆婆妈妈”大舞台、“文化大篷车”等惠农文化品牌，切实丰富农民精神文化生活。开展“强国复兴有我”“我们的中国梦——文化进万家”等文艺演出9000多场，受惠群众达200万人次。

玖

社会民生

劳动就业工作的发展
社会民生的改善
社会保障的完善
教育事业的发展
文化事业的发展
卫生健康事业的发展
市域社会治理现代化工作的发展

劳动就业工作的发展

40年来，连云港市逐步完善就业制度、及时调整就业政策，全市就业总量持续增加，就业结构不断优化，有力地推动了全市经济长期快速发展。党的十八大以来，市委深入贯彻习近平总书记关于就业工作的重要指示批示精神，坚持实施就业优先战略和积极的就业政策，通过促进重点群体就业、支持创业带动就业、健全人力资源服务体系、规模开展职业培训、强化劳动权益保障等举措，积极培育高质量充分就业新动能，全力助推中国式现代化连云港新实践。

一、劳动就业改革发展历程

（一）就业体制从计划管理走向市场调节

1.实行“三结合”就业方针，开启劳动用工制度改革之旅

改革开放以前，全国长期实行的是“统包统配”的就业政策，这一就业管理模式对于解决就业问题曾发挥过重要的作用，但随着经济社会情况的不断变化，这种体制带来的人浮于事、效率低下的弊端越来越严重。1981年为落实省委于当年9月15日作出的在全省实行劳动制度改革的决定，连云港市首次在市渔业公司试招一年以上合同制工人110人。随后又将试招范围扩大至市内30个全民所有制企业单位。至1983年全市已招收劳动合同制工人4726人，其中赣榆、东海、灌云三县共有354人。但由于当时各项改革措施不配套，该批工人此后仍按固定制工人管理。

1984年12月，市政府下发《连云港市实行劳动合同制暂行办法》，确定此后新招工人一律实行劳动合同制，对合同制工人实行养老、待业、医疗等社会保险制度。同年12月18日，连云港市召开全面推行劳动合同制动员大会。至1990年末，全市劳动合同制工人达5.91万人，其中全民合同制4.89万人，占全民所有制职工总数的18.25%；集体合同制10248人，占集体所有制职工总数的8.97%。从1985年5月起，在国家统筹规划和指导下，连云港市实行劳动部门介绍就业、自愿组织起来就业和自谋职业相结合的“三结合”就业方针。在积极宣传当时的就业形势和国家相关政策、力争转变待业人员就业观念的同时，努力挖掘潜力，拓宽就业渠道，鼓励大中型企业发展集体经济，兴办和扶持第三产业。至1990年底，全市已兴办集体性质的城镇经济实体540个，安置1.41万名待业人员就业。1980—1988年，全市累计安置9.43万人就业，1988年底全市待业率已由改革开放前的4.72%下降至2.2%。

2.打破“铁饭碗”用工制度，建立市场导向的就业机制

劳动计划（包括国家指令性计划和指导性计划）管理的固定工制度阻碍了劳动力的流动，养成了职工的“铁饭碗”意识，不利于劳动力资源的有效配置和职工工作积极性的发挥。1984年后随着劳动用工制度改革的不断深化，劳动用工计划逐渐缩减，至1993年基本取消，至2003年全面取消。

1986年7月，国务院颁布了国有企业劳动制度改革的“四项规定”，即：《关于国营企业实行劳动合同制暂行规定》《关于国营企业招用工人暂行规定》《关于国营企业辞退违纪职工暂行规定》《关于国营企业职工待业保险暂行规定》。废除企业招工“子女顶替”（即内招）办法，仍保留矿山井下、野外勘探、海洋捕捞、盐业生产四个行业“内招”办法暂不变。同年11月13日，市政府批转市劳动人事局《关于贯彻执行国务院改革劳动制度四个〈暂行规定〉及省政府实施细则的意见》。1988—1991年，共办理矿山井下等四个行业的“内招”职工子女政策招工录用手续1250人。

1992年，国务院颁布《全民所有制工业企业转换经营机制条例》，规定国有工业企业用人不受时间和数量的限制，进一步推动了国有企业用工进

入劳动力市场。同年5月，连云港市开始推行全员劳动合同制，选取连云港市外贸运输公司等5家企业试行。市劳动局成立劳动制度综合配套改革领导小组，先后研究制订《关于进一步搞活大中型企业的若干措施》《关于贯彻市政府〈关于深化企业内部配套改革若干意见〉的实施意见》。市政府办公室于当年8月，转发市劳动局关于劳动工作简政放权转换职能的意见，确立和扩大企业用工自主权，允许企业根据生产和工作需要，在国家政策和核定的用人计划内，有权在本地区城镇待业人员中自行招工，可自主决定用工数量、形式、时间、对象、条件，面向社会公开招收，经全面考核后择优录用；允许不同所有制身份的工人在不同所有制企业间进行流动。截至1992年12月末，全市劳动合同制工人已有7.4万人，占全市职工总数的18.5%；其中全民所有制单位合同制职工5.3万人，占全民所有制职工总数的19%。

1993年，连云港市开始改革劳动力资源配置方式，确立企业是用人主体和劳动者是劳动主体的用工制度。企业在招收市区城镇户口的待业人员时，不需再逐级呈报招工计划，劳动部门也不再下达招工指标，而改为在年终统计时予以认可。改革工人身份由企业所有制限定的管理办法，规定企业无论属于何种所有制性质，其新招收的工人，只要与企业签订劳动合同、缴纳养老保险金、办理录用手续，均为企业劳动合同制工人，可在市区内合理流动，不再按全民或集体区分个人身份。当年，连云港港务局首先开始实施全员劳动合同制。到年底，全市实行全员劳动合同制的企业已有100多家。

1995年《中华人民共和国劳动法》实施以后，市政府发布《连云港市劳动合同制度实施细则》，要求市内所有企业在年底前全部实行劳动合同制度，取消不同所有制企业职工的身份界限，取消用人单位内全民职工与集体职工、干部与工人、固定制职工与合同制职工的身份界限，各类人员全部由用人单位按照劳动合同制统一管理。到年底，全市企业职工实行劳动合同制的已达29.79万人，约占全市企业职工总数的93.77%。

1996年，连云港市在企业中推行集体协商和集体合同制度。选择连云港市化肥厂、市百货大楼等8家已实行现代企业制度的单位作为试点，同年，开始将劳动合同制向乡镇企业、私营企业和个体工商户延伸。年底，全市签订劳动合同的国有、集体、外商及港澳台商投资企业的职工已有35.2万人，签订率由1995年的93.7%上升到99.96%；全市机关、事业单位工勤人员有87%签订了劳动合同，全市乡镇骨干企业签订劳动合同的职工已有1.91万人，私营企业签订劳动合同的已有1225人。

2003年6月16日，市劳动和社会保障局下发《关于进一步深化劳动保障用工制度改革的通知》，明确取消企业招工限制条件，取消劳动者就业和劳动关系转移限制条件，取消外来劳动力、农村劳动力和临时性用工审批计划，打破劳动者地区、城乡和身份限制，全面推行城乡就业一体化。至此，劳动计划管理制度退出历史舞台，市场为导向就业机制正式确立。2005年，市劳动和社会保障局下发《关于转发废止农村劳动力跨省流动就业管理暂行规定及有关配套文件的通知》，取消针对农村劳动力进城就业的各种限制性政策规定，废止《外来人员就业证》和《外来人员就业登记卡》。

高校毕业生分配制度也开始了改革。1989年开始逐步实行毕业生自主择业，用人单位择优录用的“双向选择”制度。1993年，实行少数毕业生由国家安排就业，多数毕业生“自主择业”的就业制度。

（二）农村劳动力挣脱土地束缚走向统筹城乡就业

农业家庭承包制改革对农业生产产生巨大激励效应，大幅度提高生产效率之后，农业劳动时间大大节约，形成了劳动力富余，同时，伴随农业现代化水平的不断提高，越来越多的农村劳动力从土地上解放出来，农村劳动力转移就业成为大势所趋，大致经历了从种植业向林牧渔业转移、向本地乡镇企业转移、向城镇或跨地区转移等三个阶段。

1.制度障碍不断松融，农村劳动力进城务工成为可能

各种制度障碍的逐渐拆除是农村劳动力流动的关键。20世纪80年代起，政府逐步解除限制农村劳动力流动的政策。随着农村劳动力就地转移渠道日益狭窄，1983年政府开始允许农民从事农产品的长途贩运和自销，第一次给予农民异地经营以合法性。1984年进一步放松对劳动力流动的控制，开始鼓励劳动力到临近小城镇打工。1988年允许农民自带口粮进入城市务工经商。

2.解决城镇就业大背景下，农村劳动力转移相对受抑制

20世纪90年代，在对待农村劳动力流动的政策倾向上，实行临时工许可制度，限制并且清退计划外用工。1989年，市计经委和市劳动局联合发文，要求各单位严格清退计划外用工，当年完成清退3200人。1990年，实行农村劳动力《临时务工许可证》制度，1991年，下发《连云港市全民所有制企业临时工管理暂行办法》。1997—2003年，为腾出就业岗位安置企业富余人员和城镇新生劳动力，市劳动局每年均下发关于加强对外来劳动力计划管理工作相关文件，控制和减少使用外来劳动力，仅1998年全市就清退外来劳动力8432人，腾岗安置失业和下岗职工6088人。

3.城乡统筹就业政策确立，农村劳动力转移进入快车道

从2000年开始，2001年公布的“第十个五年计划纲要”和2006年公布的“第十一个五年规划纲要”中明确对农村劳动力流动的支持和鼓励，提出改革城乡分割体制，取消对农民进城就业的不合理限制的指导性思路，被称作城乡统筹就业的政策。2004年初，市委、市政府决定，农村劳动力转移工作由市委农工办转为劳动保障部门承担。2006年，全市农村劳动力资源调查显示，全市355万乡村人口中，农村劳动力162万，其中女性70.6万人；其中84万实现由农业向二、三产业转移就业。2011年的“第十二个五年规划纲要”提出，促进城乡劳动者平等就业，努力实现农民工与城镇就业人员同工同酬，提高农民工工资水平。2021年的“第十二个五年规划纲要”进一步提出，统筹城乡就业政策，推进农民工在就业地平等享受就业服务，完善城乡和区域间的社会保障衔接机制，促进劳动力城乡双向流动。到2023年底，全市农村劳动力转移达138万，转移就业比重达78%，而连云港沿海开放之初的1984年，全市农村劳动力从事第一产业以外人员8.1万，只占同期乡村劳动者总数的6.2%，前后40年，农村劳动力向二、三产业转移就业已经翻了17倍。“打工经济”已经成为农民持续增收的主渠道。

（三）就业服务体系逐步建立并不断完善

1.顺应就业管理服务的需求，劳动就业管理服务机构应运而生

1980年，连云港市劳动服务公司建立，其主要职能为安置城镇待业青

年就业；城区各街道办事处（镇）也相继建立劳动服务公司或劳动服务站。1982年起，市内各行业主管局（公司）和市各直属单位纷纷建立本系统或本单位的劳动服务公司。至1990年末，全市经劳动行政主管部门批准建立的劳动服务公司已达54家，初步形成以安置待业青年就业为主、为生产和生活服务的劳动服务公司网络。

1991年1月，连云港市劳动服务公司更名为连云港市劳动就业管理处，各县、区劳动行政部门设置的劳动服务公司也随之更名为县、区劳动就业管理处，均为全民事业单位。城区各乡、镇、街道办事处劳动服务站同时更名为就业管理站，为集体事业单位。1997年3月全市乡镇劳动管理服务机构统一更名为乡（镇）劳动所或乡（镇）劳动管理服务所。

2005年，市劳动就业管理处建成全市中心机房，全市公共就业信息系统正式开通。到2014年9月底，已经实现市、县区、街道（乡镇）、社区四级公共就业服务全部联网。2023年，全面建成“就在港城”智慧就业服务平台，全市3.4万家参保单位和85万参保人群纳入覆盖范围。重点强化人社基层服务平台建设，全市共建成94个街道（乡镇）、1723个社区（村）人社基层公共服务平台，市、县（区）、街道（乡镇）、社区（村）四级就业服务体系全面建成。

2.顺应市场化就业的需求，人力资源市场不断发展壮大

1992年12月，《连云港市职业介绍工作暂行办法》出台。1993年2月10日，连云港市职业介绍所成立。此后各县区职业介绍机构相继成立。1993年6月8日，市职业介绍所举办首次劳务洽谈会，市区22家用工单位和拥有各类技术专长的求职人员进场参加洽谈；经用工单位和求职者当面协商，签订意向性用工协议53份，填写《求职登记表》133份。

1995年3月，市职业介绍所更名为连云港市职业介绍服务中心。年底，市、县（区）劳动部门已建立职业介绍机构8个、乡镇街道劳动就业服务站103个，另有经劳动部门批准建立的社会职业介绍机构11个，初步形成全市性的职业介绍网络。

1996年10月，连云港市劳动力市场建成投入使用，至当年底已有59家企业先后进场招工，进场洽谈就业的劳动者达7580人次，其中975人被

各类企业录用。

2004年7月，劳动力市场更名为人力资源市场，市场在服务用人单位用工、劳动者求职择业等方面发挥的作用日益显著。赣榆县、东海县、海州区、连云区劳动力市场相继建成投入使用。当年全市各人力资源市场共举办就业再就业专场招聘会88场，其中市、县、区联动大型招聘会9场，共有4.3万余人进场求职，为2.9万余人次下岗失业人员进行免费求职登记。

2021年以来，突破人力资源市场限制，创新岗位供开展“直播带岗”“招聘夜市”等特色招聘活动。2023年，开展“招聘夜市”“招聘进商圈”“直播带岗”等招聘活动530场，提供招聘岗位29.8万个次，求职登记人员26.6万人次。2022年，省人社厅提出2025年底前，全省建成100家省级规范化零工市场，支持多渠道灵活就业，更好地促进大龄和困难等零工人员实现就业。连云港市将规范零工市场建设纳入健全高标准人力资源市场体系建设的重要环节，加快零工市场建设。经省认定，灌云零工市场、海州零工市场和赣榆零工市场为省级规范化零工市场。

3.顺应城乡一体化的需求，覆盖城乡的公共就业服务体系逐步建立完善

2011年的“第十二个五年规划纲要”提出健全统一规范灵活的人力资源市场，完善城乡公共就业服务体系，推动就业信息全国联网，为劳动者提供优质高效的就业服务。连云港市公共就业服务体系不断发展壮大，到2014年9月底，市、县区均设立了就业管理服务机构、公共职业介绍机构（人力资源市场）、公共人才服务机构和公共就业培训机构（就业训练中心）；成立市、县区、街道（乡镇）创业服务指导机构104家；26家街道、61个乡镇全部建立人力资源和社会保障服务中心；234个社区、1426个行政村全部设立人力资源和社会保障服务站（窗口），2716名就业工作者在1887个服务点上为全市249万（171万农村从业人员和78万城镇从业人员）城乡从业人员提供公共就业服务，覆盖城乡的公共就业服务体系基本建成。2021年的“第十二个五年规划纲要”提出，持续加强统一规范的人力资源市场体系建设，着力打造覆盖全民、贯穿全程、辐射全域、便捷高效的全方位公共就业服务体系，提升劳动力市场供需匹配效率。连云港的公共就业服务体系持续完善，到2023年12月底，创新打造“家门口”就业

服务站20个，为群众提供“就在身边”的公共就业服务；充分调动各方力量参与公共就业服务，培育首批市级骨干人力资源服务企业5家；积极推进数字化就业转型，创新开发“就在港城”等本地化应用场景，推动社保卡“一卡通办”，开通就业登记、就业援助、就业补贴等多种就业服务事项。

二、劳动就业改革主要成就与经验启示

（一）主要成就

1.就业机制实现转变，就业渠道趋于多元

完成了由政府“统包统配”就业机制向劳动者自主择业、市场调节就业、政府促进就业相结合机制的转变。就业渠道趋于多元化，就业形式日益灵活多样，各类劳动者平等参与市场竞争，市场机制在人力资源配置中的基础性作用越来越明显。

2.就业规模日益扩大，就业结构不断优化

1984—2022年，全市从业人员数从166.89万人增加到247万人，年均增加2万人；三次产业就业人员比重由73.4∶14.1∶12.5转变为26.5∶31.6∶41.9，第三产业从业人数年均增加超2万人，成为扩大就业的重要渠道。

3.就业政策有效落实，各类群体有序就业

积极就业政策的实施，基本解决了国有企业职工下岗失业问题。据劳动部门统计，自1995年启动再就业工程至1997年底，全市共有4.86万名（人次）失业和下岗职工重新走上工作岗位，再就业率达50%。到2007年底，基本解决了国有企业下岗职工再就业的问题，完成了下岗职工基本生活保障向失业保险的并轨。从2006年起，对就业困难人员个人缴纳社会保险给予补贴，全市每年有1万多人享受这一惠及民生的政策。

4.就业调控扎实推进，政府就业职能得到强化

政府加强对就业工作的宏观调控，强化了促进就业的职能，2003年以来，连云港市将城镇新增就业和控制城镇登记失业率纳入政府宏观调控的重要指标，城镇登记失业率近年来都保持在5%以内，在扩大就业的同时，保持了就业局势的基本稳定。

5.基层基础得到夯实，就业体系基本建成

市、县、区都建立了以公共职业介绍机构为窗口的综合性服务场所，对城乡劳动者广泛开展就业政策和信息咨询、职业介绍和职业指导等服务。

（二）经验启示

1.坚持就业优先，推进发展经济与扩大就业的良性互动

正确处理扩大就业与经济发展的关系，将扩大就业与经济发展紧密结合相互促进，持续扩大就业容量。突出经济发展就业导向，做强石化、医药、新材料等主导产业，提供更多就业岗位。支持平台经济等新经济形态，大力发展特色产业，培育接续有力的就业动能。在经济发展的总体布局、要素投入、目标导向和具体安排方面都要将扩大就业作为一项重要内容，在实现经济快速发展的同时，创造更多就业机会。

2.坚持市场导向，明确并强化政府促进就业的责任

充分发挥政府职能作用，是解决就业问题的重要保证。将强化政府职责与更好发挥劳动者自主积极性有机结合，进一步贯彻好劳动者自主就业、市场调节就业、政府促进就业和鼓励创业的方针。一方面，通过人力资源市场和人才市场，到市外、省外建立劳务基地、人才基地，满足用人单位用工需求和人才需求。另一方面，通过制定创业扶持政策、落实创业引导资金、扩大创业小额担保贷款贴息投放规模等措施，加大创业帮扶，激发创业热情，引导和带动更多的群众投身到全民创业大潮中去。

3.坚持与时俱进，提升优质公共就业服务供给能力

随着城乡发展一体化进程的加快，公共就业服务质量对促进就业创业的作用也越来越凸显。要进一步健全完善市、县区、街道（乡镇）、社区（村）四级公共就业服务体系，实现就业服务与社区居民零距离，推进城乡公共就业服务均等化，推动人力资源合理流动。必须始终抓好重点群体的就业，做好就业困难人员分类帮扶工作，落实好职业技能培训、社会保险补贴和小贷贴息政策，确保城镇零就业家庭和农村零转移家庭“发现一户，解决一户”。落实农村就业服务四项制度，引导农村劳动力有序转移就业。实施高校毕业生就业促进、就业储备等五项计划，帮助他们顺利实现就业。

三、劳动关系改革发展历程

1984年12月3日，市政府批转《连云港市实行劳动合同制暂行办法》。同年12月18日，市政府召开全面推行劳动合同制度全市动员大会，并规定从即日起，除少数按有关政策规定的大中专毕业生、复员军人仍作为固定工安置外，其它招工全部实行劳动合同制。

1994年，开始按国家规定实行职工每日工作8小时、每周工作44小时的新工时制度。当年5月，市劳动局和市人事局联合转发江苏省劳动厅和江苏省人事局关于实施新工时制的通知，规定：实行新工时制后，企业原实行25.5天月工资制和实行计件工资、定额工资的单位，应按法定工作23.5天相应调整月工资率和计件、定额工资单价。

1995年2月13日，市劳动局在转发劳动部《关于企业实行不定时工作制和综合计算工时工作制度的审批办法》时规定，企业需要实行不定时工作制和综合计算工时工作制等其他工作和休息办法的，省属企业由省行业主管部门审核，报省劳动行政部门批准；市属企业由市劳动行政部门批准；区属企业及区属以下企业由区劳动人事局审核后，报市劳动行政部门批准；县属及县属以下企业，由县行业主管部门审核，报县劳动行政部门批准。

1995年4月，市政府发出《关于实行新工时制的通知》，确定从1995年5月1日起执行国务院规定的新工时制度，即：职工每日工作8小时、每周工作40小时；企业可根据此标准结合实际情况进行相应的调整，但均应积极采取有效措施，创造条件，尽快尽早实行。市劳动局于5月15日在转发《国务院关于职工工作时间的规定实施办法》时要求，因工作性质或生产特点的限制需实行不定时工作制或综合计算工时工作制等其他工作和休息办法的企业，要严格按规定办理审批手续；对执行每周工作40小时确有困难的企业，可以申请暂缓执行，但最迟不得超过1997年5月1日。

1995年6月，市劳动局下发《关于贯彻江苏省企业最低工资暂行规定的实施细则的通知》，同年5月，省政府批准连云港市1995年度企业最低工资标准：市区企业执行最低工资三类标准（175元），三是执行最低工资四类标准（140元）。这是连云港市首次实行最低工资标准制度。

1995年6月30日，市政府出台《关于印发〈连云港市劳动合同制实施细则〉的通知》，对连云港市企业实施全员劳动合同制，取消不同所有制企业职工以及用人单位内全民职工与集体职工、干部与工人、固定工与合同制职工等身份界限，由用人单位对各类人员按照劳动合同实行统一管理。

1996年9月6日，市劳动局会同市经委、总工会联合转发《关于逐步实行集体协商和集体合同制度的通知》，要求重点在非国有制企业和实行现代企业制度试点的企业中推行集体协商和集体合同制度。

1998年3月18日，市劳动局转发劳动部《关于企业实施股份制和股份合作制改造中履行劳动合同问题的通知》，要求企业改制时必须注重劳动关系调整工作；在企业实施股份制或股份合作制改造后，用人单位主体发生变化的，应当由变化后的用人主体继续与职工履行原劳动合同；由于企业改制导致原劳动合同不能履行的，企业与职工应当依法变更劳动合同，经与职工协商确实不能就变更劳动合同达成一致意见的，可按《中华人民共和国劳动法》有关规定办理；在股份合作制改造中，企业不得强迫职工入股，不得因职工不入股而降低劳动报酬、停发工资或硬性安排下岗，更不得以此为由解除与职工的劳动关系。

1998年10月6日，市劳动局、总工会、经委、企协联合下发《关于建立劳动关系协调会议制度的通知》，规定劳动关系协调会议由市劳动局代表市人民政府、市总工会代表职工、市经济委员会和市企业家协会代表企业三方组成。12月1日，正式建立连云港市劳动关系协调会议制度，要求通过协调劳动关系三方共同努力，推动《中华人民共和国劳动法》深入贯彻实施、促进集体协商和集体合同制度健康发展，建立全市和谐稳定的劳动关系。

1999年，根据省厅《关于下发〈关于加强劳动合同管理理顺劳动关系的意见〉的通知》精神，针对部分企业中存在的劳动法律关系与事实劳动关系相脱节的突出问题，要求企业及时进行清理规范，理顺劳动关系。

2000年，按国家规定，全体公民的法定节假日由原来的每年7天增加到10天，职工的月平均工作天数调整为20.92天，月工作小时调整为167.4小时。

2000年7月，市劳动局和市总工会联合下发《关于印发〈连云港市企业工资集体协商（试行）办法〉的通知》，要求各类企业进一步深化工资分配制度改革，建立内部分配正常增长与制约机制，自通知下发之日起试行工资集体协商制度。

2002年，市协调劳动关系三方会议下发了《关于全面推行劳动关系三方会议制度的工作意见》，在全市建立市、县区、乡镇三级组织网络，明确规定了三方机制的组织形式、会议制度、职责任务和协调内容，修订完善了制度章程和工作规则。

2003年，市劳动和社会保障局率先在全省制订并下发了《关于进一步深化劳动保障用工制度改革的通知》，提出了就业无障碍、劳动关系转移无障碍的先进理念，取消劳动关系转移限制条件，取消外来劳动力、农村劳动力和临时性用工审批计划，打破劳动者地区、城乡和身份界限，冲破了劳动用工城乡二元化格局，全面推行城乡就业一体化。

2004年，市劳动和社会保障局出台了《关于建立企业职工工资增长与经济效益挂钩机制的指导意见》，对除金融企业外，凡是生产经营正常、财务健全、基础较好和各类企业，都可以执行工资总额与经济效益挂钩的办法或试行工资集体协商自主确定工资总额的办法，进一步扩大了工效挂钩企业的范围。

2005年，全面实施劳动合同书面报告制度，下发《关于实施劳动合同书面报告制度的通知》规定各用人单位在与劳动者签订、变更、终止、解除劳动合同的各个环节都要向各级劳动保障部门报送基本情况和表格，劳动部门监督用人单位加强劳动合同管理，规范劳动用工行为，加强和完善劳动关系预测预警事先防范机制，增强劳动关系调整工作的前瞻性、主动性、针对性和有效性。

2005年8月24日，市政府下发了《关于进一步推进全市企业工资集体协商工作的意见》，要求全市所有企业三年内逐步建立工资集体协商制度，争取到2007年末50人以上生产经营正常的企业全部建立工资集体协商和集体合同制度。

2005年，市三方机制在以劳动保障部门、工会、经贸委（企业家协会）

为主体的三方会议基本构架不变的基础上，吸纳了工商局、工商联作为三方机制成员，建立了3+2模式的劳动关系协商机制，积极发展多部门、多层次、多元化的三方协调机制。

2008年，按国家规定，全体公民的法定节假日由原来的每年10天增加到11天，职工的月平均工作天数调整为20.83天，月工作小时调整为166.6小时。

2009年5月18日，市政府办公室发布了《关于成立市创建劳动关系和谐企业工作领导小组的通知》，决定成立市创建劳动关系和谐企业工作领导小组，进一步加强对创建劳动关系和谐企业工作的协调领导，扎实推进新一轮创建活动的开展，促进全市经济社会协调发展。

2014年5月28日，市人社局、市总工会等6家单位联合发布了《关于印发〈连云港市劳动关系和谐工业园区评定标准（试行）〉的通知》，进一步推动连云港市劳动关系和谐工业园区规范化建设，促进各类工业园区（开发区）及辖区企业持续健康发展、劳动关系和谐稳定。

2015年5月12日，市政府下发了《关于印发〈连云港市企业工资集体协商暂行办法〉的通知》，规范企业工资集体协商行为，维护劳动关系双方合法权益，构建和谐稳定的劳动关系。

2016年11月25日，市委、市政府发布了《关于构建和谐劳动关系的实施意见》，坚决贯彻习近平总书记重要讲话精神和中央及省委、省政府要求，坚持把构建和谐劳动关系纳入经济社会发展全局统筹推进，加强政策制定和规划部署，明确目标任务，落实工作责任，全市劳动关系呈现总体协调稳定、和谐发展良好态势。

2017年5月27日，市政府办公室发布了《关于成立连云港市协调劳动关系三方委员会的通知》，成立市协调劳动关系工作委员会，进一步完善协调劳动关系三方机制，构建和谐劳动关系。

2020年3月20日，市人社局发布了关于处理新冠疫情期间相关劳动关系问题的指导意见，支持企业复工复产，维护劳动关系和谐稳定。

2020年7月9日，市人社局、市总工会等6家单位联合发布了《关于开展职工技术创新、能级工资专项集体协商工作的通知》，促进企业创新发展、增强产业工人获得感，建立健全产业工人技术创新和工作能级等参与分配的机制，充分发挥企业薪酬制度的基础性、普遍性和持续性的激励引导作用。

2020年7月21日，市人社局、中共连云港市委统一战线工作部、连云港市发展和改革委员会等11家单位联合发布《关于对劳动关系和谐企业实行正向激励的意见》，引导和鼓励广大企业积极参与创建和谐劳动关系，扩大和谐劳动关系创建活动的覆盖面。

2020年11月10日，市人社局印发了《连云港市劳动关系风险监测预警办法（试行）》，加强劳动关系源头治理，提升劳动关系治理效能，有效监测、及时预警和快速调处劳动关系矛盾风险，预防和减少劳动关系突发性群体事件的发生，切实保障用人单位正常生产经营秩序，有效维护劳动者合法权益，加快形成源头治理、动态管理、应急处置相结合的劳动关系矛盾风险调处工作机制，维护连云港市劳动关系和谐稳定。

2022年1月28日，市人社局等八部门转发《省人社厅等八部门〈关于维护新就业形态劳动者劳动保障权益的意见〉的通知》，支持和规范发展新就业形态，维护新就业形态劳动者劳动保障权益。

2022年2月21日，市人社局印发了《连云港市劳务派遣单位劳动保障信用等级评价办法（试行）》，进一步营造依法经营、规范用工、诚信服务的劳务派遣市场环境，促进劳务派遣行业持续健康发展，防范劳务派遣劳动用工风险，切实维护劳动者的合法权益。

2022年9月19日，市委组织部、市人社局、市总工会等6家单位联合发布《关于成立连云港市快递行业协调劳动关系工作委员会的通知》，构建“党建引领，人社、企业、工会协商处理劳动关系问题”的“1+3”工作机制，为保障快递行业劳动者劳动保障权益提供组织保证。

四、劳动关系改革主要成就与经验启示

（一）主要成就

1.全面实行全员劳动合同制度

连云港市早在1984年底，就开始对新招用的人员推行劳动合同制，

1995年《中华人民共和国劳动法》出台后，根据要求，在全市范围内推行全员劳动合同制。由于各级党委、政府以及劳动保障部门的高度重视，经过广泛宣传，严密组织，确保了劳动合同制度在连云港市的顺利实施。《中华人民共和国劳动法》颁布实施以来，劳动者与用人单位订立劳动合同，逐渐成为连云港市劳动关系市场化运行的常态和主流。通过全面推行劳动合同规范企业用工行为，保护劳动者和用人单位双方的合法权益，确立双方之间稳定和谐的劳动关系，从而加强企业管理，提高劳动者的生产积极性，促进经济发展和社会进步。

2.适时调整全市最低工资标准

连云港市从1995年开始执行最低工资标准。1995年到2005年市区执行的三类地区最低工资标准，四县执行的是四类地区最低工资标准；从2006年开始，市区执行二类地区标准，四县执行三类地区标准。从2005年开始，连云港市最低工资标准包含个人应缴社会保险费。

3.劳动关系协调工作与时俱进

一是劳动关系协调工作从外部调整为主转向内部调整为主，更多地发挥用人单位和劳动者的主体作用和能动性，进一步健全集体协商制度。二是劳动关系协调工作从人社部门单向协调转向人社、工会和用人单位及社会有关组织等共同参与协调，完善劳动关系三方协调机制，推动劳动关系协调工作向更高层次、更广范围发展。三是劳动关系协调工作从注重国有企业转向注重不同经济性质的各类用人单位，适应劳动关系个性化特点，拓宽工作领域，加强分类指导，推动各类用人单位普遍开展和谐劳动关系创建活动。

（二）经验启示

1.推进集体协商是改善和保障民生的必然要求

就业是民生之本，工资报酬是民生之源，是劳动关系中最关键、最核心的因素，党的奋斗目标就是要不断改善和保障民生，不断实现人民对美好生活的向往。收入分配是职工群众最关心、最直接、最现实的利益问题，一直以来广大职工群众增加收入的期盼很高。在企业、行业内以工资集体协商为总抓手，通过健全集体协商机制，从而极大凝聚企业和职工间的共识，寻求最大公约数，在促进企业发展稳定职工就业的同时，让广大劳动者能够有效分享到企业和社会发展的成果，才能回应职工群众的利益关切，满足职工群众的合理期待，稳步推进职工收入和福利待遇的提升，民生保障水平得以不断提高和改善。

2.构建和谐劳动关系是经济发展与社会和谐的重要保证

劳动关系是生产关系的重要组成部分，是最基本、最重要的社会关系之一。劳动关系是否和谐，事关广大职工和企业的切身利益，事关经济发展与社会和谐。构建和谐劳动关系，有利于在企业发展的基础上，着力解决好职工急难愁盼问题，不断提高职工权益保障水平，扎实推进共同富裕；有利于培育企业关心关爱职工、职工爱岗爱企的和谐文化，不断巩固劳动关系双方协商共事、合作共赢、发展共享的共同思想基础；有利于动员企业和职工建功立业新时代、团结奋进新征程，打造企业与职工的利益共同体、事业共同体、命运共同体。

五、劳动仲裁改革发展历程

连云港市劳动人事争议仲裁院作为连云港市劳动人事争议仲裁委员会日常工作的办事机构，主要职责为处理连云港市劳动人事争议仲裁委员会管辖的劳动人事争议案件。机构发展主要经历以下阶段：

2007年10月11日，经市编办批复，连云港市劳动和社会保障局仲裁处增挂“连云港市劳动仲裁院”牌子。

2009年10月17日，经市编办批复，独立增设“连云港市劳动争议仲裁院”，为正科级事业单位，核定事业编制4名，其中正科级领导职数1名，专业技术人员3名，经费财政拨款，同时撤销市劳动和社会保障局仲裁处增挂“连云港市劳动仲裁院”牌子。

2011年9月18日，因机构改革，经市编办批复，将连云港市劳动争议仲裁院更名为“连云港市劳动人事争议仲裁院”。虽有实体化机构，但并未实际配置机构人员进行实体化运行。

2012年11月26日，经连云港市人力资源和社会保障局党组研究决定，一名同志任连云港市劳动人事争议仲裁院院长。自此，连云港市劳动人事争议仲裁院正式起步迈入真正实体化运行新阶段。

2017年3月28日，连云港市编办同意印发《连云港市劳动人事争议仲裁院主要职责内设机构和人员编制规定》。明确市劳动人事争议仲裁院为参照公务员法管理事业单位，结构规格相当于正科级，核定参照公务员法管理事业编制4名。

2019年8月8日，基于调解仲裁工作职责和承担任务需要，现有编制人数难以适应调解仲裁形势发展需要，经市编办批复同意，核增连云港市劳动人事争议仲裁院6名参公事业编制，核增后，连云港市劳动人事争议仲裁院核定参公事业编制为10名。连云港市劳动人事争议仲裁院现有工作人员10名，其中参公事业编制人员8名，编外工作人员2名。

六、劳动仲裁改革主要成就

（一）强化基础保障，创建省级“示范仲裁院”和“智能仲裁院”

2013年，以省人社厅组织开展“省级示范仲裁院”创建活动为契机，强化组织领导，加大基础设施建设力度，新增观摩庭，配置庭审质证和观摩系统等必备的办公设备，设置立案咨询服务大厅等，实现仲裁基础设施更新升级。2013年，连云港市劳动人事争议仲裁院被省人社厅确定为“江苏省劳动人事争议示范仲裁院”。2023年，立足新发展阶段，主动适应日益增长的维权服务需求，准确把握数字化、网络化、智能化发展趋势和特点，将“互联网+”先进理念和人工智能技术等综合运用于调解仲裁工作中，加大服务科技支撑、创新模式数字赋能，积极推进“智能仲裁院”建设。2023年，连云港市劳动人事争议仲裁院被省人社厅首批确定为“江苏省劳动人事争议智能仲裁院”。

（二）聚焦诉源治理，打造“老刘调解室”特色解纷品牌

依托“老刘说法”微信公众号，打造线上线下“老刘调解室”，探索“微信+”劳资矛盾调解新举措，为当事人提供“24小时不打烊”的在线答疑和调解服务。紧贴社会治理新要求，启动“老刘调解室”的“一员一点”诉源

治理，在全市各类用人单位选聘306名调解员，建设1021个联动调解点，构建“一核引领、多点联动”诉源治理新格局，探索劳资矛盾联调共治新举措，开启劳资矛盾社会治理“公众参与”新模式。

（三）推进多元化解，构建非诉服务矛盾化解“共同体”

坚持把非诉讼纠纷解决机制挺在前面，聚焦劳资矛盾维权维稳，立足多元解纷，在全国率先成立市非诉讼服务中心人社分中心，将劳资矛盾多元调处工作纳入非诉讼纠纷解决机制中。建立由政策法规牵头负责、调解仲裁为调处主体、劳动监察和12333等部门协同配合的劳资矛盾化解工作机制，构建起“部门联动、优势互补、协同调处”的劳资矛盾化解“共同体”，形成齐抓共管、综合治理的工作格局。

（四）开展岗位练兵，不断提升调解仲裁队伍业务综合素质

强化业务培训、以赛促学、激励保障等举措，全面加强调解仲裁队伍建设。建立特色调解队伍，吸收优质资源充实调解队伍，推行调解员持证上岗，组织调解员考试，强化专题业务培训和案件交流研讨，注重以赛促学提质，提高案件调解仲裁能力。联合财政部门出台调解员管理办法，在省内较早明确办案补贴标准，完善调解员激励保障机制，提升调解员参与调解案件的积极性和主动性，为加强调解员队伍建设注入生机活力。

社会民生的改善

40年来，市委、市政府始终坚守为民初心、厚植为民情怀，民生事业持续进步，人民生活显著改善，人民福祉不断增进。党的十八大以来，连云港市深入学习贯彻习近平总书记关于保障和改善民生的重要论述，以钉钉子精神抓好民生实事项目建设，努力为人民群众创造高品质生活，港城人民的获得感成色更足、幸福感更可持续、安全感更有保障。

一、发展历程

（一）社会救助

1997年，市政府出台《连云港市城市居民最低生活保障办法》，建立城镇居民最低生活保障制度，标准为每人每月70元。2004年，市政府出台《关于建立和完善农村居民最低生活保障制度的意见》，建立农村低保制度，标准为每人每月60元。2020年，低保标准实现城乡一体化，截至2023年底，全市共保障农村低保3.7万户6.35万人、城市低保2534户3955人，城乡低保标准提高到每人每月672元，增幅分别为1020%和860%。

2008年，市政府出台《连云港市市区城乡困难群众临时生活救助实施办法》，建立临时救助制度，对遭遇突发事件、意外伤害、重大疾病或其他特殊原因导致基本生活陷入困境，其他社会救助制度暂时无法覆盖或救助之后基本生活暂时仍有严重困难的家庭或个人，给予的临时性、应急性、过渡性的专项救助。

2007年，市政府出台《连云港市农村五保供养工作实施办法》。2013年，市政府出台《关于加强连云港市城市“三无”老人保障工作的实施意见》，建立特困救助供养制度。截至2023年底，全市共有特困供养人员8629人，特困供养标准按照不低于低保标准的1.3倍，由各县区自行制定，全市特困供养标准最低每人每月874元、最高每人每月2009元。

2013年组建市核对中心，2014年建成“连云港市申请救助家庭经济状况核对系统”，运用信息比对手段审核居民家庭经济状况，市民政、公安、人社、住建、税务、金融、工商等部门建立了22个核对信息交换接口，实现与省核对平台对接。截至2023年底，市级核对平台已与省市级24个部门建立了50个信息交换接口，实现了省内“房子、车子、票子”的全量信息核对，建立起省、市、县三级“线上核对+线下核查”协同工作机制。2017年10月，市政府办公室印发《连云港市困难家庭经济状况核对暂行办法》，为审核认定各类社会救助对象提供了重要参考依据，对象更加精准，更加公平、公正。

2014年，建立社会救助联席会议制度，分管副市长担任市社会救助联席会议制度总召集人，市政府分管秘书长和市民政局局长共同任召集人，民政、医保、财政、人社、住建等28个成员单位共同参与。各县区、乡镇也分别建立本级联席会议制度，实现全覆盖。在市委、市政府领导下，研究完善市社会救助体系建设的制度政策，协调解决社会救助家庭经济状况核对跨部门信息共享问题，统筹做好社会救助工作。

2022年，在全市范围内开展困难群众救助帮扶专项排查整治行动，累计排查A类群体（低保、特困等在保人员）14.1万人，B类群体（疑似困难不在保人员）7494人，排查养老服务、儿童福利、救助站、康复医院等115家民政服务机构，排查期间，将新发现的2632名困难对象纳入各类保障范围。

2023年，市政府印发《关于加快构建全市社会救助主动发现工作机制的实施意见》，聚焦8大类困难群体，构建市、县、乡、村四级联动主动发现机制，组织定期排查走访，加强主动发现和救助，变“人找政策”为“政策找人”。

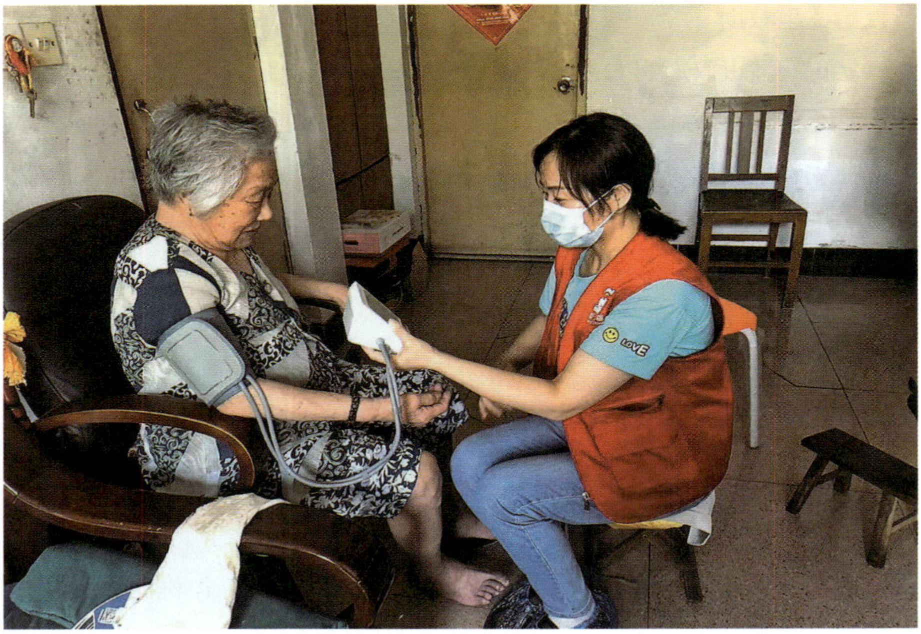

▲ 居家养老上门服务 市民政局供

（二）养老服务

探索发展阶段（新中国成立至1999年）。1951年成立新海连市残老所，主要收养流落街头和无依无靠的残老人员。自1958年开始，各县区开始成立幸福院（安老所、敬老院），主要收容年老体弱、鳏寡孤独、无家可归者和残疾人。至1990年，全市所有乡均设有敬老院。

体系化发展阶段（2000—2013年）。自2000年起，连云港市进入老龄化社会，2002年，连云港市成立老龄工作委员会，市政府先后出台《关于加快发展社会福利事业的意见》《关于进一步加强老龄工作的意见》《关于全面推进居家养老服务工作的意见》，以“居家为基础、社区为依托、机构为补充”的养老服务体系初步建立。2007年，建立了养老护理员免费培训制度。2011年，市财政局、民政局联合印发《关于向80周岁以上老年人发放尊老金的通知》，全面建立80周岁以上老年人“尊老金”制度。

快速发展阶段（2014年至今）。2014年，市政府出台《关于加快养老服务业发展的实施意见》。2015年，市民政局、老龄办联合印发《连云港市市区居家养老服务提升工程试点方案》，2020年，市民政局、财政局又联合印发

《关于进一步规范连云港市政府购买居家养老服务工作的通知》，建立完善政府购买居家养老服务制度。2015年，出台《连云港市养老服务评估办法（试行）》，全面推行养老服务评估制度。2014年，出台《连云港市市区社会办养老机构补贴资金管理办法》，扶持社会办养老机构的发展；2021年又大幅度提高了补贴标准，至2024年4月，全市社会力量运营的养老机构数量已占养老机构总数的57.9%。2019年9月，连云港市被确定为第四批中央财政支持开展居家和社区养老服务改革试点地区。2020年8月，在民政部、财政部联合组织的改革试点地区成果验收中，连云港以满分的成绩获评优秀试点城市。2020年，首次公布了《连云港市基本养老公共服务指导性目录》。2021年2月1日，地方性法规《连云港市养老服务促进条例》正式实施，为养老服务发展提供了法律约束。2023年，市民政局等12部门联合印发《连云港市开展特殊困难老年人探访关爱服务实施方案》，全面建立特殊困难老年人探访关爱制度。

（三）儿童关爱保障

逐步推进儿童福利机构优化提质。市儿童福利院始于1951年，原名称为“新海连市生产教养院”，1959年改为“新海连市老残教养院”，1960年更名为“新海连市社会福利院”，1965年复名为“新海连市老残教养院”，1979年复名为“连云港市社会福利院”，1988年9月市社会福利院和市康复医院分开建制，1997年7月增挂“连云港市儿童福利院”的牌子。2014年3月改名“连云港市社会福利中心”，主要职能是为特困人员、孤残儿童及社会化养老提供公益性服务。2023年5月，市儿童福利院完成新院区的建设以及搬迁工作，实现独立办院，儿童生活、活动及康教环境得到极大改善。新院区纳入残联定点康复机构，设立特教办学点，加大开门办院力度，推动养、治、康、教、社等服务向社会儿童及其家庭开放。

不断提高困境儿童保障水平。2012年8月，市政府出台《市政府办公室关于加强全市孤儿保障工作的实施意见》，全面落实孤儿基本生活保障制度，标准为集中供养孤儿每人每月1000元，社会散居孤儿每人每月600元，并建立孤儿基本生活保障标准自然增长机制，截至2023年底，全市孤儿集中和分散供养平均标准分别提高至每人每月2561元、1815元。2015

年12月，市政府出台《市政府办公室关于完善困境儿童分类保障制度的实施意见》，扩大儿童福利对象，提升儿童福利保障水平，建立健全与连云港市经济社会发展水平相适应的困境儿童分类保障服务体系。2019年5月，市民政局等10部门印发《连云港市落实困境儿童分类保障制度的补充意见》，将困境儿童分为6大类55种情形，在基本生活、教育、医疗、康复、安全等方面合力进行保障，基本生活保障标准依据孤儿保障标准按比例同步提高。

*逐步提升农村留守儿童关爱服务质量。*2015年12月，市政府出台《市政府办公室关于印发连云港市关爱农村留守儿童实施方案的通知》，全面开展农村留守儿童关爱保护工作。2019年8月，市政府出台《市政府办公室关于加强农村留守儿童关爱保护工作的通知》，进一步强化农村留守儿童关爱保护措施，不断健全政府主导、部门联动、社会支持、家庭参与的关爱服务体系。定期开展走访、信息排查、监护指导、强制报告、转介帮扶等工作，全市所有农村留守儿童完成委托监护责任书的签订，100%落实农村留守儿童监护责任。开展适度普惠的儿童福利政策创新，为全市农村留守儿童购买意外伤害和重大疾病保险，减少儿童及其家庭因意外伤害与疾病可能导致的致贫、返贫现象，2022年开始将保险范围扩大到散居孤儿及事实无人抚养儿童，不断完善全市特殊困难儿童社会保障体系。开展农村留守儿童、困境儿童关爱保护项目，引入第三方社会组织，为有需求的儿童提供学习辅导、安全教育、心理慰藉等专业的社会服务，先后培育出“春雨童行”“合力监护，相伴成长”等系列活动品牌。

*不断加强未成年人保护工作站（关爱之家）建设。*2018年开始，连云港市不断推进未成年人保护工作站（关爱之家）建设，积极打造儿童关爱服务工作平台。每年纳入政府民生实事，按照“建、管、用”有机统一的原则，系统推进关爱之家建设，为关爱儿童类社会组织、志愿者等社会力量提供服务的爱心场所。截至2023年底，全市已建成未成年人保护工作站乡镇（街道）覆盖率超过70%，并逐步引入第三方专业社会组织开展运营服务，进一步维护和保障儿童基本权益。

▲ “合力监护 相半成长”系列活动现场　市民政局供

（四）流浪乞讨救助

转变工作职能。1960—2003年，连云港市共有3个收容遣送站，负责收容救济因无力自行解决食宿而流落城市街头的流浪乞讨人员。2003年6月20日，国务院发布了《城市生活无着的流浪乞讨人员救助管理办法》，遣送站更名为救助管理站。连云港市共建立5个救助管理机构，是全省首个救助管理机构县级区域全覆盖、等级评定全覆盖的地级市。连云港市救助站于2008年增挂“市流浪未成年人救助保护中心”牌子，2015年更名为“市未成年人救助保护中心”，2009年增挂“市反家庭暴力庇护中心”。

完善工作机制。2011—2012年，连云港市建立两级流浪乞讨人员救助管理工作领导小组。2017年，建立民政、公安、城市管理等部门联合的街面巡查机制，形成各部门齐抓共管、协同参与的良好局面。2017年，设立15个社区救助点和60个福彩投注点引导站及爱心驿站，聘请“党员先锋号”出租车司机和爱心环卫工人担任救助信息员，延伸救助触角。2020年，建立市县乡村四级救助网络，发挥市救助站区域中心站的作用，实现咨询引导在社区、过夜救助进站、危重或精神病人救助进医院的快速救助服务网络。2020年9月，江苏省救助管理服务质量大提升推进会在连云港市召开，连云港市“两站一点”救助模式的做法得到了民政部和省民政厅领导的现场肯定，工作经验在全省推广。

探索寻亲模式。2014年起，每年开展“寒冬送温暖”“夏日送清凉”等专项救助行动。2015年开始，全面建立流浪乞讨人员身份快速查询、DNA信息对比和人像识别绿色通道，寻亲成功率极大提高，截至2023年底，共为392名受助人员找到家人，打通“回家”的最后一千米。2020年起，着力开展长期滞留人员落户安置行动，同步建立健全落户安置一体化流程、常态化制度，共为151名滞留人员办理安置手续。

（五）残疾人关爱保障

“两项补贴”全面实施。2016年12月，市政府出台《关于完善困难残疾人生活补贴和重度残疾人护理补贴制度的实施意见》，全面实施困难残疾人生活补贴和重度残疾人护理补贴制度（以下简称“两项补贴”）。截至2023年底，全市享受困难残疾人生活补贴和重度残疾人护理补贴7.36万人。

“两项补贴”扩围增效。自2021年1月1日起，城镇、农村重度残疾人护理补贴标准提高到130元/月·人、90元/月·人；将低保外生活困难的残疾等级为三级智力、精神残疾人纳入生活补贴范围，按照低保标准25%发放。自2022年12月1日起，将一级、二级重度残疾人全部纳入护理补贴保障范围。同时根据每年城乡居民最低生活保障标准调整情况，困难残疾人生活补贴同步调整，并及时做好补发工作。2023年7月，市民政局、市财政局、市残联联合出台了《关于进一步完善困难残疾人生活补贴和重度残疾人护理补贴制度的实施意见》，困难残疾人生活补贴对象为低保家庭内的残疾人，低保家庭外无固定收入的智力、肢体、精神、视力重度残疾人，低保家庭外无固定收入的三级精神、智力残疾人，家庭人均收入在当地低保标准2倍以内的一户多残、依老养残特殊困难残疾人；护理补贴发放对象为残疾等级评定为一级、二级且需要长期照护的重度残疾人。生活补贴根据补助对象的不同按照低保标准的固定比例发放，根据每年城乡居民最低生活保障标准调整情况同步调整，并及时做好补发工作。

“两项补贴”规范管理。2022年8月，连云港市民政、残联部门联合印发《关于建立完善困难残疾人生活补贴和重度残疾人护理补贴信息核对长效机制的通知》，依托残疾人两项补贴信息系统，建立两项补贴对象档案，加强两项补贴数据信息、低保数据和持证残疾人信息数据比对，确保线上、线下补贴发放数据一致。自2021年4月22日起实施残疾人“两项补贴”资格认定申请跨省通办，残疾人可以异地提交申请；自2022年5月15日起，开展残疾人两项补贴申请全程网办，残疾人可全程在线提交申请、查询、修改残疾人“两项补贴”证明材料；业务属地依托全国残疾人两项补贴信息系统，按照残疾人“两项补贴”跨省通办有关要求为全程网办申请人办理业务。

残疾人康养服务。2022年和2023年，全市分别创建了7个和5个省级精神障碍社区康复服务示范点，依托残疾人之家、基层医疗卫生机构、日间照料中心、社会组织等服务设施和专业机构，就近为精神障碍患者提供规范化、专业化的康复服务，均顺利通过了省厅组织的复核评估，长期参与康复服务的人员约720人。2022年，探索辅具租赁市场化新路径，创新“一个平台、三级网络、N类服务”模式。结合连云港市实际，充分利用现有资源，打造市级3300多平方米辅具器具中心，已于2023年5月份正式投入运营。

（六）殡葬服务

火葬改革。自1960年市殡仪馆始建起，全市共建立5个殡仪馆，实现县级区域全覆盖。1983年之前，火化率为10%，1995年提高到99%以上，目前稳定在100%。

散葬乱埋治理。1989年，连云港市第一家经营性公墓——海州青龙山公墓建立，第一家公益性公墓——连云区天河公墓建立。2018年，开展散葬乱埋三年治理行动，“三沿六区”1377座硬质大墓、豪华墓全部治理完毕，18.6万座散葬坟实现平迁，3309处老坟地完成升级改造。截至2023年底，全市有7个经营性公墓、111个公益性公墓、61个骨灰堂，实现骨灰安葬设施乡镇全覆盖，在满足平迁坟墓位供给的基础上，解决今后20年“葬有去处”的实际需求。

移风易俗。2016年，全市经营性公墓和市区主要公益性公墓实现节地生态葬法实现全覆盖，敬献鲜花、植树绿化、踏青遥祭等新型环保祭奠方式蔚然成风。2019年，全市1420个建制村和65个涉农社区全部建立红白理事会，将“厚养礼葬、移风易俗、丧事简办、朴素庄重、文明节约”等5个方面丧葬新风全部纳入村规民约，精准宣教殡葬改革政策，节约了社会资源，节省了办丧费用，获得群众的广泛赞同，丧俗改革深入人心。

惠民殡葬。2013年，市政府出台《关于免除市区部分居民殡葬基本服务费的通知》，减免无丧葬补贴等11类困难群体基本殡仪服务费。2016年，市民政局下发《市区节地生态安葬奖励办法（试行）》，对选择集中守灵和节地生态葬法的居民给予每例1000元的奖励。2023年，市民政局、市财政局修订的《连云港市市区节地生态安葬奖励办法》，将海葬的奖励范围扩大到在外地参加海葬活动的市区户籍居民，只要提供举办地民政部门出具的相关材料即可领取1000元的奖励。

（七）婚姻登记服务

婚姻登记集中办理。1998年，连云港市在赣榆县试点成立江苏省首家县级婚姻登记机关。1998年以后，连云港市婚姻登记机关统一由市县、区为单位集中办理结婚、离婚登记等服务工作。

婚姻登记规范管理。1984年，连云港市举办首届婚姻登记员培训班，经考试合格领取证书后，方能办理婚姻登记，婚姻登记工作走入正轨。1998年，推进婚姻管理工作办公自动化，实施婚姻管理工作电子系统登记。2003年，《婚姻登记条例》实施后，连云港市婚姻登记工作得到进一步完善，婚前健康检查从强制改为自愿，切实保护婚姻自由。2013—2014年，根据《民政行业标准婚姻登记机关等级评定标准》，连云港市5家婚姻登记机关被评定为国家3A级婚姻登记机关。2021年，海州区确定为第二批江苏省婚俗改革实验区。2023年，连云区确定为第三批江苏省婚俗改革实验区。

婚姻登记服务提升。2013年开始，连云港市免收婚姻登记费和复印费，减轻婚姻当事人经济负担。2015年以来，开展婚姻历史记录补录工作，共补录信息357068对。2021年5月20日实现全市结婚登记实现跨区域办理，2021年6月1日实现结婚登记“跨省通办”。从2015年开始，连云港市各婚姻登记处全面开展婚姻家庭辅导工作，为有需求的当事人免费提供婚前教育、法律咨询、纠纷处理、情感辅导服务，其中，赣榆区婚姻登记处开展“咱们回家吧”公益服务品牌获江苏省宣传思想创新奖。灌云县和连云区婚姻登记处被列为江苏省婚姻家庭辅导试点单位。

二、主要成就

（一）基本民生保障取得新成效

持续推进社会救助制度的改革和完善，出台了《关于改革完善社会救助制度的实施方案》《连云港市社会救助公共服务指导性目录》《关于健全完善特困人员救助供养制度的实施方案》等一系列政策文件，分层分类社会救助体系逐步建立健全。以低保领域“错保”“人情保”“漏保”和不作为、慢作为、失职渎职等问题为治理重点，围绕责任、政策、工作“三个落实”，识别、救助、退出“三个精准”，脱保漏保、群众利益、制度漏洞“三个聚焦”，在全市开展“问题大起底、兜底大排查”专项行动。创新运用社会救助风险提醒函、改进工作建议函、问责建议函、社会救助工作督办单“三函一单”工作机制，建立信访预警机制，推动解决救助领域信访问题，把矛盾化解在基层，工作经验在全省推广。稳妥推进扩围增效，出台多项措施，对因病、因残、因学等困难群体的收入核定，明确了豁免和抵扣情形，2023年，全市新增低保4243人，目标任务完成率101.6%，为全省最大增量。2020年，连云港市接受民政部第三方低保核查获评优秀。

（二）养老服务再上新台阶

坚持立法保证、规划先行，连云港市在苏北首家颁布实施《养老服务促进条例》地方性法规，制定实施“十四五”养老事业发展和养老服务设施布局规划。在全省首家出台同步规划、同步建设、同步验收、同步移交《养老服务用房建设移交办法》，2023年接收养老服务用房26处，面积近1万平方米。建成市县（区）贯通的养老服务综合监管数字平台。坚持资金保障、夯实基础，过去五年，连云港市市级财政养老服务体系建设资金预算持续大幅度提高，由2019年的1040万元增长到2023年的2000万元，年平均增幅达到了17.76%。全市有在业养老机构107家，其中77家养老机构获评等级养老机构；拥有机构养老床位12580张，其中护理型床位9112张，占比72.2%。已建成居家养老服务中心、日间照料中心等各类社区居家养老服务设施1671个，城乡社区养老服务设施覆盖率达到96.1%。坚持示范引领、条线推进，连云港市立足市情在主城区打造老年助餐“百穗餐厅”品牌，按照统一布局、统一标识、统一流程、统一标准“四个统一”的要求，打造主城区“百穗餐厅”养老助餐海州品牌，在营助餐站点16家，深受广大老人欢迎；在农村地区探索推广集中养老“赣榆模式”，赣榆区聚焦农村老年人“五难”问题，积极推广农村老年人集中居住区建设，探索形成“离家不离村，村中享天伦”的农村养老新路，被确定为江苏省五种养老模式之一，并被江苏省老龄委命名为“赣榆模式”。坚持人才驱动、固本强基，依托培训基地和大师工作室培养本土化养老服务人才，在首届全国养老护理员职业技能大赛中，连云港市养老护理员分别荣获一等奖、优秀教练奖。

（三）殡葬改革取得新突破

高标准制定殡葬事业发展规划和殡葬设施布局规划“两个规划”，明确殡葬设施建设用地和经济社会发展用地同步规划、同步审批、同步实施“三个同步”原则，探索形成公墓建设就地深埋、整体搬迁、生态化改造、公墓化改造“四种模式”，全面完成散葬乱埋治理任务，平迁散葬坟18.6万个，节约土地约3.4万亩。在全市所有村、社区建立红白理事会，助力移风易俗。在全省首家出台《公益性公墓价格成本管理的指导意见》，灌云县、灌南县全域完成公益性公墓土地流转、政府定价。建成全省首家生命文化教育基地。连云港市本级、赣榆区、灌云县殡葬改革工作先后获省政府真抓实干表彰激励。

（四）民生窗口服务单位面貌焕然一新

2014年，总投资1.68亿元、占地面积46.6亩、建筑面积3.8万平方米的市社会福利中心建成投用；2018年，总投资1.5亿元、占地面积30亩、建筑面积3.5万平方米的市民政公共服务中心建成投用；2021年，总投资3.46亿元、占地约70亩、建筑面积5.3万平方米的市康复医院（一期项目）揭牌开诊；2023年，总投资约16亿元、总占地面积1200亩的、建筑面积4.3万

▲ 连云港市康复医院新院区全貌　市民政局供

平方米的市殡仪馆（市人文纪念园），总投资5008万元、占地38亩、建筑面积1万平方米的市救助管理站，建筑面积1万平方米的市儿童福利院，建筑面积3000平方米的市康复辅具租赁指导中心、适老用品体验中心，建筑面积3000平方米的市级养老护理员培训基地，相继建成投用。2023年，投入1000万元启动市社会福利中心社会化养老服务场所改造工程。近十年时间，民生窗口服务单位面貌焕然一新，公共服务能力显著提升。

三、经验启示

（一）必须紧紧围绕“增进民生福祉、促进共同富裕”，全力推进分层分类的社会救助体系建设

社会救助事关困难群众衣食冷暖，是保障基本民生、促进社会公平、

维护社会稳定的兜底性基础性制度安排。经过多年发展，连云港市社会救助“四梁八柱”已经确定，政策和实践基本成熟、定型。要乘势而上，顺应促进共同富裕的新要求和满足困难群众美好生活的新期待，加快构建覆盖全面、城乡统筹、分层分类、综合高效的社会救助新格局，推动社会救助从“保生存”向“防风险”“促发展”转变。要持续落实社会救助相关政策，巩固低保兜底保障成果。全面落实急难发生地实施救助的政策规定，强化临时救助急难救助功能。推动落实低保等社会救助保障标准调整机制，结合经济发展水平适时调整低保标准。加强低收入人口数据库建设，完善四级联动主动发现机制，切实构建好乡村两级主动发现渠道，常态化开展预警监测，不断提高救助时效性、主动性和精准度。健全社会救助监督检查长效机制，常态化开展“问题大起底、兜底大排查”行动，推动责任、政策、工作“三个落实”，识别、救助、退出“三个精准”。探索“物质+服务”救助模式，推进服务类救助开展。开展多元化慈善帮扶项目，为低收入人口提供多样化救助帮扶。

（二）必须紧紧围绕“积极应对人口老龄化国家战略”，全力提升养老服务水平

连云港市自2000年开始进入人口老龄化社会，截至2023年底，全市共有户籍人口528.55万人，其中60周岁及以上老年人口111.09万人，占比21.02%；共有常住人口459.40万人，其中60周岁及以上老年人口105.94万人，占比23.06%，连云港市已经进入中度人口老龄化社会。随着人口老龄化持续加深，失能、高龄、空巢老年人日益增加，养老服务需求旺盛。必须紧紧抓住“十四五”重要窗口期，从供需两端入手，充分发挥政府、市场、社会、家庭等各方面作用，加快构建居家社区机构相协调、医养康养相结合的养老服务体系。要完善老龄工作顶层设计，围绕焦点堵点问题开展专题调研，制定积极应对人口老龄化的总体思路和具体措施。大力推进养老助餐服务发展，制定全市老年助餐推进实施方案，出台市区老年助餐补贴政策，在主城区推广海州“百穗餐厅”老年助餐服务品牌。积极推动农村养老机构提档升级，坚持政策引领、实体推进，推进区域性养老服务中心建设，推动农村特困人员供养财政体制改革，提升农村区域性养老服务中心软硬件服务水平，提高机构入住率。推进农村养老机构公建民营改革，引进养老服务龙头企业连锁经营，提升养老机构使用效益。持续加强养老服务能力建设，持续推进新建居住区同步配建养老服务设施，优化社区养老服务设施布局。完善居家上门服务项目清单和服务流程，规范开展老年人能力评估；分类开展特殊困难老年人常态化探访关爱服务。继续实施老年人家庭适老化改造、示范性乡村互助养老睦邻点建设。继续开展养老护理员职业技能免费培训。

（三）必须紧紧围绕"人民群众对美好生活向往"，全力提升专项社会服务水平

专项社会事务面向千家万户，是高频为民服务事项，必须聚焦群众急难愁盼问题，加快补短板、强弱项、惠民生，提升管理服务质量。要完善殡葬服务管理，持续巩固豪华墓、"活人墓"等突出问题整治成果。深化跨部门综合监管，扎实开展殡仪服务突出问题专项整治，重点做好个体殡葬车辆管理。加快推进公益性公墓、骨灰堂等殡葬设施建设。健全残疾人福利制度，落实残疾人两项补贴动态调整机制，深入推进精神障碍社区康复服务体系建设，推进康复辅助器具社区租赁服务工作。持续加强和改进流浪乞讨救助管理工作，完善救助管理体制机制，探索区域一体化发展的救助模式。提升婚姻登记管理服务质量，做好婚姻登记"跨省通办""区域内通办"，深化婚俗、丧葬礼俗改革，倡导文明新风。强化儿童福利保障，深化困境儿童"主动发现"机制，稳步提高孤儿、事实无人抚养儿童、重残重病儿童等困境儿童基本生活保障水平，加强儿童服务机构管理服务，强化儿童关爱之家基础阵地建设。

社会保障的完善

40年来，连云港市坚持以人民为中心的发展思想，社会保障事业在改革开放的历史进程中迅猛发展，先后建立企业职工养老保险、工伤保险、城乡居民养老保险制度等。党的十八大以来，连云港市努力打造"覆盖全民、统筹城乡、公平统一、安全规范、可持续的多层次社会保障体系"，保障水平不断提高，管理服务体系逐步健全，为全市高质量发展作出积极贡献。

一、发展历程

（一）企业职工基本养老保险

1984年，连云港市企业职工养老保险制度改革启动，12月起，在市内国有企业中提取劳动合同制工人退休养老费。其中，国营企业合同制工人按工资总额18%提取劳动合同制工人退休养老基金，本人按标准工资3%缴纳；劳动合同制工人从被录用之月起，按月缴纳退休养老基金。

1988年1月，市政府颁布《连云港市市区企业职工退休养老费用社会保险统筹办法》，在全市全民、集体企业中全面实行职工退休费用社会统筹。

1992年10月，市政府颁布《连云港市企业职工养老保险暂行办法》，对养老保险制度进行重大改革，在全省率先打破企业所有制界限和职工的身份界限，实行一体化的养老保险制度，将外商及港澳台商投资企业中方职工、区属城镇集体企业职工、企业化管理事业单位职工、农民合同制职工、计划内城镇临时工纳入参保范围。统一企业、职工缴费比例，统一缴拨方法，市区为企业职工工资总额的14%，各县为17%。实行养老保险费用国家、企业、个人三方共同负担原则，职工个人按其工资总额20%缴纳。

1994年7月，市政府颁布《连云港市城镇私营企业职工和个体劳动者参加社会养老保险暂行办法》，将城镇私营企业职工、个体劳动者以及居住在城区、持农村户口的私营企业和个体经济从业人员纳入社会养老保险统筹范围。8月，连云港市贯彻《江苏省改革企业职工基本养老金计发办法的试行意见》文件要求，将企业职工基本养老金的计发与社会平均工资挂钩、与企业和职工的缴费工资和缴费年限挂钩。

1996年，市政府颁布《连云港市城镇企业职工养老保险实施细则》。从1月1日起，城镇各类所有制企业和与之形成劳动关系的劳动者，都必须参加养老保险。将市区各类企业（不含省盐业公司所属国有企业）基本养老保险费的缴纳比例确定为16%，赣榆、东海、灌云、灌南四县企业的缴纳比例分别确定为19%、19%、19%、17%，职工个人缴纳比例确定为4%，由企业在发放工资时代为扣缴。

1997年2月25至27日，全国社会保险局长会议在连云港市召开。7月1日起，连云港市调整社会保险各项计算基数和基本养老保险金利率，养老保险费结算办法由差额缴拨改为全额征缴全额拨付。

1999年，连云港市贯彻国务院办公厅下发的《关于进一步做好国有企业下岗职工基本生活保障和企业离退休人员养老金发放工作的通知》文件要求，一次性解决40家企业拖欠7787名离退休人员养老金问题，通过社会化发放先后补发企业拖欠养老金1180万元，截至2000年9月，全市养老金社会化发放率达到100%，实现按时足额发放养老金。

2001年5月，市劳动和社会保障局下发《关于与企业解除劳动关系职工接续养老保险关系有关问题的处理意见》，针对接续养老保险缴费标准、养老保险关系变更方法及档案托管程序等进一步明确相关规定。

2002年1月1日起，全市企业缴纳养老保险费比例统一由企业工资总额的18%提高到20%，职工个人缴费比例由工资收入的6%调整到7%。8

月，连云港市贯彻省劳动保障厅转发劳动部《关于完善城镇企业职工养老保险有关问题的通知》文件要求，规定实行协议缴纳养老保险费人员范围，全市城镇个体工商户业主、自由职业者和采取灵活方式就业人员自7月1日起缴纳养老保险费比例不低于20%。

2003年，全市城镇职工养老保险覆盖面进一步扩大，涵盖市区行政区域内16周岁以上有合法收入的劳动者，包括大中专毕业生未落实就业单位者、失业待业人员、外出务工人员、个体工商户及其雇工、采取灵活方式就业人员，均可参加社会养老保险。

2004年1月1日起，全市城镇企业职工养老保险个人缴费比例调整到本人工资总额的8%。5月1日起，连云港市正式施行《企业年金试行办法》，推动建立多层次养老保险制度体系。

2006年7月1日起，连云港市贯彻《省政府关于完善企业职工基本养老保险制度的决定》文件要求，个人账户规模由11%调整为8%，企业缴纳的基本养老保险费全部纳入社会统筹基金，不再划入个人账户。参保人员按本人缴费工资的8%计入个人账户。2006年6月30日前已建立的账户储存额维持不变，由省劳动保障厅另行制定改革基本养老金计发办法的具体实施方案。

2007年9月1日起，连云港市执行《江苏省企业职工基本养老保险规定》，规定对企业职工基本养老保险参保范围、基金征缴、待遇计发、基金的使用和监督管理作了进一步调整和完善。

2010年1月1日起，连云港市贯彻《省政府关于印发江苏省企业职工基本养老保险省级统筹实施意见的通知》文件要求，省劳动保障厅、省财政厅此前印发的《江苏省企业职工基本养老保险省级调剂金调剂办法试行》同时废止。

2011年起，连云港市贯彻《省政府关于统一全省企业缴纳基本养老保险费比例的通知》文件要求，原则上用三年时间，将全省企业缴纳基本养老保险费比例统一到20%。实际缴费比例低于20%的地区，从2011年起统一到20%；企业缴费比例高于20%的地区，在确保企业离退休人员基本养老金按时足额发放的前提下，逐步统一到20%。7月1日起，全市正式施行

《中华人民共和国社会保险法》，按法律规定将社会保险事业纳入国民经济和社会发展规划。

2016年4月，连云港市执行《社会保险欺诈案件管理办法》，建立规范、有效的社会保险欺诈案件管理制度。9月，连云港市执行《职业年金基金管理暂行办法》，切实规范职业年金基金管理。

2019年5月1日起，连云港市执行《江苏省降低社会保险费率实施方案》，企业职工基本养老保险和机关事业单位基本养老保险单位缴费比例统一降至16%。个体工商户和灵活就业人员参加企业职工基本养老保险缴费比例不变。

2020年2月，连云港市贯彻《江苏省人力资源和社会保障厅 江苏省财政厅 国家税务总局江苏省税务局关于阶段性减免企业社会保险费的通知》文件要求，通过免、减、缓等措施阶段性减免企业职工养老保险、工伤保险和失业保险单位缴费部分。9月1日起，连云港市贯彻《省政府关于规范企业职工基本养老保险省级统筹制度的意见》文件要求，实行基金省级统收统支、基金缺口分级负担、各级政府责任明晰的企业职工基本养老保险省级统筹制度。

2021年1月1日起，连云港市执行《江苏省企业职工基本养老保险省级统筹基金缴拨管理暂行办法》，全省企业职工基本养老保险基金由省级集中统一管理，实行"收支两条线"全额缴拨，省级统收统支统管。3月1日起，连云港市执行《江苏省规范完善补缴企业职工基本养老保险费办法》。

2022年1月1日起，连云港市执行省政府新颁布的《江苏省企业职工基本养老保险规定》，用人单位以本单位全部职工缴费工资基数之和作为缴费工资基数，按16%缴费；参保人员（不含灵活就业人员）按照本人缴费工资基数的8%缴费；灵活就业人员按照本人缴费工资基数的20%缴费。

2023年2月，市政府办公室印发《连云港市养老保险参保扩面实施方案》，加快实现法定人员养老保险全覆盖。12月，连云港市执行《江苏省统一社会保险费征收模式信息系统上线工作方案》，按要求优化调整社会保险费申报缴纳流程。12月1日起，全市正式施行《社会保险经办条例》，该条例进一步规范社会保险经办服务，是社会保险体系的“最后一公里”，标志着社保经办工作的法治化、规范化、精细化迈上新台阶。

（二）失业保险

1986年，在市内国营企业中筹集职工待业保险费，由劳动行政主管部门所属的劳动服务公司负责管理和发放，连云港市失业保险制度进入初步运行时期。

1991年8月，市政府发布《连云港市职工待业管理暂行规定》确定纳入待业管理的职工范围为：宣告破产企业的职工，濒临破产的企业在法定整顿期间被精简的职工，国家机关、企事业单位和社会团体中被终止、解除合同的劳动合同制工人，企业辞退的职工，以及待业重新就业后在试用期内被退回的职工；待业职工的管理机构为市和县（区）劳动就业管理处。1992年12月，市政府发布《连云港市职工待业保险暂行办法》。

1993年，省政府出台《江苏省职工失业保险规定》，标志着连云港市失业保险进入正常运行时期，待业保险更名为失业保险。失业保险的参保范围仅为国有企业、实行企业化管理的事业单位、外商及港澳台商投资企业的中方职工，以及机关、事业单位和社会团体的劳动合同制工人。

1995年6月，市劳动局、财政局和中国人民银行连云港分行联合通知，将所有参保单位失业保险金的缴纳比例统一为职工工资总额的1%。

1996年，市政府出台《连云港市职工失业保险规定》，将城镇集体企业、股份制企业、联营企业、合营企业和城镇私营企业的职工纳入失业保险范围。

1999年1月1日起，失业保险覆盖面扩大到个体工商户和私营企业主；企业职工个人开始缴纳失业保险基金，比例为本人上年度工资总额的1%，单位缴纳比例为上年度职工工资总额的2%。全市失业保险覆盖范围拓展到除机关公务员以外的所有单位和职工。

2001年1月1日起，实行全省统一的《就业登记证》记载失业保险费制度，用人单位、职工个人缴纳保险费和职工享受失业保险费情况均记录在内。截至6月底，市区停止职工下岗登记，改为直接进行失业登记，同时给予失业保障。

2002年，建立失业保险缴费与享受待遇挂钩制度，根据单位和个人缴纳失业保险基金的情况确定失业职工享受待遇。建立失业保险预警制度，年底完成职工下岗保障和失业保险并轨。

2008年，全市建立失业待遇水平随城市最低生活保障标准和当地最低工资标准的调整而适时调整的正常调整机制，将失业保险待遇最低标准调整为最低生活保障标准的1.5倍，最高标准为最低工资标准80%。

2009年12月，连云港市贯彻省人社厅、省财政厅颁布《关于延长扩大失业保险基金支出范围试点政策的实施意见》，将失业保险基金支出项目由原来的5大类扩展到10大类，失业保险制度在促进就业方面走出了坚实的一步。

2010年12月，市人社局、市财政局下发《关于在连云港市实行失业保险在领人员基本生活消费价格上涨动态补贴的通知》，建立失业保险标准与物价上涨挂钩联动机制，启动失业人员价格上涨动态补贴工作。

2011年7月1日起，连云港市贯彻《江苏省失业保险规定》，进一步提高失业保险保障水平。一方面，为失业保险在领人员参加医疗保险，使失业人员在失业保障期间可以享受与在职人员相同的医疗保障；另一方面，依据到失业人员的工作参保年限设定不同的失业保险待遇计算比例，提高年龄较大失业人员的失业保障标准。

2015年，市人社局联合财政局、发改委、经信委出台《关于失业保险支持企业稳定岗位有关问题的实施意见》，重点对兼并重组、化解产能过剩、淘汰落后产能等三种类型企业中，采取有效措施不裁员、少裁员，稳定就业岗位的，由失业保险基金给予稳定岗位补贴。

2016年，市人社局联合财政局出台《关于进一步做好失业保险支持企业稳定岗位工作的通知》，将实施失业保险支持企业稳岗政策范围，由兼并重组、化解产能过剩、淘汰落后产能等三类企业扩大到所有符合条件的企业。联合财政局、地税局出台《关于转发〈江苏省人力资源和社会保障厅 江苏省财政厅 江苏省地方税务局关于调整失业保险费率有关问题的通知〉的通知》，从2016年1月1日起至2018年12月31日，连云港市失业保险费率从2%降至1.5%，其中：用人单位缴费比例1%，个人缴费比例0.5%。

2017年，市人社局联合市财政局、地税局出台《关于阶段性降低失业保险费率有关问题的通知》，从2017年1月1日起至2018年12月31日，全市失业保险费率由1.5%降至1%，其中用人单位缴费比例0.5%，个人缴费比例0.5%。

2020年，市人社局联合财政局出台《关于做好扩大失业保险保障范围工作的通知》，领取失业保险金期满仍未就业的或者不符合领取失业保险金条件的参保失业人员，可申领失业补助金，标准为每月1000元（缴费不足12个月的700元）最长6个月，受理期限截止到2020年12月31日。

（三）工伤保险

1996年10月，市政府颁布实施《连云港市企业职工工伤社会保险暂行办法》，规定市内各类企业和用人单位均应参加职工工伤保险并缴纳保险费，费率均为企业职工工资总额的0.5%，职工个人不交纳；对符合伤残评定标准的职工发给《职工工伤证书》，按伤残1—10级享受工伤保险待遇。

2005年4月1日起，连云港市执行《江苏省实施〈工伤保险条例〉办法》，当年10月，市政府发布《连云港市实施工伤保险条例细则》，将实施范围和对象扩大到与机关、事业单位、社会团体形成劳动关系的编制外人员，明确工伤认定及视同工伤的情形，针对工伤职工待遇作出详细规定。

2006年12月，连云港市贯彻《省政府关于解决农民工问题的实施意见》文件要求，加快推进农民工较为集中、工伤风险程度较高的建筑行业、煤炭等采掘行业参加工伤保险。按照《安全生产许可证条例》规定，将用人单位依法参加工伤保险、为从业人员缴纳工伤保险费作为发放安全许可证的必备条件。

2008年5月1日起，连云港市执行《江苏省农民工权益保护办法》。9月，连云港市贯彻《省政府办公厅印发关于全面推进农民工参加工伤保险意见的通知》文件要求。12月，市政府颁布实施《连云港市市区建筑业企业农民工工伤保险暂行办法》，规定市区范围内从事建设工程项目施工的建筑业企业，为招用的农民工优先参加工伤保险。

2010年9月，连云港市贯彻《省政府办公厅转发省人力资源社会保障厅 省财政厅关于工伤保险市级统筹意见的通知》文件要求，确保10月底前完成测算工作，年底前实现工伤保险市级统筹，实现工伤保险业务管理“六个统一”，即统一参保范围和参保对象、统一缴费基数和费率办法、统一基金管理、统一工伤认定办法和劳动能力鉴定标准、统一工伤保险待遇支付标准、统一经办流程和信息系统。

2011年6月，市人社局印发《关于实施新〈工伤保险条例〉有关问题的处理意见》。将全市各类不参照公务员管理的事业单位、社会团体，以及民办非企业单位、基金会、律师事务所、会计师事务所等纳入工伤保险参保范围。10月，印发《连云港市工伤认定工作规范化考核标准》和《连云港市工伤保险调剂金管理暂行办法》。

2015年6月1日起，连云港市执行《江苏省实施〈工伤保险条例〉办法》。9月，市人社局、市住建局、市安监局、市交通局、市总工会、市水利局联合印发《连云港市建筑业从业人员参加工伤保险暂行办法》，明确工伤保险费覆盖工程项目施工期间的所有职工，包括专业承包单位、劳务分包单位使用的农民工。

2016年2月，市政府颁布《连云港市实施〈工伤保险条例〉细则》，自4月1日起施行。6月，市人社局、市财政局联合发布《关于印发连云港市工伤保险费率浮动办法的通知》。11月，市人社局、市住建局联合发布《关于印发连云港市建筑业从业人员参加工伤保险暂行办法实施细则的通知》。

2020年1月，连云港市贯彻《省政府办公厅关于江苏省工伤保险省级统筹的实施意见》文件要求，2020年起推进实现“五统一”，即统一工伤保险参保范围和参保对象、统一工伤保险费率政策和缴费标准、统一工伤认定和劳动能力鉴定办法、统一工伤保险待遇支付标准、统一工伤保险经办流程和信息系统。在“五统一”的基础上推进工伤保险基金省级统收统支。

2022年8月，《连云港市工伤保险协议机构管理暂行办法》印发实施，针对全市协议医疗机构、协议康复机构、协议辅助器具配置机构加强规范管理，更好地满足工伤人员医疗、康复和辅助器具配置服务需求，确保工伤保险基金安全。

2023年11月，连云港市贯彻《省政府办公厅关于印发江苏省工伤保险基金省级统收统支实施方案的通知》文件要求，全面实现工伤保险基金省级统收统支。

（四）机关事业单位养老保险

1994年10月，市直机关事业单位养老保险制度开始实施，参保范围为市直机关事业单位中的全体工作人员和离退休人员。缴费标准为职工工资总额的21%，其中单位负担19%，个人负担2%（有条件的单位可以为职工代缴1%）。

2002年9月，市政府下发《关于调整市直机关事业单位养老保险缴费比例的通知》，将差额拨款自收自支事业单位的缴费比例由21%调整为24%，其中单位缴费比例由19%调整为20%，个人缴费比例由2%调整为4%（单位仍可为个人代缴1%）。

2003年1月起，暂停机关和全额拨款事业单位养老保险的实施，其实际发生的离退休费用由财政预算安排和机关事业单位养老保险基金补助解决，2004年1月起改为全部由财政预算安排。

2007年9月，市政府办公室印发《关于完善市级机关事业单位养老保险工作的意见》，改变原来按在职职工工资总额与离退休费用之和为养老保险缴费基数的办法，实行按在职职工工资收入总额为缴费基数。明确参保个人以本人工资收入为缴费基数，参保个人的工资收入超过本人档案工资的300%以上的部分，不计人缴费基数，低于本人档案工资的，以本人档案工资为缴费基数缴费，比例维持原有标准不变，单位缴费比例为20%，个人缴费比例为4%（单位不再为个人代缴1%）。

2008年11月，对市级部分参加机关事业单位养老保险的离退休人员养老金实行社会化发放。截至2011年底，连云港市率先在省内全面实现全市机关事业单位养老保险待遇社会化发放，社会化发放率连续多年保持100%。

2011年11月，市人社局、市财政局联合下发《关于市级事业单位实行绩效工资后养老保险有关问题的通知》，将个人缴费基数限定范围修改为“参保个人的工资收入超过当地上年度职工月平均工资300%的，不计入缴费基数；参保个人工资收入低于本人基本工资、国家规定的特殊岗位津贴补贴与基础性绩效工资之和的，以本人基本工资、国家规定的特殊岗位津贴补贴与基础性绩效工资之和为缴费基数，原则上不低于本地社保最低缴费基数”。

2015年，国家、省先后出台政策，决定自2014年10月1日起改革机关事业单位养老保险制度，同步建立职业年金制度，实行待遇与缴费挂钩、社会统筹和个人账户相结合的新型养老保险制度；改革范围是机关事业单位及其编制内工作人员，单位按职工工资总额20%、个人按本人缴费工资8%缴纳基本养老保险，单位按职工工资总额8%、个人按本人缴费工资4%缴纳职业年金；改革实行“老人老办法、新人新制度、中人逐步过渡”的办法，对于改革前已经退休的“老人”，维持原待遇不变，并参加今后的待遇调整，对于改革后参加工作的“新人”，将来退休时按新办法计算待遇，对于改革前参加工作、改革后退休的“中人”实行新老办法对比、逐步过渡。9月，市政府办公室印发《关于成立连云港市机关事业单位养老保险制度改革领导小组的通知》，市人社局成立专项工作小组。

2016年9月，市政府印发《连云港市机关事业单位工作人员养老保险制度改革实施办法的通知》，随后召开新闻发布会，正式启动改革。推出“部门联动谋合力、财政联动强保障、市县联动齐推进”的三联工作法，由市委组织部、市编办、市人社局、市财政局联合印发《关于做好参加市级机关事业单位养老保险制度改革人员核定工作的通知》，同年底，基本完成人员核定与参保登记。

2017年1月起，调整市级机关事业单位离退休人员发放渠道，财政全额供款单位养老金由财政发放改为从基金支付。6月，连云港作为试点在全省率先实现“市县两级同步上线”机关事业单位养老保险业务系统；9月，全市机关事业单位养老保险纳入全省统一信息系统，按照新制度征缴养老保险费、发放养老金。

2019年4月1日起，按照国务院和省政府关于社会保险费征管职责划转相关规定，省机关事业单位基本养老险费移交税务部门征缴，职业年金委托税务部门代征。自2019年5月1日起，国家实施降低社会保险费费率政策，机关事业单位基本养老保险单位缴费比例由20%降为16%，基本养老保险个人缴费比例和职业年金单位、个人缴费比例不变。12月，基本完成市直机关事业单位养老保险制度改革准备期（2014年10月1日至全省统一信息系统上线前）基金清算。

2020年4月，连云港市在全省率先启动机关事业单位养老保险关系转移接续工作。12月，全省职业年金工作现场推进会在连云港市召开。

2021年4月，连云港市机关事业单位养老保险顺利上线全省一体化系统，实现能线上办的全部线上办；税务部门全责征收机关事业单位基本养老保险和职业年金，包括申报核定、补缴、退费、催报、催缴等，职业年金征缴资金由人社部门按月归集到省。

2023年2月，连云港市“提前预核退休人员信息与待遇申领”等创新做法被作为“待遇常态化计发”功能纳入省一体化系统，省人社厅发文要求，全省所有统筹区年底前要启动相关功能，连云港市坚持全市一体、平稳实现所有统筹区退休人员“待遇常态化计发”。

（五）城乡居民养老保险

1992年，市民政局开始试点农村社会养老保险。1994年，市政府颁布《连云港市农村社会养老保险暂行办法》。1998年，市政府颁布《连云港市农村社会养老保险办法》。2001年底，市政府决定农村养老保险职能由市民政局划归市劳动和社会保障局。

2005年9月1日起，连云港市执行《江苏省征地补偿和被征地农民基本生活保障办法》，劳动和社会保障部门具体负责被征地农民基本生活保障资金的发放管理，具体工作由各级劳动和社会保障部门的农保经办机构办理。同年，东海县被省劳动保障厅确定为新型农村社会养老保险试点单位和工作联系点，并选择部分乡镇进行试点。

2008年4月，连云港市在苏北率先出台《关于建立新型农村社会养老保险制度的指导意见》，确定新型农村社会养老保险制度发展目标、实施步骤和基本原则，建立农民个人缴费、集体补助、政府补贴三方筹资机制统账结合新模式。12月，连云港市贯彻《省政府关于建立新型农村社会养老保险制度的指导意见》文件要求，全市参加新型农村养老保险人数累计达14.86万人，覆盖82个乡镇1426个村，位居苏北首位。

2011年9月，连云港市贯彻《省政府关于加快完善社会保障体系实现人人享有基本社会保障的实施意见》文件要求。10月，连云港市贯彻《省政府关于印发江苏省城镇居民社会养老保险制度实施办法的通知》文件要求。12月，市政府印发《连云港市城乡居民社会养老保险制度实施办法》，建立城乡统一的居民社会养老保险制度。

2013年6月，市人社局印发《连云港市城乡居民社会养老保险经办服务规程（试行）》，积极推动城乡居民社会养老保险经办管理服务工作规范化、标准化建设。12月1日起，连云港市执行《江苏省征地补偿和被征地农民社会保障办法》，被征地农民社会保障应当遵循即征即保、应保尽保、分类施保、逐步提高的原则，与促进就业相结合，将被征地农民纳入城乡社会保障体系。

2014年1月1日起，连云港市执行《江苏省城乡居民社会养老保险办法》，全面整合新型农村社会养老保险和城镇居民社会养老保险制度，建立城乡居民社会养老保险制度。2月，市政府印发《连云港市征地补偿和被征地农民社会保障办法》，将被征地农民纳入城乡社会保障体系。

2015年1月1日起，连云港市贯彻《省政府办公厅关于进一步完善城乡居民基本养老保险制度的意见》文件要求，江苏省城乡居民社会养老保险制度更名为江苏省城乡居民基本养老保险制度。9月，市政府发布《关于进一步完善城乡居民基本养老保险制度的意见》，全面建成公平、统一、规范、可持续发展的城乡居民养老保险制度。

2022年3月1日起，连云港市执行《江苏省被征地农民社会保障办法》，被征地农民社会保障应当遵循先筹后征、即征即保，应保尽保、分类施保，保障适度、逐步提高的原则，确保被征地农民原有生活水平不降低，长远生计有保障。

二、主要成就

（一）社保制度逐步完善

连云港市社会保险制度从无到有，从有到全，制度建设不断健全。1984年连云港市开始实行劳动合同制工人养老保险制度，到1988年实行企业职工退休养老费用社会保险统筹，1996年全面建立企业职工基本养老保险制度；1994年连云港实行机关事业单位养老保险制度改革试点；按照全国统一部署，自2014年10月1日起实行机关事业单位养老保险制度改革；1993年建立失业保险制度；1996年建立工伤保险制度；2010年建立了新型农村社会养老保险制度，2012年建立了城乡居民社会养老保险制度，2015年经过全面整合，最终建立城乡居民基本养老保险制度。经过多年努力，全市逐步建立养老、失业、工伤保险制度，形成了覆盖全民、统筹城乡、公平统一、安全规范、可持续的多层次社会保障体系，呈现出社会保障全民共有共享共建共谋的发展局面。

（二）待遇水平大幅提升

40年来，全市社会保险待遇水平持续提高，人民群众的幸福感和满意度不断提升。1992年，连云港市在全省率先推行养老金社会化发放，相关改革措施受到省委组织部、老干部局、劳动厅的肯定和推广，走在全省全国的前列。全市企业离退休人员平均养老金由1988年的65元/月，增加到2023年的2768元/月，增长41.58倍，企业退休人员养老金实现“十九连调”。自2016年起，连云港市按照全省统一部署，机关事业单位退休人员基本养老金连续8年与企业退休人员同步调整到位。城乡居民基础养老金由2010年开始实施的60元/月，增加到2023年的208元/月，增长2.47倍，基础养老金已实现“十二连涨”，全市城乡居民养老保障水平2023年达到人均256.05元/月。工伤保险待遇建立健全定期增长机制，2023年1月1日起，对伤残津贴、生活护理费、供养亲属抚恤金进行最新一轮调整。

（三）覆盖范围不断扩大

全市社会保险从最初的国营企业合同制工人养老保险开始，逐步将国有集体企业职工、外资及港澳台资合资企业职工、私营企业职工、机关事业单位聘用人员、农民工等各类企业（单位）职工纳入参保范围，实现了社会保险制度由“广覆盖”到“全覆盖”的转变。企业职工养老保险方面，参保单位数由1988年的537家，增加到2023年的3.66万家，增长67.09倍，参保人数由1988年的14万人，增加到2023年的67.04万人，增长3.78倍，待遇领取人员29.04万人；2014年10月1日起，国家实施机关事业单位养老保险制度改革，全市机关事业单位及其编制内人员已全部参保；城乡居民养老保险方面，2023年参保总人数为117.19万人，待遇领取人员75.05万人；失业保险参保51.04万人，待遇领取1.44万人；工伤保险参保71.37万人，待遇领取人员0.46万人。

（四）机构改革持续推进

1994年，连云港市机关事业单位社会保险管理处成立，为原人事局下属正科级全额拨款事业单位，2000年从原人事局划至原劳动局，2010年隶属于人社局，2015年12月转为参照公务员法管理事业单位。2000年，社会保险费的征缴、发放和管理由社会保险经办机构征收改为地税部门征收，逐步建成“地税征收、财政监督、劳动保障部门发放”的社会保险金管理体制。2005年，市政府出台《关于进一步做好养老保险扩面征缴工作的通知》，明确了劳动、财政、地税各部门工作职责，建立了养老保险扩面征缴目标奖惩机制。2008年，市社会保险征缴中心正式成立，市区率先实行五项社会保险统一征缴模式，率先在全省实行市级养老保险数据集中管理，市、县、区实现了社会保险经办机构和地税部门实时联网、信息共享。2019年，市社会保险管理中心正式成立，全面整合原市社会劳动保险管理处、市社会保险征缴中心、市农村养老保险管理处相关职能，社会保险费征管职责划转至税务部门，组织机构、职能职责、工作制度得到进一步明确，社保工作运行机制不断完善。

（五）基金安全平稳运行

始终以维护基金安全为目标，以防范化解基金管理风险为重点，用心守好人民群众的“养老钱”。积极构建政策、经办、信息、监督“四位一体”社保基金风险防控机制，建强“人员、制度、技术、机构、数据、资金”六防体系，社保险种、统筹区域实现全覆盖监督，“三聚焦三强化”筑牢社保基金管理风险防控堤坝工作经验，受到省人社厅的肯定并在全省推广。连云港市在全省率先实现所有机关事业单位养老保险经办业务“三个全面取消”；机关事业单位养老保险基金风险防控经验做法被《中国劳动保障报》刊发。2023年，企业职工基本养老保险费累计征缴收入95.33亿元，养老保险待遇支出94.41亿元，累计结余9.15亿元，备付能力1.12个月；城乡居民养老保险总收入34.74亿元，其中财政补助收入20.33亿元，基金总支出23.17亿元，累计结余66.08亿元；失业保险总收入4.14亿元，总支出3.83亿元，累计结余7.14亿元，备付能力48.8个月；工伤保险基金总收入3.29亿元，基金总支出3.67亿元，累计结余2.87亿元，备付能力10.04个月。

（六）惠民服务更加暖心

深化“放管服”改革，方便企业、群众就近办理社保业务，不断延伸基层服务触角。一是扎实推进业务下沉。积极推进社保公共服务事项实行属地办理，涵盖海州区、连云区、连云港经开区、徐圩新区等30个基层服务平台，通过全面梳理短板弱项、研判分析疑点难点、开展业务培训指导、完善优化经办服务，2023年实现属地办件量达3.4万次，努力构建“全城通办”的社保服务新模式；二是打造“就近办”社银网点。积极与建行、中行、交行等银行合作，将高频人社业务的咨询、受理、办理下沉至社银合作网点，自2022年6月项目启动以来，全市已建成社银合作网点122家，努力打造7×24小时不打烊的家门口人社服务“便利店”；三是优化经办服务体验。通过对待遇申领等高频复杂业务帮代办、对档案审核等线下业务上门办、对退役军人转移等业务联动办，进一步优化机关事业单位养老保险经办服务体验。

（七）纾困帮扶兜牢底线

贯彻落实惠企惠民政策，兜住、兜准、兜牢民生底线，让发展成果更多更公平惠及人民群众。2011年城乡居民社会养老保险制度建立，同年启动困难群体代缴工作，2018年推进落实社会保险扶贫政策，助力实施乡村振兴战略，针对返贫致贫、低保对象、特困人员和重度残疾人等四类困难群体代缴城乡居民养老保险，代缴标准为每人每年100元，2023年，全市共为4.08万符合条件的困难群体代缴保费，代缴金额为408万元。2020年以来，为积极应对疫情影响，助力企业纾困解难，全市高效精准落实阶段性降低社保费率政策，实施期限延长至2024年底。2023年，累计为全市3.52万家单位减征社保费4.13亿元，进一步增强市场主体信心，助推经济高质量发展。

（八）数字建设深入推进

坚持以社保经办数字化转型为抓手，加快推进社保治理能力的现代化，谋求社会保险事业的新发展。在全国范围首创工伤保险医疗费智办系统，推进全市20家工伤协议医疗机构实现联网即时结算，在全省率先推出新业态人员工伤预防云培训，打造出分层次、有重点、成体系、重成效的工伤保险"连云港模式"。创新推出"连小安说社保"视频号，累计制作播出政策短视频43期，先后荣获全省人社宣传创新案例，入围"江苏人社"公众号展播。深入推进退休人员档案电子化管理，实现档案"收、管、存、用"全链条线上处理，累计完成6万卷档案整理工作。建成市县乡村现场认证、跨部门大数据比对认证、视频连线远程认证的服务模式，通过提取比对核酸检测、体检、医保刷卡等信息，确保暂停待遇人员数量维持在动态低水平。

（九）创新创优亮点纷呈

连云港市社会保险工作多年来奋勇争先、锐意创新，呈现出稳中有进、亮点频现的良好局面，多项工作获上级表彰奖励。社保中心获评第三届全国"敬老文明号"，2020、2023年两次获省政府督查激励，"连小安说社保"宣传品牌荣获全省人社十大宣传创新优秀案例，荣获市"后发先至"经济发展高质量发展先进集体、市级文明单位，"党建惠民领航，开创社保新局面"荣获市级机关工委"四强"党支部建设工作优秀案例，"民心社保"荣获市级机关"奋进新征程・勇当排头兵"红旗党支部二十大党建品牌，组织参加省首届企业退休人员诗词大会荣获一等奖，社会保险管理中心服务大厅被市总工会授予连云港市五一巾帼标兵岗。2020年，职业年金工作被评为全省人社系统特色亮点工作，在推动高质量发展中体现了人社担当。2023年，中央机关保险中心来连调研机关保险经办管理、转移接续工作经验做法。2018年、2023年，连云港市机关保险改革工作经验多次在全省人社系统、全省社会保险等工作会议上交流。2018—2023年，收到省人社厅感谢信1封、省机关保险中心感谢信6封，充分肯定了连云港市对全省机关保险改革工作所做的贡献。2019—2023年，机关事业单位养老保险工作4次被评为全市人社系统创新创优优秀项目。持续打造惠民生、增福祉、聚民心的港城社保品牌，为全市经济社会高质量发展注入社保力量。

三、经验启示

（一）坚持推动制度性变革

改革开放以来，我国发生了三重基础性转变：从计划经济体制向社会主义市场经济体制转变、从农业社会向工业服务业社会转变、从年轻人口结构向老龄化人口结构转变，社会保险制度也先后经历了改革初步探索阶段、制度框架构建阶段、统筹城乡社会保障体系建设阶段和以建设高质量社会保障体系为目标的全面深化改革阶段，要用改革的办法解决发展中的问题，要用创新的思维破除体制机制问题，推动社会保险事业高质量发展。

（二）践行服务型政府理念

经过40多年发展，我国已经从计划经济体制下的管制型政府，逐渐转变为适应现代市场经济的服务型政府，社会保障关乎人民群众最关心最直接最现实的利益问题，做好社会保险工作事关人心向背，必须树立“民本位、社会本位、权利本位”的服务型政府理念，始终坚持以人民为中心的发展思想，自觉站在人民群众的立场上想问题、作决策、办事情，不断优化提升社保经办服务水平，不断增强人民群众获得感、幸福感、安全感。

（三）积极应对老龄化趋势

第七次全国人口普查数据显示，我国65岁及以上人口比重达到13.5%，人口老龄化程度已高于9.3%的世界平均水平，正加速向深度老龄化社会迈进，1962—1973年生育高峰期群体面临退休，导致政府财政压力增大。同时，2022年中国人口61年来首次负增长，受经济、就业等因素影响，年轻人群体的社保“断缴潮”风险仍然存在，需要提高社保工作的预见性和主动性，加大社保基金统筹力度，加快推进多层次社会保障体系建设，切实做到未雨绸缪、居安思危。

（四）适应新业态经济发展

第九次全国职工队伍状况调查显示，我国职工总数约4.02亿人，其中外卖骑手、快递员、网约车司机等新业态从业人员8400万人。同时，伴随多年来的城市化发展进程，2023年我国农民工总量已达到2.98亿人，针对新业态从业者、农民工等重点群体特点，要坚持分类施策、精准扩面，完善灵活就业人员在就业地参保政策，引导推动更多灵活就业人员参加企业职工基本养老保险，让相关群体更好地共享经济社会发展成果。

（五）扎实推进数字化转型

近年来，数字化发展从根本上改变了传统的生产方式、商业模式和生活方式，要积极探索数字化赋能路径，广泛应用大数据、云计算、互联网、区块链和人工智能等技术，建立方便、快捷、安全、高效的社会保障经办管理服务网络体系，尽可能方便企业和群众足不出户即可享受参保登记、缴费、查询、领取待遇等各项服务，颠覆传统的大厅式、柜员式、面对面的服务模式，增强社会保障制度的灵活性、包容性、适应性。

（六）加强基金精细化管理

为确保社保基金安全平稳运行，要切实规范执行基金收支预算制度，严格落实企业职工基本养老保险全国统筹、工伤保险省级统筹各项任务。依托人社部稽核考核系统，围绕疑点数据逐条查明情况进行整改，建立社保基金管理稽核风控系统，实现从人控向机控的转变，加强事前事中事后全过程监管，探索建立“管理精细化、服务规范化、经办信息化、流程科学化”运行机制，守护好人民群众的每一分“养老钱”“保命钱”。

（七）打造多元化宣传模式

多措并举加大社保政策宣传力度，提高广大群众对社保政策的知晓度和满意度。充分发挥新媒体平台传播优势，打造“线上+线下”全方位宣传模式，聚焦老百姓最关心、最关注的问题，以群众喜闻乐见的方式推送社保解读政策，全力打好立体化、多渠道、广覆盖政策宣传“组合拳”。加强社保宣传队伍建设，常态化开展社保政策学习培训活动，以“人社会客厅”“青年讲政策”等形式，努力建设一支业务精、技能强、能力优的宣传人才队伍，不断推动社保宣传工作迈上新台阶。

教育事业的发展

40年来，连云港市全面贯彻落实党的教育方针，深化教育体制机制改革，教育事业获得蓬勃发展。特别是党的十八大以来，市委、市政府深入学习贯彻习近平总书记关于教育工作和教师队伍建设的重要论述，始终坚持教育优先发展，扎实推动教育现代化建设，努力办好人民满意的教育，为加快高质量发展"后发先至"夯实教育保障、筑牢人才根基。

一、发展历程

1984年以来连云港市教育事业发展，大体可分为四个阶段：

（一）"教育改革"之起步探索阶段（1984—1989年）

1984年，连云港市获批成为14个沿海开放城市，连云港市教育事业也迎来了新的发展机遇和改革篇章。

教育管理体制改革。1984年3月，按"政府统筹、地方负责、分级办学、分级管理"的要求，市委、市政府将市区20所中学下放到各区管理。确定灌云县、赣榆县朱堵乡、东海县安峰乡为分级办学、分级管理试点。新浦区中小学试行校长负责制，党支部起监督、保证作用。年底，全市教育工作会议召开，内容是全面开展教育改革。1985年，全市教育改革从学校管理体制开始，逐步实行分级管理、分级办学。1986年，《中共中央关于教育体制改革的决定》提出"学校逐步实行校长负责制"，10月，市政府印发《批转市教育局

〈关于基础教育实行分级管理的意见〉的通知》。1989年，全市各乡镇政府设文教助理一职。

城乡学制改革。1984年，连云港市推行年满6周岁半学龄儿童入学制度，市区小学实行六年制，赣榆、东海、灌云三县小学实行五年制，统一使用部编教材。全市初中各年级执行《全日制六年制中学教学计划》，使用人民教育出版社的教材。1984—1988年，连云港市高中学制由两年制逐步过渡为三年制。1989年，连云港市实施《九年（八年）义务教育规划》，小学入学年龄市区为6周岁半，三县为7周岁。

提高整体办学水平。1986年，连云港市实现普及初等义务教育，学龄儿童入学率达98.87%，年巩固率98.17%，毕业率98.12%，小学毕业生升学率66.9%，市区小学毕业生升学率达95.67%。同年，全市基础教育进入由普及到提高的时期，开展了“小学达标校”和“合格初中”验收工作，制定高中质量评价机制。创建省、市实验小学，创建省、市合格重点中学、省示范初中和省星级普通高中，加大对特殊教育投资等。20世纪80年代末，全市实现了市、县（区）、乡三级办学目标。

基本实现“一无两有”。1984年，连云港市教育局（简称市教育局）把实现校校无危房，班班有教室，人人有课桌凳（简称一无两有）作为改善办学条件主要内容。1985年，全市基本实现“一无两有”。1988年，巩固“一无两有”成果，扩建校舍7万多平方米，危房比例已控制在3%以下。1989年，改扩建校舍14.4万平方米，为计划指标的195.5%，“一无两有”总投资3748.43万元，为计划指标的217.5%，全市中小学严重危房全部消除。

逐步开展德育工作。1984年，市教育局与中国教育工会连云港市委员会（简称市教育工会）在全市中小学开展了创建文明学校活动，首批表彰了21所中小学为市文明学校。1985年4月，中国共产主义青年团连云港市委员会（简称共青团市委）、市教育局联合印发通知，要求全市学生积极响应共青团中央发出的关于推行“尊师礼”的号召，开展尊师活动。其后，全市各级教育行政部门及中小学先后成立了德育工作机构。21所文明学校向全市大、中、小学发出倡议，用建设文明学校的新成果，向第一个教师节献礼。1987年，市教育局颁布《连云港市中小学生一日常规》，建立学校、家庭、社区三结合德育工作网。

课程改革开始起步。1986年,《中华人民共和国义务教育法》颁布,为基础教育课程体系的调整提供了契机,基础教育课程体系进入一个新的时期。1986年秋季起,江苏省海州师范学校附属小学(城市小学)、东海县实验小学(县城小学)、连云港市新县中心小学(市郊农村小学)六个班参加教育部课程教材研究所小学数学教材研究实验组编写的《小学实验课本·数学》教学实验工作。

教改成果初步显现。1986年起实行《连云港市教育教学改革成果奖励条例》,同年全市评出连云港市教育教学改革成果二等奖8项,三等奖17项。1988年,全市有四级教改实验点(班)400多个,其中70多个有明显成效。江苏省教育委员会(简称省教委)于1987年、1988年先后在全省范围内推介连云港市"小学语文听读欣赏""大面积提高中小学音乐教学质量"两项成果。

(二)"两基""素质教育"之战略发展阶段(1990—2001年)

党和国家始终把教育摆在优先发展的战略地位,1992年10月12日,中国共产党第十四次全国代表大会(简称党的十四大)把实施"基本普及九年义务教育,基本扫除青壮年文盲"(简称两基)的目标写进党的文件,成为全党全国关注的大事。1997年的全国教育工作会议上,"素质教育"正式写进国家的官方文件,锚进了中国教育改革和发展的主轴。1999年6月13日,中共中央、国务院作出《关于深化教育改革全面推进素质教育的决定》,提出全面推进素质教育,成为全国范围内有意识、有目的、有行政支撑的自觉实践,实施和推进素质教育在全国普遍推开。

深入开展"两基"工作。为了推进"两基"工作的实施,1993年,中共中央、国务院印发《中国教育改革和发展纲要》,提出在20世纪末,全国基本扫除青壮年文盲,使青壮年文盲率降到5%以下。1994年,连云港市教育委员会(简称市教委)年初召开了义务教育现场会和扫盲工作会议,和各县、区签订了"两基"工作目标责任状。1995年,全面普及初级中等义务教育被列为市政府50项奋斗目标。1996年,全市全面实施九(八)年义务教育。1997年,全省"两基"表彰会召开,在会上,东海、赣榆两县被评为省教育先进县，全市7个乡镇被评为省级教育先进乡镇，6人被评为省级先进个人，另有20个单位被省教委表彰为“两基”先进集体，14人被评为先进个人。1999年，省“两基”检查组对连云港市“两基”工作表示肯定。2001年，灌南县、灌云县“两基”通过省验收。

实施向素质教育转轨。1990年，江苏正式提出了“素质教育”的概念和目标。同年，根据国家教委《关于改进和加强教学研究工作的若干意见》和省教学工作会议精神，市教育局提出：努力克服“应试研究”的偏向，积极开展“素质教育”研究，坚持全面贯彻党的教育方针，培养学生德智体美劳全面发展。1991年，市教育局制定《连云港市小学教育整体改革方案》，并确定了12所小学为改革试点校。1994年，市教育局大力开展省编新教材的试验工作，积极推进小学、初中素质教育。1995年，在小学、初中全面推行了素质教育。1998年，市教委根据国家教委《关于当前积极推进中小学素质教育的若干意见》和省教委《关于在全省中小学深入实施素质教育的意见》的精神，召开了全市素质教育工作会议，出台了连云港市中小学素质教育实施意见和市小学、初中、高中定级评估方案。同年，在扎实推进赣榆县素质教育实验的基础上，又申报东海县、新浦区参加省级素质教育实验区实验。

深化职业教育体制改革。1993年，经江苏省盐务管理局研究决定，将原创办于1987年的“江苏省盐业技工学校”并入“江苏盐业学校”。1996年，连云港市职业技术教育中心和连云港市大港职业中学成为全国首批国家级重点职业中学。1998年5月，经江苏省人民政府批准，撤销江苏盐业学校，成建制并入淮海工学院。1999年，连云港市水产学校并入淮海工学院。2001年江苏省粮食技工学校更名为“江苏省经贸高级技工学校”，同年增挂“江苏省经贸技师学院”校牌。2002年，连云港市加强了职业教育管理体制的改革，将原属于经贸、建设、化工、商业、劳动、供销、工会等行业和部门举办的7所职业类学校划归市教育行政部门统一管理，组建了新的市职教中心、旅游学校、高级技工学校（筹）三大职教集团。

改善办学条件。1990年，连云港市基本完成18个乡镇实施初等义务教育和11个乡镇实施初中义务教育的任务。1997年，全市有8所学校被评为省级模范学校。1998年，12所学校被确认为市第二批“优秀管理、优秀环境”十佳校园。2000年，确认9所学校为连云港市首届模范学校，58所学校为连云港市一级学校。同时，对全市55所中小学进行了新一轮定级评估。2001年，制定全市第二轮布局调整和“改薄”白皮书，召开会议对新一轮改造薄弱学校和布局调整进行部署。

继续深化课程改革。1993年起全市义务教育阶段陆续实施《九年义务教育全日制小学、初级中学课程计划（试行）》，首次明确了九年义务教育课程的分阶段目标，同时将“活动”与“学科”并列，成为课程结构的一部分，将地方课程列入国家课程计划，确立了“一纲多本”的课程改革方略。1995年3月，市教委制定《连云港市现代化示范性窗口幼儿园标准（试行）》，全市城区各类幼儿园进行教育教学改革。

（三）“教育均衡发展”之推进与突破阶段（2002—2012年）

2002年，中国共产党第十六次全国代表大会（简称党的十六大）召开后，关注弱势群体成为社会政策的主线。2003年，江苏省教育厅（简称省教育厅）将教育均衡化发展战略作为教育发展主体战略。2005年，教育部印发《关于进一步推进义务教育均衡发展的若干意见》，第一次将“均衡”作为义务教育发展的指导思想和发展方向。2006年，新修订的义务教育法提出，“国务院和县级以上地方人民政府应当合理配置教育资源，促进义务教育均衡发展”，第一次把促进义务教育均衡发展上升为各级政府的法定义务。2007年，中国共产党第十七次全国代表大会（简称党的十七大）报告提出“促进义务教育均衡发展”，这是党的政治报告中第一次提出“义务教育均衡发展”思想。短短3年，义务教育均衡发展就从部门决策上升为国家意志。2010年出台的《国家中长期教育改革和发展规划纲要（2010—2020年）》更是把推动义务教育均衡发展列为重要内容，明确提出到2020年基本实现区域内义务教育均衡发展的目标。

基础教育均衡发展。2005年，江苏省把均衡发展义务教育、中小学“校校达标”，纳入县域教育现代化建设指标体系。2006年，改革中考招生录取办法，首次将四星级高中和灌南县中20%的统招指标分配到各初中学校，促进学校均衡发展。2008年，连云区被评为省“幼儿教育先进区”，海州区被评为“江苏省普及高中阶段教育先进县区”。2010年，组织连云港市新海实验中学等6所优质学校对新浦中学初中部等6所薄弱学校实施委托管理，全市15所义务教育阶段学校回归公办。灌南县成为“省义务教育均衡发展示范区”，新浦区被评为“省义务教育均衡发展先进区”。2011年，制定《连云港市关于推进县域义务教育优质均衡发展的实施意见》，对推进连云港市县域义务教育优质均衡发展工作提出明确目标、要求和举措。江苏省新海高级中学（简称新海高中）入选省首批普通高中创新人才培养试点校，创建普通中小学管理规范示范校19所、特殊教育管理规范示范校3所。

教育现代化稳步推进。2002年起，连云港市先后实施“三新一亮”（新课桌、新课凳、新讲台、电灯亮）工程、“六有”（有整洁校园、有卫生食堂、有水冲厕所、有安全宿舍、有冷热饮用水、住宿生每人有一张床）工程和“校校通”（教育信息化建设工程）工程。2006年，新修订的《中华人民共和国义务教育法》颁布施行，明确政府要对义务教育负全责，要建立义务教育的保障机制。同年，市委、市政府印发《关于加快教育改革发展，推进教育现代化的决定》，明确教育现代化工作是全市各级政府的主要工作之一。到2008年底，全市所有中小学均达到省级合格学校建设标准。2010年1月，市委、市政府颁布《连云港市中长期教育改革和发展规划纲要（2010—2020年）》，确立建设教育强市、实现教育现代化的目标。2012年底，全市所有县区通过省区域教育现代化验收，率先在苏北基本实现教育现代化。

新课程改革实施。2001年9月，新中国成立以来第8次课程改革试点工作在全国38个试验区开展。连云港市自2002年9月小学段（市区）开始课程改革实验工作，2003年秋季新学期四县小学段进入课程改革实验。2004年秋季新学期初中段开始课程改革实验工作，2005年冬季新学期全市高中段开始课程改革实验工作。2005年，连云港市教育局教研室（简称市教研室）在全市小学推行“三案六环节”教学模式。2006年，市教育局设立市小学课程改革实验基地学校，首批评选出12所实验基地学校。2011年，市教研室在全市推行“六模块建构式课堂”。2012年，全面推广“建构式生态课堂”。《从课堂走向远方——连云港市基础教育课堂教学改革之路》(中学卷、小学及学前卷)正式出版,《新华日报》《中国教育报》《中国教师报》等国家级媒体对连云港市基础教育改革发展成果进行了专题报道。

深化教育体制改革。2004年,市教育局提出:引进市场机制,深化教育体制改革。2005年,市教育局提出:继续完善教育管理体制改革;积极进行办学体制改革;加强人事制度改革。2006年,全市继续推进学校内部管理机制体制改革,按“资格准入、公开招聘、择优聘任、合同管理”原则,建立自主灵活的选人用人机制,教育系统共招聘毕业生1330人。全市4.33万人参加教职工全员聘任,224人落聘。2007年进一步深化全员聘用工作,制定了《2007年度全员聘用制改革实施意见》,稳步实施岗位绩效工资改革,推行竞争上岗制和末位待岗制。2011年,全面推进人事制度改革。推进干部竞聘工作机制改革,选拔德才兼备、实绩突出、群众拥护的优秀干部。2013年5月,《中国教育报》头版头条以“为每位教师搭建成长阶梯”为题报道连云港市教师荣誉制度改革成效。

2013年5月25日 星期六
农历癸巳年四月十六
第8629号 今日四版
统一刊号CN11—0035
邮发代号1—10
官方网站:http://www.jyb.cn

中国教育报
ZHONGGUO JIAOYU BAO

教育智慧

为每位教师搭建成长阶梯
——江苏省连云港市教师荣誉制度改革采访纪行

从“悬崖”到“台阶”——
教师人人有奔头

改革者说
设计一个好政策 激发一批好教师

刘延东分别会见泰国副总理和埃塞俄比亚副总理

教育部与各省份签责任书
一纸安全责任状
高考工作有保障

上海试点开设

▲ 2013年5月25日,《中国教育报》头版头条以“为每位教师搭建成长阶梯”为题报道连云港市教师荣誉制度改革成效 市教育局供

（四）“教育现代化”之扬帆跨越阶段（2013年至今）

2013年5月18日，省政府召开全省教育现代化建设推进会。会议指出：教育现代化是一个国家现代化的基础和先导，当前和今后一个时期，教育系统最重要的任务，就是为实现2020年教育现代化这个梦想而奋斗。

2018年9月10日，党中央召开全国教育大会，习近平总书记在大会上发表重要讲话，系统回答了关系教育现代化的重大理论和实践问题，对加快教育现代化、建设教育强国、办好人民满意的教育作出了全面部署，向全党全国全社会发出了加快教育现代化的动员令，为新时代教育提供了根本遵循。

2019年2月23日，中共中央、国务院印发了《中国教育现代化2035》，提出：到2035年，总体实现教育现代化，迈入教育强国行列。

全面开展教育现代化示范区建设。2013年，根据省委、省政府提出的“到2020年，全省经济社会基本实现现代化，教育发展主要指标达到国际先进水平，率先实现教育现代化”的战略要求，连云港市政府出台《关于推进教育现代化建设的实施意见》，启动更高水平教育现代化建设，同年连云港市被省政府确定为首批教育现代化市级示范区建设单位，赣榆县被确定为首批县级示范区建设单位。2014年，市政府与省教育厅签订了《江苏省教育厅、连云港市政府教育现代化示范区共建协议》，全市有174所义务教育学校通过省级现代化办学标准验收。2015年，市教育局制定《连云港市教育现代化示范区建设规划》，聚焦优教港城建设，扩大各级各类优质教育资源供给。教育现代化建设监测2019年度得分88.6分；全市615所、97.31%的义务教育学校达省办学标准，居全省第五、苏北第一。2020年教育现代化建设成效继续稳居苏北第一。2021年，连云港市被确定为全省唯一的全国第二批“人工智能助推教师队伍建设”试点市。

全面推动教育优质发展。截至2019年，连云港市建成集团化学校26个、共建结对学校114个、结成教育共同体44个、学校联盟16个，优质均衡建设实现全覆盖。四星级高中统招生指标100%分配到各初中学校。流动人口适龄子女100%安排到公办学校就读。2020年做好五个“突出”：突出育人才，促进学生全面发展；突出提质量，教育教学水平不断攀升；突出强基础，教育优先发展落地落实；突出促均衡，让每个孩子享有人生出彩机会；突出优服务，群众更有教育获得感幸福感。2022年通过“六个聚焦”推动教育总体质量持续提升，不断增强群众的教育认可度和幸福感：聚焦资源供给，全力以赴增强保障能力；聚焦质量核心，持之以恒提升办学水平；聚焦启智润心，一以贯之促进全面发展；聚焦德才兼备，多措并举加强队伍建设；聚焦教育惠民，凝心聚力提升服务水平；聚焦身心健康，全心全意维护校园安全。2022年初，启动《连云港市深化新时代教育评价改革推进方案》工作，目的在于遵循教育规律，系统推进教育评价改革，引导树立科学的教育发展观、人才成长观和选人用人观。着力建立具有科学性、专业性、客观性、符合新时代要求的教育评价制度和机制，为现代化教育强市建设提供有力支撑。

用心办好人民满意教育。2014年，连云港市首次实行按道路、桥梁、河流等划分施教区。2015年，全市幼儿园、小学、初中招生全面实现了免试入学、就近划片入学、平等入学的招生原则。教育生态持续向好，2017年起，连续实现“零择校”“零借读”、阳光分班。2018年，市教育局在全市小学启动“强基铸品”工程；初中启动“双促双控”工程；高中启动“品质提升”工程。2021年，全市教育系统落实市委“用心办好人民满意教育”和“四个一流”（一流的办学理念、一流的师资队伍、一流的教育设施、一流的教学质量）工作要求，深化教育综合改革，统筹推进各级各类教育协调高质量发展。2023年，连云港市“指向教育获得感提升的区域教育高质量发展”（教育强省·局长专项）获得江苏省基础教育前瞻性教学改革实验项目立项，确定以“更高质量的公平均衡、全面发展和创新发展”三大要素作为连云港区域教育高质量发展的内涵表达和核心追求，努力消除教育的区域、城乡和校际差距，推进连云港教育向“人人上好学”不断攀升跃进，在不断促进人的全面发展中实现教育高质量发展。

扎实推进“双减工作”。2021年7月24日，中共中央办公厅、国务院办公厅印发《关于进一步减轻义务教育阶段学生作业负担和校外培训负担的意见》。连云港市坚决落实与扎实推进，取得阶段性成效，2021年，参与学生62.15万人、教师3.56万人，占比分别达到97.21%、94.97%，学生和家长满意度分别达96.93%、97.13%。义务教育学校实现全覆盖，并“一校一案”制定服务办法，分层设置课后服务内容，满足不同层次学生的需求。会同相关部门深入开展校外培训治理，对培训机构办学资质和办学条件逐家检查，切实规范培训机构办学行为。2022年，义务教育学校100%开展课后服务工作，参加课后服务学生62.1万人、占比97.21%，教师3.6万人、占比96.6%。学科类培训机构压减至7家，并全部登记为非营利性机构，全面纳入资金监管，有效维护家长权益。

二、主要成就

（一）教育现代化实现高质量发展

有效落实立德树人根本任务，旗帜鲜明坚持党管意识形态，培养社会主义合格建设者和可靠接班人。2012年，市教育局被国务院表彰为全国“两基”工作先进单位。2019年6月，连云港市委、市政府召开全市教育大会，出台《连云港教育现代化2035》《关于进一步加强新时代教师队伍建设的实施意见》《关于加快推进职业教育现代化的实施意见》和《关于加快推进基础教育优质发展办人民满意教育的若干意见》，明确全市教育事业“四个一流”高质量发展目标和重点任务。针对教育资源供给、教师

▲ 2012年9月，连云港市教育局荣获全国“两基”工作先进单位称号　市教育局供

队伍建设、教育发展均衡等重点问题，系统推进综合改革，不断提高群众的获得感和幸福感。全市教育现代化建设取得了显著成就，被省政府确定为省首批教育现代化市级示范区建设单位，教育现代化建设水平居苏北前列，国家教育信息化达标率全省领先。城乡义务教育均衡发展整体推进，教育改革不断深化，教育质量稳步提升，教育公平有效保障。2019年全省教育公共服务体系满意度测评中，连云港市学前教育、义务教育和高中教育、职业教育满意率分列第二、第四、第六。2020年全市616所、97.31%的义务教育学校达省办学标准，居全省第五、苏北第一。2022年全市义务教育学校标准化建设达标占比达99.67%，2023年全市义务教育学校达省定办学标准基本实现全覆盖。

（二）各级各类教育快速发展

截至2023年底，全市各级各类学校（园）1154所，教职工总数8.26万人，在校生97.98万人。其中，普通高等教育学校5所，教职工总数3790人，在校生6.6万人；中等职业教育学校12所，教职工总数3231人，本科及以上学历占比达99.3%，在校生3.87万人；普通高中39所，教职工总数1.16万人，本科及以上学历占比达99.93%，在校生12.23万人；普通初中141所，教职工总数2.24万人，本科及以上学历占比达99.93%，在校生22.6万人；小学380所，教职工总数2.34万人，本科及以上学历占比达97.08%，在校生39.64万人；特殊教育学校7所，教职工总数237人，在校生3870人；幼儿园570所，教职工总数1.8万人，专科及以上学历占比达93.87%，在校生12.65万人。

一是提高了优质学前教育资源供给力度。2007年来，连云港市学前教育抓住创建“江苏省优质幼儿园”的良好契机，把省优质园创建列入连云港市为民办实事项目，强化优质教育资源供给，促进学前教育优质普惠发展，努力寻求幼教新发展、新突破。截至2023年，全市优质幼儿园覆盖率超过96.62%，位于全省前五；公办园和普惠性民办园覆盖率达91.41%。

二是大力推动了义务教育优质发展。义务教育阶段学生入学率100%、巩固率99.5%，义务教育达省基本办学标准学校比例居全省第五、苏北第一；集团化办学、共同体建设覆盖率100%，教师合理流动比例达

17.8%。基本普及残疾儿童少年9年教育，融合教育资源中心建设基本实现全覆盖。2013年，赣榆县、灌南县、新浦区、连云区通过国家义务教育均衡发展县区督导检查，成为首批全国“义务教育均衡发展县（区）”。2021—2023年新建、改扩建中小学、幼儿园102所。2023年组建教育集团106个，义务教育学校教师交流比例达18.05%。以“义务教育一体化”“五项管理”及课后服务为三个着力点，进一步规范义务教育学校办学行为，深入推进各县区义务教育成群、高质量。推进教育共同体模式向纵深发展，不断提升集团化办学水平，总结全市集团集群办学经验，完善了资源共享清单、优质共享课程平台、干部教师柔性流动数据库，优质教育资源共享基本实现全覆盖。

*三是极大增强了高中教育办学品质。*高中阶段教育毛入学率达99.2%，优质普通高中学校比例达94.29%。2019年，新海高中入选全省首批高品质示范高中建设名单。2023年，全市积极推动江苏省赣榆高级中学、江苏省海州高级中学、江苏省海头高级中学参加省高品质示范高中、省高品质特色高中创建。2024年1月，新海高中被确定为省首批高品质示范高中。截至2023年，全市有四星级普通高中21所、三星级普通高中14所，三星级及以上公办优质普通高中实现全覆盖。高考高分段人数、特殊类型（原一本）达线人数和总体本科达线人数实现“四提升”。

*四是职业教育得到了优质特色发展。*2019年创省现代化示范性职业学校3所，省现代化实训基地4个、专业群4个。2020年，连云港中等专业学校等3所学校成功列入省职业学校领航计划建设名单，创省现代化示范性职业学校2所、省优质特色职业学校2所，省现代化实训基地7个、专业群4个。2021年建设省级现代职教体系试点项目30个。2022年斩获全国职业学校技能大赛金牌4枚，省中等职业学校技能大赛金牌15枚，立项培育建设省优秀中等职业学校6所、中等职业教育优质专业8个。2023年认定“连云港市职业学校校企合作示范组合项目”7个和“连云港市职业学校现代学徒制项目”6个，立项建设省中等职业教育优质专业10个。同年斩获全国职业院校中职类技能大赛金牌4枚，省中等职业学校技能大赛金牌11枚，为江苏省在全国职业院校技能大赛中“十四连冠”贡献了连云港力量。

五是高等教育得到了跨越提升。在高等教育方面，高等教育发展层次得到实质性提升。2019年，淮海工学院正式更名为江苏海洋大学，满足了港城人民多年来的“大学梦”。2021年就康达学院转设与南京医科大学取得较好会商共识，康达学院医药专业内涵建设水平不断提升。江苏海洋大学科技园被认定为第十一批国家大学科技园，“江苏海洋大学马卡洛夫海洋工程学院”获批设立；连云港中医药高等职业技术学校与韩国国立交通大学签订联合办学协议。2023年支持江苏海洋大学发展海洋前沿学科、海洋大学5个博士点培育学科均落实年度任务，工程学学科进入全球排名前1%，首个海水贝类新品种青蛤“江海大1号”通过国家审定。连云港师范高等专科学校创建本科层次院校工作已通过省级考察评议，上报教育部等待验收。连云港市职业技术学院成功入选国家“十四五”教育强国推进工程储备院校。

（三）教育改革不断深化与多元

为了培养学生的综合素质和创新能力，连云港市积极推进课程改革，构建了多元化课程体系。2014年推进“释放师生潜能教育”探索实践，开展了“建构式生态课堂”领航学校培育对象校校行活动、高效课堂成果展示活动，在2014年国家教学成果奖评选中获二等奖3项。2016年，市教育局出台《普通高中教学视导工作规范和实施细则》《义务教育学校教学视导工作实施细则》，加强常规教学教研视导和课程基地、学科教室建设教学视导。同年，市教育局出台《义务教育阶段教学质量评估方案》《普通高中教学质量评估方案》，健全基础教育质量监测体系。在2018年国家级教学成果奖评选活动中，连云港市参与的一项成果荣获全国职业教育类一等奖。2019年深入实施小学“强基铸品”工程、初中“双促双控”工程，推进“三学”课堂改革与评价。2021年在江苏省教学成果奖评选活动中，连云港市有1项成果荣获省特等奖，6项成果荣获一等奖，在2022年国家级教学成果奖评选中，连云港市一项成果荣获全国二等奖。2022年实施了中小学教育教学提质助力工程，全力推进义务教育阶段学业质量更加优质均衡。实施“精致管理”助力行动、“品质课堂”助力行动、“薄弱学校”助力行动及“质量监测”助力行动。2023年全面开展“教育优质均衡攻坚年”

行动，通过整合课程资源、优化课程结构、引入优质教材等措施，丰富课程内容，提高课程的针对性和实效性，倡导以学生为中心的教学理念，全面提升基础教育课堂教学质量。

（四）师资队伍建设成效日益显著

强化师德建设，严格落实新时代教师职业行为十项准则，引导广大教师守初心、守底线，争做“四有”好老师。开展师德主题教育、先进育人典型宣传活动。

不断优化教师队伍结构，提高教师编制数，2018—2023年连云港市全市新招聘教师8911人。实施连云港市中小学高层次人才新“333”工程，实施教育家型教师培养对象共同体和名师名校长工作室项目，培育港城名师等骨干教师5000余名。重点推进“四有”好教师团队建设，全市建设省、市“四有”好教师团队40个。创新实施“乡村教师素质提升工程”，在全省率先建立乡村教师培训系列机制；建立覆盖各学段全学科的乡村骨干教师培育站79个，培训培养乡村学校学科带头人和骨干教师2175人次。打造“青蓝课程”“百位名师百节好课百乡行”等培训品牌项目，每年培训教师达9000人次。实施《连云港市优秀教育人才奖励办法》，分类分级实施农村学校教师特殊津贴制度，实现教师工资待遇逐年增加且三年内不低于本市公务员。培养特级教师251人，“苏教名家”培养对象16人，培养正高级教师、省“333”工程培养对象、市“521”工程培养对象近600人。实施花果山教育英才计划，完成2期评选认定卓越教师25名、卓越校长10名、卓越团队22个。2004年至今，先后有8位老师被授予全国模范教师称号、27名教师被授予全国优秀教师、全国优秀教育工作者称号。

（五）素质教育不断跨越提升

持续推进习近平新时代中国特色社会主义思想进教材、进课堂、进头脑。深化“三全育人”，举办“学习新思想 做好接班人”主题宣讲活动近百场，在全市各级各类学校开展“喜迎二十大 奋进新征程”等系列主题活动。开展校内劳动活动和校外志愿服务等形式多样的劳动实践。扎实推进中小学生素质教育实践基地建设，建成连云、灌云（小学、中学）、灌南、东海、赣榆、海州等7所素质教育实践基地。体卫艺活动全面开展。

全面推进“阳光体育活动”，确保中小学生每天一小时锻炼时间；全面实施中小学体育艺术“2+1项目”，积极开展“阳光体育联赛活动”和中小学艺术系列活动，在省教育厅组织的高校新生身体素质测试中，综合指标连续3年列全省第二位。2013—2021年近四届中小学生艺术展演活动成绩显著、名列全省前茅，共计有50余个艺术表演类节目、130余个艺术作品在全国、省荣获特等奖和一等奖，市教育局连续三届被教育部授予“优秀组织奖”，被省教育厅授予“特别贡献奖”。小学语文、数学和初中语文、生物、地理等学科在省义务教育学业水平测试中，居全省前列。2014年代表江苏省参加了由中央电视台和国家语言文字工作委员会联合主办的“2014第二届中国汉字听写大会”全国总决赛，1人获总冠军。职业院校参加信息化教学大赛获国家级金牌12项、省级金牌21项。教育科研工作成绩显著，全市教师在省“师陶杯”“教海探航”论文竞赛中，特等奖、一等奖等获奖总数占比连续十余年位居全省之首。省第五届教育科研成果一等奖获奖数实现历史性突破，2017年8月，江苏省教育科学研究院面向全省发文推广连云港市教育科研经验。

（六）教育服务发展能力增强

连云港市不断加大投入，深入推进智慧教育建设，实现了宽带网络校校通、优质资源班班通、网络学习空间人人通。通过建设数字化校园、智慧课堂等信息化平台，推动信息技术与教育教学深度融合，提高教育教学的效率和质量。全市宽带网络校校通覆盖率、优质资源班班通覆盖率均达100%。网络学习空间人人通覆盖率达99.5%。建成并推广使用全省首家以“教育资源公共服务平台”和“教育管理公共服务平台”为核心的教育信息化云服务公益平台“云海在线”。60%的中小学基本建成智慧校园，创“智慧校园”省级示范校7所。在全省率先建设教育大数据项目并投入使用，建成集基础设施云服务、数据采集、数据处理、可视化呈现、应用分析于一体的综合支撑和管理平台，连云港市在省教育技术装备综合评估中名列第一，荣获“省教育技术装备先进集体”。仅2022年新制作上线教学微课500节，开设线上教学直播797节，提供一对一名师在线辅导答疑特色服务，“人人皆学、处处能学、时时可学”的教育信息化网络基本建成。推广城乡课堂结对共建应用，开展1对N线上结对帮扶互动课程240余节。连云港教育国际化水平明显提高。实施《丝路东方留学连云港市政府奖学金管理暂行办法》，成立连云港市中亚留学生培养基地，打造“丝路东方留学连云港”品牌。全市18%的学校与国际（港澳台）学校建立友好交流关系，常态化实施“锦绣江苏”等交流项目。“零择校”“阳光分班”得到省教育厅高度评价，推出公益服务栏目《教子有方》。全面开展课后延时和午餐供应服务，惠及中小学生18.92万人，获得社会高度赞誉。

（七）教育保障力度持续加大

坚持把教育放在优先发展的战略地位，围绕率先实现教育现代化的目标要求和重点任务，不断强化支出责任，加大财政投入，提高教育投入保障水平。“十三五”期间全市教育经费总投入560.62亿元，比“十二五”期间全市教育经费总投入398.03亿元增长40.85%。优化市区中小学布局规划。实施校舍安全工程180万平方米，新改扩建中小学校177所、幼儿园139所，义务教育学校大班额比例降至0.83%。学生资助政策体系基本健全，投入力度持续加大，精准资助协同发力，应助尽助全面实现，资助育人成效初显。“十三五”时期全市发放各类助学金5.17亿元，惠及学生超92万人次，办理助学信用贷款7.32亿元，惠及学生超9.5万人次；完成国家教育考试标准化考点高清升级项目建设，全面实现考试全程监控，身份验证与作弊防控现代化、标准化，教育现代化建设省级监测苏北领先。

三、经验启示

（一）坚持为党育人、为国育才，立德树人五育并举

40年的教育发展使我们清醒认识到，只有坚持中国共产党的领导，特别是在以习近平同志为核心的党中央领导下，全面贯彻党的教育方针，坚持为党育人、为国育才，坚持用习近平新时代中国特色社会主义思想铸魂育人，并贯穿于教育事业发展全过程，把立德树人落实到教育现代化各领域，我们的教育才能蓬勃发展、高质量发展，我们的孩子才能坚定理想信念、厚植爱国主义情怀、加强品德修养、增长知识见识、培养奋斗精神、增强

综合素质，才能成长为新时代好少年，才能实现德智体美劳全面发展，成长为党和国家的有用人才。

（二）全面落实教育优先发展战略，持续完善教育保障

40年的教育发展告诉我们，各级政府要在经济社会发展规划上、财政资金投入上、公共资源配置上优先保障与满足教育，确保各种公共预算教育支出逐年只增不减。逐步建立起权责清晰、财力协调、标准合理、保障有力的基本公共服务制度体系和保障机制。健全“城乡统一、重在农村、以县为主”的义务教育经费保障机制。学前教育实行政府投入、社会举办者投入、家庭合理分担的投入机制。普通高中以财政投入为主、其他渠道筹措经费为辅，逐步提高财政投入水平。中等职业教育实行政府、行业企业及其他社会力量依法筹集经费的投入机制。高等教育实行政府和受教育者合理分担成本、其他渠道筹措经费的多元投入机制，只有这样，才能真正加快教育现代化、建设教育强市、办好人民满意的教育。

（三）聚焦民生问题与教育公平，优质发展各类教育

40年的教育发展让我们深切体会到，要把事关教育民生问题放在重要位置，要想民生之所想、急民生之所急，注重教育问题的实证调研，促进学前教育普惠健康发展，推进科学保教。不断加大教育投入，提高办学水平，促进义务教育优质均衡发展。科学规划教育布局，促进高中教育特色多样发展。只有如此，才能继续保持基础教育教学质量高质量发展、全省一流。40年的职业教育发展，促使我们要多管齐下，不断探索产教融合、校企合作育人，不断打通和实现“中等职业教育—高等职业教育—职业教育本科、应用型本科”的职业教育发展通道。在高等教育方面，要创新内涵发展与人才培养，特色发展高等教育，构建办学特色分明、功能结构优化、服务国家战略需求和全市经济社会发展的高等教育办学格局，这样才能真正做大做强高等教育，才能培养出更多的高层次人才，服务港城、服务国家。

（四）聚焦顶层设计与科学规划，高质量培养教师队伍

40年的教育发展让我们深刻认识到，教育离不开教师，更离不开具有高素质的教师队伍，因此，要不断聚焦顶层设计与科学规划，高质量培养教师队伍。既要健全师德师风建设长效机制，亦要提高教师职业吸引力，增强教师职业幸福感、事业成就感和社会荣誉感。要提高教师工资待遇，分类提高中小学高、中级教师岗位结构比例，将教师队伍建设作为教育投入重点予以优先保障。关心教师身心健康，维护教师职业尊严和合法权益。这样，教师才能全身心投入教育教学中，也只有这样，才能培养出高素质教师队伍，进而培养出一批能够引领全市教育发展、在省内外乃至全国具有一定影响的卓越校长队伍和教育教学名家，真正提高办学水平，实现“四个一流”，办好人民满意教育。

（五）狠抓关键环节与重要领域，纵深推动教育创新

40年的教育发展让我们深刻认识到，只有狠抓关键环节与重要领域，才能纵深推动教育改革和创新，因此我们要不忘初心、牢记使命，与时俱进、开拓创新，要紧密结合连云港市的教育发展现状，全面贯彻党的教育方针，认真学习习近平总书记关于教育系统、教育工作重要讲话及指示批示精神，深化新时代教育评价改革，全面提升教育质量，创新人才培养模式。深化和推进以学为主的课堂教学改革，聚焦核心素养在教育教学实践中的落地与转化。强化对学生实际问题解决能力的培养和评价，促进拔尖创新人才培养模式的建构与实施。

40年艰苦奋斗，不忘初心；40年筚路蓝缕，硕果累累。今天的连云港市教育已经站在新的历史起点上。面对城市战略新方向、经济发展新要求、群众教育新期盼、教育改革新目标，我们将深入践行新发展理念，弘扬新时代连云港精神，奋力推进教育高质量发展，坚决夺取连云港市教育事业新胜利。

文化事业的发展

40年来，连云港市坚持社会主义先进文化前进方向，全面深化文化体制改革，大力发展文化产业，文化事业呈现出繁荣兴旺的良好局面。党的十八大以来，连云港市践行习近平文化思想，以建设文化强市为目标，以改革创新为动力，以满足人民群众日益增长的精神文化需求为出发点，补短板、优结构，破关隘、闯新路，奋力开创全市文化事业高质量发展新境界，为推进中国式现代化连云港新实践注入强劲动力。

一、发展历程

（一）复苏繁荣阶段（1984—1996年）

党的十一届三中全会后，连云港市各项社会事业开始复苏发展。1992年邓小平视察南方重要讲话的发表和党的十四大召开，为文化发展注入了活力，催生连云港市文化事业加快复苏繁荣。全市群众性文化展演活动常年开展，传统文化庙会与节日节庆文化活动相得益彰，戏剧小品成为群众文艺演出的重要形式，淮海戏、海州五大宫调等逐渐形成地方文化品牌。1984年，连云港市举办首届专业剧团创作剧（节）目调演，淮海戏、话剧、京剧一度演出不断，不久受电视等多元化娱乐方式的冲击逐渐衰微，至1990年市京剧团暂停演出。1984—1988年，连云港美术创作进入繁荣期，多部国画作品在省级以上报刊发表或参展。1992年10月，市书画院正式建院并举办建院书画展。东海县版画创作多次在全国及国际赛事中获奖，在全省乃至全国产生一定影响。从国外传入的摄影艺术得到迅猛发展，全市各县区、各行业纷纷成立摄影协会。这一时期，随着各种文化形式的涌入，社会文化市场呈现勃勃生机，传统的民间演唱恢复发展，营业性舞厅、歌厅、桌球、录像厅、电子游戏厅等逐步遍布全市城乡。文物保护工作有序推进，1984年4月至1985年12月，组织开展连云港市第二次全国文物普查；1988年，开展近代典型建筑专项调查。艺术研究和修志工作开创新局面，市文化局承接完成被列为国家艺术学科重点研究项目的《中国戏曲志》等五个项目连云港分卷编纂工作，出版《海州宫调牌子曲集成》《连云港市文化志》等五部专著，抢救研究湮灭近半个世纪的海州童子戏并拍摄电视资料片。

（二）大力推进阶段（1996—2006年）

1996年12月，江苏率先在全国提出建设文化大省的目标，连云港市也启动了文化大市建设，全市文化建设在探索中大步前进，制定并实施《关于加快文化事业建设若干经济政策的意见》等文件，贯彻实施文化部推出的开展创建“文化先进县工程”“全国边疆文化走廊建设工程”、少儿文化“蒲公英”计划等，全市兴起文化设施建设高潮，市文化艺术中心、市博物馆新馆建成开馆，推出舞蹈诗《云港云》、话剧《车站浪漫曲》等一批优秀作品，戏剧小品创作走在全省前列，广场文化活动逐渐占据群众文化主导位置，网吧、量贩式歌舞厅等新兴文化娱乐场所快速发展。江苏女子民乐团崭露头角，多次走出国门，成为连云港市对外文化交流的主力军。推进优秀传统文化保护，实施孔望山摩崖造像危岩加固工程，藤花落龙山时代古城获评2000年度中国十大考古新发现和国家文物局田野考古评奖二等奖，抢救性发掘海州双龙汉墓。2002年市话剧团和市群众艺术馆进行整合，话剧演出中止。2003年，连云港市在全省率先成立独立建制的少儿图书馆，实施的少儿流动书库工程在全省产生广泛影响。2004年，全市非物质文化遗产保护工程正式启动。

（三）全面发展阶段（2007—2014年）

从党的十七大提出兴起文化建设新高潮的战略任务到党的十七届六中

全会作出的《中共中央关于深化文化体制改革推动社会主义文化大发展大繁荣若干重大问题的决定》,从党的十八大到十八届三中全会,连云港市文化建设进入全面发展的新阶段,文化、广电、新闻出版(版权)管理体制实现一体化,文化事业与文化产业并驾齐驱,文物保护与非物质文化遗产保护同步加强,艺术生产与群众文化共同繁荣,文化体制改革步伐加快,文化综合执法管理不断加强。这一时期,市文化艺术中心、市革命纪念馆等一批标志性文化设施建成使用,县级文化设施面貌显著改观,乡镇文化站、农家书屋、社区文化中心建设先后实现全覆盖,城乡四级公共文化服务网络基本形成,群众文化生活日益丰富;推出大型魔幻剧《梦境西游》、歌曲《和谐中国》等一批文艺精品,王咏梅音乐作品唱响全国,江苏女子民乐团成为全省文化名片,市演艺集团挂牌运营;组织开展全国第三次文物普查,全市共登记不可移动文物点777处。2010年2月,全市文化建设工作会议召开,提出到2020年把连云港建设成为中国沿海中部古今文化交相辉映、特色文化精彩纷呈的文化强市的奋斗目标。2012年2月,市委下发了《连云港市文化建设工程行动计划》;2014年制定并印发了《连云港市深化文化体制改革实施意见》,进一步明确了到2020年文化改革发展的重点目标任务。

(四)繁荣创新阶段(2015年至今)

党的十九大报告中指出:"要深化文化体制改革,完善文化管理体制,加快构建把社会效益放在首位、社会效益和经济效益相统一的体制机制。"党的二十大报告就"繁荣发展文化事业和文化产业"作出明确部署安排,为新时代文化建设提供发展方向和根本遵循。这一时期,连云港市文化建设发展进入了新时代的繁荣创新阶段。统筹推进城乡文化建设,成功创建省级公共文化服务标准化试点地区,全面建成1690个行政村(社区)综合性文化服务中心,实现城乡全覆盖目标,市县区8个图书馆均进入国家一级馆行列。加大艺术创作生产,推出颇具时代特色的历史题材、革命题材和现实题材的文艺作品200余部,"丝竹华韵"和"丝路和鸣"民族音乐会入选国家重点文化出口项目,京剧《大树成荫》《指尖暖流》等入围国家戏曲剧本孵化计划,《孤岛夫妻哨》《辣妈犟爸》《英雄之铭》《孟里人家》《寻找花果山》《花样的日子》等100余部作品获省级以上大奖。文化遗产传承保护成效显著，颁布首个地方文化立法《连云港市文物管理保护办法》，抢救性发掘海州张庄古墓葬群，建成开放市石刻研究展示中心、市非遗展示馆、市图书馆地方典籍馆，申报历史文化名城和海上丝绸之路保护和联合申报世界文化遗产有序推进，孔望山摩崖石刻群入选海丝申遗预备名单，连云港市获批江苏省历史文化名城、纳入江苏省大运河文化带建设体系；编印《连云港市非遗手绘地图》成为全省首张非遗地图，新增徐福东渡传说、东海孝妇传说、淮盐制作技艺、东海水晶雕刻技艺等4个项目入选国家级非遗保护名录。实施广播电视管理运营体制改革，实现传统广播电视媒体向综合性广电传媒的转型升级，相继建成市县融媒体中心，完成市县（区）乡

▲ 江苏女子民族乐园大型原创民族管弦乐音乐会《丝路祥云》演出现场
市文广旅局供

镇（街道）村四级应急广播体系建设，无线地面数字电视全覆盖，连云港市电视台实现全频道高标清同播，“融媒智慧平台”“高清协同制作电视转播平台”等多个项目入选国家广播电视和网络视听产业发展项目库，全市建成智慧广电乡镇39个。2015年8月，市委、市政府召开全市推动文化建设迈上新台阶工作会议，制定出台《关于推动文化建设迈上新台阶的实施意见》。2017年，“连云港市文化市场综合执法支队”正式挂牌，同年连云港市被评为省文化改革发展速度先进地区，文化市场综合执法改革被国家文化市场信息摘报全版整期报道。2018年加入海上丝绸之路联合申报世界文化遗产城市联盟。2019年1月20日，连云港市文化广电和旅游局挂牌成立，这是连云港文旅历史发展具有非凡影响的时间节点，也标志着文旅融合从理念走向行动，为“诗与远方”插上腾飞翅膀。

二、主要成就

（一）公共文化服务不断完善

截至2023年底，全市有图书馆、少儿图书馆、文化馆、博物馆、美术馆、民俗博物馆、市文化艺术中心等“六馆一中心”、县有图书馆、文化馆、博物馆等“三馆”、区有文化馆，图书馆等“两馆”、乡镇有文化站，万人拥有公共文化设施面积约3888.1平方米。有市图书馆、市少年儿童图书馆、东海县图书馆、灌云县图书馆、灌南县图书馆、海州区图书馆、赣榆区图书馆、连云区图书馆等8个图书馆，市文化馆、东海县文化馆、灌云县文化馆、灌南县文化馆、海州区文化馆、赣榆区文化馆、连云区文化馆等7个文化馆，市美术馆、灌云县大云美术馆等2个美术馆，市县（区）图书馆、文化馆实现国家一级馆全覆盖。有广播电视播出台5座（市级台1座、县级台4座），有线电视用户数53.17万户，广播电视节目制作持证机构22家，5G移动网用户12.09万个。深入开展文化惠民，推进各级文化场馆提质增效，定期举办广场文化活动、社区艺术节、农民艺术节、送戏下乡、四季春晚等文化活动，年均组织开展各类惠民展演展览展映活动2万余场次、完成送戏下乡1000余次。东海县、灌南县成功创建省级公共文化服务体系示范区，市少儿图书

▲ 江苏省首部旅游演艺与民族器乐剧——《乐见西游》 市文广旅局供

馆、文化馆等5家市级公共文化机构完成法人治理结构改革，市图书馆服务标准化和法人治理结构改革工作获国家、省试点并在全省推广，基本形成城市“10分钟文化圈”、乡村“十里文化圈”，公共文化服务社会参与度、服务效能、群众满意度等全面提升。

（二）艺术创作展演日益繁荣

始终坚持以人民为中心的创作导向，牢牢把握“四个讴歌”时代要求，创排推出淮海戏《辣妈犟爸》《孟里人家》《戏班子》《永远记住你》《镜花缘》，京剧《九月菊》《大树成荫》，吕剧《英雄之铭》《花样的日子》，儿童剧《寻找花果山》《三打白骨精》，舞蹈《就恋那把土》，歌曲《守岛人》，音乐会《丝路祥云》，漆画《渔歌唱晚》《岁月如歌》，油画《暖日融融》一批历史题材、革命题材和现实题材的文艺作品，200余部作品获得省级以文化艺术奖项，“丝竹华韵”和“丝路和鸣”民族音乐会入选国家重点文化出口项目，江苏省首部旅游演艺与民族器乐剧《乐见西游》在央视精彩亮相、多频道展播，丝路音乐节、戏剧节、音乐舞蹈节等有声势、有影响的艺术活动精彩纷呈，年均举办大型展览展演活动近500场次。市艺术学校搬入新校区，2018年通过省现代化示范性优质特色职业学校评估，挂牌市淮海戏传习所；整合市级演艺资源，深化国有文艺院团改革，推进演出团体转企改制，组建连云港市演艺集团，2017年被授予“中华文化海外交流基地”首批挂牌单位，综合实力领先苏北。

（三）文化产业发展态势良好

推进健全现代文化产业体系和现代文化市场体系，大力发展以西游文化为核心的特色文化产业、以陆桥文化为核心的文化会展业、以创意文化为核心的水晶文化产业，推进传统产业转型升级，扶持发展新型文化产业业态，先后出台《连云港市文化产业发展规划》《关于加快文化产业振兴的若干政策》《“连文贷”文化金融产品实施细则》《市级文化产业园区命名管理办法》等文件，连年举办西游记文化节、文化产品博览会，扶持一批重点园区和文化企业，赣榆塔山湖草柳工艺品有限公司、东海石来运好水晶工艺品有限公司入选国家文化出口重点企业，伍江数码、酷歌动漫等6家企业入选江苏省重点文化科技企业，水晶工艺品、数字文化（直播电商）等特色产业持续壮大，灌云主题服饰产业园入选长三角重点文化及相关产业项目，东海跨境电商入选首批长三角人文经济典型案例。至2023年底，全市文化产业认定单位1.8万余家，其中，纳入统计1.7万余家规下及个体单位，新增统计营业收入130亿元，规上文化企业317家，规上企业培育单位35家，重点文化产业项目27个，建成2个省级文化产业示范园区（基地），5个市级文化产业示范园区（基地）。

（四）文化遗产保护成效显著

颁布实施《连云港市文物保护管理办法》《连云港市地下文物保护办法》《连云港市石刻条例》，抢救性发掘海州张庄古墓葬群、桃花涧遗址、藤花落遗址、海州双龙汉墓、尤庄盐业遗址等文物考古新发现，“藤花落遗址”入选2000年全国十大考古新发现，桃花涧遗址入围第三批江苏大遗址名录。加快推进国家历史文化名城申报，建成市历史文化名城保护管理平台、市石刻研究展示中心，市文物和考古研究所挂牌运行，考古前置制度实现全域落实，将文物考古调查勘探纳入基本建设项目联合审批范畴，7处文物上榜全国首批古代名碑名刻文物名录，4个县（区）列入国家革命文物保护利用片区，152件（处）文物入选江苏省革命文物名录。截至2023年末，全市有各级文保单位224处，其中国家级文保单位将军崖岩画、孔望山摩崖造像、大伊山石棺墓、藤花落遗址、海清寺塔、郁林观石刻群、东连岛东海琅琊郡界域刻石、曲阳城遗址、尹湾汉墓等9处、省级32处，备案博物馆12家，文物总数2万余件（套）。在全省率先设立市级非物质文化遗产陈列展示馆，成立市山海文化生态保护区建设管理委员会，颁布《连云港市文化生态保护区建设管理办法》《连云港市非物质文化遗产保护办法》，设立山海文化生态保护中心和市淮海戏传习所，扎实推进山海丝路文化生态保护区建设，“15分钟非遗展示圈”不断健全完善。截至2023年底，全市非物质文化遗产保护名录245个，其中海州五大宫调、淮海戏、徐福传说、东海孝妇传说、淮盐制作技艺、东海水晶雕刻技艺等国家级非遗项目6个，省级70个。

（五）对外文化交流持续深入

加强对外文化交流，江苏女子民族乐团多次受文化部、省政府委派，赴荷兰、法国、德国、西班牙、澳大利亚、土耳其、埃及、日本、韩国等国家开展文化交流和访问演出，用一场场精湛的技艺全面展示中国传统民乐的魅力，用文化交流方式讲好中国故事、传播中国声音，让当地观众享受到来自东方的经典艺术盛宴，受到热烈欢迎和广泛好评。重磅打造“丝路回响”“丝竹华韵”“丝路和鸣”等重点文化交流项目，连年举办连云港文博会、丝路音乐会，江苏女子民乐团上榜首批省对外文化交流基地，成为一张靓丽的文化交流名片，被誉为“丝路之花”“民乐茉莉”。在2022年创排的“春满人间”新春音乐会入选国家“欢乐春节”全球联动品牌项目，用民乐讲好中国故事、传递中国声音，展播率在全国对外文化交流春节展播档中排名第一。同时，连云港市不断加大国外优秀文化引进力度，日本、韩国频繁组团来连云港市开展书画交流，美国、俄罗斯、德国、奥地利、荷兰、哈萨克斯坦、古巴、乌克兰、瑞士、澳大利亚等国家的文艺院团和艺术家多次应邀来连演出，切实满足市民多样化的文化需求。

（六）文化市场监管规范有序

文化市场管理根据形势发展不断变化，从单纯的文化娱乐市场管理扩展到文化、新闻出版、版权、广播电视、文物领域的综合执法。在全省第一个建立文化市场、新闻出版和文物管理综合执法队伍，开设12318文化市场统一举报电话，打造广播电视文化市场综合管理监控中心，开展“扫黄打非”行动。实施文化市场综合执法改革，完成区级文化和旅游执法队伍整体上划转隶，同城一支文化和旅游执法队伍建设取得实效，办理一批在全国全省有影响的典型案件。组织文化市场种类专项整治，年均依法办结种类案件400余起，营造良好市场环境。市文化市场综合执法支队先后多次荣获“全国文化市场重大案件办案单位”、全国“扫黄打非”先进集体、“全国打击侵权盗版有功单位”等国家级荣誉，办理的李某某等3人未经批准擅自从事网络游戏虚拟货币交易服务案获“2015—2016年度全国文化市场重大案件”，某公司未经批准擅自开办艺术考级活动案获评“2017—2018年度全国文化市场重大案件”，办理的某网络科技有限公司未要求未成年人在注册并登录网络游戏时使用真实身份信息案被评为“2022—2023年度全省文化市场综合执法重大案件”，并被省文化和旅游厅、省新闻出版局列为全省第三批涉未成年人网络游戏典型案例。

三、经验启示

（一）推动文化事业发展，必须始终把握正确发展方向

40年来，连云港市文化事业发展始终坚持党的全面领导，认真贯彻党把方向、谋大局、定政策、促改革的要求，全面贯彻党的文化建设方针，围绕举旗帜、聚民心、育新人、兴文化、展形象的使命任务，加强社会主义精神文明建设，推动中华优秀传统文化创造性转化、创新性发展，继承革命文化，发展社会主义先进文化。在文艺创作上始终坚持以人民为中心的创作导向，实施艺术创作精品工程，推出一批符合新时代要求、凝聚人民精神力量

▲ 2023年9月25日晚，第十九届西游记文化节在渔湾景区·渔湾欢乐城开幕
市演艺集团供

的精品力作；在传统文化保护上，坚持保护第一、传承优先的理念，全力做好文化遗产保护和活态传承；在文化市场管理上，持续优化市场营商环境，深化“放管服”改革，加强文化领域法治建设，推进依法行政，依法打击各类违法违规行为，持续抓好文化市场安全稳定工作。

（二）推动文化事业发展，必须丰富优化文化产品供给

40年来，连云港市坚持以人民为中心的创作导向，把满足群众文化需求放在首位，实施艺术创作精品工程，推出《辣妈犟爸》《戏班子》《花样的日子》《乐见西游》一系列符合时代要求、凝聚人民精神力量的精品力作，组织开展各类文化艺术展演、美术作品展览等活动。大力实施文化民生工程，持续加强公共文化服务体系建，年均开展“送戏下乡”“四季村晚”“非遗传承展览展示”等文化惠民活动1000余场次，推进文化站达标建设工程、农家书屋达标建设工程、广播电视村村通工程、农村数字电影放映工程等重点文化民生工程，先后实现文化站、农家书屋、社区文化中心建设全覆盖，打造一批新型文化空间，培育一批优秀群众文化团队，建成一批智慧广电乡镇，每年补贴减免农村低保户收看有线电视收视维护费，不断丰富和满足广大人民群众的文化生活和精神需求。

（三）推动文化事业发展，必须着力打造特色文化品牌

40年来，连云港市依托底蕴深厚历史文化，坚持重在建设、以立为本，深挖西游文化、丝路文化、山海文化、淮盐文化等本土历史文化资源，保护传承民间艺术和非物质文化遗产，推动特色文化符号的有形表达、艺术呈现、广泛传播。深化艺术精品创作，提升公共文化服务质效，构建现代公共文化服务体系，加强文化遗产保护利用，全域落实考古前置制度，推进国家历史文化名城申报、国家文化和旅游消费示范城市创建，加快智慧广电乡镇建设。建成水晶博物馆、港口博物馆、海洋博物馆等特色博物馆，打造江苏女子民族乐团、文化产业博览会、丝路音乐节、西游记文化节等一批有特色、有影响的文化品牌和文化活动，全力提升城市品位和内涵，不断彰显连云港文化特色、文化形象、文化优势。

（四）推动文化事业发展，必须在改革创新中突破转变

40年来，连云港市文化事业在改革发展，在创新中前行，各项工作呈现良好发展形势。在演艺事业发展上，实施国有文艺院团改革，深化功能优化和服务转变，突出社会和经济效益，取得积极成效；在文化遗产保护上，2020年连云港率先立法明确考古前置制度，实现全域落实，累计完成考古项目100多个，发现古墓葬、古文化遗址等1000多个，既延展了城市历史，保护了文物、增加了馆藏，又保障了一批重点项目建设。在文化市场监管上，整合市区两级文化、旅游执法队伍，全面完成市县区文化市场综合执法改革，一线驻地执法力量得到充实，综合执法效能建设不断加强，场所管理网格化、执法办案信息化、后勤保障综合化，实现同城“一支执法队伍、一套办案流程、一个处罚标准”，分片驻地综合执法激发“同城一支队伍”新活力，其经验做法获原国家文化部肯定和推广。

（五）推动文化事业发展，必须积极构建文化人才高地

40年来，连云港市坚持文化人才是第一资源的理念，搭建更多优质平台，通过请进来、走出去等方式，完善人才评价方法，发现和培养各类文化艺术人才。先后争取设立了市少儿图书馆、市民俗博物馆、市文物保护和考古研究所，组建市演艺集团，举办文化艺术导师培训班，培育一支规模宏大、德艺双馨的从事文化事业和文化产业的人才队伍，聚集导演、策划、艺术创作表演、舞美设计、宣传营销、市场运作等一批核心优秀人才。聚集人才培养，实施青年人才培养计划，通过岗位锻炼、职称评聘、项目资助、评奖评优、交流选任、选送优秀人才外出深造等，进一步激发广大文化艺术工作者的创造热情、创新活力。充分运用线上线下宣传推介，通过品牌宣传、事迹宣传、包装推广、项目引领等措施进一步打造系统内文化名人的知名度和美誉度，突出提升专业素养、管理水平和创新能力，不断壮大发展文化事业发展的力量。

卫生健康事业的发展

40年来，连云港市牢固树立“竭力抓发展、量力搞建设、全力惠民生”理念，推动卫生健康事业实现长足发展。党的十八大以来，市委、市政府深入贯彻习近平总书记关于健康中国重要论述精神，高度重视卫生健康事业发展，大力提升公共卫生体系建设水平，优化医疗服务区域布局，深化医药卫生体制改革，加强医疗卫生队伍建设，新时代健康连云港建设不断取得新成效。

一、发展历程

（一）1984—1990年代初期

从1985年起，连云港市对与社会主义现代化建设不相适应的卫生事业管理体制和规章制度进行改革，逐步改变单纯依靠国家举办卫生事业的模式，调动地方、部门、集体和个人办医的积极性。同时，在医疗卫生机构内部实行院、所、站长负责制，进行人事、劳动和分配制度的改革探索，放权让利，扩大医院自主权。从1990年起，采取治理整顿医疗卫生工作秩序、抓好农村基层卫生工作、抓好预防保健工作等政策措施，推动卫生事业发展。这一时期，连云港市卫生服务体系得到快速发展，服务条件、水平和能力有了明显改善。

（二）1990年代初期—2002年

配合国有企业改革，改革公费医疗和企业职工劳保医疗制度，建立以用人单位和职工个人缴费为基础的职工医疗保险制度，规范药品生产流通体制，同时引入市场机制，建立医疗服务竞争机制。自1997年起，连云港市根据《中共中央国务院关于卫生改革与发展的决定》和省委、省政府关于《中共江苏省委江苏省人民政府贯彻〈中共中央、国务院关于卫生改革与发展的决定〉的意见》，出台具体措施，全面推进卫生改革与发展。自2002年起，根据《中共中央、国务院关于进一步加强农村卫生工作的决定》，积极推进农村卫生服务体系建设和新型农村合作医疗制度，加快农村卫生发展。这一时期的改革探索，为进入新世纪的卫生改革与发展奠定了良好基础。

（三）2003—2012年

党的十六大提出了以人为本的科学发展观，高度重视经济社会的统筹发展。连云港市大力组织实施公共卫生体系建设规划，加强基层基础工作，在公共卫生、重大疾病防控、农村卫生服务体系建设和建立新型农村合作医疗制度、推进社区卫生发展等方面采取了一系列重大措施，取得显著进展。2007年，党的十七大报告进一步明确了新时期卫生工作目标、发展方向等重大原则问题。自2009年起，全面实施深化医药卫生体制工作，积极推进医改五项重点工作，医改成果惠及广大人民群众。这一阶段，各级政府加大了对卫生事业的投入，农村卫生、社区卫生、公共卫生等基层基础卫生工作得到进一步加强与发展。

（四）2013年至今

党的十八大以来，以习近平同志为核心的党中央把维护人民健康摆在更加突出的位置，召开全国卫生与健康大会，确立了新时代卫生与健康工作方针。连云港市卫生健康工作以新时代卫生与健康工作方针和健康中国战略为引领，围绕高质量发展主题主线，深入推进健康连云港建设，持续深化医药卫生体制改革，卫生健康事业高质量发展水平不断提升。在抗击新冠疫情的斗争中，全市医疗卫生服务体系经受住了考验，坚持“全国一盘棋”，为全市打赢疫情防控阻击战发挥了重要作用，为全国全省疫情防控大局作出了贡献。连云港市高水平创成国家卫生城市，“健康宝贝工程”“互联网+医疗健康”“先医后付（先诊疗后付费）”等工作成为行业领先品牌，卫生健康工作呈现出欣欣向荣的美好景象。

二、主要成就

（一）卫生健康服务体系日臻完善

2023年底，全市各级各类医疗卫生机构数量从1984年的557个发展到2912个，床位总数由5464张增加到2.97万张，每千人口床位数由1.85张发展到6.47张；卫生技术人员从7398人增加到3.52万人；每千人口执业（助理）医师发展为3.02人，每千人口注册护士为3.55人。

一是医院建设整体水平明显提升。市属6家医院实现三级医院全覆盖，江苏省中医院连云港医院获批第五批国家区域医疗中心项目。2011年后，逐步建成口腔、儿童、脑科、肿瘤等市属专科医院4所。东海县、灌云县、灌南县和赣榆区均建成1所二级甲等综合医院和1所二级甲等中医医院。

二是基层卫生服务体系不断完善。自1991年起开始农村卫生三项建设（房屋、器械、人才）工作，到2000年底有94所乡镇卫生院实现房屋配套，近50%的卫生机构实现人才和设备配套。1999年起，对农村卫生机构管理体制进行改革，推行乡村卫生机构一体化管理。2002年起，积极探索农村乡镇卫生院产权制度改革。2009年起实施新一轮医改，推进运行基层新机制。2015年，市六部门联合印发《关于加强基层医疗卫生服务体系建设深化运行机制改革的实施意见》，进一步加强基层医疗卫生服务体系建设，健全基层卫生服务网络。截至2023年底，全市有乡镇卫生院81个、社区卫生服务中心22个，村卫生室1636个、社区卫生服务站15个，实现每个建制乡镇设置1所卫生院，每个行政村或3000人口左右服务人口设置1所村卫生室，每个街道或3—10万人设置1个社区卫生服务中心，形成“15分钟健康服务圈”。

三是各类专业公共卫生机构逐步健全。1984年10月，连云港市麻风病防治所与灌云县云台山医院合并后称连云港市皮肤病防治所，2011年撤销连云港市卫生防疫站、市皮肤病防治所、市健康教育所等3个单位，优化重组市卫生监督所和市疾病预防控制中心。2003年之后，通过认真总结非典防治工作的基本经验，全市公共卫生体系建设和卫生应急工作得到进一步加强。2023年底，全市共有疾病预防控制中心7个，均达到国家建设标准。市、县（区）卫生监督机构全部建成省级达标或示范卫生监督机构。全市设置1个急救中心，4个急救站，53个急救分站（点），实现市、县120与省应急指挥平台联网运行。卫生应急能力不断提升，组建了8类22支卫生应急处置队伍，建成省级卫生应急示范县3家，市一院建成省级核与辐射紧急救援基地。12320公共卫生公益电话年接线量达万次以上。市中心血站在3个县和赣榆区设立采血点，临床用血100%来自无偿献血。

四是非公立医疗机构发展迅速。2005年，市政府出台《关于鼓励社会力量兴办医疗机构的若干意见》，2006年，市卫生局制定《连云港市民营医疗机构管理办法》，支持和引导社会资本举办医疗机构，允许社会资本和社团、个人参与公立医疗机构的改制、改革或合作、联营。2011年，《市政府办公室转发市发展改革委市卫生局等部门关于进一步鼓励和引导社会资本举办医疗机构实施意见的通知》，进一步鼓励社会资本举办上规模、有特色的非公立医疗机构。截至2023年底，全市共有非公立医疗卫生机构1037

▲ 2017年7月，连云港市第一人民医院高新院区启用　市卫健委供

个，占全市医疗卫生机构总数的35.61%，其中非公立医院65个，占全市医院总数的70.65%；全市非公立医疗机构共有床位6956张，占全市总床位数的23.42%；全市非公立医疗机构在岗职工1.08万人，占全市卫生人员总数的25.88%（其中非公立医疗机构的执业医师数占全市执业医师数的25.11%、注册护士数占全市注册护士数29.79%）；全市非公立医疗机构诊疗量464.23万人次，占全市年诊疗量的16.05%。同时，非公医疗机构的规模不断扩大，12家非公立医疗机构达到二级医院标准。

（二）基本医疗卫生服务能力不断提升

坚持硬件和软件建设并重，持续完善基层医疗卫生服务网络，强化人员培训培养，在农村基本实现“小伤小病不出村、一般疾病不出乡、大病基本不出县”、在城市基本实现“小病在社区、大病进医院、康复回社区”的就医格局。

*一是基层医疗卫生机构条件持续改善。*2009年以来，连云港市大力推进示范化和群众满意的基层医疗卫生机构创建。全市累计建成国家级示范基层机构2个、省级示范基层机构273个，群众满意的社区卫生服务中心、乡镇卫生院29个。截至2023年底，全市乡镇卫生院、村卫生室省级示范比例分别为68.97%、12.7%；2017年起推进农村区域性医疗卫生中心建设，截至2023年底，全市规划并建成省级农村区域性医疗卫生中心17个、省级农村区域性医疗卫生中心功能中心7个；建成省级社区医院33个；全市44个机构达到国家服务能力推荐标准、95个机构达到国家服务能力基本以上标准，达到国家服务能力推荐标准、基本以上标准的机构比例分别为41.9%、90.48%；社区卫生服务中心、乡镇卫生院基本达到省定建设标准，村卫生室省标达标率95%以上。2023年，市政府办公室印发了《连云港市基层医疗卫生机构“双提升”工程实施方案》，在全市范围内实施提升基层医疗卫生机构建设水平、提升基层医疗卫生机构骨干队伍能力三年行动计划。到2025年底，全市乡镇卫生院和社区卫生服务中心基础设施提档升级达标率90%以上，达到国家服务能力推荐标准机构比例50%以上，累计建成社区医院50个以上；全市每万人口全科医生数达4名，基层医疗卫生机构拥有500名骨干人才。

二是卫生人才队伍建设持续加强。2009年以来，全市累计免费培养农村订单定向医学生1071人，乡村医生学历补偿教育毕业3119人。2018年，市政府办公室印发《连云港市基层卫生人才队伍建设计划（2018—2020年）》，实用三年时间为全市基层引进培养、培训提升、下派支援各1000名专业人员。2019年，市八部门联合印发《连云港市卫生人才强基工程实施方案（2019—2023年）》，改革完善基层卫生人才招引、培养、使用、激励机制和政策。2020年，市政府办公室印发《连云港市加强全科医生队伍建设实施方案》，进一步明确全科医生补助政策。连云港市加强全科医生队伍建设做法入选2021年国家卫生健康委基层卫生综合改革典型案例。2021年5月，连云港市基层卫生服务能力和队伍建设被省政府表彰激励。截至2023年底，全市基层医疗卫生机构注册全科执业（助理）医师达到580人；建成国家级住院医师规范化培训基地2个，累计培训合格住院医师2802人，在培住院医师410人；建设市级医学科技创新平台6个、重点学科20个、创新团队38个，选拔培养市级医学领军人才29人、重点人才90人；专科服务能力显著提升，全市共有各级临床重点专科169个，其中，国家临床重点专科1个、省级临床重点专科21个。

三是家庭医生制度大力推行。2014年，连云港市在灌南县启动乡村医生签约服务试点，到2017年实现了城乡家庭医生签约服务制度全覆盖。2023年，制定《关于深入推进家庭医生签约服务高质量发展的实施方案》，大力推行基层首诊式签约，在专家号源预约、慢性病长处方、上级医院延伸处方、医保报销等方面实施政策倾斜，引导城乡居民与签约的家庭医生团队建立首诊服务关系。截至2023年底，全市共有家庭医生4366人，组建家庭医生团队1172个，基本实现每个社区（村）有1个家庭医生团队。全市常住人口签约率稳定在40%，重点人群签约率稳定在70%，基层首诊签约率达20%。2023年，连云港市家庭医生签约服务做法入选国家卫健委基层司综合改革典型案例。

（三）综合医改全面深化

2009年3月17日，中共中央、国务院颁布了《关于深化医药卫生体制改革的意见》，拉开了新医改大幕。经过多年努力，连云港市综合医改工作取得明显成效。

一是城市公立医院高质量发展。2015年，市委、市政府出台《关于深化医药卫生体制改革加快建立现代医疗卫生服务体系的实施意见》，市医改办职能由市发改委移交至原市卫计委。2015年10月31日起，连云港市启动实施城市公立医院药品零差率销售改革。近年来，连云港市公立医院综合改革工作多次受国家、省配套激励，2018年，连云港市获国务院真抓实干督查激励并获奖补500万元，同时东海县获省政府督查激励；2019年连云港市、灌云县获省政府督查激励；2022年连云港市受到省政府督查激励并获奖补120万元。2022年，连云港市第一人民医院、赣榆区人民医院、灌云县人民医院入选公立医院高质量发展省级试点。

二是县级公立医院综合改革取得突破。"十二五"时期，全市重点推进全民医保体系，巩固完善基本药物制度，基层医疗卫生机构运行新机制，推进公立医院综合改革试点，国家基本药物制度初步建立，基层医疗卫生机构结束"以药补医"历史。2011年，东海县人民医院被江苏省卫生厅确定为全省第一批公立医院改革试点单位。2012年，东海县被确定为江苏省首批县级公立医院综合改革试点县。2014年底，连云港市县级公立医院实现改革全覆盖。"十三五"时期，县级公立医院综合改革全面推开，全面开展医保支付方式改革，按病种分值付费实现医疗机构、病种数、医保基金、入组结算率全覆盖。县级公立医院改革增强了医院的发展活力，提升了医院的服务能力，提高了县域内患者的就诊率，88.5%的住院病人选择在县乡医疗机构就医。全市县级公立医院以药补医的局面初步扭转，患者的实际就医负担有所减轻。

三是基层医疗卫生机构运行新机制逐步完善。2009年底，连云港市率先在赣榆区、海州区首批试点实施国家基本药物制度。2010年，在东海县、灌南县第二批试点实施基本药物制度。2012年，将一体化管理的1552个村卫生室全部纳入基本药物制度实施范围。2016年，在全省率先开展急（抢）妇儿专科非专利药品价格谈判工作。2019年，药品招标采购等职能由市卫健委移交至市医保局。2023年，全市基本药物配备使用等核心指标连续多年在全省排名前列，建成15个家庭药师工作室。在基层医疗卫生机构整体推进人事分配制度改革，全面建立按岗聘用、合同管理的用人机制和科学公平、体现绩效的考核分配机制，基层医务人员的积极性得到调动。

四是新农合保障作用有效发挥。新农合制度建设从2003年试点，2004年扩面，到2005年全市四县（赣榆、东海、灌云、灌南）和市辖区（采取市级统筹的模式）全面实施，在江苏省内较早实现了城乡农村居民全覆盖，参合率一直稳定在96%以上。2010年实现全市参合就医“一卡通”，县转市病人可以直接在市级医院进行补偿结报。在2010年灌南县综合付费方式改革试点取得一定成效的基础上，从2011年起在全市范围内全面推进付费方式改革工作。连云港市综合支付方式改革经验被卫生部评为2012年3月全国医改亮点，得到部主要领导的肯定。2012年，连云港市新型农村合作医疗管理委员会办公室（简称连云港市合管办）被卫生部授予全国新农合工作先进集体称号。2017年4月，新农合管理由市卫计委移交到市人社局。

（四）健康连云港建设深入推进

连云港市深入推进健康连云港建设，不断健全政府主导、部门负责、全员参与的工作体系，市卫健委积极发挥牵头协调作用，各项工作成效明显。

一是爱国卫生运动扎实开展。1979年，全市积极发动群众开展爱国卫生运动，涌现出了海州示范学校、市变压器厂等一批卫生先进单位。全年累计出动近30万人次，兴建封闭式垃圾池46个，修建新式厕所8个，疏导下水道1.26万米，清除垃圾2.2万吨。1988年，市委出台《关于加强爱国卫生工作的决定》，结合“世界无烟日”“计划免疫宣传日”等活动，以吸烟与健康、食品卫生知识、水与疾病的关系等为主要内容，组织医疗卫生工作人员走上街头开展健康教育宣传活动。2021年底，农村无害化卫生户厕改造工作职能调整至市农业农村局。多年来，全市大力推进爱国卫生运动，病媒生物防制、健康教育、控烟工作取得显著进展。2022年，连云港市卫生健康委员会被评为全国爱国卫生运动70周年先进集体。

二是卫生创建取得新进展。1989年4月，全市广泛开展了第一个“爱国卫生月”活动，此后逐步加大城乡基础卫生设施建设，全市卫生状况和环境质量明显改善。1996年2月，连云港市被命名为省级卫生城市。1998

年4月，市委、市政府提出创建国家卫生城市的奋斗目标，城市现代化建设进程不断加快。2017年7月，连云港市被全国爱国卫生运动委员会命名为国家卫生城市。2017年9月，市政府印发《连云港市卫生县城（乡镇）创建工作实施方案（2017—2020年）》，在全市大力推进基层卫生创建工作。2021年，高分通过国家卫生城市首轮复审（全国第7）。2023年，在全省率先并高分通过国家卫生城市新标准新办法首轮复审（全省2家），经验做法被省爱卫办在全省转发推荐。截至2023年底，全市共计创建3个国家卫生县（东海县、灌云县、灌南县）、47个国家卫生乡镇，9个国家卫生乡镇通过省爱卫办技术评估待上报全国爱卫办命名。

三是健康城市建设取得成效。2018年8月，市委、市政府成立了连云港市健康城市建设指挥部，由市委、市政府主要领导分别担任政委、总指挥长，印发了《连云港市健康城市建设行动计划（2018—2020年）》，深入开展健康城市建设工作。2018年，连云港市成功加入世界卫生组织健康城市联盟，成为正式会员城市。此后，连云港市紧紧围绕提升42项评价指标，全面提升健康城市建设水平。2020—2022年，连云港市连续3年获评全国健康城市建设样板市。2021年开始，连云港市大力推进健康细胞建设，截至2023年底，全市累计建成省级健康县3个、健康乡镇29个、健康村111个、健康社区163个、健康促进医院45家。2023年，全市居民健康素养水平达到36.95%。

（五）公共卫生体系建设持续加强

坚持预防为主的方针，免费为全民提供基本公共卫生服务和重大公共卫生服务项目，促进公共卫生服务均等化。

一是免费为群众提供基本公共卫生服务。2006年，连云港市启动农村基本公共卫生服务项目和社区基本公共卫生服务项目，为群众提供三大类8个服务项目。2009年，新一轮深化医药卫生体制改革启动，连云港市将促进城乡基本公共卫生服务均等化作为五项重点改革任务之一，将农村基本公共卫生服务项目和社区基本公共卫生服务项目整合为基本公共卫生服务项目。之后，基本公共卫生服务内容逐步增加，由9类22项逐步增加到14类55项；人均补助经费逐步提高，从2009年的15元逐年提升至2024年的103元。全市形成了市、县、乡、村四级项目管理机构和服务网络，以

0—6岁儿童、孕产妇、老年人、慢性疾病患者为重点，向全体居民免费提供建立健康档案、健康教育、预防接种等基本公共卫生服务。

二是认真抓好重大公共卫生服务项目。长期以来，连云港市不断完善体制机制，强化医务人员技能培训，农村孕产妇住院分娩补助，农村妇女补服叶酸、宫颈癌、乳腺癌检查等重大公共卫生服务项目均超额完成省下达任务；规范开展慢性病监测工作，依托国家、省、市慢性病防控项目开展各类慢性病筛查、恶性肿瘤早诊早治和慢性病患者干预工作，全市居民四类重大慢性病过早死亡率呈下降趋势。2009年以来，连云港市无本地疟疾病例报告。2023年，在全市医疗机构率先建立疟疾防控“多问一句”制度，做法被《健康报》刊载，所有输入性疟疾病例均按照“1—3—7”工作规范进行处置。大力推行以食用合格碘盐为主的综合防控措施，2006年实现了以市为单位消除碘缺乏病的目标。2010年底，全市所有县（区）均达到消除碘缺乏病的目标。通过采取降氟改水的措施，2020年底所有氟病区县均实现饮水型地方性氟中毒控制目标。加强农村生活饮用水卫生监测，该项工作继续保持乡镇全覆盖。

三是卫生防病能力不断提升。2012年，全市新型结核病防治服务体系初步建成，定点诊疗机构、疾病预防控制机构、基层医疗卫生机构协调配合开展结核病防治工作。2012年以来，全市建成了由各级疾控机构、医疗机构、采供血机构和出入境检疫机构组成的艾滋病检测实验室网络，艾滋病防控体系更加健全。认真落实手足口病、结核病、艾滋病等重点传染病防控措施，自2011年起，霍乱作为甲类传染病已连续13年无病例报告。有力应对戊肝、发热伴血小板减少综合征等新发突发传染病疫情，全市法定报告传染病发病率连续多年控制在全省平均水平以下。认真贯彻落实国家扩大免疫规划政策，免疫规划疫苗由1978年最初的“4苗防6病”扩大到2008年的“14苗防15病”，免疫规划疫苗接种率保持在90%以上，麻疹、乙脑等免疫规划疫苗针对传染病发病率持续维持在历史低水平。2020年以来，疾控能力建设不断加强，人才队伍明显壮大，实验室检验检测能力持续提升。2021年7月，市委、市政府印发了《关于完善重大疫情防控体制机制健全公共卫生应急管理体系的实施意见》，快速推进重症床位、发热门诊等医疗资源持续扩容，全市公共卫生应急管理体系进一步强化，重大疫情防控和救治能力显著提升。面对爆发于2019年底，百年不遇的全球突发新冠疫情，全市卫生健康系统4万多名干部职工冲锋在前、日夜奋战，全力投入到抗疫斗争中，最大程度保护了人民生命安全和身体健康，最大限度减少了疫情对经济社会发展的影响。

（六）中医药事业加快发展

多年来，连云港市把中医药工作摆在突出位置，持续健全中医药服务体系、强化中医药人才队伍建设、丰富中医药服务内涵，中医药改革发展取得显著成绩，为维护和促进人民健康发挥了独特作用。

一是中医药管理体系日趋健全。2009年10月，市中医药工作领导小组成立。2010年7月，市政府出台《关于加快中医药事业发展的实施意见》。2011年，连云港市中医药发展集团签约成立。2012年12月，连云港市中医医院集团签约成立。2013年8月，全市基层中医药服务能力提升工程启动。2019年，灌云县建成全国基层中医药工作先进单位。2021年，海州区、赣榆区建成全国基层中医药工作先进单位。2022年1月，市委、市政府印发了《关于促进中医药传承创新发展的实施方案》，连云港市中医药事业发展进入了新阶段。2023年5月，市卫健委、市财政局联合印发了《连云港市卫生健康领域中医药强市工程三年提升行动计划》，以实施中医药服务体系优化、中医临床优势培育、中医药传承人才培养、中医药服务监管能力提升、中医应急（疫病防治）基地建设、中医药科技创新、中医药文化建设发展等“七大工程”为抓手，全面提升卫生健康领域中医药服务能力。

二是中医医疗机构设置更加完善。形成了以中医医院为主体，综合医院等其他类别医疗机构中医科为骨干，基层医疗卫生机构为基础，中医门诊部和诊所为补充，覆盖城乡的中医医疗服务网络。截至2023年底，全市共有中医医院5个，中医门诊部8个，中西医结合门诊2个，中医类诊所119个。二级以上综合医院全部设置中医科。建成全国综合医院中医药工作示范单位2个、省综合医院示范中医科4个，五级中医馆及建设单位20个。培育国家级中医重点专科2个、省级中医重点学科1个、省级中医重点专科和建设单位10个、市级中医重点专科和建设单位54个。2023年7月，国家发展改革委、国家卫生健康委、国家中医药局公布了第五批国家区域医疗中心项目名单，江苏省中医院连云港医院项目成功入选，该项目建设主体为连云港市人民政府，输出医院为江苏省中医院，地方依托医院为连云港市中医院。项目建成后，将充分发挥国家区域医疗中心的平台优势，努力打造心血管病和消化病两大诊疗中心，建设康复、妇科生殖、肿瘤、老年病等一批优势学科，实现优质医疗资源均衡布局。同时，积极拓展康养和养老专业，打造大健康产业集群，逐步建设成为立足连云港、辐射苏北地区，服务“一带一路”沿线地区的中医药诊疗科研中心、中药制剂研发中心、中医药康养中心及中医药国际合作交流中心。

三是中医药服务队伍不断健全。推进中医药教育改革，连云港市中医院于2017年入选全国住院医师规范化培训基地；2022年6月入选全国中医住院医师规范化培训教学门诊试点单位。发展中医药师承教育，建设全国名老中医药专家传承工作室及建设单位2个、全国基层名老中医药专家传承工作室4个、省名老中医药专家传承工作室5个、市名老中医药专家传承工作室13个。建设省级老药工工坊1个、市级老药工工坊3个，培养继承人31名。优化中医药人才成长途径，培养国家级中医药人才38人次、省名中医13人、省级其他各类中医药人才24人次、省农村优秀中医临床人才34人。2023年，启动省级西学中人才培养项目，遴选培育中医药理论基础扎实的中西医结合人才100名。

（七）“一老一小”重点人群服务保障巩固拓展

“一老一小”是大多数家庭的主要关切，连云港市持续优化“一老一小”等重点人群服务，托起群众“稳稳的幸福”。

一是老龄健康服务工作取得新进展。持续改善老年人群健康服务，2022年印发《连云港市“十四五”老龄事业和健康老龄化规划》，2023年出台《连云港市关于加强新时代老龄工作的实施意见》。全市建成三级老年医院1家，二级老年医院3家。12家二级以上综合公立医院设置老年医学科。现有两证齐全的医养结合机构24家，医养结合床位4589张，其中医疗总床位828张。建成护理院11家。创成全国医养结合示范机构1家、省级优质护理院1家。建成全国示范性老年友好型社区8家。126家医疗机构被确立为省老年友善医疗机构，其中，省级优秀老年友善医疗机构38家（优秀率25%）。设立市级安宁疗护中心1家，9家医疗机构内部设置安宁疗护病区，16家基层医疗机构和医养结合机构开展安宁疗护服务；建立市级医养结合培训基地2个。

*二是支持生育环境更加优化。*持续优化生育环境，2020年8月，市政府办公室出台了《关于促进3岁以下婴幼儿照护服务发展的实施意见》，连云港市开始建设具有典型示范效应的普惠性婴幼儿照护服务机构，增加城乡婴幼儿照护服务有效供给。2021年11月，市卫健委印发《连云港市实施全面三孩生育政策及配套支持措施工作方案》。2023年9月，市卫健委联合市发改委出台《连云港市托育服务发展三年行动方案（2023—2025年）》。截至2023年底，全市共有托育机构220家（含幼儿园托班100家）。全市3岁以下婴幼儿8.3万人，托育机构提供托位数1.6万个，实际收托婴幼儿0.61万人，入托率7.3%，托位利用率38.2%，备案机构66家。全市共有市级普惠托育机构52家（其中，省级普惠试点机构17家），省级托育服务实训基地1家，常住人口每千人拥有3岁以下婴幼儿托位数3.5个。连云区、赣榆区、海州区开展“一乡镇一街道一普惠”托育试点，实现普惠托育服务全覆盖，进一步缓解育龄群众生育养育难题。

三是妇幼健康服务更加完善。“十三五”期间，圆满完成妇幼保健和计划生育资源整合，市妇幼保健院顺利通过三级甲等妇幼保健院复核，新院区建设荣获国家匠心奖；灌南县妇幼保健院、赣榆区妇幼保健院建成二级妇幼保健院；2023年，东海县妇幼保健院投入使用，灌云县妇幼保健院完成主体建设。全市妇幼健康规范化门诊建设取得显著成绩，现有省、市级规范化门诊65家，其中省级8家、市级57家，建成率达76%。2016年，市政府颁布了出台《连云港市“十三五”妇女儿童发展规划》，启动实施“健康妈妈工程”。2018年，市卫健委联合多部门印发《全面推进连云港市“健康宝贝工程”工作实施方案》，2019年将服务对象调整为全市常住人口。2021年，市卫健委印发《连云港市“健康宝贝工程”“七免”行动方案的通知》，丰富出生缺陷筛查项目，提高出生缺陷防治水平。2023年，成立连云港市出生缺陷防治管理中心和出生缺陷防治质量控制中心，为全市出生缺

▲ 连云港市妇幼保健院　市卫健委供

陷筛查提供全面技术支撑和系统保障。2023年8月，连云港市入选健康城市建设推动健康中国行动创新模式宫颈癌和乳腺癌试点城市。

（八）卫生健康领域服务环境持续改善

卫健事业是与群众福祉息息相关的民生事业，全市卫健系统把优化营商环境作为“生命线”工程来抓，不断优化卫生健康便民服务。

*一是数字健康取得积极进展。*连云港市深入推动医疗卫生健康与信息化深度融合发展，推进卫生健康数字化转型，积极打造数字健康“连云港模式”。2011年，启动基层医疗机构综合业务系统和区域卫生信息平台建设。2012年，江苏省居民健康卡在连云港市首发。2016年，居民健康卡建设获评全国“居民健康卡普及应用先进单位”。2017年12月，全国电子健康卡首发仪式在连云港市举办。2019年，电子健康卡项目被评为中国智慧健康医疗优秀成果，启动升级全民健康信息平台建设。2020年，全民健康信息平台被评为智慧江苏重点工程，医疗便民服务平台获全国优秀案例，全市远程医疗平台被国家卫健委列入5G+医疗健康应用试点项目。2022年，卫生健康信息化发展指数首次进入全国地级市前20名，居第18位；2023年，

全民健康信息平台通过国家互联互通成熟度“五级乙等”测评（通过的最高等级，地级以上城市共10家）。市一院、市二院成为全省首批互联网医院，全市建成10家互联网医院。

二是综合改革与“放管服”更加利企便民。落实放管服各项工作任务，全面推行公共场所“零材料”卫生许可，14项国家和省实施的“证照分离”改革事项全部落地。全面推行证明事项告知承诺制，在全省率先实施了新生儿出生“一件事”。落实《卫生健康领域初次或者轻微违法行为不予行政处罚指导意见》，明确17项关于企业、医疗机构、学校初次或轻微违法行为不予行政处罚场景。在社会办医项目上，开展以数据共享、业务协同为引领建立“执业登记+备案”服务新模式，该项工作被纳入江苏自贸区连云港片区创新案例，并被省卫健委在全省推广。2023年起，在全省首家应用二维码技术对餐（饮）具集中消毒服务企业进行卫生监督监管并提供便民服务的交互式服务平台，探索实施了卫生健康领域“码上卫监”项目，确保餐（饮）具集中消毒服务企业及从业人员资质、企业历史处罚情况、生产卫生环境、洗消过程等群众关心的信息扫码可见，产品清洗、消毒、包装、出厂检验全流程可追溯，让消费者“用得放心”相关工作做法被《健康报》《连云港日报》刊载。

三是改善群众医疗服务体验扎实开展。2022年2月，市卫健委出台了《连云港市改善群众医疗服务体验十项行动计划（2022—2024年）》，其中，以信用为基础、“零门槛”的“先医后付”服务（就诊过程中，只需要进行一次挂号，就可以完成问诊、检查、化验、取药等全流程操作，无需现场反复排队缴费）于2022年5月起在市妇幼保健院进行试点，2022年底在市属6家医院全面实施。截至2023年底，就诊群众累计使用“先医后付”147.8万人次、金额5.36亿元，“先医后付”模式获评全国信用承诺优秀案例（全国共40个），入选2023年省“十佳深化医改典型案例”，创新做法被各级媒体宣传报道，省政府信息专报刊发并被省政府主要领导批示总结推广。2023年8月，市卫健委印发实施了《连云港市改善就医感受提升患者体验主题活动实施方案（2023—2025年）》，并配套按年份制定行动计划，群众看病就医更加便利。

三、经验启示

在沿海开放40年的历史征程中，卫生健康工作积累了宝贵的历史经验，需要牢牢记取，不断发扬。面向新时代新征程，必须准确把握卫生健康工作所处的历史方位，锚定奋进目标，全方位、全周期维护人民健康，为全面推进中国式现代化连云港新实践提供强有力的健康保障。

（一）始终坚持“人民至上”根本立场

人民健康是民族昌盛和国家强盛的重要标志，是中国式现代化的应有之义。卫生健康工作要以习近平新时代中国特色社会主义思想为指导，紧紧围绕新时代卫生与健康工作“38字方针”，把实现好、维护好、发展好人民群众健康利益作为卫生健康事业发展的出发点和落脚点，推动发展成果由人民群众共享。

（二）始终坚持高质量发展主题

发展卫生健康事业，必须坚持高质量发展主题，加快发展卫生健康新质生产力，全面推进健康连云港建设，大力促进优质医疗资源扩容和区域均衡布局，深化医药卫生体制改革，实现从“以治病为中心”向“以健康为中心”转变，为群众提供预防、治疗、康复、健康促进一体化的连续性医疗卫生服务。

（三）始终坚持基本医疗卫生事业公益属性

必须坚持公立医院在我国医疗服务体系中的主体地位，毫不动摇地坚持公益性的导向。建立稳定的公共卫生事业投入机制，维护基本医疗卫生事业公益性。各地各部门要切实担负起卫生健康事业发展的领导、保障、管理和监督责任，鼓励社会力量增加产品和服务供给，更好满足群众多元化卫生健康需求。

（四）始终坚持以改革创新激发卫生健康事业活力

发展卫生健康事业，必须坚持改革创新。在做实基础工作的同时，要敢于突破、先行先试，巩固拓展“健康宝贝工程”“先医后付”“互联网+智慧健康”、健康城市建设等经验，加快形成一批可复制可推广的先进经验做法，以“走在前、做示范”的使命担当，奋力谱写健康连云港建设新篇章。

市域社会治理现代化工作的发展

40年来，特别是党的十八大以来，连云港市坚持和发展新时代“枫桥经验”，坚持源头治理、综合治理、系统治理、依法治理，把推进市域社会治理现代化摆到落实中央部署、回应社会期盼的政治高度来实施推进，走出了一条具有连云港特色的社会治理新路子。

一、发展历程

1983年，连云港市加快推进城乡社区民主自治。终止人民公社、生产大队体制，恢复乡、镇和村建制，村级干部书记、村长改由乡、镇任命。1988年，连云港市制定《村民委员会组织法（试行）》贯彻意见，先后在赣榆、东海、灌云县和云台区的6个乡、61个村进行“村级组织配套建设试点”。连云港市在全省率先实行村级设立村民委员会体制，村委会主任、副主任、委员由具有选举权的村民直接选举产生。

自2008年起，连云港市逐步探索完善“由党组织领导、议事会协商、村（居）委会实施、监委会监督、村（居）民参与”的“一委三会”城乡社区治理模式，拓展了基层民主自治的路径，为村（居）民提供了参与村级事务治理的平台，有效保障了村（居）民的知情权、参与权、决策权、监督权。2015年，第二次全省现代社区治理创新实验区工作推进会在海州区召开，“一委三会”社区治理模式荣获省“基层社会治理十大创新成果”。

2018年2月14日，为贯彻落实党的十九大精神，连云港市成立创新网格化社会治理机制工作领导小组。2月28日，连云港市出台《关于创新网格化社会治理机制的实施意见》，对全市网格化社会治理工作进行部署推进。至2018年底，“一委三会”社区治理模式在全市推广实现全覆盖。

2020年5月29日，中央政法委批复连云港市为第二批全国市域社会治理现代化试点城市，试点期间为2023—2025年。为做好这项工作，连云港市于9月成立市域社会治理现代化试点工作领导小组，市委、市政府主要负责同志任双组长。11月，连云港市召开全市市域社会治理现代化试点工作会议，全面动员部署全市市域社会治理现代化试点工作，争创全国市域社会治理现代化合格城市。是年，《连云港市农村社区“一委三会”治理工作规范》地方标准正式发布，形成了基层可遵照执行、上级可考核监督的

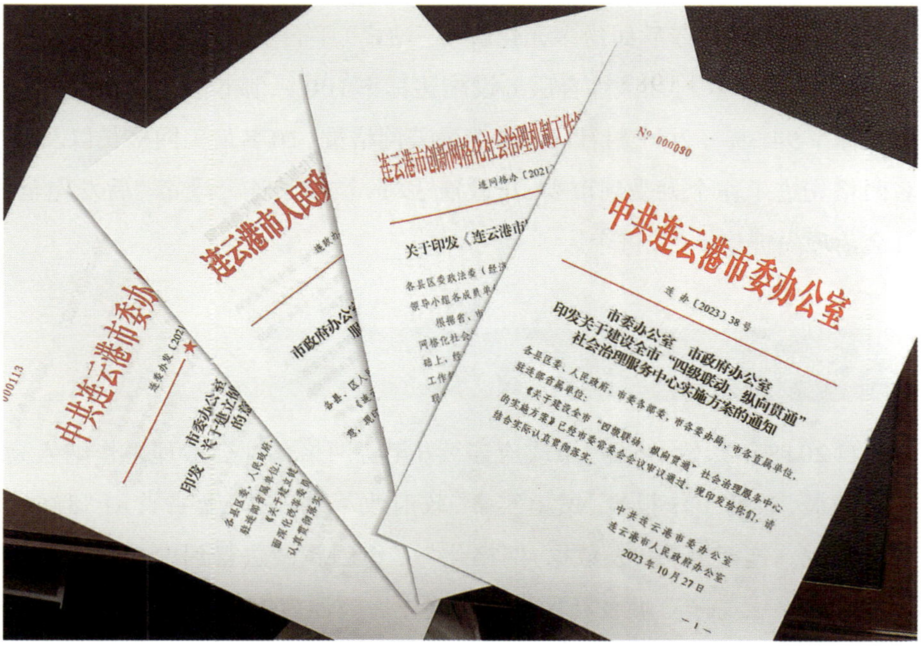

▲ 2021—2023年，连云港市先后印发《关于实施网格化治理“3365”创新工程 深化市域社会治理现代化的意见》《关于开展“六大攻坚行动”推进市域社会治理现代化新提升的实施意见》《关于建设全市“四级联动、纵向贯通”社会治理服务中心实施方案》等文件，推动市域社会治理现代化工作向纵深发展

李传江摄

标准体系。

2021年，连云港市先后印发《连云港市网格员工作清单（修订版）》《2021年度连云港市网格化服务管理水平监测评价实施细则》《连云港市城乡网格化服务管理实施细则》《关于实施网格治理“3365”创新工程 深化市域社会治理现代化的意见》《关于建立健全“网格实战”工作机制的意见》等文件，对网格化服务管理的各个方面做出明确规定，努力构建地域清晰、覆盖全面、归属明确、整体联动、服务及时、管理到位的多元集群式网格治理格局。

2023年10月，连云港市印发《关于开展“六大攻坚行动”推进市域社会治理现代化新提升的实施意见》要求到2025年实现市域政治安全、社会安定、人民安宁，群众安全感年均保持98.5%以上。出台《关于建设全市“四级联动、纵向贯通”社会治理服务中心实施方案》，提出2024年6月底全面建成“四级”社会治理服务中心，建立市级集成指挥调度体系，推进市、县、乡、村四级矛盾纠纷多元化解“一站式”平台实体化、规范化建设运行。是年，全市农村社区综合服务设施达标率100%，城市社区综合服务设施达标率94.3%；20个村社区、20名最美网格员、10名最美网格长以及10名网格先进工作个人受到市委、市政府表彰，被授予连云港市“后发先至”社会治理先进集体、先进个人。

二、主要成就

自2018年开始，市委、市政府连续6年将网格化社会治理工作纳入高质量发展、政府工作报告、民生实事、政府改革事项等，全省首创“3365”创新工程。连云港市“大数据+网格化”工作创新做法得到中央政法委充分肯定。“一委三会”城乡社区治理模式先后被评为省社会治理创新成果、省首批优秀法治实事项目，《农村社区“一委三会”治理工作规范》成为江苏省第一个基层治理地方标准。连云区营山社区“136工作法”获评全国优秀社区工作法并入选中组部基层干部教育培训系列教材，赣榆区“新乡贤助推乡村治理”、连云区“党建引领居民自治与网格化服务管理‘1521’

社区治理体系"、海州区"'红韵海州'智慧模式为基层减负赋能"先后获评江苏基层社会治理创新成果。海州区、连云区先后创建全省现代社区治理创新实验区。东海县双店镇三铺村被确定为"全国村级议事协商创新实验试点单位"。

（一）突出社会治理规范化

一是强化部署。市委常委会专题研究创新社会治理机制建设实施意见方案，市委、市政府主要领导多次组织召开专题会议，听取工作汇报、动员部署社会治理机制建设工作，市县两级分别成立领导小组和工作专班，深入基层调查研究，深入一线督导推进，先后多次组织召开全市社会治理创新工作现场推进会，对社会治理工作总结升级、梯次部署。落实网格化"3365"创新工程和"精网微格"工作，重构主官统筹、党建统领、中心统管"3位一体"组织推进体系。二是硬化责任。建设具有港城特色的社会治理目标推进体系，部署开展"网格化服务管理水平百日冲刺提升"行动，制定《县区网格化服务管理水平工作督导检查方案》，常态化建立6个督导联络组，包干县区督导检查。三是优化资源。将涉及社会治理工作17个主要部门的信息、平台、保障等资源进行整合，依托市大数据中心建设市级社会治理大数据中心和网格化服务管理中心，建成市网格化社会治理研判分析平台，运用港城"云格"、网格"e+"、预警"云判"、考核"数评"四个模块对全市网格化治理工作进行全程实时管理。

（二）突出社会治理精细化

一是健全网格运行体系。优化全市网格架构，搭建网格化"四梁八柱"，将组织、公安、司法、应急、城管等31个部门工作纳入网格，调整优化网格员7类52项工作清单，形成统一规划、协调联动的公共基础网格。二是创新完善治理机制。先后制定下发《关于实施网格治理"3365"创新工程 深化市域社会治理现代化的意见》《关于建立健全"网格实战"工作机制的意见》《连云港市城乡网格化服务管理实施细则》《连云港市网格员工作清单（修订版）》等一系列文件。全市1685个村（社区）规范设立全要素网格共4177个，城市社区专职网格员配备率、专职网格员培训上岗率、乡镇（街道）政法委员配备率均达100%。建立网格"共建共治""平战转

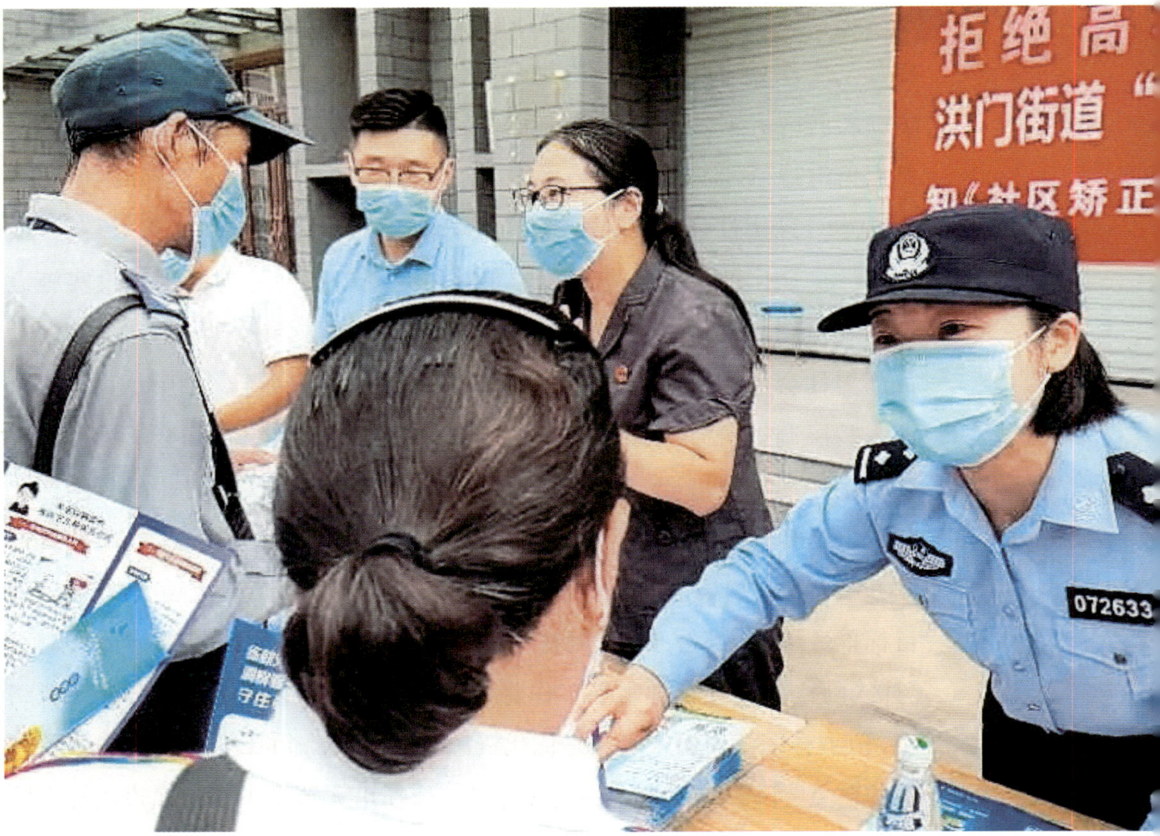

▲ 2022年7月，市政法部门在海州区洪门街道洪新社区开展“三官一律”进社区法治宣传活动　李传江摄

化”“感知处置”“管理保障”四项工作机制，96%以上的安全隐患和矛盾纠纷在网格内得到发现和处置。三是发展壮大专兼职网格员、志愿者队伍。按照“进网格、亮身份”工作要求，由县（区）统筹落实所有机关、企事业单位与网格结对共建，组织在职党员、干部到社区（村）网格报到。2023年，全市共新增专职网格员623人，整合36个行业部门基层工作队伍，动员43个社会组织有序参与网格治理，2万余名离退休人员义务参与网格治理，30万居民群众志愿参与网格治理。全市“三官一律二员”5000余人进网入格提供多项民生服务，群众满意率明显提升。四是彰显地区治理特色。国家级媒体《人民法治》推广连云港市网格化社会治理改革经验；积极探索

人民防线进网格、非税征缴、法院送达业务、消防、食药品监管、农机监管、社会机构办学监管、“三非”外籍人员监管、“太阳花”护航进网格等特色做法。以网格安全风险隐患排查整治为抓手，加强网格与警格融合，围绕重点人员管控、突发事件处置、警力应急增援等紧急勤务，完善“5分钟内现场见警、15分钟内全城响应、30分钟内全市合围”应急堵控机制。

（三）突出社会治理科学化

一是防范化解社会矛盾风险创新成果频出。开展社会矛盾大排查大起底大化解专项行动，立足乡镇（街道）矛盾纠纷多元化解“一站式”平台建设，扎实推进基层矛盾纠纷排查化解工作，在全省率先建立实体实战非诉讼纠纷解决机制，并获全省政法工作优秀创新成果项目三等奖；在全省率先实行社会矛盾纠纷多元融合式调处机制5+x模式、率先开展非诉讼纠纷解决机制建设试点工作，全国首个非诉讼服务中心、诉讼与非诉讼对接中心“两个中心”在连云港市挂牌。劳动争议“老刘调解室”、娘家人调解、海上纠纷调解、涉侨纠纷调解等一批品牌项目获得国家级表彰，“非诉讼管家服务”被中国（江苏）自由贸易试验区复制推广，非诉工作做法受到司法部和省委主要领导批示肯定，被中央政法委专刊推介。《人民日报》、《法治日报》、司法部官网等对此广泛宣传报道。二是建设四级社会治理服务中心。以“小事不出村（社区）、大事不出乡镇（街道）、难事不出县（区）、矛盾不上交”为目标，健全有机衔接、相互协调、高效便捷的多元矛盾纠纷解决机制，实现“一站式受理、一揽子调处、全链条解决”。三是“一委三会”社区治理模式获宣传推介。在城乡社区推广运用“党组织领导、议事会协商、村（居）委会实施、监委会监督”的“一委三会”城乡社区治理模式，先后得到中央电视台和《人民日报》《群众》等中央、省级主流媒体的宣传报道，民政部《全国社区建设部际联席会议简报》连续2期专刊刊登“一委三会”向全国推广连云港经验。组织开展“民主法治示范村(社区)”“法治文化示范点”双示范创建，共被命名国家级民主法治示范村（社区）13个，省级“法治文化示范点”40个。

（四）突出社会治理智能化

一体推进“雪亮工程”、“慧眼工程”、升级版“技防城”和市县派出所三大数据指挥服务体系建设，平安“天眼”实战应用平台获“首届中国警务信息化建设成果”推介活动“公安最佳大数据解决方案”第一名，“筋斗云”系统荣获“中国网信事业（智慧公安）十大创新驱动示范项目”。市区沿街企业、商铺，背街小巷技防实现全覆盖，城镇居民家庭技防入户率达98%，农村居民技防村建设完成率达100%。市区200余辆接处警、巡逻警车实现移动图像传输监控系统全覆盖。

（五）突出为民服务社会化

一是道德文明模范引领。全市共建成新时代文明实践中心7个、实践所90个、实践站1695个，覆盖率达100%。建成“道德讲堂”近5000所，全市各级文明单位、社区、小区、村居、学校100%在显著位置设置善行义举榜，引领社会崇德向善。持续开展道德模范推选学习宣传活动、“我推荐我评议身边好人”活动，全市共涌现了全国道德模范及提名奖3人、江苏省道德模范及提名奖30人，连云港市道德模范及提名奖100人，中国好人120人（组）、江苏好人218人（组），“一群好人、满城春风”的城市名片更加闪亮。二是法律服务惠民利民。建立健全“谁执法、谁普法”工作机制，深入实施“八五”普法，推进“法护人生”“法进家庭”“法润村居”三大行动。持续擦亮灌河流域环资审判、海洋生态保护“连云港品牌”，用法治助力打好蓝天碧水净土保卫战。优化公益诉讼办理结构，将办案重心放到食药环领域。持续实施法治乡村建设三年行动计划，依法妥善审理各类涉农案件，以法治助推农业农村现代化。全省首家出台《法治社会建设指标体系》《关于依法保障服务民营企业发展的实施意见》，深入开展护航“产业强市”活动，助推企业发展。健全“一带一路”国际商事争端解决机制，稳步推进企业海外安全防线建设。三是民生服务便捷高效。政法机关“放管服”改革进一步得到深化，“不见面审批”“证照分离”“免罚轻罚清单”等更多改革红利惠及于民；深化审判、检务、警务公开，诉讼服务中心、检察为民服务中心、公共法律服务平台实现全覆盖；全省率先开展“综合查一次”监管执法改革，深化执法司法制约监督机制改革。构建“镇街—村（社区）—网格—微网格—户”工作体系，推动风险防范化解“末梢神经”扎根在老百姓家门口。四是专项行动提振民心。开展整顿社会治理方面短板弱项专项行动，累计排查问题220个。推动非诉纠纷化解工作向网格延伸，加强对涉民生领域、特殊困难群体矛盾纠纷领域实时研判。发动全市4400余名网格员积极参与村社区针对妇女儿童、生活困难、残障人士等特殊困难群体的摸底排查。

（六）突出社会治理责任化

一是选优配强村“两委”班子。举办村党组织书记示范培训班，启动全市村干部全员轮训，将信访、法律、廉政等内容纳入教育培训内容，进一步提高农村基层干部抓基层治理的能力。二是持续提升阵地服务功能。市县组织部门联动，完成全市村（社）党群服务中心新建和改扩建任务，达到省定建设标准。开展村（社区）办公场所“牌子乱象”清理规范工作，进一步优化功能室设置，综治中心（网格化服务管理中心）、警务室、人民调解委员会（司法行政工作室）等功能室挂牌并投入使用，支持鼓励有条件的村社依托村级党群服务中心建设村史馆、党建文化长廊、乡村大舞台等场馆场地，村级阵地服务保障基层自治、法治、德治“三治融合”的主阵地功能得到持续彰显。三是深入推进富民兴村工作。紧扣发展这个解决一切问题的关键，持续壮大村级集体经济，增强村级组织自我保障和服务群众能力，提升村级党组织凝聚力和号召力。召开全市党建引领富民兴村现场推进会，制定下发年度村级集体经济发展计划，推动“党建引领富民兴村”九条措施及十二条配套政策落地落实。用好省扶持村集体经济项目资金，逐镇逐村制定强化党建引领提升村级集体经济项目质效的实施方案，成立组织、财政、农业农村三部门联合挂钩指导组，开展项目实施情况常态化督导检查，持续提升扶持项目实施质效。

三、经验启示

（一）必须完善体制机制

加强顶层设计、整体谋划，统筹做好社会治理服务阵地、机构调整、权责明确等工作，强化资源整合、功能融合、力量协同，并根据不同层级特点配齐配强专门人员力量，切实做到“横向联动、纵向贯通”。

（二）必须坚持民主协商

将民主协商贯穿社会治理共同体建设全过程，发挥多元主体在社会治理中的基础性作用，以民主协商凝聚社会治理共识，提高治理效能。

（三）必须坚持社会协同

社会组织是社会治理的重要参与者和实践者，广泛动员社会资源和各方力量，更好发挥社会组织在社会治理中的积极作用，提高参与基层社会治理水平和成效。

（四）必须坚持公众参与

认真贯彻党的群众路线，突出共建共治共享，完善群众参与社会治理的制度化渠道，不断增强人民群众获得感、幸福感、安全感。

（五）必须坚持法治保障

充分发挥法治的引领和保障作用，善于运用法治思维和法治方式开展工作、解决问题，严格遵守法治原则，确保在法治轨道上统筹推进社会治理各项工作。

（六）必须坚持科技支撑

积极运用互联网、物联网、大数据等现代科技手段，加强联动融合、信息共享、深度应用，提高市域社会治理精细化、现代化水平。

拾

党的建设

思想政治建设

组织建设

作风建设

纪律建设

思想政治建设

40年来，特别是党的十八大以来，历届市委团结带领全市人民坚定不移贯彻执行党的基本路线、方针、政策，按照党的十二大至二十大历次代表大会及其历次全会决策部署，坚持把思想政治建设摆在党的建设的首要位置，着力用党的创新理论武装头脑、指导实践、推动工作，各级党组织战斗力、凝聚力、号召力不断增强，广大党员群众以党的旗帜为旗帜，按照党指引的方向团结奋斗、不懈奋斗，不断取得新的成就。

一、发展历程

40年来，市委带领全市各级党组织坚持解放思想、实事求是，高举中国特色社会主义旗帜，坚持改革开放、守正创新，有计划、有步骤地全面加强党的思想政治建设，全市党员群众思想上的团结统一更加巩固。

（一）在解放思想中巩固与发展时期（1984—1992年）

这一时期，我国进入改革开放和社会主义现代化建设新时期，党的思想政治建设也不断恢复、巩固、发展，进入一个新时期。市委紧跟中央、省委部署要求，积极探索巩固和发展党的思想政治建设的方法举措，为全市上下在解放思想中统一思想提供精神动力和行动指引。1984年，连云港被确定为全国首批沿海开放城市，同年10月，中共连云港市第六次代表大会召开，提出振兴连云港的鲜明主题，并对进一步搞好全面整党，坚持和改善党的领导作出部署。1985年3月至1987年3月，全市分三批开展整党，对全体党员系统地进行理想宗旨教育、党风党纪教育、形势政策教育和合格党员教育，提高了党员的思想政治素质和党性觉悟。1986年1月，市委发出《关于加强思想政治工作若干问题的意见》，要求建立各级思想政治工作领导责任制，大力开展以思想和纪律为主要内容的思想教育。6月21日，市委召开全市思想政治工作会议，提出当前思想政治工作任务是坚决纠正不正之风，清除腐败现象，为改革创造良好的社会环境。1987年，党的十三大首次正式确立了党的思想建设、组织建设、作风建设、制度建设“四位一体”的布局结构，为在新的历史条件下执政党建设明确了政治原则、政治方向和政治路线。市委提出把学习贯彻党的十三大精神作为首要任务抓紧抓好，分层次、分步骤开展学习活动。同年，市委根据中央、省委的决策部署，在全市开展坚持四项基本原则、反对资产阶级自由化的正面教育。1988年11月24日，市委印发《关于在全市广泛地进行形势和任务教育的通知》，分阶段、分层次、分领域，从上而下，先骨干后群众，从党内到党外，有步骤地开展形势教育，使广大党员群众及时了解政治经济形势，保持正确的态度和清醒的头脑，增强责任感和事业心。20世纪80年代末和90年代初，市委及时组织全市干部群众学习讨论中央有关精神，加强形势政策教育，对全体党员开展马克思主义基本理论、党的基本路线和党的基本知识教育，分期分批在农村、企业开展社会主义思想教育，引导广大干部群众坚定社会主义信念，始终与党中央保持一致。

（二）在改革开放中探索与创新时期（1992—2002年）

党的十三届四中全会后，中国坚持改革开放，抵御住了苏联解体、东欧剧变的冲击和西方对华制裁，同时适应经济体制改革的要求，积极稳妥推进政治体制改革，深入探索党的思想政治建设的道路。这一时期，市委带领全市人民进一步解放思想，加强对党员干部的思想政治教育，市级层面建立思想政治工作联席会议制度，出台《连云港市思想政治工作目标体系和考核办法》，不断加强和改进思想政治工作，为持续深化改革开放提供思想理论支撑。1992年初，邓小平发表南方谈话，提出了社会主义的本质和“三个有利于”的标准，从理论上深刻回答了长期困扰和束缚人们思想的许多重大认识问题。这成为第二次思想大解放的标志，中国改革开放和社会主义现代化建设进入了新的阶段。市委印发《关于认真传达学习落实邓小平同志重要谈话的通知》，组织开展一系列学习活动，进一步坚定了全市人民解放思想、加快改革开放的信心。同年10月，党的十四大召开，市委组织全市各级党组织和广大党员干部把学习、宣传、贯彻党的十四大精神作为当前首要任务，用邓小平建设有中国特色社会主义理论统一思想和行动。1993年11月，市委根据中央部署，把学习《邓小平文选》第三卷作为党的思想建设和干部理论教育重要任务，作出具体安排。1994年初，市委制定开展建设有中国特色社会主义理论和党章学习活动的三年规划，组织全市党员干部认真学习《邓小平文选》和《邓小平同志建设有中国特色社会主义理论学习纲要》等。1997年9月，市委全面部署学习贯彻党的十五大精神工作，持续推动党的十五大精神的贯彻落实。1998年7月，市委发出深入学习邓小平理论的通知，8月召开学习邓小平理论工作会议，组织动员各级党组织和广大党员干部深入学习邓小平理论。赣榆县委、东海县委、云台区委、市国税局党组被省委组织部、省委宣传部授予"省优秀党委学习中心组"称号。1999年8月—2001年8月，市委根据中央和省委统一部署，分期分批在县处级以上领导班子和领导干部中开展以"讲学习、讲政治、讲正气"为主要内容的党性党风教育。2000年6月—2001年5月，根据中央和省委部署，市委在全市组织开展"三个代表"重要思想学习教育，先后召开全市理论界人士座谈会、优秀党委中心组负责人座谈会、党的建设工作者座谈会等，带动各级党组织的学习。在全市农村分两批开展学习教育。东海县委、云台区委、市国税局党组被省委组织部、省委宣传部表彰为全省先进中心组。广泛组织开展党的十六大精神的学习宣传贯彻。

（三）在科学发展中深化与提高时期（2002—2012年）

党的十六大以后，中国特色社会主义事业进行的具有许多新的历史特点的伟大斗争对加强党的建设提出了迫切要求。党中央将中国特色社会主义事业总体布局概括为社会主义经济建设、政治建设、文化建设、社会建设四位一体，创造性地提出了贯彻落实科学发展观的一系列方针政策。这一时期，市委把加强党的先进性建设作为加强和改进党的建设的长期任务和永恒课题，以学习实践“三个代表”重要思想为鲜明主题，切实加强党员干部思想政治教育。2002年，市委把学习贯彻党的十六大精神和“三个代表”重要思想作为首要政治任务，组织全市广大党员干部和群众深入学习江泽民同志重要讲话、《江泽民论有中国特色社会主义（专题摘编）》、党的十六大报告等。2003年，广泛开展“连云港精神”大讨论。2004年，召开全市深入推进学习贯彻“三个代表”重要思想座谈会、《树立和落实科学发展观》座谈会、学习贯彻党的十六届四中全会精神座谈会、纪念邓小平诞辰100周年理论研讨会等，在全市上下营造学习贯彻党的创新理论的浓厚氛围。连云港市创建基层网上党校、加强党员教育的做法得到中宣部和省委宣传部肯定。赣榆县实施“富民增知工程”、开办“农民电视课堂”的做法被省委宣传部《宣传工作动态》刊登，中宣部以“宣传信息清样”形式转报中央领导参阅。全面推进学习型城市建设，开展第二届建设学习型城市“读书月”活动，深入推进学习型机关、学习型企业、学习型家庭、学习型社区创建。新浦区新海街道星化社区荣获“全国首届万家社区读书活动先进单位”。2005年—2006年6月，根据市委统一部署和要求，全市各级各单位广泛组织党员开展保持共产党员先进性教育活动，教育引导广大党员牢固树立和落实科学发展观、正确政绩观，提高素质，转变作风。2006年，市委下发《关于在全市开展“弘扬‘三创’精神，推进崛起腾飞”主题教育活动的意见》，全面启动系列主题教育活动，大力弘扬民族精神和时代精神，加强爱国主义教育和典型宣传工作。举办牢固树立社会主义荣辱观——八荣八耻漫画展。在全市启动实施“新型农民教育工程”，省委宣传部以“信息专报”形式将连云港市做法反映到中宣部和省委。在新闻媒体开辟理论专栏或专版，其中《连云港日报》理论版被评为省优秀理论版，中宣部《决策参考》刊发文章肯定连云港理论宣传的做法。广泛组织开展党的十七大精神学习宣传贯彻，切实加强科学发展观、构建社会主义和谐社会、建设社会主义核心价值体系、建设社会主义新农村等一系列党的创新理论学习，不断提高广大干部群众特别是党员领导干部运用马克思主义中国化最新成果指导港城跨越发展新实践的能力水平。在广大基层党员干部中开展“学习十七大精神，话改革、看变化、谋发展”系列教育活动。连云港市农村党

▲ 2023年8月11日，贯彻二十大 奋进新征程——连云港市“百姓名嘴”风采展示暨理论沙龙·精彩讲述活动总决赛举行　市委宣传部供

员冬训“城乡互看互学、互帮互促”活动被省委宣传部评为冬训创新工作一等奖。广泛开展庆祝新中国成立60周年系列活动。隆重举办建党90周年庆祝活动。深入学习宣传贯彻党的十八大精神。

（四）在全面从严治党中飞跃与成熟时期（2012年至今）

以2012年党的十八大胜利召开为标志，中国特色社会主义进入新时代。党的十九大对党的政治建设与思想建设的地位作用进一步予以明确，强调政治建设的根本性地位和思想建设的基础性地位。这一时期，连云港市思想政治工作以深入学习宣传贯彻习近平新时代中国特色社会主义思想和党的十八大、十九大、二十大以及历次全会精神为重点，不断推进马克思主义中国化、时代化、大众化，始终用马克思主义最新成果武装头脑、指导实践、推动工作。理论武装工作着力加强顶层设计，深入推进品牌化、体系化、项目化建设，探索构建以“连理轩”品牌为引领的全市理论工作“1+9+

N”品牌体系，项目化实施理论工作创新项目、特色活动，不断放大工作显示度，实现提质增效、展现新气象新作为。理论学习方面，始终把学习宣传贯彻习近平新时代中国特色社会主义思想作为首要政治任务，推动各级党委（党组）理论学习中心组“凡学习必学新思想”。先后开展群众路线教育实践活动、“三严三实”专题教育、“两学一做”学习教育、“不忘初心、牢记使命”主题教育、党史学习教育、学习贯彻习近平新时代中国特色社会主义思想主题教育、党纪学习教育。《习近平谈治国理政》《习近平著作选读》《习近平新时代中国特色社会主义思想学习纲要》等权威理论读物的学习实现城乡全覆盖。党史学习教育“一月一主题、每月读书班”特色做法被时任省委书记吴政隆在全省党史学习教育总结会议上点名肯定。市委中心组“四定”学习法在全省领导干部学习会上做经验交流。全市涌现市级以上学习型党组织、学习型领导班子建设先进单位（先进集体、示范点）280个。用好全民阅读工作渠道和“学习强国”学习平台，数字阅读实现广覆盖，学习型社会基础更加坚实。理论宣讲方面，以重大主题集中宣讲为主干、基层理论宣讲为枝叶的宣讲体系不断完善。建成全市理论宣讲人才库、成立理论宣讲顾问团，评选表彰全市首批“理论宣讲十佳个人”、命名全市首批“理论名师（嘴）工作室”，赣榆“乡‘理’乡亲”基层理论宣讲团获评全国基层理论宣讲先进集体。先后围绕党的十八大、十九大、二十大及历次全会精神组织开展集中宣讲和丰富多彩的基层宣讲近5万场次。2017年起，逐年举办“理论沙龙·精彩讲述”系列活动，“理论沙龙”成为马克思主义大众化的港城品牌，获评全省宣传思想工作创新奖。连云港港、灌云县韩圩村等2家单位获评全省首批推进马克思主义大众化学习实践基地。理论研究方面，围绕学习贯彻党的创新理论和“一带一路”、自贸区建设等国家重大战略，聚焦市委、市政府中心工作，深化研究阐释和政策解读，对内唱好“地方戏”，在全市提出有价值、针对性强的对策建议，对外提升影响力。评选表彰连云港市首届十大社科名家，连云港市首届十佳青年社科英才，设立6个社科名家工作室，截至2023年，市社科基金项目累计立项1180项。东海县获批江苏省习近平新时代中国特色社会主义思想研究中心首批实践调研基地。召开学习习近平总书记全面深化改革重要思想暨纪念真理标准问题大讨论40周年理论研讨会、庆祝新中国成立70周年理论研讨会、庆祝中国共产党成立100周年理论研讨会等。

二、主要成就

（一）思想建设进一步加强，理论学习入脑入心

抓住"关键少数"，充分发挥市委理论学习中心组成员"排头兵"作用，在认真落实上级规定动作的基础上，构建"三位一体"学习模式，增强学习吸引力、针对性和实效性。拓展形式增活力。市委理论学习中心组构建专题式集中学习、沉浸式嵌入学习、自主式日常学习"三位一体"学习模式，助推中心组学习提质增效。2017年以来，市委中心组年均集体学习20次以上。2021年党史学习教育以"一月一主题、每月读书班"为抓手，先后组织开展集中学习22次。2022年举办《习近平谈治国理政》第四卷专题读书班，进一步学深悟透新思想。2023年结合主题教育，开展集体学习17次。开展实境课堂学习等相关做法被《人民日报》、央视《新闻联播》等主流媒体多次报道。冬训培训提质效。2007年举办连云港市基层党员干部"瞄准新定位，抢抓新机遇，矢志新跨越"主题轮训，轮训率达96%。开办市民课堂，举办各类讲座20余期。灌云县"星期六干部学校"深受基层党员干部欢迎。2013年扎实开展"冬训惠民工程"，把理论学习与生产实际、专业培训与创业致富、党性教育和社会实践结合起来，受到基层党员干部的普遍欢迎，获全省冬训工作创新一等奖。2020年以来，基层党员冬训按照"落实上级精神、立足地方实际、把握党员需求、体现年度特点"总体思路，着力加强对冬训工作的顶层设计和组织推动，印发《冬训工作指导手册》，制定《冬训工作实施办法》，精心实施年度冬训重大项目，在规范学习内容、创新培训形式、促进学用结合等方面持续发力，激发基层党组织和党员参训热情。有序有效抓考核。制定印发《关于加强和改进党委（党组）中心组学习的意见》《关于建立县级党政领导干部理论学习考核制度的实施意见》《党委（党组）理论学习中心组巡学旁听实施细则》《关于贯彻落实〈中国共产党党委（党组）理论学习中心组学习规则〉的实施细则》《市委理论学习中心组学习规

范（试行）》，加强对各级党委中心组学习的指导检查、督促，促进各级中心组理论学习的制度化、规范化建设。强化考核问责机制，把中心组学习纳入党建工作考核、意识形态工作责任制，通过巡学旁听、年度述学、考核评估等加强督促检查，激发学习动能。落实成果转化机制。健全以专题调研、成果宣推等为主要途径的成果转化机制，及时汇编专题调研成果，依托“学习强国”学习平台、《连云港日报》求实版等刊发党员领导干部中心组成员优秀学习调研成果，在交流互鉴中提升领导干部思想理论水平。

（二）特色品牌进一步引领，理论宣讲走深走实

创新打造“连理轩”全市理论工作总品牌，深度打造提升东海县“理响晶都”、灌云县“理”享灌云、灌南县“与理分享”、赣榆区“理”花树、海州区“朐风习理”、连云区连云有“理”、连云港经开区“追光者”、徐圩新区“圩你宣理”、云台山景区“青山之声”共9个县区、功能板块理论学习宣讲品牌。首批确定市妇联小马扎巾帼流动课堂、市税务局“蓝莲花”青马学习社、市革命纪念馆“小红砖”宣讲团、连云港经开区中云街道“理响云上·红帆课堂”等30余个特色基层理论学习宣讲品牌。构建“1+9+N”理论学习宣讲品牌体系，广泛深入开展形式多样的党的创新理论宣传宣讲。叫响品牌。坚持“品牌引领、项目支撑、活动聚势”，市县区联动、多部门协同，分层分类推进创新工作，放大品牌效应。市级以“连理轩”品牌为统领，扎实推进一批重点项目、特色活动。赣榆区以“理”花树理论宣讲品牌为依托，开展“e”路“理”花进万家等活动，有效提升学习培训覆盖面。灌南县以“与理分享”理论宣讲品牌为引领，开展“千里送学”“与理分享”“六大课堂”，切实焕发冬训活力。云台山景区以“青山之声”理论宣讲品牌为龙头，打造“樱桃树下”基层微宣讲品牌，推动党的创新理论“飞入寻常百姓家”。2022年12月评选表彰17个市级理论宣讲优秀阵地和宣讲品牌，实现“县县有品牌、乡乡有特色”。建强工作队伍。2008年进一步推进落实《连云港市宣传文化系统拔尖人才培养工程实施意见》。积极采取分批轮训、组织观摩、选派深造、挂职锻炼等方法，加大人才培养力度。2014年加强理论宣讲志愿者队伍建设，以高校、党校和社科团体为依托，建设一支专兼职结合、宣讲教育研究三位一体的理论工作者队伍。2022年，制定实施《加强全市理论宣讲工作实施方案》，充分整合社会、机关、学校资源，从党员干部、社科理论工作者、青年志愿者、公共文化场馆讲解员、退役军人、“五老”人员、乡贤文化能人、驻村第一书记、先进典型等人员中选拔政治素质高、理论水平高、宣讲能力好、群众口碑好的宣讲人员，纳入连云港市理论宣讲人才库进行培养、管理、使用。市级建成近200人的理论宣讲人才库、9人的理论宣讲顾问团，9个县区板块组建40支特色理论宣讲队。筑牢宣讲阵地。2006年拓展理论宣传阵地，开办“苍梧论坛”电视理论栏目，中宣部《决策参考》刊发的《党报理论宣传在构建和谐社会中的重要作用》一文肯定了连云港日报理论宣传的做法。2022年实施理论宣讲“三优”提升工程（即建设一批优秀宣讲队伍、打造一批优异宣讲阵地、培育一批优质宣讲品牌）。加强资源联动共享，以党校、高校、公共文化场馆、城市书房、爱国主义教育基地、新时代文明实践中心（站、所）为主要对象，适当吸纳机关企事业单位党员干部学习教育场所，形成了市、县（区、板块）、乡（镇、街）三级理论宣讲阵地网络。同步实施理论宣讲“互联网+”工程，借力公众号、APP等平台，依托微视频、微课堂等形式，打造一批讲得好、受欢迎、传得开的线上理论宣讲课程，扩大理论宣讲覆盖面和影响力，实现网上网下共享、线上线下互动。

（三）社会新风进一步形成，思政工作融入日常

将思政工作融入日常、化为经常，坚持提升道德认知与推动道德实践相结合，深入开展各类学习实践活动，转化为广大干部群众的生动实践。围绕重要节点深化思政教育。将社会主义核心价值观融入日常思政教育，围绕开学第一课、烈士纪念日等时间节点，推出《开山岛上的32年》《雷锋车大讲堂》等精品课程，深入开展“百家训 · 润港城”“与雷锋车同行”等核心价值观教育实践活动，扩展到机关、学校、社区、企业等领域。持续放大典型示范影响。坚持从基层一线中挖掘选树典型，连云港市涌现出全国时代楷模、全国道德模范、全国最美人物、全国文明家庭10人（组），江苏时代楷模3人（组），中国好人124人（组），江苏省道德模范及提名奖30人，江苏最美人物45人，江苏好人252人（组），市级道德模范、最美港城人、港城叶欣仁等先进典型1300余人，一群好人 满城春风”成为显著的城市名片。积极拓展思政教育平台载体。开展"建爱教基地、寻爱国印记、讲英雄故事、传红色基因"系列活动，打造"传承红色基因"实境课堂项目86个，"开山岛夫妻哨"事迹陈列馆被中宣部命名为全国爱国主义教育示范基地，成为弘扬爱国奉献精神的新坐标。"人民楷模"王继才公益宣传片、"强国复兴有我"思政课等在央视播出。注重用文艺形式，歌曲《九千万个我》入选中宣部第九批"中国梦"主题新创作歌曲名单，推出广播剧《抗日山》《连云港保卫战》，切实增强了思政工作的感染力和影响力。

（四）意识形态工作责任制进一步压实，履职担当更加过硬

始终把意识形态工作摆在极端重要位置，知责于心、担责于身、履责于行，不断推动意识形态工作走深走实。全力落实领导责任。市委带头严格落实意识形态工作责任制，将意识形态工作纳入市委常委会年度工作要点、全委会报告、综合考核、市委巡察，作为民主生活会和述职报告等重要内容，每年向省委专题汇报意识形态工作情况并抄送省委宣传部。市委常委会以上率下，及时学习传达《党委（党组）意识形态工作责任制实施办法》和省委《实施细则》、中央和省委关于意识形态领域情况通报等精神，每年至少2次专题研究意识形态工作。持续完善制度机制。2015年，印发《贯彻落实党委（党组）意识形态工作责任制若干规定》，2022年进行修订。健全完善"1311"工作机制，即实行意识形态工作、网络意识形态工作和舆情应对处置工作"一"体推进，任务清单、责任清单、考核清单"三"张清单，做实"十一"个纳入闭环，形成线上与线下多方联动、舆情与事件同步处置的大舆情工作格局。建立健全意识形态领域情况分析研判联席会议制度。2020年，出台《意识形态风险防控四项机制》《意识形态阵地分类管理制度》，筑牢意识形态安全防线，守稳守牢各类阵地。2018年，印发意识形态工作履责手册，各级党组织照单履责成为常态。2022年，印发意识形态工作指导手册，推动意识形态工作从抓基础向抓精准延伸。定期组织开展各类专题培训，推动意识形态工作向制度化、规范化方向延伸。防范化解风险隐患。完善定期分析研判和情况通报制度。持续将意识形态问题列入舆情日研判、周报告的重要内容，对关注度、敏感度高的重大舆情，依托"4+X"重大舆情联动研判处置机制调度处置，有效防止其他领域风险向意识形态领域传导。组织对教育、农村、宗教等重点领域意识形态风险开展专题研判。推动督查检查见效。2018年起，将意识形态工作责任制落实情况纳入巡察。2021年起，参照省委巡视工作模式，开展市委巡察意识形态工作责任制专项检查，问题导向更加精准，工作效率进一步提高。2022年，对全市重点部门、重点领域、重点人群的意识形态工作开展全覆盖督查，对9个县区、功能板块维护意识形态安全开展专项督导。2023年，组织对网络领域、教育领域、宗教领域以及住建等舆情多发领域的意识形态工作开展专项督查，推进重点难点问题解决。制定《市委巡察意识形态工作责任制专项检查工作操作指引》，进一步明晰工作流程，推动专项检查组在巡察组的领导下，更好发挥作用，形成工作合力。2024年，建立健全市委巡察发现意识形态领域问题整改督查督办协作联动机制，探索巡察发现意识形态领域问题整改材料审核办法和整改质效评估办法，明晰相关单位工作责任，形成督查督办工作合力。持续聚焦中央和省委专项巡视检查、中宣部督查反馈意见，扎实做好整改“后半篇文章”。

三、经验启示

（一）必须始终用马克思主义中国化最新成果武装全党

“理论创新每前进一步，理论武装就要跟进一步”。我们党之所以能够不断历经艰难困苦创造新的辉煌，很重要的一条就是始终重视思想建党、理论强党，坚持用科学理论武装广大党员、干部的头脑，使全党始终保持统一的思想、坚定的意志、强大的战斗力。进入新时代，我们必须继续把马克思主义作为看家本领，坚持不懈用习近平新时代中国特色社会主义思想这一马克思主义中国化最新成果武装头脑、凝心铸魂，不断提高全体党员的理论思维能力和思想政治水平。

（二）必须突出以人民为中心的工作导向

民心是最大的政治。党的最大政治优势是密切联系群众。思想政治工作，作为贯穿到经济工作和其他一切工作的“生命线”，更应当坚持“以人民为中心”的工作导向，从广大人民群众的根本利益出发，既要用主流思想理论和社会主义核心价值观教育引导人民、解决群众“思想问题”，又要关心关注群众身边的操心事烦心事揪心事、解决群众“生活难题”，切实增强群众获得感幸福感。

（三）必须坚持正本清源、守正创新

思想政治工作要筑牢信仰之基、把稳思想之舵，聚焦“两个巩固”的根本任务，守方向、守立场、守根脉、守底线，把坚定“四个自信”作为建设社会主义意识形态的关键。要积极顺应新时代新要求，积极探索符合实际、行之有效的思想政治工作新路径、新模式，坚持用马克思主义观察时代、解读时代、引领时代，用鲜活丰富的当代中国实践推动马克思主义创新发展。

（四）必须不断提升基层思想政治工作质量和水平

重视抓基层、强基础、固基本是我们党的优良传统。思想政治工作是做人的工作，面对的是所有党员和广大人民群众，必须依靠基层、依靠群众。要持续推动重心下移、力量下沉、资源下投，深入纠治形式主义、官僚主义，切实减轻基层负担，让基层干部有更多时间和精力谋划思想政治工作、提升做好工作的能力本领。

（五）必须形成共同推进思想政治工作的大格局

思想政治工作是一个政治性很强、涉及面很广的系统工程，需要统筹谋划、多方联动，需要发动全党全社会力量共同参与。做好思想政治工作，必须树立大思政的工作理念和一盘棋的大局意识，调动各方面的主动性积极性。要进一步完善领导体制和工作机制，完善党委统一领导、党政齐抓共管、宣传部门组织协调、有关部门和人民团体分工负责、全党全社会共同参与的思想政治工作大格局，推动新时代全市思想政治工作不断开创新局面，取得新的更大成绩。

组织建设

40年来，连云港市认真贯彻落实中央及省委关于党的建设和组织工作部署要求，紧紧围绕各个时期党的中心任务和连云港市经济社会发展大局，扎实做好理论武装、选贤任能、强基固本、育才聚才各项工作。党的十八大以来，连云港市深入落实新时代党的建设总要求和新时代党的组织路线，坚持以党的政治建设为统领，持续锻强骨干队伍、激活人才力量、健全组织体系、发挥党员作用，为全面推进中国式现代化连云港新实践、加快实现高质量发展“后发先至”提供坚强保证。

一、发展历程

1984年以来，连云港市组织系统坚持围绕中心、服务大局，全面加强了领导班子建设、基层党组织建设和人才工作。回顾40年组织工作实践，大致可以分为三个阶段。

（一）在改革开放中开启组织工作蓬勃发展新时期（1984—1992年）

党的十一届三中全会，特别是1984年5月，连云港市被列为全国首批沿海开放城市，全市经济社会迅猛发展，走出了一条具有港口城市特色的发展之路，这一时期组织工作紧扣以经济建设为中心，为“对外开放、对内搞活、站在四化前列”提供强有力的组织保证

1.以作风建设为重点，全面加强领导班子建设

1984年10月，中共连云港市委第六次代表大会召开，大会提出要建立一支党性强、政策水平高，有国际市场、金融、法律、现代科技等方面知识，善于同外商打交道的干部队伍。会后，市委在机构改革和企业整顿的基础上，开始按照干部"四化"标准对各直属党委、党组领导班子进行调整充实，调整后的各级领导班子基本呈现梯形年龄结构和合理的专业结构。1986年2月，市委出台《关于在各级党委中建立抓党风责任制的规定》，要求在各级党委中建立抓党风责任制。1987年4月，全市干部实行易地交流。县（区）党政领导同志80%不是本地人，乡（镇）领导同志95%不在本地任职，打破了过去干部固守一地的情况，促进了县（区）、乡（镇）领导班子建设。1988年2月，市委召开全市干部大会，会议确定市计划经济委员会、市对外经济贸易委员会、市城乡建设委员会等24个单位领导班子试行岗位目标管理责任制。1990年8月，市委出台《关于加强县处级领导班子建设的意见》，指出加强县处级党的领导班子建设，核心问题是确保领导权牢牢掌握在忠诚于马克思主义的人手中，总要求是建设成为"团结、求实、开拓、廉洁、奉献"的坚强领导核心。1991年3月，市委印发《关于进一步改进领导作风的规定》，从加强调查研究、克服文山会海、深入基层、廉洁奉公等方面对全市各级领导干部提出了具体要求。

2.以规范化建设为重点，全面加强基层党组织建设

1986年2月，中共中央发出了《关于调整和改进农村中党的基层组织设置的意见》。市委根据文件精神与全市的实际情况，按照党章的有关规定，逐步调整和改进农村中党的基层组织的设置并加强管理，使农村基层党组织更好地适应了改革开放、经济发展的新形势。1987年6月，市委印发《关于市委常委建立党的建设工作点的通知》，明确19个单位为市委常委党建工作点，到1989年，全市党建工作点共设置971个，其中县级179个、乡级775个，初步形成了党建工作点网络，推动了全市的基层党组织建设。基层党组织规范化建设的加强，有力推动了连云港市党组织的全面发展。1987年7月，中组部印发了赣榆县委抓农村基层党组织建设的经验材料，推广他们"围绕发展商品经济，加强农村基层领导班子建设"的经验。

1988年7月22—26日，中组部召开部分县（市）委书记座谈会，会议肯定了赣榆县“五个适应”的观点，即思想上、体制上、班子素质上、党员觉悟上和领导作风上都要适应经济建设的需要。1989年9月12—15日，省委召开全省党的建设工作会议，市变压器厂党委等5个先进党组织受到省委表彰。省委将连云港市《切实加强领导，把党的建设提到重要日程》的做法转发到全省各地，充分予以肯定。

3.以改善待遇为重点，全面改进知识分子工作

为全面落实知识分子政策，1984年，市委将“市知识分子联系小组”改建为“市落实知识分子政策小组”，小组下设办公室，制定了岗位责任制。各县和市区知识分子比较多、任务比较重的单位，都成立了分管副书记负责的落实知识分子政策小组，全市共有95个小组，由300多名干部组成。有的县直属单位和乡（镇）也成立了落实知识分子政策小组。从上到下形成了组织网络，通过一级抓一级，全市形成了齐抓共管、分工协作的局面。1984年1月，市委召开知识分子比较集中的40个单位的党委（总支）书记会议，研究全市党外民主人士政治安排和做好党派工作问题。1985年1月30日—2月2日，市委召开全市组织工作会议。就如何切实解决优秀知识分子“入党难”问题作了研究部署。1991年，市委知识分子工作领导小组成立，成员单位主要有市委办、市政府办、市委组织部、市委宣传部、市委统战部、市计委、市科委、市科协、市人事局、市文化局、市卫生局、市教育局、市财政局等13家单位。同年，市委印发《关于建立无党派知识分子工作联系对象的通知》，要求市直有关部门、高等院校及科研单位推荐上报无党派知识分子工作的联系对象。经综合筛选和反复协商后，初步确定72名无党派知识分子。同年9月，市各有关部门共配备非中共党员处级干部8名。

（二）在改革创新中全面推进党的建设新的伟大工程（1992—2002年）

党的十四大以后，连云港紧紧围绕解决好提高党的执政能力和领导水平、提高拒腐防变和抵御风险的能力这两大历史性课题，按照中央关于党的建设的总体部署要求，持续深入推进组织工作。

1.着力完善领导班子建设

邓小平南方谈话发表后，市委从适应加快改革开放和社会主义现代化建设需要出发，进一步加强领导班子建设。在班子调整配备上，向经济主管部门、外经外贸部门和港口地区、科技战线以及重点骨干企业、生产一线倾斜，提高领导班子经济工作的能力和水平。1993年，市、县（区）人大、政府、政协换届后，县区人大班子平均年龄52.9岁，比上一届下降了3岁，大专以上文化程度的由12人上升到17人；政府班子平均年龄45.6岁，比上届下降2.1岁，大专以上文化程度的由18人上升到22人；政协班子平均年龄53.4岁，比上届下降3.3岁。按照“总体稳定，适当调整，完善结构，提高素质，增强班子整体功能”的原则对市直单位领导班子进行了调整充实。1996年11月，市委提出进一步加强国有企业党建工作特别是企业领导班子建设，为加快国有企业的改革和发展提供更加有力的组织保证。1997年，按照中组部和省委组织部通知精神，全市组织实施国有企业领导班子考核工作，共考核市、县（区）属国有企业481个，涉及领导干部1939名。2001年，市委加强对企事业单位领导人员年度考核工作，共考核县属以上国有企业领导班子459个，领导干部1812名，考核事业单位领导班子879个，领导干部2085名。经考核，全市共调整县属以上国有企业领导班子160个，领导干部344名；调整事业单位领导班子205个，领导干部268名。通过考核调整，企事业单位领导班子成员整体素质得到提高。同年，市委制定全市“十五”干部教育培训规划，出台《县区干部教育培训工作目标管理百分考核办法》《县处级党政领导干部理论学习考核实施办法》，使领导干部述学、评学、考学更加制度化、规范化。

2.着力夯实基层组织建设

1992年，市委将农村基层党组织建设的着力点放在抓经济薄弱村、后进支部的整顿转化上，采取“局包村”“公司包村”的办法，工作上包转化升级，经济上包脱贫致富。各县（区）从村党支部班子的战斗力、农民人均收入和农民富裕程度、村级综合经济的强弱等几个方面，有针对性地采取措施，促进后进村党支部的整顿转化。同年，市委出台《关于进一步加强企业党建工作的意见》，提出坚持“四个同步”、抓好“四支队伍”的工作思路。

1995年，市委把整顿转化后进村党支部作为农村基层组织建设的突破口，按照“建班子、理路子、抓扶持”工作方法，至1996年全市共整顿后进村党支部713个，累计转化650个，占比91.2%。1997年开始，市委号召在市级机关中开展“三学、三讲、三树”活动，以加强思想政治建设全面推进机关党的建设。1998年，市委出台《全市农村基层组织建设三年规划》，整顿全市118个乡（镇、街道）党委（党工委）、2098个行政村党支部和村级组织，实现了中央提出的乡（镇）党委建设“六个好”和农村党支部建设“五个好”的工作目标。1999年，全市机关党建工作开展“三优三满意”活动，全面提高了机关工作人员的政治素质。1999年，市委认真落实市委书记带头、常委分工负责抓农村基层组织建设责任制。2002年，村委会换届选举，通过“双推直选”村支部书记、选拔优秀大中专毕业生和“经济能人”担任村干部等渠道，加强农村基层干部队伍建设，使农村基层党组织成为团结带领群众进行改革和建设的坚强战斗堡垒。

3.着力加强人才队伍建设

1994年11月，市委制定《关于实施科教兴市战略加快科技进步的若干措施》，提出积极推进高新技术产业园区建设、利用高新技术改造传统产业、实施跨世纪人才培养计划等24条措施。1997年12月，连云港市启动实施连云港市“521高层次人才培养工程”，以五年为一个培养周期，选拔培养中青年优秀人才。1998年1月，市委召开全市科技成果向生产力转化工作会议，表彰20个优秀项目和29名先进个人。1998—2000年，市委组织实施“521高层次人才培养工程”，评选出培养对象246人。一批培养对象脱颖而出，成长为各学术、技术领域的带头人和业务骨干，有力推动了全市高层次人才队伍建设工作。2001年，市委提出实施“521新世纪高层次人才培养工程”（简称“521二期工程”）。即到2005年，重点培养50名在科学技术领域贡献突出的市级知名专家；200名贡献较突出的市级学术技术带头人；1000名有发展潜力的市级知名专家和市级学术、技术带头人的后备力量。

（三）在推动科学发展中不断提高组织工作科学化水平（2002—2012年）

党的十六大以后，连云港紧紧围绕保持共产党员先进性和加强党的执政能力建设这一主线，以提高党的建设科学化水平和组织工作满意度为目标，持续选干部配班子、建队伍聚人才、抓基层打基础。

1.持续深化干部队伍建设

2002年，结合全市整治投资发展软环境活动，大力加强市直单位县处级领导班子思想作风建设，认真做好软环境民主测评的组织工作，对部分测评得分较低、平时信访件比较多的领导班子和领导干部进行谈心谈话。2003年，根据全市“发展项目大推进，服务环境大建设”的需要，经过多方联系和周密安排，成功举办首期赴新加坡WTO与招商引资培训班，开创了连云港市走出国门培训的先河，拓宽培训渠道和创新的培训形式。2004年，全市组织系统举报受理电话“12380”正式开通，主要受理反映违反《党政领导干部选拔任用工作条例》选人用人方面的问题，进一步加强群众对选人用人工作监督。2006年，市委下发《中共连云港市委常委会讨论干部任免事项投票表决办法（试行）》文件，实施领导班子集体决策重大事项议事规则。2008年，深入贯彻落实科学发展观和党的十七大精神以及省委的重要决策部署，在全市范围内组织开展新一轮解放思想大讨论活动。深入开展“科学发展型领导班子”创建活动，全面加强思想、组织、作风和制度建设，建设学习型、创新型、发展型、务实型、和谐型、廉洁型“六型”领导班子。2009年，制定出台《关于加强乡镇党委书记队伍建设的若干规定》，对乡镇党委书记的人选条件和要求、任用和配备、教育培训、考核监督、激励奖惩、后备队伍建设等作出明确具体的规定。2010年，市委实行《关于领导干部报告个人有关事项的规定》和《关于对配偶子女均已移居国（境）外的国家工作人员加强管理的暂行规定》，进一步强化对领导干部的管理和监督，促进领导干部廉洁从政。2011年，出台《党政领导干部“三责联审”办法》和《党政领导干部“三责联审”结果等级评定办法（试行）》，进一步加强对党政领导干部用人权、用编权和用财权等核心权力的监督和制约，促进党政领导干部全面正确履行职责。2012年，实施“三百引才工程”公开选拔市管领导干部，引进了一大批创新能力强、技术水平高、发展后劲足的复合型人才，人才队伍结构进一步优化，人才创新团队的整体水平和核心竞争力显著提升。

2.持续推动基层党建工作创新发展

2006年，市委成立连云港市农村党员干部现代远程教育领导小组，综合运用卫星、广电、互联网等现代科技手段，建成农村党员干部现代远程教育终端站点1540个。2007年，连云港市远程教育数字频道正式开播，拉开了大规模培训农村党员干部和农民群众的帷幕，全市“四网”“三站”“三库”组织信息化系统逐步建立起来。2008年制定《2008—2012年连云港市统筹城乡基层党建工作规划》，明确了五年的总体思路、实施步骤、分年度工作重点和推进措施，以统筹城乡基层党建为龙头，深入实施“统筹城乡基层党建、推动城乡发展一体化”工程，大力推动区域化党建，持续深化城乡联动式党建，打造全方位、立体式、网格化统筹城乡基层党建新格局。2009年，在全市深入开展“三争当三服务”活动，实施以“千个城市党组织联千村、千名专家教授科教兴千村、千名大学生村干部以及千名农村基础教育人才、千名医疗卫生人才、千名科技实用人才引进培养”为主要内容的“六千计划”，破解影响和制约农村发展的人才、技术、资金难题。同年，实施农村党员创新创业能力培养计划，开展“双扶双带、发展富民”党员经纪人示范基地创建帮扶等活动，不断提升农村党员干部致富本领。2011年，积极总结推广“产业化党建富民、区域化党建为民、网格化党建安民”基层党组织设置模式，突破乡镇、行政村限制，把支部建在产业链上、建在合作经济组织中、建在经纪人队伍里。2012年，市委深入开展领导干部下基层“三解三促”和大接访活动，创新开展以“市委常委联系县区、机关部门服务乡街、县区单位指导村居”为主要内容的联片指导行动计划，全市各级领导干部走访群众2万余次，解决实际难题2900余件，帮扶困难户1万余户。同年，以“全国优秀党务工作者”、灌南驻杭流动党委书记邵中国为原型，联合制作的首部农民工党建电影《七叔》全国公映。

3.持续建设高素质人才队伍

2003年，市委知识分子工作领导小组更名为市人才工作领导小组，成员单位有16家。2006年，市委组织部人才工作处成立，组织实施了“创新创业人才引进计划”“名校博士聚港城”活动、“百名专家科技兴百企”振兴工程等一系列举措。2007年，连云港市建立了专家和优秀人才年休假体检制度、专家慰问和联系制度，制定出台了“六大人才高峰”资助项目考核办法，进一步健全了专家激励机制，完善了资助项目及人才培养的考核机制。同年，创造性地推出“人才安置房”政策，首批拿出100套经济适用房作为人才安置房，以优惠价格提供给符合政策条件的各类人才申购，切实为在连云港市工作的人才提供良好的环境和待遇。2009年，市委出台《加快引进高层次人才实施办法》，对引进的院士、中青年专家等高层次人才提供最高60万元的安家补贴和最高8000元/月的生活补贴。同年，出台《关于实施创业创新领军人才集聚工程的意见》，启动“555工程”，即从海内外高校、科研院所、世界500强企业和国内知名企业，引进500名左右高层次创业创新人才，其中创业创新领军人才不少于50名。同时，设立每年2000万元的高层次人才引进专项资金，激发高层次人才的创业创新热情，全力打造“长三角北翼人才高地”。

（四）在践行党的组织路线中不断谱写组织工作新篇章（2012年至今）

党的十八大以来，连云港坚持以习近平新时代中国特色社会主义思想为指导，深刻领会习近平总书记关于党的建设的重要思想，深入落实新时代党的建设总要求和新时代党的组织路线，持续锻强骨干队伍、激活人才力量、健全组织体系、发挥党员作用，为谱写“强富美高”新港城现代化建设新篇章提供坚强组织保证。

1.大力培养造就忠诚干净担当的执政骨干

2013年，先后选派68名干部到国家部委、省级机关和苏南发达园区挂职，动态保持200名干部在重点项目、重大工程、重要事项一线帮助工作。2014年，创新开展“一带一路”沿线城市互派干部双向挂职，先后选派26名干部赴“一带一路”沿线9省14市挂职，接收外市16名干部来连挂职。2015年，制定出台《市管干部选拔任用工作五个环节操作办法》，对动议、民主推荐、考察、讨论决定、任职等五个环节操作流程进行规范，并辅助设计了《干部选拔任用工作流程图》。2016年，研究制定《推进干部“能上能下”实施办法》，加大治庸、治懒、治散力度，对政治上不守规矩、廉洁上不干净、工作上不作为不担当或工作能力不够、作风上不实在的干部及时进行组织处理。2017年，贯彻落实省委组织部“789”青年干部培养计划，做好青年干部的供给侧改革，提出连云港市“662”青年干部培养选拔行动计划，研究出台《关于进一步加强青年干部培养选拔工作的实施意见》，推行年轻干部选配专项预审，鼓励各县区实施年轻干部专项遴选。2018年，市委下发实施《连云港市党政干部鼓励激励实施细则（试行）》《连云港市容错纠错机制实施办法（试行）》《连云港市推进党政领导干部能上能下实施细则（试行）》“三项机制”，旗帜鲜明为干部担当作为撑腰鼓劲。2019年，根据机构改革方案，围绕新组建、重新组建、职能优化和划转以及其他部门开展岗位分析，完成14家重点部门和18家非重点部门转隶组建布置工作，将41家单位235名干部宣布、送任到位，高质量完成市级机构改革工作。本次机构改革中，市公务员局划入市委组织部，对外保留市公务员局牌子，公务员职务与职级并行制度实施工作全面开展，建立职级序列，畅通职级晋升通道，拓展职级晋升空间，促进公务员立足本职安心工作。2020年，创新开展生态副县长和省派干部赴连云港自贸片区挂职等工作，先后协调省生态环境厅、省财政厅、南京海关等选派4批次15名干部来连云港市挂职，有效推动连云港市生态环境改善、自贸片区建设，为全市高质量发展注入动能。同年，《连云港市公务员调任实施办法》出台印发，为机关干部队伍引进专业型人才拓宽了渠道，畅通了“三支队伍”交流，推动干部资源优化配置。2021年，整合抗日山、开山岛等本土红色资源，串珠成链、升级打造“山海守望·初心之旅”党性实践教育路线。同年，中国（江苏）自由贸易试验区连云港片区连云管理办公室公开招聘2名聘任制公务员，为低替代性高层次人才引进开辟了新通道。2022年，制定出台《关于对乡镇党政正职实施“政治激励、工作激励、感情激励”的十条措施》，用便捷有效的举措增加乡镇党政正职岗位的吸引力，把更多优秀干部留在乡镇，为乡村振兴汇聚强大干部资源。2023年，印发《连云港市进一步激励广大干部在推动高质量发展中担当作为工作举措》，细化20条具体措施，推动风险报备、容错纠错、审慎问责、澄清正名等机制实质化运行。同年，启动实施“山海新锋”“国企新锋”“兴农新锋”三大专项培训行动，打破干部部门化，将来自机关、企事业单位、乡镇村社的2700人纳入“新锋”系列培训，其中“山海新锋”着力培养服务、科创、强基三类干部人才，“国企新锋”聚焦企业家、业务骨干和后备力量培育，“兴农新锋”侧重乡村振兴“新农人”培树。2024年，设立“港城大讲堂”，面向市县乡党政领导班子成员，将市委、市政府中心工作作为主攻点，聚焦六大主导产业、十大重点产业链，邀请顶级专家学者、领导干部授课。

2.不断严密上下贯通、执行有力的组织体系

2012年，开展基层党组织书记全面小康“三诺”活动，全市83个乡镇党委、1427个村党组织层层签订责任状，推动基层党组织争创全面小康示范乡（镇）、村（居）。制定下发了《关于试行社区“大党委制”的实施意见》，将社区内的新经济社会组织和驻区单位党组织全部纳入社区大党委。2013年，完成1661个村（社区）的党组织换届，建立抓基层党建工作新机制，在基层党组织中实行“星级化”管理、对村书记实施“职业化”培养。2014年，在全市范围内建立党员干部现代远程教育“固定学习日”制度，进一步深化学用工作，增强教育实效，构建起“服务型”远程教育新格局。2015年，在全省率先分层分类建立各级书记和组织部长党建责任清单，构建起“5+3”党建责任落实体系。在全市推行“一委三会四平台”党建工作新模式，着力构建以社区党委为核心、驻区单位广泛参与的区域化大党建工作新格局。同年，深入实施“推进小康惠民生”“固本强基优服务”行动，成立大学生村官创业学院，培训大学生村官400余人。2017年，开展富民党建“六百行动计划”，发挥党建强村富民领航领路作用。探索建立12大类300余个功能型党组织，形成以街巷、小区、商圈、楼宇、专业市场等治理网格为单位，各类功能型党组织嵌入的组织设置模式，推动党组织网格与街道社区治理网格融为一体。2018年，实施基层党建“堡垒工程”，新建、改扩建村（社区）党群服务中心252个，公开选拔450人。出台《村社干部行为对照负面清单》，开展村级班子综合分析研判，清理不合格不胜任村书记236人，劝退村委会主任52人，清理“空挂”成员500余人。2019年，认真贯彻落实《新时代江苏基层党建“五聚焦五落实”三年行动计划（2019—2021年）》，出台《关于进一步加强新时代乡镇（街道）组织工作的实施意见》，狠抓组织体系建设、基层干部队伍建设、党员队伍建设、人才队伍建设，全市村社书记主任“一肩挑”比例从9%跃升至81%。连云港市被中央组织部确定为城市基

层党建工作示范市。2020年，市委组织部以基层党建“堡垒工程”为抓手，推进“五聚焦五落实”三年行动计划，出台“党建引领、富民兴村”9条措施，开展“四清”专项行动，带动村集体经营性收入增加3亿元、村均增收20.9万元。2021年，围绕庆祝中国共产党成立100周年，开展“我心向党、永远跟党走”“光荣在党50年”纪念章颁发等活动。权太琦被表彰为全国优秀共产党员，钟佰均被表彰为全国优秀党务工作者，江苏康缘集团有限公司党委被表彰为全国先进基层党组织。2022年，全面推行村书记专业化管理，出台《关于激励村党组织书记干事创业的若干措施》，设立“三奖一补”，市县两级发放奖励资金344万元。2023年，试点从优秀村社书记中选聘乡镇（街道）事业单位人员，打通晋升渠道。出台《关于落实“强帮促”措施扎实开展经济薄弱村提升行动的工作方案》，建立“十包一”组团式结对帮扶机制，全市村集体经营性收入13亿元，村均87万元，较上一年度增长22%。同年，强化社区物业党建联建，在全省首创小区“一站六员”服务机制，全面推行“小区议事日”，全市建成小区党群服务站569个。2024年，认真落实省委对基层党建工作“强功能、扬优势、补短板”要求，研究制定

▲ 全国优秀党务工作者钟佰均（左一） 市委组织部供

《连云港市基层党建“山海红韵”系列行动实施方案》，全面抓实抓牢“组织、队伍、活动、制度、保障”五个方面基本建设。

3.全方位培养引进用好人才

2013年，市委、市政府印发《连云港市中长期人才发展规划纲要（2012—2020年）》，发布《关于加快建设人才强市的意见》《关于建立市领导联系高层次人才制度的意见》《关于建立“高层次人才服务金卡”制度的意见》，引导各类高层次人才向连云港集聚。2014年，印发《连云港市人才公寓管理暂行办法》，面向全市引进的各类人才提供人才公寓保障。举办连云港市首届海外人才创业大赛暨专家服务沿海开发行动计划等“双创英才

▲ 2024连云港市“人才日”暨大学生毕业季活动现场　市委组织部供

聚港城”系列活动，吸引优秀人才来连创业发展。2015年，印发《关于进一步加强党管人才工作的实施意见》，进一步加强党管人才工作。同年，制定出台《连云港市“海燕计划”实施办法》，完善了全市留学人员服务体系，吸引和激励留学人员来连开展各类科技创新活动。为深入实施“创新驱动，人才立市”战略，2016年起，连云港市组织实施“港城英才计划”，入选人才可享受资金支持、项目推荐、配套服务等措施，助力推进“一带一路”交汇点核心区建设。2017年，市委印发《关于鼓励和支持人才创新创业的若干政策意见》，大力破除束缚人才发展的思想观念和体制机制障碍，全面推进国家创新型试点城市建设。2018年，《连云港市“花果山英才计划”实施办法》《连云港市人才分类评价办法（试行）》《连云港市人才安居办法（试行）》《连云港市高层次人才服务办法（试行）》《连云港市人才发展专项资金管理办法》《关于加强乡土人才队伍建设推进乡村振兴的意见》《连云港市企业高端人才贡献奖励暂行办法》等系列政策相继出台，逐步建立起连云港市“1+N”人才政策体系。2019年，出台《关于深化乡土人才发展助推乡村振兴的若干措施》，实施“智汇港城·才富乡村”行动，为全市乡村振兴战略提供坚强的人才保障。举办首届“花果山英才双创周”品牌活动，全面推介连云港市人才政策、产业平台和创新创业环境，充分展现连云港市求贤若渴、敬才爱才的满满诚意。2020年，以“五坚持五提升”人才工作体系为统揽，实施园区人才“十个一工程”，增强园区汇聚人才、聚力创新、发展产业的主阵地作用，推动产业高质量发展。出台《连云港市“花果山英才卡”管理服务办法（试行）》，进一步完善高层次人才服务长效机制，营造有利于人才创新创业的良好生态。2021年，市委印发《关于推动“党建引领、惠才强企”的八条措施（试行）》，同年《连云港市“产才融合、双链驱动”实施方案》出台，以全市10条重点产业链为基础，对应构建10条人才链，深化产才融合发展。2022年，市委人才工作会议召开，提出打造“一带一路”区域人才中心和创新高地总目标。市委人才工作领导小组成立，制定出台2.0版人才新政，形成以花果山英才计划为统揽的“1+6”人才政策体系，推动成立医药创投基金和人才创业投资基金，大力推进人才“聚连、回连、留连”等专项行动，丰富完善居、业、学、医“四个无忧”服务包。2023年，出台《关于强化招才引智推进高质量“双招双引”的八条措施》《连云港市深化产才融合助力高质量发展的若干措施》等政策，开展人才工作“书记项目”评审，实施“百企千才”支持计划，坚持不拘一格降人才。2024年，市委、市政府首次将5月21日设立为连云港市“人才日”，举办“5·21我爱你多一点”2024连云港市“人才日”暨大学生毕业季活动，以最大诚意礼遇人才，让人才与城市“双向奔赴”。出台《市级高层次人才事业编制“周转池”实施办法》，用于引进重点产业发展急需紧缺的高层次人才，实行专编专用、动态调整，切实激发人才创新创造活力。截至2023年底，全市人才资源总量达98.3万人，较十三五末84.9万人增加13.4万人，年均增长5%。其中，高层次人才（硕士或副高以上）总量5.8万人，较十三五末5.1万人增加0.7万人，年均增长4%。

二、主要成就

40年来，经过全市各级党组织和广大党员干部的共同努力，干部队伍整体素质不断提升，组织体系建设不断深化，人才创新活力不断迸发，全市党的建设和组织工作实践取得明显成效。

（一）坚持政治统领、思想引领，党的政治建设更加坚强有力

政治建设是党的根本性建设，决定党的建设方向和效果。40年来，连云港始终把政治建设摆在首位来抓，注重融入日常、融进实践，推动各项工作都有好的政治导向、政治影响、政治效果。一方面，党的创新理论武装持续深化。按照党中央集中统一部署，连云港针对不同时期中心任务和党员队伍建设实际，牢牢抓住思想教育这个根本，持续开展“三讲”教育、保持共产党员先进性教育、深入学习实践科学发展观活动、创造争优活动等党内集中教育。特别是党的十八大以来，连云港始终坚持不懈用习近平新时代中国特色社会主义思想凝心铸魂，连续组织开展党的群众路线教育实践活动、“三严三实”专题教育、“两学一做”学习教育、“不忘初心、牢记使命”主题教育、党史学习教育、学习贯彻习近平新时代中国特色社会主义思想主题教育、党纪学习教育等，深入实施党员干部大规模培训轮训，有效推动党员干部把党的创新理论转化为推进现代化建设的实践力量。另一方面，

党员干部政治历练和政治监督持续强化。坚持把旗帜鲜明讲政治要求贯穿组织工作全过程各方面，选人用人突出政治把关，教育培训突出政治训练，干部管理突出政治监督，基层党建突出政治功能，人才工作突出政治引领。特别是党的十八大以来，始终把坚定拥护“两个确立”、坚决做到“两个维护”作为组织工作的根本政治责任，细化干部政治素质考察实施办法及配套制度，持续推动政治生活常态督查、制度落实专项检查、政治体检集中核查“三项联查”，广大党员干部更加深刻领悟“两个确立”的决定性意义，更加坚定自觉做到“两个维护”。

（二）坚持事业为上、选贤任能，干部队伍更加敢为有为

党的干部是党和国家事业发展的中坚力量。40年来，连云港市委坚持把选优配强各级领导班子作为服务事业发展全局的重要途径，大力推进干部队伍建设。一是领导班子和干部队伍结构持续优化。坚持围绕事业发展需要，结合领导班子集中换届、干部日常调整，不断加大培养选拔优秀年轻干部，统筹抓好女干部、党外干部配备力度，领导班子功能结构不断优化。截至2023年年底，全市市直单位和县区市管干部平均年龄分别为52.2岁和48.2岁。二是干部教育培训体系逐步完善。紧紧围绕全市发展大局，聚焦党的创新理论武装、党性教育、履职能力培训，建立完善健全训前需求排查、训中跟班考察、训后评估调查工作机制，整合抗日山、开山岛等教育资源，升级打造“山海守望，初心之旅”党性教育品牌，面向领导干部等“关键少数”实施“港城大讲堂”专项培训，积极推动领导干部上讲台，切实打造了一批优质培训平台、核心培训班次。三是选人用人环境明显优化。坚持党管干部原则，坚决贯彻“信念坚定、为民服务、勤政务实、敢于担当、清正廉洁”好干部20字标准，严格执行《党政领导干部选拔任用工作条例》，强化党组织的领导和把关作用，大力培养选拔优秀年轻干部，建立健全公务员职务与职级并行制度，从严监督管理干部，着力激励干部担当作为，进一步优化了选人用人环境，风清气正的政治生态得到巩固和发展。

（三）坚持大抓基层、重抓基础，基层堡垒更加坚实坚固

基层党组织和党员队伍是党的执政之基、力量之源。40年来，连云港市坚持把抓基层打基础作为长远之计和固本之策，不断攻坚重点、攻克难点，努力把每个基层党组织建设成为有效实现党的领导的坚强战斗堡垒。一是基层组织体系更加健全。牢固树立大抓基层的鲜明导向，建立完善党建工作领导小组，完善党建工作例会、联席会议等制度，建立市级党员领导干部党建联系点、示范点，调整成立机关工委、国资委、教育工委、“两新”工委等，分领域指导推进农村、社区、国有企业、机关、学校、医院、新经济组织和新社会组织党建工作，党的组织覆盖和工作覆盖得到大幅拓展延伸。截至2023年年底，全市共有基层党组织14674个。二是党员队伍建设更加严实。坚持把政治标准摆在首位，将其贯穿到党员队伍建设全过程各环节，扎实做好党员发展工作，从严落实政治审查制度、发展党员履职资格认定办法，严肃推进不合格党员处置工作，加强和改进流动党员教育管理，切实增强了党员队伍先进性和纯洁性。截至2023年年底，全市共有党员28.9万名，其中，女党员7.4万名，占25.6%；35岁及以下党员6.2万名，占21.5%；大专及以上学历党员14.6万名，占50.5%。三是基层党组织和党员作用发挥更加充分。坚持围绕中心、服务大局，积极搭建日常发挥作用的有效平台，探索党员在完成重大任务、应对突发事件中发挥作用的有效机制，持续深化党旗飘在一线、堡垒筑在一线、党员冲在一线行动，在脱贫攻坚、乡村振兴、疫情防控等重大斗争重大任务一线，基层党组织战斗堡垒作用和党员先锋模范作用得到充分发挥。

（四）坚持以产聚才、以才兴产，人才工作更加高质高效

培养造就大批德才兼备的高素质人才，是国家和民族长远发展大计。随着对外开放步伐的不断扩大和产业经济的不断发展，连云港对人才的需求也在不断提高。40年来，连云港深入实施人才强市战略，坚持人才与项目同步招引、产业与平台同步壮大、政策与服务同步发力，充分激发人才创新创造活力，为全市经济社会发展提供了有力人才支撑。一是组织领导不断健全。严格落实党管人才职责，市县两级分别建立人才工作领导小组，完善人才工作联席会议和领导干部联系人才等制度，有效构建起“党委统一领导，组织部门牵头抓总，成员单位各司其职、密切配合，社会力量广泛参与”的人才工作格局。二是产才融合不断发展。围绕全市产业和事业发展需要，建立完善招商与招才相融合、引资与引智相衔接的工作机制，把

▲ 2023年11月8日，连云港市2023（第五届）花果山英才双创周活动现场
市委组织部供

人才工作嵌入项目招引全过程，积极对接高层次人才、创新创业人才，不断推动人才链、产业链、创新链的有效衔接。三是人才平台不断壮大。积极构建龙头企业牵头、高校院所支撑、创新主体相互协同的人才攻关联合体，鼓励支持企业设立研究中心，推动市县两级在发达地区设立市级离岸孵化基地，有效发挥了人才与平台相互支撑、双向驱动作用。四是人才服务不断优化。坚持发挥好组织部门"人才之家"作用，深入开展"爱国·奋斗·奉献"精神主题教育，举办高层次人才国情研修班，健全人才荣誉激励制度，完善"租购补"并举人才安居体系，积极营造拴心留人良好环境。截至2023年年底，全市人才资源总量达98.3万人，年均增长5.3%，全市高层次人才（硕士或副高以上）总量5.7万人，年均增长4%。

三、经验启示

历史中蕴藏着走向未来的答案。40年来组织工作在不断深化不断发展的过程中，也蕴含着很多经验启示。

（一）必须坚持政治统领、思想引领，始终确保组织工作沿着正确方向前进

中国共产党领导是中国特色社会主义最本质的特征，是中国特色社会主义制度的最大优势。组织部门是管党治党的重要职能部门，必须始终把坚持和加强党中央集中统一领导作为最高原则，坚持不懈用习近平新时代中国特色社会主义思想凝心铸魂，注重将加强党的领导的要求具体化，落实到党的组织建设实践之中，选人用人突出政治把关，教育培训突出政治训练，干部管理突出政治监督，基层党建突出政治功能，人才工作突出政治引领，教育引导广大党员干部深刻领悟“两个确立”的决定性意义，增强“四个意识”、坚定“四个自信”、做到“两个维护”。

（二）必须坚持围绕中心、服务大局，始终坚持组织路线服务政治路线

围绕中心、服务大局是组织部门的优良传统，也是组织工作的使命所系、价值所在。40年来，市委组织部始终紧扣事业发展选干部配班子，立足创新驱动聚人才建队伍，聚焦发展稳定抓基层打基础，为推动全市各项重大决策部署提供了坚强组织保证。在强国建设、民族复兴的新征程上，组织工作必须全力以赴建强组织、配强班子、用好干部、盘活人才，把广大党员、干部和各方面人才有效组织起来，把广大人民群众广泛凝聚起来，切实以高质量党建促进高质量发展，更好地在新时代新征程中担当使命、体现价值。

（三）必须坚持守正创新、真抓实干，始终与时俱进推动组织工作创新发展

守正创新是贯彻党的思想路线的内在要求，也是组织工作必须秉持的科学理念。站在新的历史起点上，必须科学把握组织工作面临的新形势、新任务、新特点，在始终坚守根本性的大原则、大道理的基础上，保持思想敏锐性和开放度，坚决克服因循守旧、墨守成规的惯性思维，把改革精神、争先状态有机嵌入组织工作，在制度创新、载体求新、品牌出新上下功夫，着力推动组织工作蹄疾步稳、行稳致远。

作风建设

40年来，特别是党的十八大以来，市委认真学习贯彻习近平总书记关于作风建设重要指示精神，聚焦关键问题、创新工作举措，推动全市各级党组织立足全局，深刻领会加强改进工作作风的重要意义，强化责任担当，细化工作举措，真正把扎扎实实踏踏实实的工作作风切实转化为推动工作的新思路、好举措，为谱写“强富美高”新港城现代化建设新篇章提供坚强保障。

一、发展历程

（一）作风建设的完善提升阶段（1984—2012年）

党的十一届三中全会后，党的作风建设重新步入正轨。按照中央和省委的统一部署，1983年，市委有计划有步骤地开展了整党工作。在完成新海区和市教育局机关两个试点后，连云港市按照“自上而下、分批展开”的原则，分三批进行整党：第一批为港务局、盐业公司、建港指挥部等市直机关及部分省部属驻连单位，从1985年3月开始到7月底结束；第二批为县（区）直机关和市直属县团级单位以及组织关系在连云港市的其他企事业单位，从1985年6月开始到12月底结束；其他所有的城乡基层党组织的整党，都列为第三批，从1986年1月开始到1987年3月底结束。通过整党，全市党员的思想政治素质和党性觉悟明显得到增强。

从1984年起，全市各级党组织每年都组织开展一次全市性党风大检查活动。1986年2月，市委出台《关于在各级党委中建立抓党风责任制的规定》，要求在全市范围建立各级党委党风责任制，之后又相继建立健全了党内民主生活会制、党风检查制、党风联络员制、干部述职考评制、群众民主评议干部制、领导干部接待群众来信来访制等规章制度。

1989年8月，市委制定《关于近期做几件群众关心的实事的决定》，坚决制止机关办公司、以权谋私、领导干部子女经商等问题。1990年，市委着手清理干部违纪建房、购房和超标准装修住房问题。另外，市委还根据上级要求和连云港市实际情况，狠刹了党政机关更换、购买进口汽车，公费旅游、私用公车等不正之风，对端正党风和社会风气起到了良好的促进作用。

1994年，市委制发《关于调整本市人员因公临时出国（境）审批管理的实施办法》《关于因公护照管理的暂行规定》，至1995年3月，全市共收缴金额34万余元。从1994—2002年，市委出台《关于对我市有关党政部门所办经济实体撤销、划转、变更法人代表人的决定》，多次开展纠风活动和专项治理行动，对违规购车、用车，公款宴请，违规建房、分房、买房等问题进行了整治。

2002年5月，连云港市开办《行风热线》节目，组织与群众生活密切相关的22个政府部门和窗口服务行业的主要负责人，每月定期轮流走进直播室，通过接听热线电话，现场解答群众提问，受理群众投诉。此后，这项工作不断深入，逐步建成政府公共服务热线平台，形成政风行风热线电话、电视、网络、报纸“四位一体”运行模式，实现了“四级便民服务网”全覆盖，畅通了群众的诉求渠道。至2012年，12345政府服务热线工作实现市县全覆盖，接听各类来电56万余件，办结54万余件，群众满意率达96.7%。

这一时期，市委还将纠风重点放在教育、医疗和农村领域，常态化开展专项治理工作。2009年，连云港市下发《关于在全市开展农村党风廉政建设“三级联建”活动的实施意见》，将党风廉政建设责任制向农村基层延伸。

（二）作风建设的创新强化阶段（2012年至今）

2012年12月，党中央通过“八项规定”规范领导干部的工作作风和生活作风，开启了党在新时代的作风建设新征程。市委坚决执行中央“八项规定”和省委“十项规定”要求，制订出台市委二十条实施办法和十项制度规定，完善领导干部“三解三促”“五挂钩”等工作机制，进一步密切与基层群众的沟通联系，解决了一批群众反映的突出问题。

这段时期，市委先后制定出台《加强对党员干部作风建设情况监督检查的办法》《党风廉政建设责任制量化检查考核办法》《党政机关工作人员问责暂行办法》《领导干部不作为慢作为乱作为问责暂行办法》《党政机关问责办法和容错纠错办法》等多项新规，集中开展以“五治”为主要内容的作风整顿活动，“舌尖上的浪费”“车轮上的腐败”“会所中的歪风”等得到有效遏制。加大通报曝光力度，通报多起违反中央八项规定精神和群众身边的腐败问题。2016年，随着纪委“三转”要求的落实，市级机关作风建设

▲ 2018年10月25日，连云港市市级机关“作风聚焦”专题节目录制现场　市广电台供

工作由市委市级机关工委承担。

2018年，连云港市把“高质发展、后发先至”作为统领全市新一轮发展的主题主线，市委组织开展以“高质发展、后发先至，我该怎么做”为主题的学习大讨论，要求机关各级党组织创新载体，采取多种形式深入传达学习会议精神，组织所属党员干部原原本本学习会议领导讲话和印发的文件，特别是市委常委会会议和全市目标绩效管理总结部署会议有关精神。要求广大党员、干部围绕市委、市政府“高质发展、后发先至”三年行动计划的精神要求，正视连云港发展面临的现实形势和现实差距，对照先进，寻标找差，提标争优，创标创新，充分领会市委关于工作作风的“四实四干”要求，把作风建设着眼点聚焦到坚持服务和保障经济建设这个中心。

以“聚焦机关作风、推动四实四干，回应社会关切、解除群众烦难”为主旨，以“不作秀、不推责，直面问题、勇于担当”为主基调，市纪委监委、市委市级机关工委联合举办市级机关“作风聚焦”电视专题节目，紧盯群众反映强烈的热点难点问题，把帮助群众解决实际问题作为着力点和立足点，从市委书记信箱、市长信箱、市12345民生热线、市纪委监委信访举报以及媒体曝光的热点、难点问题切入，进行深入查找问题线索，通过主持人现场辣味直问，要求部门负责人逐条进行回应，不得“兜圈子、说空话”，给群众实实在在的答复。针对查实的问题，要求被聚焦部门压实责任，及时制定整改方案，照单销号并做好举一反三，及时完善相关制度规范，推动面上问题得到有效改观。截至2021年5月，共录制、播出节目8期，环保、城管、城建、自然资源规划、卫生健康、市场监管等部门先后上台接受聚焦，累计曝光27大类121个问题，相关工作荣获江苏省纪委、监委廉洁文化实践探索最高奖——十佳成果奖。

在此基础上，市委合理制定督查计划，找准重点进行督查，做到督查一次，通报一批，震慑一片。强化节假日期间值班、防火、消防情况督查，做到机关、县区、乡镇全覆盖，确保无死角、无漏洞。开展全市党政机关公务用车管理使用、垃圾分类及控烟工作的专项督查，推动相关专项工作得到有效推进。按照“不忘初心、牢记使命”主题教育和综合考核工作相关要求，对市级机关形式主义、官僚主义问题进行多轮排查。根据省市委关于形式主义、官僚主义整治相关要求，赴相关县区、功能板块及企业、乡镇、街道、社区进行实地走访，及时了解相关部门在办文、办会、部门督查及考核评比等方面相关情况，推动形式主义、官僚主义整治工作在基层落到实处。围绕群众最关心、最直接、最现实的利益问题，重点加强对窗口单位政务服务情况督查。

充分发挥考核的指挥棒作用，推动考核成为衡量和推动机关作风建设的重要依据。依据平时掌握的情况，对纳入绩效考核的单位窗口服务、工作纪律、会风情况、投诉处理、民生热线办理等不达标情形进行严格倒扣分，不唯台账、不唯汇报，推动作风绩效考核实现了差别化评分，切实将市委对作风建设的相关要求积极融入考核之中。通过采取企业评议、公众评议、机关评议的办法，邀请全市大、中、小微企业代表、社会公众、机关党员代表，以不记名填写评议表的方式直接评价机关作风。计分方式侧重服务全市营商环境改善，加大企业评议计分权重，评议表上除了设置“满意”“较为满意”“基本满意”“不太满意”“不了解”等基础评价项以外，对评价“不太满意”的，增设“精神不振、思路不清、标准不高、作风不实、能力不足、自律不严、正气不够”等具体选项，为强化整改找准病因。

为加快实现连云港新时代的“后发先至”，连云港市把2022年明确为“优化营商环境攻坚年”。市委市级机关工委以党建引领“转作风、提效能、树形象”活动作为作风建设主要抓手，逐年开展、稳步推进，品牌影响力不断壮大。2022年，连云港市出台《党建引领“转作风、提效能、树形象”活动实施意见》，层层分解目标任务，明确“任务书”“路线图”。市委领导召开专题会议研究部署，厘清职责清单，推动各单位各部门责任靠身、担责尽责。市委市级机关工委对照营商环境实施细则，把作风建设与业务工作进行有效融合，注重实绩实效，制定下发“转、提、树”活动的重点工作（事项），进一步细化量化目标任务，全力确保工作不走过场、不流形式。市级机关主动梳理查找“庸、懒、散、拖”问题462条，形成问题清单对账销号，为作风监督、整改提升找准攻坚方向。

为巩固提升作风建设成效，将2023年作为党建引领“转、提、树”活动深化之年，市委市级机关工委印发《关于进一步深化党建引领“转作风、提效能、树形象”活动的通知》及《关于进一步深化党建引领“转、提、树”活动工作（事项）清单》，明确在推动作风转变上持续用力、在优化机关服务上提升标杆、在服务项目建设上主动作为、在强责任聚合力上当好示范、在重学习展作为上勇进先行等五个方面主要措施，细化10条深化任务，确保活动推动有抓手、落实有目标。在市主流媒体设立市级机关作风建设投诉举报热线，投放固屏投诉热线字幕，受理群众投诉，接受群众监督。要求市级机关各单位在设立作风建设意见箱或投诉举报站（台）基础上，直接面向群众和市场主体的部门单位开通24小时投诉举报咨询热线，并通过网站、公众号或宣传栏等向社会公布。先后就市场监管服务、工程建设项目审批、港口作业效率提升、小区周边违建查处等方面共168个问题，向26家单位发出交办单，以务实举措回应群众和市场主体诉求，帮助解决实际困难。

二、主要成就

（一）作风建设满意度稳步上升

全市各级党组织认真履行管党治党主体责任，坚持将党建工作、作风建设与中心工作一起谋划、一起部署、一起考核。从投诉受理情况看，2021—2023年，市12345政府服务热线每年收到市级机关作风投诉数量逐年下降，2023年市级机关作风投诉占诉求总数的比重较2021年下降2.94个百分点；从调研收到的问卷看，对市级机关作风建设的总体评价为“非常好”和“较好”的占92.73%，评价为“一般”的占6.69%，评价为“不好”的仅占0.58%，认为市级机关党建引领“转作风、提效能、树形象”活动“成效明显”的占79.34%。

（二）服务效能全面提升

全市各级机关深入查找问题短板，制定整改措施，最大程度破除体制机制障碍和各种不合理门槛限制，全社会办事创业的便利度得到有效提升。各窗口单位组织开展领导干部“走流程”专项行动，通过陪同办、亲身办的现场体验，查找窗口服务流程、业务操作过程中存在的困难和问题，进一步优化办事流程、提高办事效率。市各有关单位加快深化“一件事”集成改革，企业开办、简易注销、就业登记、退休、新生儿出生、尊老金申报、公租房申请等多项“一件事”在全市推广应用。“信用+综合查一次”政府监管模式入选全国典型案例，“不对应审批”改革走在全国前列，不动产登记营商考核在全省实现较大进位，全市营商环境整体水平有了新提升。“综合查一次”监管成效持续巩固，涉企突出问题得到依法整治，“连心城、贴心港”营商环境品牌影响力日渐壮大。

（三）服务中心工作格局全面形成

全市上下牢记习近平总书记对连云港“后发先至”殷殷嘱托，坚定不移贯彻新发展理念，切实增强作风建设紧迫感，一着不让紧紧抓牢经济社会发展中心工作，以更大决心打好攻坚战、推动大突破。全市各级党组织全力支持和鼓励“干部敢为、地方敢闯、企业敢干、群众敢首创”，不断汇聚起创新创业创造的磅礴力量。2023年，首届中欧班列国际合作论坛在连云港举办，习近平总书记专门发来重要贺信，在第三届“一带一路”国际合作高峰论坛上，总书记宣布中国支持高质量共建“一带一路”八项行动，又把“加快推动中欧班列高质量发展”“办好中欧班列国际合作论坛”作为其中的重要内容，全市干群感到特别温暖、特别振奋、特别受鼓舞！连云港市以贯彻落实总书记对江苏、对连云港工作重要讲话重要指示精神为主线，知重负重、砥砺拼搏，奋力推进中国式现代化连云港新实践，改革发展稳定和党的建设各项工作取得新的成绩。万亿级石化产业集群加速崛起、年产值突破2000亿元，新医药产业稳健发展，新能源、新材料、高端装备制造业攀高向强，粮食总产连续十二年保持在35亿公斤以上，获批全省唯一一个国家级沿海渔港经济区试点，电商网络零售额突破1100亿元。

三、经验启示

（一）强化作风建设，必须始终强化理论武装

党关于作风建设的重要思想，是在革命、建设和改革历史实践正反两方面的经验教训中形成并深化发展的，加强党的作风建设必须认真学习贯彻这些重要思想，及时武装党员、干部头脑，提高党员、干部对党的作风建设极端重要性的认识。历史经验告诉我们，强化作风建设必须把集中学习党的创新理论作为首要任务，通过理论武装促进党员、干部统一思想、改正错误、树立形象、增进团结；必须把学习贯彻习近平新时代中国特色社会主义思想作为头等大事，学思践悟、入脑入心，以坚定的理想信念筑牢作风建设之基。

（二）强化作风建设，必须始终坚持人民至上、维护群众根本利益

加强党的作风建设，核心问题是保持党同人民群众的血肉联系。党来自人民，植根于人民，血脉在人民，力量也在人民，人民群众是党的力量源泉和胜利之本。回望过往的奋斗路，改革开放以来中国特色社会主义建设举世瞩目的成就，特别是全面建成小康社会取得伟大历史性成就，脱贫攻坚战取得全面胜利，都是党团结带领中国人民负重前行、艰苦奋斗取得的。作风建设必须坚持人民至上，牢固树立全心全意为人民服务的宗旨意识，始终践行党的群众路线，着力解决人民群众最关心最直接最现实的利益问题。

（三）强化作风建设，必须始终坚持问题导向、抓常抓细抓长

问题是时代的声音。加强作风建设，必须坚持问题导向，精准靶向治疗，推动整改落实。通过一次次的改作风转作风，党在长期实践中形成了理论联系实际、密切联系群众、批评和自我批评的优良作风。然而，形成优良作风不可能一劳永逸，克服不良作风也不可能一蹴而就，作风建设具有长期性、复杂性、艰巨性。作风建设重在抓常抓细抓长，经常抓、见常态，深入抓、见实招，持久抓、见长效。实践证明，作风建设只有持之以恒、锲而不舍、久久为功，才能有效防止虎头蛇尾、不良风气反弹回潮。

（四）强化作风建设，必须始终坚持建章立制、狠抓执行

制度更带有根本性、全局性、稳定性和长期性。制度问题不解决，作风问题也很难解决。治本就是要建立完备系统、科学有效的作风建设制度体系，使改进作风有评价标准、有行为准则、有环境氛围。经过长期的实践探索，市委常态化开展党建引领“转作风、提效能、树形象”活动，推动机关作风建设制度化、规范化、常态化。实践证明，只有加强制度建设并狠抓执行，对违规行为做到“零容忍”，发现一个查处一个，决不姑息，作风建设才能长久长效，真正实现机关作风焕然一新。

纪律建设

40年来，连云港市紧紧围绕中央和省委决策部署，坚定不移加强党的纪律建设，为全市经济社会发展保驾护航。党的十八大以来，连云港市深学细悟、坚决贯彻习近平总书记关于加强党的纪律建设的重要论述，广大党员干部坚定拥护“两个确立”、坚决做到“两个维护”的政治自觉持续增强，遵规守纪、令行禁止的规矩意识更加牢固，强化自警自省、勇于自我革命的意志更加坚定，发扬斗争精神、敢于担当作为的正气日益充盈，为进一步全面深化改革、扎实推进中国式现代化连云港新实践注入强劲动能。

一、发展历程

40年来连云港市党的纪律建设发展历程，大致可以分为五个阶段。

（一）纪检监察机构恢复重建，在拨乱反正中探索加强自我监督，推动党风根本好转（1979年4月—1992年底）

十一届三中全会后，纪律检查机关恢复重建。1979年4月，中共连云港市五届一次全会选举产生连云港市委纪律检查委员会，1983年10月升格为中共连云港市纪律检查委员会。1988年2月成立连云港市监察局。这一阶段，纪检监察机关履行“保护、惩处、监督、教育”四项职能，协助党委管好党风，集中力量管好党纪。围绕学习贯彻十一届五中全会通过《关于党内政治生活的准则》，深入开展党性党风党纪教育，采取一个时期内集中力量重点解决一个问题，一股风一股风地刹，每年定期开展党风全面检查，认真查处违反党纪案件，努力推动党风好转。十三届四中全会后，贯彻中央关于惩治腐败的精神，坚持从严治党方针，重点查处以权钱交易为特征的违纪案件。遵照中央纪委“要使纪检工作成为促进改革的重要力量”指示，研究制定支持和保护改革开放的意见措施，打击严重经济犯罪活动。针对改革开放中出现的倾向性问题，群众议论多、意见大的热点问题，协助党委制定党务、政务公开制度、程序，以及民主生活会制度、抓党风责任制制度，探索党内监督的途径和方法。重视纪检信访监督作用，建立健全县、乡、村三级信访网络。建立健全各级纪检机构，不断加强干部队伍建设，1名优秀纪检干部受到全国表彰。

（二）纪检监察合署办公，体制机制逐渐完善，不断加强反腐败斗争（1993年初至2002年党的十六大召开之前）

1993年2月，根据上级要求，连云港市纪委、市监察局合署办公，全面履行纪检监察职能。这一阶段，各级纪检监察机关贯彻邓小平理论，按照十四届四中全会关于党的建设新的伟大工程、党的十五大关于从严治党部署，协助落实“党委统一领导，党政齐抓共管，纪委组织协调，部门各负其责，依靠群众支持和参与”的党风廉政建设责任制，落实反腐败“三项工作格局”，推动标本兼治、综合治理，深化反腐败斗争，探索在发展社会主义市场经济条件下有效开展纪检监察工作。

抓好反腐败三项工作。落实领导干部廉洁自律规定，着重解决干部住房、公费通信工具、收钱收礼，以及公车私用等突出问题。集中力量突破大案要案。坚决纠正不正之风，先后对群众反映强烈的公路、河道“三乱”、工程项目招投标、医药购销、农民和企业负担等领域20多个问题集中开展专项治理。

增强主动服务意识，率先牵头开展经济软环境建设。先后制定《纪检工作为发展经济和深化改革服务的意见》《关于进一步改善经济软环境的意见》。推动改革行政审批制度，率先设立审批服务大厅，首批36个部门单位286个项目入驻窗口办公，相关工作经验被新华社内参、新华网和人民日报先后专题介绍，中央纪委在全国推广，苏浙皖沪三省一市行政审批服务联席会议在连云港市召开。2009年4月，时任国家副主席习近平到连云港经开区行政服务中心考察。

*持续加强队伍建设。*1个先进集体、2名先进个人受到全国表彰，70个单位和389名个人受到省、市表彰。

（三）坚持用发展的思路和改革的办法防治腐败，推动纪检监察工作体系化建设（2002年党的十六大至2012年党的十八大召开之前）

党的十六大强调，要建立结构合理、配置科学、程序严密、制约有效的权力运行机制。十六届四中全会提出坚持标本兼治、综合治理、惩防并举、注重预防的反腐倡廉战略方针和构建惩防体系的要求。十七届四中全会提出提高党的建设科学化这个重大命题和重大任务。这一阶段，纪检监察机关贯彻“三个代表”重要思想和科学发展观，认真落实“三项任务、五项经常性工作”，遵循十六字战略方针，探索构建与连云港市经济社会发展相适应的惩治和预防腐败体系，形成案件检查和源头治理两手并重、齐头并进的反腐败新格局，推动纪检监察工作进入“体系化”建设的新阶段。

*一手抓惩治，一手抓预防。*以大要案件、严重损害经济发展软环境和群众利益案件为重点，加大违纪违法案件查办力度。深入开展党风廉政宣传教育，广泛开展廉政文化“六进”活动，先后创建29个省级、102个市级廉政文化示范点。扎实推进反腐倡廉制度建设，制定完善90余项反腐倡廉规章制度，落实建设工程招投标、经营性土地使用权出让、产权交易、政府采购等“四项制度”，建立了市招投标中心。落实述职述廉、勤廉公示、诫勉谈话、个人重大事项报告和经济责任审计等制度，建立健全领导干部廉政档案。

*着力解决党性党风方面存在的突出问题。*集中清理用公款违规购买个人商业保险、借用和拖欠公款、违规兼任企业领导职务、干部职工违规住房等问题。加强纠风和专项治理，重点监督检查征地拆迁补偿、拖欠农民工工资、教育收费、药品医疗器械招标采购、涉农负担、商业贿赂等问题，深入开展“小金库”治理工作。率先开展县乡村党风廉政建设“三级联建”活动，先后在全国、全省会议交流发言，受到中央纪委、省纪委领导充分肯定

和高度评价。

服务保障经济社会发展。围绕产业集聚、海滨城市建设、重大项目实施、文明城市创建、扩内需促增长项目等重点工作加强督查推动落实。开展软环境建设“二次革命”和“提升年”活动，建成行政审批中心、招投标中心、外商投资服务中心、软环境投诉中心和行风热线、行风热线110“四个中心两条线”，广泛开展行风评议活动。纪检监察队伍建设卓有成效，先后有34个先进集体和100名优秀干部受到省、市表彰。

（四）落实新时代全面从严治党要求，深化纪检监察体制机制改革，纵深推进党风廉政建设和反腐败斗争，反腐败斗争取得压倒性胜利并不断巩固发展（2012年党的十八大至2022年党的二十大召开之前）

党的十八大以来，以习近平同志为核心的党中央统筹“四个全面”战略布局，从“作风建设永远在路上”，到“党风廉政建设和反腐败斗争永远在路上”，再到“全面从严治党永远在路上”，以前所未有的勇气和定力，开创了正风肃纪反腐、全面从严治党的新局面，取得反腐败斗争的压倒性胜利。这一阶段，纪检监察机关坚持以习近平新时代中国特色社会主义思想为指导，不断强化“四个意识”，坚定“四个自信”，做到“两个维护”，认真推动落实“两个责任”，把严的基调、严的标准、严的措施贯彻始终，推动全面从严治党向纵深发展，党风廉政建设和反腐败各项工作创新发展，纪检监察工作进入高质量发展阶段。

充分发挥监督保障执行、促进完善发展作用。将监督贯穿新时代后发先至全过程，促进一带一路标杆示范项目、自贸试验区建设等国家重大部署在连云港落地见效。助力打赢三大攻坚战，建好用好“阳光扶贫”监管系统、污染防治监管平台、地方债务风险防控监管平台。在疫情防控大战大考中，精准嵌入监督，3项经验做法被省纪委列入典型案例。率先推动开展闲置土地清理、涉地税费清缴“双清”工作。开展优化营商环境专项巡察，推进“优化营商环境攻坚年”专项行动，严肃查处损害营商环境案件。

持之以恒加强作风建设和专项治理。以落实中央八项规定精神为主要抓手，制定20条实施办法、控制公款消费“八个不准”、作风建设“十条禁令”、党政机关工作人员问责办法、构建亲清政商关系意见等一系列配套文件，持续开展“清风行动”，锲而不舍纠治“四风”顽疾。紧扣民生，先后开展34项专项整治和28项小切口专项监督，开展“作风聚焦”电视问政，推动解决群众反映强烈的问题。创新村级民主治理五项监管机制，协助市委出台《关于完善小微权力运行监管机制推动乡村振兴的实施意见》。监督推进石梁河库区综合整治，将监督精准嵌入核销采砂证、清理余砂等环节，推动构建绿色发展新业态，整治成果得到省纪委主要领导批示肯定。

一体推进不敢腐、不能腐、不想腐。坚持“系统查、查系统”，精准有力地查处土地、工程招投标、政法、国企、开发园区、融资、交通执法等领域的系统性腐败案件，推动健全“打伞破网”等长效机制。注重抓早抓小，深化运用监督执纪“四种形态”。开展追逃追赃专项行动，全力挽回经济损失。严把案件审核关，案件质量进入全省第一方阵。深入推进以案促改，推动重点领域全域式专项治理。分层分类开展警示教育，启动“山海廉韵”廉洁文化品牌建设三年行动计划，发布“山海廉韵·清风地图1.0版”，推动廉洁文化全域式、内涵式发展。

推进纪检监察三项改革。坚定不移转职能、转方式、转作风，完成监察体制改革任务，优化整合加强派驻机构职能作用，推进纪律、监察、派驻、巡察“四项监督”全覆盖。市委巡察机构从2016年12月正式组建，至2021年市委换届，共开展13轮常规巡察、3轮专项巡察，圆满完成98个市管党组织巡察全覆盖任务和1691个行政村（社区）巡察工作。做实做好巡察整改“后半篇文章”，对117家单位开展整改成效量化评估，省委涉粮问题专项巡视反馈问题整改成效位列全省第一方阵，得到省委巡视办肯定并推广。

深化自身建设。有序建设阳光纪委、规范纪委、担当纪委、效能纪委、清廉纪委，将“创新、融合、精准、智慧”理念贯穿纪检监察工作全过程。持续开展“打铁必须自身硬”专项行动，建立纪检监察干部监督联席会议制度，出台《案组成员规范执纪执法事前承诺事后报告工作暂行办法》等制度，选聘特约监察员，加强内外监督。2020年11月，1名同志被授予全国先进工作者称号，受到党中央、国务院表彰，事迹被收录在《忠诚卫士——全国纪检监察系统先进典型风采录》。市纪委监委首次向市人大常委会报告专项工作并获高度评价。

（五）全面履行协助职责和监督专责，健全完善具有连云港特色的全面从严治党体系、监督体系，在新征程上深化党的自我革命（2022年党的二十大至今）

党的二十大以来，在推进党的自我革命中纪检监察机关被赋予更大责任。纪检监察机关深入学习领悟习近平总书记关于党的自我革命的重要思想，进一步锚定自身职能定位，牢记“三个务必”，围绕“六个如何始终”认真查找大党独有难题在连云港特有表现，突出重点扎实推进政治监督具体化精准化常态化，深化运用“全周期管理”方式一体推进“三不腐”，积极构建具有连云港特色的全面从严治党体系、监督体系，更加科学严密有效地推动新时代新征程全面从严治党，纪检监察工作高质量发展取得新进展，加快打造新时代廉洁港城，为全面推进中国式现代化连云港新实践、建设人民期待的现代化新港城提供坚强保障。

更加聚焦中心工作扎实推进政治监督。胸怀“国之大者”，将“一带一

▲ 连云港市纪委监委举办山海廉韵·清风传家家风课堂活动。图为汇演现场

王义荣摄

路”标杆和示范项目建设等作为重中之重，服务保障中欧班列国际合作论坛等4项国家主场外交活动。开展监督体系试点工作，以党内监督牵引带动各类监督贯通协同，规范权力运行。开展政府投资基金专项治理，推动收回结余资金，健全政府投资建设项目全过程管理机制，建立债务综合监管和大额资金动态监测系统。监督推动营商环境持续向好，推动建设全市大数据分析系统，严查快处市场主体利益诉求，坚决整治阻碍项目落地问题，出台构建亲清政商关系的正负面清单，有关做法被中央主题教育督导组作为“为民办实事”案例推广。

更加聚焦突出问题持续深化专项整治。深入开展民生领域、项目资金、执法司法等4类20项“室组”联动小切口专项监督，其中医药领域整治、推进石梁河非法采砂专项整治和库区综合整治的相关做法获省纪委主要领导批示肯定。开展高标准农田突出问题专项整治。常态化开展清产核资，全面运行农村集体“三资”管理可视化监管系统。

更加注重完善机制常态纠治作风顽疾。持续加固中央八项规定堤坝，坚持风腐同查同治，创新由腐追风、由风看腐、风腐同治三项机制，同步开展专项治理。结合学习贯彻习近平新时代中国特色社会主义思想主题教育，推广“四下基层”优良传统，推动领导干部带头聚力攻坚，推动疑难复杂信访问题实质性化解，全市信访举报上行率大幅下降。

更加有效落实“全周期管理”提高“三不腐”治理效能。强化系统观念，坚决调结构、提质量，形成办案、治理、监督、教育的完整闭环。严字当头保持高压态势，更加聚焦重点领域、重点问题、重点人员。落实“四个同步”工作流程，用好纪检监察建议，建立以案促改信息化管理平台，实现查改治全线贯通，进一步推进以案促改制度化常态化。分层分类强化思想教育，针对开发园区、国有企业、年轻干部等不同领域组织专题警示教育，建成市廉洁文化馆，发布“山海廉韵·清风地图”2.0版，串点成线建强廉洁阵地。

更加重视全链条发力构建巡视巡察监督闭环。灵活运用提级、联动、机动、“回头看”等多种方式，提高巡察质效。深化巡前研判，形成巡察监督指引和共性问题、个性问题2张清单；紧盯“关键少数”，对“一把手”进行立体画像。强化上下联动，积极配合省委巡视，开展联动巡察，对重点乡镇、村居开展提级巡察，组建民生小组开展异地交叉巡察。优化巡察整改，探索应用“集中+一对一”问题反馈模式，创新“1+X”整改措施，以标准化提高整改质效。以江苏“田园巡察”品牌为引领，打造“连心”巡察品牌。

更加严格锻造纪检监察干部队伍。深入开展教育整顿，深化学习教育，严格检视整治，健全严管体系，建立干部监督联席会议、专项谈话、过问干预案件登记备案等制度，推动乡镇纪检监察体制机制规范化建设，工作成效获省督导组高度评价。

二、主要成就

40年来，连云港市党风廉政建设和反腐败工作在继承中发展、在创新中提高，战略定位越来越清晰，思路举措越来越精准，治理效能越来越彰显，制度机制越来越完善，不断取得新的进展和成效。

（一）管党治党政治责任压紧压实

认真落实党中央和中央纪委要求，始终紧紧咬住“责任”二字持续发力。党中央、国务院《关于实行党风廉政建设责任制的规定》出台后，市纪委及时制定贯彻落实的实施意见，将相关具体工作逐一分解到具体部门，签订责任状，并开展责任追究，初步形成一级抓一级，层层抓落实的局面。党的十八大以后，认真落实党风廉政建设主体责任和监督责任，并随着实践发展进一步上升到落实全面从严治党“两个责任”，制定出台落实“两个责任”的实施意见，层层落实责任清单、责任约谈、责任督查和责任考核制度，规定下级党委向上级党委、纪委定期报告工作，推动各级党委“既挂帅又出征”。同时，紧紧抓住责任链条的“七寸”和要害，结合实际制定实施切实可行的责任追究暂行办法，加大问责力度，对责任落实不力的党组织和党员领导干部进行责任追究，倒逼管党治党政治责任落实。2022年以来，坚持问题导向，积极探索，协助市委出台《全面从严治党第一责任人履责提示单制度实施办法》，由市委主要领导或市纪委监委主要负责人交办，先后对134名“一把手”当面签发提示单，将交底与压责相结合，把工作对象转化为工作力量，建立评估闭环机制，以第一责任人责任落实带动“一岗双责”、监督责任协同联动、一贯到底。

（二）党员干部作风实现根本性好转

党风政风是引领社会风气的重要风向标，是人民群众观察和评判全面从严治党成效的重要窗口。连云港市纪检监察机关把整治群众反映强烈的突出问题作为工作重点，不断优化党员干部作风，以优良党风促政风带民风。市纪委重建之初，就把维护党规党法、抓好党风作为主要工作，努力推动党风好转。党的十三届四中全会后，从办实事入手，采取专项治理的办法，对群众反映强烈、严重影响党群关系的突出问题，集中进行清理和整顿。纪检监察机构合署办公后，遵循反腐败“三项工作格局”，认真贯彻落实领导干部廉洁自律各项规定，切实纠风部门和行业不正之风，领导干部权力行使明显规范。党的十八大以来，持续加固中央八项规定堤坝，以钉钉子精神打好作风建设攻坚战、总体战，锲而不舍纠“四风”树新风，“舌尖上的浪费”“车轮上的腐败”“会所里的歪风”等得到有效遏制。通过“五治”（散、懒、庸、浮、满）等专项行动整顿不作为、乱作为、慢作为，机关作风焕然一新，营商环境明显改善。2023年以来，进一步靶向发力深化作风建设，推进风腐同查同治，探索建立由腐追风、由风看腐、风腐同治三项机制，“四风”问题进一步有效治理。制定构建亲清政商关系正负面清单，推动党员干部有为更有度。认真落实“三个区分开来”，为受到不实举报的干部澄清正名，旗帜鲜明为担当者担当、为负责者负责、为干事者撑腰，进一步引导激励干部敢为善为。

（三）反腐败斗争取得压倒性胜利

反腐败是最彻底的自我革命。40年来，连云港市纪检监察机关始终紧盯违纪违法案件特别是大要案件查办，不遗余力清除腐败分子。特别是党的十八大以来，坚持无禁区、全覆盖、零容忍，坚持重遏制、强高压、长震慑，坚持受贿行贿一起查，以永远吹冲锋号的战斗姿态，持续加大案件查办力度，始终保持惩治腐败高压态势，坚决遏制增量、削减存量。重点查处党的十八大以来不收敛、不收手，问题线索反映集中、群众反映强烈，政治问题和经济问题交织的腐败案件，以及违反中央八项规定精神的问题。按照

"稳总量、调结构、提质量"要求，坚决查办了政法、国企、开发园区、融资、政府投资等重点领域的一批典型大要案件，扫黑除恶"打伞破网"质效位居全省前列，反腐败斗争进入到发现一起、查处一起的常态化阶段。在强烈震慑下，一些违纪违法人员向纪检监察机关主动投案。增强系统思维，以"全周期管理"方式一体推进不敢腐、不能腐、不想腐，做好监督办案两张答卷，深入推进以案促改，腐败治理综合效能进一步彰显，风清气正的政治生态不断巩固。

（四）监督体系更趋健全完善

40年来，特别是党的十八大以来，连云港市纪检监察机关坚守党内监督专责机关职责定位，不断改革探索，构建符合地方实际、行之有效的监督体系。围绕"四个全"要求健全全面从严治党体系，协助市委将梳理的问题归类到政治建设、组织建设、反腐败斗争等7个方面，并分解到责任部门，细化落实举措、责任分工和完成时限，督促党的职能部门明确职责、履职尽责。完善全面从严治党责任制度，构建知责、履责、督责、问责工作机制，细化市委班子、市委书记、市委常委责任清单，建立全覆盖谈话监督工作机制。以党委全面监督为主导，推动党内监督与各类监督有机贯通，不断凝聚监督合力、提升监督质效，在全市初步形成上下联动同向发力、左右衔接综合发力的监督工作格局，为推动新时势下腐败问题治理提供了重要支撑和保障。

（五）监督执纪办案能力不断增强

将提高依规依纪依法履职能力作为推动纪检监察工作发展的重要任务，持续加强规范化法治化正规化建设。高标准完成市级"一中心一室"改建和6个县区标准化建设任务，打造数据查询、专项监督、业务监管等大数据智慧平台，建成市级案件质量监管平台和党员干部综合信息查询平台，探索开发个性化分析工具和监督调查数据模型。以审查调查人才库建设为统领，以提升监督办案能力为核心，建强专业化梯队。探索年轻干部全周期培养模式，持续深化"4+1"机制，组织到信访接待、政治巡察、审查调查、案件审理等一线实践锻炼，常态化开展业务培训，以轮训实战锻造业务"多面手"。对典型案件和相关重点工作及时复盘，对经过实践检验行之有效的做法进行总结提炼、完善提升。开展纪检监察创新项目“揭榜挂帅”活动，用改革创新思维破解难题。连云港市交通执法领域腐败问题治理经验，获省委主要领导批示肯定。2021年11月，市纪委监委机关被评为“全省纪检监察系统先进集体”。

（六）人民群众满意度逐年提升

紧扣群众反映强烈的急难愁盼问题深化专项治理，有效解决群众身边腐败和作风问题，切实维护人民群众切身利益。特别是党的十八大以来，抓住群众普遍关注、反映强烈和反复出现的问题，持续纠治教育医疗、养老社保、扶贫环保等领域腐败和不正之风，坚决惩处涉黑涉恶“保护伞”，坚决斩断伸向群众利益的“黑手”，持续巩固发展向善向好的政治生态，以党风廉政建设和反腐败斗争的实际成效取信于民、赢得民心。定向攻坚破解信访难题，有效压降重点领域信访高发态势，市纪委监委获评全省2017—2019年信访举报工作一等奖、2023年度全市信访工作先进单位，信访室获评2023年度市经济发展攻坚突破先进集体。中央纪委委托国家统计局开展的民意调查结果显示，人民群众对连云港市全面从严治党的满意度逐年上升，从2016年的84.45分提高到2023年的94.87分。

三、经验启示

（一）必须坚持在管党治党中找准职责定位

只有把党的领导贯穿到履职尽责全过程、各方面，纪检监察工作才能始终在正确的轨道上运行，才能有效动员和组织全党全社会力量反对腐败。纪检监察机关要坚持党的全面监督为主导，全面履行协助职责，积极主动为党委主体责任发挥提供有效载体、当好参谋助手，及时提出管党治党重点任务、重要举措、具体建议、务实方案等，健全完善监督体制机制，强化对关键少数特别是“一把手”监督，推动巡察、派驻、监督、办案等工作重心向“一把手”倾斜，把全面从严治党责任尤其是第一责任人责任压紧压实，督促领导班子成员切实履行“一岗双责”，推动管党治党工作在各领域、各环节、各层面全面落实。

（二）必须坚持在服务大局中体现保障作用

纪检监察工作是党和国家事业的重要组成部分，围绕中心才能找准方向，服务大局方能体现价值。发挥监督保障执行、促进完善发展作用，既是纪检监察机关基本职责定位，也是具体路径和有力抓手。纪检监察机关必须始终对“国之大者”心中有数，准确把握进入新发展阶段、构建新发展格局对纪检监察工作提出的新任务新要求，切实把党委政府中心工作与自身职责有机结合整合，找准切入点和着力点，更好监督护航经济社会高质量发展，在推进中国式现代化连云港新实践中实现更大作为。

（三）必须坚持在执纪为民中彰显初心使命

离开人民群众的支持、参与、评判，纪检监察工作就丧失根基、缺乏动力。因此，人民群众反对什么、痛恨什么，我们就要坚决防范和纠正什么。纪检监察机关要始终坚持群众路线，围绕群众关切，把增进民生福祉作为工作的出发点和落脚点，盯住群众反映强烈、急难愁盼的问题开展专项治理，对损害群众利益的人和事进行严肃查处，通过一个问题一个问题解决，不断积小胜为大胜，让群众获得感成色更足、幸福感更可持续、安全感更有保障。

（四）必须坚持在守正创新中提升监督质效

改革创新是党保持生机与活力的源泉，也是推动党的建设与时俱进的强大动力。纪检监察工作要保持锐意进取的精神风貌，进一步解放思想、与时俱进，增强系统思维、体系思维，结合实际创造性推动工作，不断健全完善具有连云港特色的全面从严治党体系和监督体系，探索务实管用的工作模式、工作机制，提高运用信息化手段开展工作的能力，将正风肃纪反腐与深化改革、完善制度、促进治理贯通起来，坚决打好反腐败斗争攻坚战持久战。要始终坚持以自我革命精神打造过硬队伍，保持对党绝对忠诚的高度自觉和责任担当，不断提升履职能力，自觉接受各方面的监督，着力打造绝对忠诚、绝对纯洁、绝对可靠的纪检监察铁军。

后记

1984年，党中央、国务院决定进一步开放连云港等14个沿海港口城市，连云港的发展史从此翻开了崭新一页。2004年和2014年，市委党史工办联合相关单位编纂出版了《大潮奔涌》《云路飞歌》，对连云港市成为全国首批沿海开放城市20年和30年间取得的成就作了系统总结与提炼，充分发挥了党史以史鉴今、资政育人的作用。

2024年是连云港市被确立为全国首批沿海开放城市40周年，为总结经验，鉴往知来，凝聚起新征程上高水平对外开放、高质量“后发先至”的磅礴力量，市委党史工办、市档案局决定共同编纂《山海新韵》一书。全书坚持以马克思列宁主义、毛泽东思想、邓小平理论、“三个代表”重要思想、科学发展观、习近平新时代中国特色社会主义思想为指导，全面贯彻落实党的二十大和二十届二中、三中全会精神，旨在客观如实地反映市委团结带领全市人民推进改革开放的奋斗历程、光辉足迹和辉煌成就，揭示连云港市改革开放进程的主题主线和主流本质，激励全市党员干部弘扬伟大改革开放精神，深入学习贯彻习近平总书记对江苏、对连云港工作重要讲话重要指示精神，牢记嘱托、感恩奋进，奋力开创高水平对外开放新格局，夺取高质量发展“后发先至”新的更大成就，在“强富美高”新港城现代化建设新征程中共同谱写新的辉煌篇章。

《山海新韵》是在市委的高度重视、支持和推动下，集众人之智完成的一部研究集成。市委常委、秘书长黄远征审定了编纂纲目和书稿，多次过问进展情况。市委常委、宣传部部长朱兴波两次听取编纂工作汇报并提出要求。市委办、市委宣传部有关领导给予有力支持和指导，帮助协调解决实际困难。本书的编纂出版还得到了全市34家部门和单位的积极支持，他们在工作异常繁重的情况下，克服各种困难，慨然接受写作任务，主要领导和分管领导对稿件进行了认真的审阅。南京出版社和南京凯德印刷有限公司为本书的顺利出版付出了辛勤的劳动。在此，谨向所有关心、支持、帮助本书编纂出版的单位和个人致以谢忱！

由于时间仓促，编者水平有限等因素，书中难免有疏漏和不当之处，敬请广大读者批评指正。

《山海新韵》编辑部

2024年9月25日